인큐버스의 여인들

KB140599

인큐버스의 여인들

초판 1쇄 인쇄 | 2020년 06월 06일
지은이 | 임지인
펴낸이 | 이승훈
펴낸곳 | 해드림출판사
주 소 | 서울 영등포구 경인로82길 3-4(문래동1가 39)
　　　　센터플러스빌딩 1004호(우편07371)
전 화 | 02-2612-5552
팩 스 | 02-2688-5568
E-mail | jlee5059@hanmail.net

등록번호　제2013-000076
등록일자　2008년 9월 29일

ISBN　979-11-5634-406-3

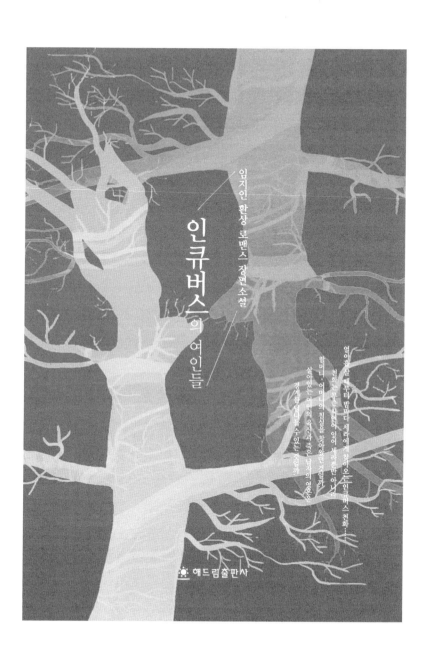

임지언 환상 로맨스 장편소설

인큐버스의 여인들

열아홉 살 때부터 밤마다 세라에게 찾아오는 인큐버스 천화…
천화는 무슨 사연이 있어 시라룬만 아니라
살아있는 여인의 육신과 죽은 남자의 영혼을
할미나, 어머니의 청을 찾아 오면 것인가
경계를 넘나들 수 있는 것일까

해드림출판사

목차

_1_
이상한 밤들의 시작

나는 열아홉 살이다. 성년이 되지 않았기 때문에 나 스스로 어리다고 생각한다. 더구나 대학 입시를 준비하는 고등학교 3학년이라, 집과 학교를 오가는 것 외에는 다른 짓을 할 여력이 전혀 없다. 바깥세상도, 남자도 모른다. 이런 내게, 난데없이 이상한 일이 일어났다. 여느 때처럼 새벽까지 뻑뻑한 눈을 비비며 공부하다 잠든 밤이었다.

나는 산등성이처럼 약간 높은 곳에 선 채, 눈앞에 낮게 깔린 풍경을 바라보고 있었다. 그곳은 이를테면 사방이 산으로 둘러싸인 분지(盆地)였는데, 그냥 벌판은 아니었다. 우묵하게 파인 대지에 수많은 초가와 기와지붕들이 조밀하게 들어차 있으며 그들 사이로 이리저리 흙길이 나 있는, 꽤 커 보인다 싶은 마을이었다. 현대식 건물이나 아스팔트 도로는 전혀 눈에 띄지 않았다. 내가 민속촌에라도 와 있는 게 아닌지 의심스러웠다.

그러다가 번쩍 눈을 떴다. 내 몸은 이불 속에 고이 뉘어 있었다. 잠들기 직전 기억하는, 옆으로 누운 자세 그대로였다. 꿈이었구나. 가벼운 한숨을 내쉬며 목까지 덮고 있던 이불을 어깨로 끌어 내리려던 그 순간, 누군가 등 뒤에서 내 상반신을 와락 끌어안았다. 나는 소스라치게 놀라 입을 벌렸다. 세상에나. 내 잠자리에, 나 말고 다른 사람이 들어와 있었다. 나를 옥죄다시피 단단하게 둘러싼 두 팔. 돌아눕기도 전에 그가 남자임을 직감했다.

그리고 내가 돌아누울 용기를 발휘할 겨를도 없이, 그는 번개같이 내 몸에 올라탔다. 빠르고도 매끄러운 몸짓이었다. 어느새 그와 나는 접힌 종이처럼 전신을 포개고 있었다. 그 존재의 무게가 고스란히 내게 실려 왔다. 묵직하게 나를 내리누르고 있는 그 몸은, 의심할 바 없이 탄탄한 젊은 남자의 것이었다.

그의 얼굴을 올려다볼 수도, 그 모습을 확인할 수도 없었다. 눈꺼풀이 철썩 들러붙기라도 한 듯, 도무지 눈이 떠지지 않았다. 문제는 그뿐이 아니다. 그의 몸 아래서 나는 옴짝달싹하지 못했다. 팔다리는커녕 손가락 하나 까딱하기 어려웠다. 마치 압착기 밑에 빨려 들어간 물체가 된 양, 내 몸의 모든 부위에서 고르게 힘이 빠져나가 버렸다. 아무리 남자라 해도 사람의 몸인데, 어떻게 이런 힘으로 순식간에 나를 제압하고 마비시킬 수 있다는 말인가. 이해가 안 되었다.

보이지 않는 그가 나를 만지기 시작한다. 저항은 불가능하다. 그의 손가락이 내 코와 볼을 부드럽게 어루만진 후, 귓불을 타고 넘어가더니 내 머리칼을 뒤로 쓸어 넘긴다. 처음 느껴보는 남자의 손길, 온몸에 옅은 소름이 돋는다. 내 목덜미를 훑어 내린 그의 손이 쇄골을 짚고 어깨에 닿았다. 이 알 수 없는 와중에, 그 손놀림이 의외로 섬세하다는 생각이 들었다. 엉뚱했다. 돌처럼 딱딱하게 굳었던 근육들이 아주 조금씩 이완되는 걸 느꼈다. 이래도 되는 일인지 몰랐다.

그가 움직일 때마다 이불깃이 물결치며 사각거리는 소리가 희미하게 들려왔다. 아, 소리는 들리는구나. 내 감각들 가운데 촉각과 청각만이 정상적으로 작동하는 듯싶었다. 곧이어 그의 목소리가 울렸다. 내 귓가에 바짝 대고 뭐라고 한마디 말을 한 것 같은데, 알아들을 수가 없다. 무슨 말을 했는지 알고 싶지만 정말 모르겠다. 그나마 살아있나 싶었던 청각도 시원찮은 수준인가 보다. 그의 한마디는 그렇게 부웅, 하는 짧은 진동 끝 흐릿한 여운을 남기고 사라졌다.

그의 손길에 온 신경을 곤두세우고 있는 사이, 무방비상태인 입으로 키스가 돌격해 들어왔다. 언제 입술이 닿았는지도 모르게, 이미 내 입안은 그의 혀로 가득 차 있다. 얼떨결에 받아들인 낯선 이의 혀는 이물감(異物感)부터 불러일으켰지만, 도로 밀어낼 방법이 없으니 그저 품고 있어야 했다. 그 혀는 몹시 뜨거웠으며, 꼭 개별적으로 살아 움직이는 생물처럼 펄떡거렸다. 게다가 내 입천장과 잇몸과 치아 사이의 모든 틈바구니를 남김없이 채우고 있을 만큼 거대했다. 그 압박에 숨도 제대로 쉴 수 없을뿐더러 머리가 핑 돌았다. 그의 긴 혀끝이 내 목구멍까지 파고들며 넘실대자, 급기야 헛구역질이 솟아올랐다. 한줄기 침이 새어 나와 내 입가로 흘러내린다. 그만. 견딜 수 없어 도리질을 치려는데 고개가 돌아가지 않는다.

깊디깊은 키스에 정신이 혼미해 있다가, 이번에는 밤 짐승처럼 거침없이 쑥 가슴속으로 들어오는 그의 손길에 소스라친다. 내 한쪽 젖가슴을 완전히 덮고도 남는 커다란 손이었는데, 손바닥 역시 다리미처럼 뜨거웠다. 내가 아무리 남자에 대해 무지하다지만, 이건 명백히 키스보다 더한 수준의 접촉이라는 걸 안다. 오밤중에 내 잠자리로 뛰어든 정체 모를 인물에게, 여자의 몸에서 가장 소중한 부분 중 한 곳을 내어주고 있다는 사실을 상기하니 다시금 소름이 좍 돋아 올라왔다. 반발과 분노가 머리끝까지 치솟는다. 나는 아주 어린 시절을 빼고는 내 알몸을 누구에게도 내보인 적이 없는 것이다. 무뚝뚝했던 엄마는 내가 초등학교에 들어가기 전까지만 나를 씻겨주었을 뿐, 그 이후에는 혼자 씻을 것을 요구했다. 알몸을 다른 사람들에게 드러내는 게 아니라며 공중목욕탕에도 보내지 않았다. 이런 나를, 네가 감히. 그의 품에서 벗어나고자 온 힘을 다해 버둥거려보지만, 여전히 눈앞은 막혀 있고 신경은 마비 상태나 다름없다. 이런 속수무책이라니.

그때, 그의 두 손이 연약한 것이라도 다루듯 조심스럽게 내 양쪽 젖가슴을 감싸 쥐었다. 아까 내 얼굴을 어루만질 때의 섬세한 손길 같다. 희한한 일이었다. 능숙하게 내 몸 구석구석을 점령해나가고 있는 남자인데, 함부로 구는 것 같지는 않다. 이내 그는 내 가슴골 깊이 얼굴을 파묻으며 달아오른 볼을 비벼댔다. 그의 몸의 모든 부위가 뜨겁다. 더불어 내 가슴 위로 쏟아져 내리는 숱 많은 머리칼. 꽤나 긴 머리를 가진 남자라는 걸 지금에야 알았다. 그가 내뱉은 더운 한숨이 훅, 솟아올라 귓가를 간질인다. 그 한숨과 뒤섞여 말소리가 또 들려오는 듯싶은데, 분명하게 알아들을 수 없기는 매한가지다.

흡사 굶주렸던 어린아이처럼 그는 내 가슴에 매달려 있다. 그런데 그가 가슴을 탐하기 전에 먼저 꼿꼿해진 내 유두를 살며시 물었을 때는, 나를 최대한 부드럽게 다루려 애쓰고 있다는 걸 깨닫게 되었다. 나도 모르게, 눈 녹듯 긴장과 거부감이 풀려 버리자 외려 당황스러웠다. 이전에는 생판 겪어보지 못한 감정들이 내 안에서 소용돌이치기 시작했다. 이 상황을 도저히 논리적으로 설명할 길이 없다. 얼굴도 이름도 모르는 남자가 홀연히 나만의 공간에 스며들어와 나를 범하려 하고 있다. 그런데 나는 이 남자에게 가슴을 물린 채, 타는 그 입에 젖을 흘려 넣어주는 구원자가 된 양 흡족함에 빠져 있는 것이다. 이제는 억지로 눈을 뜨고 싶지 않았다. 이 기묘한 쾌감에 조금이라도 더 집중하고 싶었다.

그 안온한 만족이 얼마나 지속되었던지. 기억하건대 수십 초를 넘어 수 분에 달하는, 자못 긴 시간이었다. 내 주관적인 느낌인지 모르지만, 거의 10분에 이르렀다고 해도 과언이 아닐 기나긴 애무였다. 일정한 고도를 유지하던 그의 숨결이 갑자기 높아지며 거칠어지자, 내가 음미하고 있던 평화의 끝이 다가오는 것 같은 불안감에 사로잡혔다. 그토록 오래 나를 어루만지고 키스를 퍼부으며 참아낸 그의 노력이 보상받아야 할, 남자의 그 수많은 욕망들 중 진짜 욕망이 완성되어야 할 시점이 온 것일까? 경험 아닌 내 지식 속에나마 존재하는 남녀관계의 메커니즘, 남자가 필연적으로 드러내고야 만다는 동물적 실체…….

내 예감은 적중했다. 접착제처럼 내 몸에 붙어 있던 그의 몸이 들려 올라가고, 그 얼굴이 잠시 내게서 멀어지는 듯했다. 키스 대신 내 허리와 허벅지를 더듬는 손길이 느껴졌다. 그는 유연한 몸놀림으로 내 두 무릎을 끌어당겨 세운 뒤, 내 두 팔로 자신의 허리를 둘러 감게 했다. 뜻하지 않게 만져본 그 허리는 군살 하나 없이 날씬했으며, 등의 근육은 단단하고 입체적이었다. 그 이상은, 내가 어떻게 더 반응할 여유조차 주어지지 않았던 것 같다. 그는 단 한 치의 망설임도 오차도 없이, 너무도 정직하게 남자의 뿌리를 내 몸 한가운데로 찔러 넣었다. 그가 내 처녀를 통과해 안으로 밀고 들어오자마자, 적나라한 고통에 나는 새된 비명을 질렀다. 남자와의 모든 종류의 육체적 접촉이 내게는 처음이었지만, 이야말로 극심한 충격이 아닐 수 없었다. 내가 소리 지르자 그는 움직임을 멈추고, 내 목을 끌어안으며 자세를 낮췄다. 그리고는 내 이마에 도장 찍듯 뜨거운 입술을 지그시 눌렀다. 연이어 그 입술은 내 눈꺼풀과 콧등, 볼로 미끄러져 내려왔다. 섬세한 키스와 더불어 그의 다정하고 열정적인 속삭임이 쏟아졌다. 역시 무슨 말인지 이해할 수 없었으나, 그 속삭임이 가진 음조(音調)는 신기하게도 서서히 나를 진정시켰다. 조금 전처럼 근육이 풀리고 마음이 진정되면서, 쓸쓸하지만 편안한 체념이 찾아들었다. 그래, 어차피 이렇게 된 것, 뭐…… 어쩔 수 없잖아. 그는 내 위에서 재차 몸을 구르면서도 속삭임을 멈추지 않았다. 남자가 그런 상태에서 계속 말을 할 수 있다는 게 놀라웠지만, 나와 함께 그 느낌을 나누기 위한 시도이고 배려일 것이라는 본능적인 믿음이 생겨났다.

어느덧 절정이라는 것에 도달했는지, 그가 떨며 한순간에 모든 동작을 멈추었다. 내가 처음이고 서툴러서 그 절정을 그와 공유하지는 못했지만, 내 두 팔은 부지불식간에 그의 몸을 꼭 감싸고 있었다. 그는 깊은숨을 몰아쉬며, 뜰에서 뛰놀던 아이가 다시 방으로 들어오듯 내 가슴을 찾아 돌아왔다. 시작할 때 그랬던 것처럼 그를 내 가슴에 품어 안자, 형언하기 어려운 감정이 끓어올랐다. 모성…… 이런 게, 모성인가? 눈을 떠 그를 바라보지 않고는 단 1초도 더 참을 수 없다고 생각했다. 용기를 짜내어 바위처럼 무겁던 눈꺼풀을 힘껏 밀어 올렸다.

그런데 아무도 없었다.

내 눈앞에도, 내 몸 위에도.

아까, 분지에 자리한 옛날 마을 꿈을 꾸고 깨어났던 순간, 그 순간과 조금도 다를 바 없이 나는 이불 속에 혼자 누워 있었으며 옆으로 누운 자세마저 그대로였다. 황당한 나머지 이불을 젖히고 벌떡 일어나 앉았다. 어떻게 이런 일이 있을 수 있지……?

내 몸을 내려다보았다. 단추 채운 파자마 잠옷에, 안쪽 속옷까지 고이 갖춰 입고 있었다. 모두 내가 직접 입은 옷들임에 틀림이 없다. 일어나서 방문과 창문을 확인하니 죄다 굳게 잠긴 상태였다. 화장대 거울을 들여다보았다. 거울 속, 아무 일도 없었다는 듯 말간 여자애의 얼굴이 떠올라 있다. 충동적으로 잠옷과 속옷을 벗어 던져 버리고는 거울 앞에 섰다. 내 몸에는 어떤 흔적도 남아 있지 않았다. 샤워 후에 타월로 몸을 닦으며 내가 늘 확인하곤 하는, 티 없이 익숙한 그 알몸일 따름이었다. 어이가 없었다. 불과 몇 분 전까지 이불 속에서 한 남자와 격렬하게 몸을 섞었잖아. 폭풍 같던 그 기억이 이렇듯 생생한데…… 도저히 그냥 꿈이었다고는 말할 수 없는데.

하지만 한 남자가 교묘하게 내 방문을 따고 들어와 나를 범하고 연기처럼 사라져 버린 일을 현실이라고 주장할 근거도 없다.

꿈인가. 현실인가.

그 누구도 쉽게 믿어주지 않을 이야기라는 걸 알고 있다. 그럼에도 불구하고, 내 기억은 정확하다.

맹세컨대, 현실에서는 단 한 번도 남자와 사랑을 나누어본 적 없는 열아홉 살의 내가, 알 수 없는 몽환(夢幻) 속에서 경험한…… 기이하고도 강렬한 첫 교접(交接)이었다.

진세라, 2007년.
윤성혜, 1980년.
정순옥, 1956년.

2

세라의 일기

2012년 10월 X일

올해 2월 대학을 졸업한 후 처음 꺼내어보는 일기장이다. 어느새 반년 넘는 시간이 흘렀고, 영화 필름이 지나가듯 계절은 무심하게 바뀌어 가을에 이르렀다. 그동안 나는 전혀 일기를 쓰지 못했다. 가장 큰 이유는, 봄에 취업이 되어 직장 생활을 시작하면서 정신없이 바쁜 나날을 보냈기 때문이다. 대학 시절 스펙을 쌓자고 나름 노력은 했지만 객관적으로나 주관적으로나 그리 만족스러운 프로필을 가지지 못했다 싶어서, 대기업 공채에는 아예 기웃거리지 않았다. 취준생으로 시간 질질 끌지 않고 최대한 빨리 취업하는 게 내 목표였다. 별로 적성에 안 맞는 경영학 전공이었어도 학점은 신경 써서 챙겨둔 덕에, 규모도 웬만하고 내실 있는 중소기업에 지원해 바로 입사하게 되었다. 고가 의류의 원단 및 부자재를 두루 수입하고 유통하는 회사였는데, 업무를 익히고 적응하는데 큰 어려움은 없었다. 나는 원래 패션 쪽에 관심이 있었던 터라, 이 일에서 그 분야와의 접점을 찾는 것도 가능했다.

바쁜 일상 속에서, 나는 일기장을 붙들고 내 이야기를 줄줄이 써 내려갈 여유가 없는 걸 다행으로 여겼다. 솔직히 말하자면, 일기를 쓰지 못했다기보다는 일부러 쓰지 않으려고 했다.

의무적으로 일기장을 채워냈던 초등학교 시절이 지나고 사춘기에 접어들었을 때도 일기를 계속 쓸 마음은 없었다. 그랬던 내가 오랜만에 다시, 일기장으로 쓸 노트를 사 들고 왔던 날을 기억한다. 고3 수험생으로 입시 준비에만 몰두하고 있던 열아홉 살…… 별다른 사건이라고는 도무지 일어날 법하지 않던 그때, 그 이상한 일을 최초로 겪게 되었다. 정확히, 수능을 치르기 석 달 전부터였다. 그리고 그 이상한 일이 반복되었다. 그게 한 번으로 그쳤다면 희한한 잡몽(雜夢) 정도로 치부했을 것이다. 서너 번에 이르자 쉽게 끝나지 않을 것이라는 예감이 들었다. 너무 불안하고 무서웠다. 단순히 무서운 일이 아니라, 나 스스로 부끄럽게 느껴지는 일이기도 했다. 누구에게도 털어놓을 엄두가 안 나는 이야기였다.

그 일이 아니더라도, 당시 나는 마음 기댈 사람 하나 없는 외로움에 빠져 있었다. 엄마는 내가 고3이 되기 직전에 돌아가셨다. 살아 계실 때도 무뚝뚝하고 정 주는 일이 없는 엄마였는데, 끝내 외동딸인 내게 특별한 말 한마디 남기지 않고 가 버리는 바람에 더 가슴 시린 원망으로 남았다. 초등학교 때부터 뭐든 혼자 하고 혼자 노는 일에 익숙했기 때문인지, 학교에서도 친구가 붙지 않았다. 유치한

것들에 열광하고 웃으며 몰려다니는 또래 여자애들의 집단에 끼고
싶은 의향은 없었을지라도, 마음 나눌 수 있는 친한 친구 하나 정도
는 가지고 싶었는데 뜻대로 안되었다. 내가 명백히 외롭다는 사실
이 자존심 상했고, 그걸 인정하기 싫어서 나는 애써 의연한 척했다.
상위권을 벗어나지 않는 성적을 지키는 게 제일 중요하다고 생각했
으며, 지망하는 대학에 들어간다면 그 무엇보다 즐겁고 화려한 캠
퍼스 라이프가 기다리고 있을 것이라고 믿었다. 적어도 그 일이 일
어나기 전까지, 내 열아홉 인생이 품고 있던 고지식하고 순진한 믿
음은 유지되었다.

　말도 안 되는 그 첫 경험의 충격이 가시기도 전에 같은 상황이 벌
어지고, 그게 거듭되었다. 도무지 막을 수가 없었다. 어떻게든 나
자신을 방어해야 할 것 같아서 문단속에 집착했다. 아빠와 단둘이
살던 아파트였는데 우리 집은 고층이었다. 내 방 창은 바로 다용도
실에 면해 있었고, 다용도실 창밖은 허공이라 외부인 침입 가능성
이 매우 희박했다. 더구나 나는 평소에도 창문을 여는 일 없이 항상
블라인드를 내려두고 있었다. 그런 창문이 그대로 잠겨 있는지, 잠
자리에 들기 전에 몇 번이고 확인했다. 두말할 것 없이 방문도 굳게
잠갔지만, 자려고 누웠다가도 일어나 불을 켜고 문손잡이를 다시
돌려보았다. 잠옷도 바꾸었다. 편하게 입던 헐렁한 파자마 대신, 언
제든 집 밖으로 뛰쳐나가도 이상하지 않을 두꺼운 트레이닝복으로
무장했다. 상의의 지퍼는 턱까지 올려 잠갔다. 심지어 트레이닝복
안에도 면 티셔츠와 반바지를 껴입었다. 내가 입은 옷이 만만하게

벗겨지는 사태를 막기 위해서였는데, 답답하고 뭐고 따질 형편이 아니었다. 처음부터 그 유령 같은 남자의 손길 아래 나는 턱없이 쉽게 알몸이 되었던 데다, 그 뒤로도 그가 찾아들 때마다 내 옷은 입으나 마나 한 무용지물이 되어 버리곤 하니 기가 찰 노릇이었다. 내가 고심해서 취한 예방책들이 실제로는 하나도 효과를 발휘하지 못하고 있다는 의미였다.

나는 호랑이한테 물려가도 정신만 차리면 산다는 옛말을 신봉했었다. 안 그래도 갑작스레 엄마를 잃은 후 비애나 자기연민에 빠져 허우적대는 나 자신의 모습을 보게 될까 두려웠고, 그래서 일말의 잡념도 없이 고3 수험생의 본분에만 몰입하는 길을 택했다. 어려운 중에도 멘탈만 잘 다잡는다면 육체도 충분히 컨트롤할 수 있다고 자신했던 것이다. 하지만 세상에서도 곧잘 통용되는 이 믿음이, 하필 내게 와서 반란을 일으키는 경우는 뭐란 말인가. 제대로 저항 한 번 못 해보고 그림자나 다름없는 존재에 의해 번번이 무너지는 내 육체를 돌아보며, 내 멘탈도 주저앉고 말았다. 내가 덮고 자는 이불 속에서 일어나는 요지경도 통제하지 못하는 멘탈이라니, 이건 언제든 바스러질 연약한 달걀 껍데기 수준이지. 밀려드는 자조(自嘲)를 견딜 수 없었다. 대신 그 이불을 둘러쓰고, 쫄깃해지는 심장을 부여잡은 채 부들부들 떨며 내 비밀을 담은 일기를 썼다. 굳게 닫힌 입이 말하지 못해 가슴이 토해낸, 은밀하고 두려운 이야기를 담은 내 비밀 일기장들. 나는 그것들을 아직도 버리지 않았고 어딘가에 깊숙이 감춰두었다. 지금 쓰고 있는 이 일기장도 다 채워지면 역시나 그렇게 봉인되고 감춰질 것이다.

겉으로 보기에는 별 탈 없이 흘러간 고3 시절이었다. 연출 가능한, 가장 아무렇지 않은 표정을 지으며 학교와 학원과 집 사이를 오갔다. 잠을 설치는 밤이 많았고 컨디션도 조절하기 힘들었지만, 조금이라도 이상하게 보일까 싶어 이를 악물고 멀쩡한 척 버텼다. 어느 아침 거울을 통해 내 눈 밑에 드리워진 그늘을 보았다. 진짜 다크서클인지 착시인지 확인도 안 하고, 미친 듯이 비비크림을 두들겨 발랐다. 그즈음에, 나와 같은 반이었고 같은 학원을 다니던 친구하나가 갑자기 다가들더니 은근한 목소리로 묻는 것이었다.

– 야, 너 요즘 남자 사귀지?

– 아, 아니.

– 분위기가 딱 그런데 뭘. 연애에 관심 1도 없는 줄 알았는데 의외다, 너?

– 내가 왜…… 뭐 어떻길래?

– 생전 안 그러더니 화장하고 오잖아.

– 화장한 거…… 티 많이 나?

– 넌 피부가 깨끗해서 비비 1호가 그렇게 부자연스럽지는 않은데…… 어쨌든 화장도 그렇고, 네 얼굴 자체가 좀 달라 보여. 요즘 더 환해지고, 막 피어나는 것 같은, 그런 느낌? 원래 사랑하면 예뻐진다잖아.

친구의 말에 나는 정곡이라도 찔린 듯 당황해서 그 자리를 피해버렸다. 맙소사, 사랑이라니. 밤마다 얼굴도 이름도 모르는 남자와 관계해야 하는 해괴한 미스터리의 덫에 걸려 허우적대고 있는데, 뭐, 사랑이라고? 친구의 억측은 어이없었지만, 내가 겪고 있는 일이 사실상 남녀관계와 무관하지 않다는 걸 상기하자 얼굴이 화끈 달아올랐다. 그 시절 나는 연애에 대한 관심도, 남자친구를 사귀어본 경험도 전혀 없었다. 현실에서는 남자를 만난 일이 아예 없는데, 내 밤들에는 정체 모를 남자 하나가 성채를 넘어 들어와 벌써 떡하니 나를 점령하고 있었던 것이다.

수능 날짜가 다가옴에 따라 나는 극도로 예민해졌다. 수능을 보기 바로 전날 밤에도 그가 나를 찾아와서 내 몸을 타고 올라 뜨겁게 욕망을 불사르고, 내 정신을 혼미하게 할 것이라고 생각하니 살이 떨릴 만큼 두려웠다. 그날만은 안 돼, 난 절대 시험을 망칠 수는 없다고! 내 두 눈에는 핏발이 섰고, 양 주먹을 어찌나 세게 쥐었는지 손목이 다 시큰거렸다.

결국, 어떻게 되었는지 아는가. 적어도 그 상황에 한해서는, 내 예단이 기우였다는 게 드러났다. 걱정은 사뭇 싱겁게 해결되었다. 수능일로 정해진 날짜 일주일 전부터 그는 내게 나타나지 않았다. 나는 계속 불안해하고 있었지만, 수능 전날 밤에 이르자 내가 편안하게 잠들 수 있으리라는 확신을 가지게 되었다. 왠지 그랬다. 그리고 그 밤에는 모처럼 숙면을 취했었던 것 같다. 수능 당일 아침에 눈을 떴을 때, 그 어떤 밤의 기억도 없이 머릿속이 맑았으며 몸도 가벼웠다. 시험을 잘 볼 수 있겠다는 자신감마저 차올랐다.

정말로 나는 내가 기대했던 정도를 상회하는 수능 점수를 얻었다. 점수를 확인하고 잠자리에 든 밤, 너무 기쁘고 만족스러워서 이전의 걱정으로 돌아가는 것도 잊었다. 시험이 끝났으니 이제 그가 다시 찾아올 것이라는 걱정 말이다. 역시나 그 밤도 아무 일 없이 흘러갔다. 그러고 나서 지망하던 대학에 원서를 넣고 면접을 무사히 치르고 합격 조회를 하기까지, 그는 한 번도 나를 찾아오지 않았다. 다행이다 싶으면서도 뭔가 알쏭달쏭했다.

대학 입시에 관한 내 목표가 완벽하게 달성되고 난 후, 드디어 그가 돌아왔다. 그가 나를 덮쳤을 때 나는 일단 저항을 시도했으나, 이내 그만두었다. 그가 다시 나타날 것이라는 예상은 충분히 가능했고, 마음의 준비도 하고 있었다. 막상 일이 그렇게 되니 이전의 그 불안과 번민으로 되돌아가게 되었다는 무력감이 짓눌러왔지만, 그 감정의 강도는 이전에 비해 한결 약한 것이었다. 한결 덤덤해진 내 반응에 스스로 놀라면서도, 한편으로는 그리 놀랄 일만은 아니라고 생각했다. 어차피 저항하려 해봤자 몸이 말을 안 듣는다는 걸 알고 있었고, 그의 입술과 손길이 더 이상 낯선 것만은 아니었던 까닭이었다. 나는 이미 몸으로 그를 기억하고 있었다. 오랜만의 교접이라는 걸 상기시키듯 그는 뜨겁게 내 몸 구석구석을 탐했다. 그가 쏟아내는 말들은 여전히 알아들을 수 없었다. 격렬하게 펄럭이던 이불깃이 한참 만에 가라앉을 때까지 나는 그에게 줄곧 얌전히 몸을 내맡기고 있었다. 솔직히 궁금했다. 내 걱정을 읽기라도 한 건지, 수능 전후에는 왜 나를 찾아오지 않았는지 한번 물어보고 싶다는 생각이 들었다. 그런데도 내 입이 떨어지지 않았기에 대화는 불가능했다.

　이쯤 해서, 대학 시절인 지난 4년 동안 그가 내 밤들에 출몰했던 패턴을 되도록 간략하게 이야기해보고자 한다……. 말했듯이 내가 대학에 합격한 후 다시 나타난 그는, 그 겨울방학 내내 매일 밤 나를 찾아왔다. 불가항력의 문제였기에 밤이 지나면 낮시간에는 최대한 그 일을 되새기지 않으려고 애썼다. 그러는 사이 나는 고교 졸업을 했고, 아빠가 쥐어준 용돈으로 미용실에 가서 헤어스타일을 바꾸고 혼자 새 옷을 사러 돌아다녔다. 대학 생활이 내 인생의 화사한 터닝 포인트가 되어주기를 기대하며, 새로 산 스커트 정장을 깔끔하게 차려입고 대학 입학식을 치렀다. 고교 때까지 친한 친구도 없이 폐쇄적인 스타일로 지냈던 게 싫어서, 신입생 환영회와 첫 MT에 적극 참여하며 학우들과 친해지려 노력했다. 스무 살이 되었으니 좀 다르게 살아보고 싶었다. 어떤 동아리에 가입해야 즐거운 시간을 보낼 수 있을지 고심했고, 같은 대학 내의 고교 동문회 참석 제안을 받았을 때도 거절하지 않고 나가서 얼굴을 내밀었다. 처음 맛보는 대학의 자유로운 분위기는 확실히 내게 적잖은 용기와 기회를 주었다. 광범위하게 많은 사람들을 알게 되었을뿐더러, 먼저 다가가 마음을 열어 보인 만큼 나를 기꺼이 마음으로 맞아주는 친구들도 하나둘 생겨났다.

　그렇게 무르익던 신입생의 봄에 학교 축제의 흥까지 겹친, 5월의 어느 밤이었다. 학과 선배들과의 술자리에서 과음을 한 나는 새벽에 귀가해서는 이불 위에 바로 쓰러져 버렸다. 그 무렵에는 거의 매일 술을 마시고 있었기 때문에 취한 상태로 잠드는 일이 허다했다. 목구멍이 꽉 막힌 듯 답답한 느낌에 눈을 떴는데, 아니나 다를까 그가 내 몸 위에 올라타고 내게 키스를 퍼붓고 있었다. 늘 그랬던 것처럼 그의 뜨거운 혀가 내 입안에 가득했다. 여느 때 마냥 밀어낼 수 없는 그 혀를 억지로 머금고 있는데, 불현듯 화가 치밀어 오르는 것이었다. 낮에는 상큼한 대학 신입생으로 캠퍼스의 자유와 낭만을 누리고 있는 나 진세라가, 대체 밤에는 왜 내 의지와 상관없이 이런 해괴한 짓거리를 하고 있어야 하는가 말이다. 아무에게도 말 못할, 누구에게도 들키고 싶지 않은 어두운 비밀을 품고 있는 스무 살짜리 여자애…… 뭐, 여대생의 이중생활이라도 되나? 성인 비디오 제목 저리 가라 싶은 천박하고 불순한 이야기의 주인공이 바로 나라니, 새삼 기가 막히고 얼굴이 화끈거렸다. 비밀 따위는 없다는 듯 해맑게 웃는 학교에서의 내 모습, 그런 내게 호감을 보이며 잘해주는 친구들과 선배들을 떠올리자 창날 같은 죄책감이 가슴을 찔러왔다. 내가 본의 아니게 가면을 쓴 채 사람들을 대하게 된 건, 밤마다 내 잠자리로 스며드는 이 유령 같은 작자 탓이다. 갑자기 폭발한 화산처럼 분노가 치솟았다. 그 밤이 흐르는 동안 나는 잘 움직여지지도 않는 팔다리를 버둥거리며 있는 힘껏 그에게 저항했다. 밀쳐낸다고 떨어질 건 아니었지만, 적어도 그가 제멋대로만 나를 다룰 수 없다는 사실을 알게 해주고 싶었다. 그래서 뭐가 어떻게 되었는지 판단하기도 전에, 취기를 가누지 못해 나는 다시 곯아떨어졌다. 진짜 아침이 왔을 때, 그는 물론 사라지고 없었다.

그 밤의 내 저항이 효과를 발휘했던 것일까? 이후, 그는 한동안 내 생활에서 자취를 감추었다. 다이내믹했던 대학 첫 학기가 지나고, 여름방학을 맞아 또 빠질 수 없는 MT와 모임들에 이끌려 다니고, 신나게 놀았던 시간들의 결과물인 듯 C와 D로 도배된 1학기 성적표가 날아올 때까지도. 그리고 나서, 마치 조수가 밀려 들어왔다가 빠져나가게 마련인 것처럼 내게도 변화가 일어났다. 거창한 사고의 변화라기보다는, 첫 캠퍼스 라이프의 흥분에 휩쓸려 다니던 대다수의 신입생들이 일정한 시간의 경과 후 으레 이르게 되는 자각이라고 볼 수 있었다. 친구들이 갑자기 싫어진 건 아닌데, 끊임없이 이어지는 음주와 유희에는 어느 정도 지치고 싫증이 났다. 형편없는 성적표를 받아들고 나니 공부를 아예 놓아 버렸던 나 자신이 불안해졌다. 1학기에 대한 반성과 더불어, 2학기에는 제대로 수업 들으며 성적관리도 하고 반드시 아르바이트도 해야겠다는 결심이 섰다. 아빠의 사업 형편이 빠듯한 눈치인데 대학생이 되어서도 계속 용돈을 타 쓰고 싶지 않았다. 학생의 본분에 대한 자각을 다지며 조금씩 생활을 정리해나가는 사이에, 나는 필연적으로 내 밤들을 지배하던 그의 기억과 부딪쳤다. 내 수능 전후 그가 처음으로 사라졌던 시간들에 궁금증을 품었듯이, 이번에도 나타나지 않고 있는 것에 무슨 의미가 깃들어 있는 건지 궁금해지기 시작했다. 언뜻언뜻 떠올랐다 사라지곤 하던 궁금증이, 이상하게도 날이 갈수록 커지고 깊어졌다. 남은 방학 얼마간이라도 학교에 신경을 끊고 집에서 혼자 책을 볼 작정으로 책상 앞에 앉아 있었는데, 그게 오히려 잡념을 키우는 셈이 되었다. 책은 펴놓았지만 머리에 들어오지 않았고, 멍하니 허공을 응시하며 이리저리 생각을 더듬어보는 게 일이었다. 몇 달 전의 내 저항, 진정 그것 때문인가. 거듭 돌이켜봐도 그때 나는 취해 있었고 제대로 힘을 쓸 수 없었을 텐데. 취하지 않고 멀쩡했을 때라도 내가 물리적으로 그를 저지할 수 있었던 적은 한 번도 없다. 그렇다면 최고조에 달했던 내 반발심이 그에게 통한 것이었나. 아무리 그래도, 끈덕질 만큼 내게 달려들어 떨어지지 않던 그가 그렇게 쉽게……? 아니, 내가 대체 뭐가 아쉬워서 이러는 거지. 저항이 통했든 아니든, 지금 그가 안 나타나고 있으면 그걸로 된 것 아냐? 억지 교접을 당하는 게 항상 불안하고 수치스럽고 화나고 억울했잖아. 이제라도 끝났다면 다행으로 여겨야지.

끝난 건가…… 진짜로?

이러다가 또다시 돌아오면 어떡하지?

그게 아냐.

이렇게, 영영 다시 안 돌아오면 어떡하지?

'다시 돌아오면 어떡하지'가 '다시 안 돌아오면 어떡하지'와 내 마음 깊은 곳에서 동격을 이루고 있었다는 사실에 나는 소스라쳤다. 내 정신상태가 의심스러웠다. 문득, 내가 입고 있는 옷을 내려다보았다. 늦여름 더위에도, 집에 있을 때는 습관처럼 고3 시절부터 입던 답답한 트레이닝복을 걸쳤다. 그가 나를 덮치던 밤들에 대한 방비책으로 입기 시작한 옷이지만, 전혀 소용이 없었던 옷이기도 했다. 보이지 않는 그의 육체의 무게가 내 몸에 실릴 때면 나는 장난처럼 이미 알몸이 되어 있곤 했다. 이 두꺼운 옷이 얇은 비누 방울막이라도 되는 양, 거침없이 통과해 내 살갗에 닿던 그의 손길을 되새겨보았다. 짜릿한 전율이 온몸을 오르내리고, 입술이 떨렸다. 부인할 수 없이 나는…… 그를 기다리고 있었던 것이다.

여름방학이 끝나고 2학기 개강을 맞았다. 그리 내키지 않았지만 개강 파티에 참석했다가, 뒤풀이가 마련된 주점으로 이동하기 직전 빠져나와 집으로 와 버렸다. 어느새 초가을 기운이 감도는 밤, 가는비가 부슬부슬 내리고 있었다. 가벼운 감기 기운을 느끼며 이불 속으로 뛰어들자마자 잠이 들었다.

그리고 거짓말처럼, 그가 나를 찾아 돌아왔다. 그냥 돌아온 게 아니라 '찾아 돌아왔다'는 표현도 무색하지 않다 싶었던 건, 내가 그를 기다리고 있었음을 그가 알고 왔다는 확신에서였다.

나는 망설임 없이, 기꺼이 그를 맞아들였다. 그의 혀가 불쑥 들어와 입안을 채웠을 때는 안도감마저 밀려 올라왔다. 본격적인 딥 키스가 내 몸을 달구기 시작하자, 확실히 달라진 나 자신을 느낄 수 있었다. 그만한 키스에 익숙해져 있는 마당이면, 그가 일방적으로 내게 스킨십을 범하는 게 아니라 우리가 나누는 것으로 여겨도 무방하겠다는 생각이 스쳐 가는 것이었다. 반년 넘은 그와의 관계에 있어 일찍이 가져본 적 없는 대담한 내 발상 전환…… 그를 다시 만난 반가움에 힘입은 만용이었을지도 모른다. 뭐든 어렵게 따질 필요가 있을까 싶었다. 그저 그 순간에 순응하고, 내게 허락된 이 감각들을 향유하면 될걸. 마냥 괴롭지만은 않은 일을 놓고, 왜 군이 나 자신에게 '괴로움'이라는 반응을 주입하고 출력시키려 했었을 까? 큰 충격도 이질감도 사라진 지 오래인데, 단지 내 여자로서의 반발이나 저항을 포기해 버리는 게 자존심 상해서 근근이 이어가려 는 것 아니었던가? 변함없이 그는 정체불명이지만, 아무리 생각해 도 현실 속의 남자가 아닌 건 확실하다. 그런 상대와 몸을 포갠 채 풀 길 없는 수수께끼의 늪 깊숙이 가라앉고 있는데, 오로지 내 현실 감각만으로 거기서 벗어나는 게 가능하겠느냐는 말이다. 장담할 수 있는 건 아무것도 없다. 어떤 방법으로든 이전의 밤들을 부정해보 려던 내 모든 시도가, 일시에 부질없게 느껴졌다.

　세라야, 어차피 안 돼. 혼자 되뇌며, 나는 두 팔로 살며시 그의 목 을 끌어안았다. 그리고 아직 내 입안에서 요동치고 있는 그의 혀를 진정시키듯 내 혀로 부드럽게 감아보았다. 수줍었지만 명백한 내 호응은 그에게 오류 없이 전달되었고, 우리의 혀는 함께 살아 움직 이는 생물처럼 얽히며 서로의 입안을 오갔다. 그의 혀끝이 내 목구 멍을 틀어막는 것 같다고 느꼈던 그 답답한 불쾌감은 완전히 해소 되었다. 우리 몸의 어떤 부위가 어떤 식으로 접합(接合)되어도 거 부감이라고는 더 들지 않았다. 내가 이렇게까지 변했는데 스스로 별로 놀랍지 않은 게 더 신기했다. 물이 위에서 아래로 흐르듯 지극 히 자연스럽게 전개된 상황이었고, 이제 내 힘으로는 그 물줄기를 바꿀 수 없다고 느꼈다.

앞서 그의 '출몰'에 대해 말해보겠다고 했는데, 분명 그는 내게 나타났다가 또 얼마간 감쪽같이 사라지는 패턴을 장기간 반복해왔다. 지금까지의 내 경험에 따르면, 그가 사라졌던 경우는 크게 두 가지로 나뉜다.

첫째는, 내 인생의 분기점이 될 만한 이벤트들이나, 집중과 신경 소모를 요하는 여러 대소사들을 앞두고 웬만하면 그가 나타나지 않기를 바랐던 경우다. 나름대로 중요하게 여기고 있는 날이 다가오면, 그를 맞이하는 밤들이 부쩍 부담스러워졌다. 특히 그런 D-Day 바로 전날 밤에 그와 교접하는 건 상상만 해도 소름이 돋았다. 그래 놓고도 아무렇지 않은 말짱한 얼굴로 아침을 맞을 자신이 없어서였다. 이런 이유로 수능을 보기 직전 그토록 떨었으며, 시험 전날 밤만큼은 평온하게 잠들 수 있기를 기원하지 않았던가. 그리고 애타는 내 바람을 읽기라도 한 듯, 그는 수능 일주일 전부터 나를 찾아오지 않았던 것이다. 수능뿐 아니었다. 이를테면 대학 시절의 중간고사와 기말고사, 조별과제 발표, 어학 능력 시험, 첫 해외여행, 꼭 지켜야 하는 엄마의 기일, 아빠의 입원, 이사…… 이 같은 일들 직전에도 그는 내게 나타나지 않았고, 확실한 결과가 나오거나 상황이 정리된 후에 돌아와 주었다. 졸업반이 된 내가 본격적인 취업 준비에 뛰어들어, 입사 지원 후 첫 면접을 앞두고 잔뜩 긴장하고 있던 때도 마찬가지였다. 어쩌면 그렇게 알아서 사라져주고 내가 그 일에 집중할 수 있도록 내버려 두는지, 현실을 살아가는 나를 꼭 적절하게 배려하는 것 같은 행태를 보이는지, 돌아볼수록 그는 희한한 존재가 아닐 수 없었다.

둘째는, 밤마다 끈덕지게 달라붙어 오는 그에 대한 반발과 성가심이 극에 달해서, 그가 떨어져 나가는 것 자체만을 몹시도 바랐던 경우다. 이는 어김없이, 내가 새로운 환경 속에 놓이고 참신한 인연들을 만나 그것들에 잔뜩 설레며 정신이 팔려 있던 시기들과 맞아떨어진다. 앞에 적은 것처럼, 대학 신입생 시절의 봄이 가장 먼저 기억나는 예다. 스무 살 여대생의 장밋빛 기대와 소망들에 가장 상충하는 실체가 바로 그였다. 그에게 옭아 매인 듯 꼼짝 못 하고 지낸 밤들, 나를 부끄럽게 만들고 우울하게 만드는 비밀 중의 비밀. 참다못한 내가 어떤 식으로든 저항하고 거부감을 표현하면, 정말 그게 통하기라도 한 듯 그는 홀연히 사라졌다. 그런 시점에서 그가 사라졌을 때 나는 당연히 쾌재를 불렀으며, 홀가분하고 가벼운 마음으로 내 일상에 다시 몰입하곤 했다. 자, 그로부터 시간이 흐른다. 정신없이 보낸 나날들 같지만, 길게는 약 90일에까지 이르렀던 시간이었다. 그리고 그 시간 속에서, 내가 그렇듯 흥분하고 열광했던 교제와 유희들이 조금씩 시들해지기 시작한다. 하강 곡선을 그리는 에너지, 서서히 내 안으로 잠식해 들어오는 권태와 공허. 새로웠던 것들에 어느새 냉담해지고 외부에서 내부로 회귀하고 있는 나 자신을 발견했을 때, 나는 이미 그를 떠올리고 있었다. 한 번도 잊었던 적이 없는 것처럼, 그에 대한 모든 기억이 일시에 밀려들어 내 심장을 강력하게 틀어쥐고 놓아주지 않았다. 돌발인가, 필연인가. 믿을 수 없는 기다림이 머리끝까지 차올라 한계에 다다를 지경이 되면, 마침내 그가 내 밤으로 돌아오고 우리는 뜨겁게 한 몸이 된다. 무서우리만치 똑같은 패턴과 수순으로 되풀이되는 그의 출몰…… 돌이켜보면, 궁극적으로는 어떤 이변도 없었다.

내가 현실에서 남자 사람과 사랑에 빠져 연애를 하게 되었을 때는 좀 달랐을까. 아니, 어림없다. 내 연애들도 저 마각의 수순을 피해 가지 못했으니…….

3

세라의 일기 - 2

2012년 11월 X일

　나는 대학에 들어가서 첫 연애를 했으며, 스물네 살인 현시점까지 아울러도 대학 시절에 했던 두 번의 연애가 전부다. 첫 남자친구는, 별생각 없이 나갔던 연합 동아리 모임에서 만난 다른 학교 남학생이자 동갑내기 A였다. 그와 나는 첫눈에 서로에게 호감을 느꼈으며 그날의 모임이 파하기 전에 자연스레 전화번호를 주고받았다. A가 반년 후에 입대할 예정이라는 걸 알았지만 그 사실에도 별로 구애받지 않았고, 사귀자는 그의 제안을 바로 받아들였다. 순식간에 사랑에 빠져 버린 것이다. 어쨌거나 첫사랑이 내 인생에서 놀라운 사건이 아니었다고 말하기는 힘들다. 생판 남이었던 한 남자가 갑자기 내 인생 속으로 들어오고, 나는 그때까지 다른 누구와 맺었던 관계와도 구별되는 특별한 유대를 그와 나누게 된다. 그와 나 단둘이 들어앉을 세계가 만들어지고, 세상 모두가 그냥 '나머지 사람들'

이 되어 버린다. 내 비밀스러운 밤의 존재 역시, 내 현실 속 첫사랑을 막을 수는 없었다. 항상 도깨비처럼 나타났다가 신기루처럼 사라져 버리는 이상한 남자가 아니라, 내가 제정신으로 믿어도 될 '진짜' 남자를 만났다는 확신이 들었다. 알면 알수록 더 알고 싶고, 만나도 만나도 보고 싶은 사랑. 그렇게 달콤한 흥분과 목마른 열기 속으로 휘말려 들어간 나는, 따끈따끈한 연애의 공식에 대입되게 마련인 갖가지 세팅과 아이템들을 고루 경험해보았다. 카페에서 남자가 건네온 첫 고백, 연인이 되고 나서 처음으로 나눈 문자, 첫 극장 데이트, 손잡고 놀이동산을 누비며 보낸 토요일 오후, 술 한잔 마시고 우리 집 앞 공원에서 나눴던 첫 키스. 커플 샷으로 공유한 서로의 SNS 프로필, SNS와는 별개로 정성 들여 서로에게 써주곤 했던 손편지, 입대 전 휴학생 신분이던 남자친구가 매일같이 찾아와 내 수업이 끝나기를 기다리던 우리 학교 캠퍼스 벤치, 이어폰을 한쪽씩 꽂은 채 같이 좋아하는 노래들을 들으며 걷던 길, 사귄 지 백일 기념으로 맞춘 커플링, 생일 축하 꽃다발과 선물…… 열거하자면 제법 많다. 하지만 그렇듯 착실했던 내 첫 연애는, 정확하게 6개월 만에 막을 내렸다. 열정과 감흥은 달아올랐던 속도만큼이나 빨리 잦아들었고, 내 입장에서는 A와 더 이상 연인 관계를 유지할 수 없다고 큰 갈등 없이 결론을 내렸다. 마침 A의 입대 날짜가 눈앞으로 다가와 있어, 헤어지기에는 상당히 적절한 타이밍이라고 할 만했다. A는 자신의 입대에도 우리 관계가 달라지지 않으리라는 믿음을 기대하는 것처럼 보였지만, 나는 그저 굳게 입을 다물었다. 굳이 먼저 헤어지자는 말을 할 필요 없이, 저절로 물리적인 이별을 맞게 되었으니 나로서는 큰 자책을 느끼지 않아도 좋았다. 그 상황에서는 A도 내게 구차하게 매달릴 여유가 없어 보였고, 당장 자신의 발등에 떨어진 불을 끄기 위해 훈련소로 떠나갔다.

두 번째 남자친구는, 내가 방학 동안 학교 도서관에서 아르바이트를 할 때 만난 복학생 선배 B였다. B는 같은 학교 공대생이었으며 이미 4학년이었는데, 취업에는 전혀 관심이 없고 예술대 대학원에 진학하려는 계획을 품고 있었다. 자신의 시나리오로 영화를 만들고 싶어 했고, 데뷔하여 빼어난 독립 예술 영화감독으로 평단의 인정을 받는 게 B의 목표였다. B가 지닌 외적 조건들은 꽤 준수한 편이었다. 부잣집 아들이어서 궁색한 구석이라고는 찾아볼 수 없었고, 늘 두둑한 지갑에 외제 승용차를 끌고 다녔다. 귀티 나는 외모, 호방한 성격, 타고난 자신감과 친화력이 돋보이는 남자였다. 이것저것 재거나 떠보지 않고 내게도 솔직한 직진으로 다가왔던 게 큰 매력으로 작용했는데, 어쩌면 나는 첫 연애 때보다 더 부지불식간에 남자의 리드에 끌려 들어간 격이 되었다. 내 생일이나 기념일에는 근사한 카페 이벤트를 벌였고, 나를 승용차에 태워 좋은 곳들에 두루 데려가 주었다. 한마디로 폼 나는 남자친구와의 폼 나는 데이트였다. 나와의 만남뿐 아니라 학교와 영화 동호회 등 친분과 사교에 시원하게 돈을 쓰고 다녀서, B의 인기는 어딜 가나 높았다.

여러모로 흠잡을 데 없는 이런 남자와의 연애에 내가 금방 싫증을 내니, 친한 친구들도 이해할 수 없어 했다. 첫 연애와 거듭 비교한다면, 그보다 더 급하게 타올랐다가 더 싸늘하게 식어 버린 게 두 번째 연애였다. 사귀고 백일이 좀 지났을 무렵부터 나는 B를 사뭇 냉정한 시각으로 바라보기 시작했다. 완벽해 보이는 B의 진짜 약점은, 스스로 그토록 자신 있어 하는 영화에 대한 재능의 부재(不在)였다. 그리고 심각한 단점은, 자신이 재능 없다는 사실을 깨닫지 못하고 자신의 외적 조건들이 물어다 주는 가짜 칭찬과 인정에 흡족해하는 그 아둔함이었다. 영화에 큰 관심도 없고 조예도 깊지 못한 나지만, B가 써놓은 시나리오들은 정말 재미없고 실망스러웠다. 설명을 들어도 파악이 안 되는 줄거리와 주제, 장황하고 모호한 말들로 넘쳐나는 대사. 본인이 무슨 이야기를 하고 싶어 하는지 실제로 본인도 알지 못하는 듯한, 사춘기 습작 수준의 내용물로밖에 보이지 않았다. 한 남자에 대한 실망과 염증을 그 이상 곱씹는 게 싫었을뿐더러 B에게 관심을 가지는 것 자체가 귀찮아진 나는, 연애 6개월이 되기도 전에 결별을 선언했다. B는 차였다는 사실을 믿을 수 없어 하며, 우리 관계의 시작이든 끝이든 그 주도권은 여전히 자신에게 있다는 걸 강조하려는 듯 계속 만남을 요구했지만 내 마음을 되돌릴 수는 없었다.

순진했지만 다소 고지식했던 첫 남자친구, 미끈해 보였지만 허세 가득했던 두 번째 남자친구. 첫 연애는 윤활유가 말라 버린 듯 재미없어졌고, 그다음 연애는 기름기가 과하게 번들거려 속이 거북해졌던 게 끝을 불러왔다고나 할까. 헤어진 이유는 각기 달랐지만, 내 두 번의 연애를 관통하고 있는 건 결국 하나의 똑같은 과정이었다. 언급한 바 있는 그 궁극적인, 마각의 수순 말이다……. 내가 현실 속 남자와의 연애를 시작하고 한창 설렘과 달콤함에 빠져 있을 때, 그는 그를 부정하는 내 속내를 꿰뚫기라도 한 양 깔끔하게 사라져서는 한동안 나타나지 않는다. 내가 어느덧 연애의 무아지경에서 헤어나 나만의 세계로 줄달음쳐 가 있으면, 그는 당당하게 그 문을 열어젖히고 들어와 살뜰하게 나를 안는다. 오랜만에 다시 돌아온 그와의 교접은, 내게 말로는 도저히 설명할 길 없는 희열과 카타르시스를 준다.

과연 언제부터인가? 하나의 의문이 내 의식의 수면 위로 부표처럼 떠올라 있다. 새삼스러울 수도, 새로울 수도 있는 그런 의문이다. 나는 이렇게 믿고 있었다. 항상 내 현실 세계의 친교나 연애가 시들해졌을 때 딱 맞춰 그가 돌아왔기에, 내가 그를 반겨 맞을 수 있었던 것이라고. 그런데 좀 더 거슬러 올라가 생각해본다면……? 꼭 그런 경우가 아니더라도, 나도 모르게 그의 존재를 떠올리거나 기다린 적은 없었던가? 없다고 하면 완전히 거짓말이다. 대학 신입생 시절 여름방학 때, 그가 돌아올 것이라고 확신하기도 전에 이미 그를 기다리고 있었던 내 모습을 기억한다. 현실의 연애가 순조롭게 진행되고 있을 때, 남자친구와 같이 있는 순간에도 나는 그를 생각한 적이 있다. 심지어 연인과 둘만의 공간에서 스킨십을 나누는, 성적 긴장감이 팽팽하게 차올라 터질 듯한 그 순간들에조차…… 나는 그를 생각한 적이 있다는 말이다. 이쯤 되면, 그의 존재감이 내가 의식하고 있던 것보다 훨씬 더 강렬하게, 근원적으로 내 삶에 작용하고 있었던 것이라는 가능성을 배제할 수 없다. 그의 역할은 단순히, 공허해지고 재미없어진 내 인간관계를 정리해주러 돌아오는 게 아닌 것 같다. 애초에 그의 존재가 현실에서의 내 행동에 영향을 미치고 있었고, 그게 곧 내 관계들의 종말로 귀결된 건 아닐까? 쉽게 말해, 그가 내 현실의 연애들을 끝낸 것이나 다름없다는 이야기다. 비약일 수도 있다는 걸 안다. 이 가정을 순순히 인정한다면, 나 자신이 문제를 한층 더 복잡하게 만드는 꼴이 되리라는 것도.

나는 기본적으로, 진정한 사랑은 몸보다 마음이 우선하는 것이라는 생각을 품어왔다. 다분히 소녀적이라거나 진부하다는 소리를 들어도 어쩔 수 없다. 이 세상에 과연, 남자가 그녀의 영혼보다 육체를 더 사랑해서, 마음을 나누는 것보다 몸을 섞는 게 더 좋아서 자신을 만난다고 믿고 싶은 여자가 있을까. 아예 엔조이만 하면서 살아가기로 작정한 게 아닌 이상, 남자에게 섹스파트너 그 이상도 이하도 아닌 존재로 여겨지는 일이 기분 좋을 여자는 없을 듯하다. 아무리 '합의에 의한'이나 '서로 즐겁자는' 따위의 말들로 포장한다 해도, 엔조이 수단으로서의 섹스는 값싸다. 사랑하는 사람과의 섹스가 돈 주고도 살 수 없는 것이라면, 유흥가 여성의 섹스는 돈 주고 살 수 있는 것이고, 섹스파트너의 섹스는 돈 안 주고도 그냥 가질 수 있는 것이니까. 이런 사고를 지니고 있는 나는 분명 보수적이다. 나 자신이 보수적이라는 사실을 인정하고 있고, 앞으로도 이런 방식으로 살아가기 원한다. 이런 내가 열아홉 살 나이에 투명인간 같은 남자와 몸을 섞었다고밖에 할 수 없는 경험을 치르고, 그 이후로도 계속 교접을 당하며 남자가 전해오는 몸의 언어들에 익숙해진 건, 그야말로 내 의지와는 전혀 무관한 일이었음을 다시금 강조하고 싶다. 더불어 나는, 여태껏 풀리지 않는 가공할 수수께끼 속에 내던져져 있는 연약한 한 인간일 따름이다. 그래서…… 그렇기에…… 내가 드러내고 있는 이 이율배반에 대해 이해를 구하고 싶은 것이다. 다른 사람들의 이해가 급한 게 아니다. 나는 그 누구도 아닌 나 자신부터 납득시켜야 한다.

여자로서의 내 보편적인 소망과 기준을, 현실 남자친구들이 충족시켜주지 못했던 것도 아닌데 말이다. 둘 다 처음부터 내 마음을 얻기 위해 노력했으며, 자신들의 마음을 보여주는 일에도 인색하지 않은 남자들이었다. 그들이 나와의 하룻밤을 얻기 위해 감언이설을 늘어놓거나 빤한 수작을 부린 적도 없었다. 그런데 문제는 내 쪽에 있었던 건지 모르겠다. 모르겠다는 게 아니고, 확실히 내가 좀 이상했다.

고백했듯이, 남자친구들과 스킨십을 나누는 동안에도 나는 그의 존재를 떠올리곤 했다. 스스로 제어할 겨를도 없이 벌어지는 상황이었고, 그러지 않으려고 나름 애써보기도 했지만 소용없었다. 거기서 그치는 게 아니었다. 마치 남자에 통달한 여자라도 된 양, 남자친구들이 내게 행하는 스킨십과 내 이불 속 그가 행하는 몸짓들을 서슴없이 비교하고 있는 것이었다. 난 그런 여자가 아닌데. 그런 것으로 남자를 판단하고 우열을 매기는 천박함이 내 안에 있으리라고는 상상도 하고 싶지 않았다. 하지만 내 비교의 결과만큼은 냉철하기 짝이 없는 것으로서, 현실 남자친구들의 여지 없는 완패였다. 이 글을 쓰고 있는 지금도 혼자 실소를 금할 수 없지만, 적어도 나와의 육체적 교감 차원에서 남자친구들은 그에게 비교조차 안 되는 상대들이었다.

첫 남자친구 A와 처음 나눈 키스는, 어쨌거나 진정한 의미에서 내 현실 속 이성과의 최초의 스킨십이자 연애의 서곡이었기에 임팩트가 없었다고 할 수는 없다. 그러나 행위 자체가 주는 신선함과 설렘은 잠깐에 불과했고, 이후 간신히 의미에만 기대어가려고 하다 보니 감흥이 곧 바닥났다. 그 친구도 나와의 연애가 첫 연애였기에 특히나 스킨십에 서툴렀다. 뭣보다 과열된 수컷의 본능으로만 덮쳐오는 딥 키스는, 본인의 혀뿐 아니라 내 혀도 어떻게 움직여야 할지 알 수 없게 만드는 난감함의 극치였다. 나도 현실 경험이 없는 셈이니 상대를 리드할 일이 아니라고 생각해서 소극적인 반응으로 일관했다. A는 우리 둘 다 연애가 처음이라 그런 부분들이 서투른 것으로 단정해 버리고, '같이 노력하면 더 좋아질 수 있을 것'이라는 긍정적인 멘트로 어색하고 불편한 공기를 무마하려 들었다. 그리고 안타깝게도, 나는 얼마 못 가 '같이 노력하고 싶은' 의지를 상실해 버렸다.

두 번째 남자친구 B는 사교의 왕자답게 여자들에게도 인기가 많았고 본인도 그 사실을 잘 알고 있었다. 연애경험이 적지 않아 보이기는 했는데, 나한테까지 과시욕이 발동했는지 은근히 그걸 티 내고 싶어 했다. 스킨십에서 B는 내내 나를 초보 취급하며 자신이 나보다 그 방면에 훨씬 능한, 성적 매력이 있는 남자라는 걸 인정받으려 들었다. 그가 자신 있게 구사하는 스킨십 기교란, 내 입술 전체를 물어뜯는 듯한 유난스러운 키스와 옷 속을 파고들어 오는 거친 손놀림 같은 것들이었다. 처음에는 그게 남자의 박력인가 싶기도 했으나 시간이 지날수록 내 느낌은 불쾌감과 고통으로 좁혀졌다. 우습기 짝이 없는 그의 오버액션이었다. 무지한 쪽은 오히려 B 같은 남자다. 은연중에 나를 그냥 어리고 뭘 모르는 여자애들 가운데 하나로 간주하고, 그런 마초 흉내 섹스어필에 압도당하고 황홀해할 것이라고 믿었으니 말이다. 내가 한 번도 그쪽에 적극성을 보이거나 먼저 원한 적이 없기 때문에, 두 남자친구 모두 나를 순진하고 경험 없는 여자로 인식한 것도 무리는 아닐 터였다. 그들은 나를 몰랐다. 점차 매력을 잃어가는 그들의 스킨십을 내가 돌아서서 조소하고 있었으며, 무미건조하게만 느껴지는 관계를 빨리 정리할 타이밍만 찾고 있었다는 걸. 그들의 짐작대로 나는 '현실에서' 남자를 경험한 적 없는 순진한 여자일 뿐, 그들이 짐작조차 할 수 없는 '또 다른 세계에서는' 이미 많은 걸 체득한 여자인 것이다. 내 두 얼굴이 가증스럽다 해도 할 수 없다. 멘탈로나 육체적으로나 나를 온전히 사로잡지 못한 건 어디까지나 그들의 한계니까. 그 무엇보다, 남자로서 자신의 몸의 언어를 구사하고 전달하는 능력…… 이것에 있어, 내 밤의 그를 뛰어넘는 존재가 어디 있기나 할까.

보다 뜨겁고, 보다 가깝고, 보다 농밀하고, 절박하기까지 하다. 그가 내게 베풀어주고 있는 감각의 향연은 바로 이런 것이다. 키스, 애무, 삽입과 절정, 그 모든 것이 믿을 수 없을 만큼 길고도 강했다. 나를 안았던 수많은 순간들에 있어 단 한 번도 그 페이스가 떨어진 적이 없었다. 무슨 말을 더 끌어와야 제대로 표현할 수 있을는지, 이제는 머리가 텅 비어 버린 기분이다. 그래도 가장 주요한 느낌을 짚어본다면, 순간마다 그가 나를 너무도 크게, 깊게, 많이 원하고 있으며 내게 그의 모든 걸 쏟아 넣으려 한다는 확신이다. 그리고 여자로서, 이토록 나를 원하는 남자의 갈구를 충족시켜주고 있다는 쾌감을 형용하기는 어렵다. 이 확신과 쾌감이 어우러져 내 두려움을 지워 없애기에 이르렀다. 그의 몸은 달콤한 족쇄처럼 나를 조이고 또 조이며, 그 아래 내 몸은 설탕물처럼 흥건하게 녹아 버린다.

이때까지 현실 남자친구들과 섹스를 해보지도 않고 어떻게 그에게 견줄 수조차 없다고 단언하냐고? 대답한다면, 그저 그들과는 스킨십에서부터 거부감이 들어서 나 자신을 내려놓고 받아들이는 게 잘 안되었다. 인성의 문제를 따지자면 누구에게나 장단점이 있게 마련이니, 필요 이상으로 그들을 깎아내릴 필요가 없다. 나는 그들이 나를 만지면 만질수록 감흥이 줄어들었으며, 종내에는 그게 싫어지기까지 했다. 연애로 인해 이성이 마비되는 게 아니라 더 또렷하게 날을 세워가는 격이었고, 관계를 계속 유지하거나 발전시키고픈 욕구가 한번 사그라져 들자 회복 불능이었다. 그럼에도 남자친구들의 섹스까지 내 마음에 안 드는지, 대체 그와는 비교나 가능한 수준인지 단지 확인하기 위해 내키지도 않는 상대들과 밤을 보내야 할 이유가 없다고 생각했다. 나는 그냥 하기 싫은 짓을 안 했을 뿐이다.

스물네 살의 직장인이 되어 처음 다시 써본 일기가 사뭇 길어졌다. 열아홉 살 때부터의 이야기를 구구히도 늘어놓은 셈이지만, 여전히 남아 있는 질문이 나를 찔러온다. 나는 과연 내 이율배반을 해결했는가? 진세라는 진세라를 납득시켰는가……?

모르겠다.

내가 어쩌다가 이렇게 그에게 관대해졌는지.

몸보다 마음을 더 중히 여기고 싶다면서, 오직 몸으로 교감하는 그와의 관계에 어쩌다가 이렇게 익숙해져 버렸는지. 거부도 저항도 완전히 포기하고, 왜 속절없이 똑같은 밤들을 되풀이하고 있는 건지.

내 의지와는 전혀 무관하게 시작된 일이었다고 강조했었다. 그러나 지금에 와서, 그는 분명 내 의지에 영향을 행사하는 존재가 되었음을 인정해야 할 것 같다. 그가 내 의지를 좌우하고, 내 현실의 연애를 깨 버리고, 내 인생의 터닝 포인트들을 만들어내고 있다. 나는 그를 막을 방법이 없다.

벌써, 5년이나 되었다…….

4

세라의 일기 - 3

2014년 4월 X일

그의 몸에서는 들풀 냄새가 난다. 너른 야생의 대지에서 거침없이 자라난 풀줄기가 뿜어내는 것 같은, 그런 냄새. 스산한 바람이 불어와 들판을 쓸어가도, 거센 비가 내려 들판을 적셔도, 그 풀 냄새는 더 짙어지며 사방에 진동할 것만 같다. 코끝이 아릴 정도로 생생하다. 그와 몸을 포개고 있으면, 어느새 그 풀줄기 가득한 들판 한가운데 누워 있는 듯한 느낌이다. 처음 그가 나를 찾아온 이래 몇 년이 지나도록, 나는 그의 냄새를 맡지 못했었다. 그럴 경황이 없었다. 바람처럼 내게 파고들었다가 빠져나가는 건 여전히 마찬가지지만, 이런 아득한 풀 냄새를 몰고 와서 내 이불 속을 들판으로 만들어 놓는 줄은 몰랐었다.

그에게서 맡을 수 있는 건 풀 냄새만이 아니다. 한 가지가 더 있다. 쉽게 파악하기 어려운 모호한 냄새로서, 한동안 나는 갈피를 잡지 못했다. 이게 무슨 냄새인지, 아니, 무엇에 가까운 냄새인지 최근에야 규정할 수 있게 되었다. 그건, 가죽이었다. 적어도 내 믿음에 한해서는 그렇다. 굳이 구분하자면 인조가죽이 아니라, 천연가죽이라고 해야 한다. 갓 뽑아낸 인조가죽 제품에서 흔히 풍겨 나오곤 하는 값싼 냄새와는 다르다. 머리를 아프게 하고 속을 거북하게 하는 인조가죽의 강력한 화학물질 냄새였더라면, 즉각 알아차렸을 것이고 심히 거부감을 느꼈을 게 틀림없다. 반면 질 좋은 천연가죽의 냄새는, 후각을 있는 대로 동원해도 뭐라고 한마디로 표현하기가 영 난해한 그런 것이다. 냄새인 듯 아닌 듯 고개를 갸웃하게 하지만 시간이 지남에 따라 서서히, 은은하게 그 존재감을 더해가는 게 특징이다. 비록 동물의 피부라는 실체를 부인할 수는 없으나, 그로 인한 것이라고 해서 마냥 육적(肉的)이지는 않다. 가볍게 떠돌지 않고 묵직하다. 어지럽지 않고 차분하다. 텁텁하다기보다 정겹다. 비릿하지 않으며, 그것만의 아취(雅趣)가 있다. 천연가죽은 시간과 사람의 손길을 타면서 낡아빠지거나 훼손되는 게 아니라 외려 고풍스러운 멋으로 사람을 매혹하고, 그 냄새는 오래 맡을수록 그에 점점 더 취해 헤어날 수 없게 한다.

사실, 그 가죽 냄새는 그가 몰고 온 게 처음이 아니었다. 내 기억의 창고 안쪽 어딘가에 깊이 숨어 있었던, 이미 오래전에 맡아보았던 냄새라는 걸 뒤늦게 깨달았다. 아홉 살이던가, 내가 키 작은 꼬마 아이였을 때의 일이다. 흐린 구름이 낮게 깔려 있던 늦가을 오후, 나는 엄마 손에 이끌려 길을 걷고 있었다. 제법 쌀쌀한 공기가 얇은 카디건 속으로 스며들고, 감기 기운을 느끼며 내가 코까지 훌쩍이는데 엄마는 내 컨디션에는 별 신경을 쓰지 않는 듯했다. 그래도 괜찮았다. 다정한 모습을 보이는 일이 거의 없는 무뚝뚝한 엄마였고 나를 데리고 외출하는 것 자체가 드문 일이었기에, 그냥 그 시간이 좋았던 나로서는 불평을 잊었다. 한참 낡은 건물들이 줄지어 늘어서 있는 성수동 거리는 어린 내 눈에도 다분히 살풍경해 보였다. 엄마는 그 가운데 한 건물의 반지하에 위치한 어떤 가게로 내 손을 잡고 들어갔다. 이런 곳에 엄마가 무슨 볼일이 있는지 궁금할 따름이었다. 나이 들어 보이는 백발의 가게 주인이 엄마에게 인사를 건넸고, 엄마는 밝은 목소리로 그와 이야기를 나누기 시작했다. 살짝 들뜬 것 같기도 한 엄마의 표정도 평소에는 보기 어려운 모습이었다. 두 어른 사이에 멀거니 선 채 주워들은 대화의 내용인즉슨, 엄마가 그곳에서 가죽구두를 맞추려 한다는 것이었다. 더구나 그날이 첫 방문이 아니라, 예전부터 엄마는 계절이 바뀔 때마다 그곳을 찾았으며 엄마의 주문대로 주인아저씨가 직접 만들어낸 구두를 신어왔다고 했다. 나중에 알게 된 것이지만, 그 가게는 말하자면 수제화 장인이 운영하는 가죽 공방이었다. 엄마는 결혼 전 이십 대 중반의 나이에 그 공방을 만난 이후 오랜 세월 죽 단골손님이었고, 돌아가시던 해까지도 그곳의 구두를 신었다. 문제의 냄새 이야기로 돌아와서, 내 인생 최초로 그 냄새를 맡았던 곳이 엄마의 성수동 단골 가죽 공방이었다는 사실을 밝혀두고 싶은 것이다. 아홉 살 꼬마의 세상에서 그때까지 보통 좋은 냄새로 인식되고 있던 싱그러운 꽃향기나 달콤한 아이스크림의 바닐라 향, 뭐 이런 것들과는 완전히 다른 차원의 냄새라고 할 만했다. 그래서 처음에는 숨쉬기 힘들 만큼 생경했지만, 가죽 냄새가 지닌 그 특유의 온기가 점차로 맡는 사람의 긴장을 이완시켜주고 이질감도 거품처럼 풀려 사라지게 만든다는 걸 깨닫게 되었다. 엄마의 볼일이 끝나고 공방을 떠날 때가 되자, 그곳에 좀 더 머물지 못하는 게 아쉽게 느껴졌다. 의식하지도 못하는 가운데 내게 감겨와 내 어린 마음에 배어든 따뜻하고도 깊은 향기, 그게 바로 그 가죽 냄새였다.

엄마가 가죽 공방에 나를 데려갔던 건 그때가 처음이자 마지막이었다. 하지만 그 뒤로도 나는 간혹 그 냄새와 마주하는 일이 있었는데, 다름이 아니라 집에서 그랬다. 당시 우리 가족이 살던 주택에는 보일러가 연결되지 않은 딱 하나의 방이자, 서늘한 냉장창고처럼 쓰이던 작은 방이 있었다. 엄마는 방안에 있던 이런저런 잡동사니들을 내다 버리면서까지 여유 공간을 만들어, 그곳에 자신만의 신발장을 고이 들여놓았다. 아빠 신발과 내 신발, 운동화와 슬리퍼 따위가 뒤섞여 놓여 있는 현관의 신발 받침대와는 별도로, 엄마가 오직 자신의 수제 가죽구두들을 수납하고자 일부러 맞춘 신발장이었다. 두말할 것 없이 엄마는 그 구두들을 몹시 아꼈다. 신발장을 쉽게 여닫는 일이 없었고, 외출의 행선지와 용무를 선별해 구두를 꺼내어 신곤 했다. 외출에서 돌아와서도 보관에 각별하게 신경을 썼다. 엄마가 겉옷을 벗지도 않고 작은 방안 신발장 앞에 주저앉은 채 마른 천에 무슨 약품을 묻혀 구두를 닦고 있던 모습이 마치 어제 일인 양 떠오른다. 약품은 아마도 천연가죽 광택제였을 것으로 짐작되는데, 그렇게 정성을 다해 세심하게 구두를 닦는 시간만큼은 누구도 엄마를 방해하지 못했다.

대학에서 식품영양학을 전공한 엄마는 졸업 직후부터 기업의 영양사로 일했고, 결혼해서 나를 낳은 후에도 일을 계속했다. 엄마와 아빠가 맞벌이를 했지만 아빠의 사업이 대체로 신통치 않았던 탓에, 내 성장기에도 우리 집 형편은 그리 여유로웠던 적이 없다. 그런 조건 아래서, 천연가죽 맞춤 구두는 엄마가 택할 수 있었던 유일한 사치였으리라 짐작한다. 늘 수수한 옷차림에 생활 습관도 검소했으며, 구두를 제외하고는 그 어떤 액세서리에도 돈을 쓰지 않는 엄마였다. 그만큼 구두는, 엄마에게 일반적인 신발의 의미를 넘어서는 특별한 존재였던 것일까.

초등학교 시절 방과 후 이따금씩 학원을 빠지고 아무도 없는 조용한 집으로 돌아올 때면, 나는 작은 방으로 들어가 엄마의 신발장 문을 살며시 열어보곤 했다. 그때마다 신발장 안에 비밀인 듯 가두어져 있던 가죽 냄새가 흘러나와 내 코끝을 훅, 파고들었다. 그 냄새와 함께라면, 내가 눈 깜짝할 사이에 엄마의 단골 가죽 공방에 와 있는 느낌이었다. 그 착각이 불러일으키는 희열을 놓치기 싫었다. 그래서 좀처럼 신발장 문을 닫지 못하고 그 앞에 못 박힌 듯 서 있던 여자애…… 어린 날의 나. 돌이켜보면, 구두라는 것에 대한 내 관심과 애착이 그 무렵부터 시작된 게 아닌가 싶다. 그리고 이건 단 하나뿐인, 나와 엄마의 닮은 점이었다고 믿고 있다.

무남독녀 외동딸로서 나는 엄마의 다정한 사랑을 갈구하며 자랐고, 엄마를 닮은 딸이라는 소리를 그 무엇보다 듣고 싶었다. 그럼에도 현실에서 내게 그렇게 말해주는 사람은 없었다. 심지어 스스로 따져봐도, 나는 외모나 성격에 있어 엄마와 닮은 구석이 거의 없는 것 같았다. 그 때문에 항상 슬프고 주눅이 들어 있었는데, 내가 엄마처럼 구두를 좋아한다는 사실을 자각하게 되면서 그런 감정적 결핍으로부터 조금씩이나마 헤어나올 수 있었던 것 같다.

어쩌면 엄마와 나를 이어주는 진정한 실물(實物) 연결고리가 되어주었을, 엄마의 그 소중한 구두들은 안타깝게도 현재 남아 있지 않다. 엄마의 장례를 치르자마자 아빠는 엄마의 옷가지와 구두부터 치워 버렸다. 고2 겨울방학 때 갑작스레 엄마와 이별한 나는 큰 충격에 빠졌고, 엄마의 신발장에 생각이 미치지도 못했거니와 직접 유품을 챙길 엄두조차 못 냈다. 엄마의 유품은 아빠가 단단한 마분지 박스 하나에 꼭 맞춰 정리해 넣었고, 그것으로 끝이었다. 시간이 흐른 뒤, 엄마의 유품 박스에 뭐가 들어있냐고 아빠에게 한번 물어본 적이 있었다.

엄마가 보던 책들이랑 이것저것 적어놓은 노트들, 대학 졸업 앨범, 우리 결혼사진하고 너 어릴 때 데리고 다니면서 찍은 사진들…… 그런 거야. 버릴 수가 없더라, 그것들은. 네가 마음의 준비가 되면, 아니, 그냥 한번 보고 싶으면 언제든 열어봐.

아빠의 대답이었다. 그때 나는 대학생이었지만, 마음의 준비가 되어 있지 않았다. 더 기막힌 일은, 이십 대 후반에 들어선 지금까지도 내가 마음의 준비가 안 된 나머지 엄마의 유품 박스를 과감하게 열어 젖혀본 적이 없다는 것이다. 또한, 언제 그걸 열어볼 수 있을지 아직 모르겠다는 것도.

엄마의 신발장은 덧없이 사라졌을지라도, 구두를 좋아하는 내 마음은 꺾이지 않는 물길처럼 한 방향으로 이어졌다. 대학 시절로 접어들며 관심사가 패션 전반으로까지 확대되었지만, 그중에서도 가장 흥미롭고 사랑스러운 아이템은 역시 내게는 구두였다. 학교 도서관에서 시험공부를 하다가 스트레스가 솟을 때, 전철이나 버스 손잡이를 붙들고 서 있다가 문득 일상이 더없이 권태롭다고 느낄 때, 나는 그 상황에서 뛰쳐 나와 구두를 보러 가곤 했다. 학교 전철역과 이어지는 대형 백화점은 가까워서 자주 찾는 곳이었는데, 나는 브랜드 구두매장들이 위치한 한 층을 하릴없이 돌고 또 돌았으며 지하층에 벌여놓은 세일 구두 판매대도 빼놓지 않고 꼼꼼히 살폈다. 시내 번화가로 나가서는, 패션 골목의 작은 가게들이 바깥 진열대에 풍성하게 쌓아놓은 구두들을 눈이 아플 만큼 구경하며 돌아다녔다. 주머니 사정이 넉넉지 않은 대학생이라 마음에 드는 구두를 사지 못하는 경우가 대부분이었지만, 그저 바라보는 것만으로도 좋았다. 구두의 존재 자체가 내 안의 불안과 공허감을 내몰아주고, 엄마 없는 아이 같은 기분으로 살아가던 나를 달래주었다. 생전의 엄마는 그 변치 않는 냉담함으로 내게 상처를 남겼지만, 한편으로는 구두라는 구원책도 던져주고 떠난 셈이었다.

대학 졸업 후 취업을 하고 돈을 벌기 시작하면서 나는 간간이 내가 원하는 구두를 사서 신는 여유를 누리게 되었다. 하지만 엄마처럼 수제 구두를 맞춰 신어야겠다는 욕구를 느낀 적은 없었다. 수제화의 시대는 이미 옛날이야기였고, 어디를 보나 차고 넘치는 기성품 구두들에다 폼 나는 브랜드 구두들의 향연까지 벌어지고 있는 마당이었다. 구태여 비싸고 오래 걸리는 수제화를 찾아 나설 이유는 없다고 생각했다.

그러나 앞서 말한 것처럼, '그'의 냄새를 맡을 수 있게 되고 그 주된 실체가 가죽이라는 사실을 알아차렸을 때는, 신선한 충격에 소름마저 돋았다. 들풀 냄새는 비교적 쉽게 파악 가능한 것이었지만, 다른 한 가지가 가죽 냄새라는 확신에 도달하기까지는 꽤 오랜 고민이 필요했었다. 그 가죽 냄새는 필연적으로, 아득한 기억 속에 묻혀 있던 엄마의 단골 가죽 공방과 내가 몰래 열어보던 엄마의 신발장까지 소환해냈다. 다시금 나는 그 냄새를 아주 가까이 맡아보았다. 그가 풍기는 가죽 냄새와 내 기억에서 끄집어낸 가죽 냄새, 그 둘은 여지없이 일치하고 있었다.

최근 이 깨달음을 경험하고 나서, 나는 성수동 수제화 거리를 다시 더듬어 찾아가 보고 싶다는 강렬한 열망에 사로잡혔다. 세월이 흐른 탓에 엄마의 단골 가게를 찾아낼 수 없을지 몰라도, 그 거리의 어느 가게에서든 내가 원하는 모양과 재질은 물론, 나를 벅차게 하는 향기를 지닌 가죽구두를 직접 맞춰보고픈 바람이 생겨났다.

참, 내 신상에 주요한 변동사항이 있다. 이런 내 취향과 관심에 부합되는 직장으로 이직을 한 것이다. 올해 초, 대기업 계열 패션 편집매장의 매니저 모집공고에 지원하여 합격했고, 강남에 위치한 매장에서 일하게 되었다. 2년을 다닌 이전 회사도 나쁘지 않았지만, 아무래도 무역 사무보다는 매장의 패션 아이템들을 매일 내 손으로 다루며 그것들과 가까이 호흡하는 일이 훨씬 더 적성에 맞겠다 싶었다. 그리고 예상대로, 이 일은 매우 즐겁다. 생계수단으로서의 직업이라기보다, 패션이 주는 기쁨을 향유할 수 있게 하며 그것에 대한 안목도 높여주는, 아주 고마운 수업 같다는 생각이 든다. 단, 우리 매장이 다른 아이템들에 비해 구두를 소량 취급한다는 점이 아쉬울 뿐이다. 구두 섹션이 대폭 확충된다면 좋으련만. 만약 이런 아쉬움이 끝까지 해결되지 않는다면, 언젠가는 고급 구두 전문매장에 취업해 사랑하는 구두들 속에 파묻혀 지내게 될 수도 있으리라. 그렇게 된다면 좋겠다. 아, 내 불변의 애정은 당연히 가죽구두다.

그에게서 나는 냄새, 특히 가죽 냄새에 대한 이야기를 한참 썼다. 7년 동안 그를 받아들였지만 후각이 열리게 된 건, 말했듯이 그리 오래된 일이라고 할 수는 없다. 원래는 최초의 감각인 촉각만이 나를 그와 연결해주는 유일한 통로였다. 정체도 모르고 형체도 없는 존재이니 오로지 몸으로만 느낄 수 있었고, 몸으로만 반응을 주고받으며 소통할 수 있었다. 그게 다인 줄 알았다. 그러는 와중에 후각이 열리면서, 그를 향한 통로가 하나 더 트인 셈이 되었다. 내 이불 속에서 그와 내가 만들어온 작고 기묘한 세계는 한층 넓어졌으며, 의심할 바 없이 다채로워졌다. 촉각에 후각이 더해지니 안 보이던 게 보였고, 추억의 필름도 막힘없이 돌아갔다. 야생의 들판도, 잊지 못할 가죽 냄새도 모두 끌어안고 나는 그와 더불어 뒹굴었다. 여기까지만 해도 족히 놀라운 일이다.

그런데 아직 끝이 아니었다면 믿겠는가. 계속해서 놀라 자빠질 일이 일어났다. 이는 불과 열흘 전부터 가능해진, 그와 내 소통에 있어 가장 경이로운 변화라고 단언할 수 있다. 올해 들어 처음으로 내 비밀 일기장을 꺼내어 든 진짜 이유는 다름 아닌 이것이다. 후각도 후각이지만, 드디어 내게 본격적으로 청각의 기적까지 찾아왔다는 것! 내가…… 그의 말을 들을 수 있게 되었다. 믿거나 말거나, 우리가 말을 나눌 수 있게 되었다. 이 엄청난 사건을 기록하는 걸 웬만해서는 미루고 싶지 않았다. 그래서 출근을 해야 하는 평일임에도 불구하고, 이 새벽까지 나는 잠을 잊은 채 일기를 적어 내리고 있는 것이다. 지난 7년, 그와 헤아릴 수 없이 숱한 밤을 보낸 끝에, 굳게 닫혀 있던 마법의 봉인이 마침내 해제되는 순간을 맞이했으니 말이다.

이전에도 그가 내는 소리를 전혀 듣지 못했던 건 아니었다. 엄밀히 말하자면, 그는 나를 안을 때마다 내 귓가에 많은 말들을 쏟아내곤 했다. 그가 내게 머무는 동안 희한할 정도로 줄곧, 그침 없이 이어지는 그 속삭임은 미스터리였다. 아무리 애를 써봐도 분명하게 들리지 않았고, 말이라기보다는 일종의 낮은 음조처럼 귓가를 떠돌 뿐이었다. 그러다 붕, 하는 짧은 진동과 함께 소리가 잦아들고 이내 허공으로 흩어져 사라져 버리기 일쑤였다. 그토록 건져내기 어려웠던 그 말들이, 갑자기 내 머릿속으로 들어왔다.

아, 사실 나 혼자 앞서갈 여지도 없잖아 있으니 확실하게 이야기해두고자 한다. 내가 현실에서 다른 사람들과 나누는 것 같은, 자유롭고 매끄러운 대화가 가능하다는 뜻은 아니다. 흘러넘치는 그의 말의 홍수 속에서 일부 단어들을 알아듣고, 그것들의 조합으로 이루어진 길지 않은 문장에 도달해 전체 의미를 파악하는 식이다. 그가 계속 말을 하기는 해도, 내게 질문을 하는 일은 많지 않다. 급한 사람이 우물 판다고, 질문을 던지는 쪽은 뭣보다 그의 정체가 궁금한 내 쪽이다. 내 질문들에 그는 대부분 간단하게 대답한다. 아주 모호하게 답변하거나, 동문서답을 하는 경우도 있다. 뭐, 이렇듯 애매한 수준의 소통을 가지고 내가 유난을 떠는 것이라면 또 어떤가. 나는 이 상황이 그저 너무 신기할 따름인데.

좋아⋯⋯ 네가 좋아.

너를 안는 게 좋다. 너도 나처럼 좋아?

아파? 아파? 이렇게 하면 괜찮아⋯⋯?

멈출 수가 없어⋯⋯ 너⋯⋯ 너⋯⋯ 너니까⋯⋯.

오래, 오래도록 같이⋯⋯ 있고 싶다⋯⋯ 이대로.

내가 알아듣게 된 그의 말들은 대충 이런 것들이다.

결국 끌어모으지 못하고 놓쳐 버린 말들이 더 많지만, 마냥 아쉬워할 필요는 없으리라. 저 말들만 해도 내게는 충분한 만족이고 기쁨이니까. 뜨거운 성합으로 육체적, 감성적 흥분이 한껏 고조된 가운데 여자가 상대에게 듣는 말로서는 더할 나위가 없다. 거듭 말하지만, 여자는 남자의 갈구가 깊어질수록 더 큰 쾌감을 느낀다. 사랑받는 걸 사랑하는 존재다, 여자는.

그에게 던진 내 질문들은 기본적인 것들이었다. 그가 누구인지 알아내는데 필수적인 사항들. 어디서 왔냐고 물었더니, 조금 멀리 떨어진 곳에서 왔다고 한다. 서울에 살았던 적이 있냐고 했더니, 이곳에서 살았던 적은 없다고 한다. 그럼 고향이 어디냐고 물으니, 어떤 지방 이름을 말하는 듯싶기는 한데 뚜렷하게 들리지 않아서 답답하다.

나이가 몇이냐고 물어보았을 때는, 자신도 잘 기억나지 않는다고 했다. 상식적으로는 이해하기 어려운 대답이다. 왜 나이를 기억하지 못하는가, 태어난 해도 모르냐고 재차 물으니까, 자신이 꽤 오래 전에 태어난 것 같기는 한데 몇 년도인지는 모르겠다고 말하는 것이었다. 나이에 관한 질문을 반복해 던져보았는데, 급기야 그가 엉뚱한 대답을 하기 시작했다.

내 나이는 네가 이미 알고 있잖아.

황당해서 전혀 모른다고 했지만, 그는 같은 대답만 되풀이했다.

나이는 그렇다 치자. 기본 중의 기본인 이름을 묻자, 뜸 들임 없는 대답이 바로 돌아왔다. 안타까운 일은, 내가 그의 이름 역시 잘 알아들을 수 없다는 것이다. 다른 어떤 것보다 이름만큼은 확실히 알고 싶은데. 반드시 알아내야 한다. 그래서 잘 안 들린다고, 다시 말해달라고 여러 차례 부탁했다. 집중해 들어보려고 애쓰고 애쓴 끝에, 다행히 그 이름의 초성 자음을 포착할 수 있었다. 성을 뺀 이름

두 자를 말한 것 같고, 초성은 'ㅊ'과 'ㅎ'으로 짐작된다…… 'ㅊ', 그리고 'ㅎ'.

제대로 알아듣지 못하고 있는 건 여전하지만, 그에 대한 정보를 이나마 얻어낸 건 아무것도 모르던 때와는 비교조차 불가능한 수확이다. 서두를 것도 없지. 앞으로도 그와 함께 보낼 밤은 무수히 많을 것이고, 듣고 또 듣다 보면 그의 이름도 나이도 종내 정확하게 알게 되리라고 확신한다. 수수께끼 그 자체였던 그의 존재가, 나날이 조금씩 베일을 벗고 내게 다가들고 있다. 기대를 감추지 못하겠다.

그를 향해 트이지 않고 남은 단 하나의 감각은, 이제 시각뿐이다.

언젠가는, 그를 볼 수 있는 날도 올까……?

_5_

세라의 일기 - 4

2017년 3월 X일

이럴 수가.

내가 세상 둘도 없는 바보 멍청이였다는 사실을 이제야 알았다.

충격은 거대한 파도처럼 나를 덮쳐와, 내 안온한 해변에 깔려 있던 더운 모래를 일시에 쓸어가 버렸다. 검고 높고, 시린 파도. 나는 이 해변에 거의 발가벗겨진 채 서서, 이빨을 딱딱 부딪치게 하는 한기에 떨고 있다.

왜 몰랐을까. 아니, 이유를 떠나서, 어떻게 이렇게 모를 수 있었을까. 내 두뇌가 모자랐던 거라면 센스라도 받쳐줄 일이지. 한마디로, 머리가 나쁘면 눈치라도 있어야 사람이랄 수 있는 것 아닌가. 내게는 아무것도 없었다. 믿을 수 없는 일이다. 대학 나왔고, 졸업 후 바로 취업해서 벌써 6년 차 사회인이 된 나다. 그간 열심히 일한 덕에, 조만간 아빠와 살던 집에서 독립해 작은 나만의 보금자리로 이사할 계획이기도 하다. 대단할 건 없지만, 그래도 동년배들과 비교했을 때 뒤처지거나 달리는 축은 아니라고 생각해왔다. 그런데 문제는, 내 외면적 조건이나 외부와의 관계가 아니었다. 다른 무엇도 아닌 나 자신에게 일어나고 있는 일, 그것의 실체를 내가 모르고 있었다는 게 진짜 문제였다.

이 무서운 깨달음은, 아무렇지 않게 시작되었다. 올해 1월, 더없이 무심한 일상 속에서 접하게 된 단 하나의 단어가 그 시작이었다. 손가락 놀림 몇 번으로 즐겨찾기 해둔 포털사이트를 닳도록 드나들고, 너무도 쉽게 소환되는 정보의 바다에 뛰어들어 자유자재로 헤엄치는 존재, 이름하여 현대인일 것이다. 의심할 바 없이 그 현대인들 가운데 한 명인 나는, 한가한 휴일 오후 여유롭게 인터넷 서핑을 즐기고 있었다. 내 최고 관심 아이템인 수제화를 검색하다 보니, 자연스레 가죽공예를 다룬 동호인들의 광범위한 게시물 목록을 불러내게 되었다. 그중에서 우연에 가깝게 찾아 들어간 곳이 제법 규모가 큰, 취미 수공 및 목공을 주제로 하는 카페였다. 목공에 관한 다양한 질의응답을 중심으로 운영되는 그 카페에서, 가죽공예는 서브 카테고리 게시판에 속해 있었으며 목공만큼 정보가 풍부한 편은 아닌 듯했다. 따지자면 나로서는 그리 오래 머물 이유가 없는 카페였다는 의미다. 그럼에도 내가 그 카페를 금방 빠져나오지 않고 이 게시판 저 게시판을 기웃거렸던 이유를 명확하게 설명하기는 힘들다. 이유가 있었다면 결국, 그곳에서 그 한 단어를 발견하기 위함이었다고밖에 할 수 없다. '수공구'라는 게시판에 올라온 꽤 여러 개의 게시물이, 서로 비슷해 보이는 질문들을 담고 있었다. '귀접이는 어떻게 해야 하나요?', '대패 귀접이에 관해 질문드려요', '대패 어미날 귀접 위치 방법 쉽게 좀 알려주세요', '베벨업 대패 귀접이는 어떻게 하는 건가요?'……. 그렇게 내 시야에 걸려든 단어가 바로, '귀접'이었다.

무슨 이야기인가 싶어 게시물을 열고 답변들을 대략 훑어보았다. 목공에 문외한인 내가 이해하기에는 너무 전문적인 내용이었지만, 막연하게나마 목재를 원활하게 다루기 위해 대패 날을 다듬어 깎아주는 일을 귀접이라고 칭하고 있음을 알 수 있었다. 이쯤 되니 불현듯, 귀접이라는 단어의 더 정확하고 사전적인 의미를 파악하고 싶은 욕구가 솟구쳤다. 즉각, 포털사이트의 검색창에 '귀접'을 입력해 넣고 서슴없이 엔터키를 두들겼다.

일단, 이 검색을 통해 나는 원하던 답을 얻었다.

그러나 또한, 내가 전혀 원하지 않았을뿐더러 상상조차 해본 적 없는 결과를 함께 불러내고야 말았다.

공예, 기술, 공학 등의 카테고리에 해당하는 단어 '귀접'의 의미는, '물건이나 재료의 귀를 깎아 버리거나 접어 붙이는 일'이다. 이렇듯 그저 간단한 답으로 끝났더라면 얼마나 좋았을까. 이는 검색 결과의 극히 일부에 불과했다. 이 답만 빼고, 모니터 한가득 떠오른 게시물들은 첫 문장부터 완전히 딴판이었다.

@ 처음으로 관계하는 꿈을 꾸고 난 후에 같은 경험이 반복됩니

다. 느낌도 너무 생생하고요. 이런 게 **귀접** 맞나요……?

　@ 아무래도 저 **귀접**을 당하고 있는 것 같아요. 몇 달 전부터 갑자기 시작돼서 이번 달만 벌써 네 번째예요…… 어떡하죠?

　@ 이런지 꽤 오래됐고 처음에는 그냥 가위눌림인 줄 알았는데, 아무리 생각해도 **귀접**인 것 같습니다. 제 의지와 상관없이 성행위를 당하는 느낌에 가벼운 환청까지 들리기 시작하고…… 뭐가 뭔지 모르겠습니다. 힘듭니다.

　@ 개인적인 일들로 심신이 허약해진 상태에서 **귀접**을 경험한 적 있고, 그 후 애인이 생기면서 사라졌습니다. 희한하고 혼란스러운 경험이라 다시 겪고 싶지 않네요.

　@ **귀접**을 당했던 초기에는 강제 삽입 느낌이 너무 낯설고 싫었는데, 요즘은 긴장감도 사라지고 기분이 별로 나쁘지 않습니다. 솔직히 이제는…… 하는 게 좋을 때도 있습니다. 저기, 귀접을 즐기면 안 되는 건가요? 혹시 제가 변태인가요?

　이게 다 뭔가. 이 사람들이 무슨 소리를 하고 있는 거지?

　아마 이 시점부터 내 표정이 급격히 흔들리기 시작했으리라. 그리고 불안하게 요동치던 내 시선이, '귀접'이라는 단어의 또 다른 의미를 설명하는 온라인 백과사전 섹션에 가서 멎었다.

　귀접(鬼接, spectrophilia)은 귀신과 성교하는 것을 말한다…….

　천천히 한 손을 들어, 나도 모르게 벌어져 있던 내 입을 틀어막았다. 내가 이미 몹시 당황하고 있다는 걸 인정하기 싫었다.

아냐, 세라야. 넌 아닐 거야. 너랑은 상관없어.

살며시 고개를 흔들어보았지만, 자신이 없었다.

하나같이 귀접 경험을 고백하는 그 글들을 제대로 읽어보아야 할지, 아니면 그냥 아무 일도 없었다는 듯 인터넷 창을 닫아 버려야 할지, 나는 잠시 격렬한 갈등에 휩싸였다. 이대로 그만둔다면 당장은 마음이 편할지 몰라도, 나는 이내 두려움 섞인 호기심을 이기지 못하고 인터넷에 다시 접속하게 되리라. 불 보듯 빤한 일인걸. 확인하지 않는다면…… 어떤 판단도 할 수 없다.

떨리는 손가락으로, 게시물들 중에서 제일 먼저 눈에 들어오는 하나를 클릭해 들어갔다. 자세히 읽는 게 무서워서 우선 대충 한번 훑어내린 후, 가까스로 마음을 다잡고 꼼꼼하게 글을 읽어보았다. 총 세 번을 반복해 읽고 나서, 나는 깊은 한숨을 내쉬었다. 그리고 홀린 듯 또 다른 게시물로 들어가, 이번에는 망설임도 없이 죽 읽어내려갔다. 에라, 모르겠다고 덤벼들고 나니 거칠 게 없었다. 내가 그동안 어떻게 이걸 모르고 살아왔는지 의심스러울 지경이었다. 고삐 풀린 채 비밀의 창고 한가운데 내던져진 나는 두 눈이 벌게져서는, 모니터를 가득 메웠던 게시물들을 어느새 다 읽어 버렸다. 페이지를 넘기고 또 넘겨도 귀접에 관한 게시물 목록은 끝날 기미가 안 보였지만, 내 검색은 중단되지 않았다. 도저히 멈출 수 없었고, 멈추면 안 될 일이다 싶었다. 정말이지, 아무 생각 없이 휴일의 킬링 타임으로 시작했던 인터넷 서핑이었는데. 그게, 그게 모든 걸 바꾸어 버릴 줄이야. 지식 검색란 및 카페, 블로그에 이르기까지, 귀접

이야기를 담은 그 헤아릴 수 없이 많은 게시물들을 파헤치느라 나는 하얗게 밤을 밝혔다. 문득 뻐근한 고개를 들어 창을 바라보니, 벌써 아침이 와 있었다.

그것들 모두가 한결같았으며, 예외는 존재하지 않는 것처럼 보였다. 남녀노소 불문하고 글을 올린 게시자들은 전부 자신들의 경험이 귀접이라는 사실을 인지하고, 또 인정하고 있었다. 일말의 의구심을 품은 채 귀접 여부를 질문하는 글에는, 어김없이 그게 귀접이 분명하다는 확신에 찬 답글이 달려 있곤 했다. 같은 경험을 했다며 공감하는 일반인들의 답글도 있었지만, 성직자, 무속인, 명상센터 운영자 등이 올린 자못 전문적인 내용의 답변도 매우 많았다. 그들은 입을 모아, 질문자들의 경험이 단순한 꿈이나 가위눌림, 몽정 따위가 아닌 귀접임에 틀림없으며, 그것이 사람의 심신에 미치는 부정적인 영향을 강력히 경고했다. 그러면서 본인들의 믿음에 따라 기도나 불공, 명상, 부적 같은 다양한 방법들을 귀접의 치유책으로 제시하고 있었다. 아, 안타깝게도 나는 지금 치유책까지 파고들 여유가 없는데 어쩌지. 그 절박하고 다난한 사연들이, 오로지 단 하나의 진실로 귀결되고 있다는 게 중요할 뿐이다. 두말할 것 없이 그 진실은, 귀접인 것이다.

그러니, 분명하지 않은가.

남의 일이 아니었다.

빼지도 박지도 못할, 내 이야기였다…… 나 진세라의 이야기였다는 말이다.

이 이상 둘러댈 말도 없고, 물러설 곳도 없다. 그야말로 한순간이었다. 평탄해 보이는 들판 한가운데 숨어 있던 함정, 아무도 모르게 파인 구덩이 같은 패닉이 졸지에 나를 집어삼켰다.

심지어, 더 무서운 게 있다. 그걸 나는 금방 알아차릴 수 있었다. 감정을 추스르기도 힘겨운 마당에, 굳이 이성을 풀가동하지 않아도 어렵잖게 깨달을 수 있는 문제였다. 내가 정초부터 현시점까지 접한 온갖 사람의 그 어떤 귀접 이야기와 비교해서도, 내 경우가 훨씬 더 심각하다는 것. 이게 부인할 수 없는 팩트였다.

물론 기본적인 패턴은 같다. 첫째, 전혀 예상하지 못한 상태에서 불시에 당하는 일이다. 둘째, 현실의 성교만큼이나, 때로는 그 이상으로 생생하고 강렬한 경험인지라 도저히 꿈으로 치부할 수 없다. 셋째, 한두 번으로 끝나지 않고 일정 기간 지속되는 경우가 많으며 개인의 의지만으로는 물리치는 게 거의 불가능하다. 넷째, 보통은 불쾌감이나 거부감을 느끼고 그로부터 벗어나고 싶어하나, 더러는 그에 순응하거나 즐기는 단계에 이르기도 한다. 빠짐없이, 내가 겪은 바들과 다르지 않았다.

하지만 그 누구도 나처럼, 아주 오랜 시간 귀접을 당하고 있다고 밝힌 사람은 없었다. 그 누구도 나처럼, 순응 내지 가벼운 즐김의 단계를 넘어 그 상대에게 형언키 어려운 친밀감과 애착을 품게 되었으며, 세상 다른 이성과의 접촉을 굳이 원하지 않을 정도로 그 상대와의 교접에서 크나큰 기쁨을 느끼고 있다고 고백하는 사람은 없었다. 석 달째 매일 밤 미친 듯 인터넷 검색을 하고 무수한 귀접 경험담들을 눈이 아플 만치 찾아 읽어보았지만, 진정, 내 경험의 정도와 깊이에 이르거나 이에 근접하는 수준의 내용조차 찾아내지 못했다. 나는 열아홉 살 나이에 처음 그를 받아들인 이후, 스물아홉 살이 된 지금까지 무려 10년 동안 그와의 관계를 지속해왔다. 이제는 그가 찾아오지 않는 밤이면 허전함과 외로움을 느낄 만큼, 그와의 관계에 심히 중독되어 있다. 만일 그와의 관계가 중단된다면 나 스스로 컨트롤할 수 없는 금단현상에 빠질 것으로 예상되며, 그럴까 봐 지레 걱정도 된다. 어느 모로 보나 내 경험은 가히 독보적이다. 자랑이 아니라는 건 알지만…… 하아.

나와 비슷한 정도의 경험을 가지고 있는데 철저히 혼자만의 비밀이라 인터넷에 글을 올려 공유하지 않았을 수도 있다. 아니면, 그런 경험을 하면서도 귀접이라는 개념 자체를 접할 기회가 없었기에 고민에 빠지지 않았고, 앞으로도 영영 그걸 알지 못한 채 살아갈 사람도 있으리라 짐작한다. 알고 보니 나는 전자와 후자 모두에 해당하는 사람이었다. 당연히 내 경험은 나만의 비밀이었지만, 그것의 실체를 몰랐기 때문에 경험 초기의 혼란과 갈등에서 벗어난 후에는 쉽게 내 판단과 믿음에 안주해 버렸다.

답답한 마음에 반복하는 이야기지만, 올해 2017년이 밝기 전까지는 정말 내가 '귀접'이라는 말을 듣도 보도 못했다고 단언할 수 있다.

그리고 무엇보다 나는, 그를 '귀신'이라고 생각해본 적이 단 한 번도 없었다…….

그는 내게 어떤 존재였을까. 아니다. 이런 식의 질문은 내 주관적인 감상만 불러일으킬 따름이다. 나 자신에게 좀 더 냉정하게 물어야 한다. 나는 과연, 그의 정체성을 무엇으로 파악하고 있었을까? 귀신으로 의심해본 적이 아예 없다면, 대체 무엇으로?

예전 일기에 적었듯이, 그를 현실 속의 남자로 여겨본 일은 없었고 그럴 근거가 없다는 것도 알고 있었다. 물리적인 공간에서 통용되는 출입의 개념을 뛰어넘어, 그는 어느 날 갑자기 내 방 내 이불 속으로 스며들었으며 볼일을 끝낸 뒤에는 바람처럼 사라져 버렸다. 도무지 믿을 수 없는 방식으로 내 저항을 봉쇄하고 나와 몸을 섞고 나서는, 내가 눈 한번 감았다 뜨는 사이에 자취를 감추어 버리는 것이다. 참 나, 새삼 되새겨보면 그 어떤 요술도 마법도 이보다 희한하지는 않겠거니 싶다. 바로 조금 전까지 뜨거운 격정에 펄럭였던 이불 속이 텅 비어 버린 듯, 나 혼자 남아 느껴야 했던 그 황망함이란. 뭐, 그것도 대단찮은 일이었다. 시간이 지나자 이래저래 너무 익숙해진 나머지 특정한 감정에 휘둘리는 일도 드물어졌다. 아무일 없이 밤잠 잘 자고 맞는 아침인 양 힘차게 이불을 걷으며 자리에서 일어나곤 하던 나였으니, 말 다 했지.

사람이라기에는 말이 안 되게 신출귀몰한 그, 그가 귀신일지 모른다는 의심이나 상상이 내 머릿속을 휘저어대지 않았던 이유는? 이 자문에, 내가 즉각 대답할 수 있다는 게 놀랍다.

나는, 그가 무섭지 않았다.

그가 내게 모종의 해악을 끼치거나, 나를 잘못되게 할 것 같지 않았다.

공포영화에 흔히 등장하여 산 사람을 놀래고 괴롭히고 홀리고 종내 파국에 이르게 하는, 무서운 귀신이나 사악한 악령……. 이런 것들에 그가 해당한다든지, 조금이라도 가까울 수 있으리라는 상상조차 안 해보았다.

그와의 관계 초기에 내가 겪었던 두려움과 혼란이야 당연지사일터였다. 그때는 모든 게 다 무서웠고, 내게 무슨 일이 벌어지고 있는 건지 알쏭달쏭하기만 했다. 그러나 이제 돌이켜볼수록 확실해짐을 느낀다. 내가 무서워했던 건 그라는 '존재'가 아니라, 그로 인해 발생했으며 또 고착된 '상황들'이었다. 세상도 남자도 모르던 순진한 열아홉 살 소녀가, 애초에 상식과 이해를 뛰어넘는 기이한 세계와 맞닥뜨려 버렸다. 그것도 가장 사적이고 은밀한 공간인 자신의 방, 자신이 혼자 덮고 자는 이불 속에서. 더 난감한 상황은, 의지만으로는 그 일을 멈추는 게 불가능하다는 것이었다. 그 일에 점차 익숙해지고 포기와 적응이 거부감으로부터의 완전한 해방을 불러온이후로는, '자신의 의지'라는 걸 굳이 소환할 필요도 느끼지 못하고살아왔다.

급기야, 그 비밀스러운 관계가... 자신의 현실에 영향을 미치는 차원에까지 이르렀다는 사실을 인정하고, 깔끔하게 두 손을 들어 버린 소녀.

열아홉 살 그 소녀는 지금, 스물아홉 살의 내가 되어 있다. 어느시점부터인가 나는, 상황이라는 저 주된 줄기로부터 내 감정들을 분리해내고 그대로 발전시키기 시작했다. 알아. 상황이 이상하게 시작된 건 아는데, 꼭 그가 나쁜 건 아니잖아. 비록 내 뜻으로 멈출 수는 없지만, 이제 와서 억지로 멈출 필요도 없잖아.

왜? 그는 내게 잘못하는 게 없으니까.

나를 함부로 다루거나 거칠게 굴어서, 내 몸을 다치게 하거나 내 마음을 상하게 한 적이 없으니까.

내 현실 속 대소사에 끼어 들어와 직접적으로 일을 방해한 적도, 간접적으로 내가 일을 그르치게 한 적도 없으니까.

다른 사람들과의 관계가 낳은 갖가지 불화, 갈등, 몰이해, 인연의 단절 등에 내가 상심하여 돌아와도, 그 이상 나락으로 떨어질 겨를은 허락지 않겠다는 듯 나를 빈틈없이 보듬어주고 어루만져주었으니까. 그럼으로써 외려, 내 현실을 달래주었으니까.

지난 10년 동안 쌓인 내 비밀 일기장들은, 우리가 나눈 순간들에 대한 내 뜨겁고 격렬한 고백이 고스란히 녹아들어 있는 용광로나 다름없었다. 2012년에 쓴 일기의 몇 줄을 옮겨와 읊어볼까. 보다 뜨겁고, 보다 가깝고, 보다 농밀하고, 절박하기까지 하다…… 그가 내게 베풀어주고 있는 감각의 향연은 바로 이런 것이다……. 아니, 지금 고쳐 써도 되겠다. 더 뜨거울 수 없을 만큼 뜨겁고, 더 가까울 수 없을 만큼 가깝고, 더 농밀할 수 없을 만큼 농밀하고, 더 절박할 수 없을 만큼 절박하게 어우러지는 한 쌍의 남자와 여자. 바로 그와 나다.

이럴진대, 왜 내가 그를 무서워해야 하는가?

사람이 아니라…… 귀신일지도 모르니까……?

이 글을 쓰면서 나는 캔맥주 두 개를 비웠고, 방금 세 번째 캔을 땄다. 냉정하게 상황을 바라보자고 이러는 건데, 여전히 내 감정들에만 휘둘리며 헤어나지 못하고 있는 꼴이다. 안 되겠다. 나가서 밤공기라도 좀 쐬고 와야지.

산책하러 나가서는, 답답한 마음에 동네 한 바퀴를 있는 힘껏 달려 돌았다. 초봄이지만 밤이 찬 줄도 모르겠다. 다시 책상 앞에 앉는다. 거듭 다짐하건대, 나는 최대한 냉정하게 이 상황을 판단하고, 또 해결해야만 한다. 귀접이라는 게 실존한다는 사실을 처음 알게 된 이후 벌써 두 달이 지났지만, 어떤 변화도 대책도 꾀하지 못하고 있는 내 처지라니. 패닉에 빠져 그냥 제자리다. 밤에 그가 찾아들면, 복잡한 심사를 숨기고 전처럼 태연하게 그와 몸을 섞는다. 솔직히, 내가 무슨 생각을 하고 있는지 그가 알까 봐 두렵기까지 하다. 내 생각을 정리하기도 전에 그가 사라져 버리는 것, 그런 건 원치 않는다. 그래…… 이 지경까지 왔으면, 이걸 '상황'이 아니라 '사태'라고 표현해도 과언이 아닐 듯싶다. 확실히, 내게 문제가 있는 것이다.

3년 전 일기에서 나는 호들갑을 떤 적이 있다. 단지 촉각으로만 시작된 그와의 관계였는데, 후각을 넘어 마침내 청각까지 열리게 되었다고. 그와 내가 말로 소통하는 경이로운 단계에 도달했다고. 내 호들갑은 어쩌면 딱 거기까지가 맞았다. 실제로 우리의 대화는,

짧지 않은 3년 세월이 흐르는 동안에도 딱히 큰 진전을 이루지 못했다. 기본적으로 그의 화법이 바뀌지 않았기 때문이라고 단언해도 좋다.

전과 마찬가지로 그는 나와 관계하며 많은 말을 쏟아내지만, 성합의 흥분 속에서 자신의 기분을 드러내거나 내 반응을 확인하려는 단순한 물음들이 대부분이다.

좋아…… 좋아? 아프지 않아……? 괜찮지? 이건 어때……?

변함없이 그에 대해 더 많은 걸 알아내려 하고, 질문에 집중하는 쪽은 나다. 그때나 지금이나, 내 질문들에 대한 그의 태도와 반응은 일관적이다. 일관되게 모호하다는 의미다. 단답형 시험문제에 응하는 학생처럼 늘 간단하게 답을 하는데, 그런다 해도 분명하게 발음해주는 일이 드물다. 다시 말해달라고 끈질기게 요구하면 몇 차례 반복해 답하기는 하지만 내가 분명하게 알아듣기도 전에 갑자기 입을 다물어 버린다. 한번 그러고 나면, 그날 내 방을 떠날 때까지 같은 질문에는 절대 응답하지 않고 침묵한다.

여태 동문서답을 하는 경우도 꽤 있다. 내 질문을 제대로 이해하지 못해서 그러는 건지, 혹은 일부러 딴소리를 하는 건지 나로서는 가려내기 어렵다. 웬만한 질문들에도 종종 맞지 않는 대답을 해서 나를 헷갈리게 하지만 특히 나이나 태어난 해를 물어보면 이런 반응을 극도로 나타내곤 한다.

– 대체 몇 살이야? 10년이나 됐는데, 아직 네 나이를 말해주지 않았어.

- 나이…… 모르겠어.

- 자기 나이를 모르는 게 말이 돼? 왜 말해주지 않는 건데?

- 기억이 안 나.

- 왜? 왜 기억이 안 난다는 거야?

- 기억이 안 나.

- 자기가 태어난 해도 모르나? 몇 년도인지 말해주면 나이가 나오는데.

- 몇 년도…… 그런 거 몰라.

- 정말, 정말 몰라서 그래? 아니면 일부러 그러는 거야?

- 몰라.

- 아무래도 넌 일부러 말해주지 않는 것 같아. 우리가 같이 있었던 시간이 얼만데…… 네가 자꾸 그런 식으로 그러면 난…….

- 몇 년도인지는 몰라. 그런데…… 아득해. 좀 오래전, 오래…… 그럴 수도 있어.

- 오래전에 태어난 것 같다고? 대체로 그렇게 말했잖아. 그럼 넌, 나이가 많은 거야?

- 아니.

- 난 1989년에 태어났어. 네가 나보다 나이가 훨씬 많아?

- 아니.

- 내 또래야? 아니면 혹시 나보다 어려?

- 아니.

- 그럼 뭔데, 대체?

- 난, 그냥, 젊어.

　- 젊어?

　- 난 젊어. 늙지 않았어.

　- 그래, 네가 젊다는 것 인정할게. 네 몸이, 음…… 아주…… 젊다고 생각하니까.

　- 난 늙지 않았어.

　- 그래, 알았다니까. 넌 분명히 젊은 것 같은데, 신기한 건 네 몸이 10년 동안 똑같다는 거야. 10년이 지나는 동안 나도 열아홉 살에서 스물아홉 살이 됐는데…… 나도 그때와 지금이 똑같을 수만은 없다고 느끼는데…… 넌 어떻게.

　- 난 변하지 않아.

　- 그러니까 어떻게? 어떻게 너만 변하지 않을 수 있는 건데?

　- 널 다시 만났을 때…… 그날…… 너도 그대로였어.

　- 응……?

　- 처음에…… 그리고 우리가 그날 다시 만났…….

　- 무슨 얘기야?

　- 비가 내렸어.

　- 우리가 언제? 언제를 말하는 건데……?

　- 비가…… ㄱㅈㄱ…… ㄴㄹ…… ㅅ…….

　- 뭐라고 하는 거야, 비? 좀 잘 들리게 말해봐?

　- ㅂ…….

　- 비가 어쨌다는 거냐고? 응?

- …….

- 다시 말해보라니까, 응?

- 넌 알고 있잖아.

- 뭘?

- 내 나이, 네가 이미 알고 있잖아.

이런 미로 같은 대화 속에서, 그가 내 이야기에 대해 그나마 앞뒤가 맞는, 유의미한 반응을 보인 순간도 없지는 않았다. 그건 바로, '가죽'에 대한 그의 반응이었다.

- 너한테서는 풀 냄새도 나고, 가죽 냄새도 나. 처음에는 네 냄새를 맡게 될 줄도 몰랐는데…… 참 이상해. 가죽 냄새가 점점 더 뚜렷해지는 게.

- 가죽…….

- 가죽 알아? 알지?

- 알아, 가죽. 그거, ㄱㅍ야…….

- 응?

- 갗…… 피.

- 갗피?

- 갗피라고 불렀어, 그때는.

- 가죽을? 갗피가 가죽이란 뜻이야……?

- 응.

- 언제 그렇게 불렀는데?

- 전에……. 아니, 기억 안 나…… 안…… 나.

- 또 기억이 안 나?

- ·······.

- 알았어. 하여간, 내가 말해준 적 있지? 나 어렸을 때부터 가죽 냄새 좋아했었다고······ 돌아가신 우리 엄마 가죽구두 때문에. 그 똑같은 냄새가 너한테서 나니까, 얼마나 놀랐는지 몰라. 지금도 난 너무 좋아, 가죽 냄새. 그리고 네 냄새······.

- 갓피, 아니, 가죽. 아주 많았어.

- 가죽이 많았다고?

- 매일매일······.

- 어디에 가죽이 많았다는 거야?

- 내가 있던 곳.

- 정말? 네가 어디 있었는데?

- 가죽이 있어야 돼······ 꼭.

- 가죽으로 뭘 했길래?

- ㅁㄷㅇㅇ······ 내가.

- 다시 말해줄래? 못 알아듣겠으니까.

- 만ㄷㅇㄷㄱ, 내가. ㄱㅅ.

- 아, 좀! 알아듣게 말해달라고.

- 갓ㅅ.

- 갓······ 그러니까, 아까 말한 그 갓피?

- 갓ㅅ······.

- 답답해 미치겠네, 진짜······.

내 인생의 최고 관심 아이템인 가죽 이야기를 꺼냈을 때, 그 역시 가죽에 대한 특정한 기억과 이해를 가지고 있는 것처럼 반응한 건 유별나게 흥미로운 일이 아닐 수 없었다. 가죽을 놓고 그가 말하려고 했던 게 무엇인지 더 알아내고 싶어 나는 잔뜩 몸이 달아올랐지만, 언제나 그렇듯 우리의 대화는 약간의 소통으로 시작해서 불통 (不通)으로 끝나 버렸다.

이러는 와중에도, 내가 기어이 알아내고야 만 두 가지 핵심 정보가 있다. 바로 그의 출신지, 그리고 그의 이름이다. 알아듣기 어려운 소리를 다시 말해달라고 수없이, 필사적으로 매달려 얻어낸 것들이니, 이만하면 내 끈기의 수확을 스스로 기특하게 여겨도 좋으려나.

- 어디서 왔어? 서울에서 살았어?

- 아니.

- 서울에서 산 적은 없다고? 서울은 아니지?

- 응.

- 그럼 어디야?

- ·······.

- 여기서 멀어? 아, 서울에서 먼 지방이야?

- 지방·······.

- 그러니까, 서울 말고, 서울에서 떨어져 있는······ 그, 지방 있잖아?

- 지방······ 그래, 맞아.

- 멀어, 서울에서?

- 아니. 그렇게 멀지는 않았어.

- 전에 살았던 것처럼 얘기하네? 그럼 지금은 거기 안 살아? 네가 있는 데가 어디야?

- 난 거기, 떠나지 않았는데. 한 번도.

- 그래? 거기가 어딘데?

- ㄱ…… ㅊㄷ.

- 어디?

- 공…… ㅊㄷ.

- 공, 뭐라고?

- 공ㅊㄷ…… 몰라?

- 내가 어떻게 알아? 못 알아듣겠어.

- 공ㅊㄷ…… 아, 아니. 공ㅈ.

- 공, 자로 시작하는 건 확실하지?

- 응. 공ㅈ.

- 공즈……? 아, 혹시 공주 말하는 거야? 거긴가 보네, 충청도 공주!

까다롭던 퀴즈의 해답이라도 맞힌 양, 나는 흥분해서 탄성을 내질렀다. 그의 이름을 알아내는 과정 또한 이와 다를 게 없었고, 이보다 쉬울 리도 없었다. 우리가 처음 소통을 시작했던 3년 전, 이름이 뭐냐는 내 물음에 한해서만큼은 그리 망설이는 기색 없이 답해주었던 그였다. 다만 내가 그 이름 두 자의 자음 초성인 'ㅊ'과 'ㅎ'

밖에 파악하지 못했었기에, 명확히 알아내기까지는 불가피하게 시간이 걸렸다. 'ㅊ'과 'ㅎ'이 들어가는 이름을 맞추기 위해 같은 질문과 청취를 수도 없이 반복하며 애쓴 끝에, 드디어 나는 그의 이름을 알아냈다!

천, 하. 그가 가진 이름은 천하였다.

내 청각을 총동원해 들은바, 그게 아닌 다른 이름일 수는 없다고 거의 확신한다. 내게는 너무도 특별한 그 이름…… 천하.

그래서, 그래서, 뭐 어쨌다는 말인가. 내 모든 노력이 나름 가상했다 쳐도, 돌아보면 우습기 그지없다. 내가 알아냈다고 들떴던 그에 관한 두 가지 사실, 그것들은 '핵심 정보'가 아니라 '가장 기초적인' 정보에 불과하다. 아무리 미화하거나 과장하려 해도 달라지는 게 없는걸. 나는 지금도 그와의 관계의 출발선 언저리를 맴돌고 있을 뿐인 것이다. 무려 10년인데, 지난 세월이. 그 10년 내내, 거부할 수 없는 마성으로 나를 틀어쥐고 있었던 존재. 현실 속 어떤 남자와도 공유해본 적 없는 내 여자로서의 성적 정체성을, 내밀한 감성들을, 나아가 내 청춘 전체를 독점하다시피 한 존재. 그런 존재를 두고, 고작 이름과 출신지를 알아낸 것에 만족하며 안심했다고……? 새삼 노도처럼 밀려오는 허탈함과 쓸쓸함을 감당할 길이 없다. 제 마음대로 내 육체를 소유하고 내 멘탈까지 지배했으면서, 10년 동안이나 내가 던지는 질문들은 이리저리 피해 나간 그가 야속하다. 내게 결코 베일을 벗어 보인 적 없는 그가 극히 의심스러워진다.

나는 초능력을 믿지 않는다. 그는 빛의 속도로 공간이동을 하는 슈퍼히어로가 아니다. 나는 마법을 믿지 않는다. 그는 동서양의 설화에 나올 법한, 자유자재로 둔갑술을 펼치는 마법사나 도사가 아니다. 외계의 존재 여부에 관해서라면 나는 별다른 견해를 가지고 있지 않다. 그렇지만 그가 미국 SF 드라마시리즈에서 지구를 교란하는 악역을 맡고 있는 외계인 종족의 일원일 리도 없다. 맙소사. 그 어떤 슈퍼히어로가, 마법사가, 외계인이, 오직 한 여자 사람과 성관계를 맺기 위해 10년을 끈질기게 그녀를 찾아오겠는가. 제아무리 말 안되는 픽션도 이보다는 덜 황당할 것 같다. 헛웃음이 나온다.

더 이상 아니라고, 아니라고만 할 명분이 있을까. 이제 나는, 그의 정체성이 '그것'과 동일함을 인정해야만 한다. '그것'은 곧…… 귀신이다.

행여, 귀신이라는 말의 실제적이며 사전적인 의미가 '사악한 악령'에만 해당하는 것이었다면, 나는 정말 끝까지 그가 귀신이라는 걸 인정하지 않았을지도 모른다. 그런 무서운 존재일 것이라고는 상상조차 해본 적 없다고, 앞서 분명히 말했다. 그런데 귀신이라는 단어를 사전에서 찾아보면, '사람이 죽은 뒤에 남는다는 넋'이 주된 의미로 나와 있고, 그게 경우에 따라 산 사람에게 화(禍)나 복(福)을 내려주는 령(靈)으로 나뉜다는 식이었다. 사람이 죽은 뒤에…… 죽어서 남는 넋. 영혼.

그래, 그는 살아있는 사람이 아니라 영혼이었어. 그래서 내 눈에 보이지 않았던 거야.

내 지난 일기를 되짚어보자. 내 인생 최초의 남자인 그를 받아들인 후 남녀의 성합이라는 게 무엇인지 깊이 체득해나가는 과정에서도, 나는 종종 그와의 관계를 가리켜 '교접'이라는 말을 썼다. 열아홉 살 첫 경험을 치른 직후에 자연스럽게 내가 그 단어를 떠올렸으며, 또 내 손으로 기록하기까지 했다는 게 의아한 일 아닌가. 교접은 사전적으로 '서로 닿아서 접촉함'을 기본 의미로 하여, '생물의 암수가 성적 관계를 맺는 것'임을 광범위하게 나타낸다. 즉, 반드시 사람 남녀 사이의 관계에만 국한되는 단어가 아니라고 해도 무방해 보인다. 그와 내 관계가 애초부터 그 '사람 남녀관계'의 영역을 벗어나 있는 것이었다면? 나는 은연중에, 부지불식간에, 무의식적으로, 어떤 식으로든 그가 사람이 아니라는 사실을 인지하고 있었기 때문에, 그 단어를 쓰는데 별 망설임을 느끼지 않았던 것임을 뒤늦게나마 깨달았다.

내 질문 공세를 받고 그가 자신의 이야기를 들려줄 때, 항상 과거 시제를 쓰는 것도 묘하게 마음에 걸렸었다. 대체 얼마나 오래전에 살았던 걸까? 그는 끝내 나이를 고백하지 않았지만, 자신이 젊다는 사실만큼은 필요 이상으로 강조하곤 했다. 물론 내가 알고 내가 느끼는 그의 육체는 10년 전이나 지금이나 똑같이 젊다. 놀라울 정도로 변함이 없다. 본인이 불로불사(不老不死)인 듯 말하면서, 실제로도 전혀 시들지 않는 남자. 만약 그가 그냥 나 같은 사람이었다면 그럴 수 없었겠지.

차라리 손바닥으로 하늘을 가리라는 말이 이처럼 내 가슴을 후벼 팔 줄은 몰랐다. 내게는 물러설 곳도, 숨을 곳도 없다. 두 눈 똑바로 뜨고, 내 안의 진실과 마주해야 할 순간이 왔다. 그가 사람이 아닌 줄 알면서도 모른척했던 나. 그를 사람도 귀신도 아닌, 막연한 제3의 존재 같은 것으로 여기며 내 갈등을 봉쇄하려 했던 나. 내 잠재의식이 의심으로 전환되는 걸 막으려고, 그저 내 마음 편하게 그를 받아들이려고, 그가 내 걱정을 알아차리지 못하게 하려고, 그를 내 세계에서 몰아내지 않으려고 안간힘을 썼던 나. 이게 바로 나. 10년이나 귀접을 당하면서도 귀신을 떨쳐 버리려는 의지를 품기는커녕, 귀신과 질펀하게 어우러지며 그를 붙잡아두고 싶어 하는 어리석은 여자. 어리석은 인간. 이게 나, 진세라의 민낯인 것이다.

어떻게 해야 하나……?

어떻게 그를 내게서 몰아낼 수 있지? 아니…… 어떻게 내가 그를 놓아 버리지?

방법이 있을까?

만약 내가 혼자 할 수 없다면, 과연 나를 도와줄 사람이 있을까……?

_6_

세라의 일기 - 5

2017년 6월 X일

그 누구에게도 말하지 못했지만, 이 일기장에서만은 이미 실토한 바 있다. 나, 진세라의 이율배반을. 그 답 없는 모순을.

양립할 수 없는 두 개의 세계를 오가며 두 개의 얼굴로 살아온 지난 10년은, 그 자체로 내 청춘의 전부였다. 가장 내 모습이 아니었으면 하는 내 자화상…… 그저 망연히 서서, 치울 수 없는 그 거대하고 어두운 그림을 올려다보고 있는 기분이랄까.

진정한 사랑은 몸보다 마음이 우선하는 것이라고 고집해왔다며? 그러면서도 나는 내 밤의 지배자인 그, 천하와 줄곧 몸으로 교감하며, 그 감각의 성채 밖으로 조금도 빠져나오지 못했다.

새로운 환경이나 새로운 인간관계에 한껏 들떠 있는 동안에는 천하가 좀 사라져주기만 바랐다지? 그러다가도 그가 잠시 모습을 감추고 나를 열광시키던 것들이 이내 시들해지면, 나는 그가 완전히 사라져 버렸을까 봐 두려움에 빠졌고 다시 돌아와 내 밤을 밝혀주기만을 애태우며 기다렸다.

현실 속 남자친구들과의 연애는 건전한 데이트 코스로 일관하고, 그들의 갈망과 유혹 따위는 냉정하게 뿌리치며 돌아서곤 했다지? 그러면서도 천하와 함께 하는 밤이면, 나는 남자친구들의 스킨십을 그와 서슴없이 비교하며 비웃었다. 그리고 비교 불가의 존재인 그를 통해, 남자가 여자에게 전달할 수 있는 온갖 몸의 언어를 착실하게 배워나갔으며 또 뜨겁게 향유했다.

귀신인 천하가 내 의지에 영향을 행사하고, 내 현실의 연애를 깨버리고, 내 인생의 터닝 포인트들을 생성하고 있다는 사실을 일찌감치, 잠재적으로 인식하고 있었지? 그러면서도 나는 그를 몰아내고 싶지 않아서, 그 어떤 직접적이고 현실적인 방도나 대책도 강구하지 않았다.

5년 전 일기에서 일찍이 나 자신에게 던진 질문이 있었다.

나는 과연 내 이율배반을 해결했는가? 진세라는 진세라를 납득시켰는가……?

전혀, 그렇지 못하다. 그때나 지금이나 달라진 게 없다.

나는 이율배반적이다. 나는 나를 여전히 이해하지 못하겠다.

이런 마당에, 내가 뭘 계획하고 있는지 아는가.

내가 극복하지 못한 이율배반을 그대로 방치해둔 채, 심지어 더 큰 이율배반을 행하려 하고 있다.

그건 바로, 결혼이다.

나는 현실에서의 연애나 결혼을, 진정한 의미에서는 단 한 번도 포기해본 적 없다. 평범한 여자로서의 행복을 아예 누릴 수 없을 것이라고는 생각해본 적 없다. 내 청춘의 10년이 온통 귀신과의 교접으로 점철되어 있든, 내가 얼마나 희한 망측한 인생을 살았든 상관없이 말이다. 뻔뻔스럽다고 해도 어쩔 수 없고, 제정신 박힌 여자가 아니라는 소리를 듣는다 해도 모른척할 것이다.

나는 진작부터, 내가 보편적이다 못해 보수적인 사고의 소유자라는 사실을 인정하며 살아왔다. 애정관과 결혼관, 인생관 모두에 있어서. 다난하고 역동적인 삶, 유별나게 튀는 삶을 선호하지 않았다. 가능하다면 솜이불처럼 따뜻하고 안온한 삶을 살 수 있기를 바랐다. 아니, 꼭 그렇게 살아야 할 것 같았다. 저항보다는 순응이 더 편했으며, 당장 내 힘으로 해결할 수 없는 일들은 그냥 흘러가게 내버려 두었다. 그럼에도 객관적인 조건이나 환경에 있어 남들보다 뒤처지는 삶은 싫었고, 남들처럼 제때 먹고 자고 쉬고 놀 수 없다면 그 삶은 비참해 마지않을 것이라고 생각했다. 그래서 나 스스로 설정한 마지노선에 맞춰 가려 부단히 노력했다. 내가 갖출 수 있는 최대한의 품위와 내가 누릴 수 있는 최대한의 권리를 위해, 나는 열심히 공부했고 부지런히 일했다. 내가 최후까지 방어해야 할 내 인생의 서클 안, 그 한가운데 바로 행복한 결혼이 있다. 현실 속 한 좋은 남자를 만나 부부의 연을 맺고, 행복한 아내이자 엄마가 되는 것.

그러기를 이토록 소망하는데, 그걸 위해 이렇듯 애쓰며 살아왔는데…… 내가 왜 그 행복을 가지면 안 되지? 내가 왜 포기해야 하지?

그럼, 귀접은 어쩔 거냐고? 귀신과의 섹스와 교감에 깊이 중독되어 헤어나지 못하고 있는 여자가 갑자기 정상적인 삶을 살겠다고 나서면 뭐 어쩔 거냐고……? 이렇게 날 선 물음이 날아온다면, 나는 가장 새삼스럽고 원론적인 답변을 던져놓을 수밖에 없다.

애초에 그건, 내가 원한 것도, 내가 시작한 것도 아니었잖아.

귀접 이야기는 잠시만이라도 젖혀두자. 그간 내 현실에서 일어났던 일들에 대해 이야기할 때가 되었다. 내 개인사에 있었던 적잖은 변화들을 더 일찍 기록해 두었어야 했는데, 올해 초 귀접의 실재(實在)에 너무 큰 충격을 받은 나머지 뭘 제대로 해보지도 못하고 시간을 흘려보내고 말았다. 어느덧 올해의 반이 지나고 있다니, 실감이 나지 않는다.

나는 작년 가을, 내 세 번째 직장으로 자리를 옮겼다. 유명 백화점 명품관에 입점해 있는, 이탈리아의 구두 및 가방 전문 브랜드 매장의 시니어 스텝(Senior Staff)이 되었다. 국내 기업의 패션 편집매장 매니저 경력 약 2년 반 만에, 내가 전부터 강력하게 희망해왔던 명품 구두매장으로 이직하게 된 것이다. 이런 곳의 시니어 스텝으로 들어오려면, 동종업계에서의 최소 3년 경력이 일반적인 조건으로 요구된다. 그러나 내 학력을 비롯해, 면접에서 내가 어필한 가죽제품과 구두에 대한 열정이 두루 인정되어 뜻을 이룰 수 있었다. 정말 원하던 곳에서 일하게 된 기쁨은 형용할 수 없을 만큼 컸다. 열정은 누구에게도 뒤지지 않는다고 자부하지만, 아직 오랜 경력을 쌓지 못한 터라 부족한 점도 많고 앞으로도 한참 배워야 한다. 그래도 최선을 다하고 있고, 더 잘할 자신이 있다. 경력을 축적해 일단 매장의 샵 매니저로 승급되기를 바라고 있고, 더 나아가 고객에게 일대일 고급 맞춤 서비스를 제공하는 퍼스널 쇼퍼(Personal Shopper)가 되는 게 이 명품관에서 이루고자 하는 내 목표다.

어린 시절, 엄마의 수제 가죽구두들을 보며 키웠던 작은 마음. 구두와 가죽에 대한 내 순수한 사랑은 변함이 없고, 무슨 일이 있어도 변질되거나 소멸하지 않으리라 믿는다.

그리고…… 내 새 직장은, 예기치도 못했던 새 인연까지 몰고 왔다.

이곳에서 나는 한 남자를 만났고, 현재 그 남자와 나 사이에는 사뭇 특별한 상황이 형성되어 있다. 서로 안 지 반년을 갓 넘긴 그 남자가, 내게 청혼을 했다. 그것도 두 번이나.

사회생활 벌써 6년 차. 대학 시절 두 번의 연애를 포함해, 사회인이 된 이후에도 물론 남자들을 만나보았다. 나이가 나이인지라 제법 여러 번 대시를 받았는데, 가벼운 데이트만 하다가 그만둔 두어 명이 있었고, 진지하게 사귀자는 제안을 받고 얼마간 만났던 한 명이 있었다. 후자의 경우는, 역시나 오래지 않아 감흥이 없어진 내가 헤어지자고 해서 끝났던 관계였다. 또, 천하의 영향이었을까. 아니, 천하 이야기는 지금 들추고 싶지 않다. 어쨌든 그 마지막 남자친구도 내 앞에서 결혼을 조심스레 언급한 적은 있지만, 직접적인 청혼을 했던 건 아니었다. 분위기가 그만큼 무르익을 여지를 주지 않았던 내 탓도 있을 텐데, 나야 으레 그랬듯 헤어지고 나면 지난 연애를 쉽게 잊어버리곤 했다.

그런데 그 남자, Y 본부장은 내가 현실에서 만났던 그 어떤 이성보다도 저돌적이었고, 황당하리만치 진도가 빨랐다.

Y와 나는 명품관의 단골 고객과 매장 직원으로 처음 만났다. 그래서 이름보다 그가 가진 본부장이라는 직함이 내게는 훨씬 더 익숙하지만, 일기에서는 편의상 Y로 칭하기로 하겠다. 명품관을 여유로운 태도로 드나드는 고객답게, Y는 부유한 기업가 집안의 자제였다. 외국 유학을 다녀온 뒤 부친의 회사에서 경영 수업을 받아왔으며, 서른세 살의 나이에 사내 핵심 프로젝트 본부의 본부장을 맡고 있다고 한다. 장남으로서 경영권 승계가 보장되었으며, 이른바 잘나가는 젊은 기업인으로 불리는데 손색이 없는 요건을 갖춘 사람이다. Y는 내가 이 매장 스텝이 된 지 사흘밖에 안 되었을 때 쇼핑을 하러 왔다. 나는 잔뜩 긴장하고 있던 신입이었고 고객 정보를 완벽하게 숙지하지 못한 상태였기에, Y의 첫인상이 어땠는지, 그를 어떻게 응대했었는지 잘 기억나지 않는다. 하지만 Y는 무슨 이유가 됐든, 첫 만남에서부터 나를 눈여겨보았던 것 같다고 나중에 말했다.

Y와 내가 제대로 된 대화를 나누었던 건, 두 번째 만남에서부터였다. 어쩌다가 내가 Y의 회사를 방문하게 되었다. VVIP 고객인 Y를 위해 매장이 마련한 특별 선물을 직접 전달하라는 지시를 받았

는데, 원래는 다른 스텝이 가기로 되어 있던 일이 사정상 내게로 떨어진 것이었다. 비서실을 거쳐 Y의 사무실에 들어설 때까지 나는 계속 긴장을 늦추지 못하고 있었다. 미리 연습했던 몇 마디의 안부 인사와 함께, 잘 지어지지 않는 미소를 가까스로 얹어서는 물건을 전달하고 돌아서려는데, Y가 차 한잔 마시고 가라며 나를 붙들었다. 어려운 고객의 사무실에서, 그와 똑바로 마주 보고 앉아 대화를 이어가야 하는 상황이 내게 부담되지 않을 리 없었다. 그런데 놀랍게도 내가 그날 Y와 이야기를 나눈 시간은 거의 50분에 달했다. 엄밀히 말은 대부분 Y의 입에서 쏟아져 나왔고 나는 듣고 앉아 있는 쪽이었지만 말이다. Y가 자신의 인적사항을 포함한 개인적인 이야기를 내 앞에서 스스럼없이 풀어놓는 동안에는, 최대한 예의 바르게 맞장구쳐주려 애썼다. 짐짓 자연스레 내 번호를 물어 자신의 전화기에 저장하고 신속하게 카카오톡 친구로 추가할 때도, 대놓고 거부할 명분을 찾지 못했다. 어디까지나 그가 고객이라는 우월적인 위치에 있고 나는 을이니까 별수 없다, 이렇게 밥맛없어하거나 억울해할라치면 끝이 안 나는 문제일 것이다. 서비스업 종사자이자 명품관 직원으로서의 내 융통성과 인내도 필요한 차원이었겠지만, 어쩐지 그가 그리 밥맛없게 느껴지지 않는 건 의외였다. Y의 직설적인 화법과 솔직한 의사 표현, 능글맞거나 느끼한 기운이 묻어나오지 않는 담백한 태도와 눈길. 거부감으로 크게 부대끼는 일 없이 그를 대할 수 있어 그나마 다행이었다.

　Y는 무심한 듯 자상하게 내 일과를 묻는 톡을 하루에 서너 통씩

보내왔다. 매장에도 더 자주 나타나 쇼핑 금액을 늘렸으며, 올 때마다 나를 찾았다. 내가 명품관에서 아주 오래 일한 것도 아니고 내 논리가 꼭 옳다고 주장하고 싶은 건 아니지만, 나는 우리 매장을 찾는 고객들을 대체로 두 가지 유형으로 구분하고 있다. 명품을 걸쳐야 자신이 부유층인 걸 드러낼 수 있다는 강박과 과시욕으로 쇼핑을 하는 사람들이 한 유형이며, 또 다른 유형은 명품에 대한 나름의 심미안을 가지고 선택과 구입을 할 뿐 아니라 그에 걸맞은 품위를 지키고 드러낼 줄 아는 사람들이다. 내 시각으로 Y는 과시욕보다는 심미안에 더 가까워 보였다. 공사가 구분된 상태라면, 매장에서 그와 제품에 관한 이야기를 나누는 일은 나로서도 나쁘지 않았다.

Y가 내게 관심을 두고 매장을 찾아온다는 게 우리 직원들 사이에도 공공연한 화제가 되었으며, 샵 매니저는 세라 씨 덕분에 매장 매출이 급격히 늘었다며 농담을 하기도 했다.

연말에 다다르자, Y는 야경 좋은 호텔 라운지 레스토랑을 예약했다며 크리스마스이브 데이트를 신청했다. 그와 여전히 사적인 거리를 좁히지 못한 나는 부담을 느끼고는 바로 거절해 버렸다. 그러자 그는 약 한 달 반을 내게 따로 연락하지 않았을뿐더러, 매장에도 모습을 드러내지 않았다.

Y로부터 다시 연락이 온 건, 올해 2월 중순이 되어서였다. 그는 아무 일도 없었다는 듯 저녁 식사를 하자는 말과 함께, 내게 청혼이란 걸 했다. 너무 무심한 어투로 결혼하자는 말을 해서, 내가 뭘 잘못 들은 건 아닌지 귀를 의심할 정도였다. 그 무렵 나는 그 '귀접 실

재 충격'에서 허우적대고 있었고, 갑작스러운 청혼 같은 것에 대처할 수 있는 상황이 아니었다. 일단 청혼은 거절했지만, 이 남자의 진정한 의도가 뭔지는 파악해볼 필요가 있겠다 싶어 그를 만났다.

  - 저한테 왜 이러시는지…… 알고 싶습니다.

  - 왜요? 청혼하면 안 되나요?

  - 아직 전 본부장님에 대해 잘 모르고…… 본부장님도 저란 사람을 잘 모르시잖아요.

  - 알았던 기간이 길어야 그 사람을 더 정확히 판단할 수 있다는 것에는 동의 못 해요. 진부한 말인 줄은 알지만, 중요한 건 필링(feeling)이죠. 처음 봤을 때부터 난 세라 씨가 좋았고, 계속 만나고 싶고 만나야겠다는 생각뿐이었어요. 크리스마스이브 데이트 단칼에 거절당한 후에는, 혼자 시간을 가지면서 생각해봤어요. 꼭 이 사람이어야 하는가, 진세라여야만 하는가…… 내가 내린 대답은 예스, 그거더라고요. 이만큼 좋아하는 사람이면 평생을 함께 할 수 있을까, 이 질문에도 내 대답은 예스였죠. 나도 결혼할 때가 됐고, 그렇다면 꼭 세라 씨랑 해야겠다는 결심이 섰어요. 봐요, 세라 씨나 나나 결혼이라는 사안을 아주 진지하게 생각해야 할 때가 된…….

  - 본부장님 정도 되시면 얼마든지…… 더 괜찮은 분을 만나실 수 있을 것 같은데요.

  - 아, 그런 얘기? 난 원래 거짓말을 못 하는 성격이라…… 과거에, 내가 다가갔을 때 나 싫다는 여자는 한 명도 없었어요. 여자 쪽 대시도 꽤 받아봤고요. 내 나름 특별하게 준비한 데이트나 청혼을

한마디로 거절한 여자는, 세라 씨가 진짜 처음이에요.

- 그런 희소성 때문에 도전하시는 건가요?

- 아뇨, 꼬아서 생각하지는 말아줬으면 합니다. 장황하게 얘기를 늘어놔봤자 세라 씨가 그걸 작업 멘트로만 듣는다면 소용없는 일이죠. 그냥 간단하게 말하고 싶네요. 세라 씨는 내가 만난 가장 특별한 여자고, 특별한 사람이에요.

- 그러니까…… 제가 뭐가 그렇게 특별하다는 건지…….

- 그렇게 캐묻는다면, 내가 할 수 있는 한 얘기해볼게요. 세라 씨는 외모로 말하면 천상여자예요. 단아한 분위기에 가는 실루엣에 온화한 인상이…… 정말 여자다운 여자의 모습이라고밖에는 표현이 안 돼요. 그런데 그 외모가 전부가 아니에요. 연약해 보이는 겉모습과 다르게, 내면에 어떤 힘이 있는 것 같아요. 남자든 세상 무엇에든 쉬이 휘둘리지 않을 것 같은…… 뭐랄까, 꼿꼿한 심지 같은 것?

좋다. Y가 내게 얼마나 빠져 있는지 설명하기 위해 그가 했던 말들을 구구히 기록하는 건 이쯤 해두자. 나는 그때나 지금이나 Y를 사랑하고 있는 건 아니므로, 그의 진심이 알고 싶어 미칠 지경도 아니다. 한 길 사람 속을 모른다는 속담이 틀린 건 아닌 듯싶다. Y는 어차피 내 진짜 모습을 알지 못한다. 그가 틀리지 않은 게 있다면, 이 진세라의 내면에 세상 무엇에든 휘둘리지 않을 심지가 있는 듯 보인다는 것……? 그야, 맞는 말일지도. 나는 세상 남자 그 누구에게도 휘둘려본 적 없으니까. 단지, 귀신 남자인 천하에게 휘둘려왔다는 게 문제지.

　Y의 첫 번째 청혼을 거절했음에도 불구하고, 나는 그의 개인적인 연락을 차단하지 않았으며 그와 간간이 데이트도 했다. 내 모호한 태도를 참아주는 Y에게는 미안했지만, 쉽게 마음의 결정을 내릴 수가 없었다. Y는 조건이나 성격이나 외모, 모든 면에 있어 평균 이상의 점수를 주어도 괜찮을 것 같은 남자다. 부친의 회사를 물려받아 경영 능력을 보여주어야만 하는 기업가로서, 인생의 일차적인 가치나 목표를 돈과 수익에 두고 있는 듯한 경향이 다분한 것도 크게 마음에 걸리지는 않는다. 뭐, 실상은 나도 보편 그 자체의 사고를 가진 속물적인 여자인걸. 그러니 솔직하게 말하련다. 한번 따져보지도 않고 스치듯 흘려보내기에는, 그가 좀 아까운 남자인 것이다.

　바로 지난주, 그가 두 번째 청혼을 해왔을 때, 나는 그야말로 정신이 번쩍 들었다. 이제 더는, 더는 시간을 낭비하면 안 된다. 이렇게 우물쭈물 뒷걸음질만 칠 수 없다. 열아홉 살부터 스물아홉 살까지 내 청춘의 금 같은 10년을 온전히 천하와의 관계에 소모한 것으로 충분하다. 내년이면 나도 서른 살. 이미 결혼적령기를 지나고 있는, 딱히 잘난 것도 내세울 것도 없는 평범한 여자…… 결혼에 대해 진정 심각하게 고민하고, 적절한 기회가 왔을 때 망설이지 말고 붙잡아야 하는 처지…… 한번 기회를 놓치면, 행복한 결혼의 소망을 언제 이룰 수 있을지 장담할 수 없는 현실…… 이런 두려움 속에서 떨고 있는 초라한 실체가 곧 나다.

　Y와의 결혼을 택함으로써 내가 얻을 수 있는 것들과, Y와의 결혼

을 택하지 않음으로써 내가 결코 가지지 못할 수도 있는 것들. 이것들이 과연 서로 일치할지, 냉철하게 저울질해봐야 한다.

이러려면, 도움이 필요하다. 내 의지와 결심만으로 해결할 수 없는 일이라는 걸, 귀접의 실재를 알았을 때부터 절감하고 있었다. 일하고 잠자는 시간 빼고는 맹렬하게 인터넷 서핑을 하며 수백만 번의 클릭을 거듭한 끝에, 내게 도움이 될 것 같은 커뮤니티를 하나 찾아냈다. 그곳에 가입한 후 3개월 동안 내가 할 수 있는 한 성의있게 활동을 해왔다. 카페의 분위기도 그렇지만, 뭣보다 그 운영자에게 본능적으로 믿음이 간다. 부디, 이 판단이 들어 맞아주었으면 좋겠다.

자, 미루지 말고 행동에 옮겨야 한다. 당장.

7

카페 '미스터리 인사이드'

깊고도 너른 정보의 바다에 비유되고 있는 한 포털사이트에 세라가 '귀접'이라는 검색어를 낚싯대처럼 던져 넣었을 때, 그녀는 원하던 답을 어렵잖게 낚아 올릴 수 있었다. 그러나 동시에, 전혀 기대도 예상도 하지 않았던 정보들이 흡사 죽은 물고기 떼처럼 수면 한가득 떠오르는 걸 보게 되었다. 패닉으로 몸을 떨다가, 그녀는 용기를 내어 그 소름 돋는 바다에서 헤엄치고 또 헤엄쳤다. 오랜 헤맴 끝에 찾아낸 한 커뮤니티, 그 문을 두들기고 들어가 그곳의 일원이 되려 마음먹었다.

개설된 지 10년이나 된 인터넷 카페였다. 카페는 '미스터리 인사이드'라는 문패를 달고 있었다.

수없이 많은 게시물들을 통해 온갖 종류의 카페들에 접속해보았지만, 미스터리 인사이드 카페만큼 세라의 마음을 잡아끄는 곳은 없었다. 우연인 듯 필연인 듯 그녀가 그곳에 이르기까지는, 적잖은 시간과 신경의 소모를 요하는 꽤 긴 여정이 존재했다고 할 수 있다. 그 여정에서의 어느 하루, 불현듯 그녀의 레이더에 걸려든 한 게시물이 그녀를 홀린 듯 그곳으로 이끌었다. 그건 미스터리 인사이드 클럽의 운영자가 올린, 카페 개설 동기를 담은 글이었다. 그 글을 읽자마자, 세라는 앞뒤 따질 것도 없이 즉시 그 카페에 가입하기로 결심했다.

우선 운영자가 제시한 몇 개의 질문에 답하는 것으로 가입 신청을 하고, 가입 승인을 받으면 바로 정회원이 되는 형식이었다. 가입 시에는 회원의 성별과 나이, 거주 지역이 운영자에게 공개된다는 점이 명시되어 있었다. 세라는 가입 신청 질문에 다음과 같이 답했다.

Q. 개인적으로, 이 세상에서 일어나고 있는 가장 이해하기 어려운 일이 무엇이라고 생각하시나요?

A. 살아있는 사람과 귀신이 교접하는 일입니다.

Q. 자신의 인생에서 일어난 가장 이해하기 어려운 일이 무엇이었나요? 간단하게 쓰셔도 됩니다.

A. 역시, 살아있는 사람과 귀신이 교접하는 일입니다.

Q. 운영자에게 전달하고 싶은 말이 있으신가요?

A. 이성으로는 제게 일어나고 있는 일을 이해할 수 없다는 걸 알면서도 떨쳐 버리지 못하고 여기까지 왔습니다. 활동하면서 다른 분들과 의견도 나누고, 해결책도 찾았으면 좋겠습니다.

다음날 곧 가입 승인 알림이 날아왔고, 그녀는 정회원이 되어 카페를 두루 훑어볼 수 있었다. 운영자의 자기소개에 따르면, 그는 서울에 거주하는 삼십 대 남성으로서 고고미술사학을 공부했으며 박물관에서 학예사로 일하고 있다고 했다. 카페 회원 수는 삼천 오백여 명으로, 포털 상위 랭킹 카페에 속하는 건 아니었지만 매일 다수의 회원이 꾸준히 게시물을 올리고 이야기를 나누는 등 활발한 분위기를 띠었다.

카페 게시판은 크게 대여섯 가지 카테고리로 구분되는 듯 보였다. 전문적이고 학술적인 내용을 담은 '미스터리 포럼' 카테고리에는 '세계사의 불가사의들', '한국사의 불가사의들', '역사의 타임캡슐', '상식과 진실'과 같은 게시판들이 포함되어 있었다. 고고학 전공자인 운영자와 이 방면에 조예가 있는 회원들이 주로 게시물을 올리면서 의견 나눔과 토론을 펼치는 곳이었다. '유적지 탐방' 카테고리의 게시판들에는 회원들의 세계 각종 유적지 답사 및 여행 후기가 올라왔다. '박물관 기행' 카테고리에서는 운영자가 박물관 학예사다운 면모를 발휘해, 국내의 역사박물관들을 비롯해 잘 알려지지 않은 민속박물관이나 기념관들에 대한 다양한 정보를 회원들에게 제공해주었다. '고미술품 갤러리' 카테고리 또한, 국내외의 시대별 고미술품에 대해 운영자가 일반 회원 눈높이에서 읽기 쉽게 쓴 가이드 글들을 담았다.

게시판들은 대부분 흥미로웠지만, 역시 세라의 입장에서 가장 관심이 가는 곳은 '개인 경험담' 카테고리였다. 일반 상식이나 이성으

로는 이해하기 어려운 희한하고 기이한 경험을 한 회원들이, 자신
들의 이야기를 게시판마다 솔직하게 공개하고 있었다. 올라오는 답
글의 양이며 오가는 반응이 가장 적극적인 곳이기도 했다. '명상 속
의 대화', '신비체험과 운명', '잠재의식의 힘', '유체이탈과 자각몽',
'사후세계란 과연?', '트라우마', '깨달음과 변화' 등으로 다채롭게
세분된 게시판들이 이 카테고리를 채웠다. 세라가 부지런히 게시판
들을 뒤지기 시작한 건 두말할 나위 없이 귀접 경험담을 찾아내기
위함이었다. 실제로 '인터넷에 치면 어김없이 뜬다'고 해도 과언이
아닐 정도로 다수의 귀접 경험담이 존재하는바, 미스터리 인사이드
카페도 예외일 리 없었다. 곧바로 그녀가 찾아낸 십여 건의 귀접 경
험담은, 카테고리 내의 게시판들 이곳저곳에 흩어져 게시된 상태였
다. 귀접의 개념을 명확하게 규정하지 못하고 어느 게시판에 경험
담을 올려야 할지 결정하는데도 애를 먹었을, 회원들의 고민의 흔
적이 엿보이는 정경이라 할 만했다. 당연하다. 유별난 개인 경험담
을 공개한다는 건, 결국 세라에게도 만만찮은 고민을 요구하는 일
이 될 것이었다.

　카페에 올라와 있는 귀접 경험담들을 모두 읽어본즉, 세라가 포
털사이트에서 랜덤으로 접했던 수많은 귀접 이야기들과 사실상 다
른 점을 찾기 어려웠다. 그 내용이나 패턴이 서로 다 유사했다. 혹
시나 했지만 역시나, 라고 어떤 회원의 귀접 경험도 그 강도나 지속
기간에 있어 세라의 그것에 미치는 경우는 볼 수 없었다. 자신과 비
슷한 수준의 경험담을 찾아낼 수 있을 것이라는 뚜렷한 기대가 없

었기에 그녀는 별로 실망을 느끼지도 않았다. 오히려 처음 포털사이트에서 미친 듯 귀접을 검색하며 마구잡이로 게시물을 찾아 읽던 시기와 비한다면, 지금은 무엇인가 달랐고 더 나았다. 하나의 커뮤니티에 소속된 회원으로서 같은 입장에 놓인 회원들의 귀접 경험담을 접할 수 있는 것만으로도, 최소한의 동질감과 안정감은 확보되는 듯한 느낌이었다. 게다가 이 커뮤니티에서 지켜지고 있는 카페 에티켓이나, 게시물에 대한 답글들도 일정 정도 이상의 수준을 갖추고 있다고 볼 수 있었다. 그녀가 포털사이트의 지식 검색란에서 종종 맞닥뜨리곤 했던, 귀접을 물리치는 황당무계한 비법 설파나 퇴마 홍보문 같은 답글들이 보이지 않는 게 얼마나 다행인지 몰랐다.

기본적으로 운영자가 카페 개설 시점부터 설정해놓은 에티켓, 즉 활동 제한 사항들은 제법 엄격했다. 인간 세상에 존재하는 미해결 미스터리들과 신비체험들에 관해 아무리 솔직하고 자유롭게 이야기하는 커뮤니티라 해도, 그것들이 각기 다른 종교나 세계관을 가진 회원들에게 충분히 민감한 사안이 될 수 있는 상황임을 주지하고 카페 관리를 시작한 운영자의 지혜가 돋보였다. 게시물 제한 사항은 이런 식이었다. 특정 종교용어가 사용된 글이나 교리를 설명하는 글, 특정 종교에 대한 찬성이나 비판 의견을 담은 글의 일간 및 월간 게시 횟수 제한, 특정 종교의 교리성 문구를 답글에 습관적으로 인용하는 일 금지, 자유게시판을 제외하고 각 게시판의 해당 주제와 무관한 사담이나 체험담 등으로 게시판을 도배하는 일

금지, 카페의 방향성과 전혀 무관한 광고 및 홍보성 게시물 절대 금지, 음란성 게시물 및 답글 절대 금지. 더불어, 회원 활동 정지 대상이 될 수 있는 사항은 이렇게 명시되었다. 다른 회원에게 직접적인 인신공격 및 물리적 협박성 표현을 하는 회원, 게시물에 대한 논점을 벗어난 비난이나 조롱 및 반복 답글을 다는 회원, 카페 내의 정당한 토론을 벗어나 노골적으로 분란을 조장하는 회원, 다른 회원에게 쪽지 등의 비공개적인 방법으로 종교적이거나 개인적인 비난 및 충고를 가하는 회원, 다른 회원의 근거 있는 답글 게시 금지 요청을 받았음에도 계속 답글을 달거나 각종 방법을 통해 상대에게 접근하고 스토킹을 하는 회원, 자살 방법에 대한 질문과 답글 제시 및 토론을 하거나 자살 방조성 게시물을 올리는 회원, 카페 밖 오프라인에서 주고받은 신상정보나 개인사를 당사자 동의 없이 무단으로 카페에 게시하는 회원 등등. 카페 회원이라면 누구나 필독해야 할 운영자의 이 공지글을 읽으면서, 세라는 자신도 모르게 고개를 끄덕이고 있었다.

필연적인 진지함을 지닌 콘텐츠, 그것들을 감싸는 견고한 규율. 이로부터 미스터리 인사이드 카페 전체를 지배하는 고아(高雅)한 기운이 생성되고 있다고 봐도 좋을 듯했다. 더구나, 어렵잖게 편안한 기분으로 접할 수 있는 카테고리들이 이 카페에 없는 것도 아니었다. 'free talks'는 회원들이 세상 돌아가는 이야기나 가벼운 사담을 부담 없이 올릴 수 있는 자유게시판이었고, '문화 데이터'는 회원들의 추천을 받은 책과 영화, 음악, 전시회 등의 정보가 올라오는 곳이었으며, '미스터리 사랑방'은 정기적으로 열리는 오프라인 모임 공지 및 모임 후기들이 게시되는 곳이었다. 그리고…… 벼르고 들어온 박물관 견학이라도 하듯 열심히 카페 안을 휘젓고 다니던 세라의 시선이 마지막으로 가서 멎은 카테고리, 그곳이 바로 '학예사의 편지'였다. 운영자가 카페를 만든 직후부터 매월 한 차례씩 회원들에게 전하고자 쓴 편지, 혹은 편지체의 에세이 같기도 한 글들이 거기 빼곡히 채워져 있었다. 학예사의 편지라니. 운영자가 자신의 직업을 지나치게 무심히 드러낸 것 같기도 한데, 어쩐지 그 솔직담백함이 묘한 매력으로 전해져오는 타이틀이다. 카페 개설 어언 10년이라지 않는가. 그 세월 동안 단 한 번도 빼놓지 않고 매월 한 통의 글이면 1년에 열두 통, 그럼 지금까지 무려 백 이십 통의 글을 써서 넣어둔 특별하고도 특별한 우편함인 것이다. 어떤 면으로든 대단한 사람인 듯싶었다.

운영자의 편지글은, 그리 거창하거나 화려하지 않았다. 글의 길이도 대체로 한눈에 들어오게끔 모니터 스크린을 메우고 있는 정도여서, 마우스 스크롤의 압박 따위와는 거리가 멀었다. 여기까지만 해도 무난한 발상이다. 누가 뭘 올리든 간에, 어차피 회원들은 장황하고 난해하고 지루하고 긴 글은 읽고 싶어 하지 않으니까. 놀라운 건, 운영자가 써 올린 그 백 이십 통의 글들이 하나같이 딱 그 정도 길이를 유지하고 있다는 점이었다. 글을 쓰다 보면 때로는 감정의 과잉으로 할 말이 넘치는 바람에 생각보다 긴 글이 되기도 하고, 때로는 애써 감정을 쥐어짜 내봐도 표현이 달려 몇 줄조차 제대로 쓸 수 없는 상태가 되기도 한다. 그는 이런 자기 함정에 전혀 빠져본 적 없는 사람 같았다. 그 길지 않은 글들 속에 자신이 전달하고자 하는 바를 정확히 규격 있게, 그러나 딱딱하지 않고 유연하게 녹여내고 있었다.

그의 글은 보통, 간략히 잘 압축해 놓은 특정 역사적 사건이나 유물에 관한 에피소드로 시작한다. 에피소드는 쉽고 재미있게 읽힌다. 짧고 인상적인 그 에피소드의 여운이 사라지기 전에, 운영자는 그와 관련한 자신의 소회(素懷)를 덤덤하게 풀어놓는다. 편지글치고 그의 문체는 다소 건조하게 느껴질 만큼 간결하다. 더구나 '저는', '제가' 등의 주어를 거의 배제하고 있어서, 자신이 하고 싶은 말을 상대에게 전달하고자 하는 편지글이라기보다는 독백에 가까워 보이기도 한다. 어쩌면 운영자는, 본인의 견해나 주관을 회원들에게 설파하거나 납득시키려고 편지글을 올리는 게 아닌 것 같다. 에피소드로 대변되는 하나의 주제를 던져놓고, 회원들끼리 의견을 교환, 공유하게 하는 것. 만약 소통을 원치 않는 경우라면, 스스로 그 주제를 음미하게 하며 판단과 결론은 그 회원의 몫으로 남겨두는 것. 이런 게 운영자의 진정한 의도가 아닐까, 세라는 짐작해보았다. 이를테면 그는 자신의 편지글에 들어온 회원들이 어떤 답글을 달든, 회원들끼리 답글로 무슨 이야기를 나누든, 그게 카페 에티켓을 벗어나는 경우가 아닌 한 일체 후속 반응을 보이지 않았다. 그뿐 아니다. 카페 안 가장 민감한 영역이라고 해도 과언이 아닐 '개인 경험담' 카테고리를 다루는 방식도 특이했다. 그곳에 올라온 그 어떤 회원의 글에도 운영자는 개별적으로 답글을 달거나 조언을 남기지 않았으며, 답글 섹션에서 대화를 나누거나 토론을 벌이는 일도 없었다.

　이렇게 따진다면, 학예사가 일견 깨나 무심한 운영자로 여겨질 만도 할 노릇이었다. 비현실적이고 비밀스러운 고민을 품은 회원들이 찾아와 사연을 털어놓고 도움을 구하는 카페라는 특성이 엄연히 존재할진대, 그가 그런 회원들의 마음을 속속들이 헤아리는 몹시 자상하고 친절한 운영자로 보이려는 노력을 하지 않는 건 분명했다. 하지만 겉으로 드러나는 모습이 전부가 아닌 것 또한 확실했다. 운영자의 편지글들을 읽어나가면서, 세라는 그 안에 감춰진 그의 섬세함을 만나게 되었다. 비록 회원들의 다난하고 기기묘묘한 사연들에 즉각, 또는 직접 반응하지는 않았을지라도, 그가 그것들을 낱낱이 숙독하고 있다는 사실을 알아차렸던 것이다……. '개인 경험담' 카테고리에 회원들의 이야기가 업데이트될 때마다, 그들의 고뇌와 번민과 혼란과 두려움이 카페 안에서 일정하게 화제를 불러일으키면서 이슈가 될 때마다, 운영자는 그런 사안과 상황 모두를 마음에 새겨둔다. 그리고 자신이 편지글을 게시할 때, 그 시점에서 가장 정도가 크고 심도가 깊은 문제성을 지닌 회원의 사연과 연결되는 주제를 잡는다. 그 주제에 관해 글을 쓴다는 건, 어떤 의미로든 운영자가 해당 회원의 고민에 관심을 가지고 그것에 신경 쓰고 있음을 가리킨다. 그걸 자신마저 대놓고 공론화시키고 부각시켜 회원에게 거듭 부담을 주기보다는, 앞서 말한 것처럼 실제 에피소드에 빗대어 회원이 동질감을 느낄 수 있도록 주제를 제시하고, 부드럽고 섬세한 방식으로 조언과 토론과 성찰이 이루어지는 장을 형성한다……. 그래, '학예사의 편지'는 운영자가 오로지 회원들을 생각하며, 회원들에게 조금이라도 도움이 되기 위해 만든, 카페 안 어느 모퉁이엔가 수줍게 자리하고 있는 고민 상담실이나 다름없었던 거야.

세라는 자신의 발견이 너무도 기뻤다. 카페 가입 이후 틈나는 대로, 아니, 없는 시간도 쪼개어가며 카페에 접속하게 되면 주로 '학예사의 편지' 카테고리에 머무르곤 했다. 그렇게 운영자가 올린 백이십 통의 편지글을 하나도 빠짐없이 몽땅, 열정적으로 읽어내림으로써 얻어낸, 실로 보석같이 소중한 발견이었다. 이 발견과 더불어 갑자기 눈앞이 환해지는 느낌에 사로잡힌 그 순간, 세라는 처음으로 '학예사라는 직업을 가진 서울 거주 삼십 대 남성이자 미스터리 인사이드 카페 운영자'라는 사람을 한번 만나보고 싶다는 생각을 했다.

_8_

카페 '미스터리 인사이드' – 2

세라로 하여금 일말의 망설임 없이 즉시 카페에 가입하게 했던, 미스터리 인사이드의 운영자가 밝힌 카페 개설 동기를 되짚고 넘어가야 할 것이다. 그리 길지도 세세하지도 않은 그 글은 다음과 같았다…….

제가 어렸을 때…… 열한 살, 초등학교 4학년 때의 일로 기억합니다. 할머니 댁에 놀러 갔다가, 우연히 할머니의 자개 서랍장 안에 보관되어 있던 아주 낡은 사진첩을 들춰보게 되었습니다. 저는 왠지 그 시절부터 옛날 그림이나 사진이 들어있는 책을 즐겨 보았고, 어느 집이든 어른들이 몇 권씩 가지고 있는 오래된 사진첩에 꽂힌 옛날 사진들을 구경하는 것도 좋아했습니다. 할머니의 사진첩에는, 제가 일찍이 상상도 하지 못한 젊은 시절 할머니 모습이 담긴 사진들이 가득했습니다. 그리고 십 대 처녀 시절 할머니의 사진마다 할머니 옆에 서 있는 친구, 그분의 모습을 만나게 되었죠. 동양적인 단아한 자태에 어딘가 영적인 분위기까지 갖춘, 어린 소년이 그때까지 살면서 처음으로 본 아름다운 분이었습니다. 실로 오래전에 찍은 흑백사진은 변색 되어 회색이라기보다 누르스름하기까지 했지만, 사진을 뚫고 나올 듯한 그분의 아름다움을 막을 수는 없었습니다. 호기심을 억누르지 못하고 할머니께 여쭤본즉, 그분은 할머니와 어린 날부터 한동네에 살았던 친한 친구였는데, 그만 스무 살도 되기 전에 폐병으로 세상을 떠났다는 것이었습니다. 비록 어린아이에 불과했지만 저는, 그런 꽃 같은 여성이 요절을 했으며 더 이상 이 세상 사람이 아니라는 현실에 큰 충격을 받았습니다. 심지어, 할머니가 어린아이 앞에서 할 말은 아니라고 여기셨던 듯 돌아서시면서 중얼거린 혼잣말까지 듣고 말았습니다. '죽기 전에 나한테 그랬더랬지, 사랑도 못 해보고 시집도 못 가보고 죽는 게 너무 억울하다고…….'

그날 이후 저는 그분 모습을 쉽게 잊을 수 없었고, 이유를 뭐라 설명할 수는 없지만 꽤 오랫동안 그분을 마음에 담아두고 있었던 듯싶습니다. 그러나 그분과 저 사이에는 죽은 자와 산 자라는 골짜기보다 깊은 경계가 드리워져 있었고, 누구에게나 마찬가지로 무심하게 흐르는 세월은 강렬하던 기억도 점점 희미하게 지워갔습니다. 어느덧 저는, 스무 살이 다 된 청년으로 자라 있었습니다.

그리고…… 어느 날 밤, 거짓말같이 그분이 제게 찾아들었습니다. 그 모습은 보이지 않았고 오로지 촉감으로만 파악되었지만, 제가 오랜 시간 동경했던 바로 사진 속 그분이라는 걸, 제 본능이 알려주었습니다. 우리는 동이 틀 때까지 그 밤을 내내 함께했습니다. 얼마나 경이로웠던지요. 마치 그리워하고 그리워하다, 그리움에 못내 지쳐 얼굴조차 희미해져 버린 연인이 갑자기 다시 나타나 제 품에 뛰어든 것 같은 기분이었습니다. 그렇게 그분은 매일 밤 저를 찾아오기 시작했습니다. 그건 절대, 그냥 꿈이 아니었죠. 오래지 않아 저는 그분이 말하는 걸 듣고 또 제 말을 전달할 수 있게 되었으며, 우리는 밤마다 많은 이야기를 주고받곤 했습니다. 그분은 제 하루의 일과에 대해 궁금해했고, 제 현실에서 일어나는 일이라면 뭐든 자세히 말해달라고 졸랐습니다. 그분과 사랑의 몸짓을 나누는 것뿐 아니라 그분이 원하는 이야기를 죄다 들려주다 보면 밤이 짧았으며, 제 잠은 서서히 줄어들 수밖에 없었습니다. 일정 시간이 지나자, 그분과 함께 하는 밤들은 제 현실에서 수면 부족, 공상, 능률 저하, 그리고 중요한 의무나 과제들을 그르치는 결과 등의 날카로운 창날이 되어 저를 겨누기에 이르렀습니다. 처음에는 저 자신을 탓해보기도 했습니다. 그분과 함께할 수 있는 것만으로도 꿈 같은 일인데 뭐가 그렇게 문제냐고요. 하지만 문제는 이미 심각한 상태였습니다. 그분이 너무 달콤해서, 그분과 나누는 시간이 너무 황홀해서, 제가 그분을 놓치기 싫었거든요. 그분의 강력한 존재감이 명백히 제 의지를 좌우하고, 제 현실을 지배하고 있었던 것입니다. 그 황홀경에 탐닉하면 탐닉할수록, 현실 속의 저는 무력해져 갔습니다. 드디어 한계점이 다가왔습니다. 제 머리는 이제 안 된다, 정말 안 된다고 끊임없이 제 가슴으로 적신호를 보내왔습니다. 사력을 다해 스러져가던 제 이성을 붙들어 일으키고, 제가 처한 상황을 냉철하게 돌아보았습니다. 죽은 사람의 영혼과 산 사람이 성적으로 접촉하는 일은, 이 세상에서 귀접이라 불리고 있었습니다. 부인할 수 없이 저는 깨달았습니다. 귀접은 실재하는 것이며, 제가 겪고 있는 일이 바로 귀접이라는 사실을 말입니다.

귀접에서 벗어나는 건, 당연히 쉽지 않았습니다. 저 자신과 사투를 벌이는 동시에, 그분과 대화가 가능하다는 점을 이용해 그분을 설득했습니다. 그분은 분명 귀신이지만, 그 전에 이 세상을 살다 간 하나의 인격체임을 상기하며 뭣보다 인간적으로 다가가려 애썼습니다. 당신은 그 누구보다 아름다운 모습으로 세상을 살았으며, 당신이 떠난 자리도 향기로 충만했다고. 사랑을 알게 해주어서 고맙지만, 죽은 사람과 산 사람이 계속 접촉하는 건 엄연히 자연의 섭리에 어긋나는 일이라고. 지속적인 설득 끝에, 마침내 그분은 제 뜻을 이해해주었습니다. 다소 슬픔을 표현하기는 했지만, 저를 더 힘들게 하는 건 자신의 뜻도 아니라며, 순순히 떠나가주었습니다…….

카페 '미스터리 인사이드'를 열며 회원 여러분에게 제 경험을 솔직하게 밝히는 이유는, 이렇습니다.

여러분이 이성이나 일반 상식으로는 도저히 이해하기 어려운 미스터리를 겪고 있고, 또한 그걸 해결하고자 한다면, 부디 잊지 마십시오.

모든 미스터리에는 반드시 이유가 있습니다.

그 이유를 안다면, 그걸 해결할 수 있는 방법도 반드시 존재합니다.

포기하지 맙시다. 혼자가 아닙니다.

부족한 운영자입니다만, 카페가 여러분에게 조금이라도 도움이 되기를 바라는 마음에서 적어봅니다.

세상에나. 귀접 경험을 몸소 겪은 운영자가 만든 카페라니, 더할 나위가 없지 않은가. 이것저것 재볼 것도 없이 그 당장 가입 신청을 보내면서, 세라는 탄성이라도 내지르고 싶을 지경이었다. 귀접의 강도나 지속기간에 대해 상세하게 적어놓지는 않았지만, 운영자의 경험담은 세라에게 그 나름대로 충분히 특별한 것이 아닐 수 없었다. 카페 안 '개인 경험담' 게시판들을 두루 훑어보면서도, 그녀는 어차피 자신과 유사한 수준의 귀접 경험담을 찾아낼 수 있을 것이라는 기대를 품지 않았다. 객관적으로 따져보거나 주관적으로 느끼기에도, 그녀에게 자신의 경험은 세상에서 가장 특이하고 심각한 것이었다. 그런데 이 시점에서 순위를 매기라고 한다면, 자신이 겪어온 10년 귀접 경험 다음으로 운영자의 경험을 들 수 있을 것 같았다. 족히 반백 년은 되었을 할머니의 처녀 시절 사진 속 여인이 어린 그를 매료시켰고, 그 여인은 그가 청년이 되기까지의 세월을 기다렸다가 찾아왔다. 정말 독특한 사연임에는 이의를 제기하기 어렵다. 보통 귀접 경험담에서 교접을 시도해오는 귀신은 정체가 불분명하며, 끝까지 밝혀지지 않는 경우가 대부분이다. 세라의 경우에도, 상대에 관해 그 정도나마 정보를 알아내고 비교적 긴 대화를 나눌 수 있게 되기까지 오랜 세월이 걸리지 않았던가. 운영자의 경우에는 상대인 그 여인의 정체성이 처음부터 분명했으며, 귀접이 발생하고 지속되기는 했으나 운영자가 결국 이성적인 대화를 통해 상대를 설득하고 스스로 떠나가게끔 했다. 이 정도면 참으로 고무적인 케이스라고 인정해도 좋을 것이다. 이왕에 이루어진 귀접을 종결시켜야 할 때, 모종의 희생이나 고통을 피할 수만 있다면. 상대의 원한 같은 걸 초래하지 않고 원만하게 관계를 끝낼 수만 있다면. 세라는 자신이 원하는 바를 운영자의 경험담에서 찾아낸 기분이었다. 운영자가 겪은 귀접이 그녀의 경험만큼 지독하고 끈질긴 것이었는지는 몰라도, 확실히 바람직한 결과를 얻어냈다는 사실에 초점을 맞춘다면 운영자는 어떤 식으로든 그녀에게 도움이 될 수 있는 사람이었다. 카페 회원들의 귀접 경험담이 기대에 미치지 못하는 건 실망할 일이 아니다. 운영자의 존재 자체만으로도, 미스터리 인사이드 카페의 일원이 되어 활동할 이유와 가치가 충분하다고 그녀는 느꼈다. 직감에 가까운 믿음이었다. 그리고, '학예사의 편지'는 이런 그녀의 믿음을 더 공고하게 해주었다. 미스터리를 향한 운영자의 탐구와 진지한 태도, 카페를 이끄는 리더십과 카리스마, 고민을 안고 있는 회원들에 대한 숨길 수 없는 공감과 배려. 언제가 되든 그를 한번 만나보고 싶다. 그에게 내 존재를 알리고 싶다. 그러려면, 두말할 것 없이 카페 활동을 열심히 해야 한다. 소위 유령 회원이나

눈팅족으로 카페를 떠돌기만 해서는 안 된다.

마음먹은 이상, 우물쭈물하고 있을 겨를이 없겠다 싶었다. 정회원으로서 제일 먼저 해야 할 일로, 카페에 가입 인사를 올렸다. 가입 신청 시 기본적으로 운영자에게만 성별과 나이, 거주지가 노출되지만, 세라는 회원들에게 자신의 나이 스물아홉과 명품관 브랜드 매장 스텝이라는 직업까지 구체적으로 밝혔다. 되도록 솔직하게 시작하고 싶은 마음에서였다. 미스터리 인사이드는 제법 활발하게 돌아가는 카페였기에, 썰렁한 반응으로 가입 인사를 올린 신입회원을 머쓱하게 하는 일 따위는 없었다. 세라의 인사 글에는 꽤 많은 환영 답글이 달렸다. 그나마 안심이었다.

사실상 일하는 시간만 빼놓고, 세라는 거의 하루 종일 카페에 머물렀다. 출퇴근 시간 전철 안에서도, 교대로 오는 점심시간에 바삐 숟가락을 놀릴 때도, 퇴근 후 씻고 이불 속으로 들어가 누워서도, 어김없이 카페에 접속했다. 잠자는 시간은 빼놓아야 하겠지만, 실제로 잠을 줄여가면서 PC 모니터 앞에 앉아 있거나 휴대전화를 붙들고 있을 만큼 세라는 열성적이었다. 본격적으로 활동하기 전에 이미 다 읽어 버린 '학예사의 편지'는 물론, 카페 안 모든 카테고리의 모든 게시판을 끈기 있게 섭렵했다. 카페 새 글 알림 설정을 해 놓고, 알림이 오는 즉시 전화기를 집어 들곤 했다. '학예사의 편지'는 운영자가 한 달에 한 번 업데이트한다는 걸 알지만, 다른 게시판들에는 언제 어떤 글이 새로 올라올지 모르니 주의를 기울이고 있어야 했다. 새 글을 바로 읽지 않는다고 사라지는 것도 아닌데 실

시간으로 확인하지 못하는 건 참을 수 없었다. 특히 '개인 경험담'은 그녀의 최고 관심 카테고리로서, 그곳 게시판들이 돌아가는 상황에 내내 촉각을 곤두세웠다. 새 글이 올라올 때마다 재빨리, 그러면서도 꼼꼼하게 몇 번을 반복해 읽었다. 그리고는 최대한 진지하고 성의있게 답글을 달았다. 해당 회원의 고민에 대한 넉넉한 이해를 표현하되 너무 과장되게 보이지 않도록 신경 썼고, 자신의 머리로 짜낼 수 있는 조언을 가장 겸손하고 예의 바르게 전달하려 노력했다. 농담 식의 어투는 절대 사용하지 않았으며, 행여 상대와의 격의를 없애겠다고 비속어나 유행어를 쓰는 일도 일체 삼갔다. 그녀의 노력은 일정한 보답이 되어 돌아왔다. 새 글에 자신의 답글이 맨처음, 신속하고도 보기 좋게 올라가 있는 걸 보면 쾌감이 솟아 올라왔다. 다른 회원들이 자신의 답글에 동감과 호의를 표할 때, 또 누구보다도 해당 회원이 관심과 조언에 감사한다는 뜻을 드러낼 때는 가슴이 뿌듯함으로 가득 차올랐다. 카페에서 살다시피 하니 자신처럼 활동도가 높은 회원들과 의당 자주 마주쳤고, 그들의 아이디가 오프라인에서 같이 일하는 동료들의 이름보다 더 익숙하게 다가올 정도였다. 답글 섹션이나 자유게시판에서 그들과 인사를 나누거나 가볍게 안부를 교환하는 일도 잦아졌다. 일상이 온통 미스터리 인사이드 카페 활동으로 도배되어가는 가운데 그녀는 전에 없던 심신의 안정을 맛보았고, 오히려 카페를 조금이라도 벗어나 있으면 견딜 수 없이 불안하고 허전했다. 미스터리 인사이드를 모르고 살아온 세월이 언제 있었나 싶을 만큼 아득하게 여겨졌다. 그야말로 작심 3개월 만에, 세라는 완벽한 매일 출석과 충실한 활동, 반듯한 태도를 인정받는 카페의 열혈 정회원이 되어 있었다.

카페 활동에 소비한 시간과 노력이 아까운 건 결코 아니었다. 그러나 이 3개월이 세라의 모든 바람을 이루어준 것도 아니었다. 초봄에서 출발한 그녀의 카페 시계는 어느새 여름의 초입에 이르러 있었다. 따가운 햇살이 녹음을 헤집고 창유리를 두들기던 화창한 초여름 아침, 그녀는 몹시 바람직하지 못한 기분으로 이불 속에서 번쩍 눈을 떴다. 날씨와 딱 정반대의 기분이라고 해야 옳았다. 마음먹은 거리의 반도 나아가지 못했다. 답답하다. 상황이 쉽게 달라질 리 없을 성싶다. 암담하다. 누군가 구세주처럼 나타나 문제 해결을 도와주기를 바랄 수 있는 일인가, 과연? 불안하고 고독하다.

간밤에 천하가 찾아들었다. 세라는 여느 때처럼 묵묵히 그를 받아들였다. 습관처럼 그가 혼잣말을 쏟아내다가 기분이 어떠냐는 둥 괜찮냐는 둥 간단한 질문들을 던져올 때도, 그녀는 줄곧 입을 다물고 있었다. 귀접을 물리치기 위해 갖은 방도를 알아보고, 존재 여부도 몰랐던 커뮤니티에 가입해 밤낮없이 열렬히 활동하고 있다는 사실을 천하에게 들키고 싶지 않았다. 아직도 천하의 존재는 너무 컸다. 넘지 못할 벽인데, 그걸 몰래 넘으려다 뒷덜미를 붙들릴 것만 같았다. 무서웠다.

넌 귀신이잖아. 귀신인 주제에 사람인 날 찾아와 10년 동안 그 짓을 했고, 앞으로도 계속 나랑 그러려는 거잖아. 옳지 않아, 더는 안 돼. 꺼져!

천하에게 대놓고 이렇게 외칠 수만 있다면. 미스터리 인사이드 카페 운영자처럼 귀신을 설득할 만한 신통방통한 대화기술도 없는데, 그냥 이렇게 속 시원한 일갈로 한방에 귀접을 끝낼 수만 있다면.

입이 떨어질 리가 만무했다.

역시 나 혼자서는 안 돼. 세라는 땅이 꺼져라 한숨을 내쉬었다.

3개월의 매진에도 불구하고, 카페 안에서 그녀는 피할 수 없는 딜레마에 빠지고 말았다. 다른 회원들의 글을 읽고, 그들의 고민에 관심을 가지고, 정성껏 답글을 달아가며 그들과 훈훈하게 소통하고 있는 것까지는 좋다. 그런데 막상 자신의 고민을 해결하려니, 어쩐지 막막했다. 일단 문제를 솔직하게 밝히는 게 우선이겠으나 도무지 용기가 나지 않는 것이었다. '개인 경험담' 카테고리의 게시판들을 옮겨 다니며 글쓰기 버튼을 누르고, 자신의 경험담을 작성해 올려보려는 시도는 수도 없이 했다. 하지만 끝까지 쓰지 못하고 번번이 중간에 빠져나오기 일쑤였다. 심지어 작성 중이던 글이 임시저장되면, 누가 볼 것도 아닌데 그것마저 얼른 지워 버렸다. 범접불가 최고 강도의 경험담, 이걸 익명의 수백 수천 회원들에게 과감하게 공개할 경우 그 여파를 진정 감당할 수 있을까. 반응이나 표현의 정도는 각기 다를지라도 그들 모두 내심 적잖이 충격받을 게 뻔했다. 생각만 해도 그녀의 얼굴은 화끈거렸다. 카페에서 제 볼일만 보고 나가버리는 약삭빠른 회원으로 인식되지 않기 위해, 카페의 충실한 일원이 되려는 의지를 인정받기 위해 부지런히 달렸던 3개월이었다. 이렇게 쌓은 구김 없고 반듯한 이미지가 되려 족쇄가 되어 그녀의 발목을 잡았다. 자신을 전적으로 내려놓을 결심을 하지 않는 한, 절대 쉽게 터뜨릴 수 없는 일이었다. 그녀의 경험담에 필적할 만한 것으로 운영자의 사연을 들 수 있겠지만, 운영자는 자력으로 귀접에서 완전히 벗어난 사람이다. 그와 비한다면, 그녀의 10년 속수무책 귀접 경험은 더없이 황당하고 한심한 것으로 여겨질 터였다. 자칫하면 남들의 관심을 끌고 싶어 허황한 이야기를 떠벌리는 이들의 속칭인, '관심종자'로 오해받을 위험성까지 존재했다.

또 하나, 적극적인 카페 활동으로 운영자에게 자신의 존재를 알리고자 했던 의도가 제대로 충족되었는지 따져볼 문제였다. 세라로서는 확신이 서지 않았다. '학예사의 편지'는 물론이고, 운영자가 올리는 다른 미스터리 관련 게시물들에 수줍을지언정 몇 번이고 문장을 다듬어가며 답글을 달았었다. 하지만 원래 회원들에 답글에 일일이 반응을 드러내지 않는 운영자의 스타일은 변함없었던 즉, 그녀도 자신의 답글에 대해 그로부터 한 번도 직접적인 피드백을 받지 못했다. 그뿐 아니라, 다른 회원들과 활발하게 소통해온 자신의 활동상이 운영자에게 의식되고 있는지조차 알 수 없었다. 귀접 경험담을 밝히는 일은 미루었을지라도, 자유게시판에 자신의 직업과 목표에 관한 단상들을 나름 진솔하게 적어 올린 적도 있었는데 그런 게 운영자의 눈에 띄기라도 했는지 궁금할 따름이었다. 궁금함은 날이 갈수록 커졌다. 그 누구보다도, 아니, 그 누구도 아닌 운영자의 피드백을 그녀는 간절히 원하고 있었다.

　명품관 고객이자 부유한 젊은 기업가인 그 남자에게서 두 번째 청혼을 받은 날, 세라는 거의 반은 넋이 나간 채로 퇴근해 돌아왔다. 나무랄 데 없는 외적 조건들을 갖춘 사람이었다. 이런 사람으로부터 두 번씩이나 청혼을 받는다면, 아무리 목석같은 여자라도 심적인 동요를 일으킬 여지가 다분했다. 하물며, 스스로 쳐놓은 이율배반의 덫에 걸려 옴짝달싹 못 하는 처지라고 믿고 있는 그녀는 말할 것도 없었다. 귀신인 천하와의 관계에 깊이 중독되어 헤어나지도 못하면서, 한편으로는 평범한 여자로서의 행복을 포기할 수는 없다고 불끈불끈 주먹을 쥐곤 하는 그녀였다. 현실에서 기필코 좋은 남자를 만나 결혼할 것이며 사랑받는 아내이자 엄마로 살아갈 것이라고, 그녀의 가슴은 끊임없이 소리치고 있었다. 귀접으로 점철된 10년 세월 속에서도, 마치 숨겨둔 알처럼 힘겹게 품어온 소망 아니던가. 현실 속 한 남자의 청혼이 그 실현을 가능하게 해줄지도 모르는 것이다. 그다지 오래 알았던 사이도 아니고 아직 사랑하는 것도 아니지만, 노력도 해보지 않고 속절없이 보내 버린다면 후회가 따를 것 같은 남자였다. 그녀의 인생에 어떤 가시적인 전기(轉機)를 마련해줄 수 있을 것 같은 상대, 그의 두 번째 청혼이 그녀에게 결단을 재촉하고 있었다. 세 번째 청혼은, 다시 없을지도 모른다.

　결단의 주제는, 당연히 귀접을 물리치는 것이었다. 천하를 자신의 인생에서 몰아내지 않고서 멀쩡한 얼굴로 한 남자와 결혼을 하는 건, 상상만으로도 세라의 죄의식을 불러일으켰다. 그녀가 접한 귀접 경험담들 가운데, 꽤 드물기는 해도 기혼자들의 이야기가 포함되어 있던 게 떠올랐다. 이유도 불분명하고 주로 단기간에 끝난 경험이었지만, 잠들어 있는 배우자 옆에서 홀로 귀신에게 교접을 당하는 그 불안하고 황당한 심정은 뭐라 형용하기 어렵다고 적고 있었다. 결혼 전에 천하를 막지 못한다면, 이게 내 이야기가 되지 말라는 법도 없지. 그들의 경험담에 자신의 모습을 대입시키며 그녀는 몸서리를 쳤다. 같은 이불을 덮고 평온하게 잠든 남편, 바로 그 옆에서 뜨겁게 밀고 들어오는 천하를 받아들이며 뒤척이는…… 생각만 해도 끔찍했다.

그날 집에 돌아와 옷을 갈아입지도, 씻지도 않고 저녁도 거른 채 세라는 몇 시간째 침대에 누워 천정만 바라보았다. 혼란과 번민이 무시무시한 아귀힘으로 목을 조여오고, 숨이 턱턱 막혔다. 미동조차 하지 않았는데 혈압이 올라 머리가 터져나가는 듯했으며 눈알까지 빠져나올 것 같은 기분이었다.

어떻게 해야 하나. 무수히 반복된, 이제는 기계처럼 자동적으로 머릿속에서 회전하는 질문. 천하를 어떻게 보낼 것인가.

귀접은 어떻게 끝낼 것이며, 결혼은 어떻게 결정할 것인가.

나 혼자서는 안 된다니까, 안된다고 했잖아.

나는 도움을 받아야 해.

같은 남자로부터 두 번째 청혼을 받은 날이었다. 그런데 세라의 생각을 지배하고 있는 건 청혼한 그 남자가 아니라, 미스터리 인사이드 카페의 운영자였다. 그에게라면 자신의 해괴한 10년의 비밀을 가감 없이 털어놓을 수 있을 것 같았고, 그것에서 벗어날 수 있게 도와달라고 절실히 부탁할 수 있을 것 같았다. 꼭, 그렇게 하고 싶었다. 아니, 반드시 그렇게 해야만 했다.

3개월을 노력했는데도 근본적으로 달라진 게 없다면, 방법을 바꿔야 한다. 운영자의 관심을 끌기 위해 간접적인 방식의 접근만 시도하며 언제 날아올지 모르는 그의 피드백을 하염없이 기다리고만 있는 형국이라면, 조속한 문제 해결은 아예 불가능할 듯싶었다. 카페의 정기적인 오프라인 모임은 봄과 가을에 각각 한 번씩, 1년에 두 차례밖에 열리지 않는다. 그것도 세미나 공간을 빌려야 할 만큼 다수의 인원이 참석한다고 하니, 그런 분위기에서 운영자와 독대하며 대화를 나눌 기회를 얻는 건 쉽지 않으리라. 운영자가 비정기로 번개를 이따금씩 주선하는 것 같았는데, 그건 말 그대로 비정기인 탓에 언제 열릴지 모르는 모임이었다.

숫제 감나무 밑에 누워 입 벌리고 감 떨어지기 기다리는 게 빠르겠다. 내가 아둔했어. 그에게 직접 메시지를 보낼 거야.

세라는 홀린 듯 침대에서 일어나 냉장고로 가서, 손에 잡히는 대로 맥주 캔들을 쓸어 담아가지고 돌아왔다. 숨도 쉬지 않고 캔맥주 세 개를 연속으로 들이마신 뒤, 크게 심호흡을 했다. 운영자에게 개인적으로 카페 쪽지를 보내려 마음을 굳힌 상태였다. 어느 정도 오른 취기에 기대어 카페에 접속하니, 이전과는 다른 용기가 솟아나는 듯했다. 용기가 사라지기 전에 그녀는 재빨리 쪽지창을 열었다.

　이렇게 따로 쪽지를 드리는 게 실례인지는 모르겠습니다. 양해해
주셨으면 합니다.

　가입 신청할 때, 귀접 문제가 있다고 살짝 말씀드린 신입회원입
니다.

　제 경우는 문제가 정말 심각한 것 같아 고민이 크지만, 도저히 카
페 회원님들에게 밝힐 용기가 나지 않습니다. 현실에서도 절 도와
줄 사람이 없습니다.

　운영자님의 사연을 알게 되고, 운영자님이 올리시는 글들을 읽으
며 느낀 바가 많았습니다. 외람되지만, 제가 운영자님과 이야기를
좀 나눌 수 있을까요?

　어떤 방식으로든 좋습니다. 편하신 방법을 말씀해주세요.

　(진심으로 이런 부탁을 드린다는 의미에서, 가입할 때 운영자님
께 공개되는 정보 외에 제 실명을 밝히겠습니다. 제 이름은 진세라
라고 합니다.)

　답장 기다리겠습니다.

　사실상 요점만 밝힌 쪽지 글임에도 재차 고쳐 쓰고 다듬으며 작
성을 완료했다. 이름까지 밝혔겠다, 더 이상 손볼 데도 없겠다는 생
각이 들자 과감히 보내기 버튼을 눌러 쪽지를 전송해 버렸다.

　이른 아침, 세라는 이불을 걷어내고 벌떡 일어나 앉았다. 잠에서

깨자마자 후회와 두려움이 물밀 듯이 밀려들었다. 과연 잘한 일일까? 가입한 지 얼마 되지도 않은 회원이 운영자에게 따로 메시지를 보내어 접촉하려는 것 자체가, 카페 규칙이나 뭐 그런 것에 어긋나는 일로 여겨지는 건 아닐까? 다짜고짜 개인적인 도움을 요청하는 내용이나 다름없는데, 운영자가 엄청나게 황당해 하거나 부담스러워하면 어쩌지?

쪽지를 보낸 건 새벽이고, 아직은 아침이었다. 먹구름 같은 수심이 낀 얼굴로 그녀는 출근 준비를 했다. 출근해서도 오전 내내 일에 집중할 수가 없었다. 뻐근한 긴장과 초조가 흡사 체기처럼 가슴 한가운데 걸려서는 내려가지 않았다. 핸드백 안에 넣어둔 전화기는 차마 꺼내어들 엄두도 못 냈다.

점심시간, 세라는 구내식당으로 향하는 대신 여자 화장실로 직행했다. 먹은 것도 없는데 토할 것처럼 속이 울렁거렸다. 화장실 한 칸으로 들어가 문을 걸어 잠그고, 떨리는 손으로 전화기를 들어 카페에 접속했다. 두 눈을 한 번 질끈 감았다가 뜬 순간, 그녀는 비명을 지를 뻔했다. 운영자의 쪽지가 와 있었다! 그가 그녀에게, 답장을 보낸 것이다.

회원님의 쪽지는 잘 받았습니다.

제가 도움을 드릴 수 있을지 모르겠지만, 회원님이 원하신다면 물론 이야기를 나눌 수 있습니다.

마침 이번 주 토요일 저녁에, 작은 번개 모임이 있을 예정입니다.

카페 초창기부터 활동해왔고 저와도 친분이 있는 회원이 유학을 가시는데, 그분 뜻에 따라 카페에는 공지하지 않고 조촐하게 소규모 인원이 모여 시간을 가지기로 했습니다. 회원님은 신입이시지만, 운영자 직접 초대로 참석이 가능합니다.

시간이 되신다면 부담 없이 나와주시면 되겠습니다. 모임 시작 시간보다 늦으셔도 무방하니, 볼일이 있으시면 보고 오셔도 됩니다.

아래 모임 장소 및 시간, 그리고 제 전화번호를 확인해주시기 바랍니다.

9

카페 '미스터리 인사이드' - 3

모든 게 무난했다. 심지어 편안했다. 기대 이상이었다.

절박하기 짝이 없었던 세라의 입장에서라면, 만약 운영자가 일대일 개별 만남을 제안했더라도 일단 수락하고 보았을지 모른다. 하지만 그런 면에서부터 운영자의 센스와 배려는 미리 충분히 이루어졌다. 여성 신입회원인 그녀가 부담이나 경계심을 내려놓고 자연스럽게 카페 모임에 참석하도록 이끌었고, 행여 낯설고 어수선한 분위기에 소외감을 느끼지 않도록 규모가 큰 정기 모임이 아닌 일종의 소수정예 번개 모임에 그녀를 초대한 것이 그랬다.

원래 토요일 근무가 있었던 세라는, 급히 동료에게 부탁해 쉬는 날을 맞바꾸고 토요일에 시간을 냈다. 일이 있으면 늦게 와도 된다고 운영자의 쪽지에 적혀 있었지만, 난생처음 나가는 카페 모임에 옷매무새를 다듬거나 마음의 준비를 할 시간도 없이 허둥지둥 달려가 끼어드는 모습을 보이고 싶지는 않았다. 토요일 오후의 여유를 얻었기에, 그녀는 매장에 출근할 때보다 더 정성스럽게 메이크업을 하고 최대한 단정한 옷을 골라 입었다.

　운영자가 알려준 모임 장소는 대로변에서 약간 안쪽으로 들어간 골목에 자리해있는, 퓨전 주점 스타일의 깔끔한 식당이었다. 세라가 모임 정시에 그곳에 도착했을 때, 이미 예닐곱 명의 사람들이 한 테이블에 둘러앉아 있었다. 한 남자가 테이블에서 일어나더니 곧장 그녀에게로 다가왔다. 그녀가 도착하기 전 따로 전화하지도 않았는데 바로 그녀임을 알아본 그는, 바로 미스터리 인사이드 카페의 운영자였다. 반갑습니다, 짧은 한마디와 함께 그가 불쑥 손을 내밀었다. 안녕하세요, 그녀도 중얼거리며 엉거주춤 고개를 숙였다. 얼결에 잡아본 그의 손은 따뜻했다.

　카페 회원들은 세라를 기꺼이 맞아들여주었다. 사람을 쑥스럽게 만드는 과한 환영도, 또 무안하게 만들 수 있는 심드렁한 반응도 아니었다. 운영자가 그녀를 개별적으로 초대한 사유와는 상관없이, 그녀가 신입회원으로서는 보기 드물게 카페에서 활발한 활동을 하고 있다는 사실에 다들 존중과 관심을 표했다. 다행히, 활동하면서 자주 마주치고 그녀와 안부를 나누는 사이가 되었던 친숙한 아이디의 회원들도 그 자리에 세 명이나 포함되어 있었다. 회원들이 계속 말을 걸며 술잔을 권하는 터라, 그녀도 어색함이나 외로움을 느낄 겨를 없이 어느새 그들과의 대화에 몰두하기에 이르렀다.

　세라가 특별히 초대되기는 했지만, 그날 번개 모임의 우선적 취지는 외국 유학을 떠나는 한 회원에 대한 환송이었다. 석별의 잔이 오가고 그의 무운을 비는 말들이 넉넉히 쏟아진 후 1차가 마무리되자, 당사자 회원은 시간 사정으로 그쯤에서 자리를 떠야겠다며 양해를 구했다. 나머지 회원들은 운영자의 주도하에 2차를 가기로 하고 다 함께 걸음을 옮겼다. 운영자가 커피전문점으로 들어가 커피를 주문하길래 그곳에서 2차를 하나 보다 했는데, 그가 테이크아웃 커피 팩을 양손에 들고나오더니 자기 사무실로 가자고 하는 것이었다. 이전에도 익히 경험한 코스인 듯, 회원들 모두 흔쾌히 동의했다. 운영자의 사무실? 세라가 알고 있는 그의 직업은 박물관 학예사인데, 그 밤에 회원들을 박물관에라도 데려가겠다는 뜻은 아닐 터였다. 직접 물어보기도 뭣해서 그냥 말없이 따라갔다. 일행은 이내 커다란 건물 앞에 도착했다. 주말 밤인데도 환하게 불을 밝히고 있는 반원형 은색 건물은, 외관 자체가 모던한 느낌을 물씬 풍겼다. 아까부터 의아해하는 세라의 기색을 눈치챈 듯, 일행이 건물 안으로 들어갈 때 운영자는 그녀에게 친절하게 설명해주었다.

"건물 이름이 하이테크 콘텐츠 & 컬쳐 센터 (Hi-tech Contents & Culture Center)라고, 줄여서 보통 HCCC 빌딩이라고 불러요. 미디어 산업 종사자들한테 아주 부담 없는 조건으로 업무 공간을 제공하는 곳인데, 주로 예술과 엔터테인먼트 쪽 기획자나 창작자들이 많이 입주해있어요. 한 층을 파티션으로 막아 나눠서 수십 개의 사무실로 만드는, 이를테면 도시형 공장 구조니까 입주자 수가 자유롭게 융통되는 편이죠. 제 후배 녀석 하나가 산업 디자이너인데, 디자인 창작 지원기금이 걸린 캐릭터 공모전에 입상해서 2년 기한으로 이곳 사무실을 무상 임대받았어요. 기업 광고 지면이나 영상에 들어가는 인물에 한국 전래동화 캐릭터를 접목하는 작업을 전문으로 하는 애예요. 원래는 후배가 여기 상주하려고 했는데, 다른 괜찮은 프로젝트를 추가로 따내 지방을 다니게 되어서 주중에 사흘밖에 이 사무실에 못 나와요. 사무실을 비워두느니, 제가 그 녀석과 시간이 겹치지 않는 주중 저녁이나 주말에 이곳을 좀 이용하겠다고 제안했죠. 그러니까 이 사무실은 엄밀히 제 사무실이 아니라 후배 사무실인데, 우리가 합의해서 나눠 쓰고 있다는 얘기예요. 별것 없는 사무실이긴 해도, 제 상황에서는 조용히 책도 보고 글도 쓸 수 있는 혼자만의 공간이 필요하던 참이었거든요. 아, 제가 공부에 필요한 자료 조사를 좀 하고 있어서……."

운영자의 말마따나, 파티션이 사면의 벽을 대신하고 있고 천정이 오픈된 구조의 사무실은 몹시도 간소했다. 파티션마다 그의 후배 디자이너가 작업 중인 듯한 캐릭터 도안들이 빼곡히 붙어 있었고, 가구는 기다란 테이블에 작은 책장 하나가 전부였다. 윗머리에 모니터와 이런저런 작업 기기들이 놓인 테이블은, 개인 책상이자 회의용 탁자로 겸용되고 있는 듯했다. 운영자의 겸손과 어울리는 지극히 소박한 공간일지라도, 파티션 너머에서 시끄럽게 구는 이웃만 없다면 혼자 작업하기에 딱 좋을 성싶은 아늑한 사무실이었다. 노트패드를 끼고 번잡한 커피전문점들을 옮겨 다니는 것보다는 이런 게 훨씬 나을 것 같기도 했다.

이미 이곳을 방문한 경험이 있는 게 분명한 소수정예 회원들이니만큼 알아서 테이블에 둘러앉았고, 운영자는 테이크아웃 해온 커피를 돌렸다. 2차도 대체로 1차 분위기의 연장선인 듯 무난하게 흘러갔다. 좀 더 개인적인 이야기를 나누는 분위기로 접어들기는 했지만, 불현듯 심각하거나 무거운 화제가 바위처럼 회원들 한가운데로 쿵, 내던져지는 일은 없었다. 최근에 가장 인상 깊게 본 영화나 책에 대해 돌아가면서 말한다든지, 어떤 취미가 새로 생긴 회원이 그에 관해 가볍게 설명해준다든지 하는 식이었다. 세라처럼 최근 몇 달 사이 딱히 새로운 영화도 책도 접하지 못한 경우라면, 굳이 말을 짜내려 애쓰지 않고 듣고만 있어도 좋았다. 운영자는 물론이고, 그 자리에 있는 누구도 그녀에게 압박감을 느끼게 하지 않았기 때문이다.

시종일관 화기애애했던 모임의 2차도 적당한 시간에 마무리되었다. 자리에서 일어나기 직전까지, 세라는 소극적이지만 집요하게 운영자의 모습을 뜯어보았다. 당사자에게 들키지 않으려고 당연히 조심하면서였다. 혹시 그가 자신을 향한 시선을 의식하고 이쪽으로 고개를 돌릴 것 같으면, 그녀는 얼른 살짝 고개를 숙였다. 그렇다 해도, 원체 협소한 공간 내에 함께 앉아 있었기에 그의 모습을 눈에 담는 건 어렵지 않았다.

그는 얼굴이 가무잡잡한 편이었다. 눈썹이 짙었고, 외까풀이지만 큰 눈은 검고 깊은 빛을 발하고 있었다. 턱은 단호한 느낌이었다. 또한, 다부진 체격의 소유자였다. 넓고 각진 어깨를 가지고 있었으며, 셔츠 반소매 아래로 드러난 팔 근육도 제법 두드러져 보였다. 장신은 아니었으나 하체가 길어서인지, 전체적으로 비율이 괜찮았다. 박물관 학예사라는 직업에 대한 사람들의 외모 선입견, 이를테면 안경을 쓴 희고 학구적인 얼굴에다 꼼꼼함과 까다로움이 묻어나는 인상 같은 걸 그에게서 찾기는 어려웠다. 고고학을 전문으로 하는 학예사라기보다는, 마치 고도의 신체적 능력을 요하는 스포츠팀의 젊은 코치 같아 보이는 사람이었다.

일행이 건물 밖으로 나오자 운영자는 먼저 여성 회원들을 위해 신속하게 택시를 잡아주고, 전철역까지 걸어가겠다는 회원들에게 다시금 가는 길을 확인시켜주었다. 유연하고도 매너 있는 뒷정리였다. 1차에서 그가 적지 않은 술잔을 비우는 걸 보았는데, 내내 그 몸놀림에서 전혀 취기가 느껴지지 않는 것도 인상적이었다.

마침내, 운영자와 세라를 제외하고 모든 회원이 그곳을 떠났다. 운영자와 단둘이 남기 위해 그녀가 일부러 노력할 필요도 없었다. 그가 자연스럽게 자리를 정리했으며, 이 상황을 빚어냈다.

건물 앞 보도에 선 채, 두 사람은 서로의 얼굴을 바라보았다.

"세라야…… 진세라. 오랜만이다."

"네, 선배님……. 맞죠?"

⌒10⌒

재회, 그리고

반원형으로 휘어진 HCCC 빌딩의, 안쪽으로 우묵하게 들어간 공간에 조성된 작은 공원이었다. 환하게 밝혀진 가로등 밑, 나무 벤치에 두 사람은 나란히 앉아 있었다.

"자리가 불편하지는 않니? 커피전문점으로 갈까?"

"커피는 마셨으니까 괜찮아요. 안 그래도 밤바람 좀 쐬고 싶었는데…… 벌써 여름인가 봐요, 종일 날씨도 더운 게."

그가 고개를 끄덕였다. 그녀는 그를 바라보지 않은 채, 무릎 위에 올려놓은 핸드백 끈을 만지작거리다 입을 열었다.

"여기서…… 이 카페에서, 선배님을 만나게 될 줄은…… 정말 생각도 못 했어요."

"그러게. 신기한 일이지."

"제가 3개월 전 가입했을 때…… 선배님도 저인 줄 모르셨죠?"

"응, 처음에는 몰랐어. 나한테 공개되는 회원 정보는 성별이랑 나이, 거주 지역 정도잖아. 엄밀히 말하면, 바로 지난주까지도 몰랐다고 해야겠네."

"그럼, 이번 주에 제 카페 쪽지를 받고 아신 거예요? 제가 이름을 밝혀서……?"

"맞아. 네 이름은 결코 흔한 편이 아니라고 할 수 있지. 서울에 사는 스물아홉 살 여성, 이름 진세라. 이 정보들을 조합하니 바로 네가 떠올랐어. 물론 동명이인일 수도 있지만, 그보다는 내가 아는 진세라가 맞을 확률이 더 높다고 느껴지더군."

"선배님, 어떻게 절 기억해내셨어요? 우리가 본 지…… 꽤 오래되지 않았나요?"

"그래. 제법 오래됐지. 내가 널 처음으로 본 건 9년 전이고, 마지막으로 본 건 6년 전이니까."

"정말 저에 대해서…… 그런 것까지 다 기억하세요?"

"응. 확실해."

"어떻게 그렇게……. 선배님 만나자마자 많이 놀라게 되네요. 저도 대학 신입생 때 선배님 처음 만났던 건 기억하지만, 마지막으로 언제 뵀었는지는 잘…… 고등학교 동문회 나간 지 너무 오래되어서요."

"신경 쓰지 마. 난 원래 년도라든가 사람 이름을 잘 기억하는 편이야. 지금까지 해온 공부나 현재 하는 일도 그렇고. 고고학, 미술사학, 한국사, 한문, 박물관학, 인류학, 등등…… 뭐 그런 것들을 파

125

고 살아온 암기 인생이거든."

"네……."

대화에서 드러나듯, 그들은 초면이 아니었다.

그녀가 대학에 입학해서, 대학 내의 같은 고교 졸업생들이 모이는 동문회 참석 권유를 받고 나갔을 때, 그곳에 그가 있었다. 진세라는 갓 스무 살 신입생, 민찬기는 군 복무를 마치고 돌아온 스물네 살의 복학생이었다. 당시 고교 동문회에서 네 살 위라고 함은, 그녀가 그 고교에 들어가기도 전에 이미 졸업하고 대학생이 되어 있던, 까마득히 높은 OB 선배에 해당하는 존재였다. 한 학년 차이에도 엄격한 서열과 군기를 적용하는 한국적 캠퍼스 문화에서 그녀에게 그는, 그림자조차 밟기 어려운 나이 많은 선배로 여겨지기 충분했다. 서로 전공이 완연히 달랐던 터라, 공통된 화제나 관심사를 계기로 가까워지는 것도 쉽지 않은 일이었다. 기억을 더듬어보자면, 실상 그가 후배들 앞에서 군기 대장을 자처하거나 노회한 복학생의 이미지를 카리스마인 양 남용했던 적은 전혀 없었다. 그런 부류와는 거리가 멀었다. 심지어 외모로 따져도, 그는 동기들에 비해 자못 어려 보이는 동안이었다. 그녀의 기억 속에 남아 있던 그의 모습은 이랬다. 다부진 인상, 혼탁하지 않은 낯빛, 자신만의 규격을 가진 듯 반듯하고 과묵한 태도, 확실히 진지해 보이지만 우울한 기운은 찾아볼 수 없는, 깊고도 밝은 눈매. 동문회로 자리를 함께했던 꽤 여러 밤들이 있었음에도, 그녀는 그와 웬만큼 길다 할 수 있는 대화 한마디 나누어보지 못했다. 그런 채로 그녀도 대학을 졸업했고, 직장

생활을 시작한 이후로는 단 한 번도 고교 동문회에 나가지 않았다.

"선배님 기억이 진짜 정확한 것 같아요. 생각해보니까 제가 마지막으로 동문회 나간 게 4학년 졸업반 때…… 6년 전, 2011년이 맞네요. 대학 졸업한 다음에는 나간 기억이 전혀 없고요."

"그랬지."

"기억력이 대단하세요."

"널 기억하는 건, 내가 꼭 기억력 대마왕이라서가 아냐. 내 암기 인생이야 말이 그렇다는 거고. 나한테 넌, 신입생들 가운데서도 눈에 띄는 애였어."

"제가요? 전 그때나 지금이나 그냥 평범한데……. 희한한 건, 저야말로 그 당시 선배님 모습이 또렷이 기억난다는 거예요. 사실 그동안 고등학교 동문회나 선배들을 거의 잊어버리고 지냈지만…… 오늘 선배님을 만나니까 그 시절이 마치 어제 일처럼 환하게 떠오르고, 선배님도 어제 만난 듯 낯설지가 않아요."

"너도 날 그만큼 기억하고 있다니 다행인걸."

"눈에 띄는 분은 선배님이었어요, 저 같은 애가 아니라. 말도 별로 없으시고 조용하셨지만 분위기가 어딘가 좀 다른, 그런……."

"백화점 명품관에서 일한다고 했지? 그곳에서 일한 지 오래됐니?"

"아, 명품관은 아직 1년이 좀 안 됐어요. 작년 가을에 들어가서요. 졸업하고 첫 직장인 무역회사에서 2년, 그다음으로 패션 편집 매장에서 2년 반 있다가 지금 명품관으로 옮겼죠. 아직도 배울 게 많아요."

"하는 일이 적성에 맞는 것 같던데. 카페 가입 인사에서도 그랬고, 네가 카페에 올리는 글들 보면……."

"제가 올리는 글들 다 보셨어요?"

"그럼. 넌 우리 카페에서 활동이 가장 왕성한 신입회원인데."

"와, 그렇게 말씀해주시니까 기뻐요. 제 나름대로는 열심히 한다고 했는데 회원들한테, 그 누구보다 운영자님한테 제 진심이 가 닿을 수 있을지 걱정을 많이 했거든요. 운영자님이 선배님이라는 사실은 몰랐지만…… 어쨌든 제 활동을 다 의식하고 계셨다니까 마음이 좀 놓이는 것 같네요."

"구두매장이라고 했나, 일하는 파트가? 가죽제품 쪽에 관심이 많다고 했던 것 같고."

"네, 맞아요. 어렸을 때부터 왠지 가죽이…… 그 냄새랑 질감이 다 좋았어요. 가죽제품 중에서도 구두에 가장 관심이 갔고요. 질 좋은 천연가죽으로 만든 구두는 제가 이 세상에서 제일 사랑하는 아이템이에요. 그래서 전 제가 하는 일이 너무 적성에 맞고 좋아요. 냉정하게 따지고 들면 제가 경영학부를 나온 게 별로 쓸모도 없는 것 같고, 편집 매장 때부터 명품관 스태프까지 결국은 판매직 아니냐고 지적하는 친구들도 없잖아 있었죠. 하지만 제가 좋아하는 일이니까 아무래도 상관없어요. 매일 제 최애 아이템 속에 파묻혀 보낼 수 있는 직업이니까요."

"동감해. 직업은 자신의 만족도가 제일 중요하다고 본다."

"선배님은 고고미술사학과를 나오셨고 조금의 어긋남도 없이 그 길로…… 전공을 고스란히 살려 직업을 택하셨네요. 선배님 같은 분들, 정말 존경스러워요."

"존경은 무슨. 사람 일인데 완벽하게 계획대로만 됐겠니. 나도 중간중간에 다른 방향으로 빠질 뻔한 포인트들이 있었지만, 최대한 이쪽을 지향해서 그나마 지금에 이른 거지. 여러모로 운이 좋았다고도 생각해."

"그쪽 분야에 완전히 문외한인 저 같은 사람도, 선배님 덕분에 카페에서 많이 배우고 있어요. 역사랑 미술에 관해 올리시는 글들도 재미있고…… 뭣보다 학예사의 편지, 너무 잘 보고 있다는 얘기 해드리고 싶었어요. 선배님의 편지글들…… 다른 회원들한테도 그렇겠지만, 특히 제 멘탈을 다스리고 정화하는데 도움을 주고 계셔서요."

"진심이니? 그렇게 생각해줬다니 고맙다. 학예사의 편지 게시판 만들 때 고민이 없었던 건 아냐. 나 잘났다고 회원들한테 가르치거나 훈계하려는 의도가 아니니까…… 그저 내 짤막한 편지글 부담 없이 한번 읽어보고 번민을 잠시라도 내려놓았으면…… 세상은 오직 자기와 자기 문제, 단둘이 마주하고 있는 공간이라는 살벌한 고독감을 조금이라도 떨쳐 버릴 수 있었으면 하는 바람으로 시작한 거였어. 그게 일말의 거부감을 일으키거나 오글거리는 글이 되지 않았다는 것만으로도 안심이야."

"오글거리긴요. 학예사의 편지, 제목부터가 솔직담백하다고 느꼈는걸요. 선배님의 직업이나 아이덴티티를 일정 부분 오픈하고 시작하신 일이잖아요. 참, 선배님은 박물관에서 일하신 지는 얼마나 되셨어요?"

"여기까지 오는 데도 시간이 꽤 걸렸어. 네가 대학 졸업반이었던 6년 전 그때가, 내 대학원 마지막 학기였거든. 석사학위 딴 다음에 난 바로 공립 민속 민화박물관에 들어가서 2년간 일했어. 석사학위가 있었고, 또 그 박물관이 실무 경력인정 대상기관이 되는 곳이어서, 그 후 애초에 목표했던 국립 중앙박물관에 3급 정학예사 자격을 받아 들어갈 수 있었지. 지금 내가 서른세 살, 중앙박물관에서 일한 지는 3년째야."

"중앙박물관 정학예사…… 보통 일이 아니었겠네요. 멋지세요. 혹시 박물관에서도 더 올라가실 수 있는 그, 승진 같은 게 있나요?"

"물론 있지. 3급 정학예사로 5년 이상 일하면 2급 자격에 응시할 수 있어. 1급에 도전하려면 당연히 2급에서도 더 경력을 쌓아야 하고."

"아까 들으니까, 무슨 자료 조사를 하고 계신다고……."

"응, 내년부터 박사과정에 들어가 보려 계획하고 있어. 미리 봐둘 책들이 많아. 어차피 배움의 길이란 끝이 없잖니. 그런데 세라야."

"네?"

"내 얘기는 이 정도로, 아니, 차차 더하기로 하고…… 이제, 너에 대한 얘기를 좀 해봐야 하지 않겠니. 네가 나한테 쪽지를 보냈던 그 이유부터 말이야."

"아, 네…… 그렇죠."

잠시, 어색한 침묵이 흘렀다.

"저기, 선배님. 선배님이 절 왜 카페 모임에 초대하셨는지 먼저 여쭤봐도 될까요? 제가 쪽지를 보냈을 때 저인 줄 짐작하셨다면서……."

"음, 물론 내가 누구인지 너한테 밝히고 따로 만나자고 할 수도 있었지만, 그런 경우 네가 어떻게 받아들일지 몰라 약간 걱정이 되더군. 알고 보니 아는 사람이 운영자였다…… 당혹스러울 수도 있는 일이잖아. 그렇다면 차라리 공개적인 자리에서 만나 얼굴 보고, 아는 사이라는 걸 직접 확인하는 게 낫겠다 싶었어. 불필요한 경계심으로 네가 스트레스를 받게 하고 싶지 않았어."

"역시, 절 배려하신 거였군요."

"별 것 아냐."

"오늘만 같다면야, 카페 운영자가 선배님 아닌 처음 만나는 사람이었다고 해도 전 경계심을 가지지 않았을 거예요. 모임 분위기가 참 좋았어요. 하지만 전, 선배님이 운영자라는 사실이 더 마음에 들어요. 많은 얘기를 나누거나 자주 뵙지는 못했지만, 그래도 우리의 9년 인연이 짧다고 생각하지는 않으니까…… 경계심 같은 건 조금도 들지 않아요."

"그렇니?"

"네, 걱정하지 않으셔도 돼요."

"그런데…… 네 표정이, 완전히 긴장을 내려놓지 못하고 있는 게 내 눈에 보여. 네가 마음을 편히 먹었으면 좋겠는데."

"그게…… 그러니까 제 상황이…… 원체 쉽게 얘기할 수 있는 게 아니라서……. 솔직히, 처음 만난 사람한테든 아는 사람한테든 제 얘기를 털어놓는다는 게…… 그냥 부끄럽고 민망해요."

"그래. 사람이 살면서 겪을 수 있는 가장 희한한 미스터리 중 하나지, 그 문제가."

"그 문제……."

"사람과 사람이 아닌 존재, 또는 산 자와 죽은 자가, 이성 남녀가 관계하는 방식으로 접촉하는 것. 심지어 그걸 상회하는, 상상도 할 수 없는 수준으로 밀착하고 얽히는 것. 곧, 귀접을 말하는 거야."

"직설적으로 말씀하시니까, 제가 고개를 들 수가 없네요. 그래도…… 네, 맞아요."

"네가 나한테 도움을 요청할 정도로…… 너도 네 문제의 심각성을 인지하고 그것으로부터 벗어나려는 의지를 품고 있는 거지?"

"네…… 선배님."

"그렇다면 세라야. 망설이지도, 어려워하지도 말고 얘기해봐. 네 문제는 얼마나 심각하니? 일단, 네가 귀접을 겪은 지 얼마나 됐지?"

"음……."

"괜찮아."

"용기 내서 말씀드릴게요. 10년이에요."

두 사람 사이에 짧은 정적이 감돌았다. 그녀가 변명하듯 덧붙였다.

"믿거나 말거나…… 정말로 그래요."

"10년. 긴 세월이구나."

"정확히 제가 열아홉 살…… 고3 때 시작됐어요. 엄마가 돌아가신 지 얼마 안 됐을 때고, 외동딸인 전 아빠와 단둘이 사는 집안이 항상 썰렁하고 외롭기만 했죠. 해괴한 그 일이 계속되면서 금방 끝나지 않으리라는 걸 직감했지만, 가족이라고는 아빠뿐이라 문제를 털어놓고 도움을 요청할 수가 없었어요. 대학에 들어가서 친구도 많이 사귀고 외면상으로는 여느 대학생들처럼 활발하게 학교생활을 했지만, 누구에게도 제 문제를 고백할 엄두가 안 났어요. 구구히 얘기해봤자 아무도 믿어주지 않을 것 같았고, 그러다가 저만 이상한 애 취급받지 않을까 겁이 났어요. 대학 시절에서 직장 생활에 이르기까지 줄곧 그랬죠. 어쨌거나 전 나름대로 이미지 관리를 하면서 살아야 하는, 아직 결혼도 안 한 젊은 여자니까……."

"고등학교 동문회에서 내가 널 처음 봤을 때, 여러 신입생 가운데서도 유독 네가 내 눈에 들어왔었다고 했지? 넌 아주 청순하고 단아한 모습이 돋보이는 여학생이었지만, 순간순간 눈가에 내리깔리는 엷은 그늘을, 찰나에 가파르게 흔들리다 가라앉는 눈빛을 감출 수는 없었어. 밝은 표정에 명랑한 어투로 선배들, 동기들과 대화를 나누면서도 시시한 잡담에 반응하거나 웃어대지는 않았지. 그런 분위기가 되면 넌, 무표정하고도 절박한 얼굴로 맞은편 허공을 뚫어지게 바라보며 앉아 있곤 했어…… 난 생생하게 기억해."

"제가 그때…… 진짜로 그랬나요?"

"네가 고3 때부터 귀접을 겪었고 그 이후 계속 이어졌다고 하면, 내가 널 만났던 시점도 그에 해당되는 거겠지. 갓 스무 살의 네가 그걸 떨쳐 버리지 못하고 혼자 얼마나 고민하고 있었을까."

"선배님은 역시…… 예리하세요. 어떻게든 제 고민을 감춰보려고 애썼는데 잘 안 됐나 보네요. 오픈하지 못할 바에야 감추는 길밖에 없다고 생각했거든요. 전 그저 겉에 드러나는 모습대로 평범하고 순진한 여자애고 싶은데, 저한테 끈질기게 들러붙어 떨어지지 않는 귀접 때문에 본의 아니게 두 얼굴로 살아야 하는 게…… 너무, 너무 비참하고 수치스러웠어요."

"세라야. 내 경우는…… 2년 반이었어."

"네……?"

"나한테 귀접 경험이 있다는 건 너도 알고 있지? 카페 가입할 때 내 글을 읽어봤을 테니까."

"아, 물론 알고 있어요. 사실대로 말씀드리자면…… 선배님의 그 글을 읽고 카페에 가입해야겠다고 마음먹은 거예요. 저처럼 오랜 시간 지속된 건 아니지만 선배님의 사연도 매우 독특했고, 특히 귀접을 해결하신 그 방식이 제 시각에서는 충분히 현명하고 바람직했다고 느껴져서…… 이런 분이 운영하는 카페에서라면 제가 어떤 식으로든 도움을 받을 수 있을 거라는 희망을 품어봤어요. 속 보이는 짓을 해서 죄송해요, 선배님. 제가 카페에 도움이 될 만한 인재도 아닌데 제 상황이 급급해 가입을 했으니……."

"그런 말은 하지 마. 알다시피 미스터리 인사이드 카페는 이성으로 이해할 수 없는 문제로 고민하는 사람들을 돕기 위해 존재하는 거야. 게다가 너와 난 카페 운영자와 회원이기 전에, 안 지 10년이 다 되어가는 학교 선후배 사이야. 우연이든 필연이든, 네가 이 카페로 찾아 들어왔기 때문에 우리가 이렇게 다시 만날 수 있었던 것 아니겠니."

"그렇게 긍정적으로 말씀해주시니…… 저야……."

"네 10년에 비하면, 내 2년 반은 턱없이 짧은 기간이었다는 걸 깨닫게 되는구나."

"아니, 아니에요. 비록 기간은 달라도…… 고민의 정도는 선배나 저나 크게 다르지 않았을 거라 생각해요. 그리고 다른 모든 걸 떠나서, 선배는 결국 문제에서 벗어나셨잖아요."

"간단하게 몇 가지만 더 물어보자. 넌 그…… 귀접 상대의 정체성을 조금이라도 파악하고 있다고 생각하니? 신분, 이름, 얼굴 등등. 현실에서 직간접적으로 한 번이라도 본 적이 있는 인물이라든지…… 내 경우는 할머니의 오래된 사진첩에 들어있던 사진을 본 것이니 극도로 간접적인 채널에 불과했지만, 그게 그토록 큰 영향력을 발휘할 줄 몰랐었지."

"제 경우는…… 상대에 관해 잘 모른다고 생각해요. 그가 처음 찾아왔을 때부터 정체불명이었고, 제 현실에서는 듣지도 보지도 못했던 존재였기 때문에 정말 알 수 없는 일이다 싶었어요. 10년이나 됐지만…… 여전히 크게 달라진 건 없는 상태예요. 그나마 제대로 알아냈다고 확신하는 건, 그의 이름뿐이죠."

"이름은 알아냈어……? 그건, 기본적인 것 같아도 상당히 의미심장한 발견이야. 그래, 이름이 뭔데?"

"천하…… 천하예요. 제가 할 수 있는 한, 제 능력 안에서 알아낸 바로는 그래요."

"천하라……."

"그것도, 최근 들어 그럴 거라고 확신한 거예요. 그가 말하는 걸 들을 수 있게 된 건 3년 정도 됐는데…… 발음이 정확하게 들리지 않아서 얼마나 헤맸는지 몰라요. 아직도 제가 알아듣지 못하는 말이 많고요."

"좋아. 10년이나 됐으니 의당 상대와 어느 정도의 소통은 이루어지고 있으리라 짐작했다. 내 경우에도 그랬지만…… 그 소통은 점진적으로 발전하고 구체화되어온, 그런 것이겠지? 마냥 뿌옇던 눈앞의 안개가 서서히 걷히며 뭔가 보이기 시작하는 것처럼 말이야."

"맞아요! 처음 시작될 때는, 오로지 촉각뿐이었어요."

"당연해. 상대가 귀신이 됐든 누가 됐든, 귀접의 본질은 육체관계야. 상대의 육체를 현실인 듯 생생하게 느끼는 것. 상대와 내 육체의 어우러짐이 반복되고 지속되면서, 내가 상대의 육체를 잘 알고 있다는 믿음을 가지게 되고 친밀감에 빠지는 것…… 이른바 귀접의 함정이지."

"함정…… 네……."

"어떤 식으로 소통이 점점 더 발전했니?"

"그러니까…… 촉각 다음은 후각이었어요. 그것도 어느 날 갑자기 트였는데…… 처음에는 멀리서 바람에 실려 오는 냄새처럼 희미하다가, 갈수록 뚜렷해졌어요. 분명히 그에게서 나는 냄새인 거예요. 말하자면 두 가지인데, 풀 냄새랑 가죽 냄새가…… 믿지 않으실지도 모르겠지만 정말이에요."

"믿어. 네가 이 마당에 왜 거짓말을 하겠니. 꽤 드물기는 하지만 귀접 상대의 냄새가 감지되었다는 사례를 나도 읽은 적이 있어."

"그러다가 마침내 청각도 트이게 되어서…… 이루 말할 수 없이 신기했었어요. 원래는 그가 일방적으로 무슨 말을 쏟아내곤 했는데 말이라기보다는 기계음 마냥 웅웅대다가 사라지곤 했거든요. 그런 시간을 한참 지나서 비로소 초보적인 대화가 가능해지고, 그가 제 질문에 대답하기 시작했어요. 아, 항상 구체적인 질문을 하는 건 제 쪽이에요. 그에 관한 정보를 하나라도 더 알아내고 싶었고, 지금도 마찬가지니까요. 하지만 여태 확실한 대답을 듣지 못한 부분이 너무 많아요."

"시각은 어때? 혹시 그의 모습을 봤니?"

"아뇨, 전혀 본 적 없어요. 어쩌면 가장 궁금한 부분이기도 한데…… 아무것도 보이지 않아요. 그가 자기 모습을 10년 동안이나 꽁꽁 감췄다는 게 꺼림칙하지만 말이에요."

"그래. 오래 걸리기는 했어도 어쨌든 그와의 소통이 어느 정도 가능해졌다니, 꼭 하나 물어봐야겠다. 이건 귀접을 물리치기 위한 기본적인 액션에 해당한다고 할 수 있는 건데, 네가 시도해본 적 있는지 모르겠구나."

"뭔데요……?"

"세라야, 그와의 관계가 이어져 온 지난 10년 동안, 여러 가지 상황이나 국면, 사정이 있었으리라는 건 알아. 그럼에도 불구하고 넌, 그와 대화하는 중에 한 번이라도 네 의지를 어필한 적이 있니?"

"네? 어떤……?"

"떠나달라고. 이 관계를 지속하기 원치 않는다고."

"아…….."

"간절한 부탁이었든, 강력한 반발이었든, 어떤 방식이라도 상관없어. 단 한 번이라도, 귀접을 끝내고 싶어 하는 네 의지를 그에게 표출한 적 있냐는 말이야."

그녀가 갑자기 고개를 푹 숙였다. 그녀의 한 손이 블라우스 앞섶을 꽉 움켜쥐고 있었고, 상반신이 가볍게 떨리고 있었다. 아무 대답도 하지 않았지만, 당혹감이 그녀의 온몸에서 배어 나와 발치로 흘러내리고 있는 듯했다.

"세라야."

"죄, 죄송해요. 제가…… 좀…… 당황해서…….."

"괜찮니……?"

"괜찮지 않아요. 저 부끄러워요…… 그냥 부끄럽다는 생각 밖에는…….."

"내가, 본의 아니게 네 정곡을 찌른 모양이구나."

"당연한 걸 물어보신 거예요…… 선배님은. 선배님이 그 질문을 던질 거라는 예상을 했었어야 하는데……. 아니, 아니에요. 어차피 전 당당하게 대답하지 못했을 테니까요."

"정말 그에게 한 번도 어필 안 해봤니, 네 의지를⋯⋯?"

"전 세상 멍청하고 한심한 인간이에요. 이율배반의 덩어리고요."

"지나친 자책은 금물이야."

"끝내고 싶으니 떠나달라는 말, 안 했어요. 아니, 못 했어요. 지긋
지긋한 10년인데⋯⋯ 끝내고 싶은 의지는 있었지만, 도저히 말로
나오지 않았어요. 왜 그랬는지 아세요⋯⋯? 무서웠거든요. 진짜로
그가 사라져 버릴까 봐, 다 끝나 버릴까 봐."

"그랬구나."

"그를 통해 제가 느꼈던 감정들을, 현실 속 어떤 남자도 비슷하게
나마 느끼게 해준 적 없었어요. 그를 접한 열아홉 살 이후, 현실 속
어떤 남자도 제 마음을 강렬하게 사로잡거나 컨트롤하지 못했어요.
정말이지 그는 불가사의한⋯⋯ 그 누구와도 다른 존재예요."

"그런 상대와의 관계에의 중독⋯⋯. 알아, 나도 경험한 바 있지."

"중독, 맞아요. 제가 그런 것에 중독되었다고는 믿을 수도 없었고
여전히 믿고 싶지 않지만⋯⋯ 부인할 수가 없네요."

"모든 중독은⋯⋯ 빠져나올 길을 열어둔 채 존재하는 법이라고
한다면 위로가 되겠니?"

"네, 전 거기서 빠져나오고 싶어요! 빠져나와야만 해요. 이렇게
살 수는 없어요. 그가 현실 속에서 저로 하여금 어떤 남자에게도 진
정한 매력을 느끼지 못하게 했고, 남자친구들과의 연애를 깨 버렸
고, 제 의지를 좌지우지했다고요. 저도 내년이면 서른 살이고, 결혼

이라는 것에 대해 진지하게 고민하고 결정할 때가 됐다고 생각하는 데…… 그가 그것조차 망설이게 해요. 그를 떨쳐 버리지 않고는 아무것에도 집중할 수가 없고, 본격적인 연애고 결혼이고 아무것도 결정할 수 없어요. 이대로는…… 이대로는…….”

“세라야…… 너, 우는 거니?”

“저도 모르게…… 그만 눈물이 나와서…… 하아. 죄송해요. 제 감정을 주체못하고 바보같이…….”

“죄송하긴, 그런 말은 하지 마. 내 앞에서 네가 어려워하지 않았으면 좋겠다. 난 네 얘기를 듣고, 널 돕기 위해서 여기 있다는 것, 알지?”

그녀는 핸드백에서 손수건을 꺼내어 눈가를 꾹꾹 눌러 닦았다. 그는 몸을 옆으로 돌리고 그녀를 유심히 들여다보았다. 수 분이 지난 후, 그녀가 고개를 번쩍 들더니 자신을 바라보고 있는 그와 눈을 맞추었다.

“좀…… 진정된 거야?”

“선배님.”

“그래, 말해.”

“보여드릴게요, 지난 10년간의 제 일기.”

“응……?”

“세상 누구에게도 보여준 적 없고, 보여줄 수 없었던 제 비밀 일기장들요.”

그녀의 젖은 두 눈에는 결의마저 번쩍이고 있었다.

"카페 모임 나오기 전부터, 운영자가 제 머릿속에 그려져 있는 분 그대로가 맞는다면 제 비밀을 다 털어놓을 수 있을 것 같다고 생각했어요. 오늘, 운영자가 선배님이라는 걸 알게 되고, 이렇게 얘기를 나누다 보니 제 확신이 더 굳어졌어요. 선배님이라면 절 도와주실 수 있을 거예요. 그래서, 선배님한테라면 망설임 없이 보여드릴 수 있어요."

"네 10년간의 일기를, 나한테⋯⋯?"

"오늘 이 잠깐의 대화만으로는 제가 거쳐온 그 시간들을⋯⋯ 그 혼란과 두려움을 다 설명할 수 없어요. 다 전달해드릴 수가 없어요. 모두 알려드리고 싶은데⋯⋯ 모두 알아주셨으면 좋겠는데⋯⋯."

"괜찮겠니⋯⋯?"

"말씀드렸잖아요. 선배님한테라면 괜찮다고요. 그러니까, 제발 절 도와주세요. 선배님이 귀접에서 벗어나신 것처럼, 저도 벗어날 수 있게⋯⋯ 해방될 수 있게. 부탁드려요."

"간청하듯이 말 안 해도 돼. 난 마땅히 널 도울 거니까. 그럼⋯⋯ 우리 일단 이렇게 하자."

"어떻게요⋯⋯?"

"나도, 귀접을 겪었던 그 2년 반 동안 기록해둔 게 좀 있어. 물론 누구에게도 보여주지 않았던 비밀 일기지. 내 일기도 너한테 보여줄게. 지극히 개인적인 너만의 기록을 나한테 고스란히 읽히기로 한 네 결정은 존중하지만, 나만 네 걸 읽는 건 불공평한 것 같아. 너도 내 걸 읽어봐. 비록 너보다는 덜 힘들었겠지만⋯⋯ 나도 귀접으

로 인해 인생의 한 시점에서, 네가 겪어온 것 같은 혼란과 두려움을
에누리 없이 맛봐야 했어. 이걸로 너도 위안 삼았으면 좋겠고……
나아가, 우리의 핵심 과제는 귀접을 해결하는 일이 되겠지."

"선배님……."

"내가 쓴 카페 개설 동기 글 기억하니? 모든 미스터리에는 이
유가 있다. 그리고 그 이유를 안다면 해결 방법도 반드시 존재한
다……. 우리, 힘을 합쳐 네 문제를 해결해보자."

"감사해요, 선배님…… 감사해요."

"죄송하다는 말, 감사하다는 말은 이제 그만하기. 앞으로 일정 기
간 우리가 계속 만나야 할 텐데, 네가 매번 그런 말을 하면 나도 감
당 못 해."

"계속…… 만나주실 거예요?"

"선후배라는 사적인 관계도 있지만, 그보다는 좀 더 객관적인 입
장에서…… 문제 해결이라는 목표를 이루기 위한 면담이라고 생각
하자. 우리, 되도록 자주 면담을 가지도록 하자고."

"그렇게 해주신다면 저야 바랄 게 없어요."

"면담 주기를 딱히 정하고 들어가도 되겠지만, 서로 직장 휴무일
도 맞아야 하고 이런저런 변수들도 있을 수 있으니까…… 특히, 면
담 진행에 따른 네 상황 변화에 중점을 두고 날짜를 융통성 있게 정
하는 게 더 좋을 것 같다. 가능한 한 자주 보는 걸 지향하면서 말이
지. 장소는, 다른 사정이 없는 한 우리가 편하고 조용하게 이용할
수 있는 이곳 HCCC 빌딩 사무실로 했으면 하고. 어떻니?"

"전 다 좋아요. 선배님이 정하시는 대로 할게요!"

"그리고 세라야."

"네?"

"우리가 격의 없이 죽 보려면, 네가 나를 부르는 호칭이 조금만 덜 깍듯해도 될 듯싶은데. '선배님'은 너무 공손해서 거리가 느껴지니까…… 다른 호칭은 없겠니?"

"아, 그래도…… 저한테는 엄연히 선배님이신데……."

"학교도 다 졸업하고 사회인인데 네 살 차이, 뭐 대단히 높은 선배도 아니지. 그렇다고 당장 오빠라고 부르라는 따위의 무리한 요구는 안 할게. 부담 가지지 말고…… 그냥 '님' 자는 빼고 '선배'로 불러줄래? 이름 넣어서 '찬기 선배'도 좋고."

"제가…… 그래도 될까요……?"

"응, 난 그랬으면 좋겠다. 우린 앞으로 많은 얘기를 나눠야 하니까."

"알겠습니다, 선배님…… 아, 아니……."

"금방 입에 붙지는 않겠지. 괜찮아."

"네, 선배님……. 아니, 선배."

_11_

첫 번째 면담

첫 만남으로부터 10일 후_ HCCC 빌딩 사무실

- 이곳 사무실에서 얘기 나누는 것, 나쁘지 않지?

- 그럼요. 두 번째 와서 그런지, 낯설지도 않고 정말 편해요.

- 네가 조금이라도 불편하거나 분위기가 안 맞다 싶으면, 장소는 얼마든지 변경할 수 있어.

- 그러실 필요 없어요, 전 여기가 좋아요. 그나저나, 선배님이 혼자 조용히 책 보시고 공부하시는 곳인데 제가 막 밀고 들어온 것 같아 죄송할 따름이에요. 제 문제로 선배님한테 매달리게 되어서……

- 죄송하다, 고맙다는 말 다시 안 하기로 하지 않았던가? 이제 본격적으로 면담이 시작됐으니 그런 말들은 금지어라는 것 명심해둬.

그리고 약속한 대로 '선배님'에서 '님' 자도 좀 빼주길, 후배님.

　- 네, 죄송합…… 아니…… 알겠습니다, 선배…….

　- 커피 마실래? 너랑 마시려고 향이 괜찮은 원두를 갖다 놨어.

　- 좋아요.

　- 이 좁은 공간에 커피 향이 가득 퍼질 때…… 그렇게 훈훈할 수가 없어. 내 진짜 일터인 박물관 사무실도 괜찮지만, 이 사무실은 작아서 더 아늑하고 좋아. 여기 처음 와봤을 때, 꼭 자기 방 처음 얻은 사춘기 소년 같은 기분이 들더라…… 뿌듯한 게.

　- 아, 선배는…… 집에서는 혼자 시간을 가지는 일이 없으신 거예요?

　- 응, 가족과 함께 사니까 그게 어려운 일이더군. 부모님과 동생 둘, 게다가 강아지들까지. 난 남동생과 방을 같이 쓰기 때문에 더욱이 개인적인 공간이 없어. 성년이 되고 나서부터 당연히 독립을 원하고 꿈꿨지만, 학교 다닐 때까지는 여력이 안 됐고…… 취업을 한 뒤에는 기어이 집을 나올 수도 있었는데, 내가 장남으로서 가정경제에 최소한이나마 조력해야 하는 상황이어서 그냥 포기하고 말았지. 우리 집은 부자가 아니거든.

　- 효, 효자세요. 전 선배와 완전히 반대의 상황인데도 계속 독립을 고려하고 있다가…… 사실, 원룸을 하나 얻었는데 다다음 주에 이사할 예정이에요. 직장 생활 시작한 이후로 오랫동안 계획해왔던 일이라서…….

　- 세라 넌, 외동딸이라고 했지?

- 네. 아빠랑 저, 둘이 사는 단출한 집이지만…… 제가 아빠하고 살갑게 지내온 편도 못 되고, 그간 일하면서 생활비도 많이 보태드리지 못했어요. 데면데면하고 어색한 부녀 사이로 지내는 게 불편해서…… 제 생각만 앞세워 독립이라는 걸 해 버리게 됐어요. 선배와 비교하니까 부끄럽네요. 효도와는 애초에 거리가 먼 것 같아요, 저라는 애는.

- 아니, 사람마다 상황과 기준이 다를 뿐이야. 물리적인 환경과 상관없이 정신적인 독립을 원하고 또 그럴 여건이 된다면, 얼마든지 독립할 수 있지. 내가 독립 얘기를 한 이유는, 현재 이 사무실이 그나마 독립에 대한 내 소망을 충족시켜주는 바람직한 공간이 되고 있다는 걸 강조하기 위해서였어. 자, 커피 다 됐으니 마셔봐.

- 네……. 잘 마실게요.

- 세라야, 네 일기 잘 읽었다. 지난번 첫 만남 직후에 네가 박물관으로 일기장을 직접 가져다줘서, 내 일기장과도 바로 교환할 수 있었잖아. 덕분에 안전하고 신속하게 읽을 수 있었어.

- 그야 당연히…… 그런 걸 택배로 보내드릴 수도 없고, 제가 직접 가져다 드리는 게 맞죠. 양이 적지도 않은 저의 10년간의 일기장들을 두 번이나 반복해서 읽으셨다니…… 전 그저…….

- 그리 힘든 일이 아니었어. 무조건 끝까지 읽어야 한다는 의무감이나, 무조건 철저하게 읽어야 한다는 부담감, 그런 걸 의식할 새도 없이 내가 순식간에 네 일기장 마지막 권의 마지막 페이지에 도달해 있더군. 이렇게 표현해도 괜찮을지 모르겠지만, 다른 사람의 일

기를 읽고 있다고 생각되지 않을 만큼 몰입이 잘되는 글이었어.

 - 말씀은 감사한데…… 어떻게 받아들여야 할지 모르겠어요. 차라리 소설 같은 걸 써서 선배한테 보여드렸다면 그 말을 칭찬으로 들을 수 있었겠지만…… 제 인생의 가장 부끄러운 이야기, 제 약점과 치부를 모두 담고 있는 비밀 일기잖아요. 제가 글을 잘 써서가 아니라, 겁도 없이 너무 적나라하게 얘기를 풀어놨기 때문에 그렇게 느끼신 게 아닐지…….

 - 만약 적나라하다고 하면 네 일기가 싸구려 글이 되는 거니? 솔직한 것과 적나라한 것, 가식 없는 것과 적나라한 것, 이 말들에 물론 어감의 차이는 있지. 하지만 본질은 결국 하나야. 네 일기가 한 치의 거짓도 없이, 네 인생에 존재해온 특정하고 특별한 사실을 담아냈다는 것.

 - 네, 제가 자진해서 보여드린 거니까…… 적나라한 것도 사실이니까…… 새삼 신경 쓰는 것도 우스운 일이긴 하지만…….

 - 우리, 언어의 유희는 걷어내고 본질에만 집중하자. 네 문제를 해결할 방법을 찾기 위해, 내가 네 10년간의 일기 내용을 숙지했어. 그것뿐이야.

 - 그렇죠. 그런데도, 지난 열흘 동안 내내 제 자격지심이 절 괴롭혔어요. 지금쯤 선배가 내 일기의 어떤 대목을 읽고 있을까, 그 어떤 대목을 읽고 있다면 내용이 얼마나 황당하다고 느끼려나. 뭐 부끄러운 대목이 한두 군데가 아닌데도…… 자꾸만 선배의 반응을 상상하게 되고…….

- 혹시 너, 나한테 일기를 건네준 걸 후회하니?

- 아, 아뇨. 그런 건 아니에요…… 근본적으로는 후회하지 않아요. 솔직히, 처음 제 일기 보여드리겠다고 하고 집에 돌아와서 잘 잤는데 다음 날 아침 겁이 덜컥 나긴 했어요. 제가 급한 마음에 다분히 오버한 게 아닌가 싶어서요. 마음을 다잡고 선배 박물관으로 가서 일기 건네드렸는데, 그 직전까지도 아주 조금은 갈등했었어요……. 그게 선배한테 일기를 건넸다는 사실 자체에 대한 후회나 싫은 감정은 절대 아니었고…… 그냥 제가 못나서, 다시 뵈었을 때 부끄러움을 못 이길 것만 같아서 그랬나 봐요.

- 부끄러움이 널 괴롭히는 주된 감정이라면, 부디 빨리 떨쳐내길 바란다. 네 일기는 진술했어. 네가 일기장과 마주하는 순간들에는 한치의 가식도 없었으리라 확신해. 재차 말하지만, 난 존중하고 있어. 널 괴롭혀온 불가사의한 문제에 대해 10년이라는 긴 세월 포기하지 않고 기록했던 네 끈기를, 그 의미심장한 기록을 있는 그대로 나한테 보여주고 함께 해결 방법을 찾기로 결단한 네 용기를.

- 좋게만 말씀해주시니…… 몸 둘 바를 모르겠네요. 제가 과연 선배 생각 같은 사람이 맞는지…….

- 잊지 마, 세라야. 우린 일기장을 서로 교환했다는 걸. 나만 네 일기를 읽은 게 아니라, 너도 내 일기를 읽었다는 걸 말이야.

- 선배가 절 배려해서 일부러 그렇게 하셨다는 것 알아요. 맞아요, 저도 선배의 일기를 건네받았으니까요. 계속 제 감정에만 빠져 있는 바람에 그게 얼마나 감사한 일인지 되새겨볼 겨를도…….

- 뭐, 모종의 우월적인 입장에서 베푸는 배려 같은 거였다고 생각하니? 전혀 아닌데. 우린 같은 종류의 남다른 경험을 소유한 사람들이야. 왜 나만 네 비밀을 세세하게 알아야 하지? 너도 내 비밀을 알 권리가 있어. 이를테면 공평한 동질감 속에서, 우리가 더 가까워지고 더 편안해지길 바라면서 한 일이야.

 - 오늘 만나자마자 선배한테 인사드렸어야 하는데…… 저도 선배 일기, 정말 잘 읽었어요.

 - 어땠니? 나도 강렬한 귀접 관계에서 헤어나지 못하고 고민했던 평범한 한 사람으로서…… 너랑 별반 크게 다를 건 없지?

 - 하지만…… 결과적으로, 선배는 헤어나오셨죠.

 - 그게 현시점까지의 너와 내 유일한 차이고, 또 내가 널 도울 수 있는 유일한 명분이기도 해. 너도 헤어나올 수 있어. 그런 의미에서 우리는 같아질 거야.

 - 그랬으면 좋겠지만…… 선배는 저하고는 확실히 다르시던데요. 전 상대조차 안 돼요. 선배 일기 읽으면서 줄곧 감탄했고, 많이 존경스러웠어요. 너무 현명하게, 이성적으로 그걸 해결하셨다는 게…… 세상 그 어느 누가, 귀접이라는 문제를 그런 식으로 물리칠 수 있겠어요.

 - 내 2년 반은, 네 10년에 비하면 아무것도 아닐 텐데.

 - 단순히 지속기간의 차원만은 아닌 것 같아요…… 방법의 문제겠죠. 만일 선배가 저였더라면, 이 상황을 결코 10년이나 끌고 오지 않으셨을 거예요.

- 그건 절대 장담 못 해. 내가 진짜로 너였어도, 그 상황을 2년 반 만에 끝내기는 힘들었을 거라는 생각이 든다.

- 왜 그럴까요……?

- 내 경우와 비교해서 넌 여러모로 불리한 상황에 놓여 있기 때문이지. 바꿔 말하면, 내 경우는 문제를 헤쳐나가는 데 있어 너보다 훨씬 유리한 상황에 놓여 있었다는 얘기야. 비록 사진이라는 지극히 간접적인 채널을 통해 시작된 관계였을지라도, 난 처음부터 상대에 대한 정보를 가지고 있었어. 이름과 얼굴은 물론, 어떻게 살다 어떻게 죽은 사람이었는지……. 기본적이지만 중요한 이런 정보들을 애당초 확보했다는 건, 그렇지 못한 것과 사실상 천지 차이야.

- 그럴…… 까요?

- 장기적인 귀접 관계를 들여다보자면, 초기에야 일이 전개되는 패턴이 다 비슷하지. 네가 그랬듯이, 나도 마찬가지였어. 감정과 격정에 휘말려 관계에 빠져들고, 그것에 애착하는 정도를 넘어 부지불식간에 중독되어 버리기까지 하잖아. 이성으로는 설명되지 않는 해괴한 관계라는 자각이 없는 건 아니지만, 이미 중독되었기 때문에 상대가 불시에 사라지거나 관계가 끝날까 봐 몰래 전전긍긍하고. 나도 나 자신을 콘트롤할 수 없다는 자괴감과 혼란에 짓눌리다가, 종내 그 관계가 현실에 미치는 다양한 부작용들을 깨닫는 지경에 이르게 되고. 그제야 문제의 심각성을 자인하며 어떻게든 그 관계에서 벗어나 보려 하는데…… 자, 이 결정적인 단계에서, 귀접 상대에 대한 정보의 유무가 곧 결과를 좌우한다고 난 말하고 싶다. 그

상대를 안다는 건, 막막한 안개 속에서 뭐라도 하나 잡히길 바라며 손을 휘젓는 게 아니라, 이미 진실이 들여다보이는 맑은 유리창 앞에 서 있는 것과도 같아. 상대가 왜 날 찾아왔었는지 그 이유를 안다면, 상대를 어떻게 떠나보낼 것인지 그 방법도 알 수 있어. 바로, 마음에 호소하는 거야. 내가 현실 속 인간관계에서 의미 있고 소중한 사람을 대할 때처럼, 꼭 그렇게 하는 거야. 현실에서 그 사람이 뭘 원하고 있는지 이해하려 애쓰고, 내가 원하는 것과 그것의 합일을 위해 불가피한 설득에 공을 들이는 것처럼…… 귀접 상대에게도 그런 노력과 정성을 다하고, 또 보여주는 거야. 뭐, 다른 방법들도 시도해볼 수는 있겠지. 완강한 거부 내지 혐오의 표출로 일관하거나, 사라지라고 무조건 윽박지르거나, 잔머리 굴려서 살살 달래보고 속여넘겨보려 하거나. 당장 상대가 떨어져 나갈 수만 있다면 무슨 방법이든 강구하고 싶어지는 순간도 있지. 하지만 소용없어. 장기간 이어진 귀접 관계로 나와 밀착해 있는 상대는, 결코 그렇게 쉽게 떨어져 나가지 않아…… 너도 충분히 경험해서 알고 있지? 쉽고 빠른 길을 택하려 들면 안 돼. 좀 돌아가더라도, 시간이 걸리더라도, 상대를 이해시키고 설득해야 해. 상대가 날 떠나야 하는 이유를 스스로 깨닫게 만들어야 해. 오직 마음에 호소하고, 마음으로 다가감으로써…….

– 오직…… 마음으로…….

– 내가 경험으로 체득했으며 가장 바람직하다고 판단한 방법, 이 방법을 난 너한테 제시하고 싶었어.

- 그렇지만…… 아시다시피 전, 상대에 대한 정보를 거의 얻어내지 못했으니 말이에요. 그 이름 말고는…….

- 알지. 그래서 네가 나보다 여건이 불리하다고 말한 거야. 아까 비유한 것처럼 넌 막막한 안개 속을 혼자 헤집고 있는 것이나 다름 없어. 그가 10년 전 처음으로 왜 널 찾아왔었는지, 그리고 왜 10년 동안이나 너와 끈질기게 접촉하며 네 인생에서 떨어져 나가지 않았는지, 그 이유를 모르고 있잖아. 상대가 너한테 진정으로 원하는 게 뭔지 모른다는 게, 당장 네 가장 큰 약점이야. 그걸 모르기 때문에 그에게 마음으로 다가갈 수도 없고, 그를 설득할 태세를 갖출 수도 없어. 그래, 내가 너 같은 그런 상황에 놓여 있었더라도, 2년 반의 시간으로는 그 문제를 해결하기 힘들었으리라 확신해.

- 그러니까…… 전, 안되는 건가요?

- 그럴 리가. 힘든 일이라는 거지, 불가능하다고는 안 했어.

- 그럼 제가 뭘 어떻게 해야 하는지…….

- 알아내야지. 네 인생에 귀접이 발생하고 이어져 오게 된, 기본적이고 중요한 그 이유들을 말이야. 너 혼자 외롭게 싸우라고 할 거였으면, 우리가 이렇게 만날 일도 없었어. 같이 찾아보고, 같이 알아내도록 하자.

- 끝까지…… 저랑 함께해주실 거죠?

- 그 끝이, 네가 귀접에서 완전히 해방되는 거라면……. 난 물론 너랑 함께할 거야.

- 네, 믿을게요.

- 세라야, 이제 비밀 일기까지 교환한 마당이니까…… 부끄럽다든가 쑥스럽다, 민망하다는 말 같은 건 우리 사이에 부질없는 겉치레에 불과했으면 좋겠다. 입 아프게 그런 말들 반복하지 말고, 그 시간에 생산적인 얘기를 나누는 게 낫지 않겠니. 이 면담에서, 귀접 문제에 관한 한, 내 어떤 질문에도 네가 솔직하게 대답해줬으면 한다.

 - 그래야죠. 어차피 제 문제를 다 알고 계신 거나 마찬가지인데…… 제가 부끄러워하는 것 자체가 내숭일 테니까요…….

 - 뭐, 살다 보면 때로 그런 방어막이 필요할 때도 있겠지. 하지만 지금, 그리고 앞으로 너와 나 사이의 이 면담에서는 그런 걸 가장 필요 없는 짓으로 치부해 버리자. 괜찮겠니?

 - 네…… 선배.

 - 네 일기장을 나한테 건네주고 나서 열흘, 천하가 널 찾아온 날이 있겠지?

 - 아…… 뭐…….

 - 몇 번이나 찾아왔었니?

 - 그게…… 저기…… 다른 때보다 자주요. 선배한테 일기 건네드렸던 날이랑, 바로 어젯밤만 빼고…… 그 사이에, 내내…….

 - 그 사이의 약 일주일 동안, 매일이었다는 얘기니?

 - 네. 사실대로 말씀드리는 거예요. 저도 너무…… 당혹스러웠어요. 그런 주기가 흔하게 있었던 건 아니라서…….

 - 여느 때보다 자주 찾아왔다는 거지?

 - 그렇다고 해야겠네요. 지난 10년이 원체 긴 세월이라 일일이

헤아린다는 것도 어렵지만…… 최대한 따져보면…… 평균적으로, 일주일에 두세 번 정도였거든요.

　- 최근까지도?

　- 네…… 맞아요.

　- 혹시, 우리가 만나기 전후로 어떤 차이가 느껴졌니? 즉, 네가 날 만난 이후에 그가 갑자기 더 자주 찾아왔다는 느낌…….

　- 아무래도 그런 것 같…… 아니, 다분히 그렇다는 느낌이 들어요. 우스운 얘기지만…… 제가 천하를 좀 많이 의식하고 있다 보니…… 꼭 그가 제 속을 읽어내고 그러는 게 아닌가 싶을 만큼, 보란 듯이 매일 찾아와서…… 하아.

　- 괜찮아, 어려워하지 말고 얘기해봐.

　- 제가 무지하게 바보스럽다는 것 알아요, 알지만…… 전 여전히, 천하를 겁내고 있나 봐요. 본격적으로 귀접을 물리칠 궁리를 시작하고, 선배를 만나 구체적으로 도움을 청하고, 이러고 있는 과정을 그에게 행여 들킬까 봐 조마조마해요. 그가 눈치채면 절 더 옭아매서 꼼짝 못 하게 할 것 같기도 하고…….

　- 네가 말한 네 이율배반이 아직 남아 있다면, 그가 눈치채고 아예 사라져 버릴까 봐 무섭기도 하고?

　- 제, 제발 그건…… 저 안 그러고 싶어요! 그것부터가 제 잘못이었으니까, 더 이상 말도 안 되는 생각은 떨쳐 버릴 수 있도록 노력할게요. 정말이에요. 전 그가 떠나 버리길 바라야 해요. 아, 억지로 그러겠다는 게 아니라, 진심으로 떠나길 바랄 거라고요!

- 마땅히 그래야지. 그 이율배반도 네 감정에서 나오는 거니까, 감정을 잘 다스리면서 중심을 잡아야 할 거야. 그리고 한 가지 목표에만 집중해야지. 귀접에서 벗어나겠다는 그 하나의 목표.

- 집중할게요, 저. 다른 생각은 안 할게요.

- 네 일기에 따르면, 10년 동안 천하가 출몰했던 주기가 다소 들쑥날쑥했나 보던데?

- 좀 그랬어요. 굳이 평균을 내자면 일주일에 두세 번이었던 거고…… 이런저런 시기들이 있었어요. 어느 날 돌연 사라졌다가 꽤 한참 후에 다시 나타나기도 하고, 어떤 때는 심하다 싶을 정도로 몰아서 매일같이 찾아오기도 하고, 절 종종 헷갈리게 하곤 했죠…… 그런데 그 출몰에 어떤 패턴 같은 게 있다는 걸 서서히 깨닫게 됐어요. 제 일기 읽으셨으니 선배도 아실 거예요. 마치 그가 제 인생의 대소사에 따른 제 감정의 추이를 파악하고, 자기가 나타날 시점을 스스로 조절하는 것 같은 모습…… 꼭 현실에서 이성에게 능숙하게 밀당을 하는 사람처럼 말이에요…….

- 네 인생의 분기점이 될 만한 이벤트들을 앞두고는 알아서 사라져줬다가 상황이 정리되면 다시 나타났다지. 또, 네가 새로운 환경 속에서 새로운 인연들에 설레며 한동안 몰두하던 시기, 귀접 자체가 부끄러운 비밀이라 그의 존재를 매우 성가셔하고 불쾌해 하며 강한 반발에 사로잡히는 경우도 알아서 사라져주고. 그러다가 네가 현실의 인간관계와 유희들에 대해 부인할 수 없는 권태와 공허감을 느낄 때쯤, 은연중에 그를 아쉬워하고 있던 네 속을 꿰뚫기라도 한

듯 극적으로 다시 널 찾아오고…….

－ 정확하세요.

－ 전반적으로 네가 그에게 네 의지를 분명하게 어필한 일은 거의 없다는 건 알지만, 예전에 일말의 저항이나 반발을 드러낸 적이 있긴 하지?

－ 뭐, 아주 오래전에…… 이십 대 초반에 그랬었죠. 대학교 때라 술을 마시고 집에 돌아오는 날이 많았는데, 취한 채 곯아떨어졌다가 새벽에 답답한 느낌에 눈을 뜨면 어김없이 그가 절 짓누르고 있었어요. 순진한 한 여대생을 본인의 뜻과는 상관없이 두 얼굴로 살아가게 하는 그가 어찌나 밉던지, 어찌나 분통이 터지던지…… 그런데 제가 간이 작아서는, 꺼지라든가 다시는 나타나지 말라고 소리질러주지도 발악하지도 못하고…… 그냥 잘 움직여지지도 않는 팔다리만 힘껏 버둥거렸어요. 제가 아무리 몸을 뒤틀고 밀쳐내려고 해도, 그는 바위처럼 꿈쩍도 하지 않았고요. 그때 여실히 깨달았어요, 물리적인 힘을 가지고는 그를 물리칠 길이 없다는 걸…….

－ 그래. 어쨌든, 지난 열흘 동안에도 별일은 없었지? 네가 그에게 안 하던 말이나 행동을 했다거나, 갑자기 달라진 모습을 보였다거나 그랬던 일은…….

－ 당연히 없죠. 제가 그럴 수 있었겠어요?

－ 좋아. 네 말마따나, 천하를 떠나보내고 귀접에서 벗어나고자 하는 네 속내를 당분간은 그가 눈치채지 못하게 하는 게 좋겠어. 너더러 그를 계속 겁내면서 납작 엎드려 있으라는 뜻이 아냐. 두려움을

떨치고 그에게 마음으로 다가가서 제대로 된 대화를 나누려면, 너도 차분히 신발 끈을 맬 시간이 필요하다고 본다. 일단 네 멘탈부터 다지자는 거지.

– 제 멘탈부터…… 네…….

– 네가 진작 깨달은 것처럼, 물리적인 힘으로 귀접 상대인 천하를 제압한다는 건 불가능에 가까워. 그렇다면 자력으로 귀접을 극복하는 길은 네 의지밖에 없는데, 그 의지를 현명하고 요령 있게 운용해야만 성공할 가능성이 높아진다. 냉정하게 자꾸 일깨워주는 것 같지만, 넌 그와의 관계에 중독되어 육체뿐 아니라 정신도 천하에게 통제당하고 있어. 그의 일방적인 통제에서 벗어나야 해. 서둘러서도, 쉽게 포기해서도 안 돼. 시간이 걸릴지언정 너도 차츰 상황을 컨트롤할 수 있게 되고, 그에게서 원하는 대답을 하나씩 하나씩 끌어낼 수 있게 되겠지. 이 귀접 관계의 핵심, 천하가 네게 접촉하게 된 진짜 사연을 알아낸 뒤, 네 진심에 바탕한 이해와 인내를 가지고 그를 설득하는데 돌입하는 거야…… 진정성 있지만, 또한 영리하게.

– 네, 무슨 말씀이신지 알 것 같아요. 아직은 시작도 못했지만…… 제가 정신 차리고 상황을 컨트롤할 수 있는, 그런 때가 빨리 왔으면 좋겠어요.

– 이제부터 시작이야. 내가 첫 번째로 너한테 제안하고 싶은 일은, 너와 천하의 대화의 패턴을 바꾸는 거다.

– 대화의 패턴이요……?

─ 그와 대화를 할 수 있게 된 이후, 지금까지는 네가 그에게 주로 질문을 하는 쪽이었지. 그의 정체성에 대한 정보라고는 1도 가지지 못한 상태로 시작된 관계고, 넌 그에 관한 거라면 뭐든 알아내야 했으니까. 쉽지 않은 여건에서도 꾸준히 귀접 상대에게 질문을 던지고, 그 이름까지 알아낸 네 끈기와 노력은 대단해. 하지만 그의 태도는 크게 달라진 게 없지. 네 질문에 아직도 불분명한 발음으로 알아듣기 힘들게 대답하고, 즉답을 피하거나 아예 동문서답을 하는 식으로 말이야. 여러 가지 상황으로 미루어 볼 때, 그가 너한테 뭔가 확실하게 대답하거나 자신에 대해 분명히 알리는 일을 의도적으로 회피하고 있다고 난 믿는다. 의도하지 않고서는, 10년 동안이나 자기 정체를 그렇게 적당히 숨길 수도 없을 거야. 모호하기 그지없는 게…… 네 질문을 완전히 묵살하는 것도 아니면서 자기가 원하는 방식으로만 대답하고, 기본적인 신상정보를 부분적으로는 알려주고 부분적으로는 감추고. 틀림없이, 천하는 자신만의 의도를 가지고 있어.

─ 그렇겠죠…… 뭔가……?

─ 그가 처음에는 알아들을 수 없는 자기 말만 쏟아내다가 너와 대화를 시작하기로 한 것, 그리고 이왕 대화가 이루어진 상태에서 네가 던진 피할 수 없는 질문들에 조금씩이나마 대답을 하기로 한 것…… 이건, 네가 자신을 그저 정체 모를 귀신이나 악령으로 여기고 행여 적극적으로 퇴마(退魔)라도 시도할 가능성을 봉쇄하기 위한 걸 거야. 사람이 귀신에게 홀렸다고 자각하면, 보통은 그 귀신을

물리치려는 시도를 하게 마련이잖아. 네가 품을 수도 있는 강한 의심, 불안, 거부감과 적대감에 대해 그는 최소한의 완충지를 만들어 놓기로 한 거지. 자신은 육체적으로 여자를 기쁘게 해주는 법에 능통하지만, 사람의 마음을 존중하지 않는 것도 아니라는 걸 확인시켜주기 위해서. 왜? 너와의 밀착 관계를 10년이라는 긴 세월, 큰 트러블 없이 끌어와야만 했으니까. 더불어 앞으로도 오래, 오래도록 그걸 이어가려는 심산이니까.

  - 한기가 느껴지네요, 갑자기…… 몸이 으슬으슬해지는 게…….

  - 지금은 한여름이야. 새삼 겁먹으라고 하는 얘기가 아니고, 상황을 냉철하게 직시하자는 것뿐이야.

  - 그러게요. 제 기분 탓인지…….

  - 천하가 너한테 뭔가를 묻는 경우는, 대부분 간단하고 일차적인 질문들이었지? 이를테면, 육체관계가 진행되고 있는 동안 네 기분이나 몸 상태를 묻는다든가…….

  - 그가 질문할 때는…… 그런 것밖에 물은 적이 없어요. 제가 어떻게 느끼는지 굳이 확인하고 싶어서 안달 난 것처럼, 꼭 그런 것만…….

  - 다른 건 물어본 적 없니? 예를 들면 네 현실에 관한 질문들 말이야. 학교 졸업과 진학, 취업, 이사, 여행, 연애 등, 네 인생의 주요한 이벤트들에 대해서…… 또는 네가 하는 일이나, 일상 속에서 느끼는 소소한 것들에 대해서라도.

  - 전혀요. 그가 제 현실에 관해서는 물은 기억이…… 정말 없는

듯싶어요.

- 그럴 거야. 그는 네 현실에 관심이 없으니까. 대화의 초점을, 아니, 너와의 관계의 초점을, 네 이불 속 단둘의 공간에 맞추고 싶어 하는 거거든. 그게 현실이라는 차원으로 번져나가지 않게끔 하려는 거야. 네가 아침에 그와의 잠자리에서 빠져 나와 현실로 돌아가 있을 때면, 즉 이성을 유지하고 있는 동안에는, 자신을 필요로 하지 않으리라는 걸 잘 알고 있는 거겠지.

- 그, 그랬을까요?

- 세라야, 너도 이렇게 해. 앞으로 얼마간은…… 내 얘기가 있을 때까지는, 넌 천하에게 질문을 던지는 일을 최대한 자제해. 그에게 뭔가를 물어보지 마.

- 네? 물어보지 않으면…… 그에 대해 더 알아낼 수가 없잖아요?

- 물론 그의 사연을 알아낸다는 목표는 품고 있되, 내가 아까 말한 것처럼 서두르지 말라는 얘기야. 한꺼번에 캐묻는다고 순순히 대답할 상대도 아니니까.

- 아무것도 물어보지 말라시면…… 전 말하지 말고 입 다물고 있어야 하는 건가요?

- 그럴 리가 있겠니. 그를 향해 질문을 던지지 말고, 넌 그냥 네 얘기를 해. 그가 물어보지 않는, 네 현실에 관한 얘기를.

- 제 현실 얘기를…… 그가 물어보지 않아도요?

- 그가 묻든 말든 상관없어. 네 현실에 관한 얘기라면 중요한 것이든 사소한 것이든 무방해. 너 혼자 생각나는 대로 얘기를 시작해.

그가 어떻게 나오든 신경 쓰지 말고.

— 제가 그래도 되는 거예요? 제 말은, 왜 그래야 하는지…….

— 천하도 일방적으로, 네가 알아듣든 말든 자기 말만 쏟아냈잖아. 자기가 물어보고 싶은 것만 너한테 물어봤잖아. 그는 자신의 초점을 그 자리에서 옮기지 않으려고만 하지. 하지만 넌 엄밀히 현실에 네 초점을 두고 있고 현실에 뿌리박고 있는 인간이라는 사실을 은연중에 그에게 상기시킨다는 의미가 있어. 무작정 그 관계에 끌려가는 게 아니라, 너한테는 네 페이스도 있다는 걸 알게 하는 거야.

— 그가 반발하거나 싫어해서…… 일이 더 제 뜻대로 안 되면요……?

— 당장은 그럴 이유가 없을걸. 네가 그의 정체를 알아내려고 캐묻지 않는 것에 그는 일단 안심할 테니까. 그러면서, 묻지도 않았는데 혼자 네 얘기를 하고 있는 너에 대해 의아함을 품게 될 테지. 궁금함은 상대로 하여금, 네게 좀 더 다가오게 하는 힘을 발휘하게 되어 있어. 그가 마치 밀당이라도 하듯 출몰을 반복하며 네 궁금함을 머리끝까지 차오르게 했던 걸 기억해봐…… 너도 한번 그렇게 해보는 거야.

— 아…… 제가 혼자 떠드는 걸 잘할 수 있을지는 모르겠지만…… 현실에서도 누군가에게 제 얘기 많이 하는 걸 그다지…….

— 일단 해봐, 세라야. 천하는 단지 '누군가'가 아니라, 네가 극복해야 할 대상이야. 그가 반응을 보일 때까지 기다려보자. 아주 작은 반응이라도……. 알겠지?

___12___
두 번째 면담

첫 면담으로부터 4일 후_ 민찬기가 근무하는 박물관 내 카페

- 세라야, 무슨 일이라도 생겼니? 우리가 만나기로 한 날보다 일찍, 그것도 네가 또 박물관으로 직접 와주고…….

- 아, 별일은 없고요. 오늘 토요일인데 선배가 박물관에 계신다고 하셔서…… 마침 전 퇴근하는 길이라 한번 들러봤어요. 많이 바쁘시죠?

- 조만간 방송에 나갈 유물 세트가 있어서 보도자료 좀 손보느라고…… 일 거의 끝났어. 괜찮아.

- 불쑥 찾아와서 죄송해요. 약속한 날에만 뵈어야 선배한테 폐를 끼치지 않을 텐데…….

- 무슨 소리야. 너 오기 전에 미리 전화 줬잖아. 우리가 시간만 맞

는다면, 약속한 날이든 아니든 상관없이 볼 수 있어. 꼭 면담이 아니더라도, 선후배가 그냥 만나서 차 한 잔 마실 수도 있는 거지 뭐.

— 그래도, 여러 가지로 바쁘신 선배를 제가 별 용건도 없이 어떻게 찾아오겠어요…….

— 찾아온 용건이 있다는 얘기구나. 뭐든 다 환영이야. 어서 말해봐.

— 정말 별것 아닌데…… 별것 아닐 수도 있는데…… 갑자기 제가 궁금한 게 좀 생겨서…….

— 말해보라니까.

— 조만간 저, 독립해서 이사한다고 말씀드렸잖아요. 이사하는 김에 PC도 새 걸로 바꾸려고 예약 주문해놓고, 제가 쓰던 PC의 자료들을 틈틈이 백업하고 있었거든요. 그러다가…… 전에 즐겨찾기 해둔 웹사이트에 무심코 다시 들어가게 됐어요. 저기 그, 온라인 백과사전이요.

— 그런데……?

— 제가 귀접에 대해 처음 알게 되었던 날…… '귀접'이라는 말이 존재한다는 사실 자체를 처음 알았던 그 날 말이에요…… 검색 첫 화면에 그 백과사전의 링크가 떴어요. 거기에, 귀접이 무슨 뜻을 지닌 말인지 아주 간단하고 분명하게 나와 있었어요. '귀접이란 귀신과 성교하는 것을 말한다'라고…….

— 그래.

— 그때 제가 얼마나 큰 충격을 받았는지, 제 일기 보셔서 잘 아실

거라고 생각해요. 게다가 그 링크와 같이 뜬 게시물들이, 대부분 귀접 경험담이었잖아요. 귀접의 의미를 알게 된 것도 모자라서, 이 세상에 저처럼 귀접을 경험하고 있거나 경험한 사람들이 그렇게나 많다는 것까지 알게 된 거죠. 물론 제 경우만큼 유별난 경험담은 찾기 힘들었지만요.

– 모두 네가 일기에 세세히 적어놓은 내용이지. 갑자기 뭐가 더 궁금해졌니?

– 그 이후 내내, 온라인에서 귀접 경험담을 샅샅이 찾아 읽었어요. 그 가운데서 선배의 글을 발견한 게 인연이 되어 제가 미스터리 인사이드 카페에 가입했고, 이렇게 선배와도 재회하게 되었고요…… 여기까지는 다 아시는 내용이죠. 그러면, PC 자료 백업하다가 그 온라인 백과사전에 다시 접속하게 된 얘기로 돌아갈게요. 전 그저, 제가 즐겨찾기 해두었던 페이지니까 혹시라도 백업해서 새 PC로 옮겨놓을 만한 자료가 있지 않을까, 한번 확인하는 차원에서 들어가 봤을 뿐이거든요. 그런데 그 페이지에, 귀접이라는 말의 뜻 외에도…… 추가적인 내용이 있었던 거예요. 당시에는, 덧붙여진 그 내용을 자세히 살펴보지 못했어요. 귀접의 의미를 알게 된 후 귀접 경험담만 맹렬하게 파헤치고 있었기 때문에, 저로서는 다른 자료들을 폭넓게 둘러볼 겨를이 없었던 것 같아요. 결국, 그때 지나쳤던 부분을 이번에야 읽어보게 됐는데…… 그게…… 너무 황당한 내용이라서…….

– 이번에 알게 된 그 황당한 내용, 그게 뭔데?

– 산 사람이 귀접을 겪을 때, 그 상대가…… 단순히 죽은 사람의 영혼이나 넋이 아닐 수도 있나 봐요…… 그러니까…… 잠들어 있는 여성을 노리고 찾아와 관계를 맺는 나쁜 귀신…… 말하기도 무섭지만, 악마 같은 것일 수도 있다는 얘기가…….

– 그걸 말하는 거지?

– 아시는 거죠?

– 당연히.

– 네, 선배는 당연히 알고 계실 것 같았어요. 왜 저만 몰랐는지, 왜 저만 처음 듣는 얘기인지…….

– 인큐버스(Incubus). 다른 말로 몽마(夢魔)라고도 하지. 귀접과 관련된 전승(傳承)들이 존재하는 그리스, 아랍, 힌두, 켈트 등 문화권에 전해 내려오는 악마, 또는 악령의 이름이야. 네가 읽은 것처럼 잠든 상태의 여성에게 접근해 성행위를 하는, 남성의 모습을 한 몽마를 지칭해. 덧붙여, 여성의 모습을 한 몽마도 있는데 그건 서큐버스(Succubus)라 부르고. 남성형이든 여성형이든, 산 사람과의 성교를 시도하는 악마는 다 몽마로 통칭하고 있어.

– 몽마…….

– 일각에서는, 인큐버스와 서큐버스가 동일한 악마여서 자유자재로 남녀의 모습으로 둔갑하는 능력이 있다고 믿었다는군. 하지만 인큐버스가 양성애자라는 주장보다는, 어디까지나 인간 여성만을 대상으로 삼는 남성형 몽마라는 주장이 훨씬 더 일반적으로 전해져 왔어. 대부분의 전승에서도 인큐버스의 존재감이 서큐버스보다 압

도적으로 더 크고.

- 인큐버스…….

- 인큐버스는 귀접을 통해 산 사람의 정기를 빨아들여 생존하는 악마고, 사람이 이런 인큐버스와 지속적 관계를 맺는 건 정신적, 육체적 건강 악화를 비롯해 여러 부정적 결과들을 초래하는…… 극단적으로는 죽음에까지 이르게 하는 일이라고 강조한 종교적 전통도 있었지.

- 악마…… 죽음…… 그 정도까지…….

- 세간에 알려졌던 인큐버스에 대한 해괴한 화제들은 가히 상상을 초월한다고 해도 과언이 아닐걸. 인큐버스는 형언할 수 없는 방식으로 여성의 육체와 감성을 동시에 자극해 극도의 황홀경을 선사한다고 하지. 그런즉, 인간 여성이 인큐버스와 한번 관계를 맺게 되면, 현실에서 같은 인간 남성과는 아무리 성합을 나눠도 기쁨을 느낄 수가 없다는 거야. 인큐버스와의 관계가 느끼게 해준 그 대체불가의 쾌락을 세상 어디서도 찾을 방법이 없다는 것. 이건 뭐, 저주나 다름없는 일이겠지.

- 인큐버스 얘기, 계속하고 싶지 않은데…… 당장은 어쩔 수가 없네요. 너무 혼란스럽고 제 머리로는 도저히 답이 안 나와서, 선배 앞에서 얘기를 꺼낼 수밖에 없었어요. 인큐버스의 저주…… 그것도 남의 일이 아닌 것 같아 제 속을 날카로운 칼날로 후비고 베어내는 것처럼 아프지만…… 그보다 더 무시무시한 얘기를 읽고 말았어요. 정말이지 무시무시하고 끔찍해서…….

- 더 무시무시한 얘기……?

- 말도 안 된다는 건 아는데…… 사람 사는 세상에 어떻게 이런 얘기까지 전해 내려오게 됐는지 모르겠는데…… 귀접으로 인해 임신하는 경우도 있다고…… 인큐버스가 여자를 그, 그렇게 만들어서 아이를…….

- 그것도 인큐버스에 대한 상상을 초월하는 얘기 중 하나야, 맞아. 인큐버스가 종종 상대 여자에게 임신을 시킨다…… 인큐버스와 인간 여성의 그 결합으로 태어난 아이는 반인반마(伴人半魔)와 같은 존재로서, 캄비온(Cambion)이라는 이름으로 불리기도 한다. 시대에 걸쳐 여러 캄비온들이 존재했다고 전해지는데, 그 가운데 가장 유명한 캄비온은 아서 왕의 전설에 나오는 핵심인물 마법사 멀린(Merlin)이다…… 등등.

- 귀접이란 게 파고들수록 미로, 아니, 숫제 블랙홀인 것만 같아요. 대체 왜 그런 얘기가 전해지게 됐을까요……? 무슨 이유로…… 무슨 근거가 있길래?

- 인큐버스 전승을 인류학적인 견지에서 접근하자면 얘기가 꽤나 길어질 것 같은데.

- 10년 귀접 경험자인 제가, 그런 얘기를 까맣게 몰랐다는 것도…… 저도 참 어지간히 아둔한 게…….

- 네가 온라인 백과사전에서 귀접이라는 말의 의미를 알아냈다면, 관련 링크나 연관 검색어로 인큐버스라는 말을 찾아내는 게 어렵지는 않았을 거야. 솔직히, 그게 자연스러운 수순이라고 해도 무

방할 테지만…….

- 전부, 제가 아둔한 탓이에요.

- 내 말을 끝까지 들어봐. 아무리 자연스러워 보이는 수순이라고
해도, 네가 꼭 그걸 따라야 할 의무라도 있니? 절대 아냐. 넌, 인큐
버스가 뭔지 모른다 해도 상관없었어.

- 네……?

- 사람은 자신이 처한 위기의 형국이나 형세에 맞춰 정보를 취사
선택할 권리가 있어. 필요한 정보는 취하고, 필요 없는 정보는 무시
해도 된다는 말이야. 특히 너 같은 장기간 지속 귀접 경험자에게는,
인큐버스라는 화제에 말려들어 혼란이나 두려움을 느끼는 것 자체
가 불필요한 일이라고 말해주고 싶은데.

- 정말로…… 그럴까요?

- 모르겠니? 인큐버스는, 옛 신화나 전설에 등장하는 악마의 한
형태일 뿐이야.

- 네…….

- 말하자면 고대에서부터 중세에 이르기까지, 시대의 강경하고
도 완고한 사회적 규율과 종교적 교리 아래 놓여 있었던 사람들이,
상상 가능한 성적 악마의 원형을 입에서 입으로 전해 내리며 최대
한 구체화시킨 것, 그게 곧 인큐버스로 탄생한 셈이지. 그에 관한
주장들, 그걸 둘러싼 화제들이 아무리 해괴하고 살벌하다 해도, 인
큐버스는 결국 상상 속의 존재일 따름인 거야…….

- 상상 속의 악마, 저도 그렇게 생각하고 싶…… 아니, 그렇게 생

각은 하지만요…….

- 뭐가 두려운 거니?

- 만에 하나…… 그러니까, 아주 만약에…… 그게 가공의 존재가
아니라면…….

- 아니라면 뭐?

- 전, 전 어떡해요……?

- 네가 왜?

- 무려 10년이나 절 틀어쥐고 놓아주지 않았던 천하가…… 만약
그 무서운 인큐버스라면 어떡하죠?

- 맙소사, 세라야.

- 그럴 가능성은 진짜, 진짜로 없는 걸까요……?

- 진정해. 넌 너무 멀리 갔어. 오버는 금물이야.

- 제가…… 너무…….

- 태곳적부터 악령 그 자체로 빚어진 악령이 존재했다는 원론은,
우리가 처한 이 상황에서는 배제하도록 하자. 에덴동산에서 이브를
유혹했던 뱀의 형상을 한 사탄, 그것까지 거슬러 올라갈 필요는 없
어. 시대마다 이 세상에 태어나 극악무도한 범죄의 족적을 남겨온
사이코패스들, 그들의 영혼에 깃들었던 그 설명할 수 없는 내부의
악령에 대해서도, 지금 우리가 논할 바는 아냐. 우리의 케이스는 특
정하고, 또 특별해. 귀접을 경험했거나 경험하고 있는 사람들로서,
우린 우리의 상대가 어떤 존재인지 명확하게 인식하고 있어야 해.
혼란을 일으켜서는 안 돼.

- 전…… 제 상대는…… 천하예요.

- 그래. 천하가 누구니? 어떤 존재라고 생각하니?

- 천하는…… 천하는…….

- 넌 이미 알고 있어. 대답해봐.

- 천하는…… 음, 영혼이에요…….

- 맞아. 그는, 죽은 사람의 영혼이야. 널 찾아오는 천하뿐 아니라, 날 찾아왔던 그분 역시 죽은 사람의 영혼이었어. 그들이 어떤 시대에, 어떤 사람으로 이 땅 위를 살다가 죽어갔든, 육체라는 외피가 소멸된 이후에도 오롯이 남은 건…… 바로 그 영혼들이었지.

- 영혼들…… 그렇겠죠.

- 단순하게 기억하렴. 산 사람이 귀접을 통해 만나는 상대는 전적으로, 죽은 사람의 영혼이라는 것. 아 참, 이 말도 꼭 덧붙여둬야겠구나. '생전에 겪은 일들로 인해 모종의 사연을 가지게 된' '죽은 사람의 영혼'이라고.

- 모종의 사연…… 천하도 아마…….

- '아마'가 아니고 '틀림없이' 천하도 지니고 있을, 그만의 사연일 테지. 그리고 우리가 해야 할 일은, 그게 뭔지 알아내는 거고.

- 네. 잊지 않고 있어요.

- 산 사람과 접촉하기 위해 찾아오는 영혼들에도 부류가 있어. 그들이 살아있을 때 각기 다른 부류의 사람들이었기 때문에, 죽은 후의 영혼도 각기 다를 수밖에 없는 거야. 이건 정설이라기보다 내 견해에 따른 거지만, 그 영혼들을 한번 분류해봤어. 일반적인 패턴

의 귀접을 시도하러 오는 영혼들은, 생전에 대체로 선량한 사람들이었을 걸로 추정하고 있어. 살아서 충분히 향유하지 못한 애정이나 육신의 즐거움에 대한 욕구를 풀기 위해 산 사람의 몸을 찾는 것일 뿐, 딱히 다른 나쁜 의도가 있다고 보기는 어려워. 반면, 바람직하지 못한 영혼들은…… 깊은 악의나 원한을 품고 있는 경우야. 생전에 심각한 수준의 악행을 저질렀던 악인이거나, 억울한 사정으로 처절한 분노와 비애를 그대로 품은 채 죽음에 이른 사람들이었을 걸로 추정해. 이들은 영혼이 되어서도 악행을 연장하거나, 미처 이루지 못한 한풀이를 하고자 산 사람을 이용하곤 하지. 멀쩡하게 잘 살아가는 사람을 파멸시키려고 그 사람의 일상에 침범해 위해를 가하는 건 직접적인 방법이야. 또는, 그 사람의 몸에 빙의(憑依)해 악행을 하게 하거나, 복수 등의 자기 목적을 달성하게 하는 간접적인 방법도 있지. 말 그대로 악령이나 원혼으로 화(化)한…… 이들이 산 사람에게 붙어서는 안 될, 지극히 불길한 존재들이라는 사실은 새삼 강조할 필요도 없을 거야.

– 천하는…… 설마, 그런 나쁜 영혼은 아니겠죠……?

– 아닐 거라고 본다, 현시점까지의 내 판단에 의하면. 그는 너한테 직접적이거나 물리적인 위해를 가한 적도 없고, 네 일상을 방해해 일을 그르치게 한 적도 없어. 너와 육체적 교감을 나누는 순간마다 널 소중히 다루었고, 정성과 열정을 다해 네가 기쁨을 느끼게끔 해줬다고 했지. 지속기간과 그 정도가 유별나서 그렇지, 막상 천하가 네게 시도했던 행위 자체는 귀접이 유일하다는 게 그나마 다행

한 일일 수도 있어.

- 음, 선배 말씀대로 그건 그나마 다행일지 모르겠지만…… 전, 아직도 제 멘탈을 못 믿겠어요. 선배가 계속 용기를 주고 계시는데도…… 제 이성과 의지대로 움직이는 게 잘 안 되니까요. 제가 여전히 천하의 정체를 모르고 있다는 게, 갈수록 더 불안하고 꺼림칙해서 견딜 수가 없네요. 오죽하면, 인큐버스 얘기를 읽자마자 혼비백산해서 이렇게 선배에게 달려왔겠어요…….

- 세라야, 불안해하지 마. 다시 강조하는데, 천하는 절대 인큐버스가 아냐. 한번 관계를 맺고 나면, 인간 남성과의 성행위에서는 결코 기쁨을 느끼지 못하는 여성들을 양산한다는 몽마? 아니, 현실에서도 우리 인간 남녀가 성행위를 통해 경험할 수 있는 정신적이고 육체적인 기쁨은, 그 상대에 따라 달라지게 마련이야. 그건 절대적인 게 아니라 상대적인 거야. 그리고 뭐, 인큐버스가 여성을 임신시켜 아이를 낳게 한다? 황당무계할 뿐이지. 악마든 귀신이든, 모든 영적 존재는 사람과 관계를 맺어 자식을 낳을 수 없어……. 그래, 물론 귀접은 실재하지. 귀접 자체가 산 자와 죽은 자의 세계의 경계를 모호하게 하는 비과학적 해프닝일지라도, 인간세계에 엄연히 존재하는 물리적이고 생물학적인 법칙들까지 갈아엎지는 못해. 네가 이걸 믿고, 항상 기억하길 바란다.

- 네…… 명심하도록 할게요.

- 아까도 말했지만, 옛사람들은 상상을 동원해 성적 악마의 원형인 인큐버스를 만들어 놓고, 그 개념을 자신들의 삶에 유리하게 이

용했어. 성욕은 죄악이요, 금욕만이 미덕으로 여겨지던 시대에 주로 그랬지…… 잠을 자다가 가위눌림을 겪거나 몽정을 하는 등 성적으로 흥분하는 죄를 지었다고 생각되면, 그런 건 바로 인큐버스가 사람에게 시킨 짓으로 치부됐어. 심지어, 여성들이 당한 성폭행조차도 인큐버스가 직접 저지른 짓으로 간주하고, 가해자를 색출하거나 처벌하는 일도 없이 재판에서 무마되곤 했어. 그런 사건들은 실제로 피해자의 가까운 이웃이나 친구, 친척에 의해 저질러지는 경우가 매우 잦았는데 말이야. 그럼에도 놀라운 건, 진실을 밝히려는 시도도 거의 없었어. 재판관은 물론 피해 당사자들까지도, 믿었던 사람이 그런 사악한 가해자라는 사실을 인정하고 싶지 않았을 테지. 인큐버스를 이용해, 성적인 죄악을 저지른 사람에게 교묘하게 면죄부를 줬던 거야. 그 시대, 많은 사람이 그렇게 면죄부를 받았겠지. 음, 하지만…… 또 더러는…… 더러는…….

- 선배……?

- 응……?

- 갑자기 말을 안 하셔서요…… 무슨 생각이라도…….

- 응, 문득 어떤 생각이 떠오르긴 했어. 성적인 죄를 범한 사람 대부분이 인큐버스라는 면죄부를 받는 행운을 누렸던 시대지만, 어쩌면 인큐버스라는 역공을 당한 불운한 극소수도 있었을 것 같군.

- 그게 무슨 말씀이세요……?

- 드문 경우라고는 해도…… 그저 귀신의 짓이라는 판결로 재판을 무마시키지 못한 채, 불가피하게 사람을 처벌해야만 했던 상황

에서는…… 특히 여러 가지 사유로 진짜 가해자를 처벌하기 어려운 상황이었다면…… 힘없고 무고한 사람을 도리어 인큐버스로 몰아 벌을 주거나 처형하지 않았을까? 사람에게 악마라는 가짜 정체를 뒤집어씌우면 쉬웠겠지. 충분히 존재했을 법한 일이겠는데. 가공의 악마를 이용해 사람을 살리기도 하고 죽이기도 했다……. 뭐, 말이 안 되긴 해도, 마녀사냥도 횡행했던 시대니까.

– 지금 하신 말씀…… 혹시 제 문제와 무슨 관련이라도 있는 건가요……?

– 응? 아, 아니…… 꼭 그래서 한 말은 아냐. 신경 쓰지 마. 내 얘기의 요지는, 실재하지 않는 악마를 상상하며 무서워할 필요가 없다는 거야…… 천하는, 절대 인큐버스가 아냐. 알겠지?

13

세 번째 면담

두 번째 면담으로부터 14일 후, 오전_ HCCC 빌딩 사무실

- 2주 만에 보는구나. 세라야, 그동안 잘 지냈니?

- 아…… 전 그냥 좀…… 잘 지내셨어요, 선배는?

- 나야 뭐, 항상 똑같지. 박물관, 이 사무실, 집, 그리고 몸이나 좀 풀 겸 가서 운동하는 체육관, 이 네 곳을 꼭짓점으로 하는 사각형의 일상에서 거의 벗어나지 않아. 이렇게 널 만나서 얘기를 나누는 날이, 여느 날들과는 다른 날이 되는 거고.

- 선배는…… 언제 뵈어도 빈틈없어 보이세요.

- 대체로 그렇게 보이는 거겠지…… 매일 완벽한 컨디션이 어디 있겠어, 나도 사람인데. 그나저나 세라 넌, 별일 없었니?

- 음, 전 어차피 선배 앞에서는 표정을 숨기지 못하니까…….

- 그건 맞아.

- 솔직히 말씀드릴게요. 저 그렇게 잘 지내지 못한 것 같고, 별일이 없었던 것도 아니에요.

- 역시 그랬구나. 네 안색이 별로 밝지 않아 보여서.

- 사실, 약간 바쁘기도 했어요…… 제가 드디어 집에서 나와 이사를 했거든요.

- 그래, 기억하고 있어. 사회인으로서의 진정한 독립을 축하해.

- 축하까지는 뭐…… 감사해요. 아직도 정신이 없긴 하지만요. 주말 근무를 빼기가 힘들어서, 이번 주초에 휴가를 내고 이사했어요. 크지 않은 원룸이지만 그래도 새집 분위기를 내고 싶어서 이번에 가구랑 가전을 다 새로 샀고, 인테리어도 직접 해보려고 소품들도 잔뜩 사났는데…… 그런데…….

- 그런데 왜? 집 정리가 다 안 됐니?

- 좀…… 그렇게 됐어요. 잔뜩 벌여놓은 채 마무리를 못 한 거죠. 원래는 휴가 내로 모든 걸 세팅해놓고 완전히 새집을 만들어 놓으려고 했지만…… 아니나 다를까, 그사이에 일이 생겨서 집 정리에 집중할 수가 없었어요……. 아무래도 전, 마음 편하게 지내길 바랄 수가 없나 봐요.

- 무슨 일이 있었는데?

- 일단, 제 이사를 가운데 두고, 그 전후 상황을 말씀드려야 할 것 같아요. 그 전과 후에 있었던 일들을…….

- 네가 이사하기 전, 그리고 이사한 후 말이니?

- 네, 맞아요.

- 편한 대로 얘기해. 어떤 식이든 상관없어.

- 이사하기 전의 일부터 얘기할게요. 그러니까, 제가 아빠와 살던 집에서 보낸 마지막 주가 바로 지난주였잖아요. 천하가, 지난주 내내 절 찾아왔었어요. 이사하기 직전 주말만 빼고요…….

- 그랬어?

- 지난번에 선배가 저한테 특별히 조언해주신 게 있잖아요. 천하에게서 뭘 알아내기 위해 일방적으로 질문을 던지는 걸 자제하고, 그를 향해 제 얘기를 하라고 하신 거요. 제 현실과 일상에 관한 얘기들을…….

- 그래서, 그렇게 해봤니?

- 네…… 제 나름대로는 최대한 자연스럽게 해보려고 노력했어요. 말씀드렸듯이, 그가 제게 묻지도 않는데 제 얘기를 늘어놓는 게 영 익숙하지 않은 일이었지만요. 어색하고 힘들긴 했는데, 어떻게든 그와의 새로운 화법을 시도해야 한다는 선배 말씀을 상기하면서…….

- 애썼구나. 주로 어떤 얘기를 했지?

- 제가 매일 하는 일들, 그 루틴에 대해 대충이나마 알아듣길 바라면서 얘기해줬고요. 그리고 아무래도, 최근 제 일상에서 가장 큰 이벤트가 되었던 일은 이사였으니까…… 아빠와 함께 살다가 혼자 살기 위해 이사를 한다고 설명해줬죠. 그런데 사실 전 조금…….

- 조금, 뭐?

- 다른 집으로 이사 간다거나 저 혼자 살게 되었다는 얘기를 천하에게 하고 싶지 않은 마음이, 조금은 있었던 것 같아요. 그 사실을 밝히는 게 어쩐지 꺼림칙했고, 가능하면 숨기고 싶기도 했어요. 전 여전히 천하를 겁내는 바보니까요. 저 스스로는 인정하기 싫어도, 무의식적으로 말이에요…… 하지만 이런 생각 자체가 더 바보스러운 거죠. 제가 누구와 함께 살더라도, 또 물리적으로 이동해서 다른 어떤 공간에 가 있더라도, 천하는 절 찾아오지 못할 리가 없잖아요. 그는 영적인 존재, 아니…… 한마디로 말해 귀신이니까 단단한 벽도 굳게 잠근 문도 다 통과해서 들어오고, 전 어차피 그를 피해 몸을 숨길 방법이 없는데…….

- 물리적인 방식으로는 그를 따돌릴 수 없다는 현실, 그걸 네가 인정하고 있는 건 옳아. 별로 내키지 않는 상황에서도 천하에게 이사 얘기까지 한 네 용기를 칭찬하고 싶고.

- 아뇨, 뭘요…….

- 그렇게 네 얘기를 들려줬을 때, 그가 어떤 반응을 보였니?

- 아, 반응이 있었다면 있었다고 할 수도 있지만…… 어쩌면 딱히 반응이랄 게…… 결국은, 제가 모를 알쏭달쏭한 말만 하고 가 버려서요.

- 어땠는데?

- 제 얘기를 들려주면서부터 사흘 정도는…… 진짜 아무런 반응도 없었어요. 그냥 저 혼자 지껄이고 있다는 생각밖에는 들지 않을 정도로…… 분명 몸은 그와 가까이 붙어 있는데도, 제가 허공에다

주절거리고 있는 게 아닌가 싶을 정도로. 제 얘기가 이어지는 동안, 그는 단 한마디도 하지 않았죠. 맞장구를 쳐주거나 질문을 해오는 건 고사하고, 제 얘기에 끼어든다거나 말을 멈추게 하려는 생각 같은 것도 없어 보였달까요. 저와 제대로 된 대화를 많이 나누지는 못했을지언정, 같이 있을 때는 주로 자기 기분에 도취한 듯 말을 쏟아내기 일쑤였던 그였는데 말이에요. 다른 때와 비교해서도 너무 조용하니까, 그가 제 말을 듣고 있는지조차 확신하기 힘들었어요. 그런 침묵으로 일관하다가 제 곁을 떠날 때쯤 뭐라고 중얼거렸는데, 그 소리가 붕, 하는 짧은 진동처럼 귓가를 울리다 흩어지는 거예요. 마치 그와의 대화가 가능해지기 이전, 제가 그의 말을 1도 알아들을 수 없어서 헤매던 그 막막한 시절로 돌아간 듯한 기분이 들면서…… 그때 새삼, 덜컥 겁이 났어요. 모든 일이 원점으로 돌아간다면 정말 말이 안 되는 거잖아요.

— 모든 일이 원점으로…… 아니, 그런 일은 쉽게 일어나지 않아. 네 말은, 첫 사흘까지는 그가 완전히 무반응이었다는 거지?

— 그런 셈이에요. 사흘째 새벽이 됐을 때, 천하가 떠나기 직전에 마침내 딱 한 마디를 했어요. 혼곤한 졸음 속으로 빠져들어가고 있는 저한테, '좋았어?'라고……. 그건 그가 항상 습관처럼 제게 묻던 말이지, 제가 그에게 들려준 얘기들에 대한 반응은 아닌 거죠. 그래도 저와의 소통을 일체 중단하기로 작정한 건 아닌 듯해서, 전 그나마 다행으로 여겼죠.

— 그리고 다음 날은 어땠니?

- 그가 듣든 말든, 그저 계속 제 얘기를 해야겠다고 생각했어요. 나흘까지는 그런 식으로 지나갔어요.

- 그럼, 닷새째 되던 날에……?

- 네. 나흘 동안 혼자 힘들게 지껄였더니, 저로서는 오히려 오기 같은 게 발동하더라고요. 한참 더 떠들다가, 참다못해 그에게 대놓고 물었어요.

'너, 내 얘기 듣고 있어?'

세 번 네 번 물었는데 묵묵부답이었어요. 포기할까 하다가 한 번 더 물어봤는데, 그때야 대답을 하는 거예요.

'응.'

'왜 계속 아무 말도 안 했어?'

'들었어.'

'들었다고?'

'응.'

'내 얘기 들었다고?'

'응.'

'내가 이사 간다고 한 것도 들었지?'

'상관없어.'

'뭐가……?'

'넌 여기, 그리고 거기 있을 거니까.'

'뭐라고?'

'여기…… 그리고 거기.'

'여기, 그리고 거기……? 거기는 어디를 말하는 거야? 내가 새로 이사 가는 집……?'

'움직이지 않아.'

'응?'

'거기.'

'거기가 어딘데……?'

'거기. 우리 둘만 아는 그곳.'

'우리 둘만 아는 그곳, 거기가 어디냐고……?'

'기억해? 난 기억해. 우린 기억해.'

'네가 말하는 거기가 어딘지도, 네가 무슨 말을 하는지도 난 모르겠어. 난 기억 못 해, 아니, 뭘 기억해야 하는지도 몰라. 좀 자세히 얘기해줄래?'

'기억하는 한, 우리가 기억하는 한…… 그곳은 움직이지 않아. 넌 지금 여기 있지만, 또 거기 있게 될 거야.'

'그래, 네 말대로 나 지금은 여기 있지만, 며칠 후에 이사 갈 건데……?'

'아니. 네가 어디를 가더라도, 넌 거기 있게 될 거야. 나도 거기, 너랑 같이 있을 거고. 그러니까, 상관없어…….'

거기까지 말하고, 천하는 사라져 버렸어요…… 제가 최근 마지막으로 천하와 접촉한 게 바로 그 밤이에요. 그로부터 일주일이 넘었고, 그사이에 전 이사를 했고…… 이사한 새집에서 그를 맞은 일은 아직 없네요.

- 그래…… 신경 쓰느라 힘들지? 네 나름대로 최선을 다하고 있다는 것, 충분히 알아. 하지만 안타깝게도, 현시점까지는 천하와의 밀당에서 네가 우위를 점하고 있다고 보기는 어렵구나. 여전히 그의 페이스가 널 압도하고 있는 느낌이야. 그는 네 얘기를 다 들었으면서도 짐짓 무반응으로 며칠을 버티며, 자기가 네 현실의 삶에는 관심을 두지 않고 있다는 걸 내비쳤지. 입 다물고 있다가 너와 대화를 재개했지만, 으레 그랬듯이 수수께끼 같은 말들을 툭툭 내뱉어 놓고, 결국 네가 그에게 질문을 던지도록 유도했어. 아리송하지만 뭔가 의미심장하게 들리는 그런 얘기로 네 호기심과 관심을 자극하고, 네 쪽에서 자꾸 물어보지 않고는 견딜 수 없게 만드는……. 둘의 기존의 대화 패턴이 계속 반복되고 있다는 사실이 아쉽다.

- 네…… 제가 또 천하한테 말려든 거겠죠…….

- 천하가 거듭 말하던 '거기'란 그의 생전의 기억 속 특정한 장소일 수도 있지만, 그와 네가 어김없이 만나서 함께할 수 있는 어떤 개념적인 공간을 지칭하고 있는 것 같기도 해. 현실에서 물리적인 방식으로 이동해 어디에 가 있든 상관없이, 넌 둘만의 세계에서는 반드시 그와 맞닥뜨리게 되어 있는 거야. 네가 아무리 멀어지거나 달아나려 해도 종내 돌아올 수밖에 없는, 그리고 그가 의당 널 찾아오게끔 되어 있는 곳이 바로 '거기'라는 걸…… 그런 걸 암시하려던 의도가 아니었을까 싶다.

- 선배가 말씀하시는 게, 그게 다 맞을 거예요…… 천하는 그러고도 남을 테니까요.

- 세라야, 너 얼굴이 아주 창백해. 컨디션이 많이 안 좋니?

- 아, 괜찮아요……. 그럼 이제, 제가 이사한 후에 있었던 일을 말씀드릴게요.

- 아침은 먹었어? 여기 일찍 달려오느라 서두른 기색이 역력한데.

- 아뇨…… 안 먹었어요. 요 며칠 입맛이 없어서…… 어제부터, 아니, 그저께 저녁부터 뭘 먹은 기억은 없는데…… 저, 밥 먹고 싶은 생각 없어요.

- 안 되겠구나. 당장 점심부터 먹으러 가자. 마침 점심때잖아.

- 선배, 저 정말 별로 생각이…….

- 내리 굶었으니 힘들어 보이는 게 당연하지. 무조건 밥부터 먹자. 네 남은 얘기는, 밥 먹고 와서 들을 거야.

_14_

세 번째 면담 - 2

같은 날 오후_ HCCC 빌딩 사무실

- 다 먹으라니까 밥을 반은 남기고…… 세라야, 아무리 바쁘거나 경황이 없어도 식사는 거르면 안 돼.

- 그래도 먹으니까 좀 힘이 나네요. 저 괜찮아요, 선배. 챙겨주셔서 감사해요.

- 자, 커피 마셔. 속 쓰릴까 봐 연하게 내렸어.

- 네…… 이제 얘기할게요.

- 시간 많으니까, 서두르지 말고 찬찬히 얘기해봐.

- 사실, 오늘 제가 들려드릴 얘기의 메인은 이거예요. 선배한테 이 얘기를 하고 싶어서 아침부터 달려온 거예요.

- 그래. 네가 이사한 후에, 무슨 일이 있었던 거니?

- 이번에 이사하면서, 굳게 마음먹고 엄마의 유품 박스를 가지고 왔어요. 제 일기에도 언급한 적 있는…… 엄마 돌아가신 후에, 아빠가 마분지 박스 딱 하나로 챙겨놓았던 그 유품들이요.

- 읽었어, 기억해.

- 저 고3 되기 직전에 엄마가 갑자기 돌아가시고…… 그때 물론 충격도 컸지만, 뭐라 표현하기 힘든 공허함과 후회가 절 괴롭혔어요. 전 생전의 엄마와 살뜰하게 지내본 기억이 없는 딸이었거든요. 엄마가 다소 냉랭하고 무뚝뚝한 성격이어서 저한테 좀처럼 곁을 주지 않았던 데도 그 이유가 있지만…… 저도 영 소심했던 탓에, 외동딸답게 엄마 앞에서 스스럼없이 애교도 떨어보지도 못했고, 엄마 가까이 다가가는 일이 너무 어려웠어요. 뭔가 제대로 해보기도 전에 들이닥친 엄마와의 이별, 그게 날카로운 칼끝처럼 제 가슴을 후벼 파는데…… 전 곧장 고3 수험생이 되어 입시 준비도 해야 했고, 마냥 넋 놓고 앉아 있을 수만은 없는 현실이었어요. 저 자신을 강압하다시피 제어하려던 그 과정에서, 엄마 생각을 하는 게 점점 두려워지기 시작했죠. 당연히 유품 박스는 열어볼 엄두도 못 냈고요. 엄마 유품이니까 한 번은 볼 거지만…… 아니, 의무적으로라도 꼭 봐야 한다면, 대학에 간 다음에 열어보자, 처음에는 그렇게 미뤄뒀어요. 그랬던 게 그만, 계속 이어져서…… 대학에 가서는 졸업 후에 열어보자, 졸업하고 직장인이 되어서는 조금만 더 있다가, 조금만 더 있다가……. 오직 마음의 준비가 안 됐다는 이유 하나만으로, 전 그 일을 끝없이 미루고만 있었던 거예요.

- 결국, 아버지와 살던 그 집에서 독립해 나오기 전까지, 넌 단 한 번도 어머니의 유품 박스를 열어본 적이 없다는 말이니?

- 네. 구체적으로 말하면 이번에 이사하고 나서, 바로 사흘 전에 그 박스를 새집 거실 한가운데 끌어다 놓을 때까지요.

- 그럼, 사흘 전에 그걸 처음으로 열어본 거야?

- 어차피, 새집에서 열어볼 작정으로 가지고 나온 거니까요.

- 그런데……?

- 그런데…… 그런데 그게…….

- 너 얼굴이 다시 창백해졌어. 얘기해, 세라야. 그게, 뭐?

- 알고 보니 그게…… 판도라의 상자였나 봐요.

- 판도라의 상자……?

- 그 안에 들어 있었던 것 때문에…….

- 뭐가 들어 있었는데?

- 그리 많은 물건이 들어 있었던 건 아니에요. 노트들하고 사진 앨범들이 대부분이었는데…… 그 가운데서 제가 찾아냈어요…… 엄마의 일기장을.

- 어머니의 일기장을……? 우연히 찾아낸 거니?

- 완전히 우연이죠. 전 엄마의 일기장이 남아 있는 줄도 몰랐어요. 아니, 엄마가 일기를 쓰는 분일 거라는 생각을 해본 적도 없어요.

- 혹시, 아버지가 어머니의 일기장을 발견하고 유품 박스에 넣어 두셨나?

- 아뇨, 아뇨. 그건 아닐 거예요. 제 짐작이지만, 아버지도 어머니의 일기장이 남아 있다는 사실을 전혀 모르셨던 게 분명해요. 만에 하나 아버지가 그걸 발견하셨더라면…… 저더러 언제든 열어보라고 그걸 유품 박스에 넣어두지는 않으셨을걸요.

 - 그럼, 넌 어떻게 그걸 찾아냈는데?

 - 엄마의 유품들에는, 노트가 제일 많았어요…… 적어도 사십 권은 되었던 것 같아요. 다 자세히 읽어보기는 힘드니까, 한 권 훑어보고 바닥에 내려놓고, 또 한 권 훑어보고 내려놓고, 하는 식으로 대충 살펴봤거든요. 그중 열 몇 권은 엄마가 대학 시절 필기한 강의 노트들이었어요. 엄마는 식품영양학과를 다니면서 4년 내내 탑을 놓쳐본 적 없는 장학생이었다고 들은 적 있어요. 그런 학생답게, 엄마의 강의 노트들은 반듯한 글씨로 완벽에 가깝게 정리되어 있었어요. 그리고 나머지 노트들은 엄마가 영양사로 일하면서 적어놓으신 업무일지 같은 것들이었는데, 그것들 역시 예외 없이 꼼꼼하게 잘 정리된 업무 내용으로 채워져 있었죠. 식단 구성과 시뮬레이션, 실행과 분석까지…… 제가 그쪽 분야에 대해서는 잘 모르지만, 엄마의 노트 정리 능력에 감탄하면서 들춰보던 참이었어요. 박스 맨 아래 깔려 있던 업무일지 노트를 집어 들었을 때, 왠지 그게 다른 것들보다 유난히 더 두툼한 것 같다는 느낌을 받았어요. 그래서 내용을 한번 보려고 노트를 펴들었는데…… 갑자기 뒤쪽 책갈피 사이에서 그게 툭, 하고 떨어지는 거예요.

 - 어머니의 일기장이……?

- 맞아요. 그런 식으로 찾아내리라고는 상상도 못 했지만, 박스 맨 아래로 들어가서 잘 눈에 띄지 않았던 노트, 그 노트의 책갈피 사이에 그게 끼워져 있었어요. 그런 탓에 그 노트가 유난히 두툼해 보였던 거죠. 엄마의 일기장은…… 앞뒤 커버가 갈색 가죽으로 된, 크지도 작지도 않은 A5 사이즈의 비교적 얇은 노트였어요. 노트의 두께 자체가 원래 얇은가 했는데, 그게 아니었어요. 일기장 군데군데 페이지가 찢겨나간 부분들이 확연히 드러나 보이는 게…… 엄마가 일기를 쓰고는 일부 내용을 찢어 없애고, 그렇게 쓰다가 찢는 일을 반복했다는 걸 알 수 있었어요. 일기장 전체 두께가 얄팍해 보인 것도 그 때문이었던 거고요.

- 어머니가 그렇게 하신 건…… 다른 게 아니라, 그 내용 때문에……?

- 당연히, 그 내용 때문이죠.

- 그 때문에 네가 어머니의 유품 박스를 판도라의 상자라고 한 거니? 존재하는 줄도 몰랐던 어머니의 일기장에 있는…….

- 그냥 엄마의 일기장으로 그쳤으면 좋았겠지만, 심지어 제가 상상조차 못 했던 내용이 거기 들어 있었다는 게…… 그러니 판도라의 상자라고 해도 과장이 아닌 듯싶어서…… 판도라의…… 하아.

- 저기, 세라야.

- 열지 말았어야 했나 봐요. 열지 말 걸 그랬어요. 이미 늦었다는 건 알지만…… 지금이라도 되돌릴 수 있다면, 그걸…….

- 자, 세라야, 마음 좀 가라앉히고…….

- 안 열었더라면…….

- 넌 이미, 어머니의 일기를 읽어 버렸지?

- 아니었으면 좋겠어요, 지금이라도…….

- 아냐. 부질없는 후회는 필요 없어. 넌 이미 그걸 읽었어. 그러니까 읽은 다음의 상황, 즉, 지금부터의 상황만 생각하자.

- 선배…….

- 어머니의 일기에, 무슨 내용이 있었니?

- 어떡해요, 선배……?

- 괜찮아, 세라야. 네가 아는 걸 얘기해줘.

- 솔직하게 얘기해도 돼요……?

- 솔직해야 해. 내가 널 돕기로 하고 면담을 시작한 이상, 네가 겪는 문제들을 솔직하게 얘기해주지 않는다면 아무 의미가 없어. 내가 사실을 알아야, 널 도울 수 있어.

- 저도 제가 왜 이러는지 모르겠어요. 선배한테 이 얘기하려고 눈 뜨자마자 달려온 건데…… 이왕 이렇게 된 일을 가지고…….

- 그래, 되돌릴 수 없고, 그래야 할 이유도 없지.

- 저, 엄마의 비밀을 알아 버렸어요.

- 어떤 비밀?

- 저랑 똑같은 비밀이었어요.

- 너랑 똑같은 비밀이라면……?

- 네. 그거요.

- 그거니, 분명?

- 네.

- 세라 너희 어머니도…… 귀접을 겪고 계셨던 거지, 생전에?

- 믿거나 말거나, 그랬던 것 같아요…….

- 믿거나 말거나, 는 아니지. 난 네 얘기를 믿으니까.

- 엄마의 그것도…… 저처럼 길었어요. 또, 저처럼 심각했어요.

- 그랬구나…….

- 저만큼이나, 엄마도 그것에서 벗어나려고 몸부림쳤는데 뜻대로 되지 않았어요. 일기장에서 찢겨나간 부분이 여러 군데지만, 남아 있는 내용만으로도 전 엄마가 저와 똑같았을 거라고 단언할 수 있어요. 게다가 찢겨 없어진 그 페이지들 자체가, 엄마의 갈등과 불안을 고스란히 드러내고 있다고 생각해요. 도움을 갈구했지만 그 누구에게도 비밀을 털어놓을 수 없었던…….

- 차마 헤아리기가 어렵군.

- 선배, 더 무서운 일이 뭔지 아세요……?

- 더 무서운 일?

- 천하요.

- 천하가, 왜?

- 천하는, 저한테만 찾아왔던 게 아니에요. 저만의 귀접 상대가 아니었어요.

- 그러면……?

- 엄마를 찾아왔었던 것도 천하예요. 그 수십 년 전부터……. 엄마 일기의 모든 내용이 그걸 입증하고 있어요.

- 확신하니……?

- 천하가 맞아요. 그가 아닌 다른 존재일 수가 없다고요.

- 이건…… 정말 예기치 못했던 국면인데.

- 그 저주받을 영혼이…… 대체 저한테, 엄마한테 왜 그랬던 걸까요? 무슨 의도로? 대체 우리 모녀가 무슨 잘못을 했길래……?

- 귀접은, 산 사람의 잘못이나 허물 때문에 벌어지는 일이 아냐.

- 아…… 맙소사, 손수건을 챙겨온다는 걸…… 그만 깜박했네요.

- 이거 내 손수건이야. 눈물 좀 닦아.

- 죄송해요, 선배…….

- 세라야, 내가 말이야……. 내 말 듣니?

- 듣고 있어요.

- 내가 만약에…….

- 보여드릴게요.

- 응……?

- 엄마의 일기장, 선배한테 보여드릴 수 있어요.

- 그럴래? 이게, 내가 대놓고 부탁하기 영 뭣한 일인데…… 네가 알아서 헤아려주고 내 곤란함을 덜어주는구나. 진짜, 괜찮겠니?

- 애초에 제가 선배한테 도움을 청했고 선배가 기꺼이 응하셔서 이루어진 면담인데…… 이런 중요한 사실을 선배한테 숨긴다는 건 말이 안 되잖아요. 돌아가신 엄마의 비밀을 다른 사람에게 공개한다는 게 저로서는 힘든 일이긴 해요. 엄마한테도 물론 죄송스러워요. 하지만 지금 엄마의 동의를 구할 수도 없고…… 뭣보다 이 어

처구니없는 상황에 대한 선배의 의견을 듣고 싶어요. 어떻게 엄마와 제가 똑같은 형태의 귀접을 겪고, 귀접 상대마저 같을 수가 있는지…… 세상에 어떻게 이런 일이 있는지…….

- 어머니의 일기장을 오늘 가지고 왔니?

- 그건 아니고…… 아, 안 가져왔다는 게 아니고요. 일기장에서 내용이 적힌 페이지들만 스캔해가지고 왔어요. 핵심적인 내용이요. 귀접과 무관한, 엄마의 여타 사적인 얘기가 적힌 부분들은 선배가 굳이 안 보셔도 될 것 같아서요. 아무래도, 엄마의 일기장을 통째로 들고 오려니 엄두가 안 나서…….

- 그건 전혀 문제없어. 어쨌든, 어려운 결심 내려줘서 고맙다.

- 고맙긴요…….

- 어머니의 소중한 일기, 잘 읽어볼게. 그리고 사안이 나름 중대한 것 같으니, 시간 끌 것 없이 우린 내일모레 다시 여기서 보도록 하자.

15

성혜의 일기

1984년 10월 X일

어느새 내가 졸업반, 내 대학 시절도 이렇게 마무리되어가고 있다.

돌이켜보면…… 나는 대학에 들어간 지 얼마 되지 않아 혼자가 되었다. 내게 가족이 없는 것도 아니었다. 그러나 뭘 어쩌지도 못하는 사이에 가족이라는 이름의 울타리는 홀연 사라져 버렸다. 그로 인해 홀로 덩그러니 남게 된 스무 살짜리 여자애가 바로 나였다.

어머니는 내가 고2 겨울방학을 맞았을 때 돌아가셨다. 돌아가시기 전에 유언을 남길 여지가 있었음에도 불구하고, 어머니는 가족에게 아무 말도 남기지 않았다.

내 대학 입시가 끝난 후, 중동 건설현장에서 일하다 오신 아버지는 별다른 이유를 알려주지도 않고 외국에서의 근무 기간을 연장하기로 했노라고 통보했다. 하나밖에 없는 오빠도, 하사관이 될 결심을 밝히며 서둘러 군에 입대했다.

아버지는 가족이 살던 아파트를 처분하고, 내가 혼자 살 만한 작은 집을 하나 마련해주었다. 그렇게 나는 일찌감치 독립 세대가 된 것이다.

성인이 되면서 내 또래 친구들이 부모로부터의 정신적 독립을 간절히 원하지만 경제적 능력이 없어 뜻을 이루지 못하는 것과 달리, 내 독립은 너무나도 쉽게, 순식간에 이루어졌다. 하지만 그건 내가 원했던 일이 아니었고, 나는 혼자 사는 일에 달리 감흥도 즐거움도 느낄 수 없었다. 그저 외로웠을 뿐이다.

원래 내성적인 성격이었던데다 혼자가 되었다는 사실에 주눅이 들어, 대학에 와서도 쉽사리 친구를 사귀지 못했다. 과 친구들과는 수업만 같이 들을 뿐 따로 어울려본 적이 없고, 취미나 신념을 함께 할 서클을 찾아 캠퍼스 이곳저곳을 기웃거려본 기억도 없다. 대학 4년이 지나는 동안 친한 친구 한 명이 없었다니, 내가 생각해도 나는 참 딱한 애다.

친구들과의 교제나 유흥과는 담을 쌓고 지낸 결과, 식품영양학과에 재학하는 4년 내내 한 번도 장학금을 놓치지 않고 받았다. 아버지가 매달 생활비와 용돈을 보내주었지만, 나 혼자만의 취미 생활을 영위하는 것 외에는 돈 쓸 일이 그다지 없었다고 해야 할 것이다. 학교 성적이 좋았다고 자랑하고 싶어서가 아니다. 장학생이어서 그나마 유리하고 다행스러웠던 건, 내가 지망하던 대기업의 영양사로 졸업 전에 취직을 할 수 있었다는 점이다. 다음 주부터 나는 그 회사에 출근한다.

나만의 취미 생활에 대해 얘기하자면, 딱 두 가지로 나뉜다. 첫째는, 식품영양학 전공 서적을 보는 일이다. 너 잘났다고, 재수 없다는 말을 들어도 어쩔 수 없다. 독서를 좋아하기는 해도, 나는 소설책이나 시집 같은 걸 읽는 것보다 내가 공부해야 할 책을 보는 게 훨씬 더 재미있다. 국민학교 시절, 방학 때마다 어머니는 내게 위인전과 동화책 등을 스무 권 가까이 안기며 개학 전까지 모조리 다 읽고 독후감을 쓰라고 지시했다. 어머니는 중학교에서 국어를 가르치는 교사였다. 국어 선생님의 딸은 책도 많이 읽고 글도 잘 써야 한다는 강박 같은 게 있으셨는지도 모른다. 어머니의 강요로 단지 독후감을 쓰기 위해 책을 읽는 건 부담이고 고역이었다. 그 시절 이후로 나는 취미로 읽는 책이 싫어졌고, 차라리 교과서에 친밀감을 느끼게 되었다. 대학에서는 수업 교재 외에도, 전공과 관련된 책이 눈에 띄고 관심이 가면 그냥 사서 읽곤 했다. 교수님들에게 문의를 하면서까지 원서를 구해서 읽기도 했다. 그런 이유들로 졸업 후 대학원에 진학하라는 교수님들의 강력한 추천을 받았지만, 나는 얼른 스스로 경제활동을 하고 싶다는 생각에 취직을 택했다.

내 두 번째 취미, 사실상 전공 서적을 보는 것보다 한결 취미다운 취미는…… 바로 구두다. 천연가죽으로 만든 기품있고 아름다운 구두. 그런 가죽구두들을 찾고, 구경하고, 사서 신는 일. 이게 한 사람이자 여자로서의 내 가장 큰 관심사다. 나는 사춘기에도 옷이나 머리, 화장에는 거의 관심을 가진 적이 없었고, 사회생활을 막 앞둔 지금도 마찬가지다. 그런데 어쩐지 오래전부터 구두만큼은 좋았다. 어린 시절 생성되었다고 추정되는, 구두에 대한 이 관심과 애착은 나이를 먹을수록 줄어들 줄 모르고 더 커졌다. 앞에 말했듯 나는 취미 생활을 유지하는데 내 생활비의 절반가량을 지출해왔는데, 그 금액의 대부분은 가죽구두를 사서 신는 일에 쓰였다고 보면 된다.

작년까지는 아무래도 학생이니만큼 편안한 신발을 이용하는 게 불가피했고, 그래서 소가죽으로 만든 캐주얼슈즈 같은 걸 주로 신었다. 올해부터는 취직을 염두에 둔 졸업반으로서, 보다 여성스러운 디자인의 가죽구두를 찾기 시작했다. 가장 쉬운 방법은 백화점 구두매장에서 기성품 구두를 구입하는 것일 테고, 그곳에도 충분히 질 좋고 예쁜 제품들이 많다는 걸 안다. 하지만 내게는 진짜 계획이 있다. 오랜 시간 품어온 하나의 즐거운 바람…… 다름이 아니라, 가죽구두를 직접 맞춰 신는 것이다. 내가 원하는 디자인과 질감이 가죽 공방 장인의 손에서 고스란히 구현되어 탄생하는, 천연가죽 맞춤 구두 말이다. 내가 지금까지 아무리 부단히 가죽구두를 신었다고 해도, 아버지에게 생활비를 받는 학생 신분으로 고급 맞춤 수제화까지는 엄두를 내기 어려웠다. 그렇지만 이제부터는 다르다. 취직해서 돈을 벌 수 있게 되지 않았는가. 물론 앞으로 버는 돈을 규모 있게 운용해야 하겠지만, 뭣보다 내가 누릴 수 있는 가장 큰 사치이자 행복인 맞춤 가죽구두를 꼭 신어보고 싶다. 반드시 그렇게 해야지.

가죽구두에 대한 내 사랑은, 명백히 돌아가신 어머니의 취향을 닮은 것이라고 생각한다. 내 기억은 틀림이 없다. 생전에 어머니가 한 번도 당신의 입으로 가죽구두를 좋아한다거나 구두를 맞춰 신고 있다고 직접 말한 적 없었음에도, 나는 분명 그 사실을 알고 있었다. 어머니는 가죽구두에 관심이 많았고, 그걸 맞춰 신는 일에 큰 신경을 쏟았다. 소유하고 있는 가죽구두들을 자식들보다 더 아끼고 정성스레 다루는 것처럼 보일 정도였다. 여타의 치장이나 사치에는 전혀 관심이 없는 분이었다. 교사답게 항상 엄격해 보이는 검은 테 안경을 쓰고 계셨고, 사계절 흰색이나 미색 블라우스에 검정 카디건과 검정 스커트를 고수하는 지극히 소박하고 단정한 옷차림이었다. 그런 분이 구두에만큼은 그토록 집착하셨다는 의미다. 하긴, 내가 어렸던 그때는 다양하고 질 좋은 기성품 구두들이 미처 등장하기 전이었고, 기성품보다 맞춤 구두가 더 일반적인 시절이기는 했다. 그렇다 해도 어머니는 우리 가족이 볼 때도 과하다 싶을 만큼 많은 구두를 갖고 계셨고, 그런 가운데서도 철마다 새 가죽구두들을 맞추는 일을 조금도 망설이지 않았다. 어머니에 대한 기억의 편린들…… 마치 드라마나 영화 장면들처럼, 내 뇌리에 선명하게 각인되어 있는 어머니의 모습들. 구두를 맞추러 가기 전이면 안방에 혼자 소반을 놓고 앉아, 몇 장이고 아까운 종이들을 버려가며 당신이 원하는 구두의 모양을 그려보곤 하셨다. 또 이런 모습도 있다. 아버지와 제대로 대화 한 마디 나누지 않던 냉랭한 성격의 어머니. 중동으로 일하러 가시기 전, 건설현장 감독이었던 아버지는 지방을 돌아다니셨기 때문에 며칠에나 한번 집에 들르실 수 있었다.

아버지가 안방에 나무토막처럼 쓰러져 누워 주무실 때면 어머니는 같은 방에 머무는 일 없이 꼭 대청마루에 나와 앉아 있거나, 아니면 굳이 작은 문간방으로 가서 잠을 청하셨다. 어느 날 아침 내가 무심코 문간방에 들어갔을 때, 어머니가 두 팔을 모으고 새로 맞춰온 가죽구두 한 켤레를 끌어안은 채 주무시는 모습을 보았다. 그 모습은 흡사, 생일선물로 받은 예쁜 인형을 놓칠세라 품에 꼬옥 안고 자는 어린 소녀를 연상케 하는 것이었다······.

내가 어머니를 그리워하는 걸까······? 잘 모르겠다. 어머니는 내게도 대체로 냉랭했었다.

그래도 확실한 것 하나는······ 내가 유일하게 어머니를 빼닮은 점인, 가죽구두를 사랑한다는 사실에 은밀한 기쁨을 느끼고 있음이다.

의무적으로 일기를 써야 했던 국민학교 시절을 제외하고, 내가 진정한 자의에 의해 일기를 쓰기 시작한 건, 딱 4년 전인 열아홉 살 때부터였다. 4년이면, 그동안 쌓인 일기장이 너덧 권은 될 만한 시간이다. 그런데 나는, 지금 적어 내려가고 있는 이 노트를 빼고는 보관하고 있는 일기장이 하나도 없다. 왜냐고?

내가 이전에 썼던 일기장들을 죄다 찢어 버렸거나, 불태워 없앴기 때문이다.

이 일기장도, 다 채워지고 나면 그것들처럼 내 손으로 없애버릴지 모른다. 그건 또 왜냐고?

내 일기는, 말 그대로 비밀 일기이기 때문이다…….

물론, 더없이 개인적인 기록에 해당하는 일기를 남 보라고 쓰는 사람은 없을 것이다. 일기는 기본적으로 쓴 사람의 비밀을 담고 있으며, 그 사람만이 아는 장소에 보관된다. 그런 의미에서, 세상 모든 일기는 비밀 일기라 해도 과언이 아닐 터.

하지만 일기도 일기 나름이고, 비밀도 비밀 나름이다.

비밀에도 경중(輕重)이 있다.

학교 성적, 집안 사정, 신체의 비밀, 부모가 반대하는 꿈, 친구 관계, 짝사랑, 이성 교제, 뭐 등등?

내 비밀은 그런 것들과는 차원이 다르다.

내 비밀은 가볍지 않고 심각하다. 내 비밀은 상상 가능한 게 아니라, 너무 이상하다.

이대로 내버려두면 도저히 안 될 일인데, 멈출 방법 또한 도저히 알 수 없는 일. 그 자체로 문제이고 사건인…….

그런 게 곧, 내 비밀이다.

내가 열아홉 살 때부터 비밀 일기를 쓰기 시작한 이유? 두말할 필요 없이, 바로 열아홉 살 때부터 그 일이 시작되었으니까.

어머니가 돌아가신 이후, 고독은 내 운명으로 정해진 것이나 다름없었다는 생각이 든다. 아버지는 계속 중동에 계셨고, 대학생이던 오빠는 집 밖으로만 나돌았다. 말없이 어머니의 관심을 갈구했던 나와 달리, 관심을 끌기 위해 어머니에게 대놓고 반항하거나 함부로 말을 내뱉곤 하던 오빠였다. 오빠가 가졌던 감정은 아마 어머니에 대한 애증이었으리라. 그런 어머니가 떠나자, 오빠는 눈에 띄게 허탈해했고 집에 있기를 싫어했다. 나 역시 힘들었다. 어머니와의 이별의 충격이 가시기도 전에 고3이 되어 버렸지만, 수험생으로서의 내 스트레스 따위를 호소할 대상은 그 어디에도 없었다. 오히려 나는 공부 스트레스를 받지 않았던 것 같다. 공부 말고 다른 생각들을 하는 게 더 괴롭게 느껴졌던 덕분이다. 그냥, 아픔이고 미련이고 곱씹는 게 싫었고 감정의 과잉을 멀리하고만 싶었다. 책상에 앉아서 공부할 때가 제일 마음이 편했고 머리도 맑았다. 그런 무념무상의 긍정적 효과로, 나는 원하던 대학에 들어갈 수 있었다.

대학생이 되어서도 본의 아니게 혼자만의 생활을 꾸려가게 되었다. 질긴 외로움이 마치 등짐처럼 내게 업힌 채 나를 놓아주지 않았다. 물리적인 환경으로 보나 정신건강 차원에서 보나, 내가 외로움에 시달리지 않는다면 그게 더 이상할 일이었다.

그런데…… 지금부터 내가 털어놓으려 하는 건, 내 오랜 고독에 관한 이야기, 그 끝머리에 존재하는 모종의 반전이다. 나를 둘러싼 그 철옹성 같은 고독에, 은밀하고도 기이한 빈틈이 생길 줄은 나 자신도 상상조차 하지 못했다.

나는 눈뜨고 있는 시간 내내 외로웠다. 그러나 한편으로는, 외롭지 않았다.

나는 줄곧 혼자였다. 그러면서도 한편으로는, 혼자가 아니었다.

어떻게?

내가 '눈뜨고 있는 동안'이라는 표현을 썼다는 걸 간과하면 안 된다. 그건 곧, 낮시간을 의미한다. 대부분의 일과와 의무들을 수행해야 하는 낮에는, 항상 혼자였다. 하지만 잠자리로 들어가는 밤에는, 조금 달랐다. 아니, 내 낮과 밤은 서로 '확연히' 달랐다…….

그가 나를 처음 찾아온 건, 내가 고3이었던 열아홉 살 때였다.

앞서 열아홉 살 때부터 '그 일이 시작되었다'고 한 건, 다름 아니라 '그가 나를 찾아오기 시작했다'는 이야기와 같다.

나는 완전히 무방비상태였다. 다른 날과 똑같은 하루를 보내고 이불 속에 몸을 누인 밤, 그야말로 아무 생각 없이 잠들었던 그 밤.

평범하게만 흘러가는 듯하던 밤이었지만, 사실 나는 이전에 꾸어본 적 없는 꿈을 꾸고 있었다. 지금 생각하면 혹시 그 꿈이, 내 인생에의 그의 출현을 알리는 신호 같은 게 아니었을까 싶기도 하다. 수많은 초가와 기와지붕들이 빽빽하게 들어찬 우묵한 지형의 대지…… 그 사이사이를 메우고 있는 푸른 풀밭들과 꼬불꼬불한 흙길들……. 옛날 동화책에서나 본 것 같은 마을, 뭐 그게 아니라면, 중학교 때인가 구경하러 갔었던 민속촌이 뜬금없이 내 꿈에 등장한 거겠지?

그 풍경이 갑자기 시야에서 사라졌을 때, 나는 내가 꿈에서 깬 줄로만 알았다. 어쩌면 꿈에서 깼다고 여긴 것도 착각은 아니었다. 맥락도 없는 시골 마을 꿈에서 깬 건 맞지만, 그 꿈보다 훨씬 더 희한하고 기막힌 현실이 나를 기다리고 있었을 뿐이다. 틀림없이 내 몸만 얌전하게 파묻었던 이불 속에, 다른 누군가가 들어와 있었다. 맹세코 혼자 잠들었는데, 눈을 떠보니 둘이었다. 놀란 내가 소리지를 겨를도 없이, 강건한 느낌의 두 팔이 뒤에서 뻗어와 내 상반신을 단단하게 끌어안았다! 팔 힘만 가지고도 나를 꼼짝 못 하게 만든 뒤, 그 몸 전체가 순식간에 내 몸 위로 올라왔다. 어린아이가 장난감 목마에 올라타듯 유연하고 가벼운 몸짓이었다. 인생 처음으로 내 몸에 다른 이의 체량(體量)이 실려 오던 그 순간…… 나도 모르게 만져본 그 몸은, 어디 한군데 늘어진 곳이나 꺼진 곳 없이 완전했다. 탄탄하고 매끄럽고 팽팽하고 뜨거운 몸…… 의심할 바 없는 젊은 남자의 몸. 오로지 남녀 간의 성합을 위해 충분히 예열된, 상대인 내게 그 모든 걸 쏟아 넣을 준비가 되어 있는 몸이라는 사실을… 나는 자연스럽게 깨달았다.

끊임없이 내 얼굴과 목덜미를 간질이던 그의 긴 머리칼, 더운 바람처럼 내 귓가를 부웅부웅 울리다 흩어지던 그의 속삭임, 내 몸 구석구석을 샅샅이 누비던 그의 입술과 손길. 그 긴 애무가 이어지는 동안, 나는 단 한 차례의 저항도 해보지 못했다. 눈을 뜨려 했으나 눈꺼풀이 풀로 들러붙은 듯 떠지지 않았고, 몸을 뒤척이려 했으나 바위에라도 눌린 듯 아예 움직일 수 없었다. 혼란스러웠다…… 이 날벼락 같은 요지경이 끝나기는 하는 걸까.

애무가 더 이상 무르익으려 해도 무르익을 수 없는 지경까지 이르렀을 때, 막을 수 없는 남자의 그 순간이 도래했음을 나는 직감했다. 이 고비를 넘지 않으면, 요지경은 결코 끝나지 않을 것이다. 내가 받아들여야만 한다…… 거친 파도 같은 숨결과 함께, 그가 한 치의 어긋남도 없이 내 몸 한가운데로 뚫고 들어왔다. 처음 경험하는 적나라한 고통에 비명을 지르면서, 그때 비로소 내가 내는 목소리를 들을 수 있었다. 입이 트인 것이다.

크게 흔들리는 그네처럼, 맹렬하게 달려가는 바퀴처럼 격정적으로 몸을 놀리던 그가, 마침내 모든 동작을 멈추고 내 가슴 위로 무너져 내렸다. 안도감과 더불어, 설명하기 어려운 모성이 나를 압도해왔다. 나는 본능적으로 그의 몸을 당기며 꼭 끌어안았다. 내가, 내가 이럴 줄이야. 아닌 밤중에 내 잠자리로 침범해 들어와 나를 안은 남자다. 그 어떤 예고도, 합의도 없이 내 몸을 마음대로 지휘하고, 내 가장 소중한 걸 가져 버린 남자다. 그런데도 왜 그가 마냥 밉지 않았을까? 왜 무섭지 않았을까?

무조건적 증오와 공포의 대상이라기에는, 그가 너무나도 열정적이고 다정하고 섬세하고 애틋했던 것이다…….

눈을 떠 꼭 한번 그를 보고 싶었다. 그를 봐야만 했다. 그러나 막상 내 눈꺼풀이 들려 올라갔을 때는, 눈앞에 아무도 없었다. 모든 게 거짓말처럼 사라진 상태였다. 내 잠자리는 물론, 내 방 어디에도 그가 머물다간 흔적이 남아 있지 않았다. 황망함과 아연함으로 맞았던 그 새벽을, 나는 뚜렷이 기억하고 있다.

만약 이 사실을 고백한다면, 사람들은 대개 내가 말도 안 되는 꿈을 꾼 것이라고 치부해 버릴 것이다. 망측하기 짝이 없는 꿈이라며 비웃는 이도 있겠지.

꿈, 그냥 꿈이라고? 나야말로 혀를 찰 일이다.

나는 꿈과 현실을 구분하지 못하는 바보가 아니다. 나 자신이 충분히 냉정하고 이성적인 사람이라고 생각한다. 그토록 생생하고 강렬한 경험은, 내가 현실에서도 겪어본 적이 없는 것임을. 비록 내 몸에 물리적인 흔적이 남아 있지는 않지만, 내 감각은 아침까지 고스란히 그것들을 기억했다. 그의 손길이 지나간 내 신체 부위마다 돋았던 소름을…… 다리 사이에 아릿하게 떠돌던 첫 경험의 통증을. 절대, 그냥 꿈이랄 수 없다.

혹자는, 내가 누군가에게 강간을 당했으면서 그걸 부인하고 있다는 주장을 제기할지도 모른다.

강간이라고? 진정 어림도 없는 소리다.

내가 남자에게 강간을 당하고도 스스로 그 기억을 왜곡해야 할 이유가 있는가? 트라우마? 그건 그저 트라우마로 남겨둘 일이 아니잖은가. 만일 강간이 진짜라서 그 사실은 밝힐 용기가 없었다 해도, 적어도 타인의 주거침입만큼은 경찰에 신고하는 게 맞는 일일 것이다. 그는 분명 내 집, 내 방에 침입해 나를 범하고 사라졌으니 말이다. 하지만 그는 그냥 사람이 아닌걸. 사람이라면, 내 집으로 그렇게 교묘하게 들어왔다가 감쪽같이 사라질 수는 없었을 테니까.

혼자 살면서부터 나는 집착하다시피 문단속에 공을 들였다. 무서움을 타는 성격은 아니었지만, 미리 조심해서 나쁠 일은 없으며 내 몸은 내가 지켜야 한다고 생각했었다. 열쇠가 현관문에 세 개, 창문마다 두 개씩 있었고, 두말할 필요 없이 내 방도 단단히 방비했다. 눌러 잠그는 문고리가 있었음에도 불구하고 따로 자물쇠를 달았을 정도였다. 그런 철옹성을 사람이 뚫고 들어오는데 그 기척에 내가 어떻게 잠을 깨지 않을 수 있겠는가? 다시 말하지만, 눈을 떴을 때 나는 이미 그의 품에 안겨 있었다. 백번 양보해서 내가 좀 깊이 잠들었다고 가정해도, 무슨 약을 먹고 기절했던 게 아닌 이상 그런 지경에 이를 수는 없는 법이지. 나는 절대, 그렇게 기절한 일이 없다. 게다가 그가 바람처럼 사라져 버린 건 어떻게 설명할까? 모든 문과 창문이 굳게 잠겨 있었으며, 전날 밤 내가 문단속을 하고 잠든 상태 그대로였다. 사람이 집을 빠져나간 자취는 어디서도 찾을 수 없었다.

내 이야기는 하나의 출발점에서 시작해, 돌고 돈다. 자, 나는 다시 그 출발점으로 돌아왔다…… 그리고 나 자신에게 묻는다.

열아홉 살 때부터 쓰기 시작한 비밀 일기를, 내가 왜 스물세 살이 된 지금까지 쓰고 있을까? 언제 또 찢어 없애버릴지 모르는 일기를, 왜 이렇듯 잠을 잊어가며 쓰고 있는 걸까?

답은 간단하다. 여전히, 아직도 그 일이 내게 일어나고 있기 때문이다. 밤마다 그가 나를 찾아오고 있기 때문이다. 지난 4년, 줄곧 그랬다. 더러는 몇 달씩 공백이 있었을지라도, 내가 잊을만하면 그는 자신의 존재를 상기시키기라도 하듯 반드시 다시 찾아왔다.

그렇게 4년 내내, 연기처럼 내 잠자리로 스며드는 그를 나는 막지 못했던 것이다. 그러는 동안 과연 내가 아무런 고민이 없었겠는가…… 그것에서 벗어나려는 시도를 전혀 안 해보았겠는가? 나도 괴로웠다. 얼마나 많은 감정들이 내 머릿속을 휘저어놓았는지,

내 가슴을 뒤흔들어놓았는지 모른다. 두려움, 수치심, 자괴감, 자책…… 이루 말할 수가 없다. 일일이 형용할 수가 없다. 혼자 일기를 쓰며 그것들을 삭이는 것으로는 모자랐다. 당연히, 문제 해결을 위해 다른 사람에게 도움을 청할 방법을 찾는데 골몰한 적도 있었다. 고개를 들 수 없을 만큼 부끄러울지라도 과감하게 잡지 고민 상담란 같은 데 사연을 보내볼까, 아니면 몰래 정신과를 찾아가서 상담을 받을까. 갈등을 거듭했었지만, 결국 아무것도 시도하지 못했다. 아무도 내 이야기를 믿어주지 않을 것 같았다. 내 이야기가 밝혀지는 순간, 나는 색욕에 가득 차 매일 밤 망측한 꿈을 꾸는 추접스러운 여자라고 손가락질당할 것만 같았다. 그렇듯 수치스럽게 일생을 사느니…… 차라리, 내 비밀 내가 안고 어떻게든 견뎌 나가는 게 나으리라. 두 얼굴로 살아갈지언정, 자폭하는 것보다는 나으리라.

낮에는 공부밖에 모르는 모범적이고 성실한 여대생, 밤에는 사람인지 귀신인지 모를 수수께끼 같은 남자와 이불자락이 펄럭이도록 질펀하게 몸을 섞는 여자. 그래, 나는 두 얼굴이 맞다. 그래도 어쩔 수 없다. 내 의지만으로는, 내 능력으로는, 도저히 그걸 멈출 수가 없는걸. 그가 나를 찾아오는 걸 그만두게 할 수가 없는걸. 한여름에도 옷을 몇 벌씩 옷을 껴입고 잔들, 문단속을 두 배 세 배로 강화한들 무슨 소용이 있으랴, 결과는 늘 마찬가지였다. 나는 더 이상 내가 그를 물리칠 수 있다는 섣부른 희망을 품지 않는다.

더 무서운 게 있다. 그건…… 그와 보내는 밤들에, 그와의 관계에 점점 익숙해져 가는 나 자신이다. 아니, 엄밀히 말하면, 나는 이미 익숙해져 버렸다. 어차피 내 현실은 고독 그 자체다. 가족이 있어도 없는 것이나 다름없고, 애인은커녕 친한 친구 하나 없다. 오직 밤을 타고 내게 올지언정, 그는 나를 보듬어 안아주고, 온 기운과 열정을 다해 살뜰히 나를 사랑해주는 유일한 존재다.

내가 그와 대화를 할 수만 있다면…… 그래서 그가 이렇게 끈질 기게 나를 찾아오는 이유를 알아내고 납득할 수만 있다면, 내 마음 이 좀 편해질 것 같다. 우리가 함께하는 시간에 정당성을 부여할 수 있을 것 같다. 아직껏 나는 그가 홍수처럼 쏟아내곤 하는 혼잣말들 을 거의 알아듣지 못하니 답답하다. 그가 무슨 말을 하는지 알고 싶 다. 그가 내 질문에 대답해주었으면 좋겠다.

넌 대체, 누구니……? 이름은 뭐니……?

16

성혜의 일기 - 2

1988년 3월 X일

나는 그를 Ch라고 부른다. 물론, 직접 그를 뭐라고 불러본 적이 있는 건 아니다. Ch는 단지 내 마음속에서 그를 가리키는 호칭일 뿐이다. 이렇게 모호한 상황이 만들어진 건, 내가 8년 동안이나 몸을 섞은 남자에 대해 여전히 아는 게 거의 없는 탓이다. 그 이름도 제대로 모르고 있기 때문이다. 바람 같은 남자, 수수께끼의 파도처럼 요동쳤던 밤들, 내 인생의 요지경, 또 요지경. 심지어 나는 그의 모습을 본 적조차 없다. 그를 향해 처음부터 열려 있던 내 감각은 촉각과 청각이었고, 그다음에 후각이 보태졌다. 그와의 소통이라면, 지극히 간단한 단답형 대화만 가능하다. 그나마 이것들도 서서히, 아주 서서히 이루어진 일들이다.

오늘은, 지금까지 내가 그에 대해 알아낸 사실들을 마음먹고 적어보려 한다. 여기서 짚고 넘어가야 할 게 있다. 대체로 수줍음이

많고 내성적인 내 성격상, 그에게 적극적으로 뭔가를 캐묻고 들거
나 머리를 굴려 원하는 걸 알아내고자 시도하는 일은 어려웠다는
점이다. 기본적으로 그는 내 물음에 침묵하다가, 반복해서 물으면
기껏 한두 마디 답을 해주곤 한다. 그것도 알아듣기 힘든 발음으로.
그런 과정이 되풀이되면서 나는 진작에 용기를 잃었고, 끈질기게
질문하고 줄기차게 답을 요구하는 일에 대한 의지나 욕구가 사그라
지는 걸 막을 수가 없었다.

그럼 Ch는 어디서 나온 거냐고?

– 넌 이름이 뭐야……?

– …….

– 이름, 이름 말이야.

– 이름…….

– 그래, 이름. 이름 없어?

– 있어…… 이름.

– 뭔데?

– ㅊ야…… 내 이름은.

– 응, 뭐라고 했어?

– ㅊ…….

– ㅊ……? 잘 안 들리니까 좀 정확히 말해줄래……?

– ㅊ…… ㅎㅇ.

이런 식이었다. 몇 번이고 집중해 들어봤지만, 내 귀에 꽂혀 들어
오는 발음이라고는 초성 'ㅊ'뿐이었다. 'ㅊ'으로 시작하는 그의 이

름…… 어쩐지 외자는 아닌 것 같고, 'ㅊ' 뒤에 'ㅎ'이나 'ㅇ'이 따라오는 것 같기는 한데…… 정확히는 모르겠다. 아무리 애써봐도, 그의 이름이라고 확신할 수 있는 그 두 자가 딱 떠오르지 않았다. 그가 일부러 확실히 말해주지 않는 건지, 아니면 우리의 소통에 구조적인 문제가 있는 건지 알 수는 없지만…… 어쩌랴. 어차피 그렇게만 대답하기로 작정한 그라면, 내가 그의 마음을 바꿔놓을 수도 없는걸. 그래서 나는 초성 'ㅊ'의 영어 발음에 해당하는 'Ch'를 그냥 그의 이름으로 생각해 버리기로 한 것이다. 내 방식대로 갖다 붙인 이름이라고 하면 뭐, 할 말은 없다. 나는 고교 시절까지 화학을 좋아했었고 대학에서는 식품영양학을 전공했다. 원소기호나 화학식 같은 걸 연상케 하는 이름이라서 그럴까, 'Ch'가 왠지 친근하고 마음에 든다고 할 밖에는.

어느 때부터인가, 나는 Ch의 냄새도 맡게 되었다. 보이지도 않는 남자의 체취를 느끼다니, 말도 안 되는 소리 같지만 사실이다. 그를 향한 내 후각이 열린 건 대략 3년 전부터였던 것으로 기억한다. 여느 밤처럼 내 이불 속에서 그와 몸을 포개고 있는데, 갑자기 그 냄새가 내 콧속을 후비고 들어왔다. 내 방에서 도저히 날 법하지 않은 냄새였다. 코끝이 아릴 정도로 싱그럽고, 두 눈까지 시큰거릴 정도로 강렬한 풀 냄새가 어느새 이불 속을 가득 채우고 있는 것이었다. 도시에서 태어나 살아온 나로서는 좀처럼 맡기 힘든 냄새였지만, 무의식적으로 더듬어 올라간 학창 시절의 기억 속에 그와 가장 유사한 냄새가 존재하고 있었다. 사방이 산으로 둘러싸인 시골 마

을의 학교에 내가 급식 봉사를 갔을 때였다. 그때 느꼈었다. 마주
선 산등성이 사이를 오가며 불어오는 산바람이 쉴 새 없이 실어 나
르던 그 냄새, 바스러지는 따가운 햇발 속에서나 돌연 쏟아지는 소
나기 속에서나 변함없이 작렬하던 그 냄새…… 산 냄새, 나무 냄새,
들판 냄새, 풀 냄새. 도시를 떠날 생각이 없는 내가 과연 다시 맡을
일이 있을까 싶던 냄새, 그야말로 억센 야생의 풀 냄새를 그가 우리
의 잠자리로 몰고 들어온 셈이었다. 나는 적잖이 놀랐지만, 놀랄 일
은 거기서 그치지 않았다. 그에게서 나는 또 다른 냄새가 있었으니.

　풀 냄새와는 또 다른 차원의 충격…… 그건 바로, 가죽 냄새였다.
믿거나 말거나, 진짜 가죽 냄새라고 나는 확신할 수 있었다. 내가
잘 알고 있는 냄새였기 때문이다. 요즘 시대에 넘쳐나는 인조가죽
제품들이 풍기곤 하는, 값싸고 비릿한 화학물질 냄새와는 달랐다.
질 좋은 천연가죽에서만 맡을 수 있는 은근하고 깊은 내음이었다.
아니, 차라리 향기라고 해도 좋을 테지. 비록 동물의 살갗이라는 냉
혹한 실체를 피할 수는 없을지라도, 그런 본질을 상쇄할 만큼 고급
천연가죽의 감촉과 냄새가 사람에게 선사하는 설렘과 기쁨, 만족과
안정감은 크다. Ch로부터 맡게 된 가죽 냄새는 필연적으로 내 어린
시절의 추억을 소환해냈고, 나를 형언할 수 없는 향수에 젖게 했다.
어머니가 집착하다시피 좋아했던 맞춤 가죽구두, 돌아가시기 직전
까지도 관리를 소홀히 하지 않았던 어머니만의 작은 컬렉션. 어머
니에게 적극적으로 다가가거나 매달리지 못하는 대신, 나는 아무도
없는 집안에서 어머니의 가죽구두들을 혼자 몰래 어루만져보곤 했

었다.

왜, 무슨 이유로 Ch에게서 풀 냄새와 가죽 냄새가 나는 걸까……? 어떻게 된 일인지 정말 궁금하기는 하지만 너는 대체 왜 그런 냄새를 풍기는 거니, 라고 그에게 따져 묻고 싶은 생각은 없다. 그 체취에 내 비위가 상했다거나 뭔가 안 좋은 기억이 떠올랐다면 모르겠지만, 오히려 나는 그걸 즐기는 지경에 이르고도 남았으니 굳이 따지고 말고 할 일이 아니었다. 모습을 볼 수 없는 남자와 8년 내내 관계를 맺었는데, 만약 그 목소리도 전혀 듣지 못하고 체취도 맡을 수 없었다면, 훨씬 더 불안하고 두려웠을 것이다.

그렇다고는 해도, 내가 8년을 또한 남몰래 품어온 불안과 두려움이 사라졌을 것 같은가…… Ch와 말을 주고받고 그의 냄새를 맡으며 모종의 인간적 교감을 나누게 되었다고 해서? 그건 그것이고, 내가 감당해야 할 몫의 괴로움은 그대로 내 발치에 던져져 있었다. 그 고통의 크기도 강도도 조금이나마 줄지 않은 채, 느슨해지지 않은 채 그대로. 한밤에는 취한 듯 내 이야기를 거짓 없이 쏟아냈던 일기장을, 해가 벌건 대낮이 되면 만취 상태에서 깨어난 사람처럼 부끄러워하며 벅벅 찢어버리곤 했다. 그 짓을 되풀이하는 가운데 뼈저리게 실감했던 건, 내가 모순덩어리 그 자체라는 사실이다. 예전에 어떤 책에서 보았던 이율배반이라는 말, 이것도 아마 나를 가리키는 것이리라.

밝게 빛나는 달에 사람들의 시야와 의식이 닿지 않는 어두운 면이 있듯이, 내 인생에도 상상할 수 없는 이면(裏面)이 있었다. 그게 바로 Ch다. 어느 날 갑자기 나타난 그가 내 인생 깊숙이 파고들었다. 그로 인해 나는 극강의 고뇌와 어두운 희열을 두루 맛보았다. 애초에 내가 원하던 게 아니었다. 그저 평범한 청춘이고 싶었고, 순수한 여자이고 싶었던 나였다. 감정이 파도처럼 요동치는 일도 없고 사건으로 점철되는 일도 없는, 무사평온한 삶을 살고 싶었던 나였다. Ch만 아니었더라면, 나는 그렇게 살 수 있었을 것이다. 8년이면 청춘 시절의 대부분이라 해도 과언이 아니다. 그 소중한 시간은, 내가 칠하고 싶었던 색깔이 아닌 Ch의 그림자로 물들어 버렸다.

그래, 내 힘과 의지로는 물리칠 수 없는 Ch였기에 내가 별다른 방도를 강구하지 못한 건 스스로 이해한다. 그러면 적어도, 그가 떠나기를 진심으로 바랐어야 하는 것 아닌가? 그가 내 인생에서 사라져 주기만을 간절히 기도했어야 하는 것 아닌가 말이다. 그런데 나는 또 그게 아니었다. 그가 나를 완전히 떠나는 건 두려웠다. 처음 바람 같이 내게 찾아들었던 것처럼, 언제든 바람 같이 사라져 버릴까 봐 불안했다. 어느덧 내가 그와의 관계에 중독되어 있음을 자인해야 했다. 그 관계조차 없다면, 나는 현실에서나 비현실에서나 절대 고독 상태에 처하게 될 것 같았다. 행여 그렇게 되는 건 싫었다.

이게 곧 내 모순이고, 이율배반이었다. 이성으로는 Ch가 떠나야 내 인생 모든 게 바로잡힐 것이라고 믿으면서도, 감정으로는 그가 떠나기를 바라지 않는 것.

언제까지 이렇게 살려고 하지……?

아무 방법도 취하지 않고 있을 수는 없잖아, 극복해야지?

극복.

엄밀히 말하면, 이건 재작년부터 내 인생의 화두였다. 나는 Ch와의 관계를, 아니, Ch의 존재 자체를 극복해야 했다. 그래서, 내가 결심한 바들을 나름 차근차근 실행해왔다. 이제 얼마 남지 않았다. 조금만 있으면, 그 뚜렷하고 가시적인 결실이 무르익은 과일처럼 내 손안에 떨어지게 되어 있다. 의심할 필요 없는 일이다.

나는 내 인생을 영위해 나가는 데 있어 더 이상 Ch를 염두에 두지 않을 것이고, 어떤 식으로도 그에게 좌우되지 않을 것이다. 그런즉, 그에 관해 내가 아는 게 거의 없다는 사실을 답답해한다거나 꺼림칙하게 여기는 일도 없을 것이다. 원래도 그의 정체를 파헤치려 적극적으로 시도해본 적 없지만, 앞으로도…… 아니, 앞으로는 더더욱, 그에 관해서라면 그 어떤 시도도 하지 않을 것이다. 그가 누구인지, 어디서 왔는지, 왜 나를 찾아오기 시작했는지, 왜 내게서 떨어져 나가지 않았던 건지 알아내려 들지 않으리라. 궁금함을 속절없이 참겠다는 얘기가 아니다. 이리저리 갈려 나가는 물줄기처럼 한없이 확대되어만 가던 궁금함을 원천봉쇄하겠다는 것, 다르게 말하면 지류(支流)에 휩쓸릴 것 없이 원류(源流)를 막아 버리겠다는 의미다. 나는 지금 그가 궁금하지 않다, 더는 궁금하지 않다, 아예 궁금하지 않다…….

이쯤 해서, 내가 어떻게 이렇듯 대범해졌는지, 어떻게 이런 해방감의 무드 속에서 기운차게 펜을 놀리고 있는지 밝혀야 할 순간이

온 것 같다.

이유는, 간단하다.

나는 결혼한다, 앞으로 두 달 후에.

내가 차분하고도 당당하게, 내 결혼을 선언하는 날이 올 줄은 몰랐다.

남자라고는 연기같이 출몰하는 수수께끼투성이의 Ch밖에 겪어보지 못한 내 청춘에, 이런 날이 와줄 줄은 몰랐다. 우스운 말이 되겠지만, 감격스럽다.

나 자신의 이야기라면 뭐든 쏟아낼 수 있는 내 일기장이니까, 솔직해지련다.

이런 날이 와주기를, 나는 진정 간절하게 기다렸었다.

나는 진정 결혼을 원했었다.

앞에 쓴 것처럼, 과거의 굴레로부터의 '극복'을 화두로 삼은 재작년부터, 나는 결혼을 목표 삼아 부단히 달려왔다. 오직 결혼을 전제로 2년 동안 한 남자와 진지하게 교제했다. 진정한 의미에서 내 현실 속, 첫 번째 남자와의 첫 번째 연애였다. 다행히도 그 '첫 번째'의 의미가 손상되는 사태 없이 고이 이어져, 결혼이라는 결실을 맺기에 이른 것이다. 내가 바랐던 건 바로 이런 것이었다.

이 시점에서, 지난 세월 그토록 나를 압박하고 괴롭혔던 '이율배반'의 덫을 한 번쯤은 언급하고 넘어가야 할 것 같다.

내가 너무 뻔뻔한 것 아니냐고?

내가 누구보다도 결혼을 갈구했을뿐더러, 마침내 그 목표를 이뤘다고 지껄여대는 게 사뭇 잔망스럽다고……?

만일 누군가 나를 보고 있다면, 이 일기를 읽고 있다면, 내 모습이 그렇게 비추어질 수도 있겠지. 내가 삼자의 입장이라도, 그쯤은 납득할 수 있다.

Ch를 더없이 두려워하고 경계했으면서도, 막상 그와 함께하는 밤이면 전혀 그를 밀어내지 못했던 나. 점입가경으로 그에게 애착하고, 나아가 집착하기까지 했던 나.

꿈은 아닐지라도 꿈속과 다를 것 없이 몽롱하고 믿을 수 없는 그 접촉, 실체도 파악이 안 되는 Ch와의 관계에 푹 빠져서, 부지불식간에 현실의 연애를 조소하고 현실 속 남자들을 거들떠보지도 않았던 나.

단지, Ch가 너무 뜨거웠기에, 너무 달콤했기에…… 유일무이한 그 세상 속에 있으면, 진짜 세상 속에서는 다른 만남도 관계도 필요 없다는 메시지를 스스로 줄기차게 주입시켰던 나.

과거의 그런 내 모습들을 너무 잘 알고 있기에, 이런 돌변이 철면피해 보일 수도 있다는 걸 안다. 하지만 사실상, 이건 돌변이 아닌걸. 확실히 못 박아두겠다. 나는 돌변한 게 절대 아님을.

내가 나 자신을 위해 구차하게 변명을 해야 할 이유는 없다. 변명하고 있는 게 아니라, 내 인생에서 마음에 들지 않는 부분들, 내 인생의 아픈 손가락들이 그 시점 그 정황에서는 죄다 불가항력이었음을 설명하고 싶을 따름이다. 그렇지 않은가. 어린 나이에 혼자가 된 것도, 예고도 없이 나타난 Ch라는 존재에게 깊이 말려 들어간 것도.

나는 평범하고 단란한 가정의 일원이기를 원했고 결혼하기 전까지 부모와 함께 사는 것도 당연하다고 믿고 있던 여자애였지만, 현실은 나로 하여금 일찌감치 원치 않는 독립을 하게 했다. 어머니는 갑자기 나를 떠나 버렸고, 아버지와 오빠도 내 곁에 있어 주지 않았다. 내 현실이 나를 신물 나도록 외롭게 만든 건 당연한 노릇이었다. 그러는 와중에 Ch가 내게 찾아들었고, 도저히 사람 남자 같지 않은 기묘하고도 신비한 기운과 힘으로 무방비상태의 나를 제압했다. 처음부터 자기 것이었던 듯 내 육체를 가졌고, 내 정신마저 능숙하게 요리했다. 강물이 위에서 아래로 흐르듯, 계절이 바뀌듯, 꼭 그런 순리처럼 자연스러운 일이라고 나는 세뇌당하고 있었다. 세상이고 남자고 아무것도 모르던 극히 순진한 여자애가, 그런 기이한 힘을 가진 존재에게 압도당하고 휘둘리게 된 게 어찌 이상하기만 한 일이겠는가.

그 같은 불가항력적 상황들 속에서도, 내가 진심으로 원했던 건 한가지였다. 마치 잘 닦인 고속도로처럼 정해진 길을 반듯하게 달리는, 정상적이고 견고한 인생. 특별할 것 없이 평범하지만, 안온하고 따뜻한 여자로서의 삶. 일관되게 그것이었을 뿐…… 현실에서 좋은 남자를 만나 순탄하게 결혼에 이르고, 그의 행복한 아내이자 사랑스러운 아이들의 엄마로 남부럽지 않은 가정을 꾸려나가는 것. 나로서는 그것 말고 딱히 바랄 게 없다고 생각했다. 뭐, 일견 세속적이다 못해 속물적인 바람이라고 비웃는 이들도 있겠지. 자아성

찰이나 자기성취 같은 건 안중에도 없는, 속되고 흔해 빠진 인생 목표라고. 그런들 나는 개의치 않는다. 왜, 정상적이며 평범한 여자의 행복이 어때서? 그걸 바라는 게 뭐가 잘못인데? 나는 정상적이지 않고 평범하지 않은 것들에 이미 질릴 대로 질려 버렸다. 예외, 이변, 사건, 미스터리…… 원치도 않았던 일들이 내게 일어나고, 그에 휘둘리며 괴로워하는 이런 인생에는 염증이 났다. 정말이지 벗어나고 싶었다. 스물일곱 살의 내가 가장 정상적인 방법으로 이 생활에 종지부를 찍을 수 있는 길은, 결국 결혼이었다.

다시 강조하지만, 나는 돌연 변한 게 아니다. 애초부터 내가 원했던 바를 이뤄나가고 있을 뿐인 것이다.

내 작은 소망의 실현을 위해 택한 남자가, 바로 두 달 후 나와 함께 결혼식장으로 들어갈 J다. 나는 J가 건실하고 좋은 남자임을 믿고 있고, 또한 이 믿음이 계속 지켜지리라 믿는다.

말했듯이, J는 남자에 대해 내 허락 가능한 내 수많은 그 '첫 번째'들을 허락했던 유일한 남자다. 남자와의 첫 번째 연락처 교환, 첫 번째 데이트, 첫 번째 드라이브, 첫 번째 스킨십, 첫 번째 키스, 처음 나눈 연애편지와 처음 받은 꽃다발…… 그리고 내 인생 처음이자 마지막이 될 결혼 약속. 그 모든 것에 있어, J는 나 윤성혜에게 첫 번째 남자가 되어주었다.

엄밀히 남자와의 육체적 접촉에만 한한다면…… J가 아닌 Ch가 내게 첫 남자라고 해야 할지 모른다. 내 인생에 무단침입한 Ch가 제멋대로 나를 품었고, 남녀의 육체가 어우러져 빚어낼 수 있는 그 세계에 관해 낱낱이 가르쳤다. 하지만 단지 그런 이유로 Ch를 내 진짜 첫 남자로 인정해야 한다면 너무 억울하다. 어떻게 생각해도 Ch는 사람이 아니라 유령에 가까우며, 이제 내 현실과 인생에서 완전히 배제될 존재다. 한낱 흐린 기억이 되어 버릴 Ch와의 일 때문에 나는 절대 J에게 죄책감 같은 걸 느끼고 싶지 않다. 솔직히 말하면, 내가 J와 교제하는 동안에도 Ch가 나를 찾아온 밤들이 있었다. 8년 내내 나를 찾아왔던 그가 하루아침에 떨어져 나갈 리 있겠는가. 그럴 때마다 나는 이전처럼 묵묵히 그를 받아들였고, 내가 현실 속 남자와 진지하게 교제하고 있다거나 결혼을 할 것이라는 사실은 일체 함구했다. Ch에게 들키지 않는 편이 낫다고 생각했기 때문이다. 모든 걸 놔두고 말없이 가출하는 아이처럼, 나는 조용히 사라질 작정이다. 결혼식 날 아침에 내가 혼자 살던 집을 떠나 다시는 돌아오지 않는 것, Ch가 나를 찾을 수 없는 세계로 숨어 버리는 것, 그게 곧 내 계획이다.

약혼남 J는, 내가 영양사로 일하는 대기업의 무역사무부 대리 말년이며 과장 진급을 앞두고 있다. 우리는 말하자면 사내연애를 했다. 그는 나보다 3년 먼저 이 회사에 입사해 다니고 있었다. 내가 일하기 시작한 지 얼마 안 되어 그와 나는 이런저런 우연으로 사내에서 마주쳤고, 어느 시점부터인가 그가 내게 관심을 보이기 시작했다. 그에게 첫눈에 반하거나 강하게 끌렸던 건 아니기에 그의 꾸준한 구애에도 나는 한동안 망설였지만, 재작년 마침내 그의 본격적인 프러포즈를 받아들여 교제를 시작했다. 출중한 조건이나 빼어난 외모를 지닌 건 아니지만, 내가 2년간 면밀하게 지켜본 J는 선량하고 책임감 있는 남자다. 세상 물정에 어두운 내 순진함을 이용하지 않고 어른스럽게 보듬어주었으며, 내게 쉽게 손대는 일 없이 유리그릇 다루듯 세심하고 소중하게 대해 준다. 뭣보다, 그가 양친 모두 건강히 살아계신 집안의 사랑받는 막내아들이라는 사실이 마음에 들었다. 가족의 정을 변변히 누리지 못하고 외롭게 살아온 내 입장에서는, 화목한 가정에서 구김살 없이 자란 그가 그저 부럽고도 고마웠다. 그의 가족은 내게 단순한 시댁 식구가 아니다. 그 덕분에 나는 없던 가족을 새로 얻는 것이나 다름없으니, 시댁이라고 여기지 않고 친가족처럼 잘 지내기 위해 노력할 것이라고 다짐해본다.

내 인생의 어두운 이면, 생각할수록 기막히고 억울한 그 굴레에서 벗어날 날이 얼마 남지 않았다. 결혼이라는 이 선택은, 내 인생에서 가장 잘한 일이 될 것이다.

나는, 나는 반드시…….

행복해지고야 말 것이다.

17

성혜의 일기 - 3

1996년 8월 X일

다시 8년 만에, 이 일기장을 꺼내어들 줄은 몰랐다. 결혼 직전까지 내 비밀 이야기들을 풀어냈던 바로 그 일기장이 이것이다.

사실 그동안 새로 일기를 쓰려 시도하지 않았던 건 아니다. 새 일기장으로 쓸 노트를 사 들고 온 적도 몇 번 있었다. 신혼 일기나 육아 일기…… 쓰고 싶은 건 많았지만, 결국 업무 일기를 제외하고는 제대로 써본 게 없다. 뭣보다 쉽게 댈 수 있는 핑계라면, 사는 게 바쁘고 정신없었다는 것? 거짓말은 아니지. 당연히 바쁘고 정신없는 나날들이었다. 나는 8년 전에 결혼해, 이듬해에 바로 딸을 낳았다. 남편과 맞벌이를 해야 하는 상황이었기 때문에 일과 육아를 병행했다. 딸 세라는 올해 초등학교에 입학했다. 앞으로도 남편과 아이를 위해 챙겨야 할 일이 산더미다.

일기를 거의 쓰지 못한 지난 세월 때문에, 나는 더더욱 이 일기장을 없앨 수 없었다. 상식적으로라면, 이런 비밀 일기는 결혼 전에 없애 버리는 게 옳았을 것이다. 그런데 나는 대담하게도 결혼할 때 이 일기장을 내 물건들 사이에 끼워 신혼집으로 들어갔고, 이후 내내 나만 아는 곳에 보관하고 있었다. 다행히 남편은 내 물건들 따위에는 관심이 없는 사람이다. 그럼에도 내가 일말의 위험을 감수하며 이 일기장을 붙들고 있었던 것에는, 그럴만한 이유가 있다…….

일단, 지난 8년 내가 살아온 이야기를 간략하게나마 해볼까 한다. 만약 이 일기장을, 나 자신에게 전하는 소식을 담은 편지 같은 것으로 가정한다면…… 윤성혜, 네게 그저 그런 소식과 나쁜 소식이 있다. 어떤 것부터 들려줄까?

그저 그런 소식을 먼저 말해보겠다.

결혼한 지 얼마 지나지 않아, 결혼생활에 대한 내 환상은 여지없이 깨졌다. 환상이나 다름없는 남자와의 사랑 대신 택한 현실 속 남자와의 사랑인데, 내가 또 거기에도 나름의 환상을 부여하고 말았던 듯하다. 잘해보겠다는, 잘 해내야만 한다는 내 포부가 너무 컸다. 그 포부의 깃발을 휘날리며 입성한 결혼의 성채, 그 안은 생각보다 빈한(貧寒)했다. 좁고 초라한 데다 사방에 걸리는 것투성이라 자유롭게 움직일 수도 없었다. 현실을 택한 대가는 현실일 뿐, 환상을 기대할 일이 아니었던 것이다. Ch로 점철된 내 처녀 시절이 '안개 속에서 맛본 은밀한 환상'이었다면, J와 손잡고 시작한 결혼생활은 결국 '함께 헤쳐나가야 할 고단한 현실'이었다.

다소 실망스럽기는 했지만 당황스럽지는 않았다. 쓸쓸하기는 했지만 고통스럽지만은 않았다. 나는 기본적으로 주어진 환경에 순응하는 성향을 가진 사람이다. 내게 다가드는 현실의 원리를 큰 반발 없이 받아들였고, 내게 지워지는 의무들을 군말 없이 이행해나갔다. 결혼에서 출산 사이의 기간이 그리 길지 않았고, 당장 아이를 낳아 기르는 것부터가 최우선 과제였다. 감상에 빠져 있을 여유 따위는 허락되지 않았다.

결혼 전, 내 눈에는 화목하게만 보였던 J의 집안 분위기도 어떤 의미에서는 허상이었다. 원체 가족의 정을 모르고 자란 나였기에, 더 파고들 것도 없이 예비 시댁은 그냥 화목한 집안이라고 믿고 싶었던 것인지도 모른다. 아무렴, 모든 가족에게는 명암(明暗)이 있기 마련이다. J의 가족도 그들 가운데 하나였을 뿐이다. 그리고 섣부른 믿음을 안은 채 결혼한 스물일곱의 내가 그리 영리하지 못했을 뿐이다.

우리의 가정사가 어디서부터 꼬이기 시작한 것일까……? 말했듯이, J와 J의 집안을 잘 알고 있다고 믿었던 나부터가 문제였을 수도 있다. 하지만 그건 내 잘못이 아니다. 그럼 남편 J의 잘못인가? 꼭 그렇다고도 할 수 없다. 감히 나는, 그 어느 누구의 잘못도 아니라고 말하고 싶다. 우리 모두 자신이 처한 상황에서 나름으로 최선을 다했고, 고비에 부딪힐 때마다 그걸 넘어보려 안간힘을 썼던 게 명백한 사실이다.

J의 인성에 대해, 내가 결혼 전 판단한 바에는 크게 착오가 없었

다. 그는 대체로 선량하고 의욕적인 사람이다. 가장으로서의 의무를 다하려 노력해왔으며, 가정을 두고 딴짓을 한 일도 없다. J라는 남자 자체는 결혼 전이나 후나 거의 변한 게 없다고 봐도 좋다. 다만 내가 그에 대해 몰랐던 건, 그가 안정적인 회사생활에 뼈를 묻을 생각이 조금도 없으며 어떻게든 개인사업체를 차려 성공해보려는 강렬한 열망을 품고 있었다는 점이다. 결혼하기 전까지는 그가 자신의 이런 속내를 전혀 드러내지 않았기 때문에 나도 알 길이 없었다. 결혼한 직후 남편은 과장으로 진급했고, 나는 우리의 연을 처음 맺어준 그 대기업에 그가 오래도록 잘 다닐 줄만 알았다. 결혼하고 반년 정도가 지나자, 그는 기다렸다는 듯이 회사를 그만두고 사업을 해보고 싶다는 의중을 드러냈다. 나는 반대했고, 그가 별말 없이 물러나는 것 같아 안심했다. 물론 쉽게 안심하기에는 일렀다. 한번 속내를 보이고 난 후 그는 노골적으로, 거듭해 자신의 의지를 내게 어필하기 시작했고 끈질기게 나를 설득하려 들었다. 내 반대가 세 번을 넘기고 난 뒤, 남편은 급기야 더 이상 내 동의를 구하는 걸 포기하고 자기 마음대로 회사에 사표를 던졌다. 쳇바퀴 도는 월급쟁이 생활로부터 해방된 기쁨에다, 자신이 벌일 새로운 사업에 대한 낙관적인 기대가 빛나는 그의 얼굴을 보며 나는 할 말을 잃었다.

남편의 사업 의지와 구상에는 비빌 언덕이 없는 게 아니었다. 막내아들을 유독 신뢰하시고 편애하시다시피 하던 시아버지가, 흔쾌히 부동산을 정리해 남편에게 최초의 사업자금을 투척하셨던 것이다. 그렇게 그의 첫 사업 도전은 순조롭게 닻을 올릴 수 있었다.

기세 당당하게 출발했던 남편의 사업이 어느 정도 순항을 하는 듯하다가 2년 만에 암초에 부딪혀 기울게 되기까지, 불운 내지 필연 둘 다에 해당할 그 과정을 일일이 서술하고 싶지는 않다. 첫 사업의 그 실패만 해도 이미 오래전 일인 데다, 남편의 사업 실패는 그 한 번으로 끝나지 않고 계속 이어졌으니까.

막내아들을 아끼셨던 시부모님이 연이어 돌아가시고 난 다음이 더 문제였다. 꽤 많은 부동산이 시아버지의 유산으로 남았는데, 남편의 두 형이 유산 상속 절차에서 교묘한 꾀를 써서 남편을 완전히 따돌려 버렸다. 생전의 시아버지가 남편을 편애하며 사업자금을 대주곤 했던 일에 큰 불만을 품어왔던 그들이기에, 악의로 작정하고 남편에게 물을 먹이자 당해낼 도리가 없었다. 연이은 사업 실패로 목돈이 절실히 필요했던 남편, 아니 우리 상황에서는 큰 타격이었다.

이후에도 헤아릴 수 없이 많은 굴곡의 사연들을 지나, 현재 남편은 일곱 명의 직원들을 둔 오퍼상의 사장이 되어 있다. 지금은 회사 사정이 그다지 나쁜 것 같지 않지만, 냉정하게 말하면 남편의 다사다난했던 사업 도전기에 있어 이 회사가 안정된 종착역이 되리라는 보장 같은 건 없어 보인다. 사람 일이란, 그중에서 특히 내 남편 J의 사정이란 언제 어떻게 될지 모르는 것이니까. 외관상 그럴듯하게 돌아가는 듯 보였던 그의 회사 사정이, 한순간 급강하하더니 이내 바닥을 치고 있는 모습을 여러 번 목격했었다. 그런고로, 우리 가정에서 맞벌이는 선택이 아니라 필수사항이다. 결혼 전과 다름없이, 아니, 결혼 후 더 절박한 사정들을 감내해가며 나는 일을 계속해왔다.

그렇지만, 내가 반드시 상황에 내몰려 일을 했다고만 생각하고 싶지는 않다. 나는 거짓 없이 영양사라는 내 직업을 좋아했고, 처음 취직했을 때부터 가능하면 이 일을 오래 할 수 있기를 바랐다. 그 순수했던 바람을 되새긴다면, 지금 내가 아주 불행하거나 힘든 것만은 아니라고 말할 수 있다. 다만…… 마음에 걸리는 건 내 건강문제다.

세라를 가졌을 때부터 내 몸에, 구체적으로 신장 쪽에 이상 징후가 나타났다. 당시에는 그냥 임산부가 느끼는 불편들 가운데 하나쯤일 것으로 여기고 넘겨 버렸는데, 세라를 낳고 나서 의사에게서 내 신장 기능이 매우 약해져 있다는 이야기를 들었다. 내가 실제로 느끼기에도 몸이 심히 안 좋아서, 그때 처음으로 딱 한 번, 일을 그만두고 쉬고 싶다는 생각이 솟구쳤다. 생각으로 그쳤을 뿐, 결국 일을 그만두지 못하고 여기까지 왔지만 말이다. 그 뒤로 틈날 때 몇 차례에 걸쳐 검사를 받았는데, 최근 병원에서 예후가 좋지 않다는 진단을 받았다. 나는 머지않은 미래에 투석 시술을 시작해야 할지도 모른다. 내 나이 서른다섯, 할 일도 너무 많고 딸 세라도 아직 어리다. 남편에게는 이런 이야기를 꺼낼 수도 없다. 자기 일만 해도 버거운 데다가 마음이 약한 사람이라, 내가 아프다는 말을 들으면 지레 겁에 질려 버릴 게 틀림없다. 최선은, 내가 어떻게든 불편한 티를 내지 않고 지금까지 그랬던 것처럼 야무지게 일과 육아를 병행하는 것이다…….

자, 이제 내가 맞닥뜨려야 했던 나쁜 소식을 들려줄까 한다.

결혼생활이 기대로부터 한참 벗어난 것, 내 건강이 안 좋아진 것, 이들보다 더 나쁜 소식이 있냐고? 다시 말하지만, 이들은 그저 그런 소식에 불과하다. 내 의지와 능력을 백 퍼센트, 필요할 경우 이백 퍼센트라도 끌어모아 헤쳐나가고자 한다면 헤쳐나갈 수 있는 문제들이라고 생각하기 때문이다.

역으로 말해, 저들보다 나쁜 소식이 있다는 건, 그게 내 의지와 능력으로는 해결할 수 없는 문제임을 의미한다. 새로운 문제가 아니다. 과거에도 그건 내 의지와 능력이 닿지 않는 차원의 문제로 존재했었다. 그러니까 그 문제가, 결혼한 내게 다시 돌아온 것일 따름이다.

과연 그 문제가 뭐길래……?

대답은 단 하나, Ch다.

그가 아니면 누구겠는가.

내가 택한 결혼이 내게 무구한 행복을 가져다줄 것이라는 순진한 착각, 그건 착각도 아니었다. 그와는 비교도 안 될, 어처구니없는 착각을 나는 하고 있었다. 그건 바로, 내가 결혼을 해 버리면 Ch가 더 이상 나를 찾아오지 않을 것이라는 착각이었다. 대체 어떻게 그런 되지도 않는 착각에 빠져 있었던 것일까? 대체 내가 뭘 믿고 그런 확신을 품었다는 말인가? Ch가 결코 만만한 존재가 아니라는 사실을 몰랐던 것도 아니고 말이다. 결혼 전만 해도 무려 8년의 세월을 내게 붙어서는, 제 마음껏 내 육체를 소유하고 내 마음마저 홀렸던 그다. 그랬던 그일진대, 단지 나 윤성혜가 기혼녀가 되었다는 단순한 사실에 굴복해 떠나갈 것이라고 믿었다니.

결혼이란 결국 인간세계의 제도적 방어막, 그 이상도 이하도 아니다. 내가 그 제도권 내에 편입했다고 해서, 사실상 초인간적인 능력을 가진 그가 나를 찾아내지 못할 리 없다. 과거에 그는 몇 겹으로 잠근 문이나 창문, 두꺼운 벽 등의 물리적인 장애물들도 아랑곳하지 않고 연기처럼 스며들어왔다. 형식이나 제도 따위는 그에게 더 쉬운 문제일 것이다. 그런 것들은 그가 빛처럼 너끈하게 투과해 들어올 수 있는 유리벽에 불과하다는 걸 깨닫고 말았다.

Ch가 다시 나를 찾아온 건, 결혼하고 채 반년이 지나지 않은 내 신혼 시절이었다. 회식이 있어 늦게 온다는 남편을 기다리다 깜박 잠이 들었는데, 잠결인지 꿈결인지 알 수 없는 사이에 누군가 내 이불 속으로 불쑥 들어왔다. 번쩍 눈을 떴지만 방안은 어두웠고, 내 몸에 고스란히 실린 한 남자의 몸무게만 여실할 뿐이었다. 너무도 거침없이, 자연스럽게 신혼의 침상으로 들어와 나를 안은 그, 처음에는 그가 당연히 내 남편인 줄 알았다. 그래서 반가운 마음에 씻고 오라는 말도 하지 않고 팔 벌려 그를 안았는데, 키스가 시작되자 뭔가 다르구나 싶었다. 그에게서는 술 냄새가 전혀 풍겨오지 않았고, 취기가 섞이지 않은 그 몸놀림은 매끄럽고 유연했다. 당시에 다소 어색하고 서툴렀던 남편의 동작과 비교한다면, 그는 지극히 능숙했다. 순식간에 내 몸은 달아올랐고, 나를 품은 그가 전해오는 익숙한 신호들을 감지할 수 있었다…… 익숙한 숨결, 익숙한 키스, 익숙한 애무. 그건, 그 시점까지 남편과의 짧은 6개월 잠자리 경험을 통해 내가 익숙해졌다고 믿고 있었던 남편의 몸이 아니었다. 그렇게 어설프게 얻어진 익숙함이 아니었다.

오랜 시간 이어졌던 밤들, 무수히 반복된 순간들을 통해 무르익은 익숙함. 인간계고 초인간계고, 그 모든 세계를 막론하고 나라는 여자의 육체를 가장 잘 알고 있으며 기쁘게 해줄 줄 아는 남자의 자신감. 더운 파도 같은 그런 익숙함으로 나를 안도케 하고, 태산 같은 그런 자신감으로 나를 압도할 수 있는 존재는 오직 하나뿐이었다. 나도 모르게 받은 한숨을 내쉬며 두 팔로 그의 머리를 당겨 안았을 때, 내게 감촉되던 그의 풍성하고 긴 머리칼은 또 어땠던가.

맙소사, 이건 당연히 내 남편 J가 아니지. 이건…… 이 남자는…….

Ch다!

나는 충격으로 전율했다. 놀란 나머지 허공으로 손을 쭉 뻗었다.

그리고는, 본능적으로 그의 몸을 내게서 밀쳐내…… 야 옳았겠지만 그렇게 하지 못했다. 나는 그렇게 하지 않았다. 나를 진정 경악하게 한 건, 그를 밀어내지 않은 나 자신이었다. 우리는 오랜만에 해후한 연인인 듯 뜨겁게 어우러지며 절정을 향해 달려가고 있는 중이었다. 중간에 멈추는 건 불가능했다.

모든 게 남편과는 달랐다. 키스도 애무도 이 정도면 됐겠지, 딱 자신이 생각하는 기준으로 움직이고 그게 전부인 줄 알던 남편 J의 섹스는 너무 상투적이고 밋밋한 것이었다. 나로서는 신혼이고 현실 남자와의 첫 경험인지라, 불만을 가질 겨를도 없이 남편을 받아들이고 있었던 것이다. 그런 평범한 남자와의 섹스에 비한다면, Ch와의 그것은 함께하는 순간을 온전히 정념(情念)으로 불사르고, 몸도 마음도 어느 한 곳 빈 데 없이 살뜰하게 채워주는 결합이었다. 애초부터 비교조차 할 수 없는 게임이었음을, 나는 절감하고 또 절감했다. 이런 이야기가, 남편 J에 대한 모욕이 될 수도 있다는 걸 안다. 정말 민감한 문제라는 걸 잘 알고 있다. 나는 죄 없는 남편에게 완패를 안겼다. 하지만 내 고의는 아니다. 나도 어쩔 수가 없다.

더 기막힌 일도 있다. Ch는 무려, 나와 남편 J의 잠자리에까지 침범했다. 그 누구도 믿어주지 않을 이야기겠지만, 사실이다. 남편과의 감흥 없는 섹스가 끝난 뒤 남편은 돌아누워 잠들어 버리고, 나는 새우처럼 등을 구부린 채 벽 쪽에 몸을 붙이고 있었다. 그런데 마치 소리 없이 그 벽을 가르기라도 하듯 Ch가 나타나 내 몸에 올라탔다. 나는 대경실색해 구부렸던 몸을 쫙 폈고, 기다렸다는 듯 Ch는 내 가슴에 얼굴을 묻고 키스를 퍼붓기 시작했다. 하아, 아무리 그래도 이건 아니지. 내가 혼자 있을 때도 아니고, 어떻게 신성한 부부의 잠자리에까지 뛰어들어 나를 범한다는 말인가. 남편이 버젓이 옆자리에 누워 자고 있는데, 그토록 대담하고 무례하게, 아내인 나를 감히…….

역시나, 내 소리 없는 저항은 전혀 효력을 발휘하지 못했다. 늘 그런 식이었지만, 내 의지와 힘으로는 도저히 Ch를 밀어낼 수 없었다. 그의 저주받을 뻔뻔함을 응징할 수 없었다. 아무렇지 않게 그 일이 거듭되자, 나는 남편에게 이런저런 핑계를 대고 다른 방에 가서 잠을 청하곤 했다. 그런 밤이면, 어김없이 Ch가 그곳에 찾아들어 나를 안았다. 남편 옆에서 그런 짓을 계속할 용기가 없어 택한 조치지만, 내가 혼자 잠을 청한다는 건 Ch를 대놓고 불러들이는 것과 같은 결과를 낳았다. 만약 내 이런 행동 양상까지 Ch가 미리 계산한 것이라면, 그의 계산은 완벽하게 적중한 것이리라. 어차피 그가 찾아오는 걸 막을 수 없다면, 그 순간만이라도 마음 편하게 흘려보내고 싶었던 게 내 속내였다. 같은 집안에 남편이 잠들어 있다는 사실을 잠시나마 잊고, 나는 Ch가 베풀어주는 감각의 향연 속에서 그와 어우러졌다.

이 얼마나 무서운 죄악이려나.

멀쩡히 남편과 살고 있는 집에 밤마다 외간남자를 불러들이는 것과 다를 바 없다고, 나를 손가락질해도, 내게 돌을 던져도 나는 할 말이 없다. 내 변명은 일관되게 하나일 뿐. 내 고의가 아니라고. 나도 어쩔 수가 없다고…….

앞서 언급한 것처럼, 내가 이 아슬아슬한 일기장을 여전히 붙들고 있는 이유에 대해 말할 때가 온 것 같다.

당연히 이 일기장은 위험하다. 나와 남편의 관계에 큰 위협이 될 수 있다. 물론 남편이 내 물건들을 뒤져 이 일기장을 찾아낼 가능성은 극히 희박하지만, 만에 하나 그가 이걸 읽게 된다면, 내 결혼생활은 파탄에 이를 수도 있다.

그런데 또한, 이 일기장은 양날의 검이 될 수 있는 물건이라고 나는 생각한다.

　일견 한 남자와의 오랜 육체관계의 역사처럼 보이는 이야기……
그래서 너무 쉽게 오해받을 수 있는 이야기지만, 실상은 그게 아니
라는 의미다. 나는 세칭 난잡한 여자의 삶을 살지도 않았고, 간음이
나 불륜을 저지르지도 않았다. 왜? Ch가, 사람이 아니기 때문이다.
어떻게 생각해도 그는 초인간적인 존재다. 그런 신비한 힘으로 나
를 제압하고 지배해왔으며, 그 오묘한 페이스로 나를 이날까지 끌
어왔다. 수도 없이 강조한 바처럼, 이런 상황에 대한 저항이나 제거
는 불가능했다. 이 일기장이야말로, 순진한 고3 여학생이었던 열아
홉 살 때부터 서른다섯 살에 이른 지금까지 16년 동안 내가 겪어온
그 상황의 궤적을 고스란히 담고 있는 비망록이다. 그 세월 중간중
간에 쓰다가 찢어 없앤 노트들도 꽤 되지만, 어쨌든 유일하게 이 일
기장을 남겨둔 건 진실이 사라지는 게 두려워서였다. 극단적으로
말해, 내가 세상 모든 사람의 오해를 받아 변명 한마디 못 해보고
억울하게 죽는다 해도, 이 일기장이 내 유일한 진실을 말해줄 것이
기 때문이다. 그 모든 죄책감과 두려움, 불안과 번뇌…… 내가 그로
인해 충분히 고통받았다는 사실까지도.

　그래서, 나는 이 일기장을 없앨 수가 없다. 없애지 않을 것이다.
이 기록이 양날의 검으로까지 쓰이는 일은 없기를 바라지만, 만약
꼭 그래야만 할 상황이 도래한다면…… 일이 그렇게 되어 버린다
면…….

　오로지 이 일기장만이 나를 지켜줄 무기가 될 테니까.

18

성혜의 일기 - 4

1996년 11월 X일

내 인생은 혼란과 고뇌의 연속이다.

마음 같지 않았던 결혼생활은? 그저 그런 소식.

내 결혼 후에도 질기도록 이어지고 있는 Ch와의 인연, 아니, 숫제 악연은? 나쁜 소식.

이 나쁜 소식보다 더한 소식, 그야말로 최악의 소식을 전하기 위해 일기장의 페이지를 남겨둬야 할 줄은 몰랐다. 적어도 이 일기장은, 지난 8월에 쓴 일기로 마무리하고 이만 접어두려 했었다.

내가 살면서 겪었던 그 어떤 혼란과 고뇌보다 수위 높은 고비가, 지금의 내게 닥쳐왔다. 여태껏 경험해본 적 없는 무시무시한 의문, 출구 없는 답답함. 이건 차라리 블랙홀이라 해도 과언이 아니다.

여기서부터 몸부림치면서라도 어둠을 뚫고 나아가볼 것인가, 아니면…… 그냥 여기까지를 마지막으로 포기할 것인가.

지난달, 나는 한 통의 전화를 받았다. 어머니의 오빠 되시는, 큰 외삼촌으로부터의 연락이었다. 어머니가 돌아가신 이후 오랜 세월, 나는 단 한 번도 외가 쪽 친척들과 연락을 나누거나 만난 적이 없었다. 어머니의 장례식 때 뵌 게 마지막이었던 큰외삼촌이 내 연락처를 수소문해 뜬금없이 전화를 걸어오셨다는 사실이 나를 어리둥절하게 했다. 용건은 간단했다. 뒤늦게 발견한 어머니의 유품을 좀 가지고 있는데, 만나서 전해주려고 내게 전화하셨다는 것이다.

이쯤에서 내가 짚고 넘어가야 할 이야기가 있다…… 어머니의 죽음의 정황.

일기를 써오는 동안, 나는 어머니가 돌아가셨다는 사실 자체만 기술했을 뿐, 어떻게 돌아가시게 되었는지 그 이유나 상황에 대해서는 적은 바가 없다. 그건 어쩔 수 없는 일이었다. 변명하고 있는 게 아니다. 나도 어머니가 돌아가신 이유를 정확히 알지 못할뿐더러, 돌아가시기 직전 어머니의 행적에 대해서도 극히 기본적인 사실밖에 몰랐기 때문이다. 그 누구보다도 충실하게 교사생활을 하시던 어머니가, 어느 날 갑자기 휴직계를 내시고 집에 틀어박히셨다. 몸에 병이 난 것도 아닌데 제대로 먹을 수도 잘 수도 없고, 밖으로 나가서 사람을 만나거나 활동을 하는 게 어려워졌다는 것이었다. 놀란 아버지가 어머니의 기운을 북돋우려고 애를 쓰시다 금방 두 손 드시고, 병원 정신과에 어머니를 데려가 상담을 받게 했다는 이야기도 들었다. 정신과 처방약도 별 효과가 없자, 어머니는 조용한 곳에서 3개월 정도 요양하겠다며 고향인 충청도로 내려가셨다.

그게 마지막이었다. 어머니는 가족인 우리에게 그 어떤 유언도 남기지 않고 그곳에서 돌아가셨다. 오빠와 내가 들은 어머니의 사망 원인은 심장마비로 인한 돌연사였지만, 나는 아버지가 거짓말을 하고 있다는 걸 미세하게나마 눈치챘다. 심장마비라니, 감기 한번 앓지 않고 그토록 건강하셨던 어머니였는데. 믿거나 말거나, 어머니는 길지 않았던 생을 그렇게 마감하셨다. 조금이라도 미심쩍었다면 일이 어떻게 된 건지 자세히 파헤치고 들었어야 옳았을지도 모르겠지만, 나는 그때 고2 여학생에 불과했다. 우리 가족 모두 어머니의 갑작스러운 사망으로 인한 충격에서 쉬이 헤어나지 못했다. 장례식이 끝나자마자 아버지는 원래 근무 중이던 중동으로 돌아갔고, 1년 뒤 오빠도 군대로 도망치듯 떠나 버렸다. 내 정신건강이나 상태에 신경 써주는 사람은 아무도 없었으니, 내가 나 자신을 돌봐야만 했다. 혼자 공부해서 대학에 들어가고, 대학생이 되자마자 독립 세대로 혼자 생활하게 되고…… 그렇게 정신없이 살았다. 마냥 고통의 늪에 침잠해있을 겨를 따위는 없었다.

미리 통화한 대로, 어머니의 유품을 내게 전달하기 위해 서울로 올라오신 큰외삼촌을 만났다. 그분을 만나서야, 어머니가 요양차 내려가셨던 시골에서의 3개월에 대한 정확한 이야기를 들을 수 있었다.

– 순옥이가…… 그러니까 네 엄마가, 원래 공주에 있는 우리 외갓집에서 요양하고 싶다고 했었어. 어렸을 때부터 걔가 외갓집을 많

이 좋아했거든. 그런데 그 집은 이미 다른 사람한테 팔린 지도 꽤 됐고, 원체 오래된 동네라 개발 소문도 돌았었지. 거기 갈 수는 없으니까, 당진의 내가 사는 집으로 와서 머물렀던 거야. 우리 집도 시골 동네라 조용한 데다, 그때는 마침 우리 애들도 다 서울로 취직하러 가서 방이 비어 있었으니까…….

– 어머니가…… 외삼촌 댁에서는 잘 지내셨나요?

– 그럼, 아주 잘 지냈지. 서울에서 몸이 많이 안 좋아 내려왔다는 애가 시골 생활 며칠 만에 혈색도 좋아지고, 밥도 곧잘 먹었고 잠도 잘 자는 것 같았어. 먹고 자는 시간 외에는 주로 책을 보거나 동네 산책을 했는데, 동네를 한 바퀴씩 돌고 와서는 맑은 시골 공기를 맡으며 사는 게 진짜 사는 것 같다고 말했었다. 뭐 처음 두 달은…… 그랬었지.

– 처음 두 달요……? 그러면 그 후에는 혹시…… 달라지셨나요?

– 그게…… 좀 그랬어. 나도 묻고 싶었던 게, 네 엄마가 시골에 와 있는 동안, 집에는 연락한 적이 없니? 매제나 너희들한테라도…….

– 아뇨, 어머니는 내려가신 뒤 한 번도 집에 전화하신 적 없었어요.

– 내려온 지 석 달째 접어들었을 때부터, 순옥이가 달라졌어. 내 기억으로는…… 아마, 공주에 있는 외갓집에 다녀온 뒤부터였던 것 같아. 처음에 자꾸만 그 집에 가보고 싶다고 하길래, 이미 남의 집이 됐는데 거길 뭐하러 가냐고 했었거든. 그랬더니 자기가 태어난 집이고 거기서 놀며 컸는데 어떻게 그립지 않을 수 있냐며, 여전히

추억이 생생하다나. 한번 꼭 가보겠다는 거야. 어린 시절의 집 모양 그대로인지, 제 기억 속 장소들이 그대로 남아 있는지 궁금하다고…….

- 그래서, 어머니가 그 집에 다녀오셨던 거예요?

- 응, 물론 제 고집대로 했지. 저 혼자 몇 번을 다녀왔어. 같이 가 줄까, 했더니만 혼자가 편하다고 하고, 가서 뭐 제대로 집 구경이나 했냐고 물었더니만 집주인한테 양해를 구하고 다 둘러봤다고 하고. 그게 사단이었을 줄 누가 알았겠어. 솔직히 말해서 난 그게 왜 사단이 됐는지 아직도 통 까닭을 모르겠지만…….

- 어머니 외갓집에서…… 무슨 일이 있었나요?

- 무슨 일이 있었는지는 나도 집사람도 전혀 모른다니까. 분명, 맨 처음 다녀온 날은 별일 없었던 걸로 기억해. 외갓집을 왔다 갔다 하면서 순옥이 태도가 점점 이상해졌어. 한번은 밤늦게 돌아왔는데, 눈이 빨개져 있는 데다 손까지 가볍게 떨고 있더라고. 왜 그러냐고 물으니까 그냥 좀 피곤하다고만 하는 거야. 그렇게 거길 마지막으로 다녀온 후에는, 하는 짓이 반대가 됐어. 집에, 제 방에만 쿡 틀어박혀 나올 생각을 않는 거야. 밥도 안 먹고, 그 좋아하던 산책도 안 하고…… 걱정돼서 어디 아프냐고, 서울에서처럼 몸이 안 좋아졌냐고 했더니 그저 쉬는 거라면서 마음 쓰지 말래. 아무래도 신경이 쓰여서 서울 집에 전화를 넣어주랴, 했더니 집에는 절대 전화하면 안 된다고, 식구들이 자기 잘 지내고 있는 걸로 아는데 괜한 걱정 끼치고 싶지 않다고. 사실 그간 네 아빠 전화가 몇 번 왔었

는데 순옥이가 받고 싶지 않다고 해서 이리저리 핑계 대고 끊었었
거든. 뭔가 불안했는데…… 너희한테 연락하는 게 낫지 싶었었는
데…… 그때 전화해서 매제라도 불러 내릴 걸, 지금 생각해도 후회
막심이야.

  — 어머니가…… 저희한테 일부러 연락하지 말라고 하셨다고요?

  — 그래. 우리는 정말 꿈에도 생각지 못했다니까. 순옥이가 그렇게
제 스스로…… 아…… 아니, 그렇게 쓰러질 줄은……. 그런 일이 생
길 줄 알았더라면, 진작 너희를 불러 내리든, 내가 서울로 데려가든
했을 텐데. 네 엄마가 그렇게 아픈 줄 몰랐어.

  — 저기, 외삼촌…….

  — 성혜야, 이제 내가 올라온 용건을 얘기해야겠다. 여기, 보따리
로 싸 온 게 네 엄마 유품이야. 순옥이 그렇게 되고 장례식까지 정
신없이 지나가는 바람에, 당시 네 아빠한테 네 엄마 옷가지 종류만
넘기고 말았었어. 이 물건들은, 우리 집사람이 얼마 전 당진 집 다
락을 정리하면서 뒤늦게 발견한 거야. 우리 그 집 팔고, 청약 넣었
던 아파트로 이사 갔거든…… 그래서 이번에는 확실히 너희한테 이
걸 전해줘야겠다 싶었지.

  — 어머니 유품이 따로 남아 있는 줄은 몰랐어요. 제가 기억하기로
는 시골 내려가실 때 짐을 아주 간소하게 꾸려 가지고 가셨던 것 같
아서…….

  — 맞아. 우리 집에 남겼던 짐은 옷가지에다 신고 내려왔던 구두
빼면, 이게 다란다. 풀어보면 알겠지만, 책 몇 권하고 커다란 핸드

백 하나야. 핸드백 안에는 머리빗이랑 실핀이 든 주머니, 만년필이 든 필통…… 아, 그리고 노트 한 권이 들어있더라. 순옥이가 직접 적은 노트 같던데.

– 노트요?

– 내용은 안 봤으니 걱정 안 해도 돼. 말이 나왔으니, 우리 형제들 중에 순옥이만큼 배운 애가 없어. 순옥이는 어렸을 때부터 원체 총명해서 학교에 학비를 내고 다닌 적이 없었지. 다른 형제들은 글도 제대로 못 읽는데 걔는 혼자 공부해서 척 선생이 됐으니, 얼마나 대견했었는지 몰라. 나만 해도 학교를 조금 다니기는 했지만 난독증이 있어 놔서 글을 잘 못 보니…… 이런, 내가 쓸데없는 얘기를 늘어놨구나. 이만 가봐야 하는데.

– 외삼촌, 어머니 유품 전해주시려고 일부러 서울까지 와주셔서 감사해요. 그런데 한 가지만 더 여쭤봐도 될까요?

– 뭔데……?

– 어머니가…… 정말로, 심장마비로 돌아가신 게 맞나요?

– 응?

– 외삼촌은 그때…… 어머니랑 같이 계셨으니까…….

– 그, 그게, 같이 있었다기에는 뭣하고…… 집사람이랑 내가 밭일하고 돌아와 보니까 네 엄마가 방에 쓰러져 있었어. 우리가 본 건 그게 다야. 심장마비는…… 병원에서 갑자기 그렇게 됐다고 하니까 그런 줄 안 거지. 우리야 뭘 알겠니…….

분명히, 큰외삼촌은 내 시선을 피하며 대답을 얼버무리셨다. 내게 어머니의 사망 원인이 심장마비라고 말할 때 아버지의 흔들리던 표정, 내가 그걸 큰외삼촌에게서도 보고 말았다.

　간단하게 적겠다. 나는, 큰외삼촌으로부터 전해 받은 엄마의 유품들 가운데 있던 그 노트를 읽었다. 그건 엄마가 마지막으로 남긴…… 일기였다.

　긴 세월을 돌아 내 손안에 들어온 엄마의 일기. 이것도 운명이라면 운명이겠지. 운명치고는 어쩌면, 잔인하리만치 기묘한 운명이 아닐까 싶지만 말이다.

　어머니의 운명은 기묘했다. 또한, 딸은 어머니의 운명을 닮는다고 하지 않던가. 이제야 깨달은 사실이지만, 내 운명은 어머니의 그것을 빼닮아 있었다. 아니, 어머니와 내 운명은 그저 닮은 정도가 아니라, 차라리 서로 얽혀 있다고 해도 과언이 아닐 것이다. 꼬일 대로 꼬여 얽힌 두 개의 새끼줄 가닥처럼, 어떻게 풀어보려 해도 풀 수가 없는…… 그리고 이 두 새끼줄 가닥을 마무리하는 단단하고 굵은 매듭이 있다. 그 매듭을 쥐고 있는 자가, 바로 Ch다.

　이럴 수가 있다니. 이런 일이 과연 가능한가? 내게 처음으로 일어난 일인 줄 알았고, 내 인생에만 있는 일인 줄 알았다. 그런데 어머니의 인생에도 Ch가 있었다. 바르게 말하자면 '어머니의 인생에도' 그가 있었던 게 아니라, '어머니의 인생에 먼저' 그가 있었고 그다음이 나였다.

　하지만 어머니는 나와 달랐다. 사뭇 대담한 분이었다는 걸 일기를 통해 알았고, 이 사실이 나를 적잖이 놀라게 했다. 필설로 다 할 수 없었을 갈등과 고뇌를, 어머니는 오직 자신만의 방식으로 타개하려 하셨다. 이기적일 만큼 냉철하게, 또 그렇듯 거리낌 없이……나 같으면 상상조차 할 수 없는 일이다.

그런데 어머니의 일기장은 반쪽밖에 남아 있지 않다. 전체 일기 분량의 반쯤에 해당하는 것으로 보이는 앞부분만 남아 있을 뿐, 뒷부분은 완전히 찢겨나갔다. 어쩌면 Ch에 관한 가장 중요하고 결정적인 내용이 담겨 있는 일기 뒷부분을, 어머니가 의도적으로 뜯어내어 폐기했거나, 혹은 다른 장소에 감춰둔 것으로 추정된다.

어머니의 사망 원인에 대한 내 의혹은 괜한 것이 아니었다. 그래, 나는 처음부터 알고 있었다. 어머니의 장례식장에서, 외가 친척 두세 분이 모여 선 채 최대한 목소리를 낮춰 나눈다고 하는 이야기를 귀 밝은 내가 엿들어 버렸다. 그래놓고도, 나는 믿지 않았다. 모두 거짓말이라고 생각했다. 믿고 싶지 않았기 때문이다.

– 정말이야? 순옥이가…… 정말 제 스스로…….

– 그랬다고 하더라니까. 제 오라비가 들어가서 쓰러져 있는 걸 돌려 눕혀보니까…… 그 입가에 약이 흐르고 있더래. 이건 비밀이야, 그 집에서 내내 쉬쉬하고 있는걸…….

어머니가 그런 극단적인 선택을 할 수밖에 없었던 이유를 알아내려면, 어머니의 일기장 반쪽을 찾아내야만 한다. 물론 그게 폐기되지 않았다는 가정하에서다. 하지만…… 설사 내가 운 좋게 그걸 찾아낸다 한들, 뭘 달라지게 할 수 있을까. 어머니의 죽음을 되돌릴 수 있는 것도 아니고, 내가 이 어지러운 삶에서 해방된다는 보장도 없다. 어머니와 내 운명을 관통하는 Ch의 그 집착의 비밀을 알아낼 가능성은 있지만, 그걸 알고 있다고 해서 Ch가 나를 떠나갈 것이라고 장담할 수도 없다. 뭣보다, 그 진실에 다다르려면 어머니가 당신의 일기에 고스란히 담아낸 그 다난한 감정들에 나 자신을 동기화해야 할 텐데…… 지금의 나는, 그런 걸 감당해낼 여력도 용기도 없다. 내 심신이 쇠약해져 있다는 걸 여실히 느낀다. 그럼에도 나는 내 현실을 놓아 버릴 수는 없다. 일을 해야 하고, 남편과 세라를 돌봐야 한다. 그나마 내 현실이라도 간신히 붙들어 세우고 있으려면…… 비현실적인 일들 따위에는 신경 쓸 수 없는 것이다.

여기까지만, 그냥 여기까지만 하자, 윤성혜.

더 이상은 가면 안 돼.

이런 이유로, 나는 어머니의 반쪽 일기장을 내 손에서 떠나보내기로 결정했다. 내가 계속 보관하고 있는 한, 언제든 나머지 반쪽을 찾고 싶은 충동에 시달릴지도 모른다. 그 충동을 내리누른다 할지라도, 내가 어떻게든 파헤쳐야 할 어머니와 내 운명의 비밀을 없는 척 덮고 넘어갔다는 자책이 만만찮게 나를 괴롭힐지도 모른다.

나는 어머니의 일기장을 손수건에 고이 싸서, 내가 가지고 있던 자개함에 넣었다. 이 자개함은 내가 결혼할 때 시댁에서 예물함으로 보내왔던 것이다. 내게는 나름대로 의미 있는 물건인데, 이걸 이용한 건 어머니의 일기장을 아무 데나 넣을 수는 없다는 생각에서였다. 그리고 고심 끝에 알아낸 한 물품보관 창고로 자개함을 가지고 갔다. 단품으로 된 물건도 보관할 수 있는 창고로, 매월 약간의 보관료만 내면 장기간 보관도 가능하다. 보관료는 내가 살아있는 한 끝까지 낼 생각이다. 그러나 혹시 내가 가족 중에서 제일 먼저 죽을 경우를 대비해, 보관료가 끊기는 일이 없도록 남편 명의의 계좌도 연결해두었다. 창고 보관 계약서도 이 일기장에 함께 끼워두도록 하겠다.

자, 이렇게 어머니의 일기장은 내 손을 떠나, 봉인된 운명 속으로 들어갔다.

강조하지만, 나는 무책임하게 그걸 버린 게 아니다. 혹시라도 내 마음이 변해 그걸 찾고자 한다면 상황을 되돌릴 수 있도록, 내 재주껏, 양심껏 배수진을 쳐놓은 것임을.

살아있는 동안 그 창고에 다시 들를 일이 있을지.

글쎄. 지금으로서는, 그럴 일이 없기만을 바란다.

내게는, 내 현실이 중요하다…….

_19⌐
네 번째 면담

세 번째 면담으로부터 2일 후_ HCCC 빌딩 사무실

- 마땅한 권리도 없는 나한테 소중한 어머니 일기를 읽게 해준 것, 다시 한번 미안하고 고맙게 생각하고 있어. 그런데 세라야, 왜 네가 고개를 못 드는 거니.

- 우리 엄마 일기 읽고, 선배가 충격받으셨을까 봐······.

- 이를테면 나도 만만찮은 과거를 가진 귀접 경험자인걸. 귀접 문제를 놓고 충격이나 이질감 따위 느끼는 일은 없어.

- 그래도, 우리 모녀의 사연이 워낙······.

- 알아, 워낙 드물고 놀라운 케이스라는 것. 하지만 대를 이은 귀접의 케이스가 과거에도 전혀 보고되지 않았던 건 아냐.

- 글쎄요. 밤에는 제가 그런대로 마음을 추스르고 잠이 드는

데…… 밝은 아침에 눈을 뜨면, 마치 옷도 제대로 챙겨입지 못하고 집 밖으로 쫓겨난 아이처럼 새삼 부끄럽고…… 몸 둘 바를 모르겠어요.

- 넌 혼자가 아니라는 걸 잊지 마, 세라야. 우리 같이 헤쳐나가기로 했잖아.

- 알아요. 선배한테 엄마 일기 보여드린 것 자체를 후회하는 건 아니에요.

- 고마워. 우리가 어머니 일기를 공유함으로써, 네 귀접 문제의 실체에 조금이라도 더 가까이 다가가게 된 셈이라고 믿고 싶다.

- 엄마의 상황이 어쩌면 그렇게 제 상황과 똑같았는지…… 아, 아니, 순서는 바로잡아야죠. 엄연히 엄마에게 먼저 일어난 일이었고, 그 일이 저한테 똑같이 일어났다고 해야겠네요. 그 면면을 상기할 때마다 소름이 돋아 올라오는 게…… 엄마도 저도 정확히 열아홉 살 고3 때부터 그 일을 겪기 시작했어요. 그렇게 되기 직전에 엄마도 할머니를 잃었고, 저도 엄마가 돌아가셨고요. 귀접이 시작되던 밤, 환상처럼 옛날 시골 풍경을 보았던 것도 있어요. 귀접 상대도 여러모로 너무 똑같아요. 젊은 남자의 몸, 긴 머리칼, 몸에서 나는 풀냄새와 가죽 냄새, 그 사랑의 몸짓, 혼자 웅얼거리며 쏟아내는 말들, 대화할 때의 그 애매모호한 화법과 알쏭달쏭한 대답들…… 하아, 같은 점들을 늘어놓다 보니 뼛속까지 찬바람이 스며들어오는 것 같아요. 뭣보다 그 이름이 초성 'ㅊ''ㅎ'이라니요. 엄마한테는 Ch였고, 저한테는 천하인 그가…… 결국 똑같은 인물이라는 거잖아

요!

- 그래. 지금까지 우리가 취합한 정보에 따르면, Ch와 천하가 동일인물이라고 생각해도 무리가 없을 것 같구나.

- 분명히 그인 거죠? 이름이 천하가 맞죠?

- 너희 어머니는 그의 이름을 명확히 알아듣지 못해 편의상 초성 'ㅊ'에 해당하는 Ch라는 이니셜로만 그를 지칭했고, 넌 초성 'ㅊ'과 'ㅎ'을 바탕으로 천하라는 이름을 도출해냈어. 그가 거짓 없이 자신의 이름을 말했다고 가정하고 네가 비록 열심히 귀 기울여 알아냈다고 해도, 그게 진짜 그의 정확한 이름인지 지금으로서는 단정하기 어렵지. 천하는 오로지 네 귀에 들린 이름이니까.

- 분명 천하였어요, 제가 들은 바로는……. 다른 이름은 생각하기 어려웠는데.

- 더 확실해질 때까지는, 일단 계속 그를 천하로 칭하도록 하자.

- 네……. 그럼, 열아홉 살은 뭘까요?

- 응?

- 엄마도 저도, 다 열아홉 살 때 귀접이 시작된 것…… 그것도 천하가 의도해서 그렇게 찾아온 걸까요?

- 그럴 가능성도 있을 수 있겠지…… 하지만 그 또한 지금 단정하기는 어려워. 두 사람의 인생에서 귀접이 시작된 나이가 같다, 이는 드물지라도 단순히 우연의 일치일 수도 있어.

- 그냥 다 우연이었으면 좋겠어요…….

- 그러면 좋겠지만, 사건들이 서로 어떤 공통점이나 일관성을 가

지고 연결되어 있는 게 차라리 천하의 의도를 파악하는 데는 도움이 될 거야. 천하가 모종의 의도를 가지고 있는 존재라는 건 의심할 여지가 없는 일이니까.

─ 엄마의 일기를 읽으면서 바늘로 후벼 파듯 가슴이 쓰렸어요. 산 넘어 산, 첩첩산중이라는 말도 부족할 지경…… 엄마 표현대로 하면, 나쁜 일 다음에 최악의 일이 기다리고 있던 셈이었으니까요. 특히…… 엄마가 결혼한 후에도 계속 귀접을 감당하며 갈등과 죄책감에 시달려야 했다고 생각하니…… 천하가 어떻게 감히, 결혼한 엄마에게 그런 짓을 계속할 수 있었던 거죠? 도대체 무슨 속셈으로? 엄마가 일기에서 부르짖은 것처럼, 그건 정말이지 엄마의 의도와 전혀 상관없이 벌어진 일이었다고요!

─ 알아. 심히 유감스러운 일이었다는 것에 동감해.

─ 선배, 결혼한 사람에게 귀접이 일어나는 경우는 진짜 드물지 않나요?

─ 그래, 드물지. 하지만 유감스럽게도 전무한 건 아냐. 우리 미스터리 인사이드 카페에서도 기혼자 회원들이 귀접 문제를 상담해오는 경우가 아주 가끔 있었어. 그들의 케이스에 한한다면, 결혼해서 멀쩡히 잘살고 있는데 뜬금없이 귀접을 겪기 시작했다며 배우자에게 미안하고 행여 들킬까 두렵다고 호소했었지. 이야기인즉슨, 그들은 결혼 전에는 귀접을 경험한 적 없는 사람들이었어.

─ 그러면 우리 엄마 같은 케이스는…….

─ 결혼 전 장기간 관계를 지속했던 귀접 상대가 결혼 후까지 찾

아와, 그 사람의 배우자가 같은 잠자리에 있든 말든 상관없이 줄기차게 접촉을 시도한다…… 참으로 곤란하고 불운한 케이스지. 사실, 나도 너희 어머니 같은 케이스는 처음 접하는 거라고 고백해야겠다.

　- 우리 엄마는…… 그럴 분이 아니었어요. 그러니까 제 말은…… 과묵해 보일 만큼 감정을 드러내지 않으셨고, 행동에 한 점 흐트러짐 없이 반듯한 분이었어요. 딸인 제게 그리 살갑게 대해준 적은 없지만 전 알아요, 엄마가 얼마나 열심히 사셨는지. 단지 가계를 위해서만이 아니라 그 직업을 사랑해서 열심히 일하셨고, 또 절 키우는 일에도 최선을 다하셨다는 걸. 그런 엄마인데…… 자신에게도 더없이 엄격하셨고 누구에게도 부끄러울 것 없이 사신 분인데……. 결혼 후 귀접 문제에 대해 그렇듯 과감하게 일기에 고백하시고, 얼마든지 그 일기를 없앨 수 있었지만 결국 끝까지 남겨두신 걸 보면…… 혼자 가슴에 묻어두기에는 너무 엄청난 이야기라서, 더불어 당신이 그 때문에 오랜 세월 충분히 고통받았다는 걸 알리고 싶어서…… 그래서 피를 토하듯 쓴 그 일기가 양날의 검이 될지언정, 버리지는 못하셨던 거예요. 오죽 답답하셨으면, 오죽 괴로우셨으면…….

　- 어머니는 진정 큰 용기를 지니신 분이었다고 생각해. 어머니의 일기가 아니었더라면…… 우린 절대 알지 못했을 거야. 어머니에 이어 너까지, 동일인물의 영혼에 의해 의도된, 동일한 패턴의 귀접을 당해온 것이라는 사실…… 이 중요한 사실을 포함한, 다른 여러

주목할만한 사실들을 말이야.

　- 몰랐던 사실들을 알아가는 게…… 이렇게 힘든 일일 줄은 몰랐어요.

　- 진실을 얻는다는 건…… 결코 쉬운 일이 아닐 거야. 그걸 위해서라면, 이만한 고통은 우리가 기꺼이 감내해야 하는 건지도 모르지. 힘내자.

　- 네…….

　- 세라야, 내가 질문을 좀 해도 되겠니? 이것도 네게 힘들고 민감한 얘기일 줄은 알지만…….

　- 어떤……?

　- 너희 어머니가, 어떻게 돌아가셨는지 물어봐도 될까?

　- 아, 그거요…… 네, 괜찮아요. 제가 선배랑 면담 시작할 때 진작 말씀드릴 걸 그랬나 봐요.

　- 지금이라도 얘기해주면 고맙겠다.

　- 우리 엄마, 암으로 돌아가셨어요. 신장암…….

　- 신장암? 그렇다면 어머니 일기에 언급되었던 건강문제가…….

　- 맞아요. 일기에 쓰셨던 것처럼, 오래전부터 신장이 안 좋으셨던 건데…… 제가 어렸을 때부터 그랬는데…… 그걸 가족에게 알리지도 않으시고 내색도 안 하셔서 아빠랑 전, 정말 한동안 모르고 있었어요.

　- 그랬구나.

　- 오랫동안 혼자 투석 받으면서 투병하시다가…… 그게 암이 됐

다는 확진을 받고도 몇 년 지나서 우리한테 털어놓으시더라고요. 우리가 기막혀하고 엄마를 나무랄 새도 없이…… 병 알린 지 1년 반 만에 급격히 병세가 악화되어서 돌아가셨죠. 마치, 가족 고생 안 시키고 빨리 떠나는 방법을 스스로 택하기라도 한 사람처럼…… 어떻게 그런 식으로……. 지금 생각해도 황망해요.

　- 힘든 얘기 꺼내게 해서 미안하다.

　- 아니에요, 선배가 뭐가 미안해요. 어차피 아셔야 할 일이잖아요. 다만 제가…… 그렇게 오랫동안 혼자 아팠던 엄마인데, 딸로서 아무 도움도 되어드리지 못한 게 미안했어요. 그냥 미안하고 또 미안한데, 이미 떠난 엄마한테 잘못했다고 용서해달라고 빌 수도 없고……. 이럴 수도 저럴 수도 없어서, 제가 어떻게 했는지 아세요? 다, 잊어버리려고 했어요. 시간의 흐름에 저 자신을 맡기고 서서히 잊어가려고 한 게 아니라, 엄마의 죽음을 아예 작정하고 잊어버리려 했다고요. 때마침 고3 수험생이 되었던 게 제게는 지극히 적절한 명분이 되어줬죠. 아무리 슬프고 힘들어도 공부는 해야 하니까, 대학은 가야 하니까, 넋 놓고 앉아 있을 겨를이 없다고 생각하면 오히려 마음이 편했어요. 대학 입시라는 그 명분에 심취한 나머지, 공부가 잘돼도 너무 잘될 지경이었으니…… 저란 애는 정말…….

　- 어머니를 일찍 잃은 건 안타까운 일이지만, 네 잘못이 아니고 불가항력이었잖아. 넌 무너지지 않기 위해 너 자신을 지킬 방법을 찾은 것뿐이야. 그게 정당하지 않았다고는 볼 수 없어.

　- 그렇게 스스로 위안하고 넘어갈 수도 있겠지만…… 시간이 흘

러도 결국 죄책감은 다시 표면으로 솟아오르더라고요. 마치, 흰 눈이 녹으면 눈에 덮여 있던 땅의 검은 속살이 차차 드러나게 마련이듯 말이에요. 엄마도…… 꼭 저 같으셨던 거예요. 할머니의 죽음을 일부러 잊어버리려 애썼고, 또 당신이 믿고 싶지 않은 사실은 믿으려 하지 않았어요. 하지만 그 세월 내내 떠안고 있던 죄책감과 마음의 짐을, 종내 일기장에 토로하고 가셨잖아요. 아, 그러고 보니까…… 할머니…… 할머니 이야기가…….

- 맞아. 어머니 일기에는, 할머니 이야기도 적혀 있었지.

- 엄마는 할머니의 일기장을 넘겨받아 읽게 된 걸, 나쁜 일을 넘어 최악의 사건이라고까지 표현했어요.

- 어머니가 읽으셨던 할머니 일기장의 앞부분…… 어머니는 그 내용을 몇 줄로 간략하게 요약해놓으셨지만, 그것만으로도 할머니의 일기가 의미심장한 기록이었음을 뚜렷이 보여주고 있어.

- 저기, 선배…….

- 응?

- 우리가 알아야 할 것들이…… 아직도 많이 남은 걸까요?

- 그래. 그렇다고 단언해도 좋을 것 같다.

- 얼마나 많이……?

- 정확히는 모르겠지만, 갈 길이 꽤 남아 있는 걸로 보이는데.

- 심지어 할머니의 인생에도…… Ch가, 그러니까…… Ch와 동일 인물인 천하가 존재했던 걸까요?

- 어머니는 할머니 일기장의 앞부분 내용을 읽고, 분명 당신이 잘

알고 있는 그 Ch가 할머니의 인생에도 존재했다는 확신을 가지셨지. 그건, 두 분 모두 장기간 귀접을 경험했을뿐더러, 믿을 수 없을 만큼 같은 특징을 가진 상대에 의해 같은 패턴의 귀접이 행해졌다는 점을 시사해. 너와 어머니 이전에, 할머니도 그런 기이한 귀접을 겪으셨던 거야. 아니, 나도 순서는 바로잡아야겠다. '할머니도'가 아니라, '너와 어머니보다 할머니가 먼저' 그런 기이한 귀접을 겪으셨다고 말해야겠지.

  ─ 상대가 모두 동일인물인 거예요……?

  ─ 다시 말하지만, 지금까지 확인된 바에 따라 Ch와 천하는 동일인물이라고 믿어도 무리가 없을 거라 본다. 그런데 어머니의 귀접 상대였던 Ch와 할머니의 그 귀접 상대까지 모두 동일인물이라……? 어머니의 간략한 간접 기록만 가지고는 단정하기 어렵지 않을까. 우리가 직접 할머니의 일기장을 입수해 읽어보지 않는 한, 더 이상 그 무엇도 단정하면 안 될 것 같은데.

  ─ 그, 그건…… 아시다시피, 할머니의 일기장은 저한테 없어요. 엄마가 그걸 자개함에 넣어서 물품보관 창고에 맡겼다고…… 그것도 이미 오래전 일이고, 그 사실 자체도 엄마의 일기에 쓰여 있는 걸 보고 안 거니까…….

  ─ 당연히 나도 읽어서 알고 있어. 어머니가 그렇게 하신 게, 1996년 11월의 일로 기록되어 있지.

  ─ 그럼 벌써 20년이 넘은 일인 데다가…….

  ─ 단순히, 시간이 오래돼서 어머니의 일기장을 찾을 수 없다고 생

각하는 거니?

 - 아, 꼭 그렇다기보다는…… 제 얘기는…… 우리 뜻대로 그걸 찾아도 좋은지 모르겠어요. 엄마 일기를 보면, 할머니 일기장 앞부분을 읽은 그 시점에서 멈추겠다고, 그 이상 나아가고 싶지 않다고…… 포기하셨잖아요, 너무 힘에 부쳐서…….

 - 알아, 어머니는 그 정도에서 그만두셨지. 하지만 세라야, 우린 애초에 어머니와 다른 결심을 했잖아. 내가 아는 바로 우린 힘을 합쳐 우리가 찾을 수 있는 모든 사실을 끌어모으고, 그걸 바탕으로 네 귀접 문제의 본질을 파악해서 궁극적으로는 문제를 해결하려는 의지를 품고 있는 것 아닌가? 1996년 당시의 어머니는 귀접 문제를 그 누구에게도 털어놓지 못하고 그 어떤 도움도 구하지 못한 채 혼자 끌어안고 계셨고, 다난한 현실의 벽에 부딪혀 결국 진실에의 접근이나 문제의 해결을 포기하셨지만…… 현재, 2017년의 우린 다르다. 넌 정식으로 나 민찬기에게 도움을 요청했고, 이건 네 문제가 아니라 우리의 문제가 되었어. 그래, 네게도 현실적인 문제들이 없는 건 아니겠지만…… 사실상 그것들이, 진실을 향해 나아가고자 하는 우리의 의지를 당장 접게 할 만한 장애물이 되고 있는 건 아니라고 생각해.

 - 선배…….

 - 말했듯이, 우린 갈 길이 꽤 남아 있어. 우리가 같이 걸음을 내디딘 이후, 너희 어머니의 과거 일기를 발견하고 그걸 읽은 단계를 이제 갓 넘어섰는데…… 벌써 뭔가를 겁내거나 포기하는 건 허망한

일 아니겠니?

- 알아요…… 선배 말씀하시는 뜻, 저도 잘 알지만…….

- 이제부터 거침없이 나아갈 필요가 있어. 우리가 알아낼 새로운 사실들은 모두, 진실의 문을 여는 중요한 열쇠가 될 거야.

- 중요한 열쇠…….

- 시간을 지체해봤자 우리한테 도움될 게 없겠지. 자, 세라야, 단도직입적으로 물어볼게. 어머니가 21년 전 물품보관 창고에 맡기신 할머니의 일기장을, 현재의 우리가 찾는 게 불가능할까?

- 아, 아뇨…….

- 난 아직 꽤 가능성이 있는 일이라고 보는데.

- 맞아요, 선배 말씀…… 그게, 불가능한 일은 아닐 거예요. 일단 엄마가 남기신 창고 보관 계약서가 있고요…… 엄마 돌아가신 게 11년 전인데, 그 후에도 아빠 명의 계좌에서 보관료가 계속 이체돼서 그 물건이 창고에 정상적으로 보관만 되어 있다면 뭐……. 제가 한번 알아보고, 창고로 가서 찾아볼게요.

- 내가 같이 갈까? 넌 언제든, 무슨 일로든 내 도움을 요구할 수 있어. 필요하면 부담 없이 말해주렴.

- 아니에요. 이 일은 제가 혼자서 할 수 있을 것 같아요. 해볼 만한 일인데, 선배 번거롭게 해드리고 싶지 않아요. 정말이에요.

- 전혀 번거롭지 않아. 다만 네가 혼자 하는 게 편하다면, 그렇게 해. 잘 부탁한다.

- 부탁이라뇨, 다 절 위한 일이라는 것 아는 데요. 해볼게요. 일이

우리가 원하는 대로 됐으면 좋겠어요. 무려 21년이 흘렀으니, 너무 늦지 않았다면 좋겠지만…….

　- 한번 믿어보자. 너무 늦지 않았고, 우린 그걸 찾을 수 있을 거라고 말이야.

20

다섯 번째 면담

네 번째 면담으로부터 5일 후, 오전_ HCCC 빌딩 사무실

- 어쩌면 그렇게 선배 말씀이 다 맞았는지…… 믿어보자고, 될 거라고 하셨잖아요. 정말 그대로 됐어요. 보세요, 제가 가져온 할머니 일기장……! 너무 기뻐요.

- 나도 이번 주 내내 네 전화만 기다렸어. 일이 잘됐다니 나도 기쁘다.

- 선배는 꼭, 말하는 대로 이루는 힘을 갖고 계신 분 같아요.

- 설마, 내가 무슨 마법사도 아니고. 나도 몇십 번 말해야 한 번 이루어질까 말까 한 수준인걸.

- 전적으로, 선배가 우물쭈물하고 있던 저한테 용기를 주신 덕분이에요.

- 네가 용기 내어 일을 잘 처리한 덕분이지. 그래, 일기장 찾기까지 뭐 어려운 일은 없었니?

- 거의 없었다고 해도 무방해요. 전체적으로 수월했어요. 엄마가 남기신 창고 보관 영수증에 있는 번호로 먼저 전화를 했더니, 대표 전화가 바뀌었다는 안내 멘트가 나왔어요. 바뀐 번호로 다시 전화를 해보니까 다행히 그 창고가 21년 전과 다름없이 영업 중인 거예요. 90년대보다 보안 시스템이 강화되고 규모도 더 커진 상태로 성업 중이더라고요. 그래서 가슴을 한번 쓸어내렸고요. 보관료 문제를 물어보니까, 엄마가 돌아가신 2006년 이후 지금까지 아빠 계좌에서 보관료가 계속 이체되고 있었어요. 얼마나 다행스러웠던지! 보관료가 끊겼으면 주인 잃은 물건이 되어 어디론가 보내졌던가, 폐기되었을지도 모르는 일이잖아요. 상상만 해도 아찔해요.

- 어머니가 일기에 쓰신 내용을 보면, 그 문제에 잘 대비를 해두신 것 같아 물건이 소실되었을 위험은 없을 것 같다고 생각했어. 뭐, 운이 나쁘면 무슨 일이든 일어날 수 있겠지만…….

- 그러게 말이에요. 엄마가 잘 대비해둔 것도 있지만, 우린 운이 상당히 좋은 것 같아요.

- 혹시 아버지는 그 창고 문제를 알고 계셨니? 오랜 기간 매월 당신의 계좌에서 창고 보관료가 이체되고 있었다는 걸…….

- 아뇨. 제가 창고에 대해 아빠한테 슬쩍 한번 여쭤봤는데…… 물론 엄마의 일기 내용이나 할머니 일기장 얘기는 전혀 하지 않았고요. 그런데 아빠는 그 일을 전혀 모르고 계시더라고요. 창고 보관

료 자체가 그리 큰 금액이 아닌 데다, 아빠가 계좌 관리 같은 걸 꼼꼼히 하는 분이 아니셔서…… 원래 집안에 물건이 들고나는 것에도 신경을 안 쓰시는 타입이거든요.

- 그렇구나. 우리 입장으로는 차라리 다행이야. 어차피 아버지께 오픈할 일이 아니면, 우리끼리의 비밀이 지켜지는 게 나을 듯싶다.

- 저도 그렇게 생각해요. 아빠가 창고 문제를 모르신다는 사실에 다시 한번 가슴을 쓸어내렸죠.

- 그래서, 어제 창고에 가서 찾아가지고 온 거야?

- 네. 미리 찾겠다고 전화해뒀었고요, 어제저녁에 택시 타고 가서 바로 찾아왔어요. 20년 넘게 창고에 보관되어 있던 물건인데도 복잡한 과정 없이 즉각 찾을 수 있는 게 신기했어요.

- 저녁에 다녀왔으면…… 세라야, 할머니의 일기를 밤에 읽었니?

- 아뇨, 저 아직 안 읽었어요. 일기장 펼쳐보지도 않고 그대로 가지고 왔어요.

- 정말?

- 제가 엄마 일기 같은 경우는 스캔을 떠가지고 와서 보여드렸잖아요. 하지만 할머니 일기는 그럴 필요가 없을 것 같았어요. 아시다시피 앞부분만 남아 있는 일기장이라 두께도 얇은 편이고…… 그냥 있는 그대로 가져와서 선배랑 공유하고 싶었어요. 각자 따로 읽을 것도 없이, 이 자리에서 바로 선배랑 같이 읽으려고요.

- 그래, 나도 좋아. 생각해줘서 고마워.

- 뭘요, 당연한 일인걸요.

- 그럼 어디, 읽어볼까?

- 아, 운 좋게 할머니의 일기장을 찾은 게 기뻐서 한걸음에 달려오긴 했지만…… 솔직히 좀 무섭지 않은 건 아니에요. 또 새로운 사실들을 알아야 한다는 게, 또 어떤 충격적인 사실들이 기다리고 있을지 모른다는 게…….

- 음…….

- 그렇잖아요. 아무래도 할머니가 돌아가신 경위부터 뭔가…….

- 일단 읽자, 세라야. 읽고 나서 얘기하자.

21

순옥의 일기 : 남아 있는 앞부분

1977년 7월 X일

지난 세월, 나는 많은 일기를 썼었다. 어른의 몸과 마음이 되어 집중적으로 일기를 쓰기 시작한 건, 사실 열아홉 살 때부터였다. 그 이후 20여 년…… 얼마나 많은 밤들을 밝히며 많은 노트들을 채워 나갔던가. 하지만 십수 권에 달했던 그 일기장들을 나는 지금 가지고 있지 않다. 모두 내 손으로 없애 버렸다. 이유는 단 하나. 그 일기장들이, 내 인생의 가장 크고 무서운 비밀을 담고 있었기 때문이다. '임금님 귀는 당나귀 귀'라고 대밭을 향해 피를 토하듯 외치던 선비처럼, 나도 내 비밀스러운 이야기를 일기장에 고스란히 토해냈었다. 그러고 난 뒤 언제든 수치심, 자괴감, 자책과 두려움이 밀려오면, 발작적으로 일기장들을 찢어 없애거나 태워 버리곤 했다.

그러나 이제부터는 다르다. 이 순간 펴들고 채워 나가기 시작한 이 노트는, 내가 인생 끝까지 남겨둘 내 첫 일기장이 될 것이다. 다시 새롭게 시작하는 일기…… 새로운 마음을 담아. 모름지기 새 술은 새 부대에 담아야 하는 법이니까.

내 이름은 정순옥, 1938년생으로 올해 나이 마흔이 되었다. 충남 공주가 고향이다. 대학 진학을 위해 서울로 와서 사범대학을 졸업했고, 국어 교사로 교편을 잡은 이후 계속 서울에서 살고 있다. 대학을 졸업하자마자 처음 선을 본 남자와 스물넷의 나이에 결혼했다. 그해 말 첫아들 성재를 얻었으며 그 이듬해 연년생으로 딸 성혜를 낳았다. 남편은 건설업에 종사하고 있는 사람이며, 살아오면서 우리 가정에 그리 큰 문제라고 할 건 없었다. 넘치지도, 부족하지도 않은 삶. 일견 내 인생은 평범하고, 조금 더 후하게 쳐준다면 평탄해 보이는 삶일지 모른다. 여자가 공부하기 어려웠던 시기에 나는 대학까지 나왔고, 통념적으로 딱 적당한 나이에 결혼해서 아들딸을 두었으며, 현재 교사라는 안정된 직업을 가지고 있으니 말이다. 뭐, 겉으로 보면 충분히 그렇게 보일 만도 하다.

내가 어렸을 때 우리나라는 간신히 일제에서 해방되었고, 한숨을 돌릴 겨를도 없이 6·25 전쟁이 터졌다. 휴전이 되고 나니 나는 어느덧 십 대 소녀로 자라 있었다. 이른바 꿈많은 십 대 소녀의 행복을 누릴 만한 시기는 아니었다. 온 천지가 전후(戰後)의 폐허였고, 어디를 보나 피폐하고 삭막했다. 아버지와 어머니는 모두 공주의 상인 집안 출신으로 만나 혼인하신 분들이었고, 전쟁 전부터 큰 상점을 꾸리며 살았기에 우리 집 형편이 아주 어렵지는 않았다. 전

쟁으로 인해 재산 손실이 있기는 했지만 그나마 아버지가 움켜쥐고 있던 집문서가 있어, 그걸 바탕으로 다시 상점을 차리고 가계를 일으킬 수 있었다. 경제적 수완은 있으셨지만 공부를 해본 적이 없는 아버지는, 딸인 내가 고등학교를 나오는 것만으로 충분하니 일찍 시집을 가라고 종용하셨다. 나는 공부에 욕심이 있었고 반드시 교사가 되고 싶었다. 그래서 공부에 매달려 아버지에게 보란 듯이 여고 시절 내내 1등을 놓치지 않았고, 내 뜻대로 서울에 있는 대학에 원서를 넣어 장학금을 받고 입학해 버렸다. 아버지는 내가 대학을 졸업하고 교사 발령을 받는 것까지는 막지 못했다. 하지만 여자는 제때 시집가지 않으면 안 된다며, 미리 정한 혼처를 가지고 와서 밤낮으로 내게 결혼을 강권하셨다. 공부도 하고 싶은 대로 했고 직업도 원하는 대로 얻었으니, 결혼만큼은 부모님의 뜻을 따르지 않을 수 없는 분위기였다. 어차피 해야 할 결혼인 데다 부모님이 고심해서 골라오신 혼처도 웬만하니, 부모님 소원 한번 들어드리자는 심정으로 결혼을 결정했다. 우리 세대를 보면, 여자 나이 스물넷은 결혼하기에 딱 적당한 나이로 통하는 터였다. 나는 속물은 아니지만, 세상의 보편적인 기준들에 미달하거나 뒤처지는 삶은 싫었다. 그러므로 어른들이 인정하는 '딱 적당한 나이'에 결혼하는 걸 택했다. 결혼하자마자 아이를 가져서 교사생활 첫 1년이 지나기도 전에 출산을 하게 된 건 내 계획과는 달랐지만, 어쩔 수 없는 일이었다. 오히려 두 아이를 연년생으로 낳아놓고 일찌감치 출산의 부담으로부터 해방된 걸 스스로 다행스럽게 여기기로 마음먹었다. 나는 학교를 절대 그만둘 뜻이 없음을 확실히 했기에, 친정어머니가 아이들을 국민학교 졸업 때까지 돌보아주셨다.

　연애결혼은 아니지만 결국 내가 택한 남편이고 또 내가 낳은 아이들이니, 그들에 대한 의무감과 책임감을 되새기지 않을 수 없었다. 세상 보기 부끄럽지 않은, 반듯한 아내이자 어머니로서의 역할을 수행하고자 나름대로 노력했다. 나는 내가 최선을 다했다고 생각하지만, 안타까운 건 내 헌신에도 불구하고 가족이 내게 더한 것을 원했다는 사실이다. 그들이 대놓고 내색하지는 않았을지라도 나는 알고 있었다. 남편은 살뜰하게 정을 표현할 줄 아는 아내를 원했고, 아이들은 다정하고 살가운 어머니를 원했다는 걸. 사랑을 주체 못해 끊임없이 말로 전달하고, 자주 다가가 살갗도 비벼주고 안아주기를 원했다는 걸. 그런데 어떡한다, 나는 천성부터가 그렇지 못한 사람인걸. 어린 시절부터 다른 사람과 허물없이 어울리거나 다정한 말을 주고받거나 아무렇지 않게 신체 접촉을 하는 일에 서툴렀고, 그러고 싶은 욕구를 별로 느끼지 못했다. 가족이 어떻게 '다른 사람'이냐고 묻겠지만, 그들도 예외일 수는 없었다. 다시 말하건대, 가족은 내 의무이자 책임이었다. 그들을 위해 일과 가사를 병행했던 내 노력에는 부족함이 없었다고 생각한다. 다만, 내 타고난 자아를 변형시키거나 파괴하면서까지 그들에게 퍼부어줄 사랑의 여력이 내게 존재하지 않았을 뿐이다. 그럼 학교에서 학생들은 무슨 마음으로 가르치냐고? 나는 학생들에게 최선을 다해 국어과의 지식을 제공할 뿐이지, 선생이랍시고 그들의 인생을 계도하거나 교화

할 수 있는 입장이라고 생각하지 않는다. 어떻게 함부로 그 수많은 학생들의 인생의 스승을 자처할 수 있다는 말인가. 내게는 그럴 만한 능력도 없고, 그럴 의지도 없다. 나는 내 현실의 그릇에 맞게 행동하고 싶다. 내 그릇 안에 가족과 학생들이 더도 덜도 말고 딱 알맞게 들어와 있을 때, 비로소 편안함과 안정감을 느낀다. 내 현실에서 그보다 더한 사랑과 열정을 발휘할 여력은 없다는 말이다.

엄밀히, 아니, 좀 냉정하게 말하자면, 남편도 내가 결혼을 결정해야 할 시점과 딱 들어맞게 내 손에 쥐어진 패와 같았다. 굳이 그걸 거부해야 할 이유가 없었다. 심지어 나는 패의 내용에도 관심이 없었다. 그냥 받아들면 그뿐이었다. 이걸 다른 말로 하면, 그 시점에서는 누가 내 남편이 되든 상관없었다는 이야기도 된다. 결혼을 해야 했기에 그 사람을 받아들였을 따름이지, 궁극적으로는 그 사람이 아니어도 상관없었다. 그 사람, 지금 내 남편에게는 미안한 이야기인 줄 안다. 하지만 이게 진실이고, 나 자신을 속일 수는 없다.

다시는 없애지 않을 이 일기장, 내 모든 비밀을 거짓 없이 담아내기로 한 공간이니 솔직하게 말하겠다.

내게는 남자가 있었다. 그리고 지금도 그는 나를 떠나지 않았다.

현실적으로, 그와 결혼을 하거나 일상을 함께 하는 건 불가능했다. 나는 내 현실을 영위해야 했고, 이건 그것과는 별개의 문제였다. 그랬기에 나는 주저 없이 다른 사람과의 결혼을 택했다. 그렇게 해도 그가 나를 계속 찾아오리라는 확신이 있었기 때문이다. 그런 내 믿음은, 한치도 빗나가지 않았다. 그 무엇도 우리 사이를 쉽게 갈라놓을 수 없다.

우리의 사랑은, 시간이라는 생물학적 원리와 공간이라는 물리적 장애를 모두 뛰어넘은 것이다. 무슨 이야기냐고? 어떻게 그런 게 가능하냐고? 가능한 이유를 말해주겠다.

바로 그가, 사람이 아니기 때문이다…….

그가 나를 찾아오기 시작한 건, 내 나이 열아홉 살 되던 해부터였다. 밤늦게까지 공부를 하다 걷잡을 수 없이 졸음이 쏟아지면 쓰러져 잠드는 경우가 많았는데, 그날도 버릇대로 이불 속에 모로 누워 깊은 잠을 자고 있었던 것으로 기억한다. 나는 꿈을 꾸고 있었다. 수많은 초가와 기와지붕들로 가득 들어찬, 사발처럼 우묵한 형태의 대지…… 그 사이사이로 나 있는 꼬불꼬불한 흙길들과 이곳저곳 빈 데 없이 촘촘히 메워져 있는 푸른 풀밭들…… 이를테면 내가 산등성이처럼 약간 높은 곳에 선 채, 옛날 시골 마을 같은 곳을 바라보고 있는 듯한 느낌이었다. 그러다 번쩍 눈을 뜨니, 그 풍경은 사라지고 없었다. 맥락도 없이 전래동화책에서라도 본 듯싶은 시골 마을 꿈을 꾸었구나, 생각하며 돌아누우려던 순간이었다. 웬 남자의 굳센 두 팔이 등 뒤에서 나를 와락 끌어안았고, 저항할 틈도 없이 그 젊고 탄탄한 몸이 내 몸 위로 올라탔다…….

그게 우리의 시작이었다.

나는 전쟁이 지나간 피폐한 세상에서 살고 있던, 남자라고는 알 길이 없는 순진한 열아홉 살 소녀였다. 당연히 그 나이까지 가까이 지낸 남자는커녕 마음으로 좋아해 본 남자조차 없었다. 그랬던 내게, 그 밤의 경험은 형언할 수 없는 충격이자 전율이었다. 그렇다고 그게 오로지 끔찍한 기억으로만 남았다면…… 나는 기꺼이 그와의 관계를 지속할 수도, 그와 사랑에 빠질 수도 없었을 것이다. 물론, 해괴한 일이기는 했다. 문을 걸어 잠근 방안, 분명 홀로 잠들었던 이불 속으로 연기처럼 스며든 남자가 다짜고짜 나를 안았다. 영원처럼 길게 느껴지는 시간 동안 폭풍처럼 내 온몸을 휩쓸어가더니, 나를 가져 버렸다. 나는 현실의 남자에게는 단 한 번도 빼앗기거나 허락해본 적 없는 내 진짜 순결을, 그에게 바쳤다. 마른하늘에 날벼락, 아닌 밤중에 홍두깨, 어떤 말로도 형용해도 부족할 내 일생일대의 사건이었다. 그래, 이런 게 해괴한 일이라면 해괴한 일일 테지. 하지만 나는 가위에 눌려 무서운 꿈을 꾼 것도 아니고, 강간이라는 범죄에 희생된 건 더더욱 아니었다. 그냥 꿈이라니, 말도 안 되지. 내가 꿈과 현실도 구분하지도 못하는 바보일 성싶은가? 첫 경험부터 무서우리만치 생생했다. 그가 나를 안은 뒤 바람처럼 사라져 버렸는데도, 우리의 몸짓에 쓸려 펄럭이던 이불깃 소리가 고스란히 내 귓가에 남아 있었다. 그의 입술과 손길이 닿지 않은 곳이 없었던 내 몸 구석구석마다 아릿한 통증이 감돌았다. 그 밤이 끝나 버렸는데도, 시간이 지날수록 그 통증은 알 수 없는 쾌감에 버무려지며 내 온몸을 휘돌고 또 돌았다. 그 첫 경험이 악몽이 아니었던 이유는, 그와 한몸이 되는 순간, 내가 또다시 그를 맞아들이게 되리라는 강렬한 예감에 사로잡혔기 때문이다. 내 몸 위에서 정점을 찍은 남자의 몸짓이 멈추고 그가 내 가슴 안으로 무너져 들어왔을 때, 나는 두 팔로 그의 넓은 등판을 부둥켜안은 채 그 이전까지 느껴본 적 없는 신비한 모성을 경험했다. 그와의 최초의 접촉에서부터 내가 어떻게 그럴 수 있었는지, 지금 생각해도 신기할 따름이다.

범죄일 가능성 따위는 애초에 없었다. 보통 사람이자 외부인이라면 그렇듯 아무 흔적도 남기지 않고 도술이라도 부리듯 내 방을 들고 날 수 없었으리라. 첫 밤이 지나고 밝은 아침이 찾아왔을 때, 나는 내 방문이 여전히 안으로 굳게 잠겨 있는 걸 확인했다. 게다가 내 방에 창문은 아예 없었다. 우리는 당시 낡기는 했지만 방이 많은 큰 집에서 살고 있었는데, 아버지가 밤마다 대문부터 본채, 별채의 문단속을 철저히 하는 게 습관이셨다. 여자 형제가 없어 혼자 방을 쓰는 내게도, 여자는 자나 깨나 몸조심이라며 다른 방보다 두 배 세 배로 문단속을 할 것을 지시하셨다. 그래서 나는 내 방 창호지 문의 고리에 놋쇠 숟가락을 두 개나 엇갈리게 끼워 걸어놓았었다. 그 놋쇠 숟가락들이 걸려 있으면, 창호지 문을 부수지 않는 한 외부인의 내 방 출입은 불가능했다. 그럼에도 그는 그 모든 잠긴 문들과 두꺼운 벽을 넘어, 매일 밤 나를 찾아왔다. 물리적 장애물들을 제거하고 통과하기 위한 어떤 분투의 흔적도 없는, 유연하기 짝이 없는 침입이었다. 내가 잠들었다가 번쩍 눈을 뜨면, 어느새 그는 내 이불 속에 들어와 있었다. 도저히 사람이 할 수 있는 일이라고 보기는 어려웠다.

더 이상 구구히 설명할 필요도 없다. 만약 그게 그냥 꿈이었거나 집요한 범죄였다고 치자. 대체 세상 어떤 꿈이 20년 넘게 똑같은 형태로 지속될 수 있다는 말인가. 대체 세상 어떤 바보가 20년 넘게 똑같은 범죄를 당하면서도 그게 범죄라는 걸 모를 수가 있다는 말인가.

그 세월…… 말 그대로다. 우리의 관계는, 내가 열아홉 살 꽃다운 처녀였던 때부터 마흔 살의 기혼녀로 살아가고 있는 현재까지, 20년 넘도록 지속되어왔다. 믿기 어려운 이야기일 테지만, 한 치의 거짓 없는 사실이다.

말했듯이, 우리는 서로 사랑하고 있다.

그는, 첫 결합에서부터 지금에 이르기까지, 믿을 수 없을 만큼 변함없이 나를 사랑해준다. 그는 진정 놀라운 존재다. 온 하늘, 온 땅을 다 뒤져도 그 같은 존재는 없을 것이다. 그리고 나는, 그런 그를 사랑한다.

그는 나를 달라지게 했다. 나를 변화시켰다.

그와의 관계가 시작된 이후, 이십 대 초반의 몇 년간은 나도 마음이 편하지 않았다. 누구에게 하소연할 수도 없는 해괴한 일에 휘말려 있다는 부끄러움과 더불어, 내가 낮과 밤이 다른 발칙한 두 얼굴의 소유자일지 모른다는 자책에 시달리곤 했다. 앞서 말한 것처럼 그 시절의 일기장들을 모두 없애 버렸던 것도 그런 이유에서였다. 그러나 그와 함께 하는 밤들이 줄기차게 이어질수록, 그가 끊임없이 나를 찾아와 안을수록, 내 마음은 점차 그를 향해 열렸고 두려움은 눈 녹듯 사라졌다. 그는 마치, 여자를 사랑하기 위해 빚어진 남자 같았다. 아니, 나라는 한 여자를 사랑하기 위해 늘 그 자리에 머무는 존재라는 생각이 들 정도였다. 그는 자신의 모든 숨결, 모든 몸짓을 다해 내게 풍성한 감각의 향연을 베풀어주고, 우리가 어우러지는 이불깃마다 사랑의 결정체들이 서리게 했다. 영원이라도 사를 듯한 불덩이를 안은 정념의 용광로…… 그 이상 뜨겁고, 크고, 농밀하며 굳셀 수 없는…… 그라는 남자. 그가 내게 선사하는 희열과 카타르시스는, 내가 혼자 있을 때 느끼는 일말의 부정적 감정들을 결국 압도하고도 남았다. 내 이성은 더 이상 내게 그와의 관계가 위험하다고 경고하지 않았고, 이 관계를 끝내야 한다고 다그치지 못했다. 이제 와 생각하니 더욱 실소를 금할 수가 없다. 애초에 내 이성은 완패가 아니었던가. 나를 찾아오는 그의 집념에 비하면, 내 의지란 아주 작은 것에 불과했다. 어차피 처음부터 내 이성이나 의지와 무관하게 시작된 일이었고, 지금까지의 모든 상황이 불가항력이었다. 그럼으로써 내가 무력감을 느끼냐고 묻는다면, 천만의 말씀이라고 하겠다. 나는 갈등하지 않으며, 달콤한 포기를 택했다. 이는 내게 주어진 운명이라고 믿기 때문이다. 아닌 밤중에 꿈처럼 나를 덮친 요지경이 아니라, 그와 내가 이렇듯 크고 깊은 사랑을 공유하게 되기까지 거쳐와야 했던 운명의 수순이었다고 생각하기 때문이다. 운명은 사람보다 큰 것이다.

현실에서 남자를 만나기도 전에, 결혼을 하기도 전에, 나는 사랑이 선사하는 무아지경을 알아 버렸다. 이 사랑은 내 타고난 천성과 자아에도 변화를 일으켰다. 다시 강조하지만, 내 인생은 '그를 만나기' 이전과 이후로 나뉜다. 여기 내 말에 주목해주기를 바란다. '현실에서 법적으로 내 남편이 된 그 남자를 만나기' 이전과 이후로 나뉘는 게 아니다. 남편과의 결혼은 현실에서의 내 자아를 전혀 변화시키지 못했다. 아이들을 낳은 후에도 마찬가지였다. 누가 봐도 내 성격은 달라진 게 없다 할 것이었다. 내성적이고, 사람들과 쉽게 어울리지 못하고, 쉽게 웃어주거나 허물없이 신체 접촉을 주고받는 일을 꺼리며, 혼자 있는 시간을 더 좋아하는. 이런 내가 학생들을 가르치는 교사가 된 게 신기하다고 말하는 이도 더러 있었다. 하지만 앞에 언급했듯, 나는 내 현실의 그릇 안에 가족과 학생들을 딱 맞게 담아두고 있을 뿐이다. 그들에 대한 의무와 책임은 성실하게 수행하되, 그들에게 내 감정과 사랑을 보여주는 일에 있어서는 절대 내 그릇을 초과하지 않는다. 내게 전혀 의지가 없는데 그들이 섣부른 기대를 품게 하는 것도 잘못이니까.

현실의 사람들을 위해서는 나 자신을 변화시킬 수 없지만, 그를 위해서는 달랐다. 그와 함께 있는 순간들만큼은 달랐다. 그와의 관계를 지속하면서, 나는 내 타고난 자아를 변형시키고 파괴하다시피 하며 달라졌다. 그와 같이 있을 때, 우리가 단둘이 함께하는 시간과 공간 속에서, 나는 더 이상 현실의 정순옥이 아니었다. 내성적이고 무뚝뚝한 정순옥이 아니라, 남자의 크고 뜨거운 사랑에 여자가 느끼는 기쁨을 솔직하게 표현할 줄 아는 정순옥이 되었다. 심지어 이 사랑이 영원히 이어지기를 갈구하는 속내까지 부끄러워하지 않고 드러내는 정순옥이 되었다. 잘 웃지 않는 정순옥이 아니라, 그와 몸과 마음으로 소통하는 즐거움에 함박웃음을 짓기도 하는 정순옥이 되었다. 신체 접촉을 싫어하는 냉정한 정순옥이 아니라, 그와 살갗을 비비다 못해 온몸의 부위 부위를 접합하다시피 포개고 있을 때 가장 큰 희열을 맛보는 정순옥이 되었다. 혼자 있는 시간을 좋아하던 정순옥이 아니라, 그가 찾아오는 밤을 설레며 기다리는 정순옥이 되었다. 거듭 말하지만, 바로 그가 나 정순옥을 달라지게 한 것이다.

시간의 한계와 공간의 장애를 뛰어넘어 20년 넘게 한 여자에게 찾아드는 신출귀몰한 남자, 대체 그가 사람인지 귀신인지 정체나 알면서 사랑 운운하는 거냐고 한다면…… 나는 두려움 없이 다시금 대답하겠다.

그래, 그는 사람이 아니라고.

그가 사람이 아니라 귀신에 해당하는 존재라는 사실을 진작 알게 되었지만, 그 사실과 상관없이 나는 그를 사랑하고 있다고. 귀신이라고 해도 무서운 이야기나 영화 속에 흔히 등장하는 악령 같은 게 아니라, 사실상 죽은 사람의 영혼을 가리키는 혼령(魂靈)이라는 표현이 맞는 그런 존재라고 말이다.

그를 향해 처음부터 열려 있었던 내 감각은 당연히 촉각이었다. 보이지 않는 그를 몸으로 처음 받아들였고, 이후 그가 나를 안을 때마다 웅얼거리며 쏟아내는 말소리를 들었다. 청각 다음으로는 후각이 이어졌다. 나는 그의 냄새를 맡으며 신기해했다. 대부분의 감각이 열리는 놀라운 경험을 통해 그라는 존재를 알아왔고 오늘에 이르렀지만, 여전히 내가 그의 모습을 볼 수 없다는 사실은 새삼스럽기만 하다. 뭐, 그런들 어떠랴. 나는 이제 그와 자유자재로 대화를 나눌 수도 있다. 우리의 관계가 시작된 지 2년 반 정도가 지났을 때, 나는 그의 일방적인 혼잣말이 계속되도록 놔두지 않고 적극적으로 그에게 대화를 시도했다. 물론 일정 정도 어려움이 있었고 시간도 많이 걸렸다. 아직도 내가 알아듣기 어려운 말들이 들려오는 경우가 종종 있다. 하지만 기본적으로, 그와 대화하려는 내 시도는 헛되지 않았다. 그의 이름을 정확하게 알아냈을 때의 그 만족스러움을 어찌 잊겠는가. 그뿐 아니라, 우리는 오랜 세월 많은 이야기를 나누었다. 그는 내게 더는 정체불명의 존재가 아니다. 그는, 내가 이 세상 어떤 사람보다 잘 아는 귀신이다.

- 네가 사람이 아니라도 상관없어. 난 네가 좋아.

- 내가 찾아오는 게 싫지 않아?

- 아니, 절대로. 처음에는 약간 무서웠지만…… 이제는 정말 아냐. 무섭지도 싫지도 않아.

- 고마워.

- 넌 어느 날 갑자기 찾아와 날 안아 버리고…… 또 내가 반항한다고 해서 떨어져 나가지 않으리라는 걸 난 직감적으로 알았어. 네가 그렇게 한 것에는 분명 이유가 있는 거지?

- 음…… 그래.

- 어떤 이유?

- 이유…… 그건…… 내가…….

- 넌…… 영혼이지?

- 난…… 영혼, 그래. 맞아.

- 그러니까, 죽은…… 사람?

- 그래. 난 죽었어.

- 언제 죽었는데?

- 오래전에. 아주…… 오래전.

- 그게 언제야? 몇 년 전? 아니면 몇십 년 전?

- 몇 년…… 몇십 년…… 그런 건 난 몰라. 내가 언제 죽었는지 모르겠어. 그냥, 아주 오래됐다는 것만 알아.

- 기억이 안 나는 거야?

- 죽고 나면…… 모든 게 뿌옇고 흐릿해져. 꼭 안개 천지에 있는 것처럼……. 날짜, 숫자…… 그런 건 잘 몰라. 잘 몰라.

- 아, 알겠어, 괜찮아. 억지로 기억해내려고 하지 마. 어쨌든, 넌 아주 젊었지? 네 몸이 이렇게 젊은 걸 보면…….

- 젊었냐고? 난 젊어. 아니, 난 어려. 열여덟 살이야. 다른 건 몰라도, 내 나이는 알아.

- 열여덟 살……? 네가 죽었을 때 나이가…… 열여덟 살이었어? 세상에나, 그렇게 어렸…….

- 난, 지금 열여덟 살이야. 계속 열여덟 살이야. 변하지 않아.

- 그, 그래. 넌 열여덟 살이야, 영원히.

- 열여덟 살이야, 난.

- 네가 영원히 젊은 건 좋지만…… 그렇게 어린 나이에…… 가엾 게도.

 - 뭐가?

 - 아, 아냐……. 저기, 내가 아까 물어봤던 것 있잖아…… 넌, 왜 날 찾아왔어?

 - 응?

 - 네가 왜, 날 찾아왔느냐고.

 - 그건, 내가 널 찾아냈으니까.

 - 날 찾아냈어……? 어떻게? 너, 날 알고 있었니?

 - 내가 널 봤으니까.

 - 언제, 어디서? 어디서 날 봤는데?

 - 그때. 안개 천지에서. 얼마나 오래 헤매다녔는지 몰라…… 얼마 나 오래 헤매다녔는지. 그런데 눈앞 안개가 갈라지면서, 네 모습이 보였어. 너무 똑같고, 너무 예뻤어……. 그래서 널 안았어. 안고 보 니, 난 네 이불 속에 있었어. 우리가 여기 같이 누워 있었어.

 - 정말? 그렇게 날 본 거야, 우연히?

 - 우연이 아냐, 안개 속에서 널 찾아낸 거라니까.

 - 그래, 찾아냈다고……. 그런데 그게 어떻게 나였어? 이 세상에 는 정말 수많은 사람이 있는데, 어떻게 넌 그중에서 다른 누구도 아 닌 날…….

 - 너여야 했어. 너만 보였어.

 - 왜? 난 그렇게 눈에 띄지도, 예쁘지도 않은 여자애였는데.

- 예뻤어. 넌 예뻐. 내 눈에는 너만 보였어.

- 아, 그…… '너무 똑같았다'는 말은 뭐야? 혹시…… 내가 누굴 닮았니? 이를테면, 네가 아는, 아니, 네가 알았던 어떤 여자라든 가…….

- 아니. 누굴 닮았다는 얘기가 아냐. 내가 알았던 사람…… 여자…… 없어. 아무도 없어. 난 일찍 죽었잖아.

- 그럼 뭐가 똑같았다는 거야?

- 내가 죽기 전에…… 살아있었을 때…… 항상 생각했었어. 마음으로 그려봤었어. 내가 사랑하고 싶은 여자, 내가 사랑할 수 있는 여자. 그런 여자를 너무 만나고 싶었어, 간절히. 그런데…….

- 그런데?

- 내가 갑자기 죽었어. 갑자기 죽는 바람에…… 죽는 바람에, 소원을 이루지 못하고…….

- 미, 미안해…….

- 처음에는 내가 죽은 줄 몰랐어. 알게 된 다음에는 믿을 수가 없었어. 너무, 억울했어. 그래서…… 그래서, 바로 저승으로 못가고 떠돌아다녔던 거야. 죽어서라도 내가 그리던 사람을 만나고 싶어서…… 그랬지…….

- 한…… 한이 맺혔던 거구나. 열여덟 살에, 사랑 한번 못 해보고 세상을 떠나는 바람에……. 하아, 네가 너무 가엾다.

- 난, 이제, 가엾지 않아. 난 지금 좋아. 널 찾아냈고, 너랑 같이 있으니까.

- 정말…… 너, 날 만나서 네 소원을 이룬 거야? 그렇게 믿어도 돼?

- 응.

- 네가 마음으로 그리던 사람과 내가 똑같아서, 그래서 날 찾아온 거라고 말이지?

- 응.

- 알았어, 나 너 믿을게. 아니, 믿어. 내가 수많은 사람 중에 우연히 너한테 걸린 게 아니라, 네가 원해서 날 찾아냈다는 말. 사실 난 우리 관계가 어떻게 시작되고 지속되어온 건지 도무지 이해할 수가 없었는데, 이제야 다 설명이 되는 것 같아. 의심 안 할 거야.

- 그래, 믿어줘.

- 힘들게 날 찾아냈으니까, 날 떠나지 않을 거지? 우리, 앞으로도 오래도록 함께 하는 거지?

- 응, 난 널 떠나지 않아. 절대 떠나지 않을 거야.

또, 이런 대화도 있었다.

- 너한테서는 풀 냄새가 나.

- 내 냄새를 맡을 수 있어……?

- 응. 언제부터인가, 네가 이불 속에 들어와 있으면…… 네 냄새가 코끝을 간지럽히기 시작하고, 그러다가 서서히 강하게 퍼져. 네 풀 냄새는 보통 잔디밭 같은 데서 나는 냄새보다 훨씬 강해. 야생의 들풀처럼 싱싱하고, 억세기까지 한 냄새. 왜 너한테서 그런 풀 냄새가 나는 거니?

- 음…… 글쎄.

- 네 냄새인데도 몰라?

- 아마도…… 내가 살았던 곳이…… 그래서일 거야…… 내가 있었던 곳. 난 그곳에서 왔어.

- 그곳? 그곳이 어딘데?

- 산…….

- 산? 너 산에서 왔어? 아니, 산에서 살았었어?

- 산어귀…… 산으로 들어가는 길목 한편에…… 내가 살았던 마을이 있었어. 내가 살고…… 일하고…….

- 그래? 그 동네에 살면서 일했다고? 무슨 일을 했는데?

- 어렸을 때부터…… 일을 배웠어. ㄱㅍ가 아주 많았거든…….

- 응……? 뭐라고?

- 다리를 좀 움직여줄래? 이렇게…… 이렇게.

- 아, 알았어…….

- 어때, 이렇게 하면 좋아?

- 응, 네가 하면 다 좋아……. 그런데 참 신기하다. 네가 예전에 살았었던 곳의 냄새를 묻혀 가지고 오다니…… 더 신기한 건 뭔지 알아? 너한테 나는 냄새가 풀 냄새만이 아냐. 또 다른 냄새도 나.

- 다른 냄새……?

- 그래. 가죽 냄새.

- 음…….

- 이게 가죽 냄새라는 걸, 나 최근에야 알았어. 풀 냄새는 처음부

터 알겠던데, 가죽 냄새는 대번에 알아차리기 쉽지 않아서 말이지. 내가 어렸을 때 맡았던, 아주 좋은 가죽 냄새가 있거든…… 그게 좋은 가죽이라는 사실은, 어머니가 알려주셨지. 내가 열여덟 살 때 돌아가신 우리 어머니, 얘기한 적 있지? 나 어린 시절부터 어머니가 돌아가시기 전까지 부모님이 같이 상점을 운영하셨는데…… 멋진 새 가죽구두들이 물건으로 들어올 때면 어머니는 눈을 빛내며 흥분하시곤 했지. 손님에게 팔 물건이니까 당신이 신지 않을 거라고 하시면서도, 그것들을 소중히 어루만지고 쓰다듬으면서 좋아하셨어. 예쁜 여자애 구두가 들어오면 따로 빼놓았다가 학교 가는 나한테 신겨주시기도 했어……. 그때부터 나도 가죽구두를 좋아하게 됐고, 진짜 가죽 냄새를 사랑하게 된 거야. 지금도 난, 무슨 일이 있어도 신발은 좋은 가죽구두로 맞춰 신어. 가죽구두를 신지 못한다면, 아마 매우 불행해질 거야. 내가 그렇게 사랑하는 냄새를 너한테서 맡을 수 있다니, 믿어지지 않아. 이런 신기하고 반가운 일이 또 있겠니……?

- 가죽…… ㄱㅍ…….
- 응……?
- ㄱㅍ…… 갖ㅍ…….
- 갖…… 뭐라고?
- 갖피…… 그게…… 가…… 죽.
- 갖피? 그거, 가죽이란 뜻이야? 맞지?
- 응.

- 아, 그렇구나. 너도 너한테서 나는 가죽 냄새를 아는 거지?

- 응, 알아. 갖피가 아주 많았으니까, 그곳에…… 아주 많았어. 매일 보고, 만졌어.

- 네가 살던 그곳에? 가죽이 많았어……?

- 많았어. 매일 봤어. 그리고…… 매일 ㅁㄷ었어.

- 매일, 뭘 했다고?

- ㅁ들었어…… 만들었어. ㄱㅅ을…….

- 만들었어……? 네가 뭘 만드는 일을 했던 거야? 그게 뭔데?

- 갖ㅅ.

- 갖…… 잘 안 들려. 다시 좀 말해줄래?

- 갖피로…… 갖ㅅ…… 갖시……을.

- 갖시?

- 갖…… 신.

- 아, 갖신…… 그게 가죽신인가 보네! 알겠어, 이제 알겠어…… 넌, 가죽으로 신을 만드는 일을 했었다는 거지, 그렇지?

이렇게, 나는 그를 알아나갔다. 그가 자신이 살았던 시간에 관해 내게 솔직히 말해준다는 것 자체가, 나로서는 벅차도록 기뻤다. 비록 열여덟 살이라는 꽃다운 나이에 이승을 떠났지만, 살아있을 때 그는 산어귀에 있는 마을에서 가죽으로 가죽신을 만드는 일을 했다……. 그게 대체 언제의 일일까. 그가 숫자나 년도 같은 걸 기억하지 못한다고 하니 정확히 언제인지 알 수는 없다. 다만 그가 요즘 세상에서는 사용하지 않는 옛말들을 쓰는 경우가 있는 것으로 보면, 사뭇 오래전 옛 시대를 살았었던 게 아닐까 짐작할 뿐이다. 나는 국어 교사이고 대학에서 고어(古語)와 고문(古文)을 공부한 바 있기에 그나마 그의 말들을 알아듣는 데 적잖이 도움이 된다. 천만다행이 아닐 수 없다.

그에 대해 많은 이야기를 하고 싶어 다시 쓰기 시작한 일기지만, 정작 내가 알아낸 그의 이름을 말하지 않았다니. 이런.

그의 이름은 바로…… 천화다.

천화…….

22

순옥의 일기 : 남아 있는 앞부분 - 2

1979년 8월 X일

올해로 넘어오면서, 내 결심은 더 확고해졌다. 아니, 더 확고해졌다기보다는, 돌이킬 수 없이 굳어져 버렸다. 이제 그 누구도, 그 무엇도 내 결심을 되돌릴 수 없다.

나는, 나를 구속하고 있는 현실의 굴레로부터 놓여나고자 한다. 내 현실의 굴레, 그건 사실상 가정과 직장으로 정의된다. 남편, 아이들, 학교의 시스템과 내가 가르치는 학생들. 나는 그들에게서 벗어나기를 원한다. 잠시 떨어져 있는 게 아닌, 진정한 의미의 해방을 원한다.

일찌감치 나는 올해 1학기를 끝으로 학교에 휴직계를 내려는 마음을 굳혔다. 가족이 내 휴직을 받아들일 시간을 주기 위해, 이미 지난 3월에 그들에게 내 뜻을 밝혔었다. 남편은 내가 평생 교편을 잡을 줄 알고 있던 사람이라 다소 놀라는 것 같았지만 내 결정에 반대하지 않았다. 아이들은 내 결심을 오히려 반기는 듯한 기색을 보였다. 내가 학교를 그만두면, 가정생활과 개개의 가족에게 더 집중하며 신경과 관심을 쏟을 것이라고 내심 기대했던 모양이다. 아, 하지만 천만의 말씀. 가족에게는 미안하지만, 나는 그들에게 집중하기 위해서가 아니라 벗어나기 위해 일을 그만두는 것이다. 가정과 학교를 동시에 정리하기 위해 감행하는 일인 것이다. 1961년, 그러니까 18년 전에 동시에 시작된 내 결혼생활과 교사로서의 직분이었다. 지난 18년 동안, 어쨌든 나는 나쁘지 않은 모양새로 이것들을 유지하려 내 최선을 다해왔다. 그리고 내 청춘을 바친 가정과 교직, 이 둘을 내가 한 번에 떠나려면, 가족은 물론 누가 들어도 충분히 납득할 만한 명분이 필요했다. 떠나려는 진짜 이유를 밝힐 수는 없지만, 가볍지 않은 명분만큼은 필요했다는 의미다. 그래서 나는 건강문제를 택했다.

안으로는 극도의 불면과 식욕부진으로 나날이 야위어가고, 내 몸을 건사하기조차 힘들어져 가족을 돌볼 수 없는 상태. 밖으로는 외출하는 것 자체가 불안하고, 다른 사람들과 부대끼며 사회활동을 하는 것에 두려움을 느끼게 되어 학교에 출근하는 것도, 학생들을 가르치는 것도 어려워진 상태. 비록 내가 원하는 해방을 얻기 위해 명분으로 삼은 건강문제이기는 하지만 저런 내 상태가 완전히 거짓은 아니었다. 내가 아프다는 새빨간 거짓말로 주위 사람들을 속이고 순전히 연기를 한 것이라면, 하늘을 쳐다보기도 부끄러울 일이 아닐 수 없다. 절대 그런 건 아니다. 나는 이미 작년부터 저와 같은 증상들을 부분적으로, 또는 복합적으로 겪기 시작했고, 그러면서 내게 잠재되어 있던 휴식과 해방에의 갈구를 자각하게 된 것뿐이다. 나 자신의 문제인데, 진작 알아차렸어야 했다. 18년이면, 내부의 문제가 외부로 흘러나오지 않은 채 버틸 수 있었던 최대한의 시간이라고 생각한다. 참을 만큼 참았다.

봄에 가족에게 휴직의 예고를 한 이후 나는 수척한 몰골로 한 학기 동안 간신히 집과 학교를 오갔고, 내 건강문제를 인지하게 된 남편은 어떻게든 나를 예전으로 되돌려보려 애썼다. 먹지도 않을 보양식을 계속 사가지고 들어오는가 하면, 무작정 여러 군데 병원에 예약을 한 뒤 나를 데리고 다니며 검진과 검사를 받게 했다. 나는 대체로 남편의 뜻에 순응해 착실하게 병원들을 돌아다녔다. 어느 병원에서도 딱히 내 몸의 이상을 발견하지 못하자 남편이 최후의 수단으로 결정한 정신과 진료까지 기꺼이 받았다. 내가 심한 우울증에 무기력증이라는 정신과의 진단이 내려졌지만 그에 굳이 반발하지 않았고, 처방약까지 군말 없이 복용했다. 그렇게 시간만 흘렀지 달라지는 게 없자, 남편은 내가 금방 다시 나아질 것이라는 기대를 접기에 이르렀다. 나는 요양을 위해 고향인 충청도로 내려가 3개월 정도 머물다 오겠다는 의사를 밝혔다. 남편에게 허락을 구한다기보다는 거의 통보하는 것에 가까웠지만, 내 상태가 심각하다고 여긴 남편은 순순히 내가 원하는 대로 하라고 했다. 엄마의 보살핌이 필요한 사춘기의 아이들이 걱정되기는 하지만 당신이 낫는 게 우선 아니겠냐며 물러섰다. 아이들…… 그래, 내 딸과 아들이 민감한 사춘기의 나이인 건 맞다. 아들 성재는 고3, 연년생 동생인 딸 성혜는 고2다. 성인이 코앞인 성재는 남편 걱정대로 철이 없는 아이다. 내게 줄곧 반항하고 무례한 태도로 일관하며, 불량한 친구들과 어울려 다니느라 대학 입시 준비에도 관심이 없다. 그럼에도 불구하고 나는 안다. 성재가 내 관심을 끌기 위해 그런 행동을 하고 다니는 것이며, 내가 그런 자신을 보듬어주기를 바라고 있다는 걸. 반면, 성혜는 나이답지 않게 과묵하며 전혀 말썽을 부리지 않는 아이다. 아직도 격렬한 사춘기를 겪고 있는 아들과 달리, 딸은 어쩌면 이미 사춘기를 지나 보낸 것인지도 모른다. 그럼에도, 역시 나는 안다. 성혜 또한 내게 적극적으로 다가오지는 못하나, 말없이 내 주변을 맴돌며 내 사랑과 관심을 갈구하고 있다는 걸. 어쩌랴. 나를 원하는 그 아이들을, 내가 보듬어 안고 보살펴줄 수 있다면 얼마나 좋으랴. 하지만 안타깝게도, 나는 그럴 수가 없다. 그 아이들에게 퍼부어줄 사랑의 여력이 내게는 존재하지 않는다. 따지고 보면 애초부터 그랬었고, 그 상황이 여전히 달라지지 않았다. 아니, 엄밀히 말해, 내 사랑의 양극화(兩極化)가 이전보다 더 심해졌다고 해야 할 것이다.

지난 18년의 세월, 내가 착각하며 산 게 있다. 내 현실의 사람들을 내 현실의 그릇 안에 딱 맞춰 담기만 하면 된다고. 내 현실의 사람들이란 내 가족, 그리고 내가 가르치는 학생들이다. 어차피 내 그릇을 초과해 그들에게 베풀 수 있는 게 없으니, 그 안에 그들을 딱 맞게만 담아 넣으면 현실은 오케이. 나는 그 이상 현실에 신경 쓰지 않고, 그 이면의 비현실에 집중하면 된다. 현실과 비현실, 내 인생의 양면이자 두 가지 세계. 내 현실 세계는 가정과 일터로 구성된, 유한한 육신들과 무감흥(無感興)이 긴 그림자처럼 늘어져 있는 무미건조한 대지다. 내 또 다른 세계는 비록 비현실적이지만, 다채롭기 이루 말할 수 없는 만화경 같은 경지다. 천화와 내가 오랫동안 함께 일궈온 풍요한 밭이요, 풀 냄새가 진동하는 깊은 계곡이다. 천화가 나를 위해 쏘아 올린 아름다운 불꽃들이 비추어지며 일렁이는 강이요, 우리가 같이 황홀하게 어우러지며 솟아올라 닿곤 하는 하늘이다. 나는 이 두 세계가 내 인생에서 적절히 양립할 수 있고, 나 스스로 그걸 충분히 컨트롤할 수 있다고 생각하며 살아왔다. 그러나 지금에 이르러 돌아보니, 그건 내 착각이었다. 내 현실의 그릇은, 내가 자각하고 있던 것보다 훨씬 더 작았다. 그 안에 현실의 사람들을 딱 맞춰 담아 넣고 있다고 생각했는데, 그게 아니었다. 날이 갈수록, 해가 갈수록 내 그릇 안 그들을 위한 공간은 줄어들었다. 내가 그들을 신경 쓰고 사랑할 여지는 점점 적어지기만 했다. 현실의 사람들이 그나마 차지하고 있던 그 공간과 여지를 가차 없이 가져간 존재는…… 엄연히 분리되고 있다고 믿었던 현실과 비현실 사이의 경계선을 거침없이 넘어, 단지 비현실에 머물 줄 모르고 내 현실로까지 내쳐 들어와 버린 존재는…… 앞선 표현처럼 내 두 세계를 양극화해 버리고, 내가 오로지 한 세계에만 애착하고 매달리도록 이끈 존재는…… 다름 아닌, 천화다.

낮에는 내 현실의 의무들을 충실히 수행하고, 밤에는 천화와 함께 하는 시간을 그저 향유하면 될 줄 알았다. 언제까지나 그렇게 살 수 있을 줄 알았다. 내 턱없는 교만이었다. 이 사랑의 지배자는, 내가 아니라 천화였다. 그가 내 모든 걸 제 마음대로 놀리고 움직이고 있지 않은가. 천화가 내 낮시간을 어지럽히고, 내 현실마저 가져 버렸다. 내가 그의 사랑 없이는 단 한 순간도 견딜 수 없고, 숨 쉴 수 없는 지경에 이르게 했다. 한낮에도 불쑥불쑥 몸이 달아오르고, 그의 숨결과 체취가 못 견디게 그리워졌다. 밤이면 만날 수 있는데 낮이 너무 길어 고통스러웠다. 한 번도 모습을 본 적 없는 그지만, 내 현실에서 시야에 들어오는 사람들보다 백배 천배는 더 애틋했다. 눈에 보이지는 않지만 숱한 밤 그와 부둥켜안고 그를 만져봐서 나는 잘 알고 있다. 천화가 얼마나 젊고 아름다운 생김생김을 지니고 있는지. 그에 비한다면 내 현실의 사람들은 죄다 못나고 시시하다. 천화는 달콤하고도 뜨거운 술 같은 남자다. 그와 비한다면 내 현실의 사람들은 죄다 미지근하고 비린 보리차에 불과하다. 내 현실의 배우자마저 제쳐 버릴 정도로 천화가 매력적이고 압도적이냐고? 더 이상 돌려 말해 무슨 소용이 있으랴. 나는 남편을 사랑하지 않는다. 남편에게 관심이 없다. 그는 대체로 선량하고 현실적으로 큰 허물이 없는 사람이지만, 내게는 무미건조한 존재일 뿐이다. 말한 바 있지만 나는 일점(一點)의 기대도 없이 결혼이라는 걸 했고, 그랬기에 남편에게 실망이나 배신감을 느낀 적도 없었다. 그에 대해 아무 기대가 없는 건 18년이 지난 지금도 마찬가지다. 그는 천화처럼 나를 뜨겁게 안아주지도 못하고, 천화처럼 내 마음을 뒤흔들지도 못한다. 신혼 시절, 천화가 나와 남편의 침상에까지 침입해 들어왔을 때도 나는 놀라지 않았다. 내가 결혼했다고 해서 천화는 나를 떠날 생각이 전혀 없어 보였다. 내 예상대로였기에 나는 오히려 안도했다. 다만, 남편과의 감흥 없는 관계가 끝난 자리, 돌아누워 잠든 남편 옆에서 천화를 받아들이는 일이 거듭되는 것에 일말의 죄책감을 느끼기는 했다. 그래서 되도록 남편과의 잠자리를 피하기 시작했고, 건설현장 감독으로 지방 출장이 잦아 며칠씩 집을 비우는 남편의 생활 궤도와 내 궤도가 다르다는 점을 내세워 어느 시점부터는 각방을 쓰기 시작했다. 일찍 출근해야 하는 교사라는 내 직업을 감안해 남편도 각방을 이해하려는 눈치였고, 이제 남편과 나는 각자의 공간에서 마음 편하게 잠을 청하는 사람들이 되었다. 나로서는 천화를 맞아들이는데 그 어떤 방해도 받지 않을 수 있어 지극히 만족스러운 상황이다. 천화, 그가 없는 밤은 상상조차 할 수 없다. 세상 누구를 감히 그와 비교할까? 천화는 내게 유일무이, 그 자체와도 같은 존재인걸.

…… 남편과 각방을 쓴지도 꽤 오래됐지만, 지금은 그조차 별 상관이 없는 일이 되었다. 더 홀가분하게도, 내가 집을 떠나 지낼 수 있게 되었으니 말이다. 계획했던 바대로 나는 8월에 접어들자마자 충청도로 내려와 지내고 있다. 요양이라는 명분이 있고, 남편의 동의하에 이루어진 일이기에 불안이나 부담 따위는 없다.

밝혔다시피 내 고향은 충남 공주다. 공주에 내가 나고 자란 외갓집이 있다. 여기에는 또 기막힌 우연이자 필연이 존재한다. 바로, 천화의 고향이 공주였던 것이다! 그와 내 고향이 일치하다니. 이건 천화와의 긴, 무수한 대화 끝에 내가 알아낸 중요한 사실이자, 궁극적으로 우리의 만남이 운명이라는 증거다. 그는 자신이 공주에서 살았다는 사실을 똑똑히 기억하고 있었다. 하지만 공주 내의 어떤 지역이나 마을에서 살았는지는 말하지 못했다. 그것까지는 분명하게 기억이 안 난다고 했다. 아무래도 좋다. 가죽에 얽힌 인생사에 이어, 그와 나 사이의 중요한 공통점을 하나 더 발견한 것만으로도 큰 수확이다.

마음 같아서는 공주의 외갓집에 가 머물고 싶었지만, 내가 지금 지내고 있는 곳은 당진에 있는 큰오빠댁이다. 외갓집은 이미 예전에 다른 사람에게 팔려 남의 집이 되었다. 원체 오래된 시골 마을이라 그 지역이 개발될지도 모른다는 소문이 돌고 있는데, 행여 개발로 인해 내 소중한 추억이 깃든 외갓집이 사라져 버릴까 두렵기도 하다. 어떤 상황이 생길지 모르니, 그렇게 되기 전에 시간 날 때마다 외갓집에 들러봐야겠다는 결심을 했다.

내가 지내는 큰오빠댁은 외갓집만큼 고풍스럽지는 않지만, 가구 수가 그리 많지 않은 비교적 한적한 동네에 위치해 있다. 큰오빠와 새언니 모두 선량하고 순박한 분들이라 내게 잘해주시며, 한편으로는 내가 조용히 요양하러 온 환자라는 점을 잊지 않고 내가 혼자 시간을 보낼 때 방해하지 않으시니 불편함은 거의 없다. 조카들이 모두 서울로 갔기 때문에 빈방이 두 개인데, 그중에서 조금 널찍한 방

하나를 내가 쓰고 있다. 낮에는 말린 꽃을 넣어 만든 차를 마시며 가지고 내려온 책들을 읽거나, 여유롭게 동네를 산책하며 시간을 보낸다. 밤에는, 두말할 것 없이 천화가 찾아온다. 내가 집을 떠나 어떤 다른 곳에 가 있든, 세상 어디에 가 있든 그는 나를 찾을 수 있다고 장담했고, 그 장담은 항상 들어맞았다. 가족을 의식하지 않고 자유로운 몸과 마음으로 천화를 맞아들이는 밤은 행복하기 그지없다. 그는 나를 변함없이 살뜰하게 안아주고, 새벽닭이 울고도 한참이 지나서야 나를 떠난다. 그런 후 내 방으로 찾아드는 아침 햇살은 따사롭기만 하다.

그건 그렇고, 오늘은 꼭 버스를 타고 공주의 외갓집에 찾아가 볼 생각이다. 주인의 양해를 얻어서라도 내 어린 시절의 추억들이 곳곳에 서린 외갓집을 한번 둘러보았으면 좋겠다. 최근에 와서야 기억이 난 건데, 내가 아홉 살 때인가 외갓집 안에서 재미있는 걸 발견했던 비밀장소가 있다. 그 장소에 아직도 그게 있을까? 이제라도 가서 찾아보면 나올까? 너무 궁금하다……

_23_

순옥의 일기 : 남아 있는 앞부분 - 3

1979년 10월 X일

　지금 너는 행복하냐고, 누군가 내게 묻는다면······ 나는 주저 없이 대답하겠다. 정말, 정말로 행복하다고. 내 삶에서 이렇게 행복한 적이 있었나 싶을 정도로 행복하다고. 말하나 마나, 내 행복의 중심에는 천화가 있다.

　열아홉 살 시절부터 천화와 관계를 맺어왔으니까, 내가 결혼 전에도 행복하지 않았던 건 아니다. 자유로운 시간을 누리는 게 당연했던 그 시절은 물론 행복했다. 그럼에도 제도권의 관습에서 너무 멀리 떨어져 있거나 역행하는 삶은 불안하고 두려워서 나 스스로 결혼을 택했는데, 오래지 않아 깨달았다. 안온한 삶을 택하면, 곧 구속이라는 대가를 치러야 한다는 걸.

　결혼 18년 만에, 내 의지로 그 구속에서 벗어나 홀로 생활하게 되었다. 제도권의 속박, 그리고 가정과 일이 내게 요구하던 의무들에서 풀려나 맛보는 이 자유는 실로 달콤하다. 진정 자유롭되, 내가 목숨처럼 사랑하는 사람과 하루의 반을 함께 할 수 있으니 또한 외롭지 않다. 나는 이런 삶을 오래도록 이어가기를 원한다.

요양이라는 명분으로 이곳으로 내려올 때 남편에게 3개월이라는 기한을 제시했지만, 솔직히 처음부터 그걸 지킬 생각은 아니었다. 3개월이 얼마나 길다고, 어림도 없다. 조만간 집에 연락해, 기한 연장을 통보할 것이다. 내 심신의 회복에 좀 더 시간이 필요하다는 이유면 충분하리라. 조금씩 기한을 늘려 적어도 내년 초까지는 이곳에 머물면서, 남편과의 법적 관계를 완전히 정리하는 방향으로 일을 추진할 것이다. 그렇다, 나는 이혼을 고려하고 있다. 결국에는, 결혼생활을 해보고 나서야 깨닫게 되었다. 천화가 내 삶에 존재하는 한, 다른 남자와의 결혼생활이란 내게 무의미하다는 사실을. 아무것도 모르고 있을 남편에게는 미안하지만, 나는 그를 전혀 원하지 않는다. 내 사랑을 원하는 아이들에게도 미안하지만, 그 아이들도 곧 성인이 된다. 어차피 다 큰 아이들을 계속 내 품에 보듬어 안고 있을 수도 없는걸. 어쨌든 나는 이 문제를 심사숙고하여, 내년 중에 결단을 내리고자 한다…….

앞서 적었듯, 나는 공주에 있는 옛 외갓집을 꼭 찾아가 보려는 마음을 먹고 있었다. 내가 나고 자란 그곳에 정말 다시 가보고 싶었고, 가봐야만 했다. 그래서 바로 지난주, 하루를 택해 택시와 버스를 갈아타고 그곳에 찾아갔다. 지금 그곳에 살고 있는 집주인에게 선물할 과일 봉지까지 손에 든 채 말이다.

충청남도 공주시 정안면 석송리 XX-X번지.

바로 내 외갓집의 주소다.

그리고 거짓말같이 나는 정말 그곳에 당도했다. 30여 년 전 떠난 이후로 한 번도 다시 찾은 적 없는 내 외갓집이, 옛날 모습 그대로 내 눈앞에 서 있었다. 낡았지만 고풍스러운 멋이 깃든 한옥, 그 모습 그대로. 우리가 자라던 시절에는 낮에 거의 대문을 걸어 잠그지 않는데, 놀랍게 그조차 그대로였다. 커다란 나무 대문을 살짝 밀어보니, 심하게 삐걱거리는 소리와 함께 문이 젖혀지며 열리는 것이었다.

집안에서 노부부가 나왔다. 간단하게 내 소개를 했는데 그분들이 반가워했다. 그분들도 공주 토박이인 데다 생전의 내 친정어머니를 알고 계셨기 때문이다. 다행스러운 일이 아닐 수 없었다. 이야기를 들어보니, 그분들은 진짜 집주인이 아니라 집주인에게 고용된 관리인이었다. 진짜 집주인은 청주에 거주하고 있는데, 시골 동네가 미래의 개발권에 포함될 것에 대비한 모종의 장기 부동산 투자 격으로 그 집을 구입한 모양이었다. 아직은 소문만 무성할 뿐, 그 지역의 구체적인 개발 계획은 발표된 적이 없다고 한다. 관리인 부부는 그 집에 있는 세 개의 별채 중 제일 작은 별채에 살고 있는데, 집을 청소하고 관리하는 시간 외에는 인근의 자기네 밭을 가꾸며 살고 있다고 했다.

관리인 부부와 차 한잔을 마시며 담소를 나눈 후, 어차피 빈집이

나 다름없으니 부담 갖지 말고 둘러보라고 해서 나 혼자 천천히 집 안 곳곳을 돌아보았다. 어쩌면, 30여 년이 지났는데도 집은 외관 만큼이나 그 내부도 변한 게 없었다. 안채와 사랑채, 세 개의 별채를 비롯해 하인들이 기거했던 행랑채까지 그 구조를 그대로 보존하고 있을뿐더러, 방들의 위치와 크기도 내가 기억하고 있는 모습과 똑같았다. 어린 시절 내 형제들, 그리고 사촌들과 뛰어놀며 누비던 마당도 흙바닥 그대로이고, 술래잡기할 때 붙들었던 나무들도 그 자리 그대로 서 있어서 반갑기 그지없었다.

생각해보면, 그 집에서 내가 살았던 건 어린 시절의 10년에 불과하다. 그보다 훨씬 옛날부터 우리 외가가 대대로 살았던, 실제로 매우 유서 깊은 고택(故宅)인 것이다. 어릴 때 할아버지께 들은 이야기가 있다. 조선 시대에는 충청도 세도가의 일파(一派)인 김씨 가문이 오래도록 그 집을 소유했었는데, 김씨 가문의 맥이 끊기고 나서는 구한말부터 우리 외가가 그 집에 들어가 살기 시작했다고 한다. 내 상상이 닿지 않을 정도로 오랜, 많은 조상님들이 그 집에서 살다 가셨고, 우리 가족도 한 시절 그곳을 거치며 고택의 역사의 일부가 되었다는 사실이 새삼스럽기만 했다.

어머니는 두 오빠를 낳고 나를 복중에 품은 채로 외갓집에 들어오셨다. 아버지가 지방으로 장사를 다니게 되어서 임시로 떨어져 살 수밖에 없었던 상황인지라 결정한 친정살이였다. 어머니가 나를 낳고, 동생이 하나 더 태어나고, 내가 열 살이 될 때까지 우리 가족은 그 집에서 살았다. 우리 가족이 머물던 곳은, 앞서 말한 집안

세 개의 별채 중 두 번째로 큰 별채였다. 나는 그 별채로 들어가 추억을 되새기며 마당을 거닐어보고 빈방들에도 들어가보았다. 그리고 턱이 반들반들하게 닳은 별채의 마루를 바라보며 한동안 서 있었다. 마루 밑에는 낮은 섬돌이 아직도 얌전하게 놓여 있다. 섬돌 너머, 마루 밑은 제법 큼직하게 뚫려 있는 공간이었다. 이건 사실상 어린 시절의 내 시각으로 바라보았을 때의 이야기다. 몸이 작았던 그 시절에는, 술래잡기를 할 때 마루 밑에 숨는 일이 허다했었다. 작은 여자애의 몸이 엎드려 들어가면 그리 힘겹지 않을 만큼 넉넉한 공간이어서, 그 나름 재미있는 은신처가 되어주곤 하던 장소였다. 어른이 되어 다시 바라보는 마루 밑 공간은 그때만큼 여유 있어 보이지 않는다. 어른의 몸으로 그곳에 쑤시고 들어가는 건 당연히 무리다. 하지만 나는, 별채 마루 밑의 작은 비밀을 하나 알고 있다. 내가 어린 시절 직접 알아낸 비밀이다. 그건 바로, 마루 밑 그 공간의 안쪽이 상상 이상의 깊이를 가지고 있다는 사실이었다. 어린아이가 그곳으로 기어들어갔을 때, 이내 앞이 막혀 있음을 보는 게 아니다. 좀 더, 더, 더 깊이 들어갈 수 있음을 알게 되는 것이다. 정말이지 더 이상 깊이 들어갈 수 없을 것 같다 싶은 순간, 아이는 막다른 벽에 접하게 된다. 그건 곧 별채 건물의 뒷벽이다. 즉, 별채 마루 밑은 그저 빈 공간이 아니라, 별채 뒷벽까지 이어지는 통로라고 해도 틀린 말이 아니라는 뜻이다. 그 시절 내가 그걸 체험했다. 그러고 난 뒤, 누구에게도 그 사실을 알려주지 않고 나 혼자만의 비밀로 간직했다. 어른들은 물론, 형제들이나 사촌들 누구도 그에 관해 모르고 있다고 나는 확신했다. 만약 다른 아이들이 알았다면 이미 그 사실이 다 떠벌려지고 모두에게 공유되었겠거니 싶었다. 왠지 그런 건 싫었다. 어린 시절에는, 아무도 모르는 그런 비밀을 하나쯤 품고 있는 게 대단한 일로 여겨졌으니 말이다.

내가 그 사실을 알아낸 건, 여느 때처럼 숨바꼭질에 몰두하다 별채 마루 밑으로 몸을 숨긴 어느 날이었다. 처음에는 몸을 적당히 구부리고 있었는데, 팔이 영 불편해서 좀 뻗어보려다가 생각 밖에 안쪽 공간이 여유롭다는 걸 알게 되었다. 나는 안쪽을 향해 두 팔을 쭉 뻗고 납작 엎드렸다. 그러다 고개를 쳐들었는데, 정수리가 마루에 부딪히지 않는 것이었다. 그다음부터는 마치 얕은 물에서 헤엄치듯 편안한 자유형 자세를 취한 채 계속 앞으로 기어 나아갔다. 호기심이 솟구쳐, 대체 어디까지 나아갈 수 있는지 알고 싶었다. 마루 밑은 생각보다 음습하지 않았고, 바닥은 부드러운 흙으로 되어 있었으며 벌레도 거의 없었다. 거친 잔돌들에 팔꿈치가 긁히는 불편도 느껴지지 않았다. 어지간히 깊이 들어갔다는 자각에 이르렀을 때, 어느새 내 손가락은 단단한 벽을 어루만지고 있었다. 그게 별채의 뒷벽임을 바로 알아차렸고, 아무도 모르는 마루 밑 비밀 구조를 내가 파악했다는 뿌듯함에 사로잡혔다. 벽 아래쪽에는 팔 하나가 들고 날 수 있을 만한 크기의 갈라진 틈이 있었고, 그 틈 사이로 볕이 희미하게 새어 들어왔다. 그 이상 나아갈 데가 없다는 걸 깨닫고 왔던 방향으로 몸을 되돌리려던 순간, 내 팔꿈치가 큼직한 돌에 걸린 것 같은 느낌이 들었다. 희미한 빛에 기대어 살펴보니, 내 팔꿈치는 두세 개의 큰 돌이 괴인 곳에 걸쳐져 있었다. 팔꿈치를 들어 올리자, 그 돌들 사이 우묵한 틈에 웬 책같이 생긴 물건이 끼어 있는 게 보였다. 반대쪽 손으로 어렵잖게 그걸 집어 올리고는, 옆구리 사이에 끼운 채 다시 기어서 마루 밑을 빠져 나왔다.

밝은 곳으로 나와서 이리저리 뜯어본 그 물건은, 몹시도 낡은 한 권의 책이었다. 두께는 자못 얇았고, 어찌나 낡았던지 책장도 책갈피도 바래고 누런빛이었다. 표지에는 아무것도 쓰여 있지 않았다. 제본도 그다지 단단하게 되어 있지 않아, 책등이 다소 너덜거리는 감이 있었다. 책을 대충 훑어보니, 붓글씨로 직접 쓴 듯한 글씨들이 책장마다 가득 메워져 있었다. 마치 종이가 부족해 내용을 최대한 꽉 채워 쓰려고 한 것 같은 분위기였다. 당시 어렸던 내가 보기에도 그 글자는 한글과 가장 흡사했지만, 내가 배워 쓰고 있는 그 한글과는 또 달랐다. 어떤 글자는 읽을 수 있었지만, 또 어떤 글자는 알아볼 수가 없었다. 눈에 들어오는 짧은 문장이 있는가 하면, 도통 읽어내릴 수 없는 긴 문장도 많았다. 대체 무슨 책일까. 정체는 알 수 없지만, 어린아이가 붙들고 앉아 읽을 만한 이야기책이나 동화책이 아닌 건 분명했다. 나는 책을 얼굴 가까이 갖다 대고, 책에서 나는 옅은 곰팡내를 깊이 들이마셨다. 그리고는 주저 없이 책을 가지고 다시 마루 밑으로 기어들어갔다. 내가 그 책을 가지고 있으면, 어른들이 어디서 난 책이냐고 물을 게 뻔했다. 아이들도 달려들어 읽지도 못할 책을 이리저리 돌려가며 구경할 것이다. 마루 밑 가장 깊은 지점에 당도한 나는 원래대로 큰 돌들 사이에 책을 끼워놓았다.

비밀 통로도, 이상한 책도, 오직 나만의 비밀로 간직하고 싶은 어린 마음이었다.

현재로 돌아와, 나는 몸을 굽히고 별채 마루 밑을 유심히 들여다보았다. 저 공간을 내가 다람쥐처럼 잽싸고 유연하게 들고나며 놀았다는 사실이 실감나지 않았다. 저 공간이 별채 뒷벽까지 이어지는 깊은 통로를 품고 있는 이유를 나는 여전히 파악할 수 없다. 아마도, 그 집을 지은 이들은 물론, 그 집에 살았던 사람들도 끝내 몰랐던 구조상의 특이점이 아니었을까 짐작할 뿐이다. 그 사실을 어렸던 내가 알아냈고, 이후 30여 년이 흘렀다. 이제는 어른이 되어 마루 밑으로 들어갈 수 없지만, 나는 내가 발견했던 그 낡은 책이 그 안 깊은 곳에 그대로 자리하고 있는지 너무나도 궁금하다. 마음 같아서는 무슨 방법을 써서라도 당장 꺼내어보고 싶을 지경이다. 관리인 부부가 보면 이상하게 생각할까 봐 내 마음대로 섣불리 행동할 수도 없고…… 다시 찾아와야겠다는 생각만 품은 채, 그날은 발길을 돌렸다.

위의 날짜로부터 사흘 후, 일기를 이어 쓴다.

나는 지금 정안면의 한 다방에 혼자 들어와 앉아 있다. 이른 오후라 다방 안은 한산하고, 흘러간 옛 가요의 선율만 나지막하게 흐르고 있다.

오늘 어떤 일이 있었는지 아는가. 생각할수록 놀랍고 신기하다…… 일이 내 바람대로 되었다. 내가, 내가 30여 년 전 발견했던 그 책을 드디어 오늘 다시 찾아낸 것이다! 지금 그 책이 내 손 안에 있다. 믿어지지 않는다.

오늘 아침부터 외갓집에 찾아간 건, 물론 책을 다시 찾아보려는 계획을 품고서였다. 집안에 들어서자마자, 외출준비로 분주한 관리인 부부와 마주쳤다. 나를 보고 또 웬일이냐며 약간 놀라는 것 같았지만, 마음이 답답해서 바람이나 쐴 겸 등산을 가던 길에 옛 외갓집에 다시 들렀다고 하니까 그냥 그러려니 하는 눈치였다. 자기들은 다른 지방에 있는 딸네 집에 좀 다녀와야 하니 나더러는 마음 편히 쉬다 가라며 차 한잔에 삶은 고구마까지 내어주고는, 트럭을 몰고 부리나케 출발했다.

이렇게 좋은 기회가 있을까. 나는 그들의 눈치를 볼 것 없이 편하게 내 계획을 실행할 수 있게 되었다. 앞뒤 잴 것도 없었다. 어차피 내가 마루 밑으로 들어갈 수는 없고, 만약 긴 장대 같은 걸 거기 집어넣어 휘젓는다 해도 그런 방법으로 책을 끌어낼 가능성은 보나마나 희박하다. 그렇다면 방법은 단 하나뿐. 나는 망설이지 않고 별채 뒷마당으로 돌아갔다. 앞에서 해결할 수 없다면 뒤로 돌아가면 된다. 방법은 항상 있게 마련이다.

뒷마당으로 간 나는, 별채 뒷벽과 마주 선 채 벽의 아래쪽을 면밀하게 살폈다. 어린 시절 마루 밑을 헤집고 다녔던 내 비밀스러운 경험의 흔적을 찾기 위해서였다. 역시나, 기억은 나를 배반하지 않았다. 벽 아래 무성하게 자란 잡초들을 헤치며 찾아본 결과, 갈라진 틈이 있는 곳을 발견했다. 마루 밑으로 들어가서 보았던 뒷벽의 그 갈라진 틈을, 밖에서 다시 찾아낸 것이다. 팔 하나가 들고 날 만한 크기의 틈, 그게 분명했다. 나는 회심의 미소를 짓고 나서, 팔을 뻗어 그 틈 사이로 과감하게 집어넣었다. 벽 안쪽의 서늘한 기운이 손등을 타고 올라왔다. 손을 몇 차례 휘젓지 않았는데도 이내 큼직한 돌이 손바닥에 닿았다. 돌덩어리 두세 개가 포개진 그 모양 그대로임을 알 수 있었다. 그리고 내 예상대로 돌들 사이에 끼워진 한 권의 책이 손에 잡혔다. 세상에나, 너무 쉬웠다! 나는 행여 책이 갈라진 벽틈에 끼어 찢어질까 주의하면서 천천히, 조심스레 그걸 끄집어냈다. 만세. 기쁨으로 내 입이 벌어졌다. 30여 년 전에 내가 발견했다가 넣어둔 그 책이, 긴 세월을 돌아 지금 또 내 손에 들려 있다는 사실이 경이로울 따름이었다. 여전히 낡은 모습 그대로였지만, 그사이 더 손상되거나 훼손된 흔적은 없는 듯 보여 다행이었다.

이제 와 다시 훑어보니 역시 그 책에 적힌 글자는 한글이 맞았다. 한글은 한글이되 현대 국어가 아니요, 이른바 한글을 '언문'으로 칭하던 옛 시절에 쓰인 것 같았다. 모르긴 몰라도, 구한말 이전인 19세기에 쓰인 책이 아닌가 짐작된다. 책 제목이 따로 없는 데다 책장마다 내용이 일정한 분량으로 들어가 있지 않은 점으로 미루어, 선비들이 공부하던 서책이라기보다는 한 개인이 쓴 일기나 기록에 가까운 글로 보였다. 나는 국문학 전공자이며 대학 시절에 고어와 고문에 심취해 열심히 공부했었다. 어린 시절에는 이 책을 두 손에 쥐고도 제대로 읽을 수 없었지만, 현재는 다르다. 내가 이 책을 큰 어려움 없이 읽을 수 있을 것 같아 얼마나 다행스러운지 모르겠다.

이 책을 찾아냈다는 사실을 나는 관리인 부부에게 알리고 싶지 않다. 어차피 그들은 집주인이 아니다. 내가 먼저 이 책을 읽어보고 내용을 파악한 후, 만약 옛 시대의 유물 같은 것으로서의 가치가 있을 듯싶으면 집주인에게 알리거나 박물관에 연락하는 게 맞다고 생각한다. 그렇다고 또 내 마음대로 이 책을 내가 거처하는 곳으로 가져가는 것도 꺼림칙해서, 일단 책을 품고 면내로 나와 이 다방으로 들어왔다. 얇은 책이니 읽는데 그리 오래 걸리지 않을 것이라 믿어본다. 책은 다 읽은 후에, 일단 있던 곳에 되돌려놓으려 한다. 유물이라면 처음 발견된 자리도 중요하다고 들은 것 같아서다. 우선 읽고 나서, 그다음 일을 생각하도록 하자.

대체, 무슨 내용이 담겨 있는 책일까……?

-

(갑자기 분위기가 바뀌어 이상하겠지만, 한 달이 흐른 지금 나는 적지 않을 수 없다. 내 일기장의 앞부분은 여기까지다. 행여 이 일기를 발견하여 읽게 될지 모르는 누군가에게, 중요한 사실을 알린다. 이 일기장의 뒷부분, 즉 마지막 대목이 쓰인 부분은, 위에 언급한 내 공주 외갓집 별체 뒷벽 안에 넣어두었다. 내가 발견한 저 책과 함께 말이다.

일의 전말은, 거기에 있다…….)

24

다섯 번째 면담 - 2

같은 날 오후_ HCCC 빌딩 사무실

- 온몸이 으슬으슬해지는 게…… 꼭 여름 감기에라도 걸린 기분이에요. 날씨가 이렇게 더운데.

- 괜찮니?

- 솔직히, 괜찮지는 않아요. 천하와 Ch, 그리고 할머니의 귀접 상대가 모두 동일인물일 것 같다는 불길한 예감은 있었지만…… 이렇게 적중할 줄은 몰랐어요. 어쩌면 저와 엄마, 할머니가 셋이 짜기라도 한 듯 이럴 수가 있죠?

- 그래, 놀랍도록 똑같더군.

- 아무리 되새겨봐도 똑같아요. 할머니도 정확히 열아홉 살 때부터 그 일을 겪기 시작하셨어요. 그렇게 되기 직전 열여덟 살에, 어

머니인 증조할머니가 돌아가셨다고 적어놓으셨죠. 귀접이 시작되던 밤, 옛날 시골 풍경이 환상처럼 나타난 것도 같고요. 뭣보다 귀접 상대는…… 빼도 박도 못하겠네요. 젊은 남자의 탄탄한 몸, 긴 머리칼, 몸에서 나는 풀냄새와 가죽 냄새, 여자의 몸과 마음을 홀리듯 사로잡는 그 사랑의 몸짓에…… 혼자 웅얼거리는 알아듣지 못할 말들, 대화할 때의 화법과 그 알쏭달쏭한 대답들…… 어떻게 이렇게…….

– 동의해. 천하와 Ch, 그리고 할머니의 귀접 상대였던 천화. 각기 다른 이름으로 기억되고 기록된 이 셋은, 결국 동일인물이며 하나의 존재라고 단언해도 좋을 때가 온 것 같다.

– 셋 중 어떤 게…… 진짜 이름일까요?

– 음, 천하는 네가 그와 10년을 보내며 파악한 이름이야. Ch는 정확한 이름이 아니라, 너희 어머니가 그의 말을 알아듣기 어려워 편의상 그 초성을 영어 이니셜로 표기하신 거였고. 천화는, 할머니가 20년 넘는 세월을 그와 접촉하며 알아내신 이름이지. 이 가운데 가장 가능성 있는 이름? 물론 난, 천화라고 생각해. 생각해봐. 시간적으로도 가장 먼저 그 인생에서 귀접을 경험하고 그를 맞아들인 사람은 할머니야. 순서상으로 이렇지. 할머니의 결혼 전 귀접 경험-결혼 후 딸 출산-이후 사망, 어머니의 결혼 전 귀접 경험-결혼 후 딸 출산-이후 사망, 그리고 세라 네게 시작된 경험……. 인생 자체가 똑같은 패턴으로 반복되었지만, 세 사람 중 가장 최초의 경험자는 할머니였다는 얘기야.

- 저도…… 아, 제 인생도 그런 식으로 반복될까요? 만약 제가 결혼을 하면…….

- 아니, 아냐. 멀리 가지 마, 세라야. 지금 내 얘기의 초점은, 할머니가 가장 오래전에 천화의 존재를 알았던 사람이라는 거야. 게다가 세 사람 중에서 할머니는 천화와 가장 활발하게 소통했던 사람이었어. 세 사람의 일기에 각기 기록되어 있는, 천화와의 대화 내용을 비교해보면 그 점을 확연히 알 수 있지.

- 소통…… 활발한…….

- 그렇게 생각하지 않니?

- 맞아요. 이의가 있을 수 없죠. 저 같은 경우는 천화와 될 수 있는 한 많이 소통하려고는 했지만, 그의 말을 잘 알아듣지 못해서 원하는 만큼 그에 대해 알아낼 수가 없었어요. 엄마는 천하와의 소통을 시도해보시긴 했지만 대화가 잘 통하지 않으니까 이내 포기하신 경우 같아요. 끈질기게 계속 대화를 시도했다거나 그에 대해 더 알아내려고 한 흔적이 엄마의 일기에는 나타나 있지 않잖아요. 그런 엄마와 저에 비하면…… 할머니는 천화와의 놀라운 소통능력을 발휘하셨어요. 저로서는 감탄을 금할 수 없을 지경이에요. 귀신인 천화와 대화하기를 마치 사람과 이야기하듯, 그것도 꼭 말 잘 통하는 친구처럼 그토록 생생하고 매끄럽게 대화하셨다니…… 정말이지…….

- 천화에 대해 할머니가 발휘한 친화력과 소통능력은 대단하셨어. 그런데 이런 측면도 있다고 본다. 그 시절에는 천화 본인도, 어

떤 의도에서든 할머니에게 자신에 대해 그다지 거리낌 없이 알려주
려고 한 것 같다는 느낌이 들어. 잘 알아듣지 못하게 발음을 흐리거
나 아예 알아듣지 못할 말들을 웅얼거리는 일도 별로 없었고, 또 할
머니의 질문을 회피하는 게 아니라 되도록 충실하게 답하려고 한
듯한 느낌을 준다는 말이야. 즉, 할머니가 천화의 말을 잘 알아들을
수 있었던 이유는, 그만큼 천화가 잘 알아들을 수 있게 말했기 때문
이 아닐까 싶은 거지.

  ─ 제 생각에도 그런 것 같아요. 이런 표현 우습지만, 천화가 할머
니와 절 차별한 거예요. 저랑 대화할 때는 대부분 그의 일방통행이
었고, 제 질문들에 쉽게 알아들을 수 있는 대답을 한 적이 거의 없
어요. 다분히 의도적인 거겠죠?

  ─ 어느 쪽이든 천화의 의도였을 가능성이 매우 높지. 그래도 어
쨌든, 할머니에게나마 천화가 자신의 얘기를 많이 들려줬고 할머니
가 그걸 일기에 기록해두셨다는 게 얼마나 다행인지 모르겠다. 그
덕분에 우린 미처 알지 못했던 천화의 신상정보를 확보할 수 있었
잖아. 천화가 할머니와 같은 고향인 공주에서 태어나 살았던 존재
라는 것, 열여덟 살 꽃다운 나이에 생을 마감했다는 것, 그리고……
이건 정말 중요한 사실로 보이는데, 그가 가죽을 다루고 신을 만드
는 일을 했다는 것.

  ─ 네, 저한테도 자신이 있는 곳에 갖피가 많았다고 얘기한 적은
있지만…… 전 갖피가 가죽을 의미한다는 것만 알아차렸을 뿐이지,
그 이상은 몰랐어요.

- 옛 시대에, 가죽으로 신을 만드는 일을 직업으로 하던 사람……
천화는, 갓바치였던 것 같다. 그가 조선 시대에 태어나 살았다고 전
제한다면 그는 갓바치로 불렸을 거야. '갓바치'의 옛말은 '갓바치'인
데, 이 말이 조선 시대 말인 19세기 문헌에서부터 나타났다고 전해
지거든.

- 갓바치…… 조선 시대요? 그가 정말 조선 시대에 살았나요?

- 아니, 그냥 전제해본 것뿐이야. 그의 생몰년(生沒年)을 정확히
알 수 없으니 단정하기는 어렵지만…… 내 직감은 어쩐지 천화가
조선 시대 갓바치였으리라는 가정에 끌리는구나.

- 그, 그렇군요……. 선배 말마따나, 할머니 덕분에 우리가 그에
관한 중요한 정보를 알아낸 셈이니, 그의 사연을 파악하는데 단서
가 되었으면 좋겠어요.

- 그래, 할머니의 일기를 읽고 난 또 다른 소감은 없니?

- 아…… 이, 있어요. 물론 있죠.

- 어떤?

- 얼굴조차 뵌 적 없는 할머니…… 이미 오래전 돌아가신 분에
대해 이런 얘기를 하는 게 송구스럽지만…… 할머니의 일기를 읽고
정말 많이 놀랐어요. 할머니는…… 엄마나 저하고는 비교도 할 수
없을 정도로, 솔직하고 직선적인 분이셨던 것 같아요. 어쩌면, 무모
하리만치 대담하셨던…….

- 그렇게 느꼈니?

- 아시다시피, 엄마나 전 오랜 기간 천화와 관계를 유지하면서도

도저히 헤어날 길 없는 이율배반의 덫에 갇혀 있었잖아요. 그렇게 오랫동안 귀신과 농밀한 성적 접촉을 갖는 일이 비정상적이고 바람직하지 못한 일이라는 걸 알면서도…… 그 관계에 중독되어 버려서 쉬이 끊어내지 못했어요. 어떻게든 천화를 떼어낼 방법을 궁리하면서도, 한편으로는 천화가 정말 인생에서 바람처럼 사라져 버릴까 두려워했어요.

 - 이율배반…… 그랬지.

 - 엄마는 천화에게서 달아나려는 시도로 결혼을 택하셨지만, 결과적으로는 천화를 물리치는 데 실패하셨죠. 전 엄마처럼 서둘러 결혼을 택하지는 않았고, 또 문제 해결을 위해 선배를 찾아서 도움을 받고 있지만…… 저도 기본적으로는 별수 없다는 좌절감이 종종 들기도 해요. 천화와의 관계로 인해 행여 제가 정상적으로 살 수 없을까 봐, 결혼을 하지 못하거나 평범한 여자로서의 행복을 누리지 못할까 봐, 여전히 전전긍긍하는 나약한 여자애에 불과하니까요…….

 - 음…….

 - 하지만 할머니는, 저희와는 완전히 다르셨죠. 엄마나 저 같은 자기모순에 빠지지 않으셨어요. 물론 할머니도 저희처럼 숱한 갈등과 고뇌를 겪으셨겠지만, 결국 당신의 힘과 의지로 그 감정의 굴레를 내려놓으셨어요…… 믿을 수 없을 만큼 대담하고 유연하게 말이에요. 천화와의 관계에 깊이 애착하고 천화를 진심으로 사랑하게 된 자신의 진짜 모습을 일찌감치 인정하셨어요. 천화에 대한 뜨

거운 사랑을 일기에 솔직하고 과감하게 쏟아내셨고, 천화도 당신을 사랑하고 있을 거라 믿기를 주저하지 않으셨어요. 제가 가장 놀란 건…… 할머니가 그 유일무이한 사랑을 지키기 위해, 종내 당신이 가진 것들을 다 포기하려 하셨다는 거예요. 결혼이라는 안정된 제도 내에 편입해 얻은 가정과 20년 넘게 종사하셨던 그 직업까지도. 아, 제 얘기는…… 사실 할머니가 다 옳았다는 건 아니에요. 귀신인 천화를 향한 사랑은 열렬했지만 현실의 가족에게는 무정하다시피 냉담하셨죠. 당시 미성년이었던 딸, 그러니까 우리 엄마에 대한 모성이나 배려도 결여되어 있었다는 생각이 들고요. 그럼에도 불구하고, 어쩌면 그건…… 옳고 그름의 문제가 아니라, 당신의 가치관과 선택의 문제가 아니었을까 싶기도 한 거예요…….

- 가치관과 선택의 문제…… 그래, 그런 측면에서 볼 수도 있겠지. 하지만 이 포인트를 간과하면 안 돼. 과연 천화는, 당시 할머니가 가진 모든 걸 포기하면서까지 올인할 가치가 있는 대상이었을까……? 어떻게 포장하려고 해도 사실상 천하는 사람이 현실에서 가진 것들과 양립할 수 없는 존재, 귀신에 불과한걸. 심지어 너희 할머니와 어머니, 그리고 너에 이르기까지 대를 이어 귀접을 시도할 만큼, 명백한 모종의 의도를 품고 있는 귀신이라는 말이야. 쓴소리 같아 미안한데, 네가 귀접을 겪어온 당사자라는 점은 이해하지만, 할머니의 선택에 지나치게 감정이입하는 일은 자제하는 편이 좋지 않을까 생각한다.

- 쓴소리라뇨, 아, 아니에요. 제가 선배 말씀하시는 뜻을 모를 리

있겠어요. 제가 저도 모르게 감정적으로 흘러가는 걸 잡아주셔서 감사해요. 다시 말하지만, 할머니가 그런 선택을 하시려던 게 바람 직했다고 생각하는 건 절대 아니에요. 게다가…… 할머니는, 그 모든 결심을 실행에 옮기기도 전에 그만 눈을 감으셨잖아요. 시골로 내려가신 지 3개월 만에 돌연 사망하시다니, 그것도 그렇게 석연찮 게 말이에요. 우리가 읽은 할머니 일기의 앞부분은 밝은 설렘으로 가득 차 있었고 당신이 몹시 행복하다는 걸 강조하고 계셨는데…… 대체 할머니에게 무슨 일이 생겼던 걸까요? 혹시…… 공주 외갓집 별채에서 발견하셨던 그 책과 무슨 관련이라도 있는 걸까요? 아니 면, 천화의 관계가 결정적으로 어떤 영향을 미친 걸까요?

― 그건, 우리가 확보한 할머니의 일기 앞부분만 가지고는 단정할 수 없지. 뒷부분까지 마저 읽어보지 않는 한…….

― 엄마의 일기에 나온 대로, 할머니가 스스로 극단적인 선택을 하 셨을 가능성이 크다면…… 정말 그러면 어떡하죠?

― 나도 여러 가지 가능성을 염두에 두고 있는데, 애석하지만 그것 들이 사실일 가능성이 전반적으로 큰 것 같다. 하지만 단정하기는 일러. 우린 그 결정적 단서의 앞부분만 가지고 있으니까.

― 그러면…….

― 세라야, 이번에도 단도직입적으로 물을게. 우린 할머니의 공주 외갓집 주소를 가지고 있어. 그리고 그곳 별채 뒷벽에 할머니 일기 의 뒷부분과 할머니가 발견하신 그 낡은 책이 함께 숨겨져 있다는 정보까지 가지고 있지. 넌 그것들을 마저 찾아볼 용의가 있니?

- 하아, 그건…….

- 두려운 거니?

- 솔직히…… 무서운 건 사실이에요. 만약 그것들을 모두 찾는다면, 그 자체도 대단한 일이겠지만…… 뭣보다, 새롭게 또 직면해야 할 진실이 버거울 것만 같아요. 이번에는 얼마나 더 충격적인 내용을 맞닥뜨려야 할지…….

- 그래, 지금까지 우리가 확보한 정보들보다 한층 더, 아니, 어쩌면 가장 충격적인 내용이 기다리고 있을 수도 있어. 그래서, 이쯤에서 그만뒀으면 좋겠니……?

- 선배, 제가 어떻게 하길 바라세요?

- 난 네게 그 무엇도 강요할 수 없어, 세라야. 네가 어떻게 했으면 좋겠다고 조언하거나, 우리가 어떤 방향으로 같이 나아갔으면 좋겠다고 독려할 수 있을 뿐이지. 마지막 결정은 네가 하는 거야.

- 지금은 저한테 어떤 조언이나 독려를 하고 싶으세요……?

- 우리가 어떤 기록의 앞부분만 남아 있는 줄 알면서도 그걸 굳이 찾았다면, 그 뒷부분도 찾아보는 게 자연스러운 수순으로 예정되어 있지 않을까, 싶다.

- 역시, 그렇군요.

- 빤한 얘기인 줄은 알지만, 널 위한 조언이나 독려 차원에서라면 얼마든지 말할 수 있지. 내 입장은 지난번과도 다름이 없고, 항상 변함이 없어…… 진실에 다다르기 위해서는, 우리가 앞으로 나아가야 한다는 것.

- 일단 알겠어요. 선배, 저한테 며칠만 시간을 주세요.

- 재촉하지 않을게. 천천히 생각해도 돼.

- 아니에요, 우리한테 충분한 시간이 있는지 그것조차 알 수 없으니까요. 며칠이면 돼요. 연락드릴게요.

25

여섯 번째 면담

다섯 번째 면담으로부터 5일 후_ 진세라가 근무하는 백화점 근처 커피전문점

- 선배, 이쪽까지 오시느라 수고하셨어요. 제가 HCCC 빌딩으로 가야 하는데…….

- 아냐, 무슨. 마침 시내에 볼일 있어 나와 있던 참에 네 전화 받고 바로 온 거야. 굳이 네가 HCCC까지 오길 기다릴 필요도 없고, 딱 잘됐어.

- 이렇게 밖에서 선배를 뵈니까…… 갑자기 미스터리 인사이드 카페의 번개 모임에 처음 초대받아 참석했던 날이 생각나네요. 그날 그렇게 기적처럼 선배를 만나게 됐고…….

- 뭘, 기적 씩이나. 우리가 매우 절묘한 타이밍에 재회한 건 맞지

만.

　- 사실 전 애초에 미스터리 인사이드 카페의 운영자를 직접 만나 얘기를 나눠보고 싶어서 카페 활동을 시작했던 건데, 그 운영자가 다름 아닌 선배였다니…… 제게는 엄청난 행운이었어요.

　- 널 다시 만난 건…… 내게도 행운이야.

　- 그렇게 말씀해주셔서 감사해요. 그리고 죄송해요. 선배를 만나기 전까지는 카페 운영자에게 눈도장을 받고 싶다는 필사적인 소망이 있었고, 회원들에게도 인정받고 싶어서 열심히 활동했는데…… 막상 선배를 만나서 심도 있는 면담을 할 수 있게 되고 또 언제든 뵐 수 있는 입장이 되니까, 저도 모르게 카페 활동에는 소홀해졌네요. 꼭 급한 목적만 해결하고 뒤도 안 돌아보는 약삭빠른 인간이 된 것 같아서…….

　- 그렇게 생각할 것 없어. 우리 카페 회원 모두가 처음부터 너처럼 자신만의 소망과 목표를 가지고 들어왔고, 그걸 해결하기 위해 서로 소통하며 활동하고 있다 해도 무방해. 왕성하게 활동하다 뜸해진 회원이든, 소리 없이 지내다 갑자기 왕성한 활동을 보이는 회원이든, 다들 그 나름의 사정이 있겠지. 미스터리 인사이드 카페를 10년 동안 꾸려온 운영자로서의 내 목표는, 회원들이 그들의 문제를 해결함으로써 자유로워지고 편안해지는 거야. 그들이 목표를 달성했다면, 언제든 카페를 떠나도 상관없어.

　- 선배는 정말 관대하세요.

　- 세라야. 너, 무슨 일 있지?

- 네……?

- 그냥, 네가 하고 싶은 얘기는 따로 있는 것 같아서.

- 아, 네…….

- 내 앞에서 망설일 것 뭐 있니.

- 역시 선배의 눈은 속일 수가 없나 봐요.

- 얘기해봐.

- 그게…… 저기…… 어제 말인데요.

- 응.

- 저, Y를 만났어요. 그가 매장으로 불쑥 찾아왔더라고요.

- Y……?

- 제가 일기에 쓴 적 있는데…… 기억하세요? 저희 매장 고객이고, 자기 아버지 회사에서 본부장 맡고 있다는 그 기업가…….

- 아, 물론 기억해. 그 사람이 왜?

- 제가 퇴근하길 기다렸다가, 저녁 먹으면서 얘기 좀 하자고 절 부랴부랴 레스토랑으로 데려가더니…….

- 무슨 얘기를 했는데?

- 그 사람이 전에 저한테 두 번이나 청혼을 했잖아요. 그런데 제가 칼처럼 거절한 것도 아니고 그렇다고 승낙한 것도 아니고…… 말하자면, 확답을 안 한 상태에서 시간이 흐른 거예요. 본인으로서는 조바심도 나고, 슬쩍 자존심도 상했나 봐요. 이번에 확답을 주지 않으면 모든 얘기를 그냥 없었던 걸로 하는 편이 낫겠다고, 일종의 최후통첩을 날리더군요.

- 그랬어? 그래서 넌 뭐라고 답했니?

- 거절했어요. 본부장님 말대로, 그냥 없었던 얘기로 하자고요. 그 사람과 제가 특별한 사이도 아니었지만…… 그래도 확답을 하지 않으면서 시간을 끄는 건 예의가 아니라는 생각이 들었어요. 어차피 전 그와 결혼하지 않을 거거든요.

- 그래……? 왜 결국 거절했는지, 그 이유를 물어봐도 되겠니?

- 그럼요. 첫째, 전 그를 사랑하지 않아요. 둘째, 최후통첩을 날리는 그의 태도에서 오만이 느껴졌어요. 조건으로 보나 외모로 보나, 자기처럼 평균 수준을 훨씬 상회하는 남자를 거절한다면 너라는 여자는 그야말로 손해 보는 짓이다, 라는 뜻을 은연중에 내비치는 식이었다고 할까요. 비록 절 좋아하고 저와 결혼하고 싶어 하는 남자지만, 그 역시 다른 잘난 남자들처럼 저라는 여자를 상대 평가하고 제가 외적으로 딱히 잘난 것도 내세울 것도 없는 여자라는 의식을 바닥에 깔고 있었겠죠. 그런 속내를 간파하고 나니까, 그 사람 자체가 확 거슬리는 거예요.

- 그랬구나. 그 두 가지 이유가 다인 거야?

- 아뇨. 사실, 진짜 이유는 따로 있어요.

- 뭔데?

- 그 두 가지 이유, 솔직히 크게 문제 되지 않을 수도 있죠. 제가 저 자신을 알잖아요. 전 유달리 고결할 것도 없는 속물적인 여자고, 세간의 기준에 비춰봤을 때 적령기의 정상적인 결혼을 못 할까 봐 나름 조바심을 내고 있는 스물아홉 살 평범한 여자에 불과해요. 그

를 사랑하지 않는다? 윤택한 미래를 보장받을 수 있다면, 사랑 없이도 결혼할 수 있겠죠. 그의 오만이 거슬린다? 거절당하는 일에 익숙지 않은 잘난 남자가 최후통첩을 가장해, 프러포즈를 받아주지 않는 여자한테 다소간의 투정을 부리는 걸로 받아넘기면 그만이에요. 그것들은 둘 다 극복 가능한 이유들이지만…… 제가 현재 상태로는 도저히 간과하지 못할 이유가 따로 있어요.

― 그건…… 혹시 천화니?

― 네. 선배는 알아주실 줄 알았어요. 천화 때문이에요. 전 엄마나 할머니처럼 결혼한 후에도 제 침상에 천화를 받아들이는 살 떨리는 경험을 하고 싶지 않아요. 하지만 기본적으로…… 천화 자체 때문에 제가 현실에서 결혼을 할 수 없다기보다, 천화의 사연을 끝까지 파헤쳐서 이 귀접의 진실을 알아내기 전까지는 제가 제 인생의 어떤 중대사도 결정할 수 없다는 생각을 한 거예요.

― 네 말은…….

― 제가 여기서 멈춰 버리면, 천화는 자기가 하던 짓을 앞으로도 계속할 거예요. 천화를 멈추게 하려면, 제가 앞으로 나아가야만 해요.

― 정말 그렇게 생각해?

― 선배 말씀이 다 맞았어요. 어떤 기록의 앞부분만 남아 있는 줄 알면서도 그걸 굳이 찾았다면, 그 뒷부분도 찾아보는 게 자연스러운 수순일 거라는……. 여기서 그만두는 건 말도 안 돼요. 할머니가 공주 외갓집 별채에 숨겨놓으셨다는 일기장 뒷부분, 저 찾아볼

래요. 써놓으신 대로라면, 일기장과 더불어 할머니가 발견하셨다는 그 낡은 책도 별채 뒷벽에 숨겨져 있겠죠.

– 그런 결심을 해주다니, 고맙다.

– 지금까지 선배가 절 도와주셨고, 계속 함께 해주실 줄 알기에 굳힐 수 있었던 결심이었어요. 고맙긴요, 제가 감사하죠.

– 나이 차이 얼마 나지도 않는 후배한테 이런 말을 하는 건 우습지만, 네가 대견해. 잘했어.

– 저, 둘 중에 어떤 걸 잘했다고 하신 거예요? 제가 Y라는 남자 청혼 거절한 것요, 아니면 할머니의 일기장 찾기로 한 것요?

– 음……? 아, 둘 다 잘했어.

– 둘 다요……?

– 응. 왜?

– 아, 아니에요…….

– 이왕 찾기로 했으니, 우리가 서둘러야겠지? 그것들을 찾을 수 있을지는, 전적으로 할머니의 공주 외갓집 고택이 그대로 남아 있는지 그 여부에 달려 있으니까. 우리가 최종적으로 그곳의 존재 사실을 확인한 건, 할머니의 1979년 일기 내용에서잖아?

– 마, 맞아요. 1979년…… 너무 오래전이네요. 정말이지 서둘러야 한다는 생각을 미처 못했어요. 저기, 어디서부터 시작해야 하죠?

– 하늘이 우릴 도운 것 같다, 세라야.

– 네……?

– 천만다행이야. 그곳이 아직 남아 있었어.

- 할머니의…… 외갓집이요?

- 그래. 공주시 정안면 석송리…… 할머니가 남기신 주소 그대로, 그곳에 그 오래된 한옥이 여전히 보존되어 있다고 하네.

- 저, 정말 다행이에요! 어떻게 알아내셨어요, 선배?

- 지난 닷새, 네 연락이 오길 기다리면서…… 뭐라도 해야겠다는 생각에 일단 내가 좀 알아봤어.

- 세상에…….

- 내가 갖고 있는 박물관 쪽 네트워크하고 공무원 쪽 인맥을 최대한 활용해서 알아봤는데, 다행히 그리 어렵지는 않았어. 최근에 공주시청과 공주시 내 역사박물관이 협의해서 새 역사 탐방 프로그램을 기획했는데, 정안면이 거기에 아이템을 제출해서 채택된 게 있더군. 바로 너희 할머니 공주 외갓집 고택을 '원형 보존 한옥 체험관'으로 만들어서 일반에게 공개한다는 거야. 달리 개조하지 않은 한옥 그대로의 모습을 유지하되, 많이 낡은 곳만 보수하고 간단한 편의시설만 추가해서 공개하기로 했다더군. 아, 본격적으로 기획 사항들이 실행되는 건 내년 초부터라고 하니까…… 아직 시간은 있어. 하지만 우리가 반년만 늦었어도, 일이 깨나 복잡해질 뻔했지. 그 집에 접근하는 문제도 그렇고…….

- 지금은 우리가 그 집에 들어가 볼 수 있는 거예요?

- 가능하다고 본다. 현재는 집주인도 관리인도 없는 상황이고, 기획 프로그램 들어가기 전에 집이 약간 붕 떠 있는 상태라고나 할까. 아직 일반인의 접근을 차단하는 사항 같은 건 없다고 들었어. 충분

히 들어갈 수 있을 거야.

– 잘됐어요, 진짜로…….

– 진짜 잘됐지. 그런데 한편으로, 진짜 아슬아슬했던 건 뭔지 아니?

– 뭔데요……?

– 할머니 외갓집이 위치한 석송리를 포함한, 정안면 그 일대가 이미 개발되기 시작했다는 거야. 1970년대부터 꾸준히 개발설이 나돌았지만 수십 년 동안 정체 상태에 놓여 있던 지역이었는데, 불과 몇 년 전에 땅이 팔렸어. 그 일대에 아파트 단지 공사가 벌써 시작된 곳도 있고.

– 그럼, 할머니 외갓집은요?

– 그러니까 말이야. 땅이 팔리기 전, 그 집이 속한 땅은 어떻게 쪼개질지 논란이 있어서 일종의 계류 상태였어. 그런데 마침 이번에 공주시의 역사 탐방 프로그램이 확정되면서, 정안면에서 역사적 가치가 있고 또 관광 부가가치를 낼 수 있는 그 고택만 따로 보존하기로 최종 결정이 내려졌다는 거지. 내 말이 무슨 뜻인지 아니? 정안면의 다른 곳들은 다 개발에 집어넣고 밀어 버리기로 했는데, 그 틈바구니에서 할머니의 외갓집만 살아남게 된 거라고.

– 그, 그랬군요! 믿어지지 않아요…… 하마터면…… 할머니의 외갓집도 영원히 사라질 뻔했다는 거네요. 우리가 찾아가 보기도 전에, 영원히…….

– 그래. 비록 그런 불운은 피했지만, 내년 초 기획 프로그램에

들어가서 여러모로 일이 복잡해지고 일반의 접근도 차단되면 우린 이도 저도 할 수 없었을 거야. 아까 말한 대로 반년만 늦었더라면…….

 - 선배 말씀대로 하늘이 우릴 도왔나 봐요. 아니, 뭣보다 선배한테 감사해요. 수고하셨어요. 신속하게 알아보신 덕분에…….

 - 이제 내려가 볼 일만 남았어. 언제 시간 낼래, 세라야?

 - 안 그래도 제가 미리 휴무를 신청해두었던 날이 다음 주 월요일이에요. 마음 같아서는 내일이라도 당장 내려가 보고 싶지만…… 이번 주말 근무는 도저히 뺄 수가 없어서요.

 - 아, 다음 주 월요일은 마침 나도 휴무야. 다행히 딱 들어맞는구나. 그럼 그날 아침 일찍 공주로 출발하도록 하자. 내 차로 가면 되겠다.

 - 다시 한번 감사해요, 선배. 같이 가주셔서 든든해요.

 - 둘이 같이하는 일인데 당연하지, 뭘.

 - 한옥이 그대로 보존되어 있다고 하니…… 정말로 달라진 게 없었으면 좋겠어요. 할머니의 일기장과 그 책을 꼭 찾을 수 있었으면…….

 - 나도 그럴 수 있길 바랄 뿐이야. 그런데 참, 세라야.

 - 네?

 - 천화는 요즘 어떠니?

 - 그가…… 얼마나 자주 찾아오냐고요?

 - 그것도 그렇고…… 내가 일전에 얘기한 대로, 네가 일방적으로

그의 페이스에 말리지 않고 잘 대처하고 있는지 궁금하구나.

- 나타나는 빈도는 여전히 비슷해요. 적어도 사흘에 한 번은 꼭 찾아와요. 하지만 아무렇지 않게 제 일상 얘기를 늘어놓거나 대화를 주도하기가 좀 힘들어요. 선배의 조언을 받았던 직후에는 어느 정도 시도해볼 수 있었는데…… 사실 그 이후에 꽤 많은 일들이 있었잖아요. 엄마의 일기를 발견하고, 연달아 할머니의 일기를 찾아 읽게 되고…… 너무 충격적인 사실들이 밝혀지니까 제 입장에서는 그것들을 감당하는 것만도 버거워서요. 천화가 할머니부터 엄마, 저까지 모두 상대한 귀신이라는 사실을 상기하면, 그냥 말문이 딱 막혀요. 너무 막막해서, 그와 함께 있는 동안 별다른 말을 할 수가 없어요.

- 그랬구나…… 그럴 수 있어. 네 고충 충분히 이해한다. 애초에 내가 의도했던 바는 네가 천화에 대해 끊임없이 궁금해하고 질문만 할 게 아니라, 적극적으로 네 일상과 현실을 어필하고 너도 네 페이스를 가지고 있는 인간이라는 걸 그에게 인식시키는 거였어. 즉, 천화와의 밀당에서 네가 주도권을 쥐게 된다면 그도 너를 궁금해하고, 또 너에게 자기를 더 알리고 싶어 하게 되리라는 생각에서였지. 그런데 그의 입이 제대로 열리기도 전에 우리 힘으로 그에 관한 중요한 사실들을 알아냈고, 지금도 계속 파헤쳐가고 있는 상황이야. 그러니까 세라 너한테, 무리한 주문은 하지 않을게. 우리가 지금 하고 있는 일에 대해 그가 혹시나 눈치채지 않도록, 넌 그에게 내색하지만 않으면 돼. 늘 그랬던 것처럼 간단한 대화를 나누거나, 내킨다

면 네 가벼운 일상 얘기를 들려주는 정도는 괜찮아. 하지만 우리가 공주에 다녀오고 천화의 진실에 최대한 접근할 때까지는, 그에게서 무리하게 뭔가 얘기를 끌어내려고 하지 말자. 그러는 게 좋겠어. 괜한 반작용을 야기할 필요는 없으니까.

— 선배, 혹시 천화는…… 우리가 내색하지 않더라도 이 모든 상황을 알아차릴 수도 있지 않을까요? 그는 보통 사람의 능력을 뛰어넘는 존재니까…….

— 세라야, 그건 아니지. 그를 과소평가해도 안 되겠지만, 그렇다고 과대평가할 이유도 없어. 그가 시간적 제약이나 물리적 장벽을 뛰어넘어 자유자재로 사람에게 접근할 수 있긴 해도, 결국 죽은 사람의 영혼일 뿐이라는 사실은 달라지지 않아. 영혼치고도 매우 특이하고 유별난 정체성을 가진 영혼이긴 하지만……. 알겠니? 그는 본질적으로 죽은 사람의 영혼이지, 절대 전지전능한 신은 아냐. 두려워하지 마.

26

진실을 찾아서

"내내 아무 말도 없고…… 세라야, 너 긴장했니?"

"네? 아…… 좀…… 그런 것 같아요."

"분위기에 어울리는 말은 아니지만, 모처럼 시골 풍경을 보니까 꼭 드라이브라도 나온 것 같은 기분이네. 날씨까지 좋았다면 금상 첨화였겠지만, 하늘이 잔뜩 흐린 게 아쉽다."

"저도 시골에 내려온 게 얼마 만인지 모르겠어요. 그나저나 운전 하느라 힘드시죠, 선배?"

"힘들긴. 정안면에 들어왔으니 이제 거의 다 왔어."

"아…… 여기저기 공사가 벌어지고 있는 걸 보니까 이 지역이 개 발 들어갔다는 게 실감 나네요. 우리가 너무 늦지 않았다는 게 새삼 다행스러워요."

"긴장 내려놔. 다 잘될 거야."

잠시 후, 민찬기의 차가 목적지에 도착했다. 진세라의 할머니 정순옥이 일기에 기록해놓았던 옛 외갓집 주소, '공주시 정안면 석송리 XX-X번지'에 정확히 해당하는 그 집이었다. 두 사람은 서둘러 차에서 내렸다.

날씨가 화창한 것도, 햇빛이 따가운 것도 아니었지만 세라는 눈가에 손을 가져다 댄 채 부신 듯 그 오랜 한옥의 지붕을 올려다보았다. 그녀의 시선이 천천히 내려와, 자못 낡아 주저앉고 있는 한옥의 담장을 죽 한번 훑은 뒤 커다란 나무 대문에 가서 멎었다. 민찬기도 눈을 빛내며 한옥을 바라보고는, 고개를 돌려 세라를 쳐다보았다.

"소감이 어때, 세라야?"

"기분이 이상해요. 이 집이 실제로 존재한다는 게, 이렇게 내 눈앞에 있다는 게…… 꿈을 꾸고 있는 것 같아요. 있다는 걸 알고 왔는데도 말이에요."

"나도 막상 보니까 감격스러운데."

"뭐라고 해야 하나요, 꼭…… 어린 시절 동화를 읽고 홀로 상상하던, 동화 속 주인공들이 살던 나라의 궁전 같은 게 실제로 내 눈앞에 나타난 느낌……? 뭐라고 더 표현을 못하겠어요."

"그래, 이제 들어가 보자."

민찬기가 미리 조사했던 바와 다르지 않았다. 한옥은 내년 초 기획 프로그램에 들어가기 전까지 별다른 통제나 관리 없이 그냥 방치되고 있는 상태나 다름없었다. 나무 대문은 잠겨 있지 않았고, 민찬기가 손으로 밀자 끼이익, 요란한 소리를 내며 열렸다.

"어서 들어와, 세라야. 아무도 없어."

그렇게 그들은 마당에 들어섰다.

"어쩌면, 너무 아름다워요!"

세라가 나지막하게 탄성을 내질렀다.

"너무 낡았는데…… 모든 게 다 낡았는데, 어떻게 이렇게 고풍스러워 보일 수 있는 걸까요? 어떻게 이런 느낌이 날까요……?"

"가공할 시간의 힘에도, 모진 풍상에도 멸하지 않고 살아남은 것들은…… 모두 강하고 아름다워. 그것들은 단순히 고물(故物)이 아니라, 역사야. 거기 머물렀던 옛사람들의 숨결, 그걸 만지고 쓰다듬었던 옛사람들의 손길…… 곧, 그들의 영혼이 깃들어 있는 타임캡슐 같은 거지. 우리가 같은 공간에 와 있고 같은 물건을 만질 때, 우리는 그 타임캡슐을 열고 옛사람들의 영혼에 접속해 그들과 소통하는 거라고 할 수 있어."

민찬기의 이야기를 들으며 세라는 고택 안을 천천히 거닐었다. 안채와 사랑채, 별채들을 두루 둘러보고, 할머니가 어린 시절 살았다는 별채로 떨리는 발걸음을 옮겼다.

"세라 너도 마찬가지야. 할머니가 사셨고 또 다녀가셨던 이 고택에 네가 찾아왔으니, 할머니의 타임캡슐을 열고 네 영혼이 할머니의 영혼과 소통할 수 있는 기회를 얻은 것이나 다름없어."

"할머니의 영혼……. 할머니는 진짜로 무슨 얘기를 하고 싶으셨던 걸까요?"

"이제 곧 알게 되겠지?"

"아, 여기가 그 별채인가 봐요, 세 개의 별채 중 두 번째로 큰……
할머니가 사셨다는……."

"그런 것 같구나……. 아, 이런."

별채 앞에 다다르자마자 민찬기가 가벼운 탄식을 내뱉었다.

"왜 그러세요, 선배?"

"저기 마루…… 마루 밑을 봐, 세라야. 완전히 막혀 있어."

"저게…… 어떻게 된 거예요?"

"시멘트로 발라놓았잖아. 마루 밑에 시멘트를 채워 넣었어. 여기
앞쪽에서는 마루 밑을 들여다볼 수도 없게 해놨네."

"대, 대체 왜 그런 걸까요……?"

"어디 보자……. 이 별채 마루가 유난히 낡아서 여기저기 균열이
생겼어. 누가 앉기라도 하면 심하게 삐걱거리고 흔들렸을 거야. 모
르긴 몰라도, 마루가 주저앉기 직전의 상태까지 간 걸 보고 옛 집주
인이 임시방편으로 시멘트를 발라 넣은 것 같다. 차후에 보수공사
를 하더라도 시멘트는 긁어내면 되니까……."

"아무리 그래도, 어떻게 시멘트로 마루 밑을……. 하아, 선배! 혹
시, 혹시…… 저 시멘트가 마루 밑 안쪽 끝까지 들어간 건 아니겠
죠? 별채 뒷벽과 닿는 그 부분…… 할머니의 일기장이 있는 그곳까
지 시멘트가 들어가서 굳어 버렸다면……."

"임시방편으로 발라놓은 듯싶은데 그렇게 깊이 들어갔을 것 같지
는…… 아니, 이럴 게 아니라 얼른 뒤쪽으로 가보자."

두 사람은 허둥지둥 별채를 돌아 뒤쪽으로 달려갔다.

상기된 얼굴로 별채 뒷벽에 이르렀을 때, 두 사람은 다시금 아연함에 할 말을 잃었다.

"선배…… 이건 또 어떻게 된 거죠?"

세라가 고개를 돌려 민찬기를 멍하니 바라보았다. 별채 뒷벽에 늘어서 있는 건 수십 개에 달하는 큰 장독들이었다. 그것들에 가려 뒷벽 아래쪽은 아예 보이지도 않았다. 할머니의 일기에 언급된 벽 밑부분 갈라진 틈도 보일 리 없었다.

"이제 어떡해요, 선배……?"

종일 날이 흐리더니 하필 비까지 부슬부슬 내리기 시작한 참이었다. 민찬기가 결단을 내렸다.

"우리가 치우자, 세라야."

"네……?"

"봐, 독들이 다행히 모두 비었어. 뒷벽을 장독대로 쓸 리도 없고, 그냥 빈 독들을 임시로 뒷벽에 대놓은 것 같아. 힘들더라도, 우리가 한번 치워보는 수밖에."

당연한 이야기지만, 뒷벽에 겹겹이 대놓은 수십 개의 장독들을 옮기는 건 보통 힘든 일이 아니었다. 민찬기의 말대로 독들은 비어 있었으나, 그 크기로 인한 무게가 만만치 않았다. 독을 들어 올려 옮기는 건 거의 불가능했고, 두 사람이 힘을 합쳐 독 하나를 질질 끌다시피 해서 최대한 벽에서 바깥쪽으로 밀어냈다. 무겁고 울퉁불퉁한 장독들과 사투를 벌이는 동안 민찬기의 양 손바닥이 벗겨지고, 세라의 가는 두 팔은 여기저기 긁힌 자국투성이가 되었다.

"세라야, 힘들지? 넌 좀 쉬어. 남은 건 내가 할게."

"아니에요, 선배. 이것들을 어떻게 선배가 다해요? 제가 없는 힘이라도 보태야죠."

비는 그치지 않고 계속 내렸다. 두 사람은 물에 젖은 생쥐 꼴이 된 것도 아랑곳하지 않고 열심히 몸을 놀렸다.

약 한 시간 반 후, 마침내 그 많은 장독들이 얼추 벽에서 치워지고 벽 아래쪽이 드러났다. 맨 처음 눈에 들어온 건 무성한 잡초들이었다. 두 사람은 약속이나 한 듯 벽에 달려들어, 맨손으로 정신없이 잡초를 뽑았다. 뽑아도 뽑아도 줄어들 것 같지 않던 잡초들이 드디어 웬만큼 줄어들었다. 민찬기는 무릎을 꿇고 앉은 채 잡초의 밑동을 헤치고 벽 아래쪽을 면밀하게 살폈다. 세라가 조심스레 물었다.

"있어요, 선배……?"

"잠깐만 기다려 봐…… 잡초까지 다 뽑았으니까 보일 만한데……잠깐만……."

"할머니의 일기대로라면 분명……."

"아, 이게 뭐지……? 세라야, 이것 봐. 갈라진 틈이야! 여기 이 부분…… 보이지?"

"네, 보여요."

"봐, 팔 하나가 들고 날 만한 크기의 틈이라고 할머니가 언급하셨던…… 이게 딱, 그것 같다."

"시멘트가…… 거기까지 들어가지는 않은 모양이네요! 너무 다행이에요. 그 갈라진 틈까지 시멘트로 막혀 있으면 어쩌나 걱정했는데⋯⋯."

"이제 손을 넣어볼게."

"조심하세요, 선배."

민찬기가 조심스레 오른손을 벽 아래 갈라진 틈 사이로 집어넣었다. 좀 더 깊이, 그의 오른팔이 어깨 부위 바로 아래까지 벽 안으로 들어갔다.

"안쪽은 생각보다 서늘한데. 공간도 꽤 있고⋯⋯."

"뭐 잡히는 것 있어요?"

"지금 더듬어보고 있어⋯⋯ 음⋯⋯ 아, 혹시 이건가? 커다란 돌덩어리 같은 게 방금 손에 닿았어."

"커다란 돌! 할머니 일기 내용에 있었어요. 그런 돌덩어리가 두세 개 포개진 틈에 책이 끼워져 있을 거예요!"

"세라야."

"네?"

"찾은 것 같다. 돌덩어리들이 포개진 틈⋯⋯ 정확히 거기에 꽂혀 있어."

"저, 정말이에요?"

"그런데 뭔가로 책을 싸놓은 것 같아⋯⋯ 얇은 천 같은⋯⋯ 보자기인가?"

"보자기에 싸였어요?"

"꺼내볼게. 구멍 크기가 좀 빠듯해서 뺄 때는 책이 약간 접힐 것도 같다."

"혹시, 찢어지지 않을까요……?"

"그럴 염려까지는 없고…… 조심해서 빼내고 있어……. 자……
됐어!"

이윽고 민찬기의 손에 그게 들려 나왔다. 빛바랜 회색 보자기에
싸인, 누가 봐도 책으로 보이는 사각의 물건이었다. 두 사람은 허겁
지겁 보자기를 풀어헤쳤다.

"믿을 수가 없어요!"

세라가 소리질렀다.

"할머니의 일기는 한 점의 거짓도 없는…… 백 퍼센트 진실이었
어요. 맞죠, 선배? 이 두 권의 책……."

"그래, 맞아. 한 권은 할머니의 일기장 뒷부분이야. 그리고 나머지
한 권은…… 할머니가 발견하셨다는 그 책인 것 같다. 족히 100년
은 넘어 보이는구나."

"선배, 우리가 해냈어요!"

두 권의 책을 쥐고 선 세라의 얼굴이 감격으로 뒤덮였다. 평소 좀
처럼 감정이 드러나는 일이 없는 민찬기의 얼굴도 흥분으로 빛나고
있었다.

27

진실을 찾아서 - 2

원하던 것을 찾아낸 기쁨은 기쁨이고, 두 사람에게는 애써 치운 장독들을 원위치로 돌려놓아야 하는 의무가 기다리고 있었다. 아무리 빈집이라도 공공의 재산이 될 고택일진대, 일을 벌여놓고 치우지도 않은 채 떠날 수는 없는 노릇이었다. 두 사람은 묵묵히 독들을 옮기기 시작했고, 대략 원래 있던 모습으로 되돌려놓는 일에 또 한 시간이 걸렸다. 줄곧 내리던 비는, 두 사람의 노동이 끝날 무렵에나 간신히 그쳤다.

민찬기의 승용차로 돌아온 두 사람은, 차 시트에 몸을 얹자마자 피로에 지쳐 깜박 잠이 들고 말았다.

세라가 두 눈을 번쩍 떴을 때, 차창 밖에는 어느덧 엷은 어스름이 깔려 있었다. 민찬기가 차 시동을 걸며 말을 건네왔다.

"좀 잤니? 나도 그만 깜박 졸았네."

"전 괜찮아요. 선배, 피곤해서 운전하실 수 있으시겠어요?"

"이쯤이야 뭐, 아무렇지 않아. 이제 서울로 올라가야지. 올라가는 길에 휴게소에서 저녁이라도……."

"선배, 제가 마음이 급해서…… 당장에라도 할머니의 일기 뒷부분을 읽어보고 싶어요. 서울로 올라갈 때까지 기다릴 수가 없을 것 같아요."

"음…… 꼭 그렇게 하고 싶니?"

"네, 죄송하지만 부탁할게요. 선배도 같이 읽어주세요."

"그러면, 일단 공주 시내로 나가는 게 낫겠다. 어디 커피숍에라도 들어가서 읽어보도록 하자……."

28

순옥의 일기 : 뒤늦게 찾은 뒷부분

1979년 11월 X일

고통스럽다. 답답하다.

무슨 생각이든 해야 하는데, 생각할 수가 없다.

무슨 행동이든 해야 하는데, 행동할 수가 없다.

그저 망연자실하고 있는 와중에도 감각은 살아있어, 온몸의 세포가 고통스럽다고 외쳐댄다. 마치, 형언하지 못할 고통에 시달리고 있는데 이걸 잠재워줄 약을 도무지 찾지 못하는 환자가 된 것만 같다.

이 지경의 발단은…… 바로, 그 한 권의 낡은 책이다.

고향에 내려온 이후 나는 내 옛 외갓집을 찾아가 추억을 더듬을 수 있어 좋았고, 어린 시절 나만이 알고 있던 비밀 장소에서 나만이 알고 있는 물건, 그 책을 찾게 된 걸 매우 흥미로운 일로 여겼다. 꼭 보물찾기에서 원하던 물건을 건진 아이처럼 흥분했었다.

그래서, 그 책을 읽었냐고?

물론이다. 나는 그 책을 읽었다.

더불어, 나는 그 책을 읽음으로써 그걸 읽기 이전의 나 자신으로 다시는 돌아갈 수 없는 상황에 처하고 말았다. 강을 건너고 나서 다시 저편으로 돌아갈 나룻배를 영영 잃어버린 것 마냥.

대체 그 책의 정체가 뭐길래?

간단하게 말해보겠다. 그 책은 19세기, 그러니까 1800년대 중후반에 한 개인에 의해 쓰인, 지극히 개인적인 기록이다. 조선 시대에 살았던 한 반가(班家) 여인의 비망록이다. 기본적으로 사랑 이야기를 담고 있는데, 그게 통렬한 비극으로 끝난다.

그 내용이 사뭇 놀랍기도 하지만 나를 진짜로 놀라게 한 건 따로 있었다.

다름 아닌…… 천화다.

맙소사, 이런 일이 있을 수 있는 걸까? 천화가 그 책에 등장하는 것이다. 나는 실로 놀라 까무러칠뻔했다.

내가 아는 천화가 그 책 속의 남자와 일치한다고 볼 수 있는 점은 헤아릴 수 없이 많다. 이름도, 그 외모에 대한 묘사도, 그가 하던 일도, 살던 지역도, 일점의 어긋남 없이 맞아떨어졌다.

앞선 일기에서 말한 것처럼, 그 책을 찾은 날 나는 면내의 다방에서 그걸 한 번에 다 읽어내렸다. 그 내용을 도저히 믿을 수 없어, 한번 더 읽었다. 그러고도 여전히 믿기지 않아, 그 책을 내 거처로 가지고 와 버렸다. 원래는 그렇게 하지 않으려고 했지만, 몇 번이고 더 읽고 그 내용을 되새겨봐야만 할 것 같았다. 이후로도 며칠 내내 밤낮을 그 책에 매달려 있었다. 거듭해 읽으며, 내가 처음에 파악한 그 내용이 아니기를 바랐다. 천화가 아니기를 바랐다. 제발 내가 오해한 것이기를 바랐다. 하지만 읽을수록 그 내용은 확실해지고 분명해졌다. 저 너머에서 의심을 싣고 조금씩 조금씩 밀려오던 파도는 종내 진실의 노도가 되어 나를 덮쳤다. 그리고 내가 그 책의 내용을 믿어야 한다고 강요했고, 믿을 수밖에 없다고 다그쳤다.

그 벼락을 맞고도, 나는 일주일 넘게 아무 일도 못 하고 지냈다. 말했듯이 어떤 생각도 행동도 할 수가 없었다. 아무것도 모르는 천화는 매일 밤 찾아왔다. 그에게 내색조차 못 한 채 그를 받아들였다. 그를 향해 뭔가 감정을 드러내거나 행동을 취하려면 일단 내 머릿속부터 정리해야 했지만, 나는 어떤 결심도 세우지 못한 상태였다.

그러다 간신히 생각해낸 건, 외갓집으로 가서 그 책을 찾아낸 곳에 되돌려놔야겠다는 것이었다. 그 한 가지 생각 외에는 아무것도 떠오르지 않았다. 그냥, 이 모든 상황의 발단이 된 그 책을 내게서 일단 멀리 떨어뜨려 놔야겠다는 생각뿐이었다. 원래부터 그 책을 거처까지 가지고 오려던 의도가 아니었고 읽어본 후 제자리에 되돌려놓으려던 참이었으니, 하루라도 서두르는 게 낫겠다 싶었다. 나는 그 책이 무서웠다. 그 책으로 인해 이렇듯 무력하게 고통의 함정에 빠져버린 나 자신이 어처구니없기도 했다. 그래서 그 책을 가방에 넣어가지고 부랴부랴 외갓집으로 향했다.

그 집에 도착해 대문을 밀고 들어가니, 관리인 부부는 잠시 집을 비웠는지 보이지 않았다. 이때다 싶어 얼른 별채 뒷마당으로 달려갔다. 그때처럼 별채 뒷벽 아래 무성한 잡초들을 헤치고 갈라진 틈을 찾아냈다. 그 틈새로 책을 집어넣으려는데, 손이 후들후들 떨렸다. 망설일 것도 없이 한 번에 집어넣을 수 있을 줄 알았는데 그게 아니었다. 이대로 이 책을 침묵의 공간 속으로 밀어 넣으면, 내가 알아낸 그 경악할 책 내용이 없었던 것이 될 수 있을까. 진실은 명백히 존재하는데, 그 진실의 주인공인 천화에게 내가 언제까지 아무 내색도 하지 않고 버틸 수 있을까. 오래 버티지는 못할 것이다. 나는 큰마음 먹고 천화에게 이 상황을 따져 물어야 할지도 모른다. 그러려면 이 책을 내가 가지고 있는 편이 나을 수 있다. 여차하면 이 책을 천화에게 보여주어야 할 수도 있다. 나중에 다시 돌려놓는 한이 있어도, 지금은 내게 이 책이 필요하다.

그렇게 갈라진 벽틈 사이로 밀어 넣었던 책을 허겁지겁 다시 꺼내려 하는데, 갑자기 별채 뒷마당으로 빠르게 다가오는 사람 발걸음 소리에 정신이 번쩍 들었다. 아뿔싸. 관리인 부부가 돌아온 모양이었다. 그들은 순식간에 뒷마당에 나타났고, 그 바람에 벽틈에서 책을 끄집어내어 가방으로 집어넣으려던 내 계획은 틀어지고 말았다. 그럴 시간이 없었다. 그들의 모습이 벽을 돌아 나타나는 동시에, 내 손은 다시 책을 벽틈 사이로 깊숙이 밀어 넣고 있었다. 장작을 해가지고 왔는지 나뭇짐을 한가득 진 할아버지와 나무 잔가지를 가득 담은 광주리를 든 할머니가 다가왔다. 문이 열린 걸 보고 누가 다른 사람이 올 리는 없고 나인 줄 알았다며, 또 바람 쐬러 왔냐고 물었다. 나는 억지웃음을 웃으며 고개를 끄덕였다. 할아버지와 할머니는 안 그래도 잡아놓은 토종닭으로 가마솥에 삼계탕을 끓이려고 했다면서, 이번에는 꼭 밥을 먹고 가라고 나를 잡아끌었다. 내가 아무리 사양해도 소용없었다.

아, 내가 10초만 빨리 그 책을 가방에 챙겨 넣었더라면.

이틀이 또 지났다.

책을 도로 확보하는 데는 실패했지만, 그저께 황망하게 외갓집에서 나와 거처로 돌아오면서 나는 확실히 깨달았다. 근본적으로 내 감정, 내 고통에 직면해야 하는 건 나 자신이라고. 그 책을 이미 다 읽어 버리고 나서 내가 그걸 되돌려놓겠다고 외갓집으로 간 진짜 이유가 무엇이었을까? 애초에 생각한 대로, 현 주인집의 소유물에 해당할 수도 있는 물건을 내 마음대로 갖거나 처리하는 게 꺼림칙해서? 아니, 그건 허울 좋은 명분에 불과하다. 나는 지금 그런 양심을 고려하거나 다른 이를 배려할 계제가 아니다. 아예 그럴 주제가 못 된다. 어렵게 손에 넣은 책을 어떻게든 다시 내 손에서 떠나보내기 위해 서둘렀던 건, 그 책이 무서워서가 아니었다. 다른 무엇도 아닌, 내 감정과 맞닥뜨리는 게 두려워서였다. 내 감정이라 함은, 곧 내 분노다.

나는 분노해야 했다. 마땅히 그래야만 했다.

분노의 대상은, 당연히 천화다.

그 책을 통해, 천화의 생전의 삶에 대해 정확히 알게 되었다. 그가 어떻게 살았고, 어떻게 죽었는지. 그 짧았던 삶에서 누구와 유의미한 관계를 맺었는지, 그 관계로 인해 그의 운명이 어떻게 바뀌었는지. 굳이 설명할 필요도 없겠지만, 생전의 천화와 그 의미심장한 관계를 맺었던 사람은 바로 그 책을 기술한 여인이다. 천화는 그 관계 때문에 죽었다.

그 경악할 사연을 접하고 나서도, 충분히 시간이 있었는데도 나는 상황 파악을 하지 못했다. 일의 본질을 외면하고, 나 자신을 방어할 구실만 찾으려 들었다. 어떻게든 파국을 면해보려고 시간을 질질 끌다가, 천화에게 진짜로 분노를 표현해야 할 타이밍을 놓쳐버렸다.

나는 이제 알고 있다는 말이다. 귀신인 천화가 왜 사람 여자인 나를 찾아왔으며, 왜 그 오랜 세월 내게 끈질기게 붙어 떨어져 나가지 않았는지, 그 진짜 이유를.

나는 그저 농락당했을 뿐인 것이다.

내가 지금 그 책을 가지고 있든 없든, 그 여부는 중요치 않다. 책을 굳이 천화에게 들이밀지 않아도 나는 내 입으로 말할 수 있다. 그에게 물을 수 있다. 아니, 물어야만 한다. 나한테 왜 그랬냐고. 나는 그에게 화를 내야만 한다.

오늘 밤, 그와 담판을 짓겠다.

- 왜, 나한테 거짓말을 했어?
- 내가…… 거짓말……?
- 계속 못 알아듣는 척하지 마. 너, 내가 무슨 얘기를 하고 있는

건지 알잖아?

　- 모르겠어.

　- 발뺌하지 말라니까. 내 물음에 확실하게 대답해. 왜 나한테 거짓말을 했니?

　- 아냐.

　- 네가 어떻게 살다 죽었는지…… 네 사연에 대해, 네 인생에 대해. 사실대로 말하지 않았지?

　- 난 사실대로 말했어.

　- 그래, 지극히 기본적인 사실들만 말해줬지. 네 이름은 천화, 지금으로부터 거의 120년 전에 공주 석송에 살았고, 가죽으로 신을 만드는 갖바치였고, 열여덟 꽃다운 나이에 죽었다는 것. 그런데 그게 다야?

　- 응……?

　- 나, 그 책을 찾아냈어. 그리고 그 책을 읽었어. 그 책 안에 네 얘기가 있었어. 틀림없이 네 얘기였다는 말이야.

　- 무슨…… 책?

　- 지금 내가 갖고 있지 않아. 하지만 석송에 있는 내 옛 외갓집에 그 책이 숨겨져 있었어. 그래, 넌 그 책이 존재하는지도 몰랐다고 치자. 네가 쓴 게 아니니까. 네가 죽은 후 그 여인이 널 추억하며 쓴 비망록이니까. 중요한 건, 왜 네가 나한테 네 사연을 사실대로 말하지 않았냐는 거야. 왜 거짓말을 해서 날 혼란스럽게 하고, 또 내가 되지도 않는 착각을 하게 한 거냐고?

- 아냐, 난…….

- 네가 그랬잖아? 생전에 네가 간절히 소망했던 일, 꿈에 그리던 여자를 만나 아름다운 사랑을 나눠보고 싶었던 그 소원을 이루지 못한 채 열여덟 살에 요절하는 바람에…… 그게 너무 속절없어서, 너무 한이 맺혀서 저승으로 못가고 이 세상을 떠돌았다고. 그러다가 나를 만났다고. 그렇게 나를 만난 게 진정 기뻐서, 내가 진정 좋아서…… 그래서 지금까지 이렇게 나랑 같이 있는 거라고.

- 내가 그랬어…… 그랬어.

- 하지만 그게 진실이 아니지? 네 사연을 읽고 내가 얼마나 경악했는지 알아? 넌 그야말로 보통내기가 아니더군. 하긴, 그랬으니 그 옛 시절 그 말도 안 되는 상황에서 그 여인과 거침없이 사랑을 나누었겠지. 그래놓고 뭐, 네가 아무것도 모르고 순진하게 살다가 죽어? 좋아, 백번 양보해서, 네 사연까지도 뭐 있을 수 있는 일이었다고 치자. 내가 태어나기도 전, 먼 옛날 벌어진 일이고 어디까지나 네 인생이었으니까. 그런데 정말로 중요한 게 뭔지 아니? 바로, 네가 날 찾아왔던 진짜 이유. 난 그걸 알아냈어.

- 네가 좋아서 그랬던 거야. 믿어줘.

- 거짓말은 집어치워! 넌 날 좋아한 적 없어. 애초부터 네 목적은 그게 아니었어. 사랑은 그 여인과 나누었지만, 이승에서 넌 결국 그 사랑을 이루지 못하고 비극에 희생당했지. 그 지경에 이르러 죽자 넌 원혼이 된 거야. 못다 핀 청춘에 대한 원한이 시퍼런 날처럼 서 있는…… 그리고 살아있는 생생한 여자의 육체에 대해, 못다 채운

욕구가 이글거리는…… 그런 원혼이자 색귀가 된 거라고!

- 난, 원혼이 아냐.

- 닥쳐! 100년 넘도록 그렇게 이승을 떠돌아다니면서 대체 몇 명이나 되는 여자들을 네 목표물로 삼았니? 난 대체, 너한테 몇 번째였니?

- 많지 않았어. 아, 아니…… 그런 게 아니었어.

- 뭐, 많지 않았다고? 그걸 지금 말이라고 하는 거야!

- 아니…….

- 네가 어떻게 이럴 수가 있어? 너, 나한테 무슨 짓을 했는지나 알아? 세상도, 남자도, 아무것도 모르던 열아홉 살 순진한 내게 찾아와 네 마음대로 날 범하고…… 무려 20년이 넘는 세월 동안 네 그 끝 간데없는 욕구를 충족시키기 위해 날 안고, 또 안고…… 행여 내가 반발할까 봐 온갖 달콤한 몸짓들과 말들로 날 다스리고! 그래서 내가 너한테 진정 사랑받고 있구나, 우리 만남이 운명이구나, 그런 어처구니없는 착각에 빠지게 하고!

- 네가 좋았어.

- 닥치라니까. 그 말을 내가 믿을 줄 아니? 네가 날 홀리러 온 귀신인 줄도 모르고, 아니, 네가 사람이 아니라 귀신인 줄은 원래부터 알았지만, 그래도 난 널 사랑했어. 내 순결과 청춘을 바친 너니까…… 너와의 사랑을 빼면, 내 인생은 빈껍데기나 다름없다고 생각했어. 결혼생활도, 내 일도 다 무의미하다고 생각했어. 오롯이 너랑 사랑만 나누면서 살아갈 수 있겠다 싶어서, 그것들까지 다 포기

하려고 했는데…… 그랬는데…….

  - 네가 그런 줄 몰랐어. 미안하다.

  - 미안! 미안하다고? 그렇게 얼버무리고 넘어갈 일이야?

  - 난 몰랐어. 미안해.

  - 제발! 앵무새처럼 똑같은 말만 반복하지 말고…….

  - 너도 몰랐으면 좋았을걸.

  - 뭐?

  - 너도 그냥…… 내 이야기를…… 내가 어떻게 살았는지, 어떻게 죽었는지…… 그거…… 몰랐더라면 좋았을걸. 넌, 몰랐어야 해.

  - 뭐가 어째?

  - 넌 몰랐어야 해. 그래야 내가 계속 널 찾아올 수 있었을 텐데. 마지막으로, 미안하다. 이제 난 다시 올 수 없어.

  - 너, 너, 지금…….

  - 난 가야 해. 다시는…… ㅁ…… ㅇ. ㅇㅉ…… 수…… 없어.

  - 지금 뭐라는 거야? 잠깐만!

  - 안…… 녕.

  - 야! 가지 마, 기다려……!

내가 그와 마지막으로 나눈 대화 내용은 대략 이러했다.

그러고 나서, 내 온몸을 조이는 듯한 억센 포옹이 있었다. 강력했지만 부드러운 사랑 따위는 찾을 수 없는, 진짜 마지막 포옹이었다.

그는 내 질문의 초점을 피하며 우물쭈물하다가, 자신이 나를 속였다는 사실을 더 이상 부인할 수 없게 되자 그렇게 곧장 이별을 고하고 사라져 버렸다.

…… 또 열흘, 나는 바보처럼 그를 기다려보았지만, 그는 다시 나타나지 않았다. 그가 절대 다시 돌아오지 않으리라는 강렬한 예감이 사정없이 나를 찔러댔다.

그래, 끝났다. 아아, 이렇게…… 내가 23년 동안 쌓아 올렸던 사랑의 공든 탑은, 한순간에 모래성처럼 무너져 내렸다.

더 이상 말해서 무엇하리. 더 이상 글을 써서 무엇하리. 그 어떤 말로도, 글로도 이 내 감정을 형용할 수 없으니.

귀신에게 홀려 청춘과 인생을 허비하고, 내가 가진 것들마저 포기하려고 마음먹었던 이 아둔함의 말로여. 나는 그저, 색귀 원혼에게 이용당하고 농락당한, 나약하고 어리석은 사람 여자였을 뿐인 것이다.

분노와 수치, 자괴와 회한의 눈물이 내 두 눈에서 폭포수처럼 쏟아져 내리고 있다.

내가 이대로 삶을 계속해나가야 할 의미가 있을까, 과연 이대로……?

나는 자신이 없다.

더 이상은…….

천화의 실체를 알고 난 지금, 나는 무슨 수를 써도 이전의 나로 돌아갈 수 없다는 걸 깨달았다. 이 고행을, 내 손으로 끝내겠다.

이 일기장을 온전히 남겨두려니 용기가 나지 않는다. 그렇다고 아예 없애 버린다면, 내 죽음은 영원히 미궁에 빠지겠지. 죽은 다음에 내 운을 시험하는 게 무슨 소용이런마는, 그래도 한번은 시도해 보련다. 일기장의 앞부분은 이곳, 내가 머물러온 당진 거처의 내 방 다락에 넣어두겠다. 그도 찾기 쉽지는 않을 것이다.

그리고…… 일기장의 이 마지막 대목은 따로 뜯어서, 공주 외갓집 별채 뒷벽 안에 숨겨놓겠다. 천화의 이야기가 담긴 그 조선 시대 여인의 비망록과 함께.

언젠가 누구든, 공주에서 내 일기와 그 책을 함께 발견하는 이가 있다면…… 이 비애를 품고 가는 내 죽음을 알아주기를 바랄 뿐이다.

29

일곱 번째 면담

순옥의 일기장 뒷부분을 찾은 날_ 공주 시내의 한 커피전문점

- 세라야, 여기 손수건…… 눈물 좀 닦아.

- 죄송해요…… 도대체 선배 앞에서 몇 번째 우는 건지도 모르겠네요.

- 괜찮아.

- 지금도 커피숍에서 이 모양으로 눈물을 줄줄 흘리고 앉아 있으니…… 남들이 보면 정신 나간 여자인 줄 알 거예요.

- 신경 쓰지 마. 할머니가 남기신 일기 내용이 내게도 충격적인데, 너한테는 오죽하겠니. 울고 싶으면 더 울어도 돼.

- 설마설마했었어요. 할머니가 극단적인 선택을 하신 게 아닐 거라고 믿었고, 뭣보다…… 할머니가 어떻게 돌아가셨든 그게 천화와

관련된 건 아닐 거라고도 믿었어요. 둘 다 그냥 제 바람일 뿐이었네요. 사실 저도 마음으로는 별일 아닐 거라고 믿지 못하고 있었던 거예요. 뭔가 불길한 예감을 떨쳐 버릴 수가 없었거든요. 이렇게 또 하나의 진실을 알고 나니까 충격에…… 정신을 못 차리겠어요.

- 우리는…… 진실을 찾아 직면할 때마다 그 대가를 치러야 하는 건지도 몰라. 내가 너랑 더 많이 얘기를 나누고 더 단단히 마음의 준비를 시켰어야 하는 건데…… 나도 충분하지 못했다. 미안해.

- 선배가 왜 저한테 미안하다고 하세요. 그래도 여기까지 온 게 다 선배 덕분인데…… 제 얘기는 그런 게 아니에요, 제 얘기는…….

- 얘기해.

- 이 모든 게 다 천화 때문이에요! 청춘을 꽃피우지도 못하고 열여덟 살에 죽은 그 원혼이…… 자신의 한풀이를 위해 산 사람들, 여자들을 이용한 거예요! 할머니도, 엄마도 저도 천화의 농간에 말려들어갔던 거고요. 천화가 현실에서는 찾아볼 수 없는, 현실 속 그 어느 남자와도 비교할 수 없는 사랑의 화신이라고 믿으면서……. 엄마는 너무 소극적이어서 천화에게 제대로 저항 한 번 못해보고, 당신의 운명이려니 받아들이고 살다 돌아가셨어요. 전 나름대로 돌파구를 찾아서 여기까지 오긴 했지만, 온전히 지난 10년을 천화와의 관계에 소모했다는 사실을 부정할 수가 없고요. 아니, 아니, 할머니와 비한다면, 엄마와 전 아무것도 아니에요. 그렇게 처절하게 돌아가신 할머니에 비하면…….

- 할머니…… 나도 깊은 유감을 표하는 바야.

- 천화를 깊이 사랑하셨고, 당신도 천화에게 깊이 사랑받고 있다고 믿어 의심치 않으셨는데…… 당신이 가진 모든 걸 버리면서까지 남은 인생을 천화에게 쏟아부으려 하셨는데…… 그런 할머니를 천화는 어떻게 감쪽같이 속일 수가 있었던 거죠? 형언할 수 없는 달콤한 몸짓들로 할머니를 홀리고, 이승에서는 사랑 한 번 해본 적 없는 순결한 영혼인 양 접근해서 할머니가 자신에게는 유일한 여자라면서 할머니를 감동케 하고 말이에요. 어떻게 그런 식으로 할머니의 몸과 마음을 다…….

- 그래, 그 모든 행동이 다분히 의도적이었던 걸로 보인다.

- 그것도 대를 이어서 우릴 괴롭히다니…… 할머니를 평생 농락한 뒤에 할머니가 돌아가시니까 그 딸인 우리 엄마한테 찾아가고, 또 평생 붙어서 떨어지지 않다가 엄마가 돌아가시니까 그 딸인 저한테 옮겨붙어서는 10년이나…… 어쩌면 사람이 그런 무도한 발상을……. 아, 아니, 사람이 아니라 귀신이긴 하지만 그래도 한때는 열여덟 살밖에 안 된 젊은 남자였던 영혼이 어쩌면 그렇게 사악한 원귀로 탈바꿈한 건지, 전 정말 이해할 수가 없어요. 선배, 방금 생각난 건데…… 상상만 해도 소름 돋지만…… 혹시, 천화가 우리 할머니 윗대에도 그런 짓을 저지른 것 아닐까요? 이를테면 할머니의 어머니였던 우리 증조할머니에게도…… 할머니가 일기에 적으신 어린 시절 기억에 따르면 증조할머니도 가죽구두를 아주 좋아하셨다고…….

- 음, 세라야…….

― 맞죠? 그럴 가능성이 있는 거죠? 우리 할머니가 처음이 아니었던 거예요. 할머니의 어머니, 그 어머니, 그 어머니에서부터…… 사실은 아주 오래전부터 천화가 그랬다면…….

― 너희 할머니 이전의 상황을 입증할 근거는 아직 없지만…… 솔직히 나도, 천화가 그랬을 가능성을 아주 배제할 수는 없다는 생각이 든다. 그가 이 땅에 태어나 살다가 열여덟의 짧은 생을 마감했던 게 벌써 백 수십 년 전이야. 그 오랜 세월을 그냥 조용히 잠들어 있다가, 갑자기 1950년대 중반 열아홉 살이었던 너희 할머니에게 귀접을 시도했을까? 그보다는, 그 이전부터 한 여성을 점찍고는 그녀의 모계 후손들에게 대대로 꾸준히 귀접을 시도했을 가능성이 한층 높아 보인다는 얘기야.

― 맙소사…… 그러면, 그러면…… 천화가 떨어져 나가지 않는 한 저도…… 제가 결혼을 해서 딸을 낳아도 귀접을 그 애한테 물려주게 되는 건가요…….

― 세라야. 오버는 금물이라고 했지. 넌 결혼하지도 않았고 딸을 낳지도 않았어. 일어나지도 않은 일을 상상하지는 말자. 네가 상상하는 그런 일은 아예 일어나지 않을 거니까. 바로 이번에 그 질긴 귀접의 고리를 끊을 거니까, 우리가…….

― 그럴 수만 있다면…… 아니, 꼭 그렇게 되어야만 해요. 그 저주받을 귀접은, 제 대에서 끝나야만 해요.

― 우린 할 수 있어.

― 오늘 밤이라도 천화가 찾아오면 다그쳐볼까요? 그를 용서할 수

가 없어요! 도저히 이대로 모른 척할 수는 없어요. 적어도 제가 여기까지 알고 있다는 정도는 어필해야…….

– 아니, 세라야. 흥분을 좀 가라앉혀. 아직은 아냐. 우리에게는 아직 마지막 진실이 남아 있어.

– 마지막 진실이요……?

– 그래. 할머니가 발견하신 이 낡은 책이 있잖아. 천화의 생전의 이야기가 담겨 있다고 일기에 적어놓으셨던, 바로 이 책 말이야.

– 맞아요…… 그 책이 있었죠, 참. 하지만…….

– 하지만 왜?

– 그 책이 아니었더라면…… 차라리 할머니가 그 책의 존재를 모르셨거나 아예 읽지 않으셨더라면…… 그렇듯 비참하게 돌아가시지는 않았을 거라는 생각도 들어요. 천화에게 속아 살지언정 당신 스스로는 행복하다고 여기며 사시는 게 나았을지도…….

– 할머니의 인생을 애석해하는 네 마음에 충분히 동감해. 그렇지만, 세라야…… 진실에 대적할 수 있는 건 아무것도 없어. 손바닥으로 하늘을 가리는 인생도, 등잔 밑이 어두운 인생도 모두 진실된 인생이 아냐. 등잔 위에서 날카로운 진실의 빛이 타오를 때 그걸 온몸으로 받아내며 감당할지라도, 등잔 밑에서 어둡고 달콤한 미몽에 몸을 숨기며 진실을 외면하는 건 결국 바람직한 일이 못 된다는 거지. 너도 내가 무슨 얘기를 하는 건지 알고 있지?

– 네…… 알아요. 인정해요.

– 할머니의 희생 덕분에 우린 더 이상 어떤 어려움도 없이, 시간

낭비할 것도 없이 천화의 생전의 사연을 명백하게 알아낼 수 있게 됐어. 이런 행운이 주어진 것만 해도 감사할 일이야.

－ 할머니가 그랬던 것처럼…… 선배도 그 책을 해독…… 아니, 읽으실 수 있는 거죠?

－ 물론이야. 내 전공도 하는 일도 다 이쪽이다 보니…… 다행히 내가 읽는 데는 문제가 없을 것 같다.

－ 전 얼핏 보긴 했는데 도통 읽을 수가 없더라고요. 글자들 자체는 다 한글 같은데, 문장으로 이해해보려니 무슨 내용인지 잘…….

－ 오늘날 우리가 사용하는 현대 국어와 약간 달라서 그래. 한글이 언문으로 불리던 시대에 쓰인 글이거든. 고맙게도 필자가 이 책을 쓴 년도를 적어놓았더구나. 지금으로부터 무려 157년 전인, 1860년이야.

－ 1860년이요……?

－ 응. 조선 후기, 철종 통치하에 있던 시대지. 간단히 시대적 설명을 곁들이자면, 수도는 물론이고 지방들에서도 세도가(勢道家)들이 득세하며 백성들에게 수탈을 일삼곤 해서 민심이 흉흉하고 어지러웠던 시대라고 할 수 있어. 그래서 2년 뒤인 1862년 철종 13년에, 충청도 지역을 중심으로 대대적인 민란이 일어나며 조선 시대가 격변기로 접어들게 돼.

－ 157년 전…… 저, 정말 오래전인 것 같아요. 꼭 국사 공부를 하는 느낌이에요.

－ 기나긴 인류사에서 157년은 진정 찰나에 불과한 세월일지 모르

지만…… 10년이면 강산도 변한다고 하는 게 인간 세상이니…….

- 그러게 말이에요…….

- 세라야, 서울 올라가서 내가 이 책을 최대한 빨리 현대 국어로 옮겨볼게. 너도 쉽게 읽을 수 있도록 말이야. 책이 얇은 편이고 내용이 그리 길지는 않은 것 같으니, 나한테 사흘만 시간을 줘.

- 힘들지 않으시겠어요? 선배가 읽고 그냥 저한테 얘기해주셔도 되는데…… 저 때문에 수고가 많으세요.

- 아냐, 너도 간접적으로 듣는 것보다 직접 읽어보는 게 당연히 낫지. 너야말로 천화와 접촉하는 당사자인데. 난 힘들 것 없으니까 걱정하지 말고…… 늦었으니 오늘은 이만 서울로 올라가자.

30

진실을 찾아서 - 3

공주에서 올라온 뒤 3일 후_ 전화 통화

- 세라야, 그 책 내용을 풀어쓴 파일, 방금 너한테 이메일로 보냈
어. 제목은 내가 임의로 '박씨 부인의 기록'으로 정했다. 한번 열어봐.

- '박씨 부인의 기록'…… 아, 그렇군요. 내내 긴장하면서 기다리
고 있었는데 정말 수고하셨어요, 선배. 바로 읽어볼게요.

- 기본적인 내용은 할머니가 파악하셨던 그 내용과 같아. 젊은 양
반 가문 여인과 천민 갖바치의 신분을 뛰어넘은, 그렇지만 이룰 수
없었던 사랑……. 그런데…….

- 그런데요?

- 그 사연이 내가 짐작했던 것보다도 자못 애절하고 비극적이더
군. 천화는 진실되게 그 관계에 임했고, 그 관계로 인해 목숨까지

잃었어.

- 그가…… 생전에, 좋은 사람이었나요?

- 그와 관계를 맺었던 그 여인에게 있어서야 두말할 것 없이 지고지순한 연인이었지. 그리고 제삼자인 내 시각에서 볼 때나, 현대의 상식이나 기준으로 볼 때도 결코 불순한 면은 찾을 수 없는 순수한 영혼이었던 것 같아.

- 그럼 죽어서는요?

- 내 생각이지만…… 그가 죽어서도 원귀가 되어 죄 없는 산 사람들을 대대로 괴롭힐 만한 캐릭터는 아닌 것 같다는 말이야.

- 하지만 천화는 그런 귀신이 맞잖아요? 끝 간데없는 원한과 욕정을 품은 채, 절 포함해 살아있는 여자들을 농락하고 이용해온 원귀, 색귀……. 마치 인큐버스와도 다를 바 없는 존재라고요!

- 세라야…… 결과는 중요하지만, 그 과정도 간과할 수 있는 게 아닌 경우가 종종 있어. 게다가, 아무리 명백해 보이는 결과라도 그게 진실이 아닌 경우도 더러 있고.

- 천화가 원귀라는 결론 외에 다른 것도 있을 수 있나요?

- 성급하게 단정하지는 말자. 우린 비밀의 열쇠를 이미 손에 쥐고 있어. 박씨 부인의 기록을 읽어봐, 세라야. 네가 읽은 다음에, 우리 HCCC 빌딩 사무실에서 얘기 나누도록 하자…….

(민찬기가 현대 국어로 풀어쓴)

박씨 부인의 기록

31

박씨 부인의 기록 - 서문

1860년이 저물어가는 이때,
내 지난 1년의 기록에 부쳐……
박매령이 쓰다

그대는 가진 모든 걸 내어주고 떠났네
하나뿐인 목숨마저 아낌없이 버렸네
나도 그대를 따랐어야 옳았거늘
가진 것들을 지키느라 그리하지 못했네

아무것도 남지 않은 줄 알았던
그대 죽음의 뒤안길에는
크나큰 사랑이 있었네

그 사랑을 부여안고
나 깨달았네
내 처음에는 구차하게 목숨을 구하여 살아남았지만
이제는 그대 뜻 받들어 살아남았음을,
마지막 순간까지 내 손을 붙들고
살라고, 살아남아야 한다고 일러주던 그대,
그대가 있었기에

그대 돌아오기만을 기다리리
세상 끝날까지도 살아남으리
우리 다시 만나게 되면
처음 만났던 그 날처럼
빛나는 눈망울로 나를 바라봐주오
처음 사랑을 나누었던 그 날처럼
뜨겁게, 뜨겁게 나를 안아주오

32

박씨 부인의 기록 - 2

봄, 1860년

꽃향기를 싣고 불어오는 바람, 훈훈한 대기, 빛나는 하늘.

봄이다.

엄동설한이 언제 적이었나 싶게 계절이 또 바뀌었다.

그러나 언제까지라도 바뀌지 않을 듯싶은 것은, 바로 내 인생이다.

지난 4년 동안 내 인생에는 아무런 변화도 일어나지 않았다. 또한, 앞으로 어떤 변화가 일어나리라는 기대도 없다.

몸이 고단하지는 않지만, 마음이 자유롭지 못한 삶.

당장 애를 타게 하는 근심 걱정은 없지만, 솟아오르는 희망이나 기쁨도 없는 삶.

끔찍하게 불행하지는 않지만, 내가 살아가는 진정한 이유를 찾을 수 없는 삶.

나는 이런 내 삶 안에 갇혀 있다. 오늘도 그냥, 숨을 쉬며 살아갈 뿐이다.

많은 것을 바라지는 않는다.

이렇게 봄이 오면 밖으로 뛰어나가, 봄꽃이 흐드러진 들판을 마음껏 거닐어보고 싶다. 내 어린 날에는, 아무 거리낄 것도 없이 누구의 눈치도 보지 않고 아우들과 자유로이 들판을 누볐었다. 예쁜 꽃을 꺾어 서로의 머리에 꽂아주고 웃어대며 놀았었다.

다시 한번 그렇게만 할 수 있다면.

시집오기 전, 친정에서 자라던 시절의 나로 한 번만 돌아갈 수 있다면.

이런 부질없는 소망을 품었다가도, 이내 지금의 나 자신으로 돌아와 두 손을 꼭 부여잡고 자세를 고쳐 앉는다. 누가 보기라도 하는 듯 옷매무새를 매만져보기도 한다. 그래, 나는 내가 누구인지 잊어서는 안 된다.

나는 박씨(朴氏), 이름은 매령(梅嶺)이다.

올해로 열아홉이 되었다.

지금으로부터 4년 전, 열다섯 나이에 이곳 석송의 김씨(金氏) 문중으로 시집을 왔다.

세간에서 이른바 세도가(勢道家)라고 불리는, 공충도(오늘날의 충청도를 말함-민찬기 주.) 일대의 양반 가문들 가운데서도 가장

357

부유한 집안으로 시집을 왔으니, 남들은 부러울 것이 없다고 할 것이었다. 게다가 우리 친정은 양반이라 해도 꽤 오래전부터 가세(家勢)가 기울어 있던 집안이니, 내가 분에 넘치는 혼인을 했다고 해도 과언은 아닐 터였다.

가세 차이가 극명하게 나는 두 집안이 그나마 맺어질 수 있었던 것은, 증조부들끼리의 약속 때문이었다. 그분들의 뜻을 받들어 두 집안은 정혼을 했다. 정혼한 바 그대로, 나는 김씨 집안으로 시집을 왔다.

그리고 혼인하자마자 나는 청상과부가 되었다.

내가 과부가 될 운명은, 혼례를 올리기 전부터 이미 정해져 있었다. 내 정혼자였던 김씨 집안의 둘째 아들이, 혼례를 보름 정도 앞두었을 때 갑자기 목숨을 잃었기 때문이다. 지니고 있는 병 하나 없던 건강한 몸이었는데, 말을 타고 사냥을 나갔다가 그만 말에서 떨어져 죽었다는 것이다.

그런 참사가 일어났음에도 내 혼인이 이루어진 데는, 두 가지 이유가 있다.

사실 혼인하기 전에, 나는 얼굴 한 번 본 적 없는 정혼자에 관한 소문을 들은 적 있었다. 그가 어린 나이부터 주색잡기(酒色雜技)에 빠져 있는, 고을에서도 소문난 한량에 속하는 사람이라는 것이었다. 내 정혼자였지만, 그런 평판은 어차피 내가 상관할 바가 아니었다. 나는 그가 한량이든 괴물이든, 무조건 그와 혼인을 하게 되어 있었음이다. 심지어, 죽어서 귀신이 된 한량이라 해도 상관없이 그를 내 낭군으로 맞이해야 했다. 당시 세상 물정도 아무것도 모르는 열다섯 살 소녀에 불과했던 내게, 정해진 혼사를 거부하는 일이란 엄두조차 낼 수 없는 짓이었다. 이 모든 상황을 관통하는 것은, 바로 조선의 양반 가문들을 지탱하고 있는 엄연하고 지엄한 '법도'였다. 반가의 여자로서 내게는 그 법도를 지켜내야 할 의무가 있었고, 이것이 곧 내가 이런 혼인을 했던 첫 번째 이유가 되었다.

두 번째 이유는, 내 혼인을 필히 성사시키고자 했던 친정 어른들의 의지와 바람이었다. 내 친정 부모님은 악하지는 않으나, 양반 가문의 체면을 지키며 사는 일을 그 무엇보다 더 중히 여기는 분들이다. 부친은 평생 글을 읽었으나 진사(進士) 시험에 합격한 게 전부인 터라 변변한 벼슬을 살지 못하였다. 권력에 대한 선망이 크고, 그 앞에서는 언제나 약자가 되는 일을 망설이지 않는다. 모친은 부친만큼 권력을 동경하지는 않지만, 천성이 심약하여 남편의 뜻을 거스르는 일은 절대 범하지 않는다. 내가 청상과부의 길이 예정된 혼인을 하는 것을 가슴 아파하는 듯 보였지만, 막상 내 앞에서는 아무 말도 하지 않았으며 말리는 일은 더더욱 없었다. 그분들에게 내 혼인은, 우리 궁핍한 박씨 집안을 양반 가문답게 살게 해줄 수 있는 유일한 돌파구이자 구원책과 같았다. 그것을 그야말로 유일한 동아줄 삼아 친정 어른들이 단단히 매달리는 형국이었으니, 어찌 혼인 당사자인 내 손으로 그 동아줄을 끊을 수 있었겠는가. 그런 불효를 범하는 일은 상상조차 할 수 없었다. 그리하여 결국 나는, 죽어서 볼 수도 말할 수도 만질 수도 없는 신랑과 혼례를 올렸다. 형체도 본질도 없는 싸늘한 신방(新房)의 공기와 더불어 초야(初夜)를 치렀다.

혼례를 올린 후 4년 세월을, 나는 완벽하게 수절하며 살았다. 지난 4년에 대해서는 나 자신, 한 점의 부끄러움조차 없다. 내가 최선을 다했다고 여기고는 있지만, 시집살이는 결코 녹록하지 않았다. 시부모는 나를 아껴주기는커녕 존중하지도 않았으며, 그로 인해 나는 여러모로 마음의 상처를 입었다. 바른말로, 시가(媤家)의 가족 전체를 통틀어 내게 호의적이라고 할 수 있는 이는 한 명도 없었다. 씁쓸했고, 외로웠다.

시부(媤父)는 한양 조정에서 벼슬을 했을 정도로 위세가 높았지만, 수년 전 당쟁에서 밀려 간신히 귀양을 면하고 낙향해 지내왔다. 조정으로부터 밀려난 양반이라 해도 원체 가문이 지닌 재산이 막대하니 지방에서 세도가로 살아가는 데는 부족함이 없었다. 게다가 고을의 수령에게도 지대한 영향력을 행사하여 그가 하는 일을 좌지우지하니, 이는 숫제 시부가 고을을 다스리는 격이었다. 기본적으로, 시부나 고을 수령이나 애민(愛民)과는 거리가 먼 사람들이었다. 백성들의 살림살이나 고충 따위에는 전혀 관심이 없었으며, 외려 그들을 이용해 개인적인 축재(蓄財)를 하는 데만 몰두했다. 근년 들어 세도가들이 백성을 수탈하는 일이 점점 심해져 원성이 높아지고 민심이 흉흉해지고 있다는 이야기를 어렴풋이나마 들었다. 말하자면 그 원성의 대상이 되고 있는 양반들이, 바로 내 시부나 고을 수령 같은 사람이 아닐까 싶은 생각이 들었다.

시부의 장남, 즉 내 시아주버니 되는 사람은 나름 총명해 일찍 급제한 관계로 한양에서 관직을 맡고 있었다. 그는 자주 석송으로 내려와 아버지를 뵈었는데, 올 때마다 긴밀한 사안이라도 있는 양 다른 선비들을 대동하곤 했다. 사랑채에서 벌어지는 그들의 회동은, 결국 어떻게 하면 시부를 한양 조정으로 복귀시킬 것인지 그 방법을 논하기 위함이었다. 한양에 터를 잡고 있는 시아주버니가 갖은 수단을 동원해 친가를 다시 한양으로 몰고 가려는데 여념이 없는 듯했다. 나는 시집와서 이내, 시부나 시아주버니가 존경받을 만한 인물들이 아니라는 사실을 깨달았다. 그렇다 해도 내가 어찌할 수 있는 문제가 전혀 아니었지만 말이다.

시모(媤母) 역시 좋은 사람이 아니었다. 겉으로 보기에는 더없이 현숙하고 근엄한 대가댁 마님이었지만, 실상 그녀는 여느 양반들과 비교해서도 교만하고 무자비한 속내를 지닌 여인이었다. 밖으로는 상민들을 무시했으며, 안으로는 종들을 까다롭고 무섭게 다루었다. 나는 그녀의 며느리였지만, 나 역시 결코 그 호의의 대상이 아니었다. 시모가 나를 대놓고 무시하거나 괴롭힌다고 볼 수는 없을지도 몰랐다. 남들 앞에서는 늘 품위를 잃지 않는 그녀였기 때문이다. 그녀는 드러나지 않게 나를 무시했고, 교묘한 방법들로 나를 학대했다.

이미 예정된 청상과부 자리로 시집을 와준 며느리였음에도 불구하고, 시모는 이런 며느리에 대한 배려나 존중을 조금도 보이지 않았다. 아니, 도리어 나를 미워했다. 나에 대한 시모의 미움은 아들이 죽기 전, 그러니까 우리 두 집안이 정혼했던 시절로까지 거슬러 올라간다. 내 친정이 많이 기운다는 이유로 시모는 애초부터 이 정혼 자체를 매우 못마땅하게 여겼다. 몰락해 가난한 양반 집안에다 형제자매까지 주렁주렁 달린 맏딸이 자신 집안 며느리로 들어오는 것을 싫어하고 경계했다. 그러던 차에 아들이 급사하고 말았고, 시모는 그 청천벽력을 감당하지 못해 쓰러지면서 나를 저주했다고 한다. 팔자가 사납고 살(煞)이 있는 며느리가 들어오려다 보니, 아들이 진작 그것을 견디지 못하고 혼례도 올리기 전에 죽어 버렸다는 것이다. 몸을 함부로 놀리던 한량이었던 아들의 본성, 술에 만취해 말에 올라탔던 아들의 실수 따위는 그녀에게 조금도 통하지 않았다. 그녀의 아들은 나 때문에 죽은 것이고, 이는 그녀에게 명백한 사실로 굳어져 버렸다. 아들을 죽게 한 치 떨리는 며느리지만, 혼례를 올리지 않을 수도 없는 형편이었다. 청상과부 자리인 줄 알고도 시집을 올 처녀는 정혼자였던 나밖에 없었으니까.

황망하게 아들을 잃은 어머니의 심정을 모르는 바는 아니다. 그렇지만 나 역시 황망하게 말도 안 되는 혼례를 올리고 이 집안으로 들어왔다. 만약 시모가 아들 먼저 떠나보낸 슬픔의 피해자라면, 나 또한 시집오자마자 청상과부가 된 것에 대한 위로와 존중이 필요한 피해자인 것이다. 하지만 그녀는 이런 점에 대한 인식이 전혀 없는 듯 보였고, 오로지 자신만이 그 일의 피해자인 양 억울해하며 내게로 화살을 돌리고자 했다. 그 억울함을 놓고, 살면서 두고두고 내게 화풀이를 하려 작정이라도 한 사람 같았다.

나는 시부의 용인 하에, 사정이 궁한 친정에 최소한의 물질적 지원을 해왔다. 시가의 눈치를 보며 매번 최소한도로 품목을 정했지만, 사실 그것이 내가 할 수 있는 최대치이기도 했다. 시모는 시부 모르게 이 과정에 끼어들어, 내가 애써 정한 품목을 가려내거나 그 일부를 다분히 고의로 누락시켜 버리곤 했다.

"쌀가마니와 닭 세 마리, 생선 한 두룹은 그렇다 치지만…… 종이와 먹, 그리고 곶감 같은 주전부리까지 보내는 것은 사돈댁을 너무 염치없게 만드는 결례 아니겠니? 이런 결례를 범하게 둘 수는 없다."

이런 말을 할 때 시모는 어투나 표정조차 변하지 않았다.

내가 드물게나마 외출을 하는 경우에는 몰래 감시를 붙이기도 했다. 또 내가 다른 반가의 여인들과 이웃이 되거나 서로 친구 삼는 일을 극도로 경계하여 못하게 하고, 혼자 조용히 별채에 들어앉아 있을 것을 종용했다.

존경하려야 존경할 수 없는 시부, 나를 미워하여 어떤 방법으로든 괴롭히는 시모, 권력욕에만 가득 찬 시아주버니. 그 나머지 역시 내게 냉랭하기만 한 식구들뿐이다.

내가 어쩌다 이런 시가를 만났을까, 이런 따위의 한탄? 나는 하지 않는다. 내 신세를 한탄하기 시작하면 끝이 없음을 알고 있기 때문이다. 처음부터 몰락한 양반 집안에 태어나지 말았어야 했다. 가세가 너무 차이 나는 집안과 정혼하지 말았어야 했다. 이왕 정혼을 했다면, 혼례 전 신랑이 급사하는 참변이 일어나는 바람에 내가 고작 열다섯 나이에 청상과부 자리로 시집오는 일이 일어나지도 말았어야 하는 것이다. 거슬러 올라가자면, 결국 누구 탓도 할 수 없다. 아무도 책임질 사람이 없다.

모두 다, 운명이다.

지금의 내 모습은, 그저 내 운명이다.

설사 반발해봤자, 벗어나려 발버둥쳐봤자 달라질 일이 없으리라는 것을 내가 모르겠는가. 나는 이렇게 김씨 문중의 과부 며느리로 일생을 살다 가게 되겠지.

그래도 내가 이 집안의 일원으로 살고 있는 덕분에, 부친이 계속 글을 읽을 수 있고 모친이 끼니 걱정을 하지 않아도 되고, 아우들이 학당에 다닐 수 있다. 적어도 내 부모님이 그렇듯 중시하는, 양반 가문의 체면만큼은 지키며 살 수 있는 것이다.

오늘은 오랜만에 친정 나들이를 했다.

부모님은 여전하시고, 아우들은 그사이 훌쩍 자라 있는 모습들이 새삼스럽다.

나를 반가워하는 부모님이지만, 집안 사정이 늘 넉넉한 편이 못 된다는 사실을 강조하시는 데는 주저함이 없었다.

볼일을 끝낸 후 가마를 타고 시가로 돌아오는데, 봄바람에 가마의 창이 가볍게 흔들리는 것이 느껴졌다. 아, 어느덧 봄이었지. 내가 그토록 좋아하는 꽃들이 만개하는 봄인데, 계절이 바뀐 줄도 모르고 살고 있었다. 그런 생각을 하니, 불현듯 봄바람의 내음이라도 제대로 한번 맡아보고 싶어졌다. 나는 조심스레 가마의 창을 열고, 얼굴을 약간 밖으로 내밀었다. 그렇게 봄 내음을 음미하려던 것도 잠시, 나는 한 사내와 정통으로 눈을 마주치고 말았다. 내 가마가 향하는 방향의 맞은편에서 걸어오던 사내의 눈빛이 에누리 없이 강렬하게 내 얼굴을 찔러 왔던 것이다. 등잔만큼 크고, 흑요석처럼 검게 빛나는 두 눈이었다. 사람의 눈이 형형히 빛을 발한다는 것이 저런 것인가 싶었다. 가마와 그 사내가 서로 교차하는 순간에도, 그의 시선은 내게 고정된 채 줄곧 꼼짝없이 나를 옭아매고 있었다. 결코 길지 않은 시간이었음에도 불구하고, 나로서는 그 순간이 매우 천천히 지나가는 듯한 기분이었다. 마침내 그가 가마를 지나치자, 나는 꿈에서라도 깬 듯 고개를 흔들며 한 손을 관자놀이에 가져다 댔다. 그리고는 가마의 창을 내리기 전에 혹시나 해서 한 번 더 밖을 내다보았다. 그랬더니 저만치 멀어진 그가 그 자리에서 고개를 돌리고 선 채, 빼꼼 내민 내 얼굴을 끈질기게 바라보고 있는 것이었다. 거리가 좀 멀어지고 나니 사내의 전신이 눈에 들어왔다. 그는 큰 키에 호리호리한 몸매를 하고 있었다. 낡아 보이는 어두운 색의 옷을 입고 있었으며, 이마에 가죽띠를 둘렀는데 긴 머리칼을 어깨까지 풀어헤치고 있는 모습이었다. 어떻게 봐도 천민 계급의 사내임에는 틀림이 없었다. 그러므로 내가 아는 사람일 리도 없었다. 내가 가마의 창을 내리며 그의 시선을 완전히 차단할 때까지, 분명 그는 그 자리에 계속 서 있었다.

집에 돌아와서도, 어쩐지 그 사내의 눈빛이 내 뇌리를 떠나지 않았다.

누구일까. 그저 우연히 지나는 사람이었을까.

왜 나를 그렇듯 집요하게 바라본 것일까…….

친정 나들이를 한 지 며칠이 지난 오늘, 나는 혼자 장터에 갔다.

원래는 외출할 때마다 여종을 데리고 다녀야 할 일이었으나, 오늘은 집을 나서면서 그 애를 불러보았지만 보이지 않았던 터였다. 나는 내 여종이 마음에 들지 않는다. 아니, 그 애뿐 아니라 시가에서 일하는 종들 가운데 진짜 내 사람은 아무도 없다. 그들 모두 시모의 사람들이다. 시모의 말이라면 목숨처럼 받들고 따르는 이들이다. 그러나 나를 대하는 태도는 사뭇 다르다. 내가 애초에 시모의 눈 밖에 난 며느리라는 사실을 너무 잘 알고들 있어서인지, 내게는 형식적으로만 예의를 차리며 머리를 조아리는 식이다. 시모가 나를 우습게 여기듯, 그들의 시선에도 나에 대한 조소가 어리어 있음을 본다. 내 앞에서 물러나면 나를 두고 자기들끼리 수군대는 모습도 여러 번 보았다. 내 여종도 어김없이 그들 가운데 하나다. 내가 시집오자마자, 나보다 두어 살 어린 그 애를 시모가 내 종으로 붙였다. 식탐도 많고 욕심도 많으며, 약삭빠른 아이였다. 내 수발을 든다는 명분으로 내게 붙어 있지만, 그 애는 늘 나를 향한 감시의 눈을 희번덕거린다. 끊임없이 제 혀로 핥아대는 그 얇은 입술은, 시모에게 하루에 두 번씩 내 일상이나 움직임을 고자질하기 위해 존재한다는 것을 나는 알고 있다. 그런 아이일진대, 얼마 전부터 제 사무가 바빠졌다. 이웃집 남종과 눈이 맞아 정분이 나는 바람에, 최대한 꾀를 피우며 그와의 밀회를 즐기러 다니기 시작한 것이다. 물론 나는 그 사실을 알아차렸지만 모르는 척했다. 내가 역으로 시모에게 그 애의 행태를 고자질해 경을 치게 할 수도 있는 노릇이었으나, 그러고 싶지 않았다. 그냥 그 애가 내 곁에 없는 것이 편했고, 나를 보고 있지 않은 것이 편했다. 여종이 눈에 보이지 않는 시간을 차라리 내 자유시간으로 여길 수 있었다. 나는 가난한 친정에서 자랄 때부터 내 할 일을 나 스스로 하는 것은 물론, 아우들을 손수 돌보는 일에도 익숙했었다. 시가로 온 이후 많은 종들에 둘러싸여 있으면 외려 불편하고 갑갑한 마음이 들곤 했다.

형편이 어려운 친정이었지만, 사실 내가 열세 살 때까지는 나이 많은 유모가 한 명 있었다. 친정에서 일했던 종은 그녀가 유일했다. 마치 친할머니처럼 나를 다독여주고 정을 베풀어주었던 푸근한 사람이었다. 병을 앓게 되어 부득이하게 친정을 떠났지만, 아마 내가 혼인을 할 때까지 내 곁에 있었더라면 나는 반드시 그녀를 데리고 시가로 왔을 것이다. 나는 지금도 종종 그녀를 그리워하곤 한다.

어쨌든 오늘 내가 굳이 혼자 장터를 찾았던 이유는, 신을 사기 위해서였다. 나는 입고 쓸 것이 넉넉하므로 내 신을 살 필요는 없다. 다만 며칠 전 친정에 갔을 때 보았던, 어머니의 낡은 당혜(唐鞋)가 몹시도 마음에 걸렸다. 신의 코가 심히 닳아 가죽이 벗겨져 있고, 밑창도 조금씩 떨어지며 너덜거리기 시작해 어머니의 걸음걸이마저 불편해 보였다. 이왕 그런 모습을 보고 온 이상, 무슨 일이 있어도 어머니의 새 당혜 한 켤레만큼은 꼭 챙겨드려야겠다는 생각을 품고 장터로 바삐 들어섰던 것이다.

장터길의 중간쯤 왔을까, 나는 뭔가 내 뒤통수를 강하게 잡아끄는 것 같은 느낌에 사로잡혔다. 얼결에 뒤를 돌아보았다. 방금 내가 지나친 그곳에, 신을 늘어놓고 파는 젊은 사내가 서 있었다. 그였다! 나는 대번에 그를 알아보았다. 친정에서 돌아오던 길, 내 가마와 마주 걸어오면서, 집요하고 강렬한 시선을 내게 쏘아댔던 바로 그 사내. 이 순간, 그가 나를 바라보며 활짝 웃고 있었다. 그 역시 지나는 나를 알아본 것이 틀림없었다. 아니, 숫제 나를 잘 알고 있는 듯한 그 웃음. 흡사 오랜 친구를 만나 반가워하는 듯 만면에 퍼진 그 환하고 무구한…… 이럴 수 있는 일인가. 대체 그가 누구이길래. 그와 내가 무엇이길래.

나는 자석에라도 끌리듯 몸을 돌렸다. 그렇게 조심스레 그에게 다가갔다. 그래, 확실히 그가 맞았다. 흑요석처럼 빛나는 검고 큰 두 눈, 가무잡잡한 얼굴, 날렵해 보이는 몸매에 풀어헤친 머리.

"오랜만에 뵙습니다, 아씨. 아니, 아씨…… 마님."

그가 나를 향해 입을 열었다. 혹시 그가 나 아닌 다른 여인에게 말을 걸고 있는 것이 아닌가 싶어 나도 모르게 주위를 둘러보았다. 그 앞에 선 사람은 나밖에 없었다.

"나, 나를 아는가?"

당황한 나머지 나는 말까지 더듬었다.

"예, 물론이지요."

"어떻게…… 나를 아는가?"

"섶들 마을 박 진사 어르신 댁의 큰아기씨셨지요. 매령 아씨…….

아, 지금은 마님이 되셨는데, 감히 존함을 입에 올려 송구합니다."

"어찌 그것을……. 우리가 만난 적이 있는가?"

"예, 아씨 마님을 6년 전에 처음 뵈었습니다. 소인이 열두 살 되던 해요."

"6년 전……? 내가 혼인하기 전 친가에 있을 때였고, 나는 열세 살이었는데."

"소인이 아비랑 같이 박 진사 어르신 댁 앞을 지나가는데, 그때 마침 아씨 마님이 유모와 집 안에서 나오셨습니다. 제 아비와 아씨 마님 유모가 서로 안면이 있는 사이였는지, 유모가 먼저 아비에게 말을 걸어주었습니다. 두 사람이 얘기를 나누는 동안 저는 아씨 마님 얼굴만 바라보고 있었고요."

"정말 그랬다는 말인가? 아, 그러고 보니…… 나, 나도 기억이 나는 것 같은데……."

"집 앞을 지나던 갓바치 아들의 얼굴까지 아씨 마님이 어떻게 기억하시겠습니까. 그저 제가 아씨 마님을……."

"그래, 생각났어! 그때 그 아이……."

사내의 이야기를 듣고 있는 동안 섬광처럼 머릿속을 스치는 기억의 한 장면이 있었다. 유모와 함께 이곳저곳을 자유롭게 돌아다니곤 했던 열세 살의 나…… 그날은 화창한 오후였고, 놀러 나간 아우들을 찾으러 집 밖으로 나왔는데 유모가 마침 지나가던 갓바치 부자에게 말을 걸었었다.

'어디를 가는 거요?'

'예, 아들 녀석 데리고 가죽 떼는 곳에 갑니다. 이 녀석에게 일을 단단히 가르쳐놔야 할 듯싶어서요.'

'요즘은 일을 많이 못하오?'

'점점 눈이 어두워지니 말입죠. 일감을 들여다보고 앉아 있어도 통 보이지 않으니 제대로 할 수가 있어야죠.'

'외동아들이오?'

'예, 아들이라고는 이 녀석밖에 없습니다.'

'아이고, 그 녀석 참 곱게도 생겼네. 네 이름이 뭐냐?'

아름다운 눈망울에 또렷한 이목구비를 가진 사내아이였다. 유모가 곱게 생겼다고 칭찬한 그 아이가, 입을 열어 자신의 이름을 말했었다.

'천화예요.'

나는 정말로 그를 기억해냈다. 그 애는 유모의 물음에 대답을 한 뒤, 키가 얼추 비슷한 내게로 시선을 돌리더니 내 얼굴을 유심히 바라보기 시작했다. 도무지 시선을 거둘 생각을 않고 그렇게 한참이나 나를 바라보고 서 있었고, 어쩐지 무안해진 내가 슬며시 다른 데를 쳐다보았을 정도였다.

그로부터 6년의 세월이 흘렀고, 그 시절 그 아이가 이렇듯 훤칠한 청년이 되어 내 앞에 서 있다.

"소인, 천화라고 합니다."

나는 말 없이 고개를 끄덕였다. 내가 부지불식간에 그의 이름까지 내 기억 속에 담아두고 있었다는 사실을 들키는 것은, 좀 부끄러웠다. 대신, 이렇게 말했다.

"자네는 참 기억력이 좋군 그래. 6년 전 한 번 본 나를 기억하고 있었다니……."

"사실로 말하면, 아씨 마님을 딱 한 번만 뵈었던 것은 아닙니다. 그 이후에도…… 제가 섶들에 갔을 때, 아씨 마님이 다니시는 모습을 먼발치에서 몇 번 뵌 적이 있습니다. 혼인하셔서 이곳 석송으로 오신 뒤에도…… 자주 나들이를 하시지는 않지만 댁에서 나오시는 모습을 어쩌다가 한 번씩 뵙곤 했고요……."

그의 솔직함에 한 번 더 놀랐다. 또한, 내 오래전 기억 속에 잠들어 있던 한 사내가 6년이라는 짧지 않은 세월 동안 먼발치에서나마 나를 지켜보고 있었다는 사실로 인해 자못 기묘한 기분에 빠져들었다. 그렇지만, 불쾌하거나 두려운 기분은 아니었다. 나도 솔직하게 말하면, 처음 그와 대화를 시작한 순간부터 경계심 따위는 전혀 느껴지지 않았다. 전혀 의식하지 못하고 있던 우리의 인연을 깨닫고 놀라기는 했으나, 그와 이야기를 나누는 것이 어쩐지 편안했다. 희한한 일이었다. 앞서 말했듯, 나는 집안에 마음 붙일 사람이 없어 종들과도 마음 편하게 말을 섞지 못한다. 집 밖으로 나와도 마찬가지다. 상민이나 천민 계급의 사람들과 이야기를 나눌 기회는 거의 없다. 맹세컨대, 나는 신분에 따라 사람을 차별하지는 않는다. 신분의 고하를 막론하고, 나로서는 현재 마음을 터놓고 지내는 이가 없음을 말하고 있는 것이다. 혼인하기 전, 인자한 유모에게 매달려 곧잘 재잘거리곤 하던 명랑한 여자아이 매령은 사라진 지 오래인 것만 같다. 새삼 울컥 밀려 올라오는 쓸쓸함을 애써 내리누르며, 나는 내가 장터에 들른 이유를 상기해냈다.

"내 친정어머니가 신으실 당혜를 좀 보러 왔네. 어떤 것이 좋겠는가?"

"나이 드신 마님들이 신기 좋은 편한 신들이 많이 있습니다. 모양도 점잖은 것들이고요."

"이 신들을 모두 자네 아비와 자네가 만들었는가?"

"소인의 아비는 몇 년 전 세상을 떠났습니다. 하지만 제게 신 만드는 기술을 모두 전수해주었지요. 지금 이 신들은 대부분 다 제가 만든 겁니다."

"아, 미안하네……."

"아닙니다, 아씨 마님."

"신을 만들면 항상 이렇게 장에 팔러 오는가?"

"따로 주문을 받아서 만들기도 하지만 보통은 장에 팔러 옵니다. 제 아비 때부터 그렇게 했습니다. 원래 소인의 아비는 신 만드는 솜씨가 석송 일대의 갓바치들 가운데서도 제일이라 해서, 관청의 화혜장(靴鞋匠)으로 일했었습니다. 그런데 제가 어렸을 때 아비의 눈이 점점 어두워지기 시작하는 바람에 관청에서 더 일할 수 없게 되어 장터로 나온 겁니다. 저도 그때부터 아비를 따라다녀서 장터가 아주 익숙합니다. 제가 공들여 만든 신들이 사람들에게 잘 팔릴 때면 기분이 아주 좋고요."

"그랬군……. 신들이 모두 곱고 튼튼해 보이네. 자네 신 만드는 솜씨도 보통은 아닌 듯싶은데."

"아씨 마님의 그런 칭찬을 들을 정도는 못 됩니다. 저는 그저 신 만드는 일이 좋고, 팔기 위해 열심히 만들 뿐인걸요."

"나는 딱히 신을 보는 안목이 없으니, 내 친정어머니가 편히 신으실 당혜는 자네가 좀 골라주게."

나와 대화를 나누는 내내 다소 상기된 얼굴에 두 눈을 초롱초롱 빛내고 있는 그였지만, 본격적으로 신에 관한 이야기로 접어드니 더 열띤 표정이 되었다. 늘어놓은 신들을 이것저것 가리키며 그것들을 어떤 생각으로, 어떻게 만들었는지 자세히 이야기해주는데, 신에 문외한인 내가 들어도 지루하지 않고 재미있어 시간 가는 줄 모를 지경이었다. 신 만드는 일을 더없이 사랑하고 또 열정을 다해 신을 만드는 젊은 갓바치, 아니, 젊은 장인의 면모를 나는 그에게서 보았다. 그가 만든 맵시 있고 견고해 보이는 수많은 당혜들이 내 마음을 끌었지만, 그의 도움을 받아 친정어머니를 위한 한 켤레의 당혜를 마침내 골랐다. 정성 들여 고른 당혜를 당장이라도 친정으로 가져가 어머니에게 신겨드리고 싶었으나, 아쉽게도 시간이 이미 저녁으로 향해가고 있다는 것에 생각이 미쳤다. 시모의 눈치를 살피며 사는 내 처지에 저녁 외출은 좀처럼 엄두를 낼 수 없는 일이었다. 내가 날이 어두워져서야 귀가를 한다면 시모는 분명 내게 그 경위를 캐묻고 나무랄 것이 빤했다.

"지금 가져다 드릴 수 있다면 좋으련만…… 시간이 허락지 않는구나."

나도 모르게 혼잣말을 해 버렸다. 그리고, 그가 이런 내 혼잣말을 놓치지 않았다.

"아씨 마님, 송구하지만 지금 하신 말씀이……."

"음……?"

"지금 신을 가지고 섶들에 가셨으면 좋겠지만, 시간이 없어 이만 댁으로 돌아가셔야 한다는 말씀이시지요?"

"아…… 그냥 혼잣말을 한 것일세. 내 일이니 자네는 괘념치 말게나. 신은 내가 나중에 친정 나들이를 할 때 가져다드리면 될……."

"소인이 도와드리면 안 되겠습니까?"

"무슨 말인가?"

"제가 이따가 장을 걷고 돌아가는 길에, 박 진사 어르신 댁에 들러 큰 마님께 당혜를 전달해 드리겠습니다. 아씨 마님께서 사서 보내셨다는 말을 물론 잊지 않겠습니다. 미천한 소인이 주제넘게 나서는 것 같아 송구합니다만, 제게 맡겨주시면……."

"주제넘기는, 그런 것이 아니라…… 자네가 나 때문에 일부러 섶들에 들러야 하는 것이 아닌가 싶네만……."

"아닙니다, 아씨 마님. 저희 갖바치촌이 어디 있는지 모르시지요? 섶들과 석송의 경계에 있는 송들산 어귀입니다. 제가 그곳에 사는데, 몇 걸음만 떼면 바로 섶들입니다. 저는 조금도 힘들 것이 없으니, 그저 맡겨주십시오."

"정히 그렇다면…… 부탁 좀 하겠네."

어떻게든 나를 돕고 싶어 하는 그의 마음이 내게 전달되어오는 것이, 나도 거절을 할 수 없었다. 그렇게 나는 내 종도 아닌 갖바치 청년에게 심부름 아닌 심부름을 시키게 되었다.

그로부터 이틀이 지난 오늘, 놀랍게도 이른 아침부터 친정어머니가 내 시가로 찾아왔다.

"석송의 그 갖바치 청년이 이 당혜를 가져왔더구나. 신어보니 모양도 곱고 뭣보다 발이 아주 편해서 좋다."

"하루라도 빨리 보내드리고 싶어서 그리한 것인데, 잘 받으셨다니 다행이에요."

"그런데 그 청년이, 내가 원래 신던 낡은 당혜를 보여달라고 하는 거야. 원체 낡아빠진 신이라 체면이 좀 그래서 내놓기가 망설여졌는데 한사코 간청을 하니…… 당혜를 보여주었더니만, 충분히 다시 신을 수 있도록 수선을 해주겠다면서 굳이 신을 가져가더구나. 매령 아씨가 신을 사주셨으니 자기도 뭔가 작게라도 보답을 하고 싶다면서……."

"그가…… 그랬나요?"

"응, 수선하는 대로 다시 집으로 가져다주겠다고. 그나저나, 오늘 오랜만에 사돈댁을 찾는데 빈손으로 올 수 있어야지. 네가 지난번에 보내준 쌀로 어젯밤 내내 떡을 빚어서 아침부터 부리나케 달려온 거다. 떡이 식으면 맛없으니까 식기 전에 맛들 좀 보시라고……."

"왜 그런 고생을 하셨어요. 안 그러셔도 되는데……."

밤새 힘들게 떡을 빚어 달려온 어머니의 정성을 생각하니 마음이 아릴 뿐이었다. 내 친정어머니가 음식을 해온다고 해서 그것을 반기고 기꺼워할 시모가 아님을 너무 잘 알고 있기 때문이다.

어머니는 나와 마주 앉아 겨우 차 한 잔만 마시고, 그만 눈치가 보였는지 자리에서 일어났다. 나나 어머니나 서로 내색 한 번 한 적 없지만, 어머니도 내가 시가에서 어떤 대접을 받으며 살고 있는지 눈치챘는지도 모를 일이다. 내가 사드린 당혜를 신고 돌아나가는 어머니의 뒷모습을 보는데, 어머니가 여전히 걸음이 불편해 보인다는 사실을 깨달았다.

"어머니, 신이 다 떨어져서 걸음이 힘드신 것 아니었어요? 왜 아직도 그러세요?"

어머니는 아무것도 아니라면서 내 눈을 피하는데, 내가 붙들고 끈질기게 물으니 그제야 털어놓는다.

"얼마 전부터 한쪽 무릎이 탈이 났는지 성치가 않아서…… 걷는 게 영 불편하긴 하구나."

나는 곧장 시모가 있는 안채로 달려갔다.

"가마를 하나만 내어주십시오. 친정어머니가 다리가 불편합니다. 아침부터 오셨는데 집으로 돌아가는 길이라도 편하게 해드리고 싶습니다."

"그러게, 반길 사람도 없는데 식전부터 눈치 없이 들이닥치시기는. 안사돈 좋아서 하신 일이니 어쩔 수 없다만. 미안하지만 가마는 지금 내줄 수가 없겠구나. 집에 있던 가마들이 죄다 볼일로 밖에 나갔거든."

그 아침부터 가마들이 모두 밖으로 나가다니, 말도 안 되는 핑계였다. 심지어 시모는, 그 자리에 함께 있던 내 여종에게로 고개를 돌리더니 말했다.

"안사돈이 해오신 떡은 괜히 부엌에 묵혀두지 말고 바로 버리렴. 이 집안에 그 음식 먹을 사람 아무도 없으니."

나는 이를 악물고 시모 앞에서 물러났다. 가마가 없다면, 내게는 어머니를 부축할 팔과 다리가 있다. 게다가, 여종이 떡을 버리는 꼴을 어머니에게 보여서는 안 된다. 그길로 바로 어머니를 모시고 시가에서 나왔다. 일단 근방에 있는 의원에 들러 어머니의 무릎에 들 만한 약을 지었다. 그리고 나서 내내 어머니를 부축한 채, 섶들의 친가까지 걸어갔다. 어머니가 무사히 집 안으로 들어가는 모습까지 확인한 후, 나는 돌아서서 터벅터벅 다시 석송으로 향했다.

아니, 곧장 석송으로 돌아가기 싫어, 가던 길을 조금 벗어났다. 딱히 갈 곳을 몰라 하염없이 걷다가 문득 둘러보니, 내가 섶들과 석송의 경계에 있는 송들산 앞까지 와 있었다. 불현듯, 그 산어귀 갖바치촌에 산다던 빛나는 검은 눈의 사내, 천화가 떠올랐다. 뜬금없기는. 나는 설레설레 고개를 젓고는, 완만한 산길을 천천히 걸어 올라가기 시작했다. 송들산은 원래 가파르지 않고, 가로지르는 길도 그리 험하지 않게 나 있는 산이었다. 그러고 보니, 이런 봄날 오후 나혼자 호젓이 산길을 오르는 일이 또 언제 있었던가. 따지고 보면 이런 시간도 내게 쉽게 주어지는 것이 아니거늘.

웬만큼 걸어 올라갔다 싶었을 때, 발걸음을 멈추었다. 아래, 우묵한 분지 형태의 석송이 한눈에 내려다보였다. 밥사발 모양의 지형 안에 오밀조밀하게 들어차 있는 초가와 기와지붕들, 그 사이로 지렁이처럼 어지러이 뻗어있는 길들과 이곳저곳 빈 데 없이 공간을 메우고 있는 수풀들. 그 가운데, 내가 살고 있는 커다란 집의 기와지붕이 단연 눈에 띄게 솟아 있었다. 고래등 같은 기와집…… 여기서 보니 우스운 일이다. 이렇게 산에서 내려다보면 한 손바닥 안에 다 들어올 것만 같은 작은 고을인데, 고래등은 무엇이고 세도가는 또 무엇이라는 말인가. 작은 지도 같은 그 고을 속, 그 한 집에 갇혀 살며 매일 똑같은 나날을 보내야 하는 내 신세는 또 무엇이라는 말인가. 마음 저 깊은 곳으로부터 무언가 뜨거운 것이 서서히 치밀고 올라오더니, 목구멍을 꽉 채웠다. 답답했다. 외로웠다. 화가 나는 듯싶으면서도 이내 슬퍼졌다. 목구멍에서 멈추었던 그 뜨거운 것이 다시 올라와 코끝을 시큰하게 저몄고, 곧 두 눈이 심히 화끈거렸다. 그리고 두 줄기 눈물이 되어 흘러내렸다.

내가 그 자리에서 얼마나 울고 서 있었는지 모르겠다.

"저기…… 아씨 마님……."

사내의 목소리에 나는 화들짝 놀라 뒤를 돌아다보았다. 눈물을 훔칠 사이도 없었다. 목소리의 주인공은 그 갖바치 사내, 천화였다. 그가 장승처럼 서서 내 얼굴을 빤히 응시하고 있었다.

"송구하지만…… 괜찮으십니까, 아씨 마님……?"

"자네가 어떻게 여기에 있는가?"

"괜찮으신지…… 어디 불편하신 것은 아닌지……."

나는 서둘러 옷고름으로 눈물을 훔쳤다.

"자네가, 어떻게 여기에 있는 것인지 물었네."

"송구합니다."

"묻는 말에 대답하게."

"아씨 마님을 따라왔습니다."

"뭐라고……?"

"아까 섶들로 오셨던 것을 뵈었습니다. 박 진사 어르신 댁에 큰 마님을 바래다 드리고 나오시더군요. 곧장 석송으로 돌아가실 줄 알았는데, 뜻밖에 송들산에 오르시길래…… 저도 따라 올라왔습니다."

"왜 나를……?"

"너무, 궁금해서요."

"뭐가 궁금하다는 거지?"

"아씨 마님의, 모든 것이요."

역시나, 그는 솔직했다. 어느새 내 눈물은 완전히 들어가 버렸다.

그를 장터에서 만났을 때만큼이나 기묘한 상황이 아니던가. 열아홉 살 청상과부를 열여덟 살 외간 사내가 산까지 따라왔다는데, 그것도 천민 사내가. 더구나 그 청상과부는 철든 이후 자신이 우는 모습을 단 한 번도 남에게 들킨 적이 없는 여자인데. 그 사내에게 뒤를 밟히고, 심지어 우는 것까지 들켰는데도, 조금도 두렵지 않았고 조금도 불쾌하지 않았다.

나는 돌아서서 그를 유연하게 지나쳐 앞으로 걸었다. 앞에는, 산 허리를 베어낸 듯 평평한 들판이 펼쳐져 있었다. 들판은 봄에 피어 난 꽃들의 화려한 빛으로 가득했다. 세상에. 어둡고 슬픈 마음으로 산에 오를 때는 눈에 띄지도 않던 봄꽃들이, 눈물이 마르고 나니 이 렇듯 한꺼번에 눈에 들어올 수 있다는 말인가.

나는 한층 가벼워진 발걸음으로 꽃들 사이를 이리저리 누볐다. 천화가 소리 없이 계속 내 뒤를 따랐다. 내가 좋아하는 꽃들을 마음 껏 보고 만질 수 있어서 좋았다. 또, 그러는 나를 지켜봐 주는 이가 있다는 것이 싫지 않았다. 그가 다름 아닌 천화라는 것이.

붉은 꽃 한 송이를 꺾어 손바닥에 올려놓고 들여다보는데, 천화 가 말했다.

"패랭이꽃을 좋아하시는군요."

나는 대답 없이 그에게 미소 지었다.

금방 또 저녁이다. 이 꿈결 같은 봄 산책으로부터 서서히 헤어나 올 때가 되었다. 나는 봄 들판 한가운데 서 있는 아름다운 청년의 모습을 마지막으로 한번 눈에 담아본 후, 몸을 돌려 산길을 걸어 내 려가기 시작했다.

등 뒤에서 그의 목소리가 들려왔다. 나직하고도 명료한 음성이었 다.

"아씨 마님께, 꽃신을 만들어 드리겠습니다……."

33

박씨 부인의 기록 - 3

여름, 1860년

지난 4년, 사계절이 내게 감옥이었으나, 여름은 특히나 싫고 두려운 계절이다…….

죽은 내 남편. 서로 얼굴 한번 보지 못한 상태에서 불귀의 객이 되어, 열다섯 살 어린 신부에게 청상과부의 운명을 투척했던 그. 나는 마음속으로 그를 '유령 신랑'이라고 부른다. 남편이라기에는 어떤 실체가 없지만, 혼례를 올렸다는 엄연한 사실이 존재하기에 남편이 아니라고도 할 수 없다. 그렇기에 그를 유령 신랑이라고밖에 부를 수 없는 것이다.

그, 유령 신랑은 사실 송들산에 묻혀 있다. 석송을 굽어보고 있는 송들산 앞쪽은 아니고, 산 뒤쪽으로 돌아가야 있는 김씨 문중의 선산에 그의 묘가 자리하고 있다는 사실이 그나마 다행으로 여겨진다. 김씨 가문은 아주 오래전에 송들산 뒤편 고을인 서촌에 살고 있다가, 불가피한 이유로 모두 석송으로 이사를 왔다. 그러면서 서촌을 굽어보고 있는 선산은 산세(山勢)나 지형이 유리하다는 이유로 그 자리에 계속 두었다. 그런즉, 유령 신랑의 묘는 송들산 뒤쪽에 있다는 이야기다.

지난번 내가 친가에 어머니를 바래다 드리고 돌아올 때 송들산에 발걸음을 들여놓았던 이유를, 나 자신도 아직 정확히 모르겠다. 그저 우연일는지 모른다. 어쨌든 그 순간 나는 송들산이 남편의 묘가 있는 곳이라는 사실을 전혀 의식하지 않고 있었다. 외려, 그 산어귀에 산다던 갓바치 사내 천화 밖에 떠오르는 이가 없었다. 그리고 거짓말처럼, 나를 따라온 그를 그곳에서 다시 만났다.

어쩌면 내게 송들산은 달의 밝은 면과 어두운 면처럼, 양면을 가진 존재다.

밝은 면은, 봄꽃이 만발한 들판, 나를 따라 걷는 아름다운 청년과 함께 그 들판을 누비는 내 모습이다.

어두운 면은, 죽음의 냄새 풍기는 유령 신랑의 묘, 그 앞에서 여름마다 억울한 벌을 받아야 하는 내 모습이다…….

그렇다. 나는 매해 여름, 유령 신랑의 생일이 돌아올 때마다 그의 묘에 가야 한다. 그의 묘 앞에서 내가 짓지도 않은 죄에 대한 벌을 받아야 한다. 이 의무는, 나에 대한 시모의 학대가 그 시기나 방법에 있어 정점을 찍는 일이기도 하다.

유령 신랑의 생일이 되면, 음식과 술을 운반할 남종 두 명과 내 여종을 포함한, 세 명의 종과 더불어 나는 아침부터 그의 묘로 보내진다. 하루 종일 그의 묘를 지키지만 그게 끝이 아니다. 날이 어두워지면 남종들은 산에서 내려간다. 그리고 나와 내 여종만 남아, 그 으스스한 선산 묘 앞에서 밤을 지새워야 한다. 이 모든 것이 시모의 지시에 따른 것이다.

"낭군이 무덤 속에서 혼자 외로이 생일을 맞도록 내버려 두는 것이 옳은 일은 아니겠지? 좋은 날이니까, 당연히 지어미가 같이 그 자리에서 밤을 밝혀야지."

그렇게 첫해는 여종과 둘이 유령 신랑의 묘 앞에서 밤을 밝혔다.

두 번째 해에는, 같이 남아 있던 내 여종이 한밤중에 볼일이 급하다며 발을 동동 굴렀다. 급한 대로 근처에서 일을 보라고 했더니, 신성한 나리 마님의 묘 옆에서 어떻게 그럴 수 있냐며 자기가 일볼데를 찾아보겠다고 허둥지둥 산에서 내려갔다. 그렇게 곁을 떠난 그 아이는, 그날 밤새 묘로 돌아오지 않았다. 뜬눈으로 혼자 밤을 지새우고 다음 날 아침 산에서 내려온 내가 비척비척 시가로 들어섰을 때, 아주 말짱한 얼굴을 한 여종이 구르듯 달려 나와 나를 맞았다.

"마님, 죄송해요. 제 딴에는 멀리 떨어진 곳에서 볼일을 보려고 한참을 내려가다가 그만 길을 잃었지 뭐예요. 너무 어둡고 어디가 어딘지 몰라 도저히 다시 묘로 올라갈 수가 없었어요. 혼자 무서우셨죠?"

그 또한 시모에 의해 계획된 일이라는 것을, 그제야 알아차렸다. 기가 딱 막혔다. 가증스러운 여종, 무자비한 시모. 하지만 작정하고 나를 학대하려고 나선 시모를 내가 어쩌랴. 눈 뜨고도 당하는 수밖에.

세 번째, 네 번째 해에도 시모는 같은 수를 부렸다. 날이 어두워지면 온갖 핑계를 대며 혼자 선산에 빠져나가는 여종 아이의 뒷덜미를 잡아채고 싶었고 경을 쳐주고도 싶었지만, 결국 그 아이는 시모의 심복일 뿐이었다.

유령 신랑의 묘를 지키며 혼자 지새우는 밤은 끔찍했다. 여름밤이라 그리 추울 리도 없건만, 먼 듯 가까운 듯 들려오는 산짐승들의 울음소리와 선산 전체를 떠도는 음산한 분위기가 내게 가져다주는 것은 극도의 한기였다. 나는 온몸을 오들오들 떨며 굳은 몸으로 주저앉아 유령 신랑의 묘를 노려보곤 했다. 아무것도 아니야, 그저 죽은 이의 무덤일 뿐이야. 묘를 쳐다보기도 싫었지만, 그렇다고 돌아앉아 있을 수도 없었다. 고개를 돌리고 있자니, 꼭 무덤이 양쪽으로 갈라지며 저승사자의 낯빛을 한 유령 신랑이 튀어나와 내 뒤를 덮치기라도 할 것 같아 무서웠다. 차라리 똑바로 마주 보고 있는 것이 편했다. 구원처럼 먼동이 터오면, 나는 앉은 자리에서 그대로 옆으로 쓰러졌다. 진이 빠져 제대로 일어설 수도 없었다. 그나마 여름이라 밤이 짧다지만, 내게만 길기만 한 밤이었다.

이럴 거면, 그냥 처음부터 저를 대놓고 혼자 묘로 보내지 그러셨어요?

시모에게 던지고 싶은 딱 한마디였다. 하지만 나는 아직도 시모를 향해 이 한 마디 말을 해보지 못했다.

올해도 어김없이 유령 신랑의 생일은 다가왔다. 내일이 바로 그 날이다.

악몽은 멈추지 않는다.

혼인한 이후 다섯 번째로 맞은 유령 신랑의 생일. 마침내 그날이 지나갔다.

놀라운 이야기인 줄 알지만, 이번에는 끔찍한 하룻밤이 아니었다.

물론 처음에는 힘들었으나, 그런 고초를 겪는 나를 지켜본 눈길이, 돌보아준 손길이 있었다.

천화…… 그가 언제부터 내 인생에 이렇듯 끼어들게 되었는지 분간할 수가 없다. 어린 시절의 인연은 차치하고라도, 그는 언제부터인가 열아홉 살 청상과부 내 인생에 급습하여 내 곡절들을 함께하기 시작했다. 어떻게 일이 이렇게 되었는지…… 하지만 나는 그가 싫지 않으니. 외려 어떤 식으로든 내게 도움이 되어주는 그가 고마울 지경이다.

그날이 다가오기 이틀 전부터, 나는 몸이 좋지 않았다. 그날에 대한 두려움이 마음의 고질병처럼 나를 덮친 것도 있지만, 실제로 심한 여름 감기를 앓고 있었던 것이다. 오한으로 온몸이 떨렸고 이마는 불덩이처럼 뜨거웠다. 일어나 앉기만 해도 어지럽고, 먹은 것도 없는 빈속이 뒤집힐 것 같았다. 장마철이라 유령 신랑의 생일 아침에도 궂은 비가 내리고 있었다. 내 상태로 봐서는 죽은 남편의 묘로 향할 것이 아니라 의원에 찾아가야 할 판국이었다. 시모는 내가 아프다는 사실을 알면서도 깨끗이 무시했다. 여느 해처럼 내 여종을 포함해 종 세 명을 내게 붙인 후, 나를 집 밖으로 내몰았다. 날이 궂을수록 무덤 속 낭군의 곁이 허하지 않도록 얼른 묘에 가서 붙어 앉아 있어야 한다는 재촉이었다. 아픈 몸에, 사정없이 뿌리는 비에, 정신을 제대로 차릴 수도 없었지만 나는 죽지 못해 간신히 유령 신랑의 묘로 발걸음을 옮겼다.

날이 저물자 남종들이 산에서 내려가고, 한밤중에는 여종도 내빼 버렸다. 이미 그 전개가 정해진 이야기처럼 종들이 모두 내 곁에서 사라지자, 마음의 두려움과 몸의 통증이 복합되고 고조되며 그 밤의 빗발보다 더 거세고 굵게 나를 내리치고 찍어 눌렀다. 이러다 그냥 죽을 수도 있겠다는 생각이 들었지만, 살기 위해 그 자리를 벗어날 최소한의 체력조차 내게는 남아 있지 않았다. 일어설 수조차 없었다. 그렇게 나는 내내 돗자리 위에 앉아 있었는데, 어느 순간부터 기억을 잃었다. 그만 혼절해 버렸던 탓이다.

눈을 떴을 때는, 내가 누군가의 등에 업혀 산길을 내려가고 있다는 사실만 의식할 수 있는 상태였다. 그는 멈추지 않는 빗발 속에서도 걸음이 매우 빠른 이였고, 산을 훤히 꿰뚫고 있는 듯 능숙한 몸놀림으로 자신의 목적지를 향해 걷고 있었다. 그의 두 팔이 내 하체를 단단히 받치고 있었고, 내 두 팔은 느슨하게나마 그의 목을 감싸고 있었다. 내 얼굴은 비에 젖은 그의 긴 머리칼 사이에 파묻힌 채, 그의 움직임에 따라 조금씩 흔들리고 있었다. 나는 그가 누구인지 파악해볼 새도 없이 다시 정신을 놓아 버렸다. 두 번째로 눈을 떴을 때는, 내가 바깥에 있는 게 아니라 어딘가 막힌 공간 안에 들어와 있다는 사실을 깨달았다. 빗줄기가 더 이상 온몸을 두들겨대고 있지 않았으며, 빗소리 자체도 아스라이 멀리서 들려오는 듯했다. 하지만 그곳은 집안이나 방안이 아니었고, 구체적으로 내 처소는 더더욱 아니었다. 어슴푸레 내 눈에 들어오는 천정도, 벽도 흙빛이었다. 콧속을 파고드는 흙냄새도 있었다. 공기는 다소 축축했지만 아늑했다. 시야가 조금 트인 후에는, 촉감이 살갗을 파고들었다. 누운 내 등을 받치고 있는 딱딱한 바닥. 대체로 견딜 만했다. 이불이 아닌 두꺼운 가죽 같은 것 위에 내 몸이 누여 있고, 또 다른 가죽이 내 몸 위에 덮여 있었다. 아, 내가 동굴 같은 곳에 들어와 누워 있구나. 그 사실을 인지한 순간, 누군가의 손이 얼굴로 다가와 내 관자놀이 부근에 흩어진 머리칼을 어루만져 쓸어 넘겨주고는, 곧 내 이마를 살며시 덮었다. 커다랗고 따뜻한 손이었다. 팔을 들어 그 손을 한 번 잡아보고 싶은 마음이 들었지만, 실상 내게는 손가락 하나 까딱할 힘이 없었다. 무거운 눈꺼풀을 있는 힘껏 젖혀 올리며 최대한 눈을 굴려 위를 올려다보았다. 동굴 안, 호롱불 하나를 켜놓은 정도의 밝기 속에서도 내 시야를 가득 채운 것은, 아련한 눈빛으로 나를 굽어보고 있는 천화의 얼굴이었다. 놀랍지도 않았다. 내 눈꺼풀은 다시 스르르 내리 감겼다. 세 번째로 눈을 떴을 때, 오한이 재발했는지 이가 위아래로 딱딱 부딪칠 정도로 추웠으며 내 온몸은 경련을 일으키듯 떨고 있었다. 너무 춥고 너무 아파 이대로 죽을 수도 있겠다는 생각에 재차 사로잡혔는데, 그 순간 그가 내 몸을 부드럽게 제쪽으로 당겨 힘차게 끌어안는 것이었다. 우리는 가죽 한 장을 같이 덮은 채 나란히 누워 있었으며, 어찌할 수도 없는 사이에 나는 그의 가슴에 안겨 있었다. 사내와 같은 자리에 누운 것도, 그 탄탄한 가슴에 안긴 것도 모두 내게는 처음이었다. 그러나 그 처음이 두렵거나 설레기보다는, 그저 따뜻했다. 그의 품은 믿을 수 없을 만큼 따뜻했다. 나는 마치 어린 시절 유모의 품에 안기듯 그의 품속으로 깊이, 더 깊이 파고들었다. 고동치는 그의 심장 소리가 선연히 들려왔지만, 그조차 자장가처럼 안온하고 편안했다. 나는 경련과 통증으로부터 서서히 해방되었고, 다시금 깊은 잠으로 빠져들었다.

마지막으로 눈을 뜨고 나서야, 내가 고비를 넘겼다는 사실을 알았다. 이마의 열도 내린 듯했고 몸이 한결 가벼웠다. 아침 빛이 스며들어온 동굴 안이 제법 환했다. 나는 부스럭거리며 자리에서 일어났고, 옆에 누워 있던 그도 잠에서 깨어 번개처럼 몸을 일으켰다. 그는 내게서 훌쩍 떨어져 앉더니 깊이 고개를 숙였다.

"송구합니다, 아씨 마님."

"어떻게 된 일인가."

"송구할 뿐입니다."

"이게 무슨 짓인가, 가 아니고 그저 어떻게 된 일인가, 라고 물었네. 송구하다는 말은 제발 그만두게. 자네가 나를 살린 것, 맞지?"

"아씨 마님을 살렸다고 하기도 송구…… 아니, 죄송합니다. 어젯밤에 그 비를 맞으며 묘 앞에 쓰러져 계시길래……."

"내가 선산에 있다는 것을 어찌 알았나?"

"궂은 날씨에 아침부터 종들과 선산에 오르시는 것을…… 멀리서 지켜보았습니다. 그리고는 제 일터로 돌아갔다가, 저녁 무렵에 혹시나 해서 한번 묘에 들러보았는데 아씨 마님께서 꼼짝도 않고 그 자리에 앉아계시길래…… 그곳에서 밤을 지새우실 계획이라는 것을 그때 알았습니다. 남종들이 저녁에 산에서 내려가고, 계집종 아이도 한밤중에 아씨를 버려두고 혼자 부랴부랴 도망치더군요. 비 오는 밤에 아씨 마님 혼자 묘 앞을 지키고 있는 모습을 뵈니, 도저히 저도 그 자리를 떠날 수 없었습니다."

"왜…… 진작 내 앞에 나타나지 않았지?"

"밤중에 혼자 계신 아씨 마님 앞에 제가 불쑥 나타나면 많이 놀라실 것 같았고 또 두려우실 것 같아서…… 모습을 드러내지 않고, 그저 계신 곳을 아침까지 조용히 지켜볼 요량으로 있었는데…… 갑자기 쓰러지시는 것을 보고, 저도 모르게 달려가 아씨 마님을 둘러업고 말았습니다."

"그래서 나를 이 동굴로 데리고 왔는가?"

"원래는 아씨 마님을 바로 댁으로 모실까 생각했었습니다. 하지만 소인이 정신 잃은 아씨 마님을 업은 채 댁에 나타나면…… 너무 큰 오해가 생길 것만 같았습니다. 저는 상관없지만, 댁의 어른들이 놀라고 아씨 마님께도 큰 폐가 될 것 같아서 그리 할 수는 없었습니다.”

“그래…… 안된 말이지만 자네 생각이 틀리지 않았을 거야. 내가 그렇게 살고 있으니까…….”

“석송이나 섶들에 있는 의원 어디로든 달려가 볼까 생각도 했지만, 밤이 너무 늦어 열고 있는 곳이 없겠다 싶었습니다. 급한 대로 이 동굴로 모시고 왔습니다. 날이 밝기 전까지 열이라도 좀 내려드려야 하지 않을까 해서…….”

“자네는 이 동굴을 어찌 아는가?”

“어렸을 때 이 동굴을 발견하고 들어와 보았더니, 제가 사는 집보다 아늑하고 좋았습니다. 저는 그냥 산이 좋습니다. 흙냄새, 풀냄새, 꽃냄새…… 그리고 제가 하는 일도 좋습니다. 가죽 냄새……. 이곳에 가죽을 깔아두고, 혼자 있고 싶을 때나 잠깐 쉬고 싶을 때마다 와서 편하게 시간을 보내곤 했습니다. 아, 소인에게는 편하지만 아씨 마님께는 더없이 누추한 장소일 텐데…….”

“누추하다니, 지금 그런 것을 따질 계제가 아닌걸. 어쨌든 자네에게 고맙네. 내가 여러 번 정신을 잃었었는가?”

“몇 번 눈을 뜨셨다가 이내 다시 잠드셨습니다. 아까 새벽에는 마지막으로 오한이 나셨는지 심하게 몸을 떨고 계셔서…… 가죽을 몇 겹으로 덮어드려도 소용이 없었습니다. 그래서 어쩔 수 없이 제가 아씨 마님 곁에…… 오한에는 체온으로 덥혀주는 것이 가장 빠른 방법이라는 얘기를 들은 것 같아서…… 정말 죄송합니다. 소인이 아씨 마님께 몹쓸 짓을 한 것이라면, 죽여주십시오.”

"자네는 항상…… 솔직하군."

"예……?"

"무엇 하나만 물어봐도 되겠는가?"

"예, 얼마든지요."

"전에 만났을 때, 내 모든 것이 궁금하다고 했지. 나를 따라왔던 이유가 그것이라고 했어. 왜, 나를 따라다니는 것인가? 왜, 나를 항상 지켜보고 있는 거야?"

"이 미천한 목숨을 걸고 대답을 드려도 된다면, 대답해드리겠습니다."

"목숨……?"

"아씨 마님을 사모합니다."

"뭐?"

"제가, 아씨 마님을 사모합니다. 열두 살 어린 나이에 섶들에서 박 진사 어르신 댁 큰아기씨셨던 마님을 처음 뵈었을 때부터, 첫눈에 사모하기 시작했습니다. 혼인하셔서 석송으로 오신 뒤에도 아씨 마님을 쉽게 잊을 수 없었습니다. 아씨 마님께서 왜 그런 혼인을 하셨는지 미천한 갖바치인 제가 어떻게 그 이유를 헤아릴 수 있겠습니까마는…… 그냥, 아씨 마님만 생각하면 가슴 한구석이 아렸습니다. 먼발치에서 뵈어도 가슴이 제멋대로 뛰었습니다. 저도 이런 저 자신을 다스릴 수 없을 정도로요."

"이보게……."

"그 어린 날, 박 진사 어르신 댁 큰아기씨는 그때까지 제가 살면서 보았던 가장 어여쁜 소녀였습니다. 그 소녀는 제 마음속에 그대로 남아 아름다운 여인이 되었습니다. 석송에서 뵌 아씨 마님은, 제가 마음에 담아두고 있던 그 모습을 고스란히 간직하고 계셨습니다. 그래서 황홀했습니다."

"저기……"

"무엇을 어찌하겠다는 것이 아닙니다. 미천한 놈이 감히 아씨 마님을 두고 마음의 죄를 짓고 있는 것만으로도 죽어 마땅한 줄 압니다. 하지만 제가 살 수 있다면, 살아도 된다면…… 그저 아씨 마님을 먼발치에서나마 바라볼 수 있게 해주십시오. 아씨 마님이 슬프지 않으신지, 힘들지 않으신지 지켜볼 수나 있게 해주십시오. 그렇게만이라도 할 수 있게 해주신다면……"

"이, 이만 나는 가봐야겠네."

"아…… 댁까지 모셔다드리고 싶지만 그럴 수가 없으니, 산 아래까지라도 부축해드리겠습니다."

"이제 좀 괜찮아졌어. 이 정도면 나 혼자 내려갈 수 있으니 걱정하지 말게."

"아씨 마님……"

"자네에게는 다시 한번 고맙네. 그럼……"

그가 동굴 밖까지 따라 나오면서 다급하게 속삭였다.

"아씨 마님께 만들어 드린다고 했던 꽃신은…… 다 되어가고 있습니다."

"그런 것, 그만두게. 내가 꽃신 신고 다닐 일이 무엇이라고."

자못 냉정하게 말하고 돌아섰지만…… 마지막 말은 사실, 내 진심이 아니었다.

생각할수록 그가 고맙다. 명백히 그는 어려움에 처한 나를 돌보아주었다. 어쩌면 그것은, 신분 차이를 떠나 같은 인간 사이에 느낄 수 있는 연민의 정쯤으로 치부할 수도 있는 일이다. 그런데 나는 그의 진정한 속내가 궁금했다. 그의 솔직함을 믿고 질문을 던졌고, 그 마음을 알아내고야 말았다. 말도 안 되는 일이라며, 감히 누구를 쳐다보냐며 그의 마음을 짓밟아줄 수도 있는 노릇이었다. 그러나 나는 그렇게 하지 않았다. 그렇게 하고 싶지 않았다. 그가 말한 대로, 그저 먼발치에서나마 나를 지켜보게 놓아둘 수도 있지 않은가. 그리고 가끔, 가끔일지언정, 내가 슬프고 힘들 때 내 앞에 나타나 나를 위로하게 할 수도 있다.

어쩌면 나는…… 아니, 나도, 그가 싫지 않기 때문이다.

그쯤이면 될까. 아마 그럴 것이다.

어차피 천민 갖바치 사내와 반가의 청상과부가 만난들, 둘이 무엇을 더 어찌할 수 있다고.

어느덧…… 여름의 끝자락에 다다랐다.

내 인생에서 가장 놀라웠던 계절, 믿을 수 없었던 이 여름.

어떻게 적어야 할까.

내 인생을, 한 권의 책이라고 친다면. 곧, 낡고 고통스러웠던 과거의 한 장이 넘어가고, 새롭고 신선한 한 장이 내 눈 앞에 펼쳐진 것 같다고나 할까.

물론, 내 인생의 책 자체가 바뀐 것은 아니다. 나는 여전히 세도가 김씨 가문의 며느리요, 청상과부다. 하지만 이전 그대로의 나는 아니다. 지금의 내게는, 정인(情人)이 있기 때문이다. 그는 다름 아닌, 천화다.

어린 시절 이후 다시 인연의 접점을 가진 우리는 몇 차례의 인상적인 만남을 거듭한 끝에, 급기야 격정의 노도에 맞닥뜨리게 되었다. 도망치든지, 감당하든지, 둘 중의 하나였다. 우리는 도망치지 않았다. 함께 손을 잡고 그 노도를 받아들였고, 또 그것에 몸을 실었다. 그렇게 돌이킬 수 없는 바다를 건너, 지금의 우리가 되었다.

그날도, 힘겹게 시작된 하루였다.

내가 이른 아침부터 친정에 보낼 물품을 어렵게 꾸리고 있는데, 여종이 그새 고자질을 했는지 갑자기 시모가 나타났다. 시모는 다짜고짜 종들에게 내가 꾸린 물품을 빼앗으라 지시했다.

"온 나라의 형편이 어렵고 고을도 마찬가지다. 아버님이 관직에 계신 것도 아니고, 고을 사람들한테 소작료 제대로 걷기도 어려운 상황인데 우리 집 곳간이라고 마냥 넉넉할 줄 알았니? 너도 하는 일 없이 밥만 축내는 처지에 네 친정을 돕겠답시고 우리 집 곳간을 헐지 마라. 사정이 나아질 때까지 당분간은 친정에 아무것도 보내지 말라는 말이다. 알아듣겠니?"

"시집온 몸으로 친정의 형편을 돕는 것은 송구하나, 이 일은 처음부터 아버님의 허락을 받은 일입니다……."

"뭐라고? 아버님이 허락했다고 얼버무리며 넘어가려는 게지? 이 집안 곳간 열쇠의 주인은 나야. 감히 내 명은 어겨도 좋다는 것이냐?"

"그런 게 아니라…… 우리 집 곳간이 아직은…… 제 일로 인해 손을 보는 것 같지는 않아서 그렇습니다."

"뭐가 어째? 분명 넉넉지 않다고 말했잖니!"

"나라가 어렵고 고을 백성들이 힘든 것은 사실이겠지만…… 이런 때라고 해서 우리 집 곳간에 식량과 물건이 들어오는 일이 멈추는 것을 보지 못했습니다."

"발칙한 것! 어디서 꼬박꼬박 말대답이지? 언제부터 이 시어미가 그리 우스워 보였음이야?"

"저, 어머님……."

"이래서 며느리는 좋은 집안에서, 팔자에 액이 없는 인물을 들여야 하는 것이거늘…… 거지만도 못한 집안에, 서방 잡아먹는 팔자를 타고난 년이 밀고 들어와서는!"

시모는 집안 종들이 다 보는 앞에서 나를 잔인하게 모욕했다. 그녀가 나를 무시하고 짓밟는 일이 처음도 아니었건만, 이번만큼은 그 자리에서 시모의 말을 더 듣고 있을 수 없다고 생각했다. 참을 수 없었다. 아니, 참고 싶지 않았다. 나는 마당에 엉거주춤 서 있던 남종의 가슴팍을 향해, 내가 친정에 보내기 위해 꾸리고 있던 보따리 두 개를 홱 내던져 버렸다. 이런 모욕을 당하면서까지 계속 친정을 도와야 한다면…… 모르겠다. 당장은 아무것도 생각하기 싫었다. 별채 마루에서 내려서며 신을 꿰어 신은 나는, 앞뒤 볼 것도 없이 그냥 대문 밖으로 달려나갔다. 그 집을 벗어나고 싶은 마음뿐이었고, 또 해야 할 일이 있었다. 내가 어찌나 번개같이 뛰쳐나갔던지 시모가 내지르는 소리도 이내 멀어졌고, 뭐라고 말하며 내 뒤를 쫓아 나오던 여종도 나를 금방 놓치고 말았다. 나 자신도 그렇게 빨리 달릴 수 있는지 미처 몰랐다.

순도 높은 분노, 그것이 나를 내달리게 했다. 분노의 힘은 강했다. 나는 순식간에 고을을 가로질러 송들산 어귀에 이르렀다. 손끝은 차가웠고 머리는 뜨거웠다. 완만한 산길을 오르는 일이 평지를 달리는 것보다 더 쉽게 느껴질 지경이었다. 도무지 내 속도를 제어할 수 없었다. 잽싸게 산허리를 돌아, 산 뒤쪽으로 향했다. 내 목적지는 선산이다.

마침내 내가 선산에 들어서서 발걸음을 멈춰선 곳은, 바로 유령 신랑의 묘 앞이었다. 나는 묘를 똑바로 마주 보고 서서 입을 열었다. 갈라진 음성이 내 입에서 흘러나왔다.

"내가 왜, 태어나서 얼굴 한번 맞댄 적 없는 당신 때문에 이렇게 살아야 하죠? 나와 정혼을 했으면 고이 살아있다가 내 낭군이 되어줄 일이지, 왜 그렇게 죽어 버리는 바람에 혼례청에도 서지 못하고 신방에도 들지 못했냐는 말이에요? 그렇게 유령 신랑이 되어 나를 열다섯 나이에 청상과부로 만들었으면, 당신의 가족은 내 신세를 가엾이 여기고 나를 보듬어주는 것이 마땅치 않던가요? 적어도 당신의 어머니처럼 나를 괴롭히고 저주하는 것은, 정말 있을 수 없는 일 아닌가요?"

내 목소리가 점차 고조되면서, 목구멍이 타는 듯 쓰라리고 아파 왔다. 쌓이고 쌓였던 억울함과 한을 처음으로 토해내면서, 나는 어느새 악을 쓰고 있었다.

"정말로 내 팔자에 살이 있고 액이 있어서 당신이 죽은 것인가 요? 당신이 주색 없이 못사는 한량으로 멋대로 휘젓고 다니다가 말에서 떨어져 죽은 것이잖아요? 그것이 왜 내 탓이요, 내 팔자인 것이죠? 설사 내가 그런 팔자를 타고났다 한들, 그것은 또 왜 내 잘못이에요? 이런 꼴로 사는 내가, 평생 이런 꼴로 살아가야 할 내가, 젊어 죽은 당신보다 덜 비참한가요? 남도 아닌 가족에게 구박당하고 수모당하는 청상과부로 살아가느니, 차라리 죽는 것이 더 낫다는 사실을 왜, 왜 모르시나요?"

갑자기 머리가 핑 도는 것을 느끼며, 나는 묘 앞에 또 주저앉고 말았다. 이렇듯 악을 써서 속이 조금 후련해진다 한들, 결국 달라지는 것은 없으리라. 그 막막함과 답답함, 그 분함과 원통함의 족쇄는 여전히 나를 틀어쥔 채 놓아주지 않고 있는 것을. 그래서 유령 신랑의 묘 앞에만 오면, 나는 종내 주저앉아 버리는 것이다.

"아씨 마님."

더 이상은, 낯설지 않은 목소리였다. 나는 감았던 눈을 살며시 떴다.

그래…… 이곳 송들산에는 나를 지켜보는 눈길이 있다 했다. 내가 슬프지는 않은지, 힘들지는 않은지 걱정하는 마음이 있다 했다.

그가 있기에, 송들산은 내게 차가운 비애의 장소만은 아닌 것이다. 일말의 따뜻함, 그리고…….

유령 신랑을 향해 악을 써대는 동안 느꼈던 고통스러운 흥분이 가라앉고, 새롭고 신선한 흥분이 가슴 깊은 곳으로부터 밀려 올라오기 시작했다. 내 마음은 이미 그에게 달려가 그와 마주 서 있었지만, 내 몸은 여전히 묘를 바라보며 주저앉은 채였다. 아씨 마님. 그가 두 번째로 나를 불렀을 때야, 나는 천천히 그를 돌아보았다. 그에게 무심한 듯 물었다.

"무슨 일인가."

"아씨 마님께 드릴 꽃신…… 다 만들었습니다."

"그건 그만두라고 내가 그때 말하지 않았……."

"만들겠다고 약속드렸습니다. 그리고 정말 만들고 싶었습니다. 며칠 전 완성해서 전해드릴 날만 이제나저제나 기다리고 있었는데…… 잘 오셨습니다."

"이보게……."

내가 앉은 자리에서 비틀거리며 일어서려 하자, 그가 말렸다.

"그냥, 앉아 계십시오."

그는 내 앞에 무릎을 꿇고 앉더니, 품 안에서 당혜 한 켤레를 조심스레 꺼내 들었다. 그리고 그것을 소중히 내 발치에다 내려놓았다.

"부족한 솜씨인 줄 너무 잘 압니다. 아씨 마님의 자태에 꼭 어울리는 꽃신을 만들고자 했지만 역시 제가 모자랐습니다. 보잘것없어도 그저 소인의 정성으로 받아주신다면……."

곱디고운 당혜였다. 은은한 광택의 연갈색 가죽 바탕에, 섬세하고 정교하게 수놓아진 패랭이꽃…… 꽃의 선연한 붉은 빛은, 금방이라도 신에서 튀어나올 것처럼 생생하고 아름다웠다. 패랭이꽃을 좋아하시는군요, 꽃핀 봄 들판을 함께 거닐 때 그가 내게 말했었지. 내가 패랭이꽃을 좋아한다는 사실을 그가 머릿속에 담아두고 있었던 것이다. 이런 정성을, 이렇듯 고운 기억의 선물을, 이전에 나는 그 누구에게도 받아본 적 없었다. 가슴 뭉클한 감동이 솟아오르며 코끝이 시큰해졌다. 그러면서도 너무 기뻤다. 울고 싶기도, 웃고 싶기도 했다. 나는 고개를 숙인 채 작은 목소리로 말했다. 고맙네.

고개를 들었을 때, 내 눈이 그의 눈과 맞부딪쳤다. 내 모습을 그 두 눈에 온전히 담아 가두고 싶기라도 한 듯, 열망이 한가득 고인 그의 눈빛을 보았다. 우리의 시선이 허공에서 밧줄처럼 강하게 얽히는 순간, 나는 대담하게 그에게 신호를 던졌다. 어서 말해. 나는 이 꽃신을 혼자 신고 싶지 않아. 이내, 그가 내 신호를 읽었음을 확신했다.

"아씨 마님께…… 꽃신을 신겨드려도 되겠습니까."

그가 신을 집어 들고 내 앞으로 다가들었다. 나는 기꺼이 그에 응했다.

"그렇게 해주겠나."

앉은 채로 치맛자락을 살짝 걷어 올리고는, 그에게 버선발을 내밀었다. 내가 이렇게 대담해질 수 있을 줄은, 일찍이 나도 알지 못했다.

박매령이 누구던가. 열다섯 나이에 청상과부가 될 줄 알면서도 시집와서, 4년을 완벽하게 수절했던 여인이 나다. 혼인하기 전은 물론, 혼인한 후 4년 동안 그 어떤 사내도 내 몸의 털끝 하나 건드리지 못했고, 나 역시 내어줄 생각한 적 없다. 그런데…… 천화는 다르지 않던가. 부지불식간에 그는 나와 신체 접촉을 한 첫 사내가 되어 있었다. 내가 선산에서 쓰러졌던 날, 단둘이 밤을 지새운 동굴에서 그는 오한에 떨고 있는 나를 굳고 따뜻하게 안아주었었다. 그런 사내이기에, 그런 천화이기에 나는 거리낌 없이 내 버선발을 맡길 수 있었던 것이다.

내 발목을 받치고 있는 그의 한쪽 손이 긴장으로 미세하게 떨리고 있음을 알았다. 하지만 숙련된 갓바치답게, 곧 그는 유연한 손놀림으로 내 발을 그가 만든 당혜에 끼워 넣었다. 당혜는 믿을 수 없으리만치 내 발에 꼭 맞았다.

"잘 맞습니다, 아씨 마님."

"내 발의 치수를 재어보지도 않고 어떻게 알았는가?"

"소인이 타고난 갓바치인지라…… 언뜻 보고도 치수를 머릿속으로 그릴 수가 있습니다. 재주라고는 그것뿐입니다."

"아니네. 무엇보다 신을 잘 만드는 재주를 지녔지. 그것도 여인의 마음에 꼭 드는 어여쁜 꽃신을."

"아닙니다. 아씨 마님이라서 꽃신이 잘 어울렸을 뿐입니다. 다른 누구도 아닌, 아씨 마님이라서……."

"정말…… 그렇게 생각하나?"

그가 말없이 고개를 끄덕였다. 내 발이 들어가 있는 꽃신을 수줍게 어루만지던 그의 손이, 계속 더 움직여도 좋을지 갈등하고 있음을 나는 눈치챘다. 나 역시 갈등하고 있었다. 이대로 내버려둔다면…… 그에게 모든 것을 맡긴다면…… 나는, 나는 더 이상 이전의 '수절과부' 박매령으로 살아가지 못할 것이다. 내 친가의 안위(安慰)와, 양반 가문 여인의 체면을 위해 이를 악물고 참으며 버텨왔던 그 모든 것들이 의미 없어질지도 모른다. 그렇다 해도……그렇다 해도. 기어이, 당혜 위를 헤매던 그의 손이 내 발목을 더듬어 올라왔다. 나는 가만히 그 손을 내려다보았다. 크고도 정갈한 손이었다. 이런 아름답고 따뜻한 손을 가진 사내라면…… 나도 이제 어찌할 수 없을 듯싶었다. 조금 전까지만 해도 내 발에 당혜를 신겼던 그 손이, 이제는 다시 내 발에서 신을 벗겨내고 있었다. 그리고 조금 더 과감하게, 내 발목으로부터 버선을 끌어 내렸다. 맨발이 된 내 발등에 그의 입술이 거침없이 와 닿았다. 뜨거운 입술, 상기된 얼굴.

그래, 내가 지켜왔던 그 모든 것을 당장 내다 버리라는 것이 아니잖아. 지금 이 순간만큼은, 이 순간만은 그의 마음을 받아들이는 거야. 그리고 영영 둘만의 비밀로 간직하면 될 일이지.

내가 그의 손길을 저지하지 않는 것으로, 그를 허락하려는 내 마음이 그에게 전달되기를 바랐다.

"아씨 마님……."

"더는 마님이라고 부르지 말게. 나는 그 누구의 마님도 아니니."

"큰아기씨……."

"내 이름은 박매령이야. 알잖는가."

"감히 존함을 불러도 될지……."

"상관없어."

"매령……."

"말해."

"같이 동굴로 갈까요……?"

"좋아."

나는 즉시 몸을 일으켰다. 우리는 함께 뛰다시피 걸었다. 산허리를 돌 때는 좁은 산길에서 행여 서로의 몸이 부딪힐세라 조심하면서, 걷고 또 걸었다. 몸이 닿는 순간 우리가 타올라 버릴 것은 자명했다. 길고도 길게 느껴지는 시간을 지나, 이윽고 동굴에 도달했다. 동굴 가장 깊은 곳으로 들어가자마자, 우리는 갈급(渴急)하며 어우러졌다. 얼마나 목이 말랐던가. 얼마나 서로를 원하고 있었던가.

그는 내게 입을 맞추며, 바닥에 깔린 가죽 위에 나를 부드럽게 쓰러뜨렸다. 그 모든 것이 내게는 처음이었다. 천화도 처음인 것이 분명했다. 다급하게 내 옷을 벗기는 그의 손길은 명백히 서툴렀다. 풋과일처럼 순진했으나, 또한 달아오른 무쇠처럼 뜨거운 손길이었다.

한번 허락된 그의 입술과 손길은 내 몸 곳곳 가닿지 않는 곳이 없었다. 살뜰하고도 기나긴 애무로 내 몸을 달구는 동안, 그는 많은 말들을 쏟아냈다. 내게 첫눈에 반했던 자신의 열두 살 시절부터 열여덟이 된 지금까지, 얼마나 나를 많이 생각하고 먼발치에서 그리

위했었는지. 처음 장터에서 말을 섞게 되었을 때 어찌나 기쁘고 벅찼던지. 선산에서 쓰러진 나를 동굴로 데려와서는 내내 마음을 졸였지만, 함께 누워 있을 수 있다는 것만으로도 얼마나 가슴 뛰었던지. 나를 위해 꽃신을 만드는 시간 내내 얼마나 행복했던지. 그리고 지금 이렇게 나를 안을 수 있어 얼마나 황홀한지. 그는 사랑을 나누는 동안 말을 하는 사내였다. 그가 하는 이야기를 다 이미 들어 알고 있었지만, 다시 들어도 좋았다. 여인은 사랑받는 것을 사랑하고, 찬미 받는 것을 찬미한다고 그 누가 말했던가. 진정 옳은 말이다.

한동안 일정한 고도를 유지하던 그의 숨결이 갑자기 더 높아지며 거칠어지자, 내가 음미하고 있던 안온한 만족의 끝이 다가오리라는 직감에 사로잡혔다. 그토록 오래 나를 어루만지고 입맞춤을 퍼부으며 참아낸 그의 노력이 보상받아야 할, 남자의 그 수많은 욕망들 중 진짜 욕망이 완성되어야 할 시점이 온 것일까? 내 직감은 적중했다. 풀처럼 내 몸에 붙어 있던 그의 몸이 들려 올라가고, 그 얼굴이 잠시 내게서 멀어지는 듯했다. 입맞춤 대신 내 허리와 허벅지를 더듬는 손길이 느껴졌다. 그는 남자의 본능에 따른 자연스러운 몸놀림으로 내 두 무릎을 끌어당겨 세운 뒤, 내 두 팔로 자신의 허리를 둘러 감게 했다. 그 허리는 군살 하나 없이 날씬했으며, 등의 근육은 단단하고 입체적이었다. 처음인 그가 자신의 경로를 찾아 들어오는 데는 다소 시간이 걸렸다. 미안해요. 그는 숨을 몰아쉬며 내게 속삭였다.

괜찮아. 나는, 우리가 서로의 처음인 것이 좋았다. 서로가 서로에게 첫 사내로, 첫 여인으로, 이른바 운우지정(雲雨之情)의 경지에 같이 손잡고 들어서고 있다는 사실에 무엇이라 형언할 수 없는 쾌감을 느꼈다.

드디어 그가 내 안으로 들어오는 길을 찾았다. 그 누구에게도 함락된 적 없는 내 비밀의 성채를 천화가 무너뜨리고 들어오며, 나를 가졌다. 한 사내의 욕망이 여인의 처녀를 통과해 안으로 밀고 들어올 때의 고통은 적나라한 것이었다. 나는 그의 풍성한 머리칼을 움켜쥐며 나지막한 비명을 질렀다…… 아팠지만 황홀했다. 고통스러웠지만 눈부셨다.

그렇게…… 우리는 하나가 되었다.

그래, 나는 여전히 김씨 가문의 과부 며느리지만, 이제 '수절과부'는 아니다.

행여 죄의식을 느끼냐고? 그다지. 천화는, 내 박복했던 운명에 내려진 비밀스러운 축복 같은 존재라고 생각하므로.

물론, 우리의 관계는 둘만의 비밀이 될 수밖에 없다. 그러나 나는 이 달콤한 비밀을 살아있는 한, 오랫동안 향유하고 싶다. 살아있는 한, 놓치고 싶지 않다.

내가 살아있는 한…….

34

박씨 부인의 기록 - 4

가을, 1860년

   그에게서는 들풀 냄새가 난다. 억세지만 싱그러운 야생의 풀 내음…… 송들산을 제집처럼 훤히 꿰뚫어 누비고 다니며, 나무와 꽃들을 자신이 만드는 신만큼이나 좋아하는 사내가 천화다. 그러니 몸에서 풀 냄새가 나는 것도 자연스러운 일일밖에.

   그에게서는 가죽 냄새도 배어 나온다. 갖바치에게서 가죽 냄새가 나는 것은 자못 당연한 일이겠지. 천화가 갖바치라는 사실이 싫지 않듯이, 나는 그가 풍기는 가죽 냄새도 싫지 않다. 모름지기 가죽이란 동물의 살갗이라는 냉혹한 진실을 부정할 수 없을지언정, 그에게서 나는 가죽 냄새는 그 실체가 주는 느낌처럼 비릿하거나 역겹지 않다. 천화가 본디 신 만드는 일을 지극히 사랑하고, 또 그가 만드는 신들이 워낙 고와서일까. 그의 가죽 냄새는 은은하고 깊으며, 정갈하고 곱다.

내 비밀스럽지만 소중한 정인, 나보다 한 살 아래인 천화. 나는 그의 모든 것이 좋다. 그의 마음도, 외양도, 그가 하는 말들도, 그의 몸짓 하나하나마저도. 낡은 옷을 걸친 그의 모습도…… 그리고 물론, 옷을 벗고 있는 그의 나신(裸身)도.

양반 가문의 여인이, 그것도 혼인해서 4년이나 수절했던 과부인 내가, 엄밀히 외간의 사내와 정을 통하고 그에 관해 부끄러움도 없이 아무렇지 않게 이런 글을 쓸 수 있다니. 나도 내가 얼마나 변했는지 가늠할 수가 없다. 날이 갈수록 대담해져만 가는 나 자신을 제어할 수가 없다. 하지만 두렵지 않은걸. 말했지 않은가. 열다섯 나이에 유령 신랑에게 시집와서 아무 잘못도 없이 시가의 부당한 멸시와 핍박을 당해야 했던 내 가여운 인생에 천화는 곧, 선물처럼 떨어진 존재라는 것을 믿는다고. 출구라고는 보이지 않던 내 갑갑한 인생에 허락된 일말의 자유가 곧, 천화와의 사랑이라고. 이런 믿음이 있기에 나는, 나를 사랑하지 않고 내가 사랑하지 않는 사람들에 대한 쓸모없는 죄의식 따위에는 시달리지 않아도 좋은 것이다.

천화를 바라보고 있으면, 나는 그저 흐뭇함을 느낀다. 그는 아름다운 사내다. 내 필력으로는 그의 아름다움을 도저히 완벽하게 묘사할 수가 없다. 두 눈은 흑요석처럼 검고 크고 깊으며, 꼭 이 세상의 것 같지 않은 광채를 발한다. 그의 콧날은 오뚝하고, 입술은 큼직한 꽃잎 같다. 나는 특히 그의 옆얼굴을 좋아한다. 마치 붓으로 그려 내린 듯 매끄럽고 부드러운 그 얼굴선. 어찌나 부드럽고 선량해 보이는지 모른다. 그런 그의 얼굴은 작기까지 하며, 목은 학처럼 우아하다. 큰 키에 날씬한 허리, 긴 팔다리는 또 어떤가. 어찌 보면 여인보다 더 호리호리한 몸매지만, 피부가 가무잡잡하고 온몸에 보기 좋게 근육이 잡혀 있기에 나약해 보이지 않는다. 이것으로 깨달은 사실이 있다. 이 조선 땅에는, 아니, 이 세상의 하늘 아래에는 계급이나 신분 고하 따위와는 상관없이 눈에 띄는 아름다움을 타고나는 피조물들이 있다는 것이다. 천화가 바로 그런 이들 가운데 하나다.

"너는 아무리 봐도…… 너무 아름다워. 여인인 내가 믿을 수 없을 정도로."

"아니, 무슨 말이에요. 나는 그냥 사내일 뿐인데 뭐가 아름답다고……. 내 눈에는 당신이 제일 아름다워요, 매령. 당신은 이 세상에서 가장 아름다운 여인이에요."

"그렇지 않아, 나는 그다지……."

"당신에게 거짓말 같은 것은 하지 않아요."

"너는 참, 말도 곱고 점잖게 해."

"일자무식 천민 주제로 제가 무슨 예의나 법도를 알겠어요. 정인이랍시고 당신에게 아무렇지 않게 결례를 범하고 있는 것은 아닌지 두려워요."

"네가 왜 일자무식이야? 천자문도 독학으로 떼었다면서……. 넌 머리도 좋고 충분히 똑똑해."

"글자나 조금 주워 읽는 것일 따름이지요. 이렇게 비천하고 못난 나를 사랑해주어서 고마워요. 당신은 내 하늘이에요, 매령."

"너는 정말⋯⋯."

"이리 와요, 당신을 안고 싶어⋯⋯."

"또? 우리 방금⋯⋯."

"당신을 안아도, 안아도 또 안고 싶어져요. 멈출 수가 없어. 나도 내가 왜 이러는지 모르겠어요."

그는 나를 안는 것을 좋아한다. 그는 나를 원하고, 또 원한다. 그가 어떻게 이렇듯 끊임없이 나를 원하는지 나도 이해할 수 없을 정도지만⋯⋯ 기쁘다, 나는.

그의 애무는 길고도 살뜰하다. 그 입술과 손길이 내 몸 곳곳에 도달해 잠들어 있던 내 감각들을 일깨운다. 맙소사, 내 몸의 이런 부위까지도 사랑받을 수 있구나. 그 깨달음이 나를 신선한 놀라움에 빠뜨린다. 기나긴 애무가 계속되는 동안 그가 속삭여주는 말들은, 사랑의 별 무리처럼 내게 쏟아져 내린다. 이 모든 것은 남자의 진짜 욕망이 충족되기 이전의 전희(前戱)일진대, 그가 나를 위해 얼마나 긴 시간을 참아내는지 헤아려보면 그 역시 놀랍기만 하다. 그리고 마침내 그가 내 안에 들어왔을 때⋯⋯ 아, 어찌 내 필설로 그 느낌을 제대로 표현할 수 있으리. 그는 정말이지 강하고, 한결같다.

다소 서투름이 있었던 첫 관계 이후 우리의 성합이 거듭될수록, 천화는 내가 상상치도 못했던 정도로 나날이 사랑의 행위에 능숙해졌다. 사랑의 일취월장(日就月將)도 이만한 것이 있을까? 그저 경이로울 따름.

"내 입으로 이런 말을 하기는 부끄럽지만…… 천화는 여인을 기쁘게 해주기 위해 태어난 사내 같아. 날이 갈수록 나를 놀라게 해."

"정말 그런가요? 나는…… 잘 모르겠지만 나는…… 단지 여인을 기쁘게 해주는 것에는 관심 없어요. 매령, 오로지 당신을 기쁘게 해주기 위해 태어난 사내이고 싶어요. 당신 이전에도 이후에도, 내게 다른 여인은 없으니까."

"그랬으면 좋겠지만…… 네가 나를 기쁘게 해주는 것만큼 나도 너를 기쁘게 해주고 있는 것인지 모르겠어. 내가 여전히 서툴러서……."

"절대 그렇지 않아요! 나를 허락했고, 나한테 안겨 있는 것만으로도 당신은 그저 내 기쁨인걸요. 믿어줘요."

처음 사랑을 나누었던 동굴은, 우리가 가장 자주 만나는 장소다. 깊고 아늑해서, 그 누구에게도 들키거나 방해받을 염려 없이 함께 시간을 보낼 수 있는 곳이다. 우리의 사랑이 아로새겨진 장소가 몇 군데 더 있다. 동굴 근처에 있는 송들산의 작은 폭포…… 옷을 다 벗은 채 물에 들어가 우리는 서로를 씻겨주고, 어린아이들처럼 물장난을 치며 놀았다. 일광(日光)에 서로의 나신을 드러내는 것에도 전혀 부끄러움이 느껴지지 않았다. 더욱이 시간이 지날수록 대담해져서, 산이 아닌 곳에서도 격정이 불타올라 사랑을 나누는 것을 주저하지 않을 정도였다. 그 한 군데가 갖바치 마을에 있는 천화의 거처다. 갖바치들이 다른 마을이나 장터로 모두 볼일을 보러 나간 사이에, 천화가 나를 데리고 들어가 그곳을 구경시켜주었다. 천화가 사는 곳은 내가 사는 기와집과는 비교도 할 수 없을 만큼 작고 초라했지만, 그의 거처이기에 내게는 의미가 있는 곳이었다. 천화는 누추한 이부자리에 나를 눕히는 것이 미안하다면서도, 자신의 집에서 나를 안는다는 사실에 흥분해 나를 더 뜨겁게 사랑해주었다. 그가 신을 팔러 장터에 나오는 날도 우리는 보통 만나곤 하는데, 얼굴을 가린 채 장터 단골 주막의 뒷방으로 가서 사랑을 나눈다. 시끌벅적한 장터 한가운데에도 그와 나만의 은밀한 공간이 존재할 수 있다는 사실이 우리에게 묘한 흥분을 더해주곤 하는 것이다.

이렇듯 우리가 자주 밀회를 즐겼음에도 불구하고, 천화가 아침이나 낮에 내 집을 찾아와 별채의 담장 너머에서 어른거리는 때도 있었다. 깜짝 놀란 내가 한번은 종들의 눈을 피해 담장 너머의 그와 말을 주고받았다.

"이런 시간에 어쩐 일이야⋯⋯?"

"보고 싶어서 왔어요."

"어젯밤에 만났잖아. 곧 또 내가 동굴로 갈 것을."

"당신과 금방 헤어졌는데도 당신이 보고 싶은 것을 어쩌지 못하겠어요. 당신을 안고 나서 돌아서면 바로 당신이 그리워요. 당신의 목소리가, 당신의 냄새가, 당신의 입술과 살결이⋯⋯. 죽을 것만 같아요."

"나도, 나도 너를 만나고 헤어질 때는 너무 아쉬워. 너무 힘들어."

"마음 같아서는 당장에라도 이 담을 뛰어넘어 당신 방으로 들어가고 싶은데…… 당신을 안고 싶은데."

"천화야, 나도 마음 같아서는 너를 내 방으로 들이고 싶어. 하지만 그럴 수 없다는 것을 잘 알잖아. 이 집안에는 너무 많은 사람들이 있어서 내가 자유롭게 행동하기 어려워. 누가 언제 우리를 볼지 몰라."

"나도 잘 알지만……."

"우리의 만남을 들킨다면 우리는 무사하지 못할 거야. 정말 위험해질 수 있으니까, 그러니까 조심하자는 거야. 한나절만 기다려. 날이 어두워지는 대로 내가 동굴로 갈게."

"알겠어요…… 꼭, 빨리 와줘요."

"그나마 요즘 나에 대한 이 집안의 감시가 소홀해진 덕에 내가 이렇게 너를 만나러 다닐 수 있다고 이야기했지? 이것만 해도 얼마나 다행인지 모른다는 말이야……."

그렇다. 나에 대한 시모의 감시가 현저히 느슨해진 것이 사실이다. 그 이유는, 시모가 병이 났기 때문이다. 여름 끝 무렵에 통풍이 발병해 자리에 드러누운 그녀는, 용하다는 의원들은 죄다 집안에 출입시키면서 필사적으로 치료에 임하고 있다. 그러나 병세가 약한 편이 아니라서 쉽게 차도를 보지 못하는 형편이다. 자신의 병이 낫지 않으니 시모는 내게 신경을 쓸 겨를이 없어졌고, 시모의 심복 노릇을 하던 여종도 이제 대놓고 다른 짓거리에만 바쁘다. 기대도 하지 않았던 일시적 해방이 내게 허락되니 얼떨떨하기도 했지만, 나로서는 이 기회를 마다할 이유가 없었다. 특히 밤시간에는 보는 눈이 거의 없어 외출하기가 쉬웠다. 그 덕분에 내가 밤에는 거의 어김없이 천화를 만나러 송들산 동굴로 갈 수 있는 것이다.

외간남자와 정을 통하는데 미쳐서 병든 시모도 거들떠보지 않고 밤이슬을 맞으며 돌아다닌다고 나를 비난하려나? 아니, 나는 그런 비난을 받을 일은 없다. 내가 정성껏 시모의 병간호를 하고 있는 까닭이다. 낮시간에 나는 다른 일은 전혀 하지 않고 오직 그녀의 병간호에만 몰두한다. 기계적으로 손과 발을 놀리면서, 그 어떤 잡념도 가지지 않으려 애쓴다. 시모의 입장에서는, 자신이 무시하고 짓밟던 며느리의 병간호를 받으며 누워 있어야 하는 상황이 심히 마땅찮고 분통 터질 것이다. 하지만 나는 그녀의 감정 따위에는 관심이 없다. 또한, 나를 괴롭히던 시모의 와병에 통쾌함이나 승리감을 느끼며 그녀를 내려다보고 있는 것도 아니다. 그녀의 병든 육신에 대한 일말의 인간적 연민을 품는 것을 제외하고는, 최대한 그녀를 무감정하게 바라보려 노력하고 있다. 그저 다행스러운 것은, 이런 상황 변화로 인해 내가 천화를 자유롭게 만날 수 있는 여건이 마련되었다는 것이다. 이것이면 족할 뿐, 다른 일들은 내 관심 밖인 것을.

어젯밤에는, 동굴 안에 천화와 나란히 누워 이런 이야기를 나누었다.

"주제넘은 소리일지 모르겠지만…… 요즘 백성들이 끼니 잇기가 힘들고 민심이 몹시 사나워져서…… 고을마다 큰 난리가 날지도 모른다는 소문이 돌고 있어요. 석송은 설마 그럴 리 없겠지만…… 양반댁 어른들은 다닐 때 조심해야 한다고들 해요. 매령, 당신도 조심했으면 좋겠어요."

"민심…… 난리…… 그래, 나도 시가 어른들이 나누는 이야기를 들었어. 갖바치촌에서도 그런 이야기가 도는 거야? 그곳도…… 형편이 많이 어렵지?"

"저희 같은 천민들이야 태생이 그러하니 어려운 줄도 모르고 살아왔지만…… 다른 백성들이 많이 힘들어하는 줄로 알아요. 그것은 그렇고, 양반댁 마님들이 바깥에서 공연히 봉변을 당하면 안 되니 매령, 당신도……."

"내 걱정은 하지 마, 천화야. 나는 안전하게 잘살고 있잖아. 그보다도…… 어쩐지 내가 부끄럽고 미안해지네."

"무엇이 미안한데요?"

"내 시가 어른들…… 한양에서 벼슬을 하고 있는 시아주버니나, 이 고을에서 수령이 하는 일을 좌지우지하며 이곳 살림을 틀어쥐고 있는 시부…… 그들 모두, 아마도 백성들이 원망하는 나쁜 관리들이고 나쁜 양반들일 거야. 나는 진작 그것을 알았지만서도 아무것도 할 수 없었어. 그들과 가족을 이루어 한집에 살고 있는 며느리, 게다가 핍박받는 힘없는 며느리니까…… 나는 진정 아무것도……."

"그런 말은 하지 말아요, 매령! 당신은 아무런 잘못도 없어요."

"그런 사람들과 한 가족이라는 것 자체가 잘못이겠지. 탐관오리 집안의 가족……. 그나마, 나와 피를 나눈 가족이 아니라는 것이 다행스럽지만 말이야."

"설사, 당신이 그들과 피를 나눈 가족이라 해도 난 전혀 상관치 않았을 거예요. 당신은 그냥 당신이에요. 내가 사랑하는 유일한 여인, 그리고 나를 사랑해주는 유일한 여인…… 내게 세상에 하나밖에 없는 사람, 박매령이라고요."

"천화야, 너는…… 이 답답한 세상이 바뀌었으면 좋겠다는 생각을 한 번도 해본 적 없니? 아니면 아예…… 네가 다른 신분으로 태어났더라면, 하거나……."

"아니요, 그런 생각은 해본 적이 없어요."

"정말, 단 한 번도……?"

"천민으로 태어난 것이 자랑할 일은 못 되겠지만, 내가 갖바치인 것이 싫었던 적은 한 번도 없었어요. 어려서부터 지금까지, 나는 신 만드는 일이 제일 좋아요. 내가 좋아하는 일을 하며 살 수 있어서 갖바치인 것이 좋고, 이 일을 하면서 장터에 나갔다가 당신을 다시 만났으니 그 또한 하늘의 뜻인 것만 같아요. 그래서 이렇게 당신과 사랑을 나누고 있는 지금이…… 마냥 행복해요."

"너는 어쩌면 그렇게……."

"당신만 내 곁에 있어 주면 돼요, 매령. 이 세상에 오래 머물러줘요."

"응? 나더러…… 오래 살라고?"

"예. 당신이 이 세상에서 오래도록 살다가 목숨이 다하는 그 날까지, 내가 당신을 사랑할게요…… 부디, 오래오래 살아줘요."

_35_

박씨 부인의 기록 - 5

겨울, 1860년

지난 보름…….

믿을 수 없는 비극이 일어났다.

내 정인이 죽었다. 그리고 나는 모든 것을 잃었다.

애초에 이 책은, 매일 다를 것 없는 내 일상과 답답한 감옥 같은 내 인생에 대해 부질없는 하소연이나마 끄적여보려 펼쳐 든 일기였다.

그러나 결국에는, 내 인생 최대의 비극을 담은 절통(切痛)한 기록이 되고 말았으니.

너무 황망하여 눈물조차 흐르지 않는다.

지금은 최대한 내 감정을 자제하고, 지난 보름 사이에 일어났던 일들을 있는 그대로 기술하고자 한다. 내가 이 책에 적는 내용은 모두 단 한 치의 거짓도 없는 사실임을, 하늘에 맹세하고, 또 맹세한다.

일(一), 파국은 갑자기 찾아왔다

그날따라 시가는 식구들이 모두 외출하여 텅 비었고, 별채에는 나 혼자뿐이었다.

전날 한양에서 내려온 시아주버니가 시부를 모시고 중요한 용무가 있다며 아침부터 집을 나섰고, 바리바리 싸놓은 값진 재물 보따리들을 이고 지고 종들 여럿이 그 뒤를 따랐다. 안채에는 병든 시모와 그녀를 수발하는 여종 두엇만 남아 있었다. 나 역시 낮에 시모를 내내 간호하고 저녁 무렵 별채로 돌아와 잠시 휴식을 취하려던 참이었다. 불현듯 밖에 인기척이 들리는 것 같아 나와 보니, 아니나 다를까 천화가 찾아와 담장 너머에서 어른거리고 있었다. 어찌 된 일이냐고 물었더니 늘 그렇듯 같은 대답, 너무 보고 싶어서, 참을 수가 없어서 왔다고 한다. 특히 비가 내리면, 우리가 처음 동굴에서 끌어안고 밤을 지새웠던 지난 여름날이 생각나 내가 더 견딜 수 없이 보고파진다고 했다. 그러고 보니 그날도 비가 내리고 있었다. 오후부터 겨울비가 뿌려대고 있어 날씨가 사뭇 찼다. 찬비를 맞으며 오랫동안 밖에서 서성이고 있었을 천화를 생각하니 도저히 그냥 보낼 수가 없었다. 아니, 나도 그를 그냥 보내고 싶지 않았다.

다른 때처럼, 조금만 기다리라고, 날이 어두워지면 내가 동굴로 가겠다고 말하고 그 순간에는 그를 그냥 보냈어야 옳았을 것이다.

아무리 집안이 비었어도, 과부가 시가의 처소로 정인을 끌어들이는 일까지는 삼갔어야 옳았을 것이다. 그래, 이제는 인정해야만 한다. 그것은 다분히 내 만용(蠻勇)이었다. 시모의 와병 이후 마음이 자유로워지다 보니 천화를 만나러 오고 가는 발걸음도 가벼웠고, 동굴 아닌 다른 장소에서 대담하게 사랑을 나누는 일을 즐기게도 되었다. 한 번쯤은, 그 장소들 가운에 한 곳이 내 별채가 되어도 좋을 것이라는 생각이 들었다. 그래서 그가 별채의 담을 넘도록 했으며, 기꺼이 그를 내 방으로 이끌었다. 난생처음 내 침상으로 들어온 그는 흥분을 이기지 못하고 내게 뜨거운 정념을 쏟아냈다. 나도 그 정념에 화답하며 이내 모든 것을 잊고 그와 어우러졌다.

그것이, 그것이…… 우리가 이승에서 나눈 마지막 성합이 될 줄이야.

불운이 급습하여 우리의 무아지경을 깨부수어 버렸다.

"문을 여시오."

문밖에서 들려오는 서슬 퍼런 목소리. 그 목소리는, 시아주버니의 것이었다.

이럴 수가. 나는 너무 놀라 할 말을 잃었다. 본능적으로 옷을 꿰어 입으며, 천화에게는 병풍 뒤에 숨으라고 눈짓을 했다.

"문 열라는 말이오. 다 들었으니 다른 수작 말고."

다시금 들려오는 시아주버니의 목소리에, 천화가 슬픈 얼굴로 천천히 고개를 저었다.

"늦었어요. 나는 괜찮으니 문 열어요. 벌은 내가 다 받을게요."

"무슨 소리야…… 내가…… 내가 너를……."

"무슨 일이 있어도, 당신은 무사할 거예요. 아니, 무사해야 해요."

"천화야……."

버틸 도리가 없었다. 걷잡을 수 없이 떨리는 손으로 문을 열었다. 별채 마당에는 여러 사람이 선 채 웅성거리고 있었다. 노기에 하얗게 질린 시부의 얼굴, 울그락불그락한 시아주버니의 얼굴, 아연함에 뒤덮인 종들의 얼굴. 그 순간의 끔찍함을 어찌 말로 다 표현하랴. 시부의 명령에 따라 천화는 종들에게 속절없이 끌려갔고, 나는 내 별채에 그 상태 그대로 감금되었다.

어떻게 멀리 나간 줄로만 알았던 시부와 시아주버니가 갑자기 집으로 돌아온 것일까. 해지기 전에 송들산 고개를 넘으려던 그들의 계획이 틀어졌기 때문이다. 하필이면, 시부와 시아주버니가 타고 있던 두 말이 동시에 탈이 났다고 들었다. 가는 길에는 말을 바꿔 탈 곳도 마땅치 않아, 계획을 하루 연기하고 일단 귀가했다는 것이었다. 그들에게는 낭패였지만, 천화와 내게는 불운이었다. 결국 우리 관계를 들킬 수밖에 없는 운명이어서 일이 그렇게 된 것일까. 아니…… 갑자기 별채로 찾아온 천화를 이성적으로 돌려보내고, 안전하게 밤에 우리의 비밀 동굴에서 만났어야 했다. 감정에 취한 내 만용만 아니었어도 우리는 무사할 수 있었을 것이다. 뼈를 깎는 듯한 후회가 나를 할퀴고 또 할퀴어댔다.

이(二), 협박이었을까, 설득이었을까…….

별채 감금 첫날밤은 이상하리만치 조용하게 지나갔다. 그야말로 폭풍 전야의 고요임을 직감할 수 있었다. 나처럼 어딘가에 감금되어 있을 천화를 생각하니 눈물이 솟았다.

감금 두 번째 날, 시가 식구들이 벌떼처럼 들이닥쳤다. 각오는 하고 있었지만 그들의 공격은 혹독했다. 시부는 내 뺨을 때렸고 시아주버니는 내게 침을 뱉었으며, 병석에 누워 있던 시모까지 치마를 걷고 달려와 나를 향해 입에 담을 수 없는 욕설을 퍼부었다. 도무지 와병 중이던 사람 같지 않은 기세였다. 나는 묵묵히 그 모든 것을 감내했다.

시부가 이를 갈며 내게 물었다.

"너와 정을 통한 그 짐승만도 못한 천민 놈은, 자기가 모든 것을 시작했다는 말만 되풀이하고 있다. 네게 완전히 마음을 뺏긴 나머지, 수절하고 있는 과부인 너를 자기가 온갖 수를 다 써서 꼬드겼다고…… 그래도 네가 말을 안 들으니까, 어느 밤 너를 보쌈해가서는 강제로 너를 범간(犯姦)하였다고…… 그것이 사실이더냐?"

"그, 그것은……."

"사실대로 말하는 것이 좋을 것이다. 너희 연놈이 정을 통하는 것이 발각된 그 자리에서 너희를 요절냈어도 시원찮았겠다만, 그래도 네가 이 집안의 며느리였다는 것을 생각해 한번은 자초지종을 묻는 것이다."

"그것은…… 사실이 아닙니다."

"사실이 아니라면, 그놈이 너를 강제로 범한 것이 아니라고?"

"그렇습니다…… 어찌 그런 말도 안 되는 방법으로 저를 품을 수 있었겠습니까? 모름지기 남녀란 먼저 마음을 나누고……."

"망측스러운. 그러면 네가 나서서 그놈에게 마음을 내주었더냐?"

"그런 것도 아니지만…… 어떻게 되었든 그가 부정한 방법으로 저를 먼저 꼬드기거나, 저를 강제로 범했던 것은 절대 아닙니다. 그러니……."

시아주버니가 끼어들며 내 말을 잘랐다.

"그 천민 놈이 여자를 감싸느라 거짓말을 하고 있는 것이 분명합니다, 아버님. 지금 말하지 않습니까, 남녀가 정을 통하려면 먼저 마음을 나누어야 한다고…… 둘이 서로 누가 먼저라고 할 것도 없이 눈이 맞은 것이지요."

"바보가 아닌 이상 내가 그것을 모르겠느냐? 그저 확인차 한번 물어본 것이다. 물으나 마나 연놈의 작태가 빤히 눈에 보이거늘."

그러더니 시부가 다시 내게로 서늘한 눈초리를 돌렸다.

"어차피 너희 연놈은 무사하지 못할 것이다. 둘 다 벌을 받겠지만, 그럼에도 그 천민 놈과 네 상황에는 차이가 있다. 그것이 무엇인지 알겠느냐?"

"예……? 무슨 말씀이신지……."

"아무것도 잃을 것이 없는, 마소나 다름없는 그 천민 놈에 비한다면…… 너는 네가 저지른 죄로 인해 잃을 것이 심히 많다는 뜻이다. 너 혼자 조리돌림을 당하는 것이야 마땅할 일일 것이고, 그뿐 아니라…….”

“조, 조리돌림을…… 제가요……?”

“무엇을 그리 놀라느냐? 막상 조리돌림을 당한다고 생각하니 겁이 나는 게지? 그것이야 당연한 일이라고 말했다. 그리고 그것이 끝이 아니다.”

“그러면 또 무슨…….”

“네게는 가족이 있지. 네 친가 식구들 말이다. 네 더러운 죄는 우리 김씨 가문에만 먹칠하고 불명예를 안기게 된 것이 아니다. 종들에게까지 네가 그 천민 놈과 통정하는 광경을 들켜서 온 고을에 추문이 번져, 누구 하나 네 일을 모르는 사람이 없게 되고 말았다. 이런 사태가 벌어졌는데도 네 친가 식구들은 무사할 줄 알았느냐? 너와 피를 나눈 가족이므로, 너희 집안도 네가 치러야 할 죄의 대가를 나눠야 한다는 엄연한 사실을 네가 잊고 있는 것은 아니겠지?”

“제, 제발…… 저희 친가는…… 제 가족들만은…….”

“우리 김씨 집안이야 흙탕물이 되어도 상관없고, 이 와중에 네 가족만 중하다?”

“그런 것이…… 아닙니다. 제가 저지른 죄이니 저 혼자 그 벌을 달게 받겠습니다. 제발 가족들만은 굽어살펴주십시오. 제 부모 형제는 아무런 죄가 없습니다.”

“아니지. 여식이 조리돌림을 당하는 집안인데, 그런 집안이 이 고을에서 고개를 쳐들고 다닐 수 있으리라 믿었더냐? 이곳에서 터를 잡고 계속 살아갈 수 있으리라 믿었냐는 말이다? 어림도 없는 소리. 너 못지않게 네 부모 형제도 네 죄의 대가를 톡톡히 치르게 될 것이다. 두고 보면 알 터."

"아, 아버님……."

"그 더러운 입에 아버님 소리를 올리지 말거라!"

"용서해 주십시오…… 아, 아니, 저는 용서하지 않으셔도 됩니다. 제발 제 가족들에게만은 죄를 묻지 말아 주십시오. 제가 다……."

"가증스러운 것."

시부는 나를 차갑게 노려보더니 별채에서 나가 버렸다.

막상 폭풍이 다가오니, 내가 얼마나 큰 죄를 지었는지 비로소 실감할 수 있을 것 같았다. 아니, 사실상 나는 '큰 죄'를 지은 것이 아니라, '지금 이 세상에서 어마어마하게 큰 죄로 여겨져 단죄받곤 하는 그런 죄'를 지은 것이다. 아직도 내가 진정 무엇을 잘못했는지는 모르겠다. 꽃다운 열다섯 나이에 유령 신랑에게 시집와 4년이나 수절하며 살았다. 만약 시퍼렇게 두 눈 뜨고 있는 신랑을 두고 내가 외간남자와 통정을 한 것이라면, 나도 그 철면피한 죄를 진정으로 시인하고 마땅히 그 벌을 받을 것이다. 아니, 하다못해 내가 유령 신랑이 아닌 살아있는 남자에게 시집와 한 번이라도 부부의 정을 나누다 사별한 것이라면, 그 또한 외간남자와의 통정을 용서받을 수 없는 이유가 되었을 것이라 생각한다. 근본적으로 과부가 새로운 남자를 만날 수 없고 재가할 수도 없는 것이 이 나라 조선의 법도이기에, 그것이 아무리 불합리하게 생각되어도 받아들이고 살아온 것이 여인들의 숙명이다. 나 역시 그것을 부정할 수 없어, 4년을 수절하는 동안에는 한눈 한번 팔지 않았고 다른 생각 한번 하지 않았었다. 그러나 엄밀히, 나는 경우가 좀 다르지 않던가. 살아있는 신랑의 얼굴도 보지 못한 채 혼인하여 신방조차 치르지 못했다. 그랬기에 4년간 남자를 전혀 몰랐고, 남녀의 운우지정이 무엇인지도 경험하지 못하였다…… 천화를 만나기 전까지는.

혼인이라는 것을 했는데도 평생 유령 신랑을 위해 목석처럼 수절해야 하는 것은 과연 옳은 일인가. 그렇게 말도 안 되는 사정으로 과부가 되어 버린 어린 내가, 마침내 한 남자를 만나 일생에 한 번 올까 말까 한 사랑에 빠진 것이 그리도 잘못된 일인가. 한 인간으로서 정녕 이해받지도, 용서받지도 못할 일이냐는 말이다.

생각할수록 억울하고 답답할 뿐이니…… 아, 하지만 지금은, 나 홀로 이 세상의 가혹함과 불합리함을 성토하고 있을 때가 아니다. 당장 내게 닥칠 환난을, 내 가족이 겪어야 할 고초를 어찌한다는 말인가. 노기등등한 시부와 시아주버니를 보니 나로서는 도저히 그 고난을 막을 방법도, 피해갈 방법도 없을 듯싶다.

조리돌림이라니. 그것이 무엇인지는 들어 알고 있었지만, 그 무서운 형벌이 내 인생을 송두리째 뒤흔들고자 내 눈앞에 바짝 다가와 있는 줄은 미처 몰랐다. 천화를 만나 서로의 정인이 되어 모든 시름을 잊고 하나가 되는 기쁨에 젖었던 많은 날들. 거리낄 것 없던 그 시간들이, 우리가 나누었던 대담한 희열이, 부지불식간에 만용과 부주의를 불러온 것이다. 우리 관계를 무조건 둘만의 비밀에 부쳐야 한다는 것만큼은 당연히 인지하고 있었으나, 행여 이 밀회가 들통이 날 경우에 대해서는 단 한 번도 상상해본 적이 없었다. 왜 내 이성이, 내 생각이 여기에까지 미치지 못했던가. 최악의 상황이 벌어질 일말의 가능성에 대비해 좀 더 주의하고, 우리의 행동을 스스로 단속했어야만 했다…… 그 일말의 가능성이 현실이 된 지금, 후회는 그저 늦은 일일 뿐이다. 여인의 인생에서 겪을 법한 형벌들 가운데 가장 가혹하고 무시무시한 형벌, 조리돌림. 내가 과연 그 끔찍한 굴욕과 고통을 이 한 몸으로 견뎌낼 수 있을까……? 모르겠다. 점점…… 자신이 없어진다. 아, 내가 벌 받을 걱정은 미뤄두더라도, 내 가족의 안위 또한 심히 염려된다. 시부와 시아주버니는 내 가족에게 무슨 짓이든 할 수 있는 사람들인 것이다.

감금 세 번째 날도 미치도록 느리게 흘러갔다. 끼니마다 별채 마루에 올려지는 작은 밥상, 이따금씩 나를 살피러 숨죽인 듯 조심조심 별채를 드나드는 종들의 발걸음 소리를 제외하고는 아무도 나를 찾는 이가 없었다. 밥알이 목구멍으로 넘어갈 리도 없고, 잠을 제대로 잘 수 있을 리도 만무하다. 하루 종일 불면불식(不眠不食)으로 지내다 지쳐 아주 잠깐 선잠이 들었는데, 바깥에서 종들이 낮은 목소리로 수군대는 소리가 귓가를 파고들었다.

"세상에, 독해도 그렇게 독할 수가 있대? 마님은 아무런 죄가 없다고, 다 제가 꼬드겼다는 말만 죽자고 되풀이하더라고."

"그렇게 매를 쳐대고 고문을 하는데도 어쩌면…… 곱상하게 생긴 갖바치 놈이 그렇게 질기게 버틸 줄 누가 알았겠어."

천화…… 천화가 고문을 당하고 있다. 나보다도 훨씬 더 고통스러운 시간을 보내고 있다. 코끝이 시큰해지면서 다시 울컥 눈물이 솟아올랐다. 나와 내 가족 걱정이 앞선 나머지, 잠시나마 너를 잊고 있었다. 이럴 수가. 이것밖에 안 되는 나를 위해, 너는 그 모진 고문을 견뎌내며 나를 보호하고 있다는 거야? 미안해…… 미안해, 천화야.

감금 네 번째 날, 시부와 시아주버니가 별채로 왔다.

"자, 네가 할 일을 알려주겠다. 어서 붓을 잡아라."

"예? 갑자기 왜……."

"너는 내가 부르는 대로 받아적기만 하면 된다."

"무엇을…… 적습니까?"

"이제부터, 너와 네 가족이 살 방법을 알려주려는 것이다."

"저와 제 가족이요……? 정말입니까?"

"네가 저지른 죄가 온 고을에 알려져, 급기야 고을 수령의 귀에까지 들어가고 말았다. 모든 이가 네게 조리돌림뿐 아니라 더 큰 벌을 내려도 모자랄 것이라고 목소리를 높이고 있어. 일이 이렇게까지 되었으니, 네가 살려면 고을 수령에게 네 억울함을 호소하는 시말서(始末書)라도 써서 올려야 하지 않겠느냐?"

"제 억울함을…… 시말서를요……?"

"말 그대로, 네게 일어난 일의 전말을 담은 호소문을 말하는 것이다."

"제게 일어난 일…… 제가 한 일의 전말을…… 그대로 써서 올려도 됩니까?"

"그것을, 내가 지금 규정해주겠다."

"예……?"

"너는 우리 명문 김씨 가문의 며느리로 들어온 이후, 외간남자에게는 한눈 한번 판 적 없고 남자와 정을 통하는 것에는 전혀 뜻을 두어본 적도 없이 4년을 곱게 수절해온 과부였다. 그런 네가 그만, 귀신에 홀리고 만 것이다."

"제가…… 귀신에…… 홀리다니요?"

"남자를 모르는 순진한 여인들을 밤마다 찾아다니며, 그 이부자리 속에 홀연 나타나 여인과의 성합을 꾀하는 색귀, 말이다. 여인으로 하여금 꿈인지 현실인지 알 수 없는 지경에 빠지게 만들어, 귀신이 여인을 범간해도 여인은 일말의 저항조차 하지 못하고 그것을 받아들이게 된다. 그런 식으로 귀신은 매일 밤 여인에게 찾아들어 같은 짓을 되풀이하는데, 여인을 기쁘게 하는 재주가 여느 사람 사내들과는 비교도 할 수 없을 만큼 출중하여 여인은 어느덧 그 요상한 관계에 익숙해지고 그것을 반기게 될 뿐 아니라 귀신에게 홀딱 빠져 버리는 것이다……. 단지 사람을 무섭게 하고 사라져 버리는 귀신들과는 차원이 다르지. 색귀는 사람을 홀려 제정신을 놓게 하고, 인간계와 영계의 경계를 무너뜨리는 해괴한 관계에 중독되게 함으로써 사람의 정신에 크나큰 해악을 미치는 이루 말할 수 없이 나쁜 귀신이다. 하필 우리 집안의 며느리인 네가, 누구보다도 현숙했던 네가 그런 색귀에게 홀려 몸과 마음을 빼앗기고 말았으니…… 이보다 황망한 일이 또 있을 수 있겠느냐?"

"아, 아버님…… 색귀라니요. 그것이 대체……."

"귀신에게 홀려서는 심신을 다잡지 못하고 귀신이 행하는 대로 끌려다닌 것도 부끄럽기 짝이 없는 일이다만…… 어찌 보면 그것이 귀신의 요상한 술법이니, 인력으로는 막아낼 수 없는 상황이기도 했을 것이다. 네가 아무리 떨쳐내려는 의지를 품었어도 그 뜻이 귀신의 위세에 도저히 미치지 못하는 지경에서 벌어진 일이니, 그것이 순전히 너만의 죄는 아니라는 데에 우리의 이해가 닿은 것이다."

"대체 무슨 말씀이십니까, 아버님? 저는…… 저는 귀신에 홀린 것이 아닙니다! 저는 정신이 멀쩡합니다."

"아니, 멀쩡한 정신으로는 그런 분탕질을 칠 수 있었을 리 없지. 너는 색귀에 홀린 것이다."

"제가 색귀에 홀린 것이라면…… 그 사람이, 천화가 색귀라는 것입니까?"

"그래. 그 갓바치 놈은 사람이 아니야. 사람 사내의 탈을 쓴, 색귀라는 말이다."

"아닙니다. 그 사람은 귀신도, 색귀도 아닙니다. 제가 어찌 그것을 모를 수 있습니까? 이토록 그를 잘 알고 있는 제가, 사람과 귀신을 분간하지 못하다니…… 그럴 리 없습니다."

"잔말 말고! 너는 그저, 내가 방금 말한 내용 그대로 시말서를 써서 고을 수령에게 직접 찾아가 올리도록 해라. 어서, 어서 붓을 잡지 않고 무얼 하느냐?"

"미치거나 실성한 것도 아닌 제가 귀신에게 홀렸다는 거짓된 내용을 써서 올리라는 말입니까? 한 사람을 가리켜 귀신이라는 거짓을 고하라는 말입니까? 그렇게는 할 수…….”

그때 시아주버니가 버럭 성을 내며 끼어들었다.

“제수씨는 어찌 그렇게 몽매(蒙昧)하오! 어리석은 짓거리로 우리 집안에 누를 끼친 것도 모자라, 이제 아버님과 내 앞길까지 막을 참이오? 지금이 어떤 때인지 알고나 있소? 한양의 공판대감이 전하께 아버님을 적극 천거하여, 이번에 아버님께서 드디어 조정으로 복귀하시게 되었소! 이렇듯 중대한 시점에, 수절하던 이 집안의 며느리가 반가 여인으로서 지켜야 할 모든 미덕을 저버리고 외간남자와 정을 통했다는 추문이 조정까지 흘러들어 가보시오. 조정의 주요 관직을 맡게 되실 아버님은 가정도 제대로 다스리지 못했다는 비난을 면치 못할 것이고, 나까지도 한양에서 비웃음거리가 되어 버리지 않겠소!”

“아버님께서…… 조정으로 복귀를요……?”

“제수씨가 아직 제정신이 박혀 있다면, 무엇이 더 옳을지 한번 말해보시오. 과부 며느리가 수절을 견디지 못하고 음란한 마음이 동해, 말조차 섞지 말아야 할 천민 사내와 통간을 했다는 끔찍한 추문이 낫겠소? 아니면, 순진하기 그지없던 며느리가 그만 요물 색귀에게 홀려 본인의 의지와는 전혀 상관없이 범간을 당하고 당한 끝에, 고을 수령에게 그 귀신을 잡아달라고 간(諫)하였다는 이야기가 낫겠소?”

“아주버님, 지금 그 말씀은…….”

"말해보시오, 무엇이 더 옳겠냐는 말이오!"

"아버님의 조정 복귀 때문에…… 아버님과 아주버님의 관직을 지키기 위해…… 멀쩡하고 선량한 사람을 사악한 색귀로 몰아가자는 것입니까? 그러면, 제가 그런 내용을 고을 수령에게 간한다면, 그 사람 천화는 대체 어찌 되는 것입니까?"

"그놈은 죽는다."

시부가 눈썹 하나 까딱하지 않고 말했다.

"천화가…… 죽는다고요? 귀신으로 몰려서요?"

"벼룩만도 못한 천민 놈일 뿐이다. 어차피 죽을 그 목숨, 그놈이 귀신이 되고 너는 귀신에게 홀려 잠시 실성했던 며느리가 되는 것이 낫다. 그것이 그나마 우리 집안에 덜 누가 될 일이다."

"아버님, 제발…… 제발 그를 죽이지 말아주십시오!"

나도 모르게 시부와 시아주버니 앞에 무릎을 꿇고 말았다. 시부는 나를 내려다보며 으르렁댔다.

"너와 정을 통했던 놈이랍시고, 네가 지금 감히 내게 그놈 목숨을 구걸하는 것이냐?"

"그, 그런 것이 아니오라…… 저는 그저…… 저 혼자, 제가 받아야 할 벌을 달게 받겠다는 것입니다. 저만 벌하십시오…… 다른 사람은 살려주십시오."

"잘 들어라, 두 가지 길이 있다. 첫째, 네가 죽는 것. 네가 귀신에게 홀렸음을 인정하지 않고 그냥 죽음을 택한다면, 너뿐 아니라 모두가 죽는다. 그놈은 물론, 네 가족도 무사할 수 없다는 뜻이다."

"모두…… 모두가……."

"둘째, 네가 귀신에게 홀렸음을 인정하고 나서 사는 것. 그러면 귀신인 그놈은 죽겠지만, 너와 네 가족은 무사할 수 있다. 무슨 말인지 알겠느냐?"

"제가 무엇을 택하든…… 그 사람은, 무조건 죽는 것입니까?"

"그렇다. 사람이든 귀신이든 그놈은 죽을 수밖에 없고, 반드시 죽어야 한다."

"정녕…… 정녕, 그 길밖에 없습니까? 저만 벌 받으면 안 되겠습니까……?"

"그런 방법 따위는 없다. 같은 말 계속 되풀이하지 않겠다. 이 자리에서 당장 선택을 해라."

"아버님…… 시아주버님…… 정녕…… 제발……."

"어허, 너와 네 가족이 살 수 있는 길을 알려주고 있지 않느냐? 이래도 어찌 너는 붓을 잡지 않고 꾸물거리는 게야?"

기정사실이 되어가는 천화의 죽음이 실감 나면서 눈물이 쏟아졌다. 눈물을 줄줄 흘리며 시부와 시아주버니에게 매달렸지만, 그들은 요지부동이었다. 이미 그들이 고심하고 작심하여 내게 들이댄 패인데, 이 상황의 절대 약자인 내가 그것을 거부할 방법이 있을 리 없었다. 어찌하랴, 마음 같아서는 당장에라도 혼자 혀 깨물고 죽고 싶지만, 그러면 내 가족도 무사할 수 없다는 것을. 내 일로 인해 이미 형언할 길 없는 수치심과 두려움에 떨고 있을 죄 없는 부모님, 그리고 불쌍한 아우들까지 사지로 내몰 수는 없음이다. 차마 내 손으로, 내 선택으로 내 가족이 그런 일을 당하게 하지는 못하겠다.

"제가 그 시말서를 쓴다면…… 정말 제 가족은 살려주실 것입니까?"

"그렇다고 하지 않느냐? 알려준 대로, 네가 쓴 시말서를 고을 수령에게 직접 가져다 바치거라."

"약속해주십시오, 부디 제 가족만은……."

"너는 가문의 명예를 더럽혔지만, 우리는 가문의 명예를 걸고 약속하겠다. 요망한 귀신에게 잠시 혼을 빼앗겨 죄 아닌 죄를 범한 며느리가 되어라. 그렇게 해야 우리가 너를 불쌍히 여겨 살려주고, 네 가족에게도 면죄부를 줄 수 있는 것이다."

"그러하다면…… 진정 그 길밖에 없다면…… 그것을 쓰겠습니다."

그렇게 나는…….

내 인생에서 가장 비극적인 선택을 하고 말았다.

삼(三), 끝없는 슬픔…….

시부와 시아주버니가 요구하는 내용 그대로 시말서를 쓰자마자, 종들의 감시를 받으며 관아로 가서 고을 수령에게 직접 그것을 바쳤다. 나와 내 가족의 목숨을 구하고자, 천화를 귀신으로 몰아 죽여달라는 내용을 내 손으로 써서 간하고 만 것이다. 물론, 내가 어떤 선택을 하든 천화는 죽게 되어 있다고 했다. 아무리 그렇다 한들, 천화가 결국 내 무자비한 선택으로 인해 억울한 죽임을 당할 것이라 생각하니 억장이 무너졌다. 나는 그가 귀신이라는 누명을 쓰고 죽는 것에 일조(一助)하는 것과 다를 바 없다. 피하려 해봐야 피할 길 없는 이 광폭한 진실이 나를 사정없이 흔들어댔다. 내가 어떻게 이런 짓을 할 수 있었던 것인지 믿어지지 않았다. 그러나 빠져나갈 구멍 따위는 없었다. 시부가 내게 선택을 종용하던 그 순간이 백 번 다시 돌아온다 해도, 나는 종내 같은 선택을 했을 것이라는 생각이 들었다. 비겁한 자포자기와 무력한 체념 뒤에 숨은 나. 그런 내가 너무 미워서, 이불 위에 쓰러져 밤새 흐느껴 울었다.

이틀여가 지났다. 별채 안에 너부러져 있어도, 바깥에서 종들이 수군거리는 소리는 다 들려왔다. 내 시말서가 수령의 손에 들어간 직후, 시가의 곳간에 갇혀 있던 천화는 관아로 끌려갔다. 그곳에서는 천화에게 사람인지 귀신인지 정체를 밝히라는 문초가 이루어지고 더 심한 고문이 자행되고 있다고 했다.

"말도 마, 관아에서는 갓바치한테 진짜 정체가 악귀라는 것을 토설하라면서 온갖 고문을 다 한다지. 어제 들었는데, 글쎄 인두로 두 눈을 지졌다는구먼."

"뭐야, 인두로 생눈을? 하이고, 끔찍해라. 어떻게 그렇게까지……."

그들이 천화를 고문하다 눈까지 빼앗았다! 이 소리가 들려오자마자, 나는 불에 덴 듯 이부자리에서 벌떡 튕겨 일어났다. 내 정인이 그렇듯 참담한 꼴을 당하고 있는데, 나는 별채에 갇혔답시고 들어앉아 무엇을 하고 있었던 것인가. 더 이상 망설일 겨를이 없었다. 천화가 죽기 전에 나는 무슨 일이 있어도 그를 봐야만 했다. 가지고 있던 돈을 종들의 손에 쥐어주고 일단 별채에서 빠져나왔다. 그리고 구르듯 관아로 달려가 그곳의 포졸들에게 남은 돈을 다 털어준 뒤에야, 간신히 옥사(獄舍)로 숨어 들어갈 수 있게 되었다.

옥에 갇힌 천화는, 그야말로 처참한 몰골을 하고 있었다. 인두로 지짐을 당했다는 눈에는 천 가리개가 둘려 있고, 온몸이 피투성이였다. 아, 그토록 싱그럽고 아름답던 네가…… 그토록 완벽하게 나를 사랑해주던 네 뜨거운 육체가…… 차마 말로 할 수 없는 고초 끝에 그렇듯 무너져가고 있었던 것이냐? 나는 옥사의 기둥을 잡은 채 울음을 터뜨리고 말았다. 울음소리를 듣고 천화는 바로 이쪽으로 고개를 돌렸다.

"매령, 당신이군요."

믿을 수 없을 만큼 침착한 목소리였다. 바로 나임을 알면서도 조금도 흥분하지 않는 그 자제력.

"천화야……."

"왜 여기까지 왔어요? 당신이 올 곳이 아닌걸."

"무슨 말을 해…… 내가, 내가 너를 보러 오지 않으면 인두겁을 쓴 것이지."

"모든 벌은 나 혼자 다 받겠다고 했잖아요. 당신은 상관이 없는데 대체 왜……."

"어떻게 상관이 없어. 너 혼자 그런 것이 아니잖아, 우리 둘이 사랑한 것이잖아……."

"내가 먼저 시작했어요. 천한 몸으로 감히 쳐다볼 수도 없는 고

귀한 당신을 마음에 품었고, 몸으로도 품었어요. 차마 가질 수 없는 것을 가져 버린 나니까, 이것은 마땅히 치러야 할 대가 같은 것이에요."

"그런 말이 어디 있어. 너는 죄를 지은 것이 아니야, 우리는 죄를 지은 것이 아니야, 다만……."

"당신이 무슨 말을 하고 싶은 것인지 알아요. 그러니까 힘들여 설명하려고 하지 말아요."

"미안해, 정말 미안해……."

"미안하다는 말도 하지 말아줘요."

"나는…… 사실 미안하다는 말을 할 자격도 없어."

"자격이 없다니요?"

"내가, 내가 너를 고발했어. 네가 사람이 아니라 여자를 홀리는 요망한 색귀여서, 나는 잠시 그에 홀린 나머지 너와 그런 짓을 할 수밖에 없었다는 내용을 써서 고을 수령에게 간했어. 내 손으로 말도 안 되는 거짓 시말서를 써 가지고 멀쩡한 사람인 너를 귀신으로 몰아갔다는 말이야……. 내 진정 네 앞에서 고개를 들 수가 없어, 미안해…… 김씨 가문의 명예를 더럽힌 이상, 시부와 시아주버니가 나와 내 친가의 가족들까지 가만두지 않겠다고 협박해서…… 나 하나 죽어 그만이라면 모르겠지만 내 가족도 살아남을 수 없다고 하니까…… 나 때문에 아무 죄 없는 가족들이 죽게 내버려 둘 수는 없었어. 그게, 그게 너무 무서워서 그만……."

"알고 있어요, 매령."

"알고 있다고, 내가 고발한 것을……?"

"관아로 끌려와서, 내가 사람이 아니라 귀신이라는 사실을 실토하라고 취조받았어요. 그래서 순순히 시인했어요, 내가 사람을 홀려 범간하고, 사람이 내 요술에 중독되게 하는 귀신이라고. 순진한 당신도 내게 그렇게 말려든 것이라고."

"시인하다니, 천화야……? 너는 귀신이 아니라 사람이잖아? 진짜 귀신이 아닌데, 무엇을 시인해?"

"그렇게 대놓고 나를 귀신으로 만들려는 것은…… 분명 그들이 어떤 의도를 가지고 있다는 것이잖아요. 내가 귀신이 되면, 사람인 당신은 죄가 없으니 살려주겠다는 셈이 들어있는 것이지요. 그것을 확신하니 망설일 이유가 없었어요. 나는 귀신이 되어도 상관없어요, 당신만 살 수 있다면."

"그럴 수가…… 그것을 다 알면서도, 그들이 원하는 대로 귀신이 되어준 거야? 더구나 내가 고발했다는 것을 알면서도, 나를 살리려고……?"

"그래요. 나는 당신이 살기를 원해요. 당신의 가족과 더불어 무사히, 행복하게……. 그럴 수만 있다면 무슨 짓이든 할 거예요. 내가 사람이면 어떻고, 귀신이면 어때요. 어차피 나는 죽을 목숨인 것을, 무엇으로 죽든 전혀 상관없어요."

"네가 어차피 죽을 목숨이라는 말을…… 어떻게 그렇듯 아무렇지 않게 말할 수가 있니."

"당신과의 관계가 발각된 그 순간, 두말할 것도 없이 내가 죽으리라는 것을 알았어요. 천민 갖바치에 나는 가족도 없고, 아무것도 잃을 것이 없어요. 외려 이 천한 목숨을 버리면 당신이 살 수 있으니 나는 그것만으로도 기뻐요."

"세상에…… 천한 목숨이 어디 있다고. 사람 목숨은 모두 다 귀한 거야, 네 목숨도……."

"매령, 나는 정말 아무렇지 않아요."

"너는 참으로, 너를 핍박하는 세상이 밉지 않니? 너를 부당하게 죽이려는, 나 같은 양반들이 밉지 않냐고?"

"아니요. 나는 세상이 밉지 않아요. 내게 세상은 아름다웠어요, 당신이 이 세상의 일부니까. 당신 같은 양반이 밉냐고요? 당신 역시 타고난 신분이 그것이지, 당신 잘못은 아니잖아요. 그리고 내게 당신은, 단지 수많은 양반 사람들 가운데 하나가 아니었어요. 세상 그 누구와도 다른, 유일무이한 존재 박매령이지요. 존재 자체로 내 기쁨이었고, 내가 그 기쁨을 안고 갈 수 있도록 해주는……."

"천화야, 네가 이렇게 떠나면 나도 도저히 너 없는 세상을 살아갈 수 없을 것 같아…… 나도 그냥, 너 따라갈까? 그냥 확 혀 깨물고 죽어 버릴까……?"

"그게 무슨 소리예요!"

천화는 내가 화들짝 놀랄 정도로 크게 소리를 질렀다.

"당신이 미친 것이 아니라면, 죽어 버리겠다는 말 따위 내 앞에서 하지 말아요! 어떻게 그런 말을 할 수가 있어요?"

이제 더 이상 나를 바라볼 수 없는 눈임에도 불구하고, 천화의 두 눈이 천 가리개 너머에서 내게 사정없이 노기를 쏘아대는 것만 같았다.

"내가 죽어 당신이 살 수 있다는 기쁨으로 버티고 있는데, 그런 내 유일한 기쁨마저 부수어 버릴 셈이에요? 그래, 당신이 조금 슬프다고 나를 따라 죽겠다고요? 당신은 어떻게 당신만 생각하나요? 그런 말을 하면 내가 죽어서인들 편하게 눈을 감을 수 있겠어요? 제발 나를 조금이라도 편히 가게 해줄 수는 없냐고요?"

"천화야……."

유구무언(有口無言)이 바로 이런 것이리라. 나는 하염없이 눈물만 흘렸다.

"내 말 잘 들어요, 매령. 당신이 나와 같이 죽는다 해도, 우리가 저승에서 다시 만날 수 있을지 어떨지는 알 수 없어요. 나는 저승의 일은 몰라요. 하지만 당신이 살아있다면…… 나는 저승에서든 구천에서든, 내가 어디에 있든 당신을 지켜볼 거예요. 당신이 사랑하는 가족과 함께 무탈하게, 잘 사는 것을 반드시 보고야 말겠어요. 내가 그럴 수 있을 것이라고 굳게 믿어요. 그러니까, 당신은 무조건 살아야 해요. 당신이 살아야만, 내 바람이 이루어질 수 있어요. 알겠어요?"

"내가 살아있으면…… 나를 지켜볼 것이라고……?"

"맹세코 그렇게 할 거예요."

"그러니까…… 내가 무조건 살아야 한다고?"

"무조건, 무조건이에요."

천화는 내게, 무조건 살아야 한다는 말을 수도 없이 되풀이했다. 내가 그렇게 하지 않으면, 자신이 절대 편하게 눈을 감을 수 없을 것이라 했다.

옥사의 그 밤, 그것이 이승에서의 우리의 마지막 만남이었다…….

바로 그 다음날, 그는 악귀라는 죄목을 쓰고 관아에서 처형되었다.

사(四), 지옥 불 같은 분노…….

"네가 차마 입에 올리기도 어려운 흉측한 죄를 저질러 우리 김씨 가문의 명예를 더럽혔지만, 그것이 네 의도라기보다는 악귀에게 홀려 잠시 실성한 탓에 일이 그리된 것으로 판명이 난 바, 너는 조리돌림도 극형도 면하였다. 그러나 내가 조정으로 명예로이 복귀하게 되어 가족이 한양으로 이사하는데, 귀신에 씌었던 며느리를 함께 데려가면 그 추문과 구설이 한양에까지 퍼질 것을 감당할 수 없다. 그러니 오늘로 너를 이 김씨 가문에서 방출하도록 하겠다. 너는 친정으로 돌아가, 남은 평생 자숙하며 살도록 해라."

이른바 사건이 마무리된 후, 나는 그렇게 김씨 가문에서 쫓겨났다. 명목상의 방출이지만, 실상 나로서는 치 떨리는 김씨 가문으로부터의 해방이었다. 어차피 마지막이니 내 방에 있던 자개 패물함과 도자기들까지 쓸어 담아가지고 나왔다. 내게는 해야 할 일이 있었다. 시가에서 나오자마자 곧장 관아로 달려갔다. 포졸들에게 가진 물건을 내어주며 묻고 물어, 천화의 시신이 버려진 곳을 알아냈다. 송들산이었다.

가여운 그의 시신은 거친 가마니에 둘린 채, 산짐승들의 먹이라도 되라는 양 아무렇게나 버려져 있었다. 가마니를 벗겨낸 뒤 피투성이가 된 그 몸을 어루만지고, 차가운 그 입술에 내 입술을 포갰다. 내 눈에서 뜨거운 눈물이 흘러 그의 굳은 얼굴을 적셨다. 마음 같아서는 시신을 깨끗이 씻기고 새 옷으로 갈아입히고 싶었으나 그럴 여력이 없었다. 만약 내가 천화를 빼돌린 것이 발설되면, 관아에서 아예 시신을 불태워 버릴지도 모른다. 행여 그런 일이 벌어지기 전에 한시라도 빨리 그를 매장해야 했다. 밤을 지새우며 삽질을 하여 내가 할 수 있는 한 깊이 땅을 파고 천화를 묻었다. 나중에 다시 찾아올 수 있도록 작게나마 봉분을 만들고 나뭇가지를 꽂았다.

부디 편히 잠드시게, 내 사랑.

천화를 묻고 송들산에서 내려오는데, 미치도록 그가 그리워졌다. 조금 전에 내 손으로 그를 묻었다는 사실이 도저히 실감 나지 않았다. 방금 땅에 묻은 정인에 대한 형언할 수 없는 그리움은, 환영과 환청까지 불러왔다. 아니, 환상이라기에는 그것들이 너무나도 생생했다. 산모퉁이마다 천화가 웃으며 돌아 나올 것만 같았다. 우리가 함께 멱을 감으며 놀았던 작은 폭포를 지날 때는 그가 빛나는 나신으로 물속에서 걸어 나올 것만 같았다. 그가 열기 어린 아름다운 두 눈으로 나를 지그시 바라보고 있는 것만 같았다. 그의 긴 팔이 내 어깨를, 내 허리를 감싼 채, 그가 나와 같이 걷고 있는 것만 같았다.

그의 커다랗고 따뜻한 손이 내 손을 꼬옥 쥐고 있는 것만 같았다. 내 이름을 부르는 그의 나직하고 부드러운 음성이 귓가에 울리는 것만 같았다. 그 모든 것이, 소름 돋을 정도로 내게 가까웠다. 믿을 수 없을 만큼 내게 밀착되어 떨어질 줄 몰랐다. 이쯤 되니 기묘하고 복잡한 감정이 요동치고, 정신마저 혼미해졌다. 천화가…… 죽었음에도 죽지 않은 것인가? 혹시 그가 내 앞에 다시 나타나기라도 할까? 만약, 만약 그런 기적이 일어나준다면…….

간신히 마음을 다잡고, 내 친가로 바삐 발걸음을 옮겼다. 내 일로 노심초사하며 잠을 이루지 못했을 가족을 이제야 만날 수 있다. 비록 그들을 볼 면목은 없지만, 내가 돌아갈 수 있는 곳은 가족의 품 뿐이니까. 그래도 버선발로 뛰어나오실 부모님과 나를 반길 아우들의 모습이 그려졌다.

그런데…… 내 예상은 완전히 빗나가고야 말았다. 섶들 내 친가의 집에는 아무도 없었다. 아니, 집 자체가 깨끗이 비어 있었다. 도대체 무슨 일일까. 마침 지나던 이웃을 붙들어 가족의 행방을 물은 뒤, 나는 큰 충격에 빠지고 말았다.

"석송 김 대감님 댁에서 나왔다는 집사와 종들이, 그저께 새벽 다짜고짜 진사 어르신 댁의 세간살이를 밖으로 끌어내고 때려 부수며 당장 이 마을을 떠나라고 호통을 쳤습니다. 진사 어르신과 마님은 어쩔 줄 모르고, 아기씨들과 도련님들은 울고불고 난리도 아니었습죠. 당장 어디로 가라는 것이냐며, 떠나더라도 시가에 감금된 딸이 돌아오면 함께 떠나겠다고 사정을 하는데도 들은 척조차 않는 것이었습니다. 외려 가족이 한시라도 빨리 떠나지 않으면 매령 아씨가 무사히 풀려나지 못할 것이라고 협박을 하는데…… 어찌나 모질고 무섭게 닦달을 하는지, 말을 듣지 않으면 큰 변고라도 당할 것 같은 분위기에 눌려 가족이 모두 마을을 떠나셨습니다……."

"뭐요……? 그러면 이미 그저께 내 가족이 이 마을을 떴다는 말이오? 어디로…… 대체 어디로 갔다는 것이오?"

"저희도 정확히는 모릅니다만, 그 사람들이 진사 어르신에게 해남으로 가라고 명령하는 것 같았습니다. 다시 이 마을에 돌아올 작정 따위는 버리고 최대한 먼 곳으로 가라고요."

"해남이라니! 어찌 그리 먼 곳으로……. 그래서, 시키는 대로 내 부모님이 해남으로 가겠다고 하였소?"

"해남에 당도할 때까지 감시를 붙인다고 하였으니 아마 그곳으로 가실 수밖에 없었을 것입니다. 너무 경황없이 벌어진 일인 데다 그 사람들이 무서워서 저희도 말리지 못하고……."

나는 미친 듯이 다시 시가로 내달렸다. 그리고 나를 속인 시부와 시아주버니에게 악을 썼다.

"어찌 약속을 지키지 않는 것입니까? 어떻게 제가 감금되어 있는 동안 가족을 무단으로 그 먼 해남까지 내쫓을 수가 있습니까? 고을 수령에게 시키는 대로만 간하면, 저와 제 가족은 반드시 살려준다고 하지 않았습니까?"

"그래서, 내 너를 죽였느냐? 또, 네 가족이 죽기라도 하였느냐? 내가 약속을 지키지 않은 것이 무엇이더냐?"

"그…… 게 무슨 말입니까?"

"그 천한 갖바치 놈이 귀신인 것이 밝혀져 비록 네가 면죄부를 받았다고 해도, 네 망측한 귀신들림의 추문이 석송과 섶들뿐 아니라 다른 고을들에까지 알려졌다. 상황이 이럴진대, 너와 네 가족이 이곳에서 계속 얼굴을 들고 살아갈 수 있을 줄 알았더냐? 너희가 사람이라면 차마 그럴 엄두를 내지 못할 것이다, 암."

"그러면 왜 애초에 제 가족을 강제 이주시킬 것이라는 말을 하지 않았습니까? 만일 그리하면 제가 순순히 시말서를 쓰지 않으리라 여긴 것이지요? 처음부터 저와 제 가족을 멀리 쫓아낼 작정이었던 것이지요?"

"지금이라도 알았으면 됐다. 너도 가족이 있는 해남으로 내려가 평생 죽은 듯이 살거라. 행여 다시 이곳에 발들일 것은 꿈도 꾸지 말며, 한양에도 절대 나타나면 안 된다. 어디서든 우리가 너를 다시 보게 되면 그 자리에서 요절을 낼지니."

"이럴 수는 없습니다……."

"그래도 한때 너와 가족의 연을 맺고 산 정이 있어 더 흉한 꼴을 보지 않게 한 것이다. 해남에는 너희가 살 집도 정해놓았다."

"집이요? 어떤 집을 말하는지요? 귀양 간 선비들이 몸을 누이는 한 칸짜리 초막집 말입니까?"

"시끄럽다. 지금 어떤 판국인데 너희가 집이 누추하고 말고를 따지느냐? 죽지 않고 살아있음을 다행으로 여겨야 할 것이거늘. 모르기는 몰라도, 너희 가족이 끼니 걱정하며 살던 섶들의 저 집과 크게 다를 바도 없을 것이다. 어차피 너희같이 면피도 못 하는 구질구질한 양반 처지에는 그 정도가 딱 맞을 테니……."

어떻게 더 항변도 못 해보고, 나는 집사의 손에 끌려 집 밖으로 쫓겨났다. 이를 악물고 시가를 떠나면서, 속으로 수백 번을 되뇌었다. 갚아주겠어. 갚아주겠어…… 복수할 거야.

야비하고 무도한 인간들. 천화의 목숨을 벼룩보다 못하게 여겨 악귀로 몰아 죽일 작정을 하고, 잔인하게도 정인인 내 손으로 직접 그를 죽여달라는 내용을 간하게 하더니, 이제 자신들이 원하는 대로 상황이 마무리되자 기다렸다는 듯이 나와 내 가족을 강제로 내쫓아? 그러면서 끝까지 천화의 죽음을 조롱하고 내 가족을 모욕하였다. 이런 원한을 그대로 안은 채, 내가 아무것도 않고 이곳을 떠날 성싶은가? 나를 밟고 또 밟아도 좋은 지렁이 한 마리쯤으로 여기고 있겠지. 그 지렁이조차, 계속 밟아대면 꿈틀하는 법이다. 나는, 내가 그럴 수 있다는 것을 알려주련다.

오(五), 환희의 재회…….

숨 가쁘고 처절했던 지난 보름에 대한 기록을 마쳤다. 나는 해남으로 내려가는 것을 잠시 미루고, 사흘째 섬들 친가의 빈집에 머물고 있다. 집안에 세간도 없고 먹을 것도 없지만, 전혀 개의치 않는다. 며칠을 굶었어도 배고픔을 느낄 수 없다. 무엇보다도, 어젯밤 나를 찾아온 기쁜 손님 때문에 밥을 안 먹어도 배가 부른 것 같은 느낌이다. 그 손님은 바로…… 천화였다.

믿을 수 없는 일이라는 것을 안다. 누구에게 말해도 믿어주지 않을 이야기라는 것을 안다. 하지만 사실이다. 나는 절대 꿈을 꾼 것이 아니다.

잠을 자다가 번쩍 눈을 떴는데, 내 곁에 천화가 누워 있었다. 나는 놀라 벌떡 일어나 앉았다. 그의 얼굴이 뚜렷이 보이지는 않았고, 어둠 속에서 그 몸의 전체적 윤곽만이 희끄무레하게 빛나고 있었다. 나는 손을 뻗어 과감히 그를 만졌다. 얼굴과 목, 어깨, 가슴, 배와 허리, 팔과 다리, 손과 발…… 천화가 아닌 다른 사람일 수가 없었다. 세상에나, 그의 몸은 여전히 뜨거웠다.

－ 천화야…… 너 맞지? 네가 온 것이지?

－ 그래요, 매령. 내가 왔어요.

－ 믿을 수가 없어…… 너는 죽었잖아?

－ 맞아요, 죽었지요.

－ 내가 죽은 너를 직접 땅에 묻었어. 그런데 어떻게 네가 이렇게 멀쩡한 몸으로…… 더운 몸으로 다시 나타날 수가 있지?

－ 나를 곱게 묻어주어서 고마워요.

－ 대답해봐, 죽은 네가 어떻게 내게 다시 올 수 있었냐고?

－ 나는 죽었기에 더 자유로워졌어요. 세상 사람들이 만들어 놓은 장벽 따위는 이제 내게 아무런 의미도 없거든요. 나는 어떤 산과 강도 다 넘을 수 있고, 어떤 담도 벽도 다 뚫을 수 있어요. 당신이 어디에 있든, 나는 문제없이 찾아올 수 있어요. 그 누구의 시선도, 편견도, 통제도, 핍박도 두려울 일이 없답니다. 내가 안전한 것처럼, 당

신도 안전해요. 왜냐하면 나는, 당신 외에는 그 누구에게도 보이지 않는 죽은 영혼이기 때문이에요.

 - 정말이야? 천화야, 이제 우리는 그 무엇도 두려워할 필요가 없는 거야?

 - 매령, 나는 거짓말을 하지 않아요. 나를 믿어요.

 - 그래…… 네가 그렇게 말하면 믿을게, 믿을게. 나는 너를 믿어.

 - 행여, 내가 당신을 다시 찾아오는 것이 불편한가요?

 - 무슨 말이야! 너를 송들산에 묻고 내려오면서, 네가 죽었다는 것을 도저히 믿을 수 없었어. 네가 여전히 내 곁에서 숨 쉬고 말하고 웃고, 나를 만지는 것만 같았어. 그때 이미 직감했어, 네가 나를 쉽게 떠나지 않으리라는 것을. 이렇게 돌아와주어서 너무 기뻐!

 - 그래서, 당신에게 살아남아야 한다고 말했잖아요. 이 세상에 살아있으라고 말했잖아요. 당신이 살아있는 한, 내가 당신을 지켜볼 것이니까…… 그리고 이렇게 당신을 자유롭게 찾아올 수 있으니까.

 - 그래, 내게 살아야 한다고 그렇게 당부했던 것이 이 때문이었구나. 네가 이렇게 나를 찾아오려고…… 이제는 알겠어. 만약 내가 너를 따라 죽었더라면…… 우리가 저승에서 다시 만날 수 있을지는 알 수 없었겠지?

 - 말했잖아요, 나는 저승의 일은 모른다고. 그것은 알 바 아니에요. 당신이 살아있는 동안은 나도 이 세상을 떠돌 거예요. 오로지 당신 곁에 머물 거예요.

 - 너를 죽음으로 내몬 이 나쁜 정인을 다시 찾아주어서 진정 고

마워, 천화야. 지금 세상이 내게 좀 버겁기는 하지만 나 더 악착같이, 끝까지 살아남을게. 약속해. 언제까지나 너와 함께 할 수 있도록…….

그렇게, 기적처럼 천화가 내게 돌아왔던 것이다…….

육(六), 복수…… 받은 대로 되갚아주다

마침내 복수를 감행했다.

온몸이 떨리지만, 그래도 나는 괜찮다. 해야 할 일을 한 것이라고 생각한다.

오늘 밤이슬을 밟으며 석송을 떠난다…… 언제 다시 돌아올지는 알 수 없다. 어쩌면 영원히 돌아오지 못할지도.

천화의 억울한 죽음과, 내 가족의 가슴 찢기는 강제 이주에 대해 복수를 하고 말리라 마음먹고 있었다. 얼른 고을을 떠나지 않았던 것, 아무것도 남지 않은 친가의 빈집에 홀로 머물렀던 것도 그 때문이었다. 내가 그러고 있다는 이야기가 시부와 시아주버니의 귀에 들어가면, 틀림없이 그들이 먼저 도발을 해올 것이라는 확신이 섰던 까닭이다. 귀신들린 며느리가 먼 지방으로 사라지지 않고 계속 석송에 머무는 것을 보니, 그들은 무엇이든 조치를 취할 것임이 분명했다. 그들 마음 같아서는 내가 자결이라도 하기를 바랐겠지만, 그렇게 해줄 수야 없지. 나는 절대 죽을 이유가 없다. 천화가 돌아온 것도, 사실상 내가 살아있었던 덕분이니까.

처음 며칠은 시가의 집사가 나와 집 주변을 어른거리며 내 동태를 살피는 듯하더니, 마침내 어제저녁에 정식으로 나를 찾아왔다. 음식이 잔뜩 든 광주리에 술병까지 얹어 싸 가지고 온 것이다.

"바로 해남으로 내려가실 줄 알았는데 친가에 머무시는 것을 대감마님께서 의아하게 생각하십니다. 이 빈집에서 무엇을 하며 지내십니까?"

"내 개인적인 볼일이 있어 잠시 이곳에 머무르고 있는 것뿐이오. 곧 해남으로 내려갈 것이오."

"지내시기에 불편하지는 않으십니까?"

"어차피 집에서 내쫓긴 며느리, 불편 따위가 무슨 상관이겠소?"

"아닙니다. 대감마님과 큰 서방님께서는 작은 마님이 이렇게 지내시는 것을 자못 마음에 걸려 하십니다. 악귀 때문에 큰 고초를 치르신 분이 제대로 숙식도 할 수 없는 이런 곳에 홀로 계시니…… 행여 심신이 더 피폐해지실까 진심으로 염려하고 계시는 것입니다."

"그래서 나더러 뭘 어쩌라는 말이오?"

"뭘 어쩌라는 것이 아니라…… 빈집에서 식사를 챙기지 못하실 것이 빤하니, 음식이라도 좀 넉넉히 넣어드리라고 하셨습니다. 되도록 입맛에 맞게 골라 드시라고 이런저런 것들을 많이 해왔으니 드실 수 있는 것이 있을 것입니다. 꼭 챙겨 드십시오. 그렇게 식사를 거르시면 병나십니다."

"내 속이 거북한지라 그다지 끼니 생각이 없는데……."

"꼭 드셔야 합니다. 이왕이면 작은 마님께서 음식을 드시는 모습을 보고 오라고 하셨습니다."

"집사가 지켜보는 데서 식사를 하라는 말이오? 그것은 어색하니 내키지 않소. 음식은 놔두고 가시오, 내 나중에 알아서 먹을 테니."

"작은 마님……."

"그만 가보라고 하지 않았소? 아버님과 아주버님의 뜻은 잘 알았으니 내 걱정일랑 말고 가보시오. 아무려면 내가 이곳에서 굶어 죽는 것을 택하기라도 할까."

못내 아쉬워하는 듯한 표정의 집사를 억지로 물리쳐 보내고, 혼자 남게 되었을 때 광주리에 덮인 보자기를 걷어보았다. 고기와 흰쌀밥, 전, 떡, 과일, 감주에다 술까지…… 정말 갖가지 음식이 한가득 쟁여져 있었다. 나는 그것들을 쓱 한번 둘러본 후, 그 어떤 음식도 입에 대지 않고 광주리째 방구석에 밀어놓았다. 보자기는 다시 덮어두지 않은 채였다. 뭐, 내가 끼니를 챙기지 않아 심신이 피폐해질까 걱정된다고? 이왕이면 내가 음식을 먹는 것을 보고 오라고 했다고? 시부와 시아주버니가 순수한 의도로 내게 호의를 베풀려 했을 리는 만무하고, 필경 어떤 술수가 깃들어 있을 것이다. 설사 내가 굶주려 눈이 뒤집힐 정도가 되면, 내 정인을 죽이고 내 가족을 내쫓은 자들이 던져놓은 음식을 꾸역꾸역 주워 먹을 줄 알았던가? 어림없는 수작이다. 그들은 이 박매령을 호락호락하게 여겼다. 굶어 죽는 한이 있어도, 그들이 들이민 음식 따위는 입에 대지 않을 것이니.

오늘 아침, 나는 음식 광주리 둘레에 펼쳐진 광경을 보고 실소를 터뜨리고야 말았다. 어쩌면 내 예감이 그렇듯 일점도 빗나가지 않고 정확하게 들어맞았는지. 광주리 안 음식들이 들쑤셔진 듯 이리저리 흩어져 있고, 광주리를 가운데 두고 도둑고양이 한 마리와 쥐 세 마리가 너부러져 죽어 있었다. 가뜩이나 주린 짐승들이 빈집에서 맛난 음식 냄새를 풍기는 광주리에 꼬여 들지 않을 리가 없었다. 나는 그들이 씹어먹다 남긴 음식들을 집어 들고 찬찬히 살펴보았다. 먹음직스러워 보이는 팥 인절미의 흰 팥고물…… 곶감을 더 맛깔스러워 보이게 하는 곶감 거죽의 흰 가루 시분(枾粉)…… 그것들에서는 별다른 냄새가 나지 않았다. 하지만 짐승들이 먹고 죽은 것으로 보아, 그것들은 독성이 있는 비상(砒霜)임에 틀림이 없었다. 맙소사. 음식에 독약을 쳐서 보내어 나를 독살하려고 했다는 말이지. 음식의 가짓수가 그리 많았던 것은, 내가 어떤 음식에 손을 대어도 죽을 수 있게끔 하려는 것이었을 터. 음식은 행랑채 부엌에서 만들어졌겠지만, 지시를 받은 집사가 그 많은 음식들에 비상을 골고루 뿌려 절이다시피 했겠지. 내가 그 음식들을 먹고 집사의 눈앞에서 고꾸라져 죽었다면 그들에게는 더할 나위가 없었을 것을. 그렇게 감쪽같이 나를 죽이고는, 빈집 대들보에 내 몸을 매달아 자결한 것처럼 위장하려는 것이었으리라. 그들의 추악한 속셈이 극히 환하게 들여다보였다.

이쯤 되면 나도 가만히 있을 수 없지. 오로지 자신들의 안위와 부귀영화를 위해, 앞길에 거치적거리는 것이라면 그것이 사람 생명일지라도 눈 깜짝도 하지 않고 제거해 버리는 야비한 자들이다. 악귀는 천화가 아니라 바로 그런 자들을 가리킴이 아니던가? 그들은 사람의 탈을 쓴, 살아있는 악귀들인 것이다.

나는 그들이 보낸 광주리에서 술병을 하나 꺼내어 품에 넣고 석송으로 향했다. 술병에도 비상이 들어있을 것은 자명한 일일 터. 나로서는 다른 무기를 준비할 필요가 전혀 없다. 그저 그들이 내게 준 그대로 되갚아주면 그만이니까.

날이 어두워지기를 기다렸다가, 시가의 별채 담장으로 갔다. 별채의 담장에는 작은 뒷문이 있으며, 내 여종이었던 아이가 밤마다 이웃의 남종을 만나기 위해 그 문을 열어두고 나가는 시간을 나는 알고 있다. 내가 살았던 곳이니 더없이 익숙하지만, 더 이상 내 집은 아닌 곳. 빼꼼히 열린 별채의 뒷문을 통해 나는 그 집 안으로 들어갔다. 곧장 사랑채로 가서, 어둠 속 적당한 그늘에 몸을 숨기고 기회를 엿보았다. 사랑채에서는 두런두런 이야기를 나누는 소리가 흘러나왔다. 시부와 시아주버니다. 두 사람이 같이 저녁 식사를 할 때면 반드시 저녁상에 이어 술상을 들여오게 한다. 이제 술상이 나올 때가 되었다.

아니나 다를까, 행랑어멈이 술상을 차려 사랑채로 가져오는 것이 보였다. 그녀는 그것을 사랑채 마루에 올려놓고 한번 훑어보더니 탁, 하고 자신의 이마를 쳤다.

"아이고, 육전을 지져놓고 안 올렸네. 내 정신 좀 봐."

상을 차리면서 반찬이나 안주 가운데 꼭 한두 가지를 빼먹고 다시 가지러 가는 것이 행랑어멈의 버릇이다. 그 버릇을 기억하고 있던 내게 절호의 기회가 온 것이다. 만약 집사가 그때 사랑채 밖을 지키고 있었다면 낭패였겠지만, 마침 천만다행으로 그의 모습도 보이지 않았다. 나는 재빨리 행랑어멈이 사랑채 마루에 올려놓은 술상에 접근했다. 상에 올려져 있던 술병의 술을 바닥에 획 따라 버리고, 내가 가져온 술병의 술을 그 병에 따라 넣었다. 한 방울도 흘리지 않으려 조심하면서, 아주 신중하게……. 작업은 끝났다. 결과를 기다리기만 하면 될 일이다.

행랑어멈이 깜빡했던 안주 접시를 들고 돌아오고, 그렇게 술상은 사랑채 안으로 들어갔다.

다시 시간이 흐르기를 나는 참을성 있게 기다렸다. 그리고 이만하면 충분히 시간이 되었다 싶었을 때, 사랑채로 올라가서 조용히 그 문을 열었다. 내 예상에는 어긋남이 없었다. 마시던 술상을 두고 방바닥에 쓰러져 있는 시부와 시아주버니. 내 입가에 회심의 미소가 떠올랐다. 이 세상에서의 그대들의 악행을 이쯤에서 멈추게 했으니 얼마나 다행인지 모르겠소.

또 한 가지 계획했던 바, 나는 붓을 잡고 벽에다 커다란 글씨로 썼다.

'악귀 아닌 악귀를 죽임으로써 억울한 원귀가 또 생성됨이라, 그로 인해 이 집안에 저주가 떠나지 않게 되었으니…….'

시부와 시아주버니의 죽음에 대해, 행여 죄 없는 종들이 의심받고 문초를 받는 일이 일어나지 않도록 써둔 글귀였다. 지난 세월 동안 이 김씨 집안에 의해 억울한 죽임을 당한 이들의 원혼이 이 집안에 저주를 내리기 시작한 것으로 세간에 알려진다면 바랄 것이 없겠다.

사랑채를 빠져나와 별채로 향하고 있는데, 갑자기 안채 쪽으로부
터 종들이 울부짖는 소리가 들려왔다.

"의원! 의원을 부르게!"

"큰마님! 이렇게 가시면 어떡합니까…… 한 번도 차도가 없으시
더니 그만……."

이런. 계속 와병 중이던 시모가 결국 숨을 거둔 모양이다. 시모의
죽음이 기쁠 것까지는 없었지만, 애도하고 싶은 마음도 물론 없었
다. 오늘로 김씨 가문의 악의 축이 셋이나 사라졌다. 이 집안의 욕
망과 죄과의 도가니도 차갑게 가라앉게 되겠지. 부디, 다시는 끓어
오르지 않기를.

말했듯이, 이제 나는 석송을 떠나려 한다. 지체할 것 없이 이곳을
떠야 한다.

앞으로 내게 남은 세월…… 가졌던 모든 것을 잃고 맨땅에서 주
먹 쥐고 일어나는 격이니, 심히 거칠고 험난한 여정이 예상된다. 내
삶에 일어난 일들의 구구한 기록도 오늘이 마지막이 될 듯하다. 한
동안은 일기를 쓰지 못할 것이다.

그러나 나는 그 무엇도 두렵지 않다. 천화가 내게 돌아와 줬기 때
문이다.

비록 낮에는 나와 함께 하지 못하지만, 밤이면 내가 그 어디에 있
든, 그 어떤 자리에 몸을 누이든 나를 찾아와주겠다고 약속했다. 천

금 같은 내 사랑…… 내가 살아있기를 잘했다.

나는 당당하고 용감하게 살아갈 것이다. 기필코 살아남을 것이다.

내가 살아있음으로써, 우리의 사랑이 계속될 수 있으므로…….

36

박씨 부인의 기록 - 6

봄, _1880년_

20년…….

내가 마지막으로 이 책에 기록을 남긴 이후, 무려 20년 세월이 흘렀다.

길고도 길었던 듯싶으면서도, 돌아보면 한순간인 것만도 같은 지난 20년.

그 세월, 나는 동가식서가숙(東家食西家宿)하며 조선 땅 곳곳을 떠돌았다. 이전에 가졌던 것들을 모두 버렸기에 양반도 그 무엇도 아닌, 그저 떠돌이 여인으로 살아왔다. 따뜻한 방에 몸을 누인 날도, 배불리 먹어본 날도 거의 없었다.

20년 전 석송을 떠난 직후, 나는 친가의 가족을 찾아 해남으로 내려갔었다. 갖은 어려움 끝에 가족을 찾아냈지만 차마 눈 뜨고는 보지 못할 비참한 광경이 나를 기다리고 있었다. 빈대가 들끓는 다 스러져가는 초막집에 머무르고 있는 것은 부모님뿐, 아우들은 가난을 견디지 못하고 각자 제 살길을 찾아 뿔뿔이 흩어진 상태였다. 게다가 부모님은 나를 원망하고 있었다. 오로지 내게 의지하여 이어가던 안온한 삶, 그것이 다른 누구도 아닌 나로 인해 풍비박산 났다는 사실을 못마땅하고 원통하게 여겼다.

"그토록 너를 믿고 너를 의지했었는데…… 어떻게 네가 그런 참담한 일을 벌일 수가 있다는 말이냐. 네 정신으로 벌인 일이든 귀신에 씌어서 그랬든 결국 마찬가지, 너는 시가뿐 아니라 우리 집안의 명예도 더럽혔다. 우리가 살아있는 한 다시 너를 보고 싶지 않으니 썩 물러가거라."

부모님의 심경을 헤아리지 못하는 바 아니니, 그분들을 원망할 것도 없었다. 불초여식(不肖女息)이 사라져 다시는 나타나지 않는 것으로 그분들의 마음이 편할 수만 있다면, 얼마든지 그렇게 할 수 있었다. 그렇게 나는 해남에서 가족과 결별했고, 이후 지금까지 단 한 번도 가족을 보지 못했다.

내 나이 어느덧 서른아홉. 그래, 나도 나이를 먹고, 젊음을 잃었다. 모름지기 세월에 당할 자가 있던가. 지금 내 얼굴도 몸도, 천화를 처음 만나 사랑을 나누었던 꽃다운 열아홉 그 시절의 그것은 아니다. 그럼에도 불구하고…… 내가 여전히 꿋꿋하게 살아가고 있는 이유는, 물론 천화 때문이다. 거친 지난 세월을 버텨낼 수 있었던 것도 천화 덕분이었다. 내가 어디를 가든, 어디에 몸을 누이든, 밤이면 나를 찾아오겠다는 약속을 천화는 충실히 지켰다. 잠을 자다가 눈을 뜨면 어김없이 천화가 내 잠자리에 들어와 있었으며, 살아 있을 때처럼 살뜰하고 뜨겁게 나를 안아주었다. 내 모든 피로와 시름을 잊게 해주었다.

다만 우리의 대화는, 그가 살아있던 때에 비하면 다소 매끄럽지 못하다. 내가 무엇인가를 물을 때 그가 대답하지 않는 경우도 있고, 그가 내게 하는 말이 웅웅대는 소리로 들려 알아듣기 어려운 경우도 있다. 그의 원한을 풀기 위해 시부와 시아주버니에게 복수했다는 사실을 알렸을 때, 천화는 내게 고맙다고 했을 뿐 별다른 말은 덧붙이지 않았다. 아무려면 어떤가. 어쨌거나 그는 사자(死者)이거늘, 모든 것이 그의 생전과 같기를 기대할 수는 없는 법. 더구나 내 시가의 이야기는, 그에게 고통스러웠던 죽음에 대한 아픈 기억을 일깨우는 일이 되리라는 것을 상기하지 않을 수 없었다. 그래서 되도록 그쪽 이야기는 피하려고 마음먹었다.

무심한 세월 속에서 변하지 않은 것은, 오로지 열여덟 나이 그대로 박제된 듯한 천화뿐인 듯싶다. 열여덟의 싱그러운 몸, 열여덟의 순수한 마음…… 그에 비한다면 나는, 이렇게 변한 나 자신이 지극히 아쉽게 여겨질 따름이다. 말했듯이 나는 나이를 먹었다. 나이 들어감은 인간의 숙명이니 어쩔 수 없다고 해도, 거칠고 험했던 지난 세월이 나를 나이보다 더 노쇠하게 만든 것 같은 느낌이다. 흰머리가 생기기 시작한 지는 이미 꽤 되었고, 몸 곳곳에 병이 들어 아프지 않은 데가 없다. 끼니를 잇기 위해 낮에는 닥치는 대로 일을 하지만 과연 몸이 언제까지 버텨줄지 모르겠다. 밤에 자리에 누우면 온갖 통증이 다 밀려와 쉽게 잠을 이루기도 어렵다. 이런 와중에 천화가 찾아오면 물론 반갑기는 하지만 내 몸 상태가 좋지 않은 것을 들키고 싶지 않은 마음에 무던히 애를 써야 한다. 내가 몸이 아픈 것 때문에 행여 우리가 함께하는 소중한 시간을 즐기지 못할까 봐, 그의 사랑에 내가 예전처럼 열렬히 반응하지 못할까 봐 몹시도 걱정스럽다. 그가 내게 언제까지나 열여덟 천화인 것처럼, 나도 그에게 열아홉 매령이고만 싶은데⋯⋯. 내가 아프다는 이야기는 빼고, 그에게 물은 적 있었다.

- 천화야⋯⋯ 너는 항상 그대로인데⋯⋯ 나는 정말 많이 변했지?

- 그런가요?

- 너도 알고 있잖아, 내가 더 이상 열아홉 시절의 매령이 아니라는 것을⋯⋯.

- 아, 알아요. 당신은 열아홉 살이 아니에요.

- 20년⋯⋯ 어느새 20년이 흘렀어. 이제 나는 서른아홉이야.

- ㄱㄹㅇ⋯⋯.

- 천화야, 내 말 듣고 있어?

- 예⋯⋯ 그런데요?

- 나, 많이 변했지? 더 이상 20년 전의 내 모습이 아닌데⋯⋯ 너는 이렇게 나이 먹어가는 내가 괜찮아?

- 그게 어때서요? 사람은 나이를 먹게 되어 있잖아요.

- 그야 그렇지만…… 나는 항상 네 앞에서는 옛 모습 그대로이고 싶어. 네가 사랑한 것도, 그 시절의 박매령 아니었니?

- 20년 전의 매령, 사랑했지요. 하지만 지금의 매령도 여전히 사랑해요. 당신은 예나 지금이나 내게 박매령일 뿐이에요.

- 정말…… 그렇게 생각해?

- 그럼요.

- 그리 말해주니 고마워. 그런데…….

- 그대로 오래도록 살아있어줘요. 나이 먹어도 괜찮아요. 아프지 ㅁㅇ…… 말아요.

- 응……? 아프지 말라고……?

- 당신이 아프지 않았으면 좋겠어요.

- 나, 나는, 아픈 곳은 없어. 걱정하지 마.

- 언제까지나 그대로, 그렇게 살아있을 거죠? 내가 당신을 찾아올 수 있게?

- 당연하지. 나는 너와 사랑하기 위해서라도 오래, 정말 오래 살 거야…….

나 자신도 믿기 어려운 일이지만, 나는 지금 석송에 있다. 20년 만에 이 일기책을 다시 꺼내어 든 것도, 바로 이 때문이다. 내가 석송으로 돌아왔다는 것…… 이는 어느 정도 충동적인 결정이기는 했다. 그러나 20년간의 떠돌이 생활 중에도, 항상 내 머릿속에는 언젠가 한 번쯤 석송으로 돌아와야 한다는 생각이 내재해 있었던 듯하다. 그리고 불현듯, 그때가 곧 지금이어야 한다는 결심에 이르게 된 것이다.

내 목적지는 내가 옛날 한때 며느리로 살았던 시가, 김씨 가문의 그 집이었다.

실로 오랜만에 송들산을 넘어 석송으로 오면서, 나는 그 시절 천화와의 추억이 어린 산중의 곳곳에 다 가보았다. 우리가 뜨겁게 사랑을 나누곤 하던 잊지 못할 동굴, 함께 멱을 감으며 놀았던 폭포, 다정히 손을 잡고 걸었던 산길…… 또, 송들산 어귀에 변함없이 자리해있는 갓바치촌. 생전의 열여덟 청년 천화가 그토록 애정 어린 손길로 갓신을 만들며 열심히 살았던 그곳. 눈물이 핑 돌았다. 비록 내가 지금 천화를 볼 수 없는 것은 아니지만…… 그는 고작 열여덟 나이에 정인인 나를 위해 삶을 포기하고 모든 것을 버렸다. 이제는 사람이 아니기에, 그렇듯 좋아하던 신 만드는 일도 할 수 없고 이 세상에서 누릴 법한 즐거움들도 맛볼 수 없다. 게다가 여전히 나를 떠나지 않은 채, 극락으로 가는 편한 길도 마다하고 영(靈)으로 이 세상을 떠돌고 있지 않은가. 천화야, 미안해. 너의 그 온갖 희생이 헛되지 않도록 내가 너를 더 기쁘게 해주어야 하는데. 내가 건강하게 오래 살아서, 네가 길잃은 영이 되지 않도록 해주어야 하는데…….

추억들이 밀려오는 탓에 나도 모르게 갓바치촌 입구를 기웃거리다가, 한 소녀와 맞닥뜨렸다. 아리따운 아이였다. 어쩐지 그냥 지나

칠 수 없어 말을 걸어보니, 갖바치촌에 살고 있다고 하고 나이는 열 아홉이라 하였다. 허름한 저고리 위에 가죽조끼를 걸쳤고 낡은 치마를 둘렀으며 머리도 대충 묶고 있었지만, 타고난 미모가 돋보이는 데다 부인할 수 없는 젊음의 향기가 온몸에서 뿜어져 나오는 소녀였다. 보잘것없는 옷차림도 천민이라는 신분도 모두 상쇄해 버리는 그 눈부신 젊음…… 20년 전, 열여덟의 천화도 저런 광채를 내뿜었었지. 그리고 열아홉의 나 역시, 타고난 미색 따위는 없어도 그 젊음 자체로 충분히 아리따웠을 것이다.

진정 부질없는 망상인 줄은 안다. 하지만 시간을 되돌릴 수만 있다면, 그 소녀와 같은 젊음을 내가 다시 얻고 싶다는 생각을 했다. 아니, 감히 그 젊음을 취하겠다는 것도 과욕이고, 그저 그것을 한순간이나마 빌릴 수만 있어도 좋겠다고 생각했다. 그 젊고 팽팽하고 건강하고 아름다운 육체를, 내가 되돌려받을 수만 있다면…… 그래서 지금 이 병들고 나이든 육신에 대한 부끄러움 같은 것은 떨쳐버리고, 마치 20년 전으로 돌아간 듯 당당하게 천화와 사랑을 나눌 수만 있다면.

그럴 수만 있다면, 얼마나 좋을까……?

마침내 이 집에 왔다. 언제, 어떻게 돌아올 수 있을 것인지 전혀 기약하지 못하고 떠났던 집이다. 이래서 사람 일이란 알 수 없다고들 하는 것이지.

공충도의 내로라하던 세도가, 공주 석송의 김씨 집안…… 사랑채에 손님들이 드나들지 않는 날이 없고 매일 종들의 바쁜 움직임으로 가득 찼던, 진귀한 음식에 값나가는 보화가 넘쳐났던, 고래등 같은 이 기와집. 내 유령 신랑과 시아주버니를 마지막으로 이 가문의 대는 완전히 끊겨 버렸고, 이 영화롭던 집은 텅 빈 폐가가 되었다. 이를 어찌 인과응보(因果應報)라는 말로 설명하지 않을 수 있으리.

몰락한 옛 시가를 보며 승리감이라도 만끽하고자 돌아온 것은 아니다.

나는 이 일기책을 숨겨둘 장소가 필요했다. 그리고 그곳이 바로 이 집이어야 한다는 결정을 내리기에 이르렀다.

지난 20년 내내, 내가 목숨처럼 중하게 여겨 품 안에 넣고 다녔던 것이 이 일기책이다. 무엇 하나 수중에 가진 것 없는 신세일지언정 이 일기책만은 포기할 수 없다는 마음에 악착같이 품고 온 땅을 떠돌았는데, 사실 보통 만만한 일이 아니었다. 20년 동안 내가 겪었던 그 비바람을, 이 책도 고스란히 맞아내야 했다. 그러니 책이 낡아 떨어질 지경이 된 것도 당연하다. 이 지경이 된 책을 더 가지고 다니는 것도 무리라는 생각이 들었다. 어렵사리 품고 다닌 보람도 없이, 연고도 없는 내가 어느 날 갑자기 길바닥에서 쓰러져 죽기라도 한다면 과연 이 책은 어떻게 될 것인가.

이 일기책을 절대 버릴 수는 없다. 이것은 내 삶의 핵심 기록이다.

또한, 나는 내가 살아있는 동안에는 이 기록이 공개되기를 원하지 않는다. 그것은 너무 위험한 일이다.

이것을 믿고 맡길 사람도, 물려줄 자손도 없다. 그렇다고 산이나 땅에 묻자니, 훼손이 염려된다. 그리하여, 이 시점에서 내가 생각할 수 있는 가장 적당한 장소에 이것을 보관해두고자 하는 것이다. 그곳인즉슨, 이 집의 별채 마루 밑이다.

김씨 가문에 뼈를 묻을 줄로만 알았던 열아홉 살 수절과부 박매령. 사는 것 같지 않던 삶을 살던 그 소녀가 경천동지할, 운명을 바꿀 사랑을 만났으니. 내 모든 기막힌 사연은, 바로 내가 이 별채에 사는 동안 시작되지 않았던가.

이제 마루 밑으로 이 일기책을 밀어 넣으려 한다. 장대를 이용해, 안쪽으로 되도록 깊숙이 넣어두리라. 그 누구도 쉽게 발견할 수 없을 것이다. 하지만 내가 살아있는 한, 언젠가 내 삶에 여유가 생긴다면 이곳으로 돌아와 이 책을 다시 꺼내어보고 싶다. 만약, 만약 내게 그런 날이 허락되지 않는다면…… 내가 헤아릴 수 없는 요원한 미래 어느 때라도, 누군가 이 책을 발견해 내 사연을 읽어준다면 좋겠다. 지금 이 시대에는 돌팔매질을 당했던 천화와 나의 사랑이, 그 시대의 후손에게는 부디 진정으로 읽히고 또 새겨졌으면. 죽음마저 뛰어넘은 우리의 사랑이…….

계획했던 바를 실행하고 나는 곧장 석송을 떠날 것이다.
지금의 내게 무엇보다 시급한 문제는, '생존'이다.
건강 악화에도 불구하고 나는 계속 버텨낼 수 있을 것인가?
이 거친 세상을 얼마나 더 오래 살아갈 수 있을 것인가?
살아남아야 하는데…… 천화가 오래 살아달라고 했으니.
그래야만 하는데.

여덟 번째 면담

전화 통화로부터 2일 후_ HCCC 빌딩 사무실

- 선배…… 일단 뭣보다…… 박씨 부인의 기록을 풀어서 주신 선배의 노고에 감사드린다고 말하고 싶어요.

- 그래, 혹시 읽기에 어려움은 없었니?

- 전혀요. 파일을 열자마자, 그야말로 단숨에 읽어 버렸어요. 너무 매끄럽게 읽혀서…… 마치 한편의 비극적인 단편소설을 보는 것 같았어요. 무려 157년 전 조선 시대 여인의 일기책이라는 실감이 나지 않을 정도로 말이에요…….

- 맞아. 풀어쓰면서 나도 실감이 나지 않더군.

- 이 모든 게 실화인가요? 그러니까 저희 할머니의 어린 시절 공주 석송 외갓집은…… 157년 전 박씨 부인의 시가인 김씨 문중이

살았던 집인 거죠? 그리고 할머니가 외갓집 별채 마루 밑에서 처음 발견했던 그 낡은 책…… 우리가 결국 다시 찾아낸 이 책은, 박씨 부인이 마지막으로 별채 마루 밑에 숨겨놓겠다고 기록했던 그 일기책과 일치하는 거고요.

 ─ 좀처럼 믿기지 않는 일이기는 하지만…… 이 모든 게 실화야.

 ─ 제가 일기에서 천화를 묘사할 때 썼던 표현들 말인데요…… 그 촉감이며 냄새며 세세한 부분들까지…… 할머니와 엄마 일기에서 유사한 문장들을 발견했을 때도 놀라움을 금할 수 없었지만, 157년 전 박씨 부인의 일기책에도 복사라도 한 듯 똑같은 내용이 적혀 있다는 사실이 어찌나 소름 돋던지…….

 ─ 복사라도 한 듯 똑같다…… 그래, 말하자면 특정한 경험이 복사되어 내려간 거지. 우리의 추적이 가능한 범위 내에서라면 너희 할머니와 어머니, 너까지 삼대를 이어 말이야. 하지만 잊으면 안 돼, 가장 최초의 경험자는 바로 박씨 부인이라는 걸. 박씨 부인은 살아생전의 천화와 사랑을 나누었던 첫 여인이자 유일한 여인이라는 걸.

 ─ 알아요…… 그녀가 진짜죠. 귀신이 아닌, 진짜 사람 천화와 사랑을 나누었던 여인이니까…….

 ─ 내가 했던 말은 좀 생각해봤니? 천화의 캐릭터, 그 인성에 대한 내 견해…….

 ─ 아, 그건…….

 ─ 그 기록을 읽은 제삼자인 내 시각에서 볼 때나, 현대의 상식이나 기준으로 볼 때도 천화는 결코 불순한 면을 찾을 수 없는 순수한

영혼이었던 걸로 보인다고 했지. 용감하게 신분을 뛰어넘는 사랑을 시작했고, 더없이 진실하게 그 관계에 임했지. 그리고 그 관계로 인해 목숨을 잃는 무자비한 운명을 맞이했음에도, 한치도 흔들리지 않았어.

- 음…….

- 물론 그가 말도 안 되는 억울한 누명을 쓰고 죽었던 건 사실이야. 하지만 그 때문에 원귀가 되어 그 오랜 세월 산 사람을 대대로 괴롭힌다? 죄 없는 여자들을 끝없이 이용하고 농락한다……? 기록에 나타난 생전의 천화라는 인물을 봤을 때, 넌 그가 정말 그럴 법하다고 생각해?

- 꼭 그런 건 아니에요…… 천화가 박씨 부인을 진심으로 사랑했던 것 같다는 생각이 들기는 해요. 그랬기에 조선시대판 인큐버스로 몰려 처참한 죽음을 맞으면서도, 그녀를 위해 자신의 목숨을 내던지는 걸 아까워하지 않았던 거겠죠. 그런 면은 인정하지만…….

- 심지어, 죽은 후에까지 계속 그녀를 지켜보겠다는 약속도 지켰다고 쓰여 있지. 그런데 세라야.

- 네?

- 넌, 천화가 죽은 다음에 영이 되어 박씨 부인을 찾아왔다는 걸 믿니?

- 그게 무슨……. 지금, 10년 귀접 경험자인 제게 새삼스럽게 귀신이나 영의 존재를 믿냐고 물어보시는 거예요?

- 그런 게 아니고. 천화의 영이 박씨 부인을 찾아와, 그가 살아있

을 때와 다름없이 두 사람이 뜨거운 사랑을 나누었다는 내용 자체를 믿냐고 묻는 거야.

– 그야…… 천화가 그녀에게 신신당부했잖아요. 무조건 살라고, 살아있으라고. 그러면 자신이 죽어서도 그녀를 지켜보겠다고. 그리고 결국 그녀에게 나타나, 자신은 영혼이 되었기에 세상의 통제와 핍박을 받지 않고 더 자유롭게 그녀를 찾아올 수 있게 되었다고 말했고요.

– 그랬지. 박씨 부인의 기록에 한 점 거짓이 없다면, 그 모두가 사실이겠지. 아, 물론…… 다른 가능성도 없잖아 있을 수 있지만 말이야.

– 다른 가능성이라뇨?

– 그건, 좀 나중에 얘기하자. 그래서, 결론적으로 넌 천화가 어떤 과정을 통했든 간에 현재의 원귀가 되었다고 생각하고 있는 거지?

– 그렇게 볼 수밖에 없죠. 그가 영이 되어 박씨 부인에게 돌아가 못다 한 사랑을 나누고, 그 후 기록상으로도 최소 20년을 그녀와 접촉한 것까지는 좋아요. 그 시대 세상에서는 맺어질 수 없었던 연인의, 가히 죽음을 뛰어넘는 사랑이지 뭐겠어요……. 그런데 천화는 대체 왜, 거기서 그치지 않았냐는 거예요. 왜, 박씨 부인이 살아있는 동안 그녀와 접촉한 것으로 만족하지 못했냐는 거예요. 그의 정확한 속내는 짐작할 수 없지만, 어떤 이유로든 박씨 부인이 죽은 이후에도 천화는 구천으로 돌아가지 않고 세상을 떠돌았어요. 아무리 산 사람이 저승의 일은 모른다지만, 상식적으로는 두 사람의 영이 저 세계에서 재회해서 영원히 함께할 가능성이 제일 높았을 텐데

말이에요…….

- 글쎄. 모르긴 몰라도, 그게 가장 이상적인 결말이었을 것이라는 데는 동의한다.

- 어쨌든 우리가 납득할 수 없는 이유로, 천화는 원귀가 되고 만 거예요. 멀쩡한 산 사람일 때 인큐버스의 누명을 쓰고 어이없게 죽은 천화가, 죽어서는 진짜 인큐버스가 되어 버리고 만 거죠. 그의 원한이나 사연과는 전혀 상관없는 후대의 순진무구한 여자들의 잠자리를 공격하고…… 현실 속 남자들과는 비교도 할 수 없는 요술 같은 능력과 주도력을 발휘해 그 여자들이 그 관계에 중독되게 만들고…… 더 이상 얘기 안 해도 아시잖아요. 그렇게 저희 할머니나 엄마, 저같이 답 없는 희생양들이 만들어진 거고요……. 저기, 선배, 제 얘기 듣고 계세요?

- 응? 응. 미안, 잠깐 내 생각에 빠져서. 그 사람…… 다분히 욕심이 과했던 거야.

- 천화 말이죠?

- 아니. 천화 말고 박씨 부인.

- 박씨 부인이 왜요……?

- 그녀의 삶에 대한 집착이 과도한 편이었다는 생각, 안 드니? 기록에도 보면, '내가 살아있는 한'이라든가 '나는 살아남아야 한다'는 말이 무수히 반복되고 있어.

- 아시다시피 그건 천화의 신신당부로…….

- 애초에 천화가 박씨 부인에게 살아야 한다고 신신당부한 건, 행

여 그녀가 자신을 따라 목숨을 끊을까 봐 두려워서였어. 자신은 속절없이 죽게 됐지만, 그녀만은 무사히 살아남기를 바라는 마음에서였겠지. 박씨 부인은 자신과 가족의 목숨을 구하기 위해 천화를 악귀라고 고발하고 죽음으로 내몰았다는 죄책감에 평생을 시달릴 수도 있었지만, 살아남으라는 천화의 그 한마디에 기대어 죄책감을 해소했을 뿐 아니라 악착같이 자신의 삶을 이어갈 명분을 부여받았던 셈이야. 더구나 그렇게 얻은 삶이 공허하지 않도록, 즉각 천화의 죽은 영까지 나타나 줬으니 그 기쁨은 배가되었던 거고.

- 그녀가 그런 식으로라도 살아갈 명분을 찾은 게 그렇게 잘못된 건가요? 같은 여자의 관점에서 보면, 그녀도 사건의 희생자일 뿐인데…….

- 당연히, 네 말에 동의해. 여자의 관점으로서만이 아니라 인간적 관점에서 봐도, 그녀 또한 잔인한 시대의 희생자였어. 천화를 따라 억울하게 죽을 필요는 없는 일이었지. 그녀가 자신과 가족의 목숨을 구했을 뿐 아니라, 악의 축이었던 인간들까지 응징한 건 백번 잘한 일이라고 생각한다. 그런데…….

- 그런데요?

- 사람은 기본적으로…… 무엇이 됐든, 자신의 삶에 주어진 몫을 받아들일 필요가 있지 않을까 싶다. 그 안에서 기쁨과 행복을 찾는 것에 의미를 두면 될 일인데…….

- 박씨 부인이 그렇게 하지 않았나요?

- 내가 강조하는 건, '그 삶'의 몫이야. 그녀가 살아있는 동안 천

화의 영과 계속 접촉하고, 낮의 척박한 현실과는 별개로 밤마다 천화와 함께 하는 기쁨을 누렸다면…… 그래, '살아있는 동안'만이라도 그렇게 할 수 있었다면…… 그녀는 그걸로 만족해야 했어.

- 박씨 부인이 나이 먹고 건강이 악화되어 죽는 걸 두려워했던건…… 결국 천화와 다시 떨어지는 게 싫어서였잖아요? 죽음과 이별이 두렵고 싫은 건 인지상정인데…….

- 알아. 하지만 과한 욕심은, 기어이 독을 불러오게 마련이니까.

- 자꾸 박씨 부인의 욕심을 얘기하시는데, 전 선배가 무슨 말씀을 하시는지 정확히 모르겠어요. 끝내 무엇에도 만족하지 못하고, 150년이 넘도록 자신의 갈망과 욕심만 채우려 들었던 건 천화 아닌가요? 그런 천화의 욕심에 비한다면, 박씨 부인은…….

- 세라야, 오늘은 이쯤에서 마무리하도록 하자.

- 네?

- 그게 좋겠어.

- 천화의 사연을 모조리 알아 버렸으니 전 이제 어떻게 해야 할지…… 도와주셔야죠, 선배. 당장 오늘밤이라도 천화가 찾아오면 뭐라고 얘기해요?

- 내 머릿속에서 소용돌이치는 생각이 있는데…… 이걸 좀 정리해야 할 것 같다. 오래 걸리지 않아.

- 아, 네…….

- 바로 전화할게. 걱정 말고 기다려.

38

진실, 더 가까이

여덟 번째 면담으로부터 2일 후_ 전화 통화

- 세라야, 잘 들어. 내가 이제 진실을 깨달았어. 난 이게 진실이라는 걸 확신한다.

- 네? 진실이…… 뭔데요?

- 네가 너무 놀라지 않았으면 좋겠다.

- 말씀…… 해보세요.

- 넌, 지난 10년 동안 '귀접'을 겪은 게 아니라, '빙의'되었던 거야. 너뿐 아니라 너희 어머니도, 할머니도 모두 마찬가지였어.

- 네……?

- 넌 인큐버스 천화에게 귀접을 당한 게 아냐. 끝나지 않는 삶을 그토록 갈망했던 박씨 부인에게 빙의를 당했던 거라고.

- 그게 대체…… 무슨 말씀이세요? 빙의…… 라뇨?

- 만나자, 세라야. 당장 만나서 얘기하자.

39

아홉 번째 면담

같은 날 밤_ HCCC 빌딩 사무실

- 세라야, 많이 놀랐니?

- 선배 전화 받자마자 헐레벌떡 달려오느라…… 놀랄 겨를도 없었어요. 그게 대체 무슨 말씀이세요, 제가 귀접을 당한 게 아니라 빙의를 당한 거라뇨……?

- 빙의(憑依). 사전적 의미는 '떠도는 영혼이 다른 사람의 몸에 옮겨붙음'으로 되어있지. 종교적 측면에서는 일반적으로 '귀신 들림', '귀신에 씌움'을 뜻한다고 하는데, 이는 너무 어감이 안 좋고 지극히 단순한 요약에 불과해. 나도 네가 겪고 있는 빙의에 그런 정의를 부여하고 싶지는 않아. 온라인 백과사전에 나와 있는 좀 더 확장된 빙의 현상의 형태들…… 즉, 몸의 자동적인 움직임 유도, 초월적

인 소리 체험, 신체 통증, 직감과 영감, 개인 성향의 변화, 감정 전이, 초월적이고 신비한 성 체험 등에 네 경험도 적용되어야 한다고 본다.

- 초월적이고 신비한…… 성 체험이요?

- 그래, 뭣보다도 바로 그 대목이, 네 경험과 정확히 일치하고 있지.

- 떠도는 영혼이 제게 옮겨붙었다고요? 그게…… 박씨 부인의 영혼인 거예요?

- 그래. 이 세상을 떠돌고 있는 박씨 부인의 영혼이 네 몸속으로 들어간 거야, 특정한 순간마다.

- 아니에요, 그럴 리 없어요! 지난 10년 동안…….

- 지난 10년 내내, 네 몸으로의 박씨 부인의 빙의가 끈질기게 시도되고 또 이루어졌던 거지.

- 그럴 리 없다니까요! 그건 천화였어요. 무려 10년을 겪었는데 제가 어떻게 그걸 모르겠어요? 제가 상대한 건 다른 누구도 아닌 천화의 몸, 천화의 영이었다고요. 선배, 제가 박씨 부인의 존재를 정확히 안 건 선배와 함께 그녀의 일기책을 찾아낸 최근, 그것도 일주일밖에 안 된 일이잖아요? 그런 박씨 부인이 어떻게 10년 동안이나 제게 빙의를 했다는 말씀이세요?

- 그건 천화가 아니었어, 세라야. 처음부터 박씨 부인이었어.

- 천화의 모든 게 이렇게 생생한데…… 그 촉감, 그 냄새, 그 말, 심지어 그 몸의 무게까지…… 전부 제가 직접 만지고, 냄새 맡고,

듣고, 느꼈던 거라고요.

― 엄밀히 말하면 네가 느낀 게 아냐. 죽은 박씨 부인이 생전의 천화와 나누었던 사랑의 기억들을 고스란히 소환해서는, 네 몸을 빌려 느꼈던 거지.

― 제 몸을 빌려…… 느꼈다고요?

― 사람이 죽으면 육체가 소멸하고 영만 남게 되지. 박씨 부인은 죽음으로써 천화와 사랑을 나눌 육체를 잃었기 때문에, 자신이 잃은 걸 어떤 식으로든 되돌려받기를 원했어. 그녀는 자신에게 오래도록 살아남으라고 했던 천화의 말에 기대어 악착같이 삶을 이어갔었고, 또 죽어서 영이 되었음에도 불구하고 천화와 계속 사랑을 나누어야 한다는 집착과 집념에 사로잡혀 있었지. 그래서 이 세상의 살아있는 젊은 여자들의 육체를, 자신의 빙의 대상으로 삼기 시작한 거야.

― 그 빙의 대상이…… 저였어요?

― 너뿐만이 아냐. 너희 어머니, 할머니, 그리고 그 어머니의 어머니까지…… 아마도 모계의 대를 거슬러 올라가 줄곧 박씨 부인의 빙의 대상이 되었을 거라고 짐작해.

― 민, 믿을 수 없어요, 선배…… 저와 엄마와 할머니, 아니, 그 이전부터 그렇게 오랫동안 빙의가…….

― 한 가지 중요한 사실이 더 있어. 박씨 부인의 기록에 의하면, 천화가 죽은 지 얼마 지나지 않아 그의 영이 그녀를 찾아왔고 두 사람이 기쁘게 다시 사랑을 나누기 시작했다고 되어있지. 그 관계는 그

녀가 마지막 기록을 남긴 시점까지 최소한 20년은 지속되었다고 쓰였고. 하지만…… 나는, 그 모든 게 사실이 아니었다고 본다.

- 네……?

- 죽은 천화의 영은, 박씨 부인을 찾아온 적이 없어.

- 그러면…… 박씨 부인이 거짓을 기록한 거예요?

- 거짓이라…… 이분법적으로는 사실이 아니면 거짓이 되겠지만…… 박씨 부인의 경우는 거짓을 기록했다기보다는, 일종의 강렬한 환상을 경험했다고 보는 게 옳을 것 같다. 죽은 천화가 다시 돌아오기를 바라는, 그리고 그들의 사랑을 다시 꽃피우고픈 그녀의 뜨거운 갈망이 빚어낸 환상 같은 것 말이야.

- 그런 환상을, 20년 동안이나요?

- 20년, 아니, 그 이상이었겠지. 그 환상은 그녀가 죽을 때까지 지속되었을 테니까.

- 말도 안 돼요, 죽은 천화의 영과 접촉했다는 이야기를 그렇게 사실처럼 써놓았는데…….

- 지독한 갈망은, 본인에게는 거의 현실처럼 느껴지는 환상을 불러올 수도 있는 법이거든.

- 선배, 지금 제 머릿속이 뒤엉켜서 정리가 안 돼요. 알아듣게 다시 좀 설명해주세요.

- 물론이지. 같은 얘기라도 얼마든지 다시 해줄게. 박씨 부인은 자신과 가족의 목숨을 구하기 위해, 시부의 종용대로 천화를 관아에 악귀로 고발해 그를 죽음으로 내몬 셈이 됐어. 그녀로서는 어쩔

수 없는 선택이었을 테지만, 이 일로 그녀는 평생을 죄책감에 시달릴 수밖에 없는 상황이었어. 그런데 천화는 그녀가 죄책감을 못 이기고 자신을 따라 목숨을 끊을까 염려해, 그녀에게 무조건 살라는, 살아남으라는 유언을 남겼지. 그녀가 살아있는 한, 자신은 죽어서도 그녀를 지켜보겠다는 말과 함께…… 결국 그는 죽기 전에 그녀에게 삶의 면죄부를 남기고 떠났던 거야. 천화의 그 신신당부를 통해, 박씨 부인은 자신이 살아있어야만 할 이유와 명분을 획득했던 거고. 관아에서 처형당한 천화의 시신을 수습해 송들산에 묻고 내려올 때, 그녀는 기이한 경험을 했어. 방금 땅에 묻은 천화가 여전히 세상에 살아있는 듯, 눈을 돌리는 곳마다 그의 모습이 나타나고 그의 목소리가 들리고 그가 바로 자신의 곁에서 숨 쉬며 걷고 있는 것만 같은 생생한 느낌. 왜 그랬을까? 그녀가 도저히 그의 죽음을 믿을 수도, 받아들일 수도 없었기 때문이지. 비록 그의 죽음은 현실이지만, 환상을 통해서라면 그를 다시 불러낼 수 있다는 믿음, 또 반드시 불러내야만 하겠다는 결심이 그녀의 잠재의식 속에 자리 잡게 된 시점이 바로 그때가 아니었을까 싶다.

 - 그러면……?

 - 천화가 죽기 전에 한 말을 돌이켜보자. 그녀가 살아있는 한 그는 어디서든 그녀를 지켜보겠다고만 했지, 영이 되어 그녀를 찾아올 것이라는 장담이나 약속 같은 건 하지 않았어. 본인의 입으로도 저승의 일은 모른다고 했어. 그건 그의 사고와 능력 밖의 문제였을 테니까. 죽어서도 그녀를 다시 만날 수 있다는 확신은, 실제로 천화

자신도 가지지 못했던 거야. 다만 그는 그녀가 스스로 목숨을 버리는 불상사를 막으려고, 그녀에게 무조건 살아남으라는 말만 되풀이했던 거지.

— 그렇게…… 현실보다 더 생생한 환상 속에서 죽은 천화와 사랑을 나누었다는 건가요? 게다가, 그녀를 찾아온 천화의 영은 끊임없이 그녀에게 이 세상에 오래도록 살아있으라는 주문을 하곤 했잖아요? 그것도, 현실이 아니었던 거예요?

— 그런 셈이지. 천화가 살아있을 때만큼, 아니, 그보다 더 생생하고 강렬하게 그와 사랑을 나누는 환상을 반복 경험한 그녀는 이내 그걸 현실로 믿어 버렸어. 그편이 훨씬 더 행복했으니까. 숫제 그 환상은, 정인뿐 아니라 모든 걸 잃고 거친 세상으로 내몰린 그녀에게 유일한 구원이나 다름없었으니까. 어찌 보면 살아야 할 이유가 전혀 없는 세상을 그녀가 악착같이 살아간 건, 오래도록 살아 달라는 환상 속 천화의 주문 때문이었을뿐더러, 또 그만큼 자신에게 희열과 행복을 안겨주는 사랑의 황홀경이 계속 이어지기 바라는 열망에서였지. 그건 사실상 자기 주문이었어. 살아있기만 한다면 그 황홀경을 계속 누릴 수 있었기에, 그래서 자신이 살아야 하는 이유를 그토록 강조하며 삶에 집착했던 거야, 박씨 부인은…….

— 그랬던 박씨 부인이…… 죽은 다음에는 어떻게 되었다는 거죠?

— 세라야, 우리가 아무리 불가사의한 일들이 실재한다는 걸 믿는 사람들이라고 해도, 영혼의 영역은 실제 경험보다는 통찰로 접근하는 경우가 대부분이라고 봐야 해. 이런 차원에서, 나도 박씨 부인의

사후(死後)에 대해 감히 추측해봤지……. 그녀의 마지막 기록 이후, 우리로서는 언제인지 알 길이 없지만 어쨌든 그녀도 인간의 숙명대로 죽음을 맞았어. 영이 육체를 떠났으므로, 박씨 부인 박매령은 육체라는 갑옷을 잃은 채 영만 남게 되었어. 하지만 그녀는 자신이 죽었으며 육체를 잃었다는 사실을 도저히 인정할 수가 없었지. 오로지 살아있음으로써 천화와 사랑하는 기쁨을 누리던 육체였는데, 그게 사라졌기에 그녀로서는 천화를 맞아들일 유일한 집을 잃은 격이 되었거든. 그녀는 몹시 당황했고, 분개하기까지 했을 거야. 그리고 순순히 죽음에 순응할 수 없다는 결의를 다졌을 거야. 생각해봐, 박매령은 자기 주문이 엄청나게 강한 여인이야. 천화의 죽음을 끝내 받아들일 수 없었을 때는 기어이 그의 환상을 불러냈고, 그걸 현실보다 더, 전율스러울 만치 생생하게 받아들이며 자기 것으로 만들었어. 그런 그녀가 가장 절박한 문제로 닥친 육체의 소실에 대해서도 자기 주문을 걸지 않았을 리 없잖아? 그 주문은 간단명료한 것이었어. 잃어버린 육체를 되찾는 것. 과연 어떻게? 바로, 살아있는 여인의 몸에 빙의하는 거지. 이왕이면 세월의 풍상에 시들지 않은, 젊고 건강한 여인의 몸으로 들어가는 걸 택했을 테고 말이야. 그게 박매령에게는 가장 쉽고 빠른 방법이 아니었겠니?

 ─ 세상에…… 젊고 건강한 여인의 몸이라니…… 그래서, 박매령의 첫 빙의 대상이 대체 누구였다는 거예요?

 ─ 우리가 확인하거나 입증할 길은 없어. 단지 박매령이 남긴 기록의 일부에 따르면…… 또 내 통찰을 거친 추측에 의하면…… 그

녀가 생전에 인상 깊게 봐둔 젊은 여인들 가운데 하나가, 그녀의 첫 빙의 대상이 되지 않았을까 싶은 거야. 이를테면…….

– 이를테면……?

– 박매령이 20년 만에 석송으로 돌아왔을 때, 갖바치촌 앞에서 보았다는 그 열아홉 살 갖바치 소녀가 있지.

– 네……?

– 온몸으로 젊음의 싱그러운 기운을 풍기는 그 아리따운 소녀를 보면서, 박매령은 질투에 가까울 정도로 심히 부러움을 느꼈어. 병들고 시들어가는 서른아홉 자신의 몸과 극명히 대비되는 열아홉 젊은 육체…… 자신이 천화와 처음 만나 사랑을 나누었던 나이가 바로 열아홉이었지. 그 시절의 박매령도 저 소녀 못지않게 젊고 아리따웠는데 말이야. 그녀가 기록에도 썼지. '진정 부질없는 망상인 줄은 안다. 하지만 시간을 되돌릴 수만 있다면, 그 소녀와 같은 젊음을 내가 다시 얻고 싶다는 생각을 했다. 그 젊음을 취하겠다는 것이 과욕이라면, 그저 그것을 한순간이나마 빌릴 수만 있어도 좋겠다고 생각했다. 그 젊고 팽팽하고 건강하고 아름다운 육체를, 내가 되돌려받을 수만 있다면…….'

– 젊음을 다시 얻고 싶다…… 그게 안 된다면 그저…… 한순간이나마 빌릴 수만 있어도……?

– 그래, 난 그게 곧 빙의의 본질이라는 걸 강조하고 싶은 거야. 떠도는 영이 특정한 순간마다 살아있는 사람의 몸을 빌리는 것…… 그 몸으로 들어가는 것. 알겠니?

- 그렇게…… 박매령이 그 갓바치 소녀의 몸으로 들어간 건가요?

- 맞아. 박매령은 자신의 죽음에 대한 가장 신속한 대처로 빙의를 택했어. 잽싸게 열아홉 소녀의 젊고 건강한 몸으로 들어갔고, 그 몸은 그녀가 다시 천화를 맞아들일 집이 되었지. 간단히 말해, 낡은 집을 버리고 새집을 빌린 셈이야. 그 새집, 새 육체 안에서 그녀는 생전에 그랬던 것처럼 익숙하게 천화와 사랑을 나누었…… 아니, 그와 사랑을 나누는 환상을 불러냈고, 그것이 주는 황홀경에 탐닉했어. 자, 그 순진무구한 갓바치 소녀에게는 어떤 일이 일어났을까? 어느 밤 갑자기 잠자리로 파고든 의문의 사내에게 순결을 내주고, 밤마다 집요하게 찾아드는 그 사내를 물리칠 엄두도 내지 못한 채 그와 어우러지면서 점차 그와의 관계에 빠져들어 갔겠지…… 도무지 이 세상 사내의 것 같지 않은, 그 뜨거운 정념과 완벽한 주도력에 날로 중독되어갔을 거야. 그 갓바치 소녀가 느낀 모든 것…… 천화의 몸의 감촉, 그의 냄새, 그의 말…… 그건 엄밀히 그 소녀의 경험이 아니었어. 다름 아닌, 소녀의 몸을 빌린 박매령이 느끼고 향유한 것들이었지. 소녀는 밤마다 자신이 귀신과 교접하고 있다고 착각했겠지만, 실상은 박매령에게 빙의 당하고 있는 것이었다는 말이야.

- 제가 귀접을 당하고 있다고 착각했던 것처럼 말이죠…… 아니, 아니, 그 훨씬 전부터…… 저희 엄마도, 저희 할머니도 그런 착각을 하셨던 걸까요…….

- 박매령의 첫 빙의 대상이었던 갓바치 소녀 이후 아주 오랫동안,

빙의를 당한 여인들 모두가 그랬겠지.

　- 그러면, 그 갓바치 소녀가 죽은 뒤에는 박매령이 누구에게 빙의했을까요?

　- 갓바치 소녀도 현실에서는 남자와 혼인을 해 아이를 낳았겠지. 그렇게 나이를 먹어갔을 테고, 결국 죽음을 맞았을 테고. 박매령이 다음 빙의 대상으로 삼은 사람은 아마도…… 그 갓바치 여인이 남긴 딸이 아니었을까 싶다.

　- 네? 그 딸이라고요……?

　- 대를 이은 귀접, 아니, 대를 이은 빙의였지. 흡사, 살던 집이 낡을 때마다 그걸 버리고 매번 새집을 빌리러 나서는 사람처럼…… 박매령은 빙의한 대상이 나이를 먹고 죽음을 맞게 되면, 이내 그 낡은 몸을 떠나 그 딸의 젊고 건강한 몸으로 들어갔어. 일말의 망설임도 없이 말이지. 그 새집에서 자신이 불러낸 천화의 환상을 실컷 향유하다가, 또 그 집이 낡으면 다른 새집으로 옮겨가고…… 삶에 대한 박매령의 욕망이 부른 빙의는, 그렇게 끝도 없이 순환하며 이어졌던 거야. 한 갓바치 소녀를 시조로 해서 모계의 대를 이어 그 딸로, 그 딸의 딸로, 그 딸의 딸의 딸로…….

　- 선, 선배…… 설마…… 설마?

　- 말해, 세라야.

　- 설마 제가…… 그 갓바치 소녀의 후손인 건가요? 딸에서 딸로 이어진……?

　- 음…….

- 대답해주세요!

- 말했다시피, 우리가 그걸 과학적으로 확인하거나 입증할 길은 없어. 하지만 통찰해봤을 때, 난 그럴 가능성이 매우 높다고 본다. 만약 갖바치 소녀의 모계 후손이 한 번의 대 끊김도 없이 이어졌다면…… 너희 할머니까지 죽 내려갔을 테고, 너희 어머니를 거쳐 네가 태어났을 거야. 안타깝지만, 그렇게 빙의의 고리가 네게까지 도달한 거지.

- 소름 돋아요…… 정말이지, 상상도 못 했던 일이에요. 무려 한 세기가 넘는 빙의의 고리라니…… 박매령이 그렇듯 집요하게 제 모계 조상들에서부터 제 할머니와 엄마와 저까지 빙의 대상으로 삼았다니…….

40

아홉 번째 면담 - 2

같은 날 밤_ HCCC 빌딩 사무실

- 선배…… 선배는 어떤 근거로…… 이 모든 게, 천화가 귀접을 행한 게 아니라 박매령이 빙의를 시도한 거라고 확신하시게 된 거예요?

- 통찰해 들어가다 보니 여러 가지 근거를 찾을 수 있었어. 가장 뚜렷한 근거이자 첫 번째 근거는, 이른바 '영의 인격'이야.

- 영의 인격이요……?

- 응. 난, 한 사람의 생전의 인격은 사후에 영이 되어서도 그대로 유지된다고 믿는 편이야. 선량한 마음을 타고났거나 그걸 추구하며 살았던 사람은 죽어서도 선량한 영으로 남는 거고, 악한 마음을 타고났거나 악행을 일삼았던 사람은 죽어 악령이 될 수도 있다고 보

는 거지. 이런 차원에서 보면, 천화처럼 순수하고 선량했던 인격체는 죽어서 악귀나 악령이 될 리가 없다고 판단한 거야.

  - 그랬던…… 걸까요?

  - 박매령의 기록에 나타난 그녀와 천화의 대화를 살펴보자면, 천화는 살아있을 때부터 사후세계에는 관심이 없었어. 그저 박매령과 사랑을 나누며 그 세상에서 오래도록 살아가는 게 소원이었던, 지극히 순박하고 무구한 사내였지. 그랬던 그가 졸지에 죽음을 눈앞에 두게 되고 박매령의 멘탈 역시 극심한 위기에 처했다는 걸 깨닫자, 그는 그녀가 자신을 따라 죽는 걸 막기 위해 그녀에게 무조건 살아남으라고 주문했어. 죽어 영이 되어서도 박매령을 지켜보겠다고 한 건 오로지 그녀의 마음을 다독이기 위한 말이었지, 자신이 정말로 세상을 떠도는 영이 되고 싶은 갈망 따위는 가져본 적도 없을 거야. 그래, 설사 죽은 후 영이 되어 찾아온 천화와 변함없이 뜨거운 사랑을 나누었다는 박매령의 주장이 사실이었다고 치자. 그 주장을 우리가 믿어도 무방하겠다 싶을 만큼, 그녀에 대한 천화의 사랑은 진실했어. 박매령, 한 여인만을 평생 유일무이한 사랑으로 품었던 천화라고. 그런 천화가, 박매령의 죽음 이후에도 못다 채운 여체에의 욕망을 해소하기 위해 살아있는 여자들의 잠자리에 급습해 귀접을 시도했다? 한 세기 넘는 세월 동안 모계의 대를 이은 집요하고 끊임없는 귀접으로 여자들을 농락해왔다? 이건 도무지 앞뒤가 맞지 않는 얘기야. 자, 아무리 생각해도 천화의 인격일 법하지 않은 에피소드는 더 있어. 너희 할머니가 남기신 일기를 보면…….

- 할머니의 일기요?

- 할머니는 누구보다도 적극적으로 천화와 소통하셨고, 밤마다 당신과 성합을 나누러 오는 귀신이 아닌 진정한 연인으로 그의 존재를 받아들였던 분이야. 그렇게 20년이 넘도록 당신의 몸과 마음을 온전히 천화에게 바쳤지만, 운명의 장난인지 필연인지 분간할 수 없는 계기로 공주의 외갓집에서 박매령의 기록을 발견해 읽게 되셨고…… 그걸 통해 천화의 생전의 사연을 알게 되며 큰 충격을 받으셨어. 천화가 당신에게 줄곧 거짓말을 해왔다는 사실에 주체못할 배신감으로 그에게 자초지종을 따져 물었지만, 그는 제대로 해명을 하지도 않고 미안하다는 말만 남긴 채 일방적으로 모습을 감추었지. 요즘 말로 하면, 배신 후에 그야말로 잠수를 타 버린 거야. 사랑을 오욕으로 되돌려받은 그 상처를 견디지 못하신 할머니는 결국 극단적인 선택을 하시기에 이르고……. 봐, 이게 과연 천화의 생전의 인격과 일치하는 에피소드라 할 수 있겠니? 할머니를 배신한 인큐버스 천화는 지극히 비겁하고 무책임했어. 하지만 그건, 절대 진짜 천화가 아냐.

- 그러고 보니까 그렇네요…… 사악한 인큐버스라면 모를까…… 생전의 천화의 인격과 일치한다기에는 너무나…….

- 자, 천화의 귀접이 아니라 박매령의 빙의라고 판단한 두 번째 근거를 말할게. 내가 누차 강조했지만, 그건 박매령의 삶에 대한 과도한 집착이야. 기록이 여실히 보여주듯, 박매령 같은 경우는 삶에 대한 열망이 하늘을 찔렀던 반면, 천화는 죽음 앞에서도 의연했고

사랑을 위해 미련 없이 삶을 버렸어. 말하자면 둘은 정반대였던 거야. 그렇다면, 이 둘 중 누가 죽은 후에도 100년이 넘도록 이 세상을 떠돌며 끈질기게 산 사람들과 접촉을 시도하고 그들의 육체를 이용했을 법하다고 여겨지니? 두말할 것 없이 그건, 천화가 아닌 박매령이야.

— 그러게요…… 그건 인정할 수밖에 없겠어요.

— 세 번째 근거로는, 바로 귀접이 시작되던 날 네가 보았던 환상 속 옛 시대의 풍경, 그리고 네가 줄곧 맡아온 천화의 가죽 냄새를 들겠어.

— 그것들이…… 왜요?

— 알겠지만, 귀접에서 가장 기본적으로 경험되는 감각은 촉각이야. 귀접을 시도하는 영과 귀접을 당하는 사람이 서로 만지는 건 자연스러운 패턴이지. 그다음으로 종종 보고되는 사례가 청각인데, 사람이 귀접 상대가 내는 소리를 듣거나, 나아가 그 상대와 대화를 나누곤 하는 경우까지 해당해. 제일 드문 경우는 시각과 후각이라고 할 수 있어. 아주 없는 건 아니지만, 사람이 귀접 상대의 모습 내지 어떤 환영을 보거나, 그 냄새를 맡는 경우는 정말 흔치 않다고 봐야 해. 네가 곧, 극도로 드문 그 두 가지 감각을 다 경험한 경우야. 일단 네가 본 환영에 대해 얘기해보자. 너를 포함해 너희 어머니와 할머니도, 천화와의 귀접이 처음 시작될 때 그 환영을 봤어. 우묵한 지형 안에 자리해있는, 흡사 민속촌을 연상케 하는 조선 시대 지방 고을의 정경이었지. 말하자면 그건, 네가 아닌 어떤 다른 사람의 시

선으로 송들산 산등성이에서 1860년 당시의 석송 고을을 내려다본 것과 같아. 네가 천화에게 귀접을 당하는데, 왜 너와는 아무 상관도 없는 그 환영이 네 눈앞에 나타났을까? 차라리 귀접 상대인 천화의 모습이 네 눈에 보였다면, 그게 극히 드문 경우라 해도 더 타당한 일이 될 텐데. 그 환영은, 천화와의 접촉으로 인해 네게 나타난 게 아냐. 네가 박매령에 의해 빙의를 당했기 때문에, 그 당시 그녀의 시선으로 바라봤던 석송 고을의 정경이 그대로 네 시야에 펼쳐진 거야. 석송 고을은 박매령이 천화와 나누었던 그 모든 추억이 고스란히 잠들어 있는 곳이야. 그녀가 처음 네 몸 안으로 들어가 천화와의 사랑의 환상을 불러낼 때, 그 정경은 마치 전야(前夜)처럼 소환되었던 거지. 너희 어머니도, 할머니도 모두 그걸 경험했어. 그 환영이, 네 모계의 대를 이어 박매령이 행했던 기나긴 빙의의 고리의 전야가 된 셈이라고.

— 아, 제가 본 환영에 그런 뜻이…….

— 같은 차원에서, 네가 맡았던 천화의 냄새에 관해서도 얘기해 볼까. 넌 사실상 천화에게 귀접을 당한 게 아니라 박매령에게 빙의를 당한 것이기 때문에, 실제로 천화의 냄새를 맡았다고 할 수가 없어. 그 냄새는 네가 직접 맡은 게 아냐. 너희 어머니와 할머니도 모두 마찬가지야. 박매령이 생전의 천화와 사랑을 나눌 때 맡곤 했던 냄새들…… 야생의 삶을 살았던 갖바치 천화의 상징과도 같은 들풀 냄새와 가죽 냄새를, 네게 빙의하는 동안 생생하게 불러낸 거야. 자신의 촉각과 청각, 시각과 후각까지 모두 동원해, 천화와 사랑을 나

누는 강렬한 환상을 빚어내고 그걸 불태웠던 거지. 실로 가공할 만한 박매령의 자기 주문 아니겠니?

－정말 제가 맡은 게 아니라고는 믿을 수가…… 너무 생생한 냄새들이었어요. 특히 가죽 냄새 말이에요. 전 어린 시절에 엄마의 가죽구두들 냄새를 맡으면서, 또 엄마는 할머니의 가죽구두들 냄새를 맡으면서 가죽이라는 물질 자체에 대한 애착을 키웠던 거잖아요. 그와 똑같은 냄새가 천화에게서 난다는 사실이 몹시도 신기했었고, 나이를 먹으면 먹을수록 점점 더 가죽구두에 빠져들어 가는 저 자신을 막을 수가 없었는데…….

－그럴 수밖에 없지. 박매령은 갖바치였던 천화를 사랑했고, 그로 인해 자연스레 가죽신에서 나는 가죽 냄새에 열렬한 애착을 갖게 됐어. 박매령의 첫 빙의 대상이 되었던 네 모계 조상 소녀도 갖바치촌의 일원이었기 때문에 애초에 가죽 냄새가 익숙할 수밖에 없는 환경이었고. 그런 데다 빙의까지 당했으니, 가죽에 대한 그녀의 집착은 날로 커지고 죽을 때까지 그침 없이 이어졌겠지. 그녀의 딸 역시 그런 어머니를 보고 자랐기에 가죽신과 가죽 냄새에 대한 애착이 남달랐을 테고, 그 딸의 딸도 마찬가지였어. 그들 모두 박매령에게 빙의 당했다는 공통점은 두말할 것 없지. 그렇게 특정 물질이나 그 특성에 대한 애착을 불러일으키면서, 빙의의 고리는 대를 이어 계속 세습되었던 거야…… 현재 시점으로 가장 마지막 후손인 너에게까지 말이야.

－하아, 세습…… 이라는 표현이 이 상황에 쓰일 줄은 몰랐어요.

하지만 역시 부인할 수 없겠네요.

　- 내가 천화의 귀접이 아닌 박매령의 빙의라고 판단한 근거들을 이제 다 이해하겠니?

　- 네…… 이제는 어느 정도 이해가 돼요……. 하지만 아직도 알 수 없는 게 있어요. 제가 박매령에게 '특정한 순간마다' 빙의를 당한 거라고 하셨잖아요. 그 특정한 순간들에도, 제 자의식은 살아있었다는 생각이 드는 거예요. 보통 빙의를 당했다고 하면, 그 순간만큼은 빙의하는 영에게 자아를 빼앗겨 원래의 자신과는 다른, 또는 무관한 행동을 하게 된다는데…… 또 그 순간이 지나면 자신이 무슨 행동을 했는지 기억도 못 한다고 하는데…… 적어도 전 그런 경우는 아닌 것 같아요. 박매령에게 빙의 당해 천화와 사랑을 나누는 환상에 빠져 있는 동안에도 저, 진세라의 자의식은 존재하고 있었다고 여겨지고…… 뭣보다 전 그 모든 순간을 기억할 수 있는 걸요. 일기로 생생하게 남겨놓을 수 있었던 것도 그 때문이고요.

　- 세라야, 그건 네 생각이 맞아. 빙의의 순간이 너무 자연스러운 나머지, 네가 빙의를 당하고 있다는 사실 자체는 전혀 의식하지 못하면서도 네 자의식은 부분적으로 살아있는…… 네 경우는 그런 형태에 해당한다고 본다. 물론, 일반적으로 알려져 있는 빙의는 어쩌면 더 무시무시하지. 네 말대로 사람이 빙의하는 영에게 자의식을 온전히 빼앗기는 바람에, 그 순간 동안 자신이 무서운 짓을 하고도 나중에는 기억조차 못 하니까. 무심한 듯 소름 돋는 빙의의 그 일반적 특성으로부터 네가 조금이나마 비켜나 있다는 사실이 다행스럽

게 다가올 뿐이야. 음, 다행인 정도가 아니라, 네 빙의는 사뭇 특별
해.

　- 그나마 다행인 건 알겠는데…… 특별한 건 왜요?

　- 그건, 네가 천화와 자유롭게 대화를 나눌 수 있었기 때문이야.
아니, 엄밀히 말하면 넌 천화와 대화를 나눈 게 아니지. '천화를 가
장한' 박씨 부인, 박매령과 직접 대화를 나눈 거야. 사람의 몸에 빙
의한 영과, 빙의 당한 그 사람의 자의식이 서로 말을 주고받은 거라
고.

　- 그게…… 그렇게 되는 건가요?

　- 그래. 상황을 한번 더듬어보자. 박매령은 네 몸 안으로 들어가,
천화와 어우러지는 환상을 즐기고 있었어. 그때 네가 천화에게 말
을 걸었어. 넌 너와 사랑을 나누는 천화에게 말을 걸었다고 생각했
겠지만 실상 네 말을 들은 건, 존재하지 않는 천화가 아니라 박매령
의 영이었지. 박매령이 네 말에 대답하고 너와 대화를 나눠야겠다
고 결심한 순간, 그녀는 자신이 천화인 척 가장하기로 마음먹었어.
그리고 10년 동안 줄곧 네게 그렇게 했어. 뭐, 그녀에게는 이미 전
적이 있었지. 이전의 빙의 대상들과도 대화를 나눠야 하는 경우가
생기면, 계속 천화인 척했었거든.

　- 상상도 못 했어요. 저랑 대화를 나눈 건 분명 천화였는데……
그 누구도 아닌 천화처럼 말하고, 천화처럼 반응하고……. 대체 박
매령은 왜 그랬던 걸까요?

　- 그야, 그편이 본인에게 가장 안전했을 테니까. 자신이 천화가

아닌 다른 영이라는 사실, 네 몸에 빙의하고 있다는 사실을 너한테 절대 들키고 싶지 않았던 거지. 그녀로서는 아무 반발이나 트러블 없이 자신에게 몸을 빌려줄 대상이 필요했을 뿐, 다른 건 전혀 중요하지 않았어. 매번 어렵잖게 자신의 뜻을 이루기 위해서라면, 그 정도 트릭은 쓸 수 있다고 생각했겠지.

- 사실 그 대화가 처음부터 순조로웠던 건 아니었어요. 저나 엄마, 할머니의 일기를 보셨으니 아시잖아요, 제대로 된 대화를 나누기까지 오랜 시간이 걸렸었다는 걸…… 초기에는 아무리 말을 걸어도 그가 묵묵부답이거나, 알아듣지 못할 웅얼거림으로 일관했었죠. 그런 과정을 극복하고 말을 나누면서 천화에 대해 알아나가기 시작했을 때는 희열마저 느꼈었는데…… 그게, 그게 천화가 아니었다니…… 박매령이었다니. 아, 그럼 초기의 그런 불통은 박매령의 의도된 태도였을까요?

- 그 또한 그녀의 트릭이었다고 본다. 애초부터 박매령은 빙의 대상과의 대화 따위는 원하지 않았을 거야. 당연한 일이지. 부분적으로나마 자의식이 살아있는 사람에게 빙의를 한다는 것 자체가 자못 위험한 일이고, 빙의 사실을 들켰을 경우 그 사람의 반발이나 거부는 불 보듯 빤한 일이거든. 섣불리 대화를 나누는 것보다 무응답이 훨씬 더 안전하고 편리한 대응이라고 판단했기에, 처음에는 어떤 반응도 보이지 않으려고 했던 거지. 그런데 변수가 그녀 앞을 가로막았어.

- 변수라면……?

- 바로, 빙의 대상이 대화를 포기하지 않는 경우였지. 빙의 당한 여인들의 대부분은 그걸 귀접으로 착각하고 또 그것에 중독되어 있었기 때문에, 밤마다 자신과 뜨거운 성합을 나누러 오는 수수께끼 같은 남자의 정체를 궁금해했어. 그래서 그에게 말을 걸고, 그에 관해 조금이라도 더 알아내려는 열망을 품고 있었지. 박매령은 정체를 들키지 않으려고 무응답으로 일관했지만, 상대가 물러서지 않고 계속 말을 걸어오거나 질문을 던지는 경우에는 곤란함에 빠질 수밖에 없었어. 상대의 끊임없는 대화 시도에, 그녀도 어쩔 수 없이 조금씩 말문을 열기 시작했던 거야.

- 저한테…… 그랬던 것처럼요?

- 너뿐 아니라, 너 이전에 너희 할머니에게 그랬던 것처럼 말이야. 할머니는 누구보다도 적극적으로 천화라는 존재에게 접근을 시도했고 풍부한 대화를 나누었던 분이셨지. 그런 할머니를 상대하느라 박매령이 진땀깨나 뺐을 거라는 생각이 들 정도로.

- 맞아요, 할머니는 정말 특별한 분이셨죠…….

- 내가 생각하기에, 박매령은 자신이 빙의한 사람들 각각의 성격이나 스타일에 따라 조금씩 다른 방식으로 그들에게 대응했던 것 같아. 지피지기(知彼知己) 식으로, 상대를 판단하고 나서 그에 맞춰 배수진을 치고 반응한 거지. 예를 들어볼게. 너희 할머니 정순옥 님의 적극적인 질문 공세에 말문을 열기 시작한 박매령은, 천화인 척 가장하고 할머니와 많은 대화를 나누었어. 천화에 대한 기본적인 정보들을 알려준 건 물론이야. 게다가, 천화가 사랑을 경험해

보지 못하고 열여덟에 요절한 영으로 세상을 떠돌고 있다가 우연인 듯 필연인 듯 이상형인 정순옥 님을 발견해 매일 밤 찾아오게 되었다는 그럴듯한 거짓말로 정순옥 님의 마음을 사로잡았어. 천화의 비극적인 죽음에 얽힌 진짜 사연은 쏙 빼고 말이지. 정순옥 님은 박매령의 기막힌 거짓말을 천화의 진정한 사랑 고백으로 받아들이고 그를 철석같이 믿었지만…… 그 결과는, 우리가 아는 바대로 참담했지. 자신이 의도했던 건 아니지만 결과적으로 정순옥 님의 극단적인 선택을 야기한 셈이 된 것에, 박매령은 몹시 당혹스러워했을 거라고 봐. 그리고 다시는 빙의 대상과 필요 이상으로 많은 대화를 나누지 않으리라고, 또 천화에 대한 구체적인 정보를 알려주는 걸 자제해야겠다고 결심했을 거야.

- 그럼, 할머니를 잃은 다음 우리 엄마의 몸으로 들어간 박매령은……?

- 그런 박매령의 결심을 도와주기라도 하듯, 너희 어머니 윤성혜 님은 할머니와 비교하면 박매령에게 너무 편안한 상대였어. 윤성혜 님의 타고난 수줍음 많은 성격과 과묵함 덕분이었지. 윤성혜 님은 오랜 귀접을 숙명으로 받아들이고 천화에게 깊이 애착하게 되는 과정에서, 정순옥 님만큼 천화의 존재에 대해 알아내려는 의욕과 갈망을 드러낸 적이 없어. 대화를 시도하지 않은 건 아니었지만, 말이 잘 통하지 않고 알아들을 수 없는 웅얼거림이나 동문서답으로 일관하는 상대의 태도에 일찌감치 제대로 된 소통을 포기하신 듯해. 오랜 접촉에도 불구하고 윤성혜 님은 천화의 이름조차 알아내지 못했

고, 단지 Ch라는 이니셜로만 그를 기록했어.

- 그랬군요……. 하지만 그렇게 소극적이셨던 엄마도 결혼을 통해 Ch로부터의 탈출을 꿈꾸셨었으니…….

- 그렇지. 그게 윤성혜 님의 인생에서 가장 적극적인 탈출 시도였지만, 박매령은 빙의 대상들이 현실에서 결혼을 하든 않든 그 여부는 전혀 상관치 않았어. 그 여인들이 살아있는 건강한 육체를 자신에게 계속 빌려줄 수 있는 한 말이야…… 심지어, 여인들이 나이를 먹고 병이 들어도 그들의 육체를 떠나지 않았던 건, 다음 빙의 대상을 점찍기까지 일정한 시간이 필요했기 때문일 거야. 가장 손쉽게 찾아낼 수 있는 대상은 바로 그들의 딸이었고…… 그 딸들이 적어도 열아홉 살이 되고 그들의 육체가 자신의 목적을 충족할 수 있는 여건을 갖출 때까지 박매령은 기다렸던 거지.

- 열아홉 살…… 할머니와 엄마, 제 귀접이 시작되었던 나이…… 아니, 박매령의 빙의가 시작되었던 나이군요.

- 그 열아홉 살을 내가 중요한 요건으로 판단한 이유가 있어. 생전의 박매령이 천화를 만나 사랑을 시작했고, 그 사랑을 향유하다 천화를 잃는 비극적인 종말을 맞았던 나이…… 그리고 천화의 죽음을 뛰어넘은 환상을 불러내어 다시 그와 사랑을 나누었던 나이…… 그 드라마틱한 많은 일들이 다 1860년, 박매령 나이 열아홉 한해에 일어났었지. 그래서 그녀는 그토록 빙의 대상의 나이 열아홉에 집착했었던 것 같다.

- 선배, 설마…… 설마……?

- 왜?

- 할머니와 엄마, 저 모두…… 열여덟 살 때 어머니를 잃었다는 공통점이 있잖아요? 그리고 그다음 해, 열아홉 살 때부터 빙의가 시작된 거고요. 혹시 일이 다 그렇게 된 것도 박매령과 관련이 있을까요……?

- 음, 그건 좀…… 무리한 추측일 듯싶은데. 만약 그조차 박매령의 의도였다면, 그녀가 어머니들의 목숨까지 좌지우지했다는 가정으로 이어지지. 어떤 영이 모종의 악한 의도를 가지고 빙의 대상의 목숨을 빼앗는 사례가 없지는 않겠지만…… 난 박매령이 그런 종류의 악령은 아니라고 생각한다. 할머니와 어머니와 네가 같은 나이에 같은 일을 겪은 건, 일정 기간 반복된 우연, 말하자면 우연의 일치에 가깝다고 봐야 할 것 같아.

- 그렇다면 그나마 다행이네요…… 정말이지 그건 우연이었으면 좋겠어요.

- 그게 우연이 아니라고 단정할 근거는 충분치 않아. 그러니까 속단할 필요가 없어.

- 엄마의 몸을 떠나 제 몸으로 들어온 박매령은…… 과연 절 어떤 대상으로 판단했을까요?

- 진세라, 너도 박매령에게 쉽지만은 않은 빙의 대상이었을 거야. 할머니 정순옥 님만큼은 아니지만, 너 역시 지속적으로 천화와의 대화를 시도했고, 그게 결코 수월한 일이 아니었음에도 결코 포기하지 않았어. 그랬기에 천화에 대해 그만큼이나마 알아낸 거지.

- 결국 그건…… 천화가 자신에 대해 알려준 게 아니라, 박매령이 제게 천화에 대한 기본적인 정보들을 준 셈이었네요. 그렇게 오랫동안 알아듣지 못할 말들이나 동문서답으로 절 애먹이고 답답하게 하면서 찔끔찔끔…….

- 그녀로서는 최대한 시간을 끌었던 거야. 네 질문 공세에 대답은 해줘야겠는데 너무 쉽게 알려줄 수는 없고…… 애먹이다 보면 네가 윤성혜 님처럼 지레 소통을 포기할 수도 있겠다 싶었고, 또 그러기를 바랐을 테고.

- 자신의 정체를 들키는 게 그렇게까지 걱정될 일이었으면, 왜 아예 소통 거부로 밀고 나가지 않았을까요? 차라리 처음부터 끝까지 묵묵부답으로 일관했더라면……?

- 그래? 한번 생각해보자. 만일 네가 천화와 전혀 소통이라는 걸 하지 못했다면…… 그에 대해 아무것도 알아내지 못한 채, 무시무시할 정도로 짙은 안개 속을 죽을 때까지 헤매야 할 것 같은 기분이었다면…… 넌 과연 10년 동안이나 그가 널 찾아오는 걸 참았을까? 장장 10년의 귀접을…… 아니, 10년의 빙의를 견뎌냈을까?

- 아, 그건…….

- 그런 지경이었더라면, 넌 아마 좀 더 빨리 날 찾아와 도움을 청했을 거야. 그런 상태로 10년이나 흘러가게 놔두지 않았을 거야.

- 그, 그건 그래요…….

- 할머니 정순옥 님이 무려 20년이 넘는 귀접을 기꺼이 받아들이셨던 건, 당신이 천화와 충분히 소통하고 있고 서로 사랑하고 있다

는 믿음을 품고 계셨기 때문이지. 어머니 윤성혜 님은 천화와의 언어 소통은 활발하지 못했지만, 그 관계 자체에 대한 중독적 애착이 있었기 때문에 그걸 감당하셨던 거고. 너도 마찬가지야. 천화와 일정 정도 소통이 가능했을뿐더러 그 관계에 깊이 중독되어 있었기 때문에, 네가 그것에서 진정으로 벗어나려는 결심을 굳힐 때까지 10년이라는 세월이 걸렸던 거야.

― 선배 말씀이…… 다 옳아요.

― 박매령은 알고 있었어. 빙의 대상과 필요 이상으로 많은 대화는 나누는 일도 물론 독이 될 수 있지만, 빙의 대상을 더없이 답답하게 하는 소통의 부재 또한 자신에게 불리하게 작용할 수 있다는 걸. 그런 답답함을 견디다 못해 환멸과 반발심에 사로잡힌 빙의 대상이 그 상태에서 벗어나기 위해 어떤 식으로든 적극적인 조치를 취하고 나설 수도 있으리라는 걸. 여인들이 취할지도 모르는 그 조치가 퇴마의식이든 정신과 병원이든, 아니면 우리처럼 진실을 찾기 위한 시도든, 모두 박매령에게는 걸림돌이자 패착이 될 따름이니까. 그런 난국에 봉착하느니, 빙의 대상에게 감질나게라도 대화를 허락하면서 천화에 대한 일정한 환상을 심어주는 게 훨씬 유리한 일이라는 걸 알았던 거지. 아주 오래전 이 땅 위에서 살다가 꽃다운 열여덟 나이에 요절한 청년에 대한 연민, 뜨거운 성합에 양념처럼 더해지는 대화가 주는 친밀감…… 여인들이 죄다 이런 감정들에 빠져들게끔 말이야. 어디 그뿐일까? 그녀는 빙의 대상을 찾는 횟수와 주기까지, 그 대상의 형편에 따라 밀당이라도 하듯 조절했어. 너도 일기

에 썼던, 이른바 '천화의 출몰 주기'가 그것이지. 나타났다 사라지는 패턴의 일정한 반복을 통해, 빙의 대상들이 천화를 더 그리워하고 목말라하도록 길들였던 거야.

  - 정말 치밀했네요, 박매령은…… 맞아요, 저한테도 그랬었죠.

  - 100년이 넘는 장구한 세월 동안 모계의 대를 이어 그 많은 여인들에게 빙의하면서 이 세상을 떠돌아다닌 강력한 영, 그게 박매령이야. 그만한 행동원칙이나 상황 대처법쯤은 충분히 터득하고 있지 않았겠어.

  - 그 정도로 치밀했다면…… 아, 이건 어떻게 된 걸까요? 본인이 행하고 있는 게 빙의가 아니라 귀접인 척하되, 천화가 아닌 생판 다른 인물인 척할 수도 있지 않았을까요? 박매령 입장으로는 그게 진실을 가리는데 좀 더 도움이 되지 않았을까 싶기도 한데…….

  - 음, 빙의 대상을 진실과는 완전히 다른 방향으로 호도하는 것…… 그게 박매령의 주된 목적이었던 건 맞아. 하지만 거기에도 아마 함정은 있었을 거야. 자승자박(自繩自縛)이라고나 할까. 내가 짐작하고 있는 그 이유를 너한테 말해줄 수도 있지만…… 세라야, 이제는 네가 직접 듣도록 해.

  - 네? 직접 듣다뇨……?

  - 천화에게, 아니, 박매령에게 네가 직접 물어보라고.

  - 제가…… 직접요?

  - 우리가 실제로 이렇게 진실에 도달하다시피 근접했다는 걸, 박매령은 지금 모르고 있어. 여느 밤처럼 그녀가 널 찾아올 테지. 그

녀는 아직 널 떠난 게 아니거든.

- 그야…… 그렇죠. 박매령이 절 아직 떠난 건 아니겠지만…… 그
래도…….

- 왜, 망설여지니? 혹시 두렵니?

- 음…….

- 괜찮아, 네 감정을 솔직히 말해봐.

- 그다지…… 자신이 없어요. 한 번도 천화에게 그런 말을 하는
상상을 해본 적이 없어서…….

- 천화가 아니라 박매령이야. 박매령에게 정면돌파를 하는 거지.

- 그러니까요…… 정면돌파라는 게 어떤 위험이든 감수할 수 있
다는 각오로 해야 하는데…… 제가 좀, 마음의 준비가 충분히 되지
는 않은 것 같아요.

- 10년이야, 세라야. 10년 동안 넌 거짓을 진실로 믿고 살았어.
진실을 찾아냈음에도 불구하고 더 이상 시간을 끈다는 건 무의미
해, 아니, 심지어 네게 해로워. 지금이라도 얘기해야 해. 그리고 그
것에서 완전히 벗어나야 해.

- 저희 할머니가 그랬던 것처럼…… 조금만 추궁해도 그가, 아니,
그녀가 떠날까요?

- 그럴 가능성도 있지. 물론 박매령이 널 떠나고 빙의가 끝난다면
일차적으로 우리의 목표는 이루는 셈이 돼……. 그런데 솔직히 말
하면, 난 정순옥 님 때처럼 박매령이 그렇듯 다급하고 무책임하게
사라지는 일은 없었으면 좋겠다. 천화가 아닌 박매령으로서 그녀가

너와 정식으로 대화를 나누었으면 해. 자신의 행동에 대한 해명이든 사과든, 우리가 조금이라도 납득할 수 있는 어떤 말을 직접 네게 전했으면 한다. 그리고 더 이상 빙의를 행하지 않을 거라는 확언을 한 후에 깨끗이 물러나는 거지.

- 과연 그녀가…… 그렇게 할까요?

- 내 바람이 과하다고는 생각지 않아. 사실상, 그녀는 그렇게 하는 게 마땅해.

- 여전히 자신은 없지만…… 한번 해볼게요. 선배 말씀에 하나도 틀린 게 없으니까…….

- 해볼 만할 거야. 생전에 자신의 가족을 돌보느라 그토록 애썼던 책임감 있는 장녀 박매령, 또 천민 갖바치와의 사랑에 진정으로 임했던 순수한 여인 박매령의 인격이라면…… 생전의 인격이 사후의 영으로도 남아 가는 것에 대한 내 믿음이 옳다면…… 그녀가 스스로 진실을 인정할 가능성이 꽤 높다고 본다. 세라야, 용기를 내.

41

열 번째 면담

아홉 번째 면담으로부터 4일 후_ 진세라가 근무하는 백화점 근처 커피전문점

- 선배…… 죄송해요.

- 통화할 때 네 목소리가 어둡길래 대충 짐작은 했어. 괜찮으니까 세라야, 박매령과 무슨 얘기를 나눴는지 말해봐.

- 정말 전 바보인가 봐요. 선배 말씀도 충분히 들었고, 제가 정면 돌파해야 한다는 것도 이해했고, 제 딴에는 마음 굳게 먹고 천화를, 아니, 박매령을 맞아들였는데…… 처음에는 그래도 단호하게 시작 했는데…….

- 박매령이 찾아온 게 그저께 밤이라고 했니?

- 네……. 일단, 우리가 나눈 대화를 기억나는 대로 종이에 옮겨

봤어요. 이걸 봐주세요.

'더 이상 내게 손대지 마. 만지지도 말아줘. 우린 이제 그런 관계를 맺을 수 없어.'

'갑자기 왜 그래……? 혹시 어디 아픈 거야? 아니면 기분이 나쁘니? 내가 이렇게 하면…….'

'제발! 그런 게 아냐. 내 얘기를 들어. 나, 157년이나 된 그 책을 찾아냈어. 수절과부 박씨 부인이 갖바치 천화와 나눴던 비극적 사랑을 기록한 그 비망록…… 우리 할머니 정순옥 님이 1979년에 공주 외갓집 별채에서 찾아내어 읽었던 그 책 말이야. 너도 잘 알잖아? 할머니는 그 책을 통해 네 사연을 알아내고 큰 충격을 받으셨어.'

'무슨 책을…… 말하는 거야?'

'발뺌하지 마. 천화가 어떻게 죽음에 이르게 됐는지 알게 된 할머니가 널 추궁했잖아? 네 거짓말에 어이없이 속아왔다는 사실에 배신감과 자괴감을 가누지 못하시고…… 그래도 할머니는 네 해명을 원했어. 네 진짜 얘기를 듣고 싶으셨던 거야. 그런데 넌 어떻게 그런 할머니를 그냥 버려둔 채 무책임하게 사라져 버릴 수가 있었니?'

'네 할머니…… 네 할머니가 누군데……?'

'거짓말은 이제 그만해! 넌 우리 할머니를, 우리 엄마를 잘 알고 있어. 그뿐 아니지. 할머니의 어머니, 그 어머니의 어머니까지도 잘 알면서…… 넌 내 모계 조상님으로부터 나한테 이르기까지, 대를 이어 우리에게 접촉해왔어. 이게 벌써 100년이 훌쩍 넘은 일이라는 걸 난 이미 알고 있다는 말이야.'

'그래, 내가 오래전에 살았던 사람인 건 맞아…… 내가 죽은 지 오래됐다는 것도. 그건 내 입으로 너한테 얘기했잖아.'

'네가 귀신이라는 이유 하나만으로, 우리의 소통이 원활하지 못해도 상관없다고 난 나 자신을 안심시켰어. 네 이름조차 정확히 몰라서, 내 일기장에 널 천하라고 썼어. 할머니의 일기를 발견하면서 갖바치 청년의 정확한 이름이 천화라는 걸 알았고, 박씨 부인의 비망록으로 인해 모든 게 분명해졌지. 천화야…… 아니, 나 지금부터는 널 천화라고 부르지 않을 거야. 넌 내내 거짓말을 했어.'

'거짓말…… 내가…… 무슨 거짓말?'

'정말 내 입으로 말해줘야만 속이 시원하겠니……?'

'난…… 천화야. 오래전에 살았고, 갖신 만드는 일을 했어. 죽었을 때도…… 난 젊었어.'

'알아, 갖바치 천화가 열여덟 살에 죽었다는 것.'

'거짓말한 것…… 없어. 나는 하지 않아, 거짓말.'

'그뿐인 줄 알아? 천화가 무슨 이유로 죽어야 했는지, 어떻게 죽었는지도 난 알고 있어. 네가 나한테 말해주지 않았는데 내가 무슨 수로 알까? 아까 말한 그 책, 내가 그걸 읽었기 때문이야.'

'몰라…… 그것. 그 책은. 내가 천화고, 갖신 만들었고, 살았고, 죽었다는 것…… 거짓말 아냐.'

'천화에 대한 기본적인 정보는 거짓말이 아니겠지. 똑같은 얘기를 반복할 필요는 없어. 넌 단지……'

'넌 오늘…… 기분이 많이 나빠?'

'말 돌리지 마.'

'내가 널 안는 게…… 싫으면……'

'그래, 싫어. 그런 것 따위가 문제가 아니라고, 이제. 그러니까……'

'정말 싫으면……'

'내 말을 막지도 말아줘. 천민 갖바치 천화가 양반가의 수절과부 박씨 부인과 사랑에 빠졌고, 그 당시의 세상은 그걸 용서하지 않았어. 통간의 죄를 물어 친가의 가족까지 몰살시키겠다는 협박을 받은 박씨 부인은, 그들이 시키는 대로 천화를 악귀로 고발해 자신과 가족의 목숨을 구했어. 천화는 전혀 목숨에 연연하지 않았고, 오로지 박씨 부인을 위해 기꺼이 귀신으로 몰려 죽는 것을 감수했어. 그러면서 그녀가 행여 자신을 따라 죽는 사태가 벌어질까 봐, 그녀에게 무슨 일이 있어도 살아야 한다고, 살아남아야 한다고 신신당부했지. 그녀를 살리고 천화는 그렇게 의연히 떠났지만…… 그녀는 그의 마지막 말을 도저히 잊을 수가 없었어.'

'무슨 말을…… 네가 무슨 말을 하는지…… 모르겠어.'

'살아야 한다는 그 말, 그 한마디는, 마치 살아남은 자의 낙인처럼 그녀의 가슴에 깊이 새겨졌고…… 삶을 향한 그녀의 욕망을 굳게 지탱하는 뿌리가 되었던 거야.'

'모르겠어, 난……'

'그 끝도 없는 욕망을…… 네가 모른다고?'

'넌 화가 났어. 화가 많이 났어.'

'맞아, 나 화가 많이 났어. 우리 할머니와 엄마의 수십 년 세월을, 그리고 내 지난 10년을 무단으로 차지하고 들어앉았던 너 때문에…… 우리 의사와는 전혀 상관없이, 우리 인생의 골수에까지 속속들이 스며들었던 너 때문에!'

'네가, 화를 낸다…… 네가, 아주 기분이 나쁘다…… 그러면, 난 너와 같이 있을 수 없어.'

'뭐, 뭐라고?'

'너와 같이 있을 수 없어. 왜냐하면…… 내가 널 즐겁게 해줄 수 없으니까.'

'지금 그걸 말이라고 해?'

'널 즐겁게 해줄 수 없으니까, 난……'

'말은 똑바로 하자. 날 즐겁게 해줄 수 없는 게 아니라, 네가 날 이용해 즐거움을 누릴 수 없는 거겠지!'

'미안해. 더 이상 내가 여기, 너와 같이 있을 이유가 없어. 무슨 이유 때문인지 모르겠지만 넌 나한테 화를 내…… 넌 나 때문에 기분이 아주 나빠. 그러니 난 이만 가볼게.'

'맙소사! 우리 할머니한테 그랬던 것처럼 나한테도 그런 식으로…… 네가 궁지에 몰리니까 그냥 사라져 버리려는 거야? 너 좋은 대로 일은 다 저질러놓고 잠수를 타겠다는 거지? 아무리 산전수전

다 겪은 100년 넘은 영이라지만…… 넌 양심이라고는 1도 없니?'

'네가 무슨 말을 하는지 모른…… 다…… 정말 모……르…… 겠어. 난 이만 가야 해.'

'못 알아듣는 척하지 말고! 네가 할머니와 엄마에 이어 나까지 만만하게 본 모양인데, 난 그분들과는 달라. 난 날 도와줄 사람을 찾았고, 그 도움을 받아 진실에 다다를 수 있었어. 그분들은 몰랐던 네 진짜 비밀을, 네 정체를 난 알고 있다는 말이야!'

'난 천화야. 널 좋아했지만, 이제는 어쩔 수 없어. 천화는 가야해…… ㅁㅇ해.'

'안돼, 가지 마! 내 말 안 끝났어!'

'미안해…… ㅇㅈ…… 다시 올 수 없어…… ㅇㅈ ㄷㅅㄴ…… 안녕…….'

'내 말 안 끝났다고! 넌 천화가 아니잖아! 네 정체는…….'

'안녕.'

'그렇게 가면 안 돼……!'

- 가지 말라고 악을 썼지만…… 천화는, 아니, 박매령은 제 말을 못 들은 척하고 가 버렸어요. 정말로 그렇게 속절없이 사라져 버릴 줄은…… 할머니의 순정의 비참한 결말을 동정하고 억울해했던 저였는데, 저도 똑같이 그 지경을 당할 줄은…… 할머니의 수십 년에 비하면 제 10년은 별것 아닐 수도 있겠지만, 막상 그 일을 당해보니 얼마나 비참한 심정인지 실감이 나는 거예요…… 뼈가 저리고 살이

떨리는 그 배신감, 그 원망이…….

— 그래, 세라야. 그 심정 이해한다.

— 다시 말씀드리지만, 처음에는 잘 얘기해보려고 했어요. 어떻게 든 대화로 잘 풀어서, 박매령이 스스로 진실을 인정하게 하려고 했 어요. 선배 말씀대로 그녀가 자신의 진짜 모습을 드러내고, 해명이 든 사과든 진정성이 담긴 말을 해주길 바랐는데…… 꼭 그렇게 하 게 하려고 했는데…… 박매령의 노련한 방패에 비하면 제 창끝은 너무 무뎠던가 봐요. 제가 너무 서툴렀고 부족했어요. 아무것도 모 르는 척하는 그 태도에 기가 딱 막히더라고요. 할머니가 겪으셨 을 그 절망감, 엄마의 무력감, 제 자괴감 같은 것들이 한꺼번에 뒤 섞여 몰려오고…… 그뿐이 아니잖아요. 저와 엄마, 할머니 이전에 도 수많은 여인들이 벙어리 냉가슴 앓듯 그 일을 숨기며 살았을 거 고, 그러면서도 꼼짝없이 중독되어 벗어나지 못했을 거라고 생각하 니…… 분노가 치밀어 올라 주체할 수가 없었어요. 그래서 내내 흥 분을 가라앉히지 못하고는…….

— 충분히 그럴 만했어.

— 제 감정을 컨트롤하지 못해 결국 박매령을 놓쳐 버렸어요. 만약 선배였더라면, 저 같은 실수를 하지 않으셨을 텐데…….

— 아니. 당사자가 되어보지 않고서는 절대 그런 장담을 할 수 없 지. 나라도, 감정이 고조되는 걸 막기 어려웠을 거야.

— 이제 어떻게 하죠, 선배?

— 음, 넌 어떻게 하고 싶니?

- 글쎄요…… 이대로 박매령이 제 인생에서 사라진 거라면, 애초의 제 목적은 달성하는 셈이지만…… 그렇기는 하지만…… 어쩐지…….

- 뭔가 미진한 느낌은 남아 있다는 거지?

- 네…… 아직도 끝난 것 같지가 않아요. 일이 깔끔하게 마무리되었다는 생각이 전혀 안 들어요. 박매령이 절 떠났다고는 해도, 산 사람의 몸에 빙의하겠다는 의지를 완전히 버렸는지는 확인할 길이 없잖아요. 다행히 전 결혼도 안 했고 딸도 없으니 그녀가 다음 빙의 대상을 쉽게 찾을 수는 없겠지만…… 여전히 빙의를 포기하지 않고 세상을 떠돌다, 혹시나 다른 여성을 타깃으로 삼지는 않을까 두려워요. 상상만 해도 소름 돋는 일이에요.

- 동감이야. 다른 무엇보다도, 빙의의 재발은 막아야지. 그러면 세라야, 우리 다시 한번 시도해보자. 박매령에게 한 번만 더 기회를 주자.

- 다시…… 시도요?

- 박매령의 생전의 인격을 반추해보자고. 흠잡을 데 없이 무결했던 천화의 인격과 비교한다면, 박매령의 인격은 사뭇 부정적인 평가를 받을 만한 상황에 놓여 있었어. 이기심, 감정 억제 실패, 망상, 집착 등. 그리고 이런 부정적 특성들이 똘똘 뭉쳐 박매령의 사후의 영을 구성한 격이 되었지. 현재 우리가 인식하고 있는 박매령의 영은 바로 이런 모습일 거야. 하지만…….

- 하지만……?

－사람에게는 누구나 장단점이 있기 마련이지. 박매령도 마찬가지야. 그녀의 생전 행적을 하나하나 살펴보면, 인간적으로 이해할 만한 여지가 절대 없다고는 할 수 없어. 자신과 가족의 목숨을 구하기 위해 천화를 악귀라고 고발한 이기심? 그건 한편으로는 가족이 해를 입는 걸 막기 위한 어쩔 수 없는 선택이었지. 분노를 억제하지 못하고 시부와 시아주버니를 죽인 것? 그건 천하의 악인들에게 그녀가 행한 마땅한 복수였다고 판단해도 큰 무리가 없어. 천화의 죽음을 인정하지 못하고 기어이 자신의 인생에 다시 불러들인 것? 그건 과대망상이라기보다는, 천화에 대한 지나친 그리움이 불러왔던 강력한 환상이자 자기 주문이었어. 젊음과 삶에 대한 과도한 집착? 그 이유야 우리가 익히 알고 있는 대로고……. 박매령의 인격이 포함하고 있는 부정적 성정들은 처음부터 타고났다기보다는, 모두 상황에 의해 만들어진 거야. 오히려 그녀가 원래 지니고 있던 미덕에 더 주목할 필요가 있어. 어려운 여건 속에서도 가난한 친가를 부단히 돌보았던 효녀로서의 박매령, 정인의 천한 신분은 전혀 개의치 않고 용감하게 그 사랑에 뛰어들었던 순수한 여인으로서의 박매령을 기억해보자. 한 사람의 생전 인격의 단점도 미덕도 모두 사후의 영으로 연결된다는 내 믿음, 알고 있지? 내 믿음대로라면, 지금 박매령의 영도 분명 생전의 미덕을 완전히 잃지는 않았을 거야. 난, 그런 내 믿음을 확인해보고 싶다.

　－선배 말씀…… 다 인정해요. 제가 어떻게 다시 시도하면 될까요?

- 메시지를 남겨보는 게 어떻겠니?

- 메시지요?

- 박매령이 한 번쯤 널 몰래 다시 찾아올 가능성도 배제할 수는 없어. 그런 경우에 볼 수 있도록, 편지를 써서 머리맡에 놓아두는 거야. 네 진심이 담긴 편지를⋯⋯.

- 그녀가 과연 그걸 볼까요?

- 보든 안 보든, 확률은 반반이야. 할 수 있는 데까지는 해보는 거야.

- 편지를 발견한다 해도, 제 글을 읽고 이해할 수 있을지⋯⋯.

- 10년 동안 소통해온 너와 박매령 사이의 나름의 케미스트리가 있으니⋯⋯ 그녀는 네 글도 충분히 읽을 수 있을 거라고 본다.

- 그렇게만 된다면 좋겠어요. 선배, 저 한번 해볼게요. 아무리 생각해도 이대로 끝낼 수는 없어요. 제 진심을 그녀에게 알려볼게요⋯⋯.

42

편지

박매령 앞,

　10년 동안이나 내 몸 안에 들어와 있던 당신이 그렇게 갑자기 사라져 버리다니, 믿을 수가 없군요. 서툴지만, 지금이라도 제 마음을 당신에게 전해보려 합니다.

　지난 10년, 나는 내가 천화라는 저항 불가의 존재에게 귀접을 당하고 있다고 믿었습니다. 벗어나고 싶었지만 그 관계에 중독되어 있었기에, 진정 쉽지 않은 일이었습니다. 그러다가, 이전에 귀접을 극복한 경험이 있을 뿐 아니라 나보다 훨씬 인생 연륜이 깊은 학교 선배에게 용기 내어 도움을 청했고, 그의 도움을 받아 진실을 찾기 위한 여정에 나섰습니다. 그리고 우리는 마침내 진실에 도달했습니다.

이제는 알고 있습니다. 내가 겪어온 일이 귀접이 아니라, 빙의라는 사실을.

당신, 박매령이 내 몸에 빙의했던 것입니다. 내 몸을 빌려 천화와 사랑을 나누는 강력한 환상을 불러냈던 것이고, 그 환상을 실제처럼 겪은 나는 그걸 귀접으로 오해할 수밖에 없었지요.

물론, 충격은 매우 컸습니다. 그러나 나는 당신을 탓하고자 하는 게 아닙니다.

지난번처럼 비난과 원망을 퍼부으려고, 당신더러 다시 찾아와달라는 게 아닙니다.

157년 전 쓰인 당신의 비망록을 모두 읽었기에,

또 비록 환상이지만 천화라는 존재와 몸과 마음을 아우르는 소통을 해보았기에,

나는 또한 잘 알고 있습니다.

천화가 얼마나 고결하고 아름다운 사람이었는지.

그렇듯 사랑스러운 천화와 지극히 순수했던 당신…… 두 사람의 사랑이 얼마나 진실했고 애절했었는지.

끝나지 않는 삶 속에서 천화와의 못다 한 사랑을 향유하기를 원했던 당신의 소망을 이해합니다. 그 소망이 결국 당신을 오늘에까지 이르게 했던, 그 과정도 이해합니다.

그러니, 어느 밤이든 한 번만 나를 다시 찾아와주세요.

그저 허심탄회하게 당신의 이야기를 들려주세요. 무슨 이야기든 좋습니다.

나는 들을 준비가 되어 있습니다.

그때까지 당신을 기다리겠습니다.

진세라로부터.

_43_
정녕, 이대로는?

열 번째 면담으로부터 4일 후_ 전화 통화

- 선배, 아무래도…… 지난밤에 천화가, 아니, 매령이 다녀간 것 같아요.

- 응? 아무래도, 라니? 기억이 확실치 않니……?

- 아, 네…… 너무 순식간에 지나간 상황이라서…… 꿈일 수도 있겠지만, 늘 그랬듯 꿈은 아니었을 것 같아요. 자다가 퍼뜩 깼는데, 귓가에 천화의 목소리가 울리는 거예요. 저와 전혀 신체적 접촉은 없는 상태였고, 그냥 그의 목소리만 들려왔어요.

- 뭐라고 했는데?

- 긴말도 아니고, 딱 두 마디였어요.

'정녕 이대로는…….'

'정녕 이대로는…… 이대로는 안 되는 건가?'

- 그래? 그 말이 다였니?

- 제가 들은 바로는 확실히 그랬어요…….

- 음…… 짐작하건대, 박매령이 네 앞에 모습을 드러내야 할지 망설이고 있는 것 같구나.

- 제 편지를 읽은 걸까요?

- 일단은, 그랬을 가능성이 높아 보인다. 박매령이 그 말만 하고 사라졌니?

- 아뇨, 사라지기 직전에…… 포옹이 있었어요. 제 몸을 조이는 듯한 강력하고도 짧은 포옹이요. 이를테면…… 할머니의 일기에도 나와 있는, 천화가 떠나기 전에 할머니에게 선사했던 마지막 포옹이 꼭 그렇지 않았을까 싶어요. 강력하지만 부드러운 사랑 같은 건 찾을 수 없는…… 절박하면서도 또한 단칼에 베어내는 듯한 그런 스킨십 말이에요.

- 역시, 할머니의 경우와 흡사했구나.

- 그 포옹 후에 박매령은 할머니를 영원히 떠나고 말았죠……. 저한테도 그런 식으로 마지막 인사라도 남기려 했던 걸까요? 이대로 그녀가 영원히 절 떠난 건 아닐까요?

- 지금으로서는 박매령의 의중을 단정하기 어렵지만…… 내 생각은 이래. 그녀가 이대로 널 아예 떠날 작정이었으면, 설사 네 편지를 읽었다 해도 단지 그런 말을 하기 위해 돌아오지는 않았을 거야. 그녀는 분명 갈등하고 있어. 우리가 찾아낸 진실을, 자신의 과

오를 과연 스스로 인정해야 할지…… 그럴 결심이 확실히 서지 않는 한, 그녀는 네게 모습을 드러내지 않을 거야.

　- 어떡하죠? 더 기다려볼까요……?

　- 물론이야. 난 어떤 의미로든 희망이 있다고 믿는다. 조금만 더 기다려보자, 세라야.

_44_

만남

전화 통화로부터 3일 후_ 진세라의 명상 속에서

- 아, 당신이 와줬군요! 매령…… 박매령. 맞죠……?

- 맞아요. 내가 왔어요. 내가 박매령이에요.

- 드디어 당신을 만나다니, 믿을 수가 없네요. 아, 당신은…… 열아홉 살 시절의 그 모습이군요, 그렇죠? 누구보다도 젊고…… 맑고 단아한 모습…… 정말 아리따워요!

- 그렇게 보인다니 다행이네요. 그래요. 내 마음의 시계는 항상 열아홉 살에 머물러 있었어요. 세월이 흐르고 흘러도, 난 열아홉에 머물기만을 바랐으니까요.

- 마음의 시계…… 그렇군요. 그 말, 이해해요.

- 당신의 편지를 읽었어요.

- 내 편지를 그냥 지나치지 않고 읽어주고, 이렇게 다시 찾아와줘서 고마워요.

- 일단 당신을 그렇게 떠났던 게 몹시 마음에 걸렸었어요. 그래서 당신도 예상했겠지만, 몰래 당신을 찾아왔다가 당신이 써놓은 편지를 발견하고 깜짝 놀랐죠. 세상을 떠도는 영인 내게 편지를 남긴 사람은, 당신이 처음이었거든요. 그 편지를 읽고 나서도 한참을 망설이기는 했어요…… 당신이 진정 순수한 의도로 날 만나기를 원하는 건지…… 내가 당신 앞에 모습을 드러내도 되는 건지…… 우리가 만난다 해도, 죄 많은 내가 무슨 말을 할 수 있을지……. 그래서 사흘 전에는 당신을 만나러 왔다가 용기가 없어 금방 물러났던 거고…… 다시 힘들게, 아주 힘들게 용기를 냈어요.

- 정말로 당신을 만나보고 싶었어요. 이건 진심이에요.

- 이렇듯 날 반겨 맞아주니…… 당신의 그 말을 믿고 싶은 마음이지만…….

- 믿어줘요. 매령, 우리는 10년 동안이나 함께였잖아요.

- 그랬었…… 죠.

- 괜찮아요. 무슨 말이든 좋으니, 어려워하지 말고 해도 돼요.

- 막상 만나니, 내가 무슨 말을 먼저 해야 할지 모르겠네요. 당신이 내게 아직 궁금한 게 있다면 물어주세요. 일점의 거짓도 없이 대답할게요. 이제 다시는, 거짓말 같은 건 하지 않겠어요.

- 그러면 매령, 기본적이지만 아주 중요한 질문을 먼저 해도 될까요?

- 좋아요.

- 나와 내 엄마와 할머니, 그리고 그 이전 시대를 살았던 내 모계 조상님들…… 그 여인들이 동일하게 경험했던 그 일이…… 천화에 의한 귀접이 아니라, 바로 당신이 우리에게 행한 빙의였던 거죠?

- 그래요. 천화가 당신들에게 접촉한 게 아니었어요. 바로 내가, 당신들에게 빙의했던 겁니다.

- 아, 당신의 입으로 진실을 인정해줘서 기뻐요.

- 대체 어떻게 내 진실을 알았나요?

- 숨겨져 있던 당신의 비망록을 어렵게 찾아내어 읽은 후에도, 나는 여전히 천화에 의한 귀접을 믿고 있었어요. 그 기록을 통해 천화의 고결한 성품을 확인했음에도 불구하고, 그가 당신의 사후에 자신의 못다 채운 육신의 욕망을 충족하기 위해 살아있는 여인들을 이용했으리라는 생각을 바꾸지 못했죠. 그런데 내 학교 선배, 그 사람이 그 크나큰 혼란과 오해로부터 나를 끌어냈고, 내가 여기까지 오도록 도와줬어요. 그가 기록의 두 주인공인 당신과 천화의 심리, 그리고 사건들의 인과관계를 통찰해 진실을 유추해냈던 거예요. 다만 과학적으로 입증할 방도가 없다는 점이 아쉬웠었는데, 결국 그 사람의 추리가 진실이었음이 입증된 셈이네요.

- 오로지 통찰만으로…… 내가 그토록 숨기고 싶었던 오랜 진실을 밝혀냈다는 말인가요. 그 사람…… 참으로 영민하군요. 감탄을 금할 수가 없어요.

- 박물관에서 일하고 있고, 세상 어떤 불가사의한 일에도 이유와 해결 방법은 있다고 믿는 사람이에요. 그 사람으로부터 정말 큰 도

움을 받았어요.

　- 100년이 넘는 세월 동안 그 많은 여인들에게 빙의를 했지만…… 내가 아는 한, 당신처럼 누군가에게 도움을 청하고 그 상황을 극복하려고 나선 여인은 없었어요. 사실상 당신이 처음이에요.

　- 정말 그랬던가요? 매령, 말해주세요. 나와 엄마와 할머니, 그 이전의 여인들은 당신과 접촉하면서 어떤 반응을 보였나요? 나나 할머니처럼 천화에게, 아니, 당신에게 계속 말을 걸고 소통하려 애썼나요? 조금이라도 거부감이나 반발을 드러낸 일은 없었나요?

　- 당신 할머니, 순옥 이전의 여인들까지는 놀라울 정도로 잠잠했어요. 믿기 어려울지 모르지만 정말로 그랬죠. 다들 내 존재는 상상조차 못 하는 상태에서 천화와 접촉하고 있다고 믿고 있었기 때문에…… 마치 일정한 수순처럼, 처음에는 당혹해하고 부끄러워하는 것 같았지만 날이 갈수록 천화의 손길과 열정에 익숙해지고 그것에 빠져들어갔어요. 여기에 시대적인 구분이 유의미할지는 모르겠지만, 시대가 발전하고 현대화되어갈수록 여인들의 행태도 달라져갔던 것 같아요. 내가 죽은 직후였던 조선 시대 말부터 일제 시대까지는, 여인들이 대체로 과묵하고 수동적이었어요. 수줍음 많던 처녀는 평범한 부인이자 어머니가 되어 현실을 살아갔고, 그러면서도 내가 부여한 밤의 세계에 큰 반발이나 회의를 드러내지 않고 그저 계속해서 받아들였어요. 귀신의 존재나 비과학적인 일들을 자연스럽게 수용하는 시대였기 때문에 그게 더욱 가능했던 게 아닌가 싶어요. 그렇게 그 여인들이 죽는 날까지…… 그들은 나와 함께 했던

거예요.

 - 그랬는데, 내 할머니는 많이 달랐던 거죠?

 - 순옥은 그 어머니나 할머니, 이전의 어떤 여인들과도 달랐어요. 현실에서도 높은 수준의 교육을 받았고 전문적인 직업을 가지고 있었던 걸로 알아요. 영민하고 지성적이었으며, 감성도 더없이 풍부하고 예민한 여인이었어요. 내게도 그런 모습을 유감없이 보여줬죠. 처음부터 내가 당황할 만큼 친화력을 드러냈고, 당돌하리만치 적극적으로 다가왔어요. 귀신의 존재를 꺼릴 법도 한 시대의 풍조나 과학적 사고 따위는 전혀 상관하지 않았어요. 그녀는 흡사…… 자신의 인생에서 일어나고 있는 불가사의를 즐기는 사람 같았고, 천화와의 심신의 교감을 통해 자신이 누구와도 다른 인생을 살고 있다는 사실을 기뻐하는 사람 같았죠…….

 - 할머니…….

 - 순옥이 내게 끊임없이 말을 걸고 질문을 던졌을 때 난 곤란함에 빠졌어요. 그 이전까지는 내가 빙의했던 사람 그 누구와도 딱히 말을 나눠본 적이 없었고, 또 그럴 생각도 전혀 없었거든요. 하지만 그녀는 실로 만만치 않은 상대였어요. 내 대답을 듣고 나와 제대로 된 대화를 나누기 전까지는 절대 물러서지 않을 기세였으니까요. 어쩔 수 없이 난 그녀에게 천화에 대한 정보를 알려주고 그녀와 교감하기 시작하며, 나도 모르게 거기까지 갔어요…… 그녀가 나를 믿게 하는 지경까지 말이죠. 순옥은 자신이 겪고 있는 오랜 귀접에 어떻게든 확실한 정당성을 부여하려 했고, 종내 천화와의 관계를

'진정한 사랑'으로 규정하며 그 정당성의 근거로 삼고 말았어요. 난 그런 그녀를 실망시키지 않기 위해, 아니, 더 솔직히 말하면 그녀의 몸을 계속 편하게 빌리기 위해, 천화도 그녀를 사랑하는 척 그녀에게 거짓말을 할 수밖에 없었어요…… 그때는, 그럴 수밖에 없었어요…….

- 할머니는 결혼 후에도 변함없이 당신이 천화와 사랑을 나누고 있다고 믿으셨어요. 결혼이라는 제도가 당신들의 사랑을 속박할 수 없다고 생각하셨고, 심지어 그 제도를 과감히 이탈하려는 결심에까지 이르셨었다는 것, 알고 있나요……?

- 네, 지금은 알고 있어요…….

- 매령, 당신이 빙의한 여인들이 결혼을 하게 되었을지라도, 당신은 그 사실을 전혀 개의치 않았던가요?

- 고백할게요. 내게는 그 사실이 그리 큰 장애가 되지 않았어요. 여인이 홀로 누워 있는 침상에 접근하는 것과 부부가 함께 누워 있는 침상을 공격하는 것, 둘은 사뭇 다른 문제이긴 해요. 하지만 나로서는 부부의 침상에 들어가는 것도 어려울 게 없었어요. 그 남편이 잠들어 있는 틈을 타서 여인의 몸속으로 들어가면…… 그녀들 모두 처음에는 의당 놀라며 당혹해 하는 면도 있었지만, 결국에는 숨죽이며 결혼 전부터 익숙해 있던 천화의 몸을 기꺼이 받아들였어요. 그래요, 그들이 이미 천화와의 관계에 중독되어 있었기에 결혼 후에도 쉽게 그 애착을 떨쳐 버릴 수 없으리라는 사실을 내가 이용했던 거예요. 나 역시, 내가 익숙하게 빙의하던 그들의 몸을 쉽게

포기할 수 없었어요. 그런즉 여인들이 현실에서 결혼을 했든 안 했든, 난 그 사실을 상관치 않겠다고 마음먹었던 거죠.

　- 할머니에게는, 천화와의 사랑이 인생을 건 도박이나 다름없는 일이었는데…….

　- 순옥이 그렇게까지 나올 줄은, 당시에는 상상도 못 했었어요. 일을 그만두고 가정생활까지 접으려고 했었던 줄은……. 그런 그녀가 어느 날 갑자기 내 비망록을 발견해 읽고 와서는, 내가 내내 거짓말을 했고 자신을 기만했다며 공격하는데…… 그토록 오래전 숨겨놓았던 내 일기책이 그녀에 의해 발견되었다는 사실만으로도 정신이 혼미해질 지경인데, 내 거짓말까지 들통이 나니 그녀의 공격을 감당할 방도가 없더군요. 그렇게 우물쭈물하고 있다가는 예리한 그녀에게 내 진짜 정체까지 들킬지 모른다는 두려움이 밀려왔어요…… 그래서 그 밤으로 그만, 순옥에 관한 모든 걸 포기하고 도망쳐 버리고 말았던 거죠.

　- 당신의 그 잠적이 어떤 결과를 불러왔는지는…….

　- 알아요…… 내가 사라졌다고 해서 순옥이, 그녀가 그렇듯 극단적인 선택을 할 줄은 꿈에도 몰랐어요. 나도 정말 당황했고 충격을 받았지만…… 당시에는 조금이라도 빨리 그 상태에서 벗어나고 싶었어요. 자책이나 죄의식 따위에 빠지는 건, 100년 넘게 이승을 떠돌며 사람들의 몸을 빌려온 나와 어울리지 않는다고 생각했어요. 순옥의 몸이 사라졌으니, 그 딸인 성혜의 몸으로 들어가야겠다고 마음먹었죠. 그리고 다시는, 빙의 대상에게 천화에 대한 구체적

인 정보를 알려주거나 필요 이상의 많은 대화를 나누는 일을 피해야겠다고 결심했어요. 난…… 이미 삶에 대한 내 욕망을 채우는데 물불을 가리지 못하는 지경에 이른, 지극히 이기적인 영이었으니까요…….

- 그러면, 당신은 대체 언제까지 그렇게 하려는…….

- 더 이상은, 아니에요.

- 네?

- 이제는 다, 그만두겠어요.

- 그 말은……?

- 이제라도 내 욕망과 이기심의 감옥으로부터 벗어나고 싶어요. 그리고…… 당신들 모두에게 사죄하고 싶어요.

- 우리 모두라면……?

- 제일 먼저, 내가 죽기 전 석송을 다시 찾아갔을 때 우연히 마주쳤던 갓바치촌 소녀가 있죠. 그녀가 내 최초의 빙의 대상이었어요. 당신들은 모두 그 소녀의 후손이에요.

- 역시, 그것도 내 선배의 추리가 맞았군요!

- 그녀의 성성한 젊음과 건강한 육체를 부러워했던 내 마음, 감히 그걸 취하고자 했던 내 욕심이 이 기나긴 빙의의 고리의 시작이었어요. 아무 잘못 없던 그 순결했던 소녀에게 사죄합니다. 이후 그녀의 후손들…… 일말의 반발도 없이 묵묵히 나와의 접촉을 받아들이고 감내했던 그 가여운 여인들에게 또한 사죄합니다. 그리고, 그 누구보다도…… 나 때문에 비참하고 외로운 죽음을 맞이해야 했던 순

옥에게 가장 죄스럽습니다. 내가 정말 잘못했습니다. 순옥의 딸이 자 당신의 엄마인 성혜, 결혼을 통해 내게서 벗어나려 시도했지만 뜻을 이루지 못하고 죽을 때까지 내 빙의 대상이 되어야 했던 성혜에게도 사죄해요. 마지막으로 당신, 세라…… 나와의 오랜 접촉으로 인해 갈등과 고통에 시달리다 다른 사람의 도움까지 청해야 했죠. 당신에게도 진정으로 사죄합니다.

　- 진심인가요, 매령……?

　- 진심이에요. 못 믿겠나요?

　- 아, 당신이 이렇게 직접, 확실하게 사과해줄 거라고는…….

　- 내가 오죽했으면 당신이 이렇듯 쉽게 믿지 못하겠어요. 다 내 탓입니다. 내 진심을 당신에게 전할 수만 있다면, 머리라도 조아리겠어요. 무릎이라도 꿇겠어요. 부디…….

　- 아, 아니에요! 그럴 필요 없어요, 매령. 당신 스스로 과오를 인정하고 우리 모두에게 사과한 것, 그걸로 족해요. 받아들일게요. 당신의 사과, 나도 고맙게 받도록 할게요.

　- 다시 한번 미안합니다. 당신들의 의사와 전혀 상관없이 불시에 당신들 인생을 침범하고, 그 몸과 마음을 지배하며 현실의 대소사에까지 영향을 미쳤던 것. 귀접이라는 민감한 성적 문제로 당신들을 혼란에 빠뜨리고, 심지어 그 이면에 빙의라는 진실을 감추고 있었던 것. 그렇게 오랫동안, 대대로 당신들을 괴롭혔던 것…… 이 미안함을 형언할 길이 없어요. 오늘 내가 당신을 찾아온 건, 사실 이것 때문입니다. 비록 늦었을지라도 사죄의 말을 전하기 위해…….

- 그랬군요…… 당신의 용기에, 나도 다시 한번 고맙다는 말을 하고 싶어요.

- 난, 동이 트기 전에 가야 합니다. 내게 더 궁금한 건 없나요?

- 매령, 이건 내 선배가 당신에게 직접 물어보라고 한 문제인데요…… 당신의 정체를 끝까지 감추고 싶었었다면, 왜 당신이 누구냐고 묻는 여인들에게 천화라는 존재를 알려준 거죠? 할머니에게나 나 한테나, 아예 천화가 아닌 다른 가상의 인물을 만들어내어 가장할 수도 있었잖아요?

- 그 이유는, 간단해요. 천화가 아닌 다른 존재는, 나 자신에게 의미가 없었기 때문이죠.

- 당신 자신에게요……?

- 당신 말대로 얼마든지 가상의 인물을 꾸며낼 수 있었고, 그 사람인 척할 수도 있었어요. 하지만 내 빙의의 주된 목적이 무엇이었겠어요? 여인들의 몸을 빌린 뒤 천화와 사랑을 나누는 생생한 환상을 불러내어, 생전의 우리가 그랬듯 드높고도 깊은 사랑의 황홀경을 맛보는 일이었죠…… 내가 그렇게 몰입하는 데는, 천화의 존재감이 기본적이며 절대적으로 필요했어요. 천화가 아닌 다른 그 누구도 내 사랑의 환상에 대입될 수는 없었죠. 순옥의 일을 겪고 난 뒤에는 천화의 존재를 아예 숨기고 싶은 충동이 일기도 했지만, 그러면 내가 환상에 몰입하기가 힘들어지니까 또 곤란했어요. 그랬기에, 당신처럼 내가 누구냐고 물어오는 경우는 천화에 대한 아주 기본적인 정보만 알려주려고 했던 거예요. 되도록 구체적인 정보나

많은 대화가 오가지 않도록 조심하면서 말이에요…….

– 당신이 감추고 싶었던 그 모든 비밀 가운데서도…… 천화의 존재만큼은 유일하게 감출 수 없는 진실이었군요.

– 그게 내 최소한의 양심이었다거나, 뭐 그런 말로 미화하고 싶은 생각은 없어요. 그 또한 내가 환상에 몰입하기 위한 요건이었을 뿐이니까요.

– 그렇다 해도, 당신을 이해할 수는 있을 것 같아요.

– 나, 지쳤어요. 내 정체를 들키지 않기 위해, 빙의 대상들의 반응에 대처하기 위해, 끝내 버리지 못한 내 욕심을 끌어안고 가기 위해…… 걱정하고 고심하고 전전긍긍하는 것도, 이제 다 지쳤다고밖에는……. 더 이상 이렇게 할 수 있을 것 같지 않아요. 다 끝내고, 떠나고 싶을 뿐이에요.

– 정말로…… 떠날 건가요?

– 그러려고 해요. 아, 떠나기 전에…… 사죄에 이어, 감사의 말도 전하고 싶어요.

– 감사요……?

– 당신과 당신의 선배가…… 순옥이 죽기 전에 도로 숨겨놓았던 내 일기책을, 갖은 노력으로 어둠 속에서 다시 끄집어냈죠. 그리고 당신들이 그 기록을 통해, 순옥도 미처 인지하거나 통찰하지 못했던 나 박매령의 영의 존재를 발견해냈잖아요. 날 찾아줘서…… 진심으로 고맙습니다.

– 아…….

– 천화의 성채 안에 그저 꽁꽁 몸을 숨기고 있던 날 끌어내 준 것, 내가 흐려놓았던 개울의 그 흙탕물 속에서 날 건져내 준 것, 고마워요. 내 생전의 사연에 큰 의미를 부여하고 그걸 심도 있게 파헤쳐줬던 것, 고마워요. 당신들 덕분에 나도 내 비망록을 반추하고, 내게 주어졌던 인생을 난생처음 객관적으로 바라볼 수 있었어요. 돌이켜 보면…… 천화가 나와 더불어 존재했다는 사실 자체만으로 의미도 가치도 충분한 인생이었거늘, 왜 그것대로 만족하지 못했을까요. 이제 와 어리석었던 나 자신을 탓할 뿐이에요. 내 죽음에 대해서도 곰곰이 생각해봤어요. 죽음을 순순히 인정하지 못하고 100년이 넘도록 사람들에게 빙의하는 해괴한 영으로 방황하고 나니, 남는 건 부끄러움과 회한뿐이네요. 지금이라도 늦지 않았다면…… 내 한 인생을 오롯한 기억으로 간직하고, 내 죽음을 순리로 받아들여, 내가 가야 할 곳으로 돌아가고 싶어요. 산 사람들을 괴롭히지 않고, 인간계와 영계의 엄연한 질서를 어지럽히지 않는…… 그런 정당하고 고결한 영으로 남고 싶어요. 지금이라도 늦지 않았다면 말이죠…….

– 당연히 늦지 않았어요, 매령! 마음만 먹는다면, 당신은 얼마든지 그렇게 할 수 있어요.

– 다시금 미안합니다…… 그리고 고맙습니다.

– 당신의 결심을 완벽하게 존중해요, 매령. 다 잘될 거예요…….

– 난, 이제는 정말 가야 합니다.

– 매령! 마지막으로 한 가지만 더 물을게요.

– 무엇인가요?

- 죽은 이후에 당신은…… 천화를 단 한 번도 만난 적이 없었던 가요? 당신의 환상 속 천화가 아니라 진짜 천화의 영을…….

- 진짜 천화의 영…… 만난 적 없어요. 그토록 생전과 다름없었던, 똑같이 다정하고 똑같이 열정적이었던 천화의 모습은 다 내 환상이었을 뿐인걸요.

- 그를…… 다시 만나고 싶지 않나요?

- 물론 만나고 싶죠! 생전의 모습과 달라도 좋아요. 아니, 나에 대한 마음이 생전 같지 않아도 좋아요. 다 좋으니 진짜 천화를 한 번만 만날 수 있다면…….

- 당신이 죽음을 인정하지 못하고 이 세상을 너무 오래 떠돌았기 때문에, 그 때문에 그를 만나지 못한 거라고 생각해요. 이제 영계로 돌아가면, 당신은 그의 영을 꼭 만날 수 있으리라 확신합니다. 그의 영은 이미 오래전부터 그곳에 머물고 있었을 테니까…… 그리고 당신을 기다리고 있었을 테니까요.

- 그럴까요……? 아, 진정 그가 날 기다리고 있다면…….

- 잘 가요, 매령…… 이제는 부디 편히 쉬어요.

- 천화를 사랑했어요, 진심으로. 난 그를 사랑했어요. 그는 내 모든 것이었어요…….

- 잘 알아요. 당신들의 사랑은 아름다웠고, 당신들의 인생은 치열했어요. 절대 후회하지 마세요.

- 난 떠납니다…….

- 천화, 그리고 매령. 당신들을 잊지 않을게요……. 안녕.

45

열한 번째 면담 : 해방

박매령과 진세라의 만남으로부터 2일 후_ HCCC 빌딩 사무실

- 그러고 나서 눈을 떴을 때…… 날이 밝아 있었고, 매령은 이미 사라지고 없었어요. 하지만 제가 그저 꿈을 꾼 건 아니에요…… 그녀와의 만남, 그 대화, 모든 건 절대 꿈이 아니었다고요! 선배는 믿어주실 거죠?

- 세라야, 우리 사이에 새삼스럽게 무슨 그런 말을 하니. 물론 나는 믿어, 네가 말한 모든 걸…… 네가 천화가 아닌, 진짜 박매령과 대화를 나눌 수 있었다는 사실이 얼마나 반가운지 모르겠다.

- 열아홉 살의 모습으로 나타난 매령은 정말이지…… 맑고 단아하고, 청초하고 아리따웠어요! 동양 여인, 특히 조선 여인의 아름다움이란 게 바로 그런 것인가 싶을 만큼…… 천화가 첫눈에 반했

을 만한, 그리고 족히 사랑에 빠졌을 만한 그런 여인이었어요. 그녀를 보고 있노라니, 천화의 모습까지 실제로 확인하고 싶은 욕심이 들더라니까요. 기록에서 매령이 과장이나 가식 없이 천화의 모습을 묘사한 게 그 정도니…… 그의 실물은 얼마나 더 아름다웠을까요?

― 실로 아름다운 한 쌍의 연인이었으리라는 걸 의심할 필요 없을 것 같구나.

― 그렇듯 아름답고 사랑스러웠던 남녀가…… 신분의 벽이 존재하던 조선 시대에 태어나지만 않았어도, 그런 슬픈 이별을 맞지는 않았을 텐데…… 그 때문에 매령이 인간계와 영계의 경계에서 그토록 오래 방황하는 일도 없었을 텐데 말이죠…….

― 그 또한 그들에게 주어졌던 삶과 죽음의 몫, 운명이라고밖에는 표현할 수 없을 거야.

― 매령과 대화를 나누면서, 그간의 의문점들에 대해 선배가 통찰하고 유추해냈던 답들이 속속 맞아 떨어지는 걸 보고 새삼 감탄했어요. 선배는 정말 대단하세요!

― 나 혼자 대단했다기보다는, 운도 나름 많이 따라주지 않았나 싶다. 하늘이 여러모로 우릴 도왔다는 생각이 들어.

― 확실히 그런 면도 있겠다 싶어요…… 매령의 태도 말이에요. 제 편지를 읽고 나타나 줬을 때, 제 심정은…… 그녀가 어떤 식으로든 그간의 일에 대한 최소한의 해명은 해주지 않을까 하는, 약한 기대를 품은 정도였거든요. 그런 제 기대를 매령이 훌쩍 뛰어넘어 버린 거예요. 그렇게 자신의 과오를 낱낱이 열거하고 인정하며, 그에 대

해 일일이 사과해줄 줄은 몰랐어요. 할머니와 엄마와 저뿐 아니라, 갖바치 소녀 이후 자신이 빙의했던 여인들 모두에게 사과를 전한다면서 말이죠. 사과뿐이 아니었어요…… 숨어 있기만 했던 박매령의 영의 존재를 기록에서 재발견해내고, 세상 빛 속으로 끌어내 줘서 선배와 저한테 진심으로 감사하다고…….

― 그래. 영의 인격이 존재한다는 우리의 믿음, 그 믿음이 깨지지 않고 최선의 결과로 입증되었다는 게 기쁠 뿐이야. 그리고 가장 기쁜 건…… 네가 마침내 완전히 해방되었다는 사실이지. 10년의 귀접, 아니, 100년이 넘는 빙의의 고리로부터…….

― 완전한 해방…… 아, 정말 실감이 안 나요. 이제 전 진짜 자유로워진 건가요?

― 그렇게 확신해도 좋을 것 같다.

― 선배의 도움이 없었더라면 불가능했을 거예요. 다시 한번 감사드려요, 선배……!

― 세라야, 이 문제를 너와 함께 헤쳐오면서 내가 가장 안도했던 순간이 언제인지 아니?

― 네?

― 물론 지금도 그에 해당한다고 할 수 있지. 박매령이 이 세상에서의 방황을 접고 깨끗이 영계로 돌아갔다는 사실을 안 지금 말이야. 하지만 지금보다 더 내게 안도감을 줬던 순간은…….

― 언제인데요?

― 네가 Y라는 사람의 몇 차례에 걸친 청혼을 기어이 받아들이지

않기로 했다고 말했을 때, 바로 그때였어.

- 그게…… 왜요?

- 나한테 이런 마음이 있었거든. 첫째는, 네가 귀접으로부터의 도피처로 성급히 결혼을 선택하는 것에 대한 우려였어. 둘째는, 내가 널…… 그냥 그렇게 보내고 싶지 않았던 것.

- 아…….

- 그 시점에서의 네 결혼 포기가, 내 이 두 가지 걱정을 한 번에 해결해줬지.

- 선배, 혹시……?

- 왜?

- 지금 뜬금없이 저한테…… 고백하시는 거예요?

- 네가 뭘 생각하든, 그게 맞을 거야.

- 음, 선배…… 오늘 저녁 저랑 같이 드실래요? 감사한 마음 다 표현할 길이 없고, 약소하게나마 제가…….

- 글쎄.

- 네……?

- 저녁만 먹는 건 좀 허전한 것 같다. 영화도 같이 보는 건 어때?

- 네, 좋아요!

-끝-